Um livro de batalhas épicas!

O fracasso do Guardião de Livros em impetrar o juízo final sobre Olam abriu novas possibilidades. Com o retorno do senhor da escuridão e dos shedins aprisionados no Abadom, o poderio das trevas está em seu auge. O cashaph movimenta grandes poderes em Nod. O pequeno exército de rebeldes que antes precisava contar com o acaso para vencer, se tornará um poder capaz de desafiar a escuridão?

Em Olam, as coisas nunca são o que parecem ser. Como em toda a saga, o volume 3 das Crônicas de Olam mais uma vez tem o poder de surpreender. L. L. Wurlitzer cria uma trama eletrizante, apaixonante, capaz de levar o leitor ao limite da expectativa e do suspense. Você não vai conseguir largar esse livro antes de chegar ao fim. E quando chegar, aí é que não o largará mesmo.

l.l. Wurlitzer

As Crônicas de Olam
Morte e Ressurreição
volume 3

TOLK
PUBLICAÇÕES

W967c Wurlitzer, L. L (Leandro Lima)
 As crônicas de Olam : morte e ressurreição / L. L. Warlitzer. – São José dos Campos, SP: Tolk Publicações, 2017.

 516 p. – (Trilogia As Crônicas de Olam; v. 3)
 ISBN 9788581324388

 1. Ficção brasileira. I. Título.

CDD: B869.3

Catalogação na publicação: Mariana C. de Melo Pedrosa – CRB07/6477

CRÔNICAS DE OLAM
Vol 3: *Morte e Ressurreição*
por Leandro Lima Wurlitzer
Copyright © 2017 Leandro Lima Wurlitzer

▪

Todos os direitos em língua portuguesa reservados por Editora Fiel da Missão Evangélica Literária

PROIBIDA A REPRODUÇÃO DESTE LIVRO POR QUAISQUER MEIOS, SEM A PERMISSÃO ESCRITA DOS EDITORES, SALVO EM BREVES CITAÇÕES, COM INDICAÇÃO DA FONTE.

Copyright © 2017 Editora Fiel
Tolk Publicações é um selo da Editora Fiel
Primeira Edição: 2017.

▪

Editor: Tiago J. Santos Filho
Revisão: Marilene Lino Paschoal
Ilustração da capa: *A batalha de Nod*
 por Andrés Ramos
Ilustração do mapa: Carlos Alexandre Lutterbach
Capa: Rubner Durais
Diagramação: Rubner Durais
ISBN: 978-85-8132-438-8

Caixa Postal 1601 | CEP: 12230-971 | São José dos Campos, SP | PABX: (12) 3919-9999
www.tolkpublicacoes.com.br

Prólogo 11

1 — O Mar de fogo 21

2 — As cidades de gelo 39

3 — Boas-vindas geladas 67

4 — O salão do tempo 87

5 — O norte do norte 103

6 — O Degrau do Mundo 113

7 — O campo dos behemots 139

8 — A derrota na vitória 165

9 — O segredo do cashaph 203

10 — Casamento no gelo 223

11 — O resgate dos perdidos 241

12 — No coração das trevas 265

13 — O acampamento em Ganeden 297

14 — O sequestro da rainha 323

15 — A rede sombria 349

16 — De volta ao submundo 371

17 — A batalha de Ganeden 417

18 — Você é um tolo, guardião de livros 449

19 — A vitória na derrota 461

20 — O senhor da escuridão 477

21 — O adeus ao herói 501

Epílogo 509

YAM HAGADOL

HARIM ADOMIM

HAVILÁ

RIO YARDEN

REAH

Rota das Pedras

YAM HAMELAH

Bartzel

Hosheh

Olam

- HARIM KESEPH
- Rota dos Peregrinos
- GANEDEN
- YAM KADEMONY
- Sinim
- IR-SHAMESH
- NOD
- Rota dos Camponeses
- RIO HIDDEKEL
- RIO PERATH
- URIM
- NEHARAH
- OLAMIR
- BETHOK HAMAIM
- MAOR
- HARIM NEGEV
- SCHACHAT

Prólogo

De longe, em meio às arvores retorcidas, enxerguei o portal de pedra. Não reconheci o local. Não sabia se o portal significava que minha jornada havia chegado ao fim, ou se estava só começando.

Percebi que estava outra vez dentro de uma floresta... O ambiente parecia um pouco familiar, mas as cores eram estranhas. Eu não sabia qual floresta era aquela, mas sentia que não ficava no mundo dos homens. Tudo ao meu redor tinha uma tonalidade pálida, ora cinzenta, (como se visto através dos vidros esmaecidos do velho casarão em Havilá, onde cresci com Enosh), ora amarelada, como em nenhum momento da minha vida eu havia visto. Mas havia cada vez mais escuridão do que luz na paisagem, assim como mais pontos escuros na minha memória do que lembranças.

Desviei, por um instante, os olhos do portal. Não foi fácil fazer isso. Eu sentia uma forte atração por ele. Toquei o caule de uma árvore próxima e senti a textura enrugada e envelhecida. Aquilo era real. *Existem sensações na morte,* foi o que pensei.

Então subitamente eu tive uma sensação. Uma forte sensação de dor. Na verdade, inúmeras sensações de dor. Foi como se meu corpo tivesse sido instantaneamente perfurado por centenas de espadas. Revivi outra vez toda a dor lancinante das lâminas cortando a armadura e afundando em minhas costas, braços e pernas.

Curvei-me em agonia até tocar os joelhos no chão lamacento. Todos aqueles ferimentos ainda estavam lá. Não estavam cicatrizados.

Então, tive certeza de que eu estava mesmo morto. Eu não poderia andar com todos aqueles ferimentos. Ou será que teria sido um sonho? Por que não conseguia me lembrar dos detalhes? A batalha havia terminado? Havia *mesmo* acontecido uma batalha contra as trevas? Uma batalha final? Por que eu me sentia tão culpado?

— Onde, por todos os demônios do Abadom, eu estou? — Perguntei para as árvores ao redor.

Eram árvores tão feias e retorcidas, que bem pareciam demoníacas. Mas, elas não me responderam, exceto pelo que parecia ser escárnio esculpido nas rugas e linhas do tempo que se sobressaíam nos caules.

O portal atraiu outra vez meu olhar, como o norte atrai a agulha. Era um amplo portal, quase tão assustador quanto o que eu havia enfrentado no Abadom. Porém, este era solitário, rústico e abandonado, enquanto aquele era tríplice, imponente e terrível.

Resistindo outra vez a atração do portal, virei-me e tentei identificar o caminho que havia me trazido até ali. Porém, a floresta estava fechada atrás de mim, sem trilhas ou passagens. Eu não tinha como saber como havia chegado até aquele lugar.

Talvez eu esteja só sonhando... Eu não posso estar morto...

Ainda resistindo ao chamado do portal, olhei para o alto, e vi pedaços de um céu avermelhado sobre as copas das árvores. Subitamente, minha memória foi salpicada com um pouco de luz. Cenas ainda opacas passaram diante de meus olhos. Pareciam acontecimentos antigos e cada um deles carregava o poder de destruir tudo o que havia dentro de mim. Lembrei-me de uma grande queda em uma cachoeira... vi chacais possuídos que rosnavam no deserto... um monstro flamejante voava em minha direção, enquanto eu tremia segurando Herevel... uma terrível escuridão tomava conta do mundo, enquanto eu viajava e viajava, numa estrada sem fim...

Mas era impossível identificar os motivos da viagem, ou das lutas, ou mesmo dos temores. As lembranças se misturavam, quase como se ocupassem o mesmo espaço em minha mente, impossibilitando ver as conexões entre elas.

O sorriso de uma jovem com cabelos escuros e olhos cinzentos apareceu distinto como raios de luar vazando entre as nuvens escuras. Eu lembrei o nome dela como quem se lembra de um ferimento de espada, mas não pude discernir outros sentimentos quando a vi, exceto a dor profunda que parecia mesmo lâmina a rasgar ainda mais o meu coração.

Nova visão me fez olhar para cima outra vez. Pareceu-me que uma águia piava nas alturas. O reflexo dourado surgiu e desapareceu como quando o sol se reflete em algum espelho d'agua no caminho, e meu breve sorriso foi substituído por um sentimento de saudade tão intenso que fez meu corpo estremecer. Evrá. Este era o nome da águia. Então, vieram o pesar e a culpa. Uma das criaturas mais leais e fiéis que eu havia conhecido havia sido destruída por causa de alguém com cara de anjo, mas alma de demônio.

Concentrei-me outra vez na floresta ao meu redor, enquanto as lembranças como setas atingiam sem escudo a minha mente.

Guardiãooo de liivroosss.

Foi só um sussurro, mas tive a impressão nítida de que alguém chamou por mim. Só naquele momento lembrei-me do apelido. Era assim que me chamavam desde a infância. O motivo era que eu cuidava dos livros do meu mestre, porém, isso raramente incluía lê-los. Eu só gostava de um tipo de livros: os que falavam de guerras. E, de algum modo, eu havia experimentado todas as guerras possíveis dentro e fora de mim mesmo. Ao final, apesar de ter vencido algumas, eu não sabia dizer qual era o gosto da vitória, como quem, após ter se embriagado, não sabe mais sentir o gosto do vinho.

Porém, o gosto das derrotas não podia ser apagado. A maior delas fez a glória de um passado ir ao chão em forma de pedras queimadas e monturos calcificados. A imagem de Olamir surgiu branca e gloriosa em minha memória, e logo foi substituída pelo caos e pelo vazio que restavam naquele lugar. A escuridão havia se imposto sobre a luz. Não. Aquela não havia sido a maior derrota. Havia outra. Olhei para os ferimentos em meu corpo e tomei conhecimento disso mais uma vez.

Procurei inutilmente ao redor, para ver se alguém me chamava.

— Talvez, eu ainda esteja sonhando — falei para ninguém.

Sim, aquilo podia ser um sonho de pedra... Será que eu estava vendo o futuro? Senti um frio no estômago ao pensar nisso. Fazia frio externamente também.

O portal atraiu meu olhar mais uma vez, e desisti de resistir-lhe, deixando--me conduzir para ele. As árvores velhas pareceram abrir caminho revelando o percurso com uma réstia de luz acinzentada. Era um caminho úmido e tortuoso, cheio de atoleiros recobertos por folhas mortas. As raízes velhas saltavam da terra, formando arcos por onde um homem podia passar sem precisar se abaixar. Os galhos mortos que se erguiam às alturas pareciam braços desesperados clamando inutilmente por ajuda para um alto sombrio e emudecido.

Ao me aproximar do portal, senti uma presença ao meu lado. Pude inclusive ver, meio indistintamente, uma face estranha em meio a uma névoa cinzenta que se movia e me acompanhava. Tive a impressão de ser a mesma face que apareceu para mim no labirinto das fissuras, enquanto caminhava para o Abadom a fim de resgatar Thamam, mas quando virei o rosto e olhei diretamente para ela, não havia ninguém. Então, quando eu tornei a olhar para frente senti outra vez a presença e a estranha névoa me acompanhando naquela jornada além da vida. Naquele momento as vozes foram mais nítidas. Chiados estranhos, guturais, semelhantes aos que eu ouvi no palácio de Gelo, os quais me mandavam fazer coisas proibidas.

Finalmente, alcancei o portal. Não havia portas metálicas ou de madeira, apenas uma passagem sob o arco, a qual mergulhava na escuridão. Assemelhava-se ao labirinto das fissuras.

De algum modo, eu sabia que aquele era o ponto final da jornada. Uma mistura de lógica e intuição por tudo o que eu havia visto, ouvido e aprendido, me dizia que devia adentrá-lo. Eu estava ali para isso. Era a consequência dos meus fracassos. Era o tempo de pagar as dívidas. Dessa vez, não podia esperar que uma pedra curadora me arrancasse daquele lugar.

Dei um passo para entrar, mas algo me fez parar. Minha memória salpicou de lembranças outra vez e paralisou meus pés. Foi a mais nítida das lembranças até aquele momento. Longos cabelos avermelhados balançavam suavemente à minha frente, enquanto o dromedário cruzava o deserto, e o suave perfume deles me fez desejar viver outra vez. Era uma lembrança daquele primeiro dia no deserto, quando partimos da cidade das tendas. Era uma lembrança dela...

Outras lembranças ainda mais antigas vieram. Por um momento me vi menino, andando pelas ruas de Havilá, carregando pergaminhos para meu mestre. Senti os aromas azedos da pequena cidade e também os barulhos tão conhecidos de martelos e bigornas ressoando pela pequena vila. Entrei no velho casarão de pedra e percorri o longo corredor. Ignorei o costumeiro cheiro de mofo quando desci as escadarias, e acessei novamente o corredor sombrio, que me conduziu até a oficina de lapidação. Ao entrar na sala secreta, encontrei Enosh com a costumeira expressão carrancuda, que só muito mais tarde entendi ser compenetrada, e não, necessariamente, brava. A barba inteiramente negra e os gestos firmes não pareciam de um velho.

O olhar cinzento por cima do estilete que feria com precisão as pedras shoham me encontrou e me disse sem palavras que eu não devia estar ali, que não devia atrapalhá-lo na complexa tarefa de lapidar. Mesmo assim, eu entrei no escritório secreto e depositei os pergaminhos sobre uma mesa. Eu era só um menino de seis ou sete anos sem condições de compreender o que ele fazia — ou os mistérios que escondia —, esperando ser recompensado com um pouco de carinho, por ter cumprido a tarefa que ele me dera.

— Algum dia você salvará Olam — ele me disse naquele momento. — Ou condenará.

É claro que eu não podia entender o que ele dizia, mas meu rosto de choro, provavelmente, o fez amolecer um pouco, e ele me chamou com um gesto. Nem sempre funcionava, mas naquele momento funcionou.

— Venha aqui, vou lhe ensinar a lapidar uma pequena pedra.

O choro virou riso imediatamente.

Aquela antiga imagem mais uma vez desapareceu enevoada pela bruma, apesar do meu esforço em continuar lembrando dela. Eu sabia agora que o Velho, apesar de me ensinar a lapidar pequenas pedras, jamais desejara que eu fosse um latash.

Voltei a olhar para o portal e dei mais um passo para adentrá-lo, consciente de que aquele era meu destino, e ele não podia mais ser ludibriado.

Percebi que as pedras brancas no cabo de Herevel estavam acesas. Somente naquele momento vi que ainda carregava a espada dos kedoshins, e isso me surpreendeu. Como ela podia me acompanhar para o além? Seria o estado de morte apenas um reflexo da nossa consciência? A espada estava suja de sangue preto. Não parecia sangue humano. Uma batalha. Sim, havia acontecido uma batalha. Eu não me lembrava como ela havia terminado, porém, os inúmeros ferimentos em meu corpo dispensavam essa lembrança.

Eu estava a menos de um metro do portal de pedra. Foi quase como se o portal viesse ao meu encontro. Dei outro passo e parei. A floresta sombria pareceu parar também. Mesmo assim, senti-me em perigo. Um medo alucinante percorreu a pele arrepiando todos os pelos. As árvores pareciam soltar descargas elétricas. A presença ao meu lado se intensificou. A face tenebrosa expressou ira e animosidade. A floresta não me queria mais ali. O vento, os aromas putrefatos, as feições iradas das árvores secas e retorcidas, tudo me dizia que não podia permanecer naquele lugar. Como quando estive diante da

"Doce Morte", o ambiente me impulsionava a entrar... O portal. Precisava dar mais um passo e atravessá-lo. O preço precisava ser pago. Era tolice fugir, ou protelar.

Impulsionei-me para frente, porém perdi o equilíbrio e caí. Não entendi, mas foi como se algo tivesse me derrubado. Dor foi a única sensação, provinda dos ferimentos. Pássaros estranhos piavam nas alturas como corvos que esperavam impacientes o alimento estar pronto. Tudo a minha volta mudou. O mundo mergulhou numa sensação de falta de ar, a angústia e o terror me sufocaram. Tentei me levantar e me jogar para dentro do portal, mas o ponto de equilíbrio não existia mais. Caí e levantei-me três vezes diante do portal, mas apesar de estar perto, não conseguia atravessá-lo. Algo me impedia.

O peso de montanhas estava sobre meus ombros e caí afundando o rosto nas folhas úmidas do chão. Tive a certeza de que nunca o alcançaria, que permaneceria prostrado naquela floresta sombria e seria devorado pelos corvos que reivindicavam meu corpo.

Levantei o rosto do chão e contemplei o portal. Já não parecia tão perto. Era curvo e encravado numa grande rocha. As raízes das árvores saltadas da terra o rodeavam como serpentes escuras guardando o portal. O espectro ao meu lado sussurrou palavras malignas. Mandou que eu me levantasse imediatamente e atravessasse o portal. Então, levantei e tentei dar um passo, com a sensação de ser perseguido por mil demônios. Um vento forte soprou de dentro dele e agitou as raízes, passando por mim como um bufo de um monstro. Só havia escuridão dentro do portal. Porém, lentamente eu comecei a ver uma luz avermelhada que subia das profundezas. Aquela estranha luz era pior do que a escuridão.

Então, tive a sensação de que uma luz branca brilhou em algum lugar. Lembrei-me outra vez de Anamim e Thamam resgatando-me das garras das trevas da morte quando o veneno da saraph devia ter me matado. Seria possível? Eu poderia ser resgatado outra vez? Não. Decidi não acreditar. Dessa vez, não podia ter autocompaixão. Concentrei-me no portal. O preço precisava ser pago. Adiar uma dívida só a fazia crescer mais.

Entre! — A voz maligna ordenou. — *Agora!*

Em contrapartida, a luz brilhou mais forte atrás de mim. Não pude ignorá-la. Uma voz conhecida e bondosa disse meu nome. Aquela voz... Seria possível?

Luz e trevas disputam a sua alma. Aquele pensamento veio de algum lugar do passado.

A voz maligna ao meu lado aumentou. Os chiados guturais abafavam tudo o mais e causavam agonia dentro da minha cabeça. Os corvos também pareciam enlouquecidos. O portal estava a centímetros da minha face agora. O frio exterior era insuportável.

— *Entre já!* — A voz maligna ao meu lado exigiu.

— *Escute-me!* — A voz bondosa atrás de mim interveio.

Ouvi meu nome outra vez. Duas vezes. Três.

Tentei ignorar. Só podia ser um engano de minha própria loucura. Ninguém estava ali. Ninguém se importava comigo. Muito menos ela, que já nem estava mais naquele mundo, e que não tinha motivo algum para vir atrás de mim.

A luz cresceu mais, enquanto a escuridão também pareceu se intensificar ao meu lado.

Ouvi outra vez a voz firme, porém amável, chamando meu nome. Fiz um grande esforço para virar-me. Senti-me como uma árvore seca presa ao chão, tentando mover-se. Mas, finalmente, consegui olhar para trás.

Ela parecia um ser celeste em meio as trevas. As roupas brancas brilhavam, os cabelos outrora cor de fogo agora eram fogo vivo. A pele alva e suave era quase translúcida, e a luz parecia emanar dela como se fosse revestida de cristais. Ela era um ponto intenso de luz em meio à toda aquela escuridão. Porém a escuridão parecia pressioná-la, tentando engoli-la. *O que ela fazia ali?*

— Antes de morrer, ela pediu a Thamam que cuidasse de você.

As palavras não fizeram sentido para mim. *Quem havia morrido?*

— Sua mãe — ela explicou apontando para algo que eu não conseguia ver. — Ela o amou, incondicionalmente. Acreditava que você seria alguém importante. As mães sempre acreditam, não é?

Então, metade do mundo se transformou atrás dela. Eu vi Olamir destruída, e imersa na escuridão. Reconheci o lugar onde estava. Vi que a estátua de Tzillá estava na minha frente e Leannah, ao lado, olhava para ela com admiração. A estátua era a única em pé. Compreendi que estávamos no caminho dos reis, o cemitério onde os antigos monarcas de Olam estavam sepultados. Aquele era o único lugar em Olamir que não estava totalmente destruído.

Eu havia me refugiado ali, após fugir de Nod, como um cão ferido que procura um lugar para morrer. Por algum motivo, havia procurado o túmulo de minha mãe, a qual eu sempre quis conhecer.

Por um momento, tive a sensação de ver minha mãe viva ao lado de Leannah, tal era a perfeição da estátua e o estado miraculosamente intocado dela, a única em pé no antigo cemitério. A mão estendida parecia um convite para que me levantasse de minhas trevas.

A cantora de Havilá moveu-se na minha direção. De fato, a luz andava com ela. Meus olhos doeram ao contemplá-la tão de perto, e recuei como um animal acuado.

— Por que você está aqui? — Descarreguei minha ira. — Você sabe o que eu fiz! Sabe quem eu sou! Vá embora!

— E para onde eu iria? — A voz dela era uma mescla de ternura e tristeza, com todos os tons que tolerância e compreensão podiam evidenciar. — Desde que parti de Havilá naquele dia, só há um caminho para mim... E esse caminho é ao seu lado, até o fim... E agora, o fim já não está mais tão longe, apesar de restar a pior parte a ser percorrida.

— Deixe-me morrer — implorei.

— Agora não posso mais...

Argumentei com ela, transformei todos os meus ressentimentos e mágoas em palavras capazes de assombrar o mais centrado dos homens, mas nada parecia abalá-la. Percebi força e firmeza de caráter, apesar da voz bondosa e equilibrada. Mesmo assim, eu não queria ouvir. Era tarde demais.

Subitamente, todas as lembranças dolorosas ampliaram seu poder destrutivo também. Lembrei-me de meu fracasso em Nod, e da dor... a insuportável dor, ao descobrir minha origem.

Por que ela não ia embora? O que esperava fazer ali? Por que não me deixava atravessar o portal? De que adiantava falar em salvação quando tudo estava irremediavelmente perdido?

— Os homens podem ser salvos — relampejei minha amargura mais uma vez —, demônios não...

— Olhe para mim —, ela ordenou.

Algo na voz me fez obedecer. Olhei para aquele rosto de linhas suaves e pele sedosa. Os olhos de mel tão singelos, e, ao mesmo tempo, tão profundos, não eram complacentes, mas também não eram julgadores.

— Estou vendo apenas um homem... — ela falou.

Eu não entendia aquela fé. Não compreendia como alguém ainda podia manter a esperança diante de fatos tão perversos, e da única realidade daquele mundo: o mal.

Os chiados perversos começaram a crescer outra vez dentro da minha cabeça. A voz maligna dizia para ignorar as palavras de Leannah e atravessar o portal. Talvez, ela nem estivesse ali, e fosse apenas mais uma alucinação cruel de minha mente atormentada.

A metade do mundo imersa na escuridão aumentou seu domínio e Leannah praticamente desapareceu de minha vista. Voltei-me outra vez para as trevas como quem se volta para um lar e tentei identificar o portal. Estava tão perto. Bastava alguns passos para adentrá-lo. Decidi-me a fazê-lo.

Então, subitamente, a luz cresceu outra vez. O mundo de trevas recuou e os chiados diminuíram. Pela primeira vez eu vi de onde vinha a luz que atravessava as roupas dela e fazia as trevas fugirem. Dependurado por um colar em volta do alvo pescoço estava o Olho de Olam. Mesmo com um brilho condensado, quase sufocado pela escuridão, parecia ter energia suficiente para resistir ao mal que me encobria. Mas as trevas dentro de mim eram mais difíceis de serem expulsas.

— Você não estará sozinho. Eu sempre estarei ao seu lado.

Vi sua mão estendida. Aquela mão suave e bondosa sempre foi para mim um convite para me levantar das cinzas, uma chance de retorno, de apagar o passado, de recomeçar sempre e sempre.

Vi o perdão em seus olhos. Sim, ela estava mesmo ali. Não era uma ilusão. Leannah, a iluminada, a minha querida amiga, o ombro que nunca se negou a me amparar, o sorriso que nunca me abandonou nem mesmo quando eu merecia uma face irada. A fragilidade e a força reunidas numa só pessoa, o melhor do céu, e o melhor da terra, juntos.

Senti aquela força me erguendo das minhas cinzas e também das de Olamir. Como uma criança, permiti-me aninhar a cabeça em seu ombro, apesar de eu ser bem mais alto do que ela. Então chorei. Chorei por todo o fracasso que havia sido a minha vida. Chorei como eu nunca havia feito quando criança, talvez por medo que Enosh me achasse fraco. Agora, isso não me amedrontava mais. Medos maiores haviam tornado aqueles antigos ainda mais infantis.

— Chore, meu querido — ela sussurrou, enquanto parecia me embalar. — Deixe suas mágoas, temores e ressentimentos fluírem com essas lágrimas. Eu estou aqui com você, e ficarei até que encontre outra vez a força para se levantar. Você a encontrará. Esteja certo disso. É possível levantar os caídos. Sim, é possível. Eu sei.

— Está tudo perdido — balbuciei entre lágrimas. — Não há mais nada a ser feito... só pagar dívidas.

— As dívidas ficarão para depois. A verdadeira guerra vai começar. A encruzilhada do mundo abriu-se para um novo caminho. E nós precisaremos percorrê-lo antes que luz e sombras, mundo e submundo, céus e terra se enfrentem como nunca antes. E você estará lá. Sim, você estará, na morte e na vida. É seu lugar. Você nasceu para isso. É seu destino. Somente seu.

Vi Layelá perto dali. Os olhos escuros e inteligentes também me observavam. Então, lembrei como eu havia chegado àquele lugar. E também compreendi como iríamos embora das ruínas de Olamir.

Olhei uma última vez para o portal, enquanto a visão se retirava. Porém, ele ainda estaria lá me esperando. Eu precisaria voltar algum dia. Havia um preço a ser pago.

— Porém, não agora — sussurrei. — Ainda não.

1 — O Mar de Fogo

Os guerreiros sombrios estacionaram onde a cortina de trevas acabava. Os ruídos dos soldados movendo-se com armaduras e armas pesadas ainda se ouviu por algum tempo, porém foi se distanciando quando as últimas fileiras foram parando, como várias ondas de fogo que iam estacionando umas após as outras, até que o silêncio se estabeleceu.

Do outro lado da escuridão, Naphal podia ver as águas tranquilas do Perath, o maior rio de Olam, repletas de embarcações naufragadas e corpos que flutuavam sem destino ao entardecer. O vermelho estava nas nuvens e também nas águas. Porém, nas águas era sangue. Aquela era a cena de um reino devastado. Porém, não tanto quanto os shedins pretendiam que ficasse.

As águas turvas do maior rio de Olam pareciam ter algum poder misterioso de deter as trevas. A escuridão parava bem próxima ao rio, como que delineada por ele. Aquilo era um mistério que o shedim não compreendia. Por algum motivo, a cortina de trevas chegou até ali, mas estava proibida de avançar. Não fazia sentido. Não após a quebra do tratado do mundo e do submundo. Os shedins haviam retornado do Abadom. Toda a lógica dizia que deviam poder se mover livres.

O príncipe shedim virou-se e contemplou a parte do exército que trouxe até o limite das trevas. Dentro da escuridão, as tochas o faziam parecer um pequeno mar de fogo acalmado, como na noite do eclipse em que destruíram Olamir, quando estacionaram diante das muralhas alvas, antes de investirem contra o Olho apagado. Porém, ali estava só uma fração do grande exército que ainda estava se reunindo de todas as cidades de Hoshek, o qual seria o maior da história, e marcharia em cerca de dez dias, com todos os povos escravizados, e todas as criaturas sombrias, a fim de tomar Olam de uma vez por todas.

Naphal deixou a escuridão e parou na margem do grande rio de Olam. Usava uma armadura prateada feita de aço escovado, resistente o suficiente para suportar golpes de espada. Não usava proteção para a cabeça e os longos cabelos pálidos refletiram momentaneamente o fraco luar que iluminava a outra metade de Olam. O príncipe ainda usava o antigo corpo, porém, não exibia mais a glória de outrora, devido à deterioração causada pela exposição à luz na batalha de Olamir. A pele humana estava enrijecida, os ossos enfraquecidos. Aquele corpo não duraria muito tempo. De qualquer forma, ele esperava poder se livrar dele em breve, quando não houvesse mais restrições para os shedins se moverem no mundo, quando não precisassem mais daquelas carcaças detestáveis. E, para que isso acontecesse, as trevas precisavam voltar a avançar.

Rum também abandonou as trevas e colocou-se ao seu lado. Os dois eram puro contraste. O corpo de Naphal, apesar das distorções, ainda reservava algum ar de majestade. Rum era apenas macabro, como sempre. Mashchit outrora usara um corpo sombrio e monstruoso, mas nem mesmo o corpo do tartan, destruído por Leviathan, era tão assombroso quanto o de Rum. O rosto do príncipe de Ofel quase não tinha carne e os dentes eram iguais a uma serra. Ossos apareciam na testa como pequenos chifres, e também no queixo pareciam dentes de algum animal, e ele não tinha orelhas. Após a destruição de Bethok Hamaim, Rum havia conquistado notoriedade entre os shedins. E, com o retorno do antigo senhor, o respeito do príncipe de Ofel havia diminuído em relação ao príncipe de Irofel. Naphal tinha consciência disso, e aguardava pelo momento de colocar o comandado no seu devido lugar.

Os dois shedins permaneceram olhando para as águas agora quase púrpura que delineavam e barravam a cortina de trevas. O rio tornara-se a fronteira entre Olam e Hoshek. Isso significava que os shedins já dominavam mais da metade do mundo. Mas era pouco. Muito pouco para suas verdadeiras ambições.

— O que você teme? — Perguntou Rum, com certo deboche. — Uma garotinha?

— Eu não temo nada! — Respondeu Naphal, entre os dentes. Já estava farto do deboche do príncipe de Ofel.

— Em dez dias, quando a escuridão avançar, e nosso exército também, então nenhuma garotinha poderá nos assustar — disse Rum com sarcasmo. — É só uma questão de tempo. Nós nem devíamos estar aqui...

— O Olho de Olam foi reativado — disse Naphal, sem conseguir evitar pensar na inutilidade que era explicar aquelas coisas para Rum. — A cantora de Havilá o maneja agora... E com toda a legitimidade.

— Mas ainda é só uma garota — respondeu Rum. — Assim como o manejador de Herevel era só um garoto tolo que foi destruído. Nenhum deles teria estrutura para nos enfrentar. E quando as trevas subirem...

— Ela esteve aqui — Naphal interrompeu o discurso de Rum, sentindo um pouco de prazer em chocar o shedim. — Há poucos dias...

— Dentro das trevas? — Perguntou Rum, atônito.

— Sim, em Olamir, para resgatar o guardião de livros...

— Então, o garoto está de volta também — aceitou Rum como quem assimilou um golpe. — Mas ainda não vejo motivos para alarme.

— Ela cometeu um erro — disse Naphal. — Trouxe o Olho para a escuridão. Ele vai se enfraquecer novamente. É só uma questão de tempo.

Os olhos sombrios do colega pareceram ainda mais escuros.

— Então, mais do que nunca, não precisamos fazer nada — sibilou o shedim. — Só esperar que o cashaph cumpra a promessa e faça as trevas subirem.

— Você não entende, não é? — Questionou Naphal, como quem fala com um tolo. — O Olho não vai se apagar tão rapidamente. Além disso, o fato de a pedra voltar a se enfraquecer fará com que ela vá atrás de certos recursos, os quais, não deveriam ser descobertos. Não agora.

— Não precisaremos nos preocupar com a pedra dos kedoshins quando a escuridão subir... — repetiu Rum. — Nem com Herevel.

Naphal suspirou. Valia a pena dar todas aquelas explicações para um tolo?

— Em Olamir — disse o príncipe shedim —, se eu tivesse atendido ao desejo dos príncipes de atacar na noite do julgamento do giborim, nós teríamos sido desintegrados pelo Olho diante das muralhas de Olamir, mesmo sendo aquela uma pedra imitação. Estaríamos todos no Abadom agora. O poder da pedra branca não deve ser subestimado. Todas as nossas derrotas nos últimos dois milênios foram por causa dela.

Naphal disse aquelas palavras, porém sabia que não podia esperar que o ruidoso príncipe de Ofel compreendesse aquelas coisas.

— Mas agora não é mais você quem dá as ordens — riu fantasmagoricamente Rum.

— Helel concordou com meu plano — respondeu Naphal. — Ele tem inteligência suficiente para ver a situação, não é um tolo como você.

— Sim — riu mais uma vez Rum. — Você conseguiu convencê-lo. Mas isso não significa que me convenceu de que isso é necessário.

Naphal desistiu da conversa, se adiantou e mergulhou a mão pálida dentro da água escura do Perath. Não conseguiu ter qualquer sensação ao fazer aquilo, nem do frio da água, nem de sua textura. Isso sempre havia sido uma das coisas que mais o deixava frustrado. Por que o criador havia oferecido tantas possibilidades aos seres humanos? Todos eles não passavam de desprezíveis criaturas de barro.

Exceto, talvez, uma... pensou Naphal, lembrando-se da jovem presa na torre de Schachat. *Talvez, ela seja diferente...*

Livrando-se daqueles pensamentos inúteis, o príncipe dos shedins voltou a se concentrar no plano. A decisão de colocar aquela estratégia em ação foi tomada na última reunião do Conselho de todos os príncipes de Hoshek. Após constatarem que as trevas haviam estacionado no limite do Perath, o Conselho reunira-se sob as ordens de Helel para decidir o momento de atacar. Naphal, obviamente, cedeu o trono de vidro escurecido para o senhor das trevas, assumindo a posição de general pertencente outrora a Mashchit. O antigo tartan também havia retornado do Abadom com Helel e todos os outros shedins, e agora era o terceiro na hierarquia, mas estava sem corpo, por isso não podia acompanhá-lo naquela missão. Rum também era considerado tartan, e era o quarto a ditar as ordens em Hoshek.

A maioria dos shedins queria atacar imediatamente. Porém, com a abertura do Abadom, apesar de agora todos os shedins estarem livres, os riscos não haviam diminuído. Se os corpos fossem destruídos fora da cortina de trevas, nenhum shedim sabia exatamente o que poderia acontecer. E não havia voluntários para experimentar. Extinção, talvez, fosse uma possibilidade, ou algo ainda pior.

Além disso, dos príncipes, apenas três, além de Naphal e Rum, ainda utilizavam os antigos corpos preparados antes da abertura do Abadom. Os demais eram espectros e não tinham como deixar a cortina de trevas. E, por isso, caso as trevas não continuassem subindo, eles teriam que contar com um exército convencional para destruir o que havia restado de Olam. Em algum tempo, haveria corpos suficientes preparados para todos os outros shedins. Mas, eles esperavam não precisar utilizá-los.

O próprio Helel era uma forma escura indistinta com um chifre solitário e asas tenebrosas, imerso em fogo e sombras. Naphal se lembrava da aparência de outrora do grande líder da rebelião. Ele tivera uma aparência quase humana, com cabelos, barba e sobrancelhas brancas. Agora não havia nada daquela aparência de respeito e sabedoria, toda a luminosidade havia sido substituída por escuridão. Porém, nem mesmo os shedins sabiam se ele também estava restrito às trevas. Ele esteve no Abadom desde a queda de Irkodesh, e jamais utilizara um corpo como os outros shedins. Naphal era o único que conhecia a real situação do grande shedim. Helel não foi condenado apenas ao Abadom, mas à escuridão. Corpo algum poderia suportá-lo para caminhar sob a luz. Ele dependia, portanto, que as trevas avançassem. Ou então, de anular a condenação do passado.

— Não devíamos estar aqui — Naphal ouviu a voz ruidosa e insistente de Rum ao seu lado, mais uma vez. — O cashaph garantiu que em dez dias a rede de pedras escuras fará a cortina de trevas vencer o obstáculo do Perath e cobrir o restante de Olam. Mesmo que isso não aconteça, em dez dias teremos reunido o maior exército da história. A única cidade que poderia resistir ao nosso ataque já caiu. Não entendo a razão do seu temor.

— Eu já disse que não temo coisa alguma — respondeu Naphal, repudiando o sarcasmo na voz do colega.

— Então, por quê a relutância? Duvida do plano do cashaph? Ou duvida da capacidade do nosso exército?

— Não controlamos o cashaph.

— Nós já vencemos todas as batalhas. Agora, somos mais poderosos do que nunca. E, em dez dias, não haverá mais obstáculos para a escuridão. Que exército os homens ainda podem formar? Eles não têm armas com pedras shoham. Vamos esmagá-los, como se esmaga um verme.

— É evidente que o poderio humano está em frangalhos — reconheceu Naphal. — Nenhum exército que eles possam unir, mesmo com a ajuda de Sinim, poderá nos ameaçar. Porém, há muito tempo o criador espera por um ato de bravura. Não devemos colaborar para oferecer isso. Não agora.

— O criador está em silêncio — respondeu Rum com sarcasmo e repúdio. — Ele desistiu desse mundo quando os kedoshins partiram. Tudo o que restou foram as leis fixas que governam a criação, como o tratado do mundo e do submundo. Essas leis podem ser quebradas. A abertura do Abadom testemunha isso. Não há mais motivos para temor!

— Não devemos confundir silêncio com inércia — retrucou Naphal. — O tratado ainda subsiste em algum sentido. Não se engane Rum. Não se iluda com a fragilidade de nossos adversários. Homens renascem das cinzas. Nós precisamos agir rapidamente, antes que os poderes antigos despertem outra vez e tornem essa guerra maior do que qualquer outra.

— Você acha que eles podem voltar? Há alguma chance de isso acontecer?

Por um momento, Naphal quase deixou Rum na dúvida. Seria divertido ver a cara de espanto dele, se pensasse que os kedoshins poderiam retornar para aquele mundo, a fim de terminar a guerra que havia sido interrompida pela intervenção dos irins. Porém, isso não lhe seria útil, principalmente, por causa da tarefa que precisava que ele realizasse.

— A intervenção impôs restrições a ambos os lados — lembrou Naphal. — Do mesmo modo que nós não podemos viver fora das trevas, os kedoshins não podem mais retornar a este mundo. Se eles pudessem voltar, nossa condenação teria que ser revertida.

— Então, realmente não há motivos para fazermos o que estamos fazendo. Essa guerra já está ganha.

— Temos a chance de inutilizar o único objeto que pode nos oferecer resistência. Todas as nossas derrotas nos últimos séculos foram por causa dele. Então, é nossa obrigação tentar fazer isso. E, se, de qualquer modo precisamos esperar dez dias para invadir Olam, então, temos dez dias para garantir que nada nos atrapalhará até que a escuridão avance mais uma vez. Há uma chance, uma única chance, de inutilizar o Olho de Olam de uma vez por todas. Esse é o momento.

— Em dez dias nosso exército estará aqui! Não precisamos fazer nada antes! O Senhor retornou do Abadom. Nosso exército é invencível!

Apesar das palavras e do tom forte, Naphal pressentia na agitação de Rum um certo desconforto em se aproximar do Olho de Olam. Talvez, mais do que confiança no poderio de Hoshek, no fundo, o príncipe de Ofel estava ocultando medo de ter que enfrentar a pedra branca dos Kedoshins.

— Talvez, você é quem esteja com medo de sair das trevas — Naphal não perdeu a oportunidade de ferir com palavras o colega. — Está com medo de enfrentar a garota com a pedra?

A risada ruidosa foi a resposta.

— Acho que você anda muito admirado por essa garota, pois não para de falar nela — devolveu Rum. — Tem certeza de que *ela* em vez do Olho, não é o objetivo dessa missão?

Então, o braço musculoso de Naphal moveu-se mais rápido do que Rum poderia prever. A mão de ferro fechou-se em volta do pescoço do outro shedim. Apesar de ter mais do que dois metros de altura, Rum foi levantado do chão.

Naphal viu o desespero nos olhos opacos do shedim. Ambos estavam fora da cortina de trevas. Se Naphal esmagasse o pescoço do príncipe de Ofel, o shedim seria destruído ali mesmo.

— Eu ainda sou seu comandante — disse Naphal, soltando-o após algum tempo. — Apenas lembre-se disso.

Rum pareceu aceitar a reprimenda e recuou para dentro da cortina de trevas.

Naphal olhou, visivelmente contrariado, para a escuridão que acompanhava a margem do Perath. Já estava anoitecendo. Em alguns minutos, eles poderiam seguir adiante.

— É o rio? — Perguntou Rum com menos desafio na voz, e sem sair da cortina de trevas. — Algo nas águas está detendo o avanço das trevas?

— Provavelmente sejam muitos fatores — disse Naphal. — O guardião de livros não leu o pergaminho. A magia não foi plenamente liberada. O Olho está em ação. A cantora de Havilá o está usando para deter a escuridão. Porém, nós vamos desfazer isso.

— Por isso o interesse no irmão dela?

— Leve seus soldados para o leste — ordenou Naphal, sem dar maiores explicações —, envie os tannînins. Acompanhe o Perath o máximo que puder sem sair da cortina de trevas. Recapture-o. Eu irei para o norte. Se eu conseguir o planejado, venceremos essa guerra sem precisar de uma batalha.

— E que graça teria isso? — Perguntou Rum com deboche, porém, com uma voz mais aliviada.

Olhar para ela era como olhar para o mar de Sinim. O verde vibrante das águas confundia-se com a cor dos seus olhos. Os cabelos quase dourados lembravam o entardecer glorioso sobre as praias infinitas onde o sol se deitava, e parecia nunca querer partir.

Mesmo dentro daquela desconfortável, úmida e escura caverna, rodeados de ratos, morcegos e outras criaturas ainda mais imundas, Adin sentia que poderia ficar a vida inteira apenas contemplando a beleza ainda adolescente de Chozeh, trigésima segunda rainha de Sinim.

Com a pele queimada pelo sol e pelo calor das terras brasas, com as roupas semidestruídas, e sem se alimentar por vários dias, ela ainda era bela de fazer o coração dele doer. E doía muito ultimamente, após tudo o que havia acontecido.

Mesmo fascinado por sua beleza, o jovem de Havilá não podia deixar de notar o estado deplorável em que ela se encontrava. Ela havia emagrecido muito. A pele do rosto outrora suave agora estava muito pálida, o rosto parecia ainda mais magro. Os olhos verdes estavam fundos nas órbitas. Mas, nada se comparava ao deplorável estado de espírito em que ela se encontrava. E por causa disso, Adin sentia seu coração pulsar com uma mescla de sentimentos que se digladiavam. Entre eles paixão, compaixão e, acima de tudo, ira... Uma ira que jamais passaria, mesmo que destruísse um a um todos os que a haviam maltratado tanto... E fazer isso agora parecia a coisa mais impossível de todas.

— Não me olhe assim — ela sussurrou enrubescida, baixando o olhar em seguida.

Transpareceu também um pouco de irritação, reação natural de quem se sentia vulnerável, ferida, situação em que até mesmo um olhar pode ser capaz de produzir dor.

Contra a vontade, Adin desviou os olhos. Não podia se esquecer que estava diante de uma rainha. Precisou fazer um esforço para contemplar a luminosidade do mar atrás dela, que parecia querer entrar pela abertura da caverna onde se refugiavam.

Aquele estranho mar não era o mar de Sinim. Sua infinidade tranquila era enganosa, como o silêncio que se estabeleceu no interior quente e úmido da caverna, um silêncio que não escondia as preocupações deles. Aquele mar circundava algum ponto desconhecido das terras brasas. Era o Yam Esh, o Mar de Fogo. E esse conhecimento o fazia saber que ainda estavam no território dos inimigos...

Os olhos do jovem de Havilá só queriam voltar para o rosto tão amado, mas ele resistiu, pois não queria expor ainda mais a vulnerabilidade dela. Continuou observando o mar, como fazia todos os dias desde que chegaram ali, na esperança de ver alguma embarcação que pudesse levá-los embora daquele inferno. Porém, os dias passavam vazios, como o mar.

O vento quente os alcançou por alguns instantes dentro da caverna, trazendo gosto de sal para sua boca. Isso só fazia aumentar a sede.

Apesar de tudo, qualquer um diria que era um milagre ainda não estarem mortos. Mas para ele, era um desses estranhos e cruéis milagres que fazem o fim antes certo se tornar um recomeço, então, o recomeço se torna uma punição pior do que a morte, tornando o fim desejável.

Estavam vivos. Isso era tudo. E, provavelmente, não seria por muito tempo, o que mostrava mais uma vez a inutilidade do "milagre".

As lembranças dos acontecimentos no Lago de Fogo ainda ardiam em seu peito como a lava que inundou o lugar onde ele foi submetido ao pior teste de sua vida.

Depois que Helel, para o forçar a ler o pergaminho, assassinou as quarenta mulheres diante de seus olhos, e principalmente, depois que trouxe Chozeh amarrada e amordaçada, e a colocou bem diante dele, Adin soube que não podia mais resistir.

Antes ele esteve disposto a morrer *por* ela. Mas não podia deixar *ela* morrer por causa dele. Inexplicável loucura era o amor. Ele sabia que ela morreria de qualquer modo, que ao ler o pergaminho, ele ajudaria Helel a liberar o poder da escuridão sobre a terra, e permitiria que os demônios voltassem do Abadom. Se a poupasse, mataria o mundo inteiro... Mesmo assim... mesmo assim... Dizem que *El* protege os loucos e as crianças. Talvez, ele fosse as duas coisas.

Quando Adin leu o pergaminho e o Abadom se abriu sob o Lago de Fogo liberando parcialmente o poder, o jovem de Havilá soube que a guerra estava decidida. Naquele momento, Helel deixara o hospedeiro. Ainda se lembrava de ver o corpo do velho rei bárbaro secando como um caniço, e se decompondo na sua frente. Nenhum corpo aguentava a presença do senhor das trevas por muito tempo.

Conseguia agora entender um pouco do complexo plano do inimigo. O intento era voltar ao mundo dos homens muito mais poderoso e terrível do que jamais fora. E graças a Adin, o caminho das antigas criaturas malignas estava aberto, e começava a contagem regressiva para a última e pior de todas as batalhas.

Porém, a pior parte para o jovem de Havilá começou quando o demônio partiu. Os bárbaros perceberam que a força que os dominava não estava mais ali. Compreenderam que ninguém mais os impediria de fazer o que quisessem com ele e, principalmente, com Chozeh.

Naquele momento, Adin lembrou-se das palavras cheias de chantagem ditas por Helel: *Todos os bárbaros que poupei adorarão estar com a bela rainha de Sinim... Por bastante tempo...* Para tentar evitar isso, ele havia lido o pergaminho e realizado uma das tarefas necessárias para anular o tratado do mundo e do submundo. Tudo em vão... Mais uma vez, Adin percebia que seus feitos pareciam condenados apenas a inutilidade. Todos eles.

Quando os bárbaros atacaram Chozeh, Adin não tinha forças para ficar em pé, pois elas o haviam abandonado ao ler a inscrição devido aos efeitos do poder maligno. Por mais que quisesse, nada podia fazer. Mesmo assim, arrastou-se em direção a turba que a atacava, e um coice fez o mundo voltar às trevas.

Não soube quanto tempo ficou desacordado, e esse desconhecimento foi um tipo de providência que o impediu de ver tudo o que os bárbaros haviam feito com Chozeh. Mas agora a incerteza era uma maldição.

Ele havia despertado com uma explosão, quando viu uma coluna de fogo subindo no meio do lago incandescido. A lava tinha se canalizado para o alto num espetáculo assombroso. Lembrava-se de ter pensado, até com certa esperança, estar acontecendo o fim do mundo. Provavelmente, os bárbaros também, pois largaram Chozeh e olharam assustados para aquele acontecimento belo e terrível. A beleza durou pouco, o lado terrível se revelou em plenitude quando começou a chover. Uma verdadeira chuva de fogo, enxofre e rochas incandescentes se despejou sobre os bárbaros. Centenas deles foram atingidos pelo dilúvio de fogo. Os tições incandescidos caíam sobre eles, transformando-os em montes de carne derretida.

Naquele momento, Adin conseguiu libertar as mãos e, cambaleante, foi até Chozeh. Quando a arrastou para baixo de uma proteção de rocha, viu que ela estava fora de si. Fez um esforço para tentar envolvê-la com os trapos rasgados que já não podiam cobrir completamente seu corpo. Os olhos dela estavam vidrados e ela sussurrava palavras desconexas. Adin demorou até compreender que eram palavras que invocavam magia antiga, como as que ela disse em Urim quando suas mãos curaram as queimaduras dele. Então, entendeu que ela tentava manipular o poder do Abadom aberto. As palavras fizeram o fogo brotar da terra espantando os inimigos. E isso salvou a vida deles.

Até agora não entendia como ela havia conseguido manipular a magia sem ter lido o pergaminho.

Depois disso, ele a arrastou para longe daquele lugar. Caminharam até muito além do limite da exaustão. Uma penosa e perigosa caminhada. Os bárbaros estavam por toda parte. A explosão do lago de fogo os havia esparramado, porém logo voltariam a procurá-los. O calor, a fome, a sede, e os inimigos competiam para saber quem os mataria primeiro. Adin só desejava que o menos cruel vencesse, mas não conseguia dizer qual seria menos cruel.

Por sorte, encontraram um pequeno riacho no segundo dia. A água quente com gosto de enxofre matou a sede, mas causou diarreia. Mesmo assim, acompanharam o riacho, bebendo sempre daquela torrente, sem saber se ela os estava salvando ou matando-os. Três dias depois, encontraram um rio um pouco maior. As águas já não eram tão quentes e havia uns poucos peixes. A diarreia continuou. Adin compreendeu, talvez por ter desejado, que aquele rio conduzia-os até o Raam, onde alcançariam a fronteira de Sinim.

Seguiram acompanhando o curso, na esperança de que encontrariam o grande rio da fronteira. Ele tentava ignorar o fato de que, se isso fosse verdade, a pé, levariam meses para chegar lá.

Uma semana depois, depararam-se com o mar. Então, foi estranho entender e aceitar o que os olhos viam. A cor não era azul ou verde, nem mesmo cinza como o Yam Kademony. As águas eram quase amareladas, pigmentadas por alguma substância desconhecida liberada por um tipo de alga ardente que ele jamais havia visto. O forte cheiro de enxofre continuava. O clima era quente e árido. O Mar de Fogo era um mar apropriado para aquelas terras. Então, Adin entendeu que estavam na extremidade leste das terras brasas, no lado oposto de Sinim, mais longe do que jamais desejara algum dia estar.

Nos dias seguintes, dentro da caverna em que se abrigaram, Adin viu Chozeh definhar. A manipulação da magia do Abadom e a diarreia a estavam levando embora aos poucos. Ele precisava fazer algo depressa, mas o quê? Todos os dias, andava por aquela região aproveitando os momentos em que o sol não era tão forte, mas encontrava apenas rochas, falésias e abutres. Conseguiu pegar um dos desprezíveis pássaros três dias antes. Comeram a carne, perderam o resto da dignidade, mas ganharam mais alguns dias. Ao final, a troca não pareceu lucrativa.

— Você não devia ter lido... — disse Chozeh, trazendo-o de volta das lembranças amargas para o presente não menos terrível da caverna.

Os olhos verdes da jovem rainha de Sinim estavam fundos. As marcas das lágrimas pareciam ter se estabelecido para sempre na face alva. A mão pareceu sem forças para completar o gesto que reforçava as palavras ditas.

Ela estava assentada sobre uma pedra com os joelhos junto ao peito, e os longos cabelos cobrindo parte do seu corpo. Parecia só uma criança indefesa, que era o que, no fundo, ela era mesmo.

Adin olhou para os dedos magros e se lembrou mais uma vez do toque dela em Sinim, quando aquelas mãos delicadas o haviam curado em todos os sentidos.

— Eu não me arrependo — respondeu tocando a mão trêmula e segurando-a por um momento, mesmo sabendo que se arrependia de quase tudo...

Não estava em situação física melhor do que ela, mas esforçou-se por transmitir confiança. Era tudo o que podia lhe dar.

— Era melhor eu ter morrido... — Chozeh insistiu, desvencilhando a mão.

Quando ela recomeçou a chorar baixinho, ele sentou-se ao lado dela e a envolveu com os braços. Dessa vez ela não resistiu, pois provavelmente não tinha forças para isso. Adin protegeu-a contra o peito, enquanto sentia as lágrimas dela.

Ela estava certa. Morreriam dentro de alguns dias por causa da diarreia. Ou então, morreriam em breve quando os shedins retornassem do Abadom com todo o seu poderio. Ele a havia resgatado dos bárbaros, mas como a salvaria das trevas de Hoshek? E como a salvaria das marcas dos acontecimentos do lago de fogo? Era melhor ter morrido.

Enquanto aninhava aquela que ele sempre amaria, e a consolava, sentia que a vida não tinha nenhum propósito, era apenas loucura e sofrimento. Os maiores feitos dos homens eram todos em vão. Toda a paz do seu íntimo havia desaparecido.

Ele experimentara algum tipo de paz durante o caminho da iluminação. Nunca havia sido algo totalmente isento de angústia, mas era paz em algum sentido, justamente porque acreditou que houvesse razão para a existência e para o sofrimento. Mas agora...

Diversas vezes Adin olhou para a faca improvisada com pedra que havia utilizado para rasgar o abutre... A certeza da inevitabilidade da morte era a única realidade... Ele não deixaria que os bárbaros a tocassem outra vez.

O jovem de Havilá abraçou Chozeh com mais força, sentindo os ossos frágeis do ombro dela contra seu peito e lutou para se apegar a algo que lhe desse alguma esperança. Tentou recordar as coisas que havia aprendido, mesmo que agora não conseguisse acreditar nelas. Algo o havia atraído ao oriente. Ele servira aos propósitos dos shedins. Havia aprendido que não existe bem maior se não se faz o menor. As grandes coisas não vinham antes das pequenas. Fazer o que é certo em cada pequeno ato era a garantia de que os grandes aconteceriam. Tudo isso ele havia aprendido no caminho da iluminação. Mas era difícil conferir sentido a qualquer dessas coisas depois de ter ficado frente a frente com o senhor da escuridão.

A luz de Shamesh no entardecer entrou pela abertura da caverna e os alcançou no interior, banhando-os com sua mornidão dourada, e fazendo as sardas no rosto de Adin arderem mais intensamente. Adin contemplou o rubor do céu lembrando-se do título que haviam lhe dado naquelas terras. Guerreiro do Poente. Pela primeira vez acreditou que era um título apropriado, pois a réstia de luz avermelhada logo foi vencida pela escuridão da noite. O poente era apenas um prenúncio da escuridão. *Eu trouxe a escuridão para este mundo.*

Durante a noite, veio a tempestade. Os sons dos trovões e as explosões próximas dos raios pareciam ações de um deus colérico, desejoso de esmagá-los como se fossem ratos. E ainda assim, precisava admirar a beleza dos raios e dos clarões. *Talvez, ele queira nos matar de uma maneira bela.*

Três noites e três dias de chuva intensa se arrastaram enquanto os dois ficavam dentro da caverna, esperando outro milagre. Os estrondos das ondas batendo nas rochas se misturavam com os trovões intermináveis. Mas pelo menos havia água potável. A diarreia diminuiu, a fraqueza de Chozeh continuou.

As dúvidas e pensamentos de morte voltaram a assolar o jovem. Leannah disse que a morte seria boa. Mas se ela viesse pelas mãos dos shedins ou dos bárbaros, ele já não podia acreditar nisso.

Durante todos os três dias de chuva, ele se pôs à entrada da caverna, contemplando o horizonte, e esperando contra a esperança.

Quando a chuva cessou, seus temores aumentaram. Viu dragões voando sobre o oceano. Os tannînins vermelhos se aproximaram da costa e começaram a vasculhar o continente.

Entendeu que estavam sendo procurados. Helel sabia que eles estavam vivos! Havia enviado os dragões para terminar o serviço. Mas algum dia imaginara que seria diferente?

Por dois dias os dragões os procuraram. Os dois tentaram se esconder adentrando ainda mais a caverna.

No segundo dia, os tannînins chegaram muito perto. Vasculharam uma a uma as cavernas daquela região. Sempre que viam ou pressentiam alguma movimentação, despejavam fogo dentro das aberturas fazendo as labaredas explodirem por todos os orifícios.

Chozeh estava desacordada durante os primeiros ataques e Adin deu graças a *El* por isso. Tentou protegê-la com os braços enquanto esperava que os tannînins se afastassem, ou talvez, até que algum jato de fogo os atingisse.

De fato, um passou muito perto. Adin pressentiu que as labaredas iam alcançá-los, mas elas passaram qual um rio de fogo pela subdivisão da caverna. Ele havia escolhido aquele lugar, contando justamente com isso. A bifurcação da caverna canalizou o fogo dos dragões para as profundezas e não foram atingidos, exceto pelo calor que os fez sentir outra vez como se estivessem de volta ao lago de fogo.

No terceiro dia após a chegada dos dragões, não ouviram mais os urros, nem o farfalhar de asas, ou mesmo as explosões distantes quando os tannînins incendiavam as cavernas.

Adin acreditou que novamente o destino os havia poupado. Não viu motivos para agradecer.

Percebendo que Chozeh não ficaria um dia a mais sem comida, ele decidiu tentar a sorte no mar mais uma vez, antes de recorrer aos abutres. Havia feito uma forquilha e um arpão com galhos secos. Já havia tentado três vezes pegar algum peixe, sem sucesso. A necessidade extrema o fez criar fé, e ele se dirigiu outra vez ao lugar onde as pedras formavam pequenos lagos, detendo as algas ardentes. Lá era possível adentrar um pouco na água e ver os peixes que nadavam junto às rochas.

A chuva havia apagado seus rastros na areia e isso dificultou a localização do lugar específico onde era possível acessar as pedras. Ele vasculhou todas as entradas possíveis, até que encontrou o local. A água salgada banhou seus pés feridos com a sensação de mil agulhas sendo introduzidas neles.

Encontrou o caminho sobre as pedras e conseguiu chegar ao local onde era possível ver os peixes se movimentando. Os peixes nadavam tranquilos, porém provavelmente seriam mais rápidos que o seu arpão, mesmo que ele estivesse no auge de sua força. E as rochas eram lisas demais para seus pés descalços, tornando inevitáveis vários tombos.

Quando conseguiu se equilibrar precariamente, desferiu um golpe, com toda a força e rapidez que possuía, contra um cardume de pequenos peixes. Perdeu o equilíbrio, escorregou e mergulhou na água, ao mesmo tempo em que lutava para não perder o arpão. Ao alcançá-lo, mais uma vez constatou, sem surpresa, que estava vazio.

Uma onda o empurrou com violência e ele temeu que seria esmagado contra as rochas. Agarrou-se derrotado a uma pedra lisa e, à duras penas, conseguiu escalar. Já estava tão enfraquecido que imaginou não conseguir fazer o movimento outra vez.

Quando recuperou o fôlego, se colocou de vigia esperando alguma movimentação. Um peixe passou perto da pedra e mais uma vez ele desferiu um inútil golpe.

Dessa vez não precisou mergulhar para resgatar o arpão, pois ele estava perto da rocha e só precisou recolhê-lo vazio.

Por alguns instantes Adin desistiu. Permaneceu imóvel sobre a rocha. Os peixes passavam ao seu lado como se percebessem a incapacidade dele de apanhá-los. De fato, não tinha mais coragem nem forças para tentar atingi-los. Pensou que talvez pudesse esperar a morte chegar ali mesmo. Ela viria mais cedo ou mais tarde. Talvez Chozeh não sobrevivesse outra noite. Ele não queria vê-la morrer.

As nuvens no céu estavam muito escuras, porém não parecia que voltaria a chover. A escuridão no alto, talvez nem fossem nuvens, talvez já fosse Hoshek.

Pensou em Chozeh dentro da caverna e decidiu que precisava pegar pelo menos um peixe. Nem que fosse para viver só mais um dia. Decidiu também que voltaria para ela e diria que a amava. Poderia parecer apenas um tolo diante de uma rainha, e, na verdade provavelmente era o que ela pensava dele, mas não podia mais negar seus sentimentos por ela.

Nos livros antigos da biblioteca secreta de Olamir, ao completar o primeiro ponto do caminho da iluminação, ele havia absorvido o conhecimento sobre o poder do verdadeiro amor. Os livros diziam que se tratava da maior das dádivas de *El* para a raça humana. O amor podia recriar a realidade, curar feridas e encobrir todas as transgressões. Talvez, o amor que sentia por ela pudesse levá-los de volta à vida, após apagar todo aquele passado de sofrimento.

Olhou outra vez para os peixes. Havia aprendido tantas coisas naqueles meses desde que partira de Havilá. Havia acumulado informações que uma pessoa não conseguiria em uma vida inteira, porém nem sempre estava suficientemente consciente do conhecimento recebido. Esse era o motivo pelo qual não o usava na maioria das vezes, e agia como alguém ignorante e inexperiente.

O jovem de Havilá levantou-se e segurou outra vez o arpão. Tentou se lembrar das intuições que teve durante as batalhas com os bárbaros. Era impressionante como sabia, mesmo sem poder explicar, o modo como eles agiriam. Antecipava-se a eles e assim sabia dizer como atacariam, como recuariam, e até mesmo como morreriam. Estava na hora de usar os dons que havia recebido. Estava na hora de se tornar de fato um homem. A vida nunca havia prometido que seria boa para ele, ao contrário; então, também podia ser um pouco menos condescendente consigo mesmo.

Fixou seu olhar nos peixes. Em um em especial. O maior deles. Era levemente dourado. Tentou entender o modo como se movia debaixo da água. Deixou que ele mesmo dissesse o que faria quando o arpão mergulhasse. Permitiu que seus instintos se sobressaíssem à razão. A intuição, o maior deles, era uma das dádivas dos kedoshins para os peregrinos do caminho da iluminação. A intuição ignorava o medo. O medo paralisava e era a causa principal dos erros nas ações. Nem sempre podia confiar na intuição, pois durante a jornada além do Raam, várias vezes ela o enganara. Ou será que ele havia entendido as coisas erroneamente? Será que não havia prestado suficiente atenção à sua voz interior? Ou essa voz também falava coisas falsas?

Enquanto vasculhava as águas amareladas, a intuição lhe mostrou o que fazer. Em obediência, desferiu o golpe. Antes mesmo de acertá-lo já sabia que conseguiria. Foi quase sem esforço. Puxou o arpão para cima e, com satisfação, viu o peixe se debatendo na ponta. Rapidamente encaixou a forquilha e o recolheu.

Naquele momento Adin percebeu que ainda teria um papel importante na guerra que se avolumava em Olam. O fim ainda não havia chegado para ele. Talvez só o estivesse adiando, mas sentiu que, pelo menos momentaneamente, havia derrotado o destino. Animou-se com a possibilidade de fazer isso mais vezes.

Preparou outra vez o arpão. Precisava pegar mais alguns peixes, pois deviam se alimentar bem. Chozeh tinha que se recuperar para a longa viagem que fariam até retornar para Sinim e depois Olam. Sim, agora ele sentia que podia fazer isso, e até já visualizava as maneiras como poderiam voltar. Talvez, pudesse encontrar um modo de se comunicar com sua irmã, ou talvez pudesse se comunicar até mesmo com Ben. Precisava crer que ambos ainda estavam vivos, e que o fim de Olam não havia chegado. Ele só precisava utilizar os dons e conhecimentos recebidos. Não podia desistir. Ele não iria desistir.

Todos os seus instintos ainda estavam à flor da pele quando apontou resoluto o arpão para as águas revoltosas. Era como se o mar fosse um grande monstro com um único ponto vulnerável, o qual, com o arpão, ele precisava e sabia como acertar. Percebia dezenas de peixes se movendo sob as águas. Sentia os cheiros, as movimentações bruscas, e ouvia os sons de um modo muito intenso.

E então, seus instintos subitamente revelaram algo aterrador. Antes mesmo de ouvir o farfalhar das asas, ou de ver as garras terríveis vindo em sua direção, Adin soube que um tannîn estava atrás dele.

Não deu tempo de se virar. Sentiu as garras poderosas a envolvê-lo antes que pudesse fazer qualquer coisa, e o harpão improvisado caiu de suas mãos.

Adin ainda viu seu próprio rosto apavorado refletido no mar, antes que a água e as rochas se distanciassem vertiginosamente.

O dragão subiu e voou na direção do grande mar, para o sul, onde ficava a cortina de trevas.

Ao longe, indistintamente, Adin viu outros tannînins. Teve a impressão de que um deles carregava uma mulher.

2 — As Cidades de Gelo

Ben despertou quando os braços de Leannah apertaram sua cintura. Layelá bateu as asas e fez um movimento brusco para se desviar das nuvens que barravam o caminho. A re'im perdeu altitude e ele agarrou-se momentaneamente apavorado às crinas prateadas dela, temendo que despencaria para o vazio, sentindo uma forte vertigem por causa da altitude.

Durou só um segundo o terror, pois logo Layelá estabilizou o voo e Ben se lembrou de onde estavam e do que faziam. Porém, isso não lhe trouxe uma sensação melhor. Ele e Leannah cavalgavam a re'im, voando para o norte de Olam, para além de todas as fronteiras conhecidas.

— O que aconteceu? — Perguntou a cantora de Havilá à garupa. — Outro sonho?

A voz de Leannah lhe causou novo sobressalto. Era estranho, depois de tudo, senti-la tão perto. Ele havia acreditado que jamais a veria outra vez após todo o tempo de separação, e agora, estavam próximos, como quando viviam em Havilá.

Não. Daquele modo não. Isso nunca mais seria possível. Leannah nunca mais seria a ingênua cantora de Havilá. E ele nunca mais seria o guardião de livros que ela tanto admirava.

— Sim — assentiu.

— O portal?

— Sim.

Havia contado para ela o que vira quando estava em Olamir, antes que ela aparecesse. Leannah estava chamando aquilo de "sonho", mas Ben sabia que não se tratava exatamente disso, muito embora, ele não soubesse dizer o que era. Parecia mais uma visão. Estivera num limiar de mundos, num estado entre a morte e a vida. E temia só em pensar que um dia retornaria para lá.

— É só um sonho! — Ela reforçou, tentando consolá-lo. — Não dê demasiada importância para ele.

Ben assentiu, mesmo sabendo, tanto quanto ela, que não era só um sonho.

Havia cochilado por alguns minutos após o voo que durou praticamente a noite inteira. Forçara-se a ficar acordado durante a longa vigília da madrugada, mesmo quando sentiu Leannah adormecendo atrás de si. Observar as estrelas e imaginar os mundos que se escondiam atrás do brilho multicolorido delas impediu que ele adormecesse. Mas perto do amanhecer, uma névoa gelada encobriu as estrelas e, quando ele puxou a capa sobre si, o sono o derrotou. Então, teve o sonho e outra vez viu o portal... Exatamente do mesmo modo que havia visto em Olamir, antes que Leannah o buscasse.

Haverá um preço — disse a tríplice voz do Abadom nas profundezas das Harim Adomim, e isso lhe dava a certeza de que, mais cedo ou mais tarde, precisaria pagá-lo.

O guardião de livros forçou-se a ignorar aqueles fatos e a concentrar-se na missão imediata. Seguindo as instruções de Leannah, voavam com Layelá para o norte de Olam em busca dos rions, ou talvez de um pouco de esperança, por mais difícil que fosse encontrar qualquer um deles.

Se houver qualquer possibilidade de revertermos essa guerra, isso começará no norte, disse Leannah.

Ben imaginou que Leannah pretendia convocar os rions para a batalha.

O guardião de livros contemplou as Harim Keseph espalhando-se sob o sol nascente por um vasto e desconhecido território. Há dois dias somente picos gelados eram vistos debaixo das patas da re'im, e, apesar da velocidade, eles pareciam não sair do lugar. E, de fato, só mais tarde ele entenderia que haviam voado em círculos por bastante tempo, tentando encontrar a passagem.

No início era uma paisagem deslumbrante com todas aquelas formações imensas que pareciam obra de algum artífice gigante, mas após todas as horas de cavalgada, tornara-se monótona. Só o calor do Olho de Olam mantinha as asas de Layelá em ação e os impedia de congelar e despencar.

A viagem desde Olamir já entrava no terceiro dia. E três dias completos, Leannah disse, era o tempo que eles levariam até encontrar as cidades de gelo.

Em princípio, ele torceu para que ela estivesse enganada a respeito da previsão, mas agora esperava que estivesse certa, ou então, significaria que demoraria ainda mais, e ele já não aguentava mais permanecer sobre a re'im. Eles haviam pousado poucas vezes desde que partiram das ruínas de Olamir.

Ben contemplou o norte longínquo onde não havia qualquer sinal da escuridão que agora cobria mais da metade de Olam. Ele havia visto e sentido aquela escuridão ao fugir de Nod e se refugiar nas ruínas de Olamir. Nenhum tipo de vida digna podia se desenvolver sob aquele manto de trevas. Por isso, ver o sol dourando a neve eterna naquele amanhecer trazia algum alento, mas ao mesmo tempo, acentuava o terror que ficara para trás.

Eles haviam abandonado a cortina de trevas no exato momento em que encontraram o Perath. A imagem impressionante das trevas bloqueadas e delineadas pelas águas do maior rio de Olam demoraria a sair da mente do guardião de livros. Ele não entendia o motivo de estarem estacionadas naquele ponto. Parecia algo mágico. Ben desconfiava que Leannah e o Olho de Olam tivessem algo a ver com aquilo.

Durante a viagem, Ben percebeu que o gelo do norte estava menos ao sul do que antes, como se as Harim Keseph tivessem diminuído seu território. Até certo ponto, isso parecia lógico, pois apesar de estarem no inverno, praticamente não fazia frio em Olam.

Leannah apontou para baixo e Ben percebeu que ela também havia notado aquilo.

— Com a destruição do dragão-rei, era de se esperar que o gelo estivesse mais ao sul.

Ben entendeu o raciocínio de Leannah. Porém, não soube fazer nenhum comentário a respeito.

O norte parecia um bom lugar para buscar refúgio, mas não estavam atrás disso. Buscavam ajuda. Ben e Leannah sabiam que uma invasão aconteceria em breve. Mesmo que as trevas não avançassem, os shedins avançariam com todo o seu poderio. Com Olamir, Nehará e Bethok Hamaim destruídas, Nod e Ir-Shamesh controladas por Anamim, e apenas Maor das grandes cidades ainda livre, mas totalmente a mercê das trevas, o único lugar onde parecia lógico encontrar ajuda naquele momento eram as cidades de gelo. Ben lembrava-se do grupo de rions que lutara ao lado deles em Nod. Eram guerreiros formidáveis, ágeis como felinos, com uma visão noturna assombrosa, e a capacidade de acertar qualquer alvo com suas setas. Certamente, um exército de rions faria diferença em qualquer batalha.

O dia passou devagar enquanto flutuavam sobre as nuvens embalados pelo voo de Layelá. As asas subiam e desciam sem pressa, planando boa parte do tempo. Assim a re'im economizava energia, e tornava a viagem um pouco mais confortável para os viajantes. Mesmo assim, mantinha boa velocidade. Com o crescimento pleno do chifre, a re'im estava cada vez mais veloz.

Quando Shamesh já se aproximava do horizonte branco, Ben sentiu o toque de Leannah em seu ombro mais uma vez e olhou para baixo na direção em que ela apontava.

— Acho que a passagem fica exatamente ali! — Disse Leannah com visível preocupação. — Espero estar certa dessa vez, pois já perdemos muito tempo.

Ben não enxergou nada além de montanhas brancas e alguns picos monótonos, mesmo assim, impeliu Layelá para o destino apontado pela garota. Em resposta, as asas da re'im se moveram vigorosamente, o vento subitamente passou por cima das crinas prateadas e eles desceram. A suavidade do voo foi substituída pelo frio no ventre pelo movimento brusco de descida, mas logo as asas se inflaram e a descida se tornou um pouco menos vertical.

— É bem ali! — Indicou Leannah para um paredão impressionantemente alto. — Graças a *El*, encontramos!

Ao se aproximarem das montanhas, Ben compreendeu por que ninguém conseguia encontrar as antigas cidades. Não havia nada no lugar onde Leannah apontava. De longe ou de perto, aos olhos dos visitantes, eram só paredões encobertos por densa e gelada névoa. Alguém poderia passar dezenas de vezes por ali e nunca enxergar absolutamente nada. Ben, até mesmo acreditou, que já tivessem passado ali algumas horas antes.

— Magia antiga protege o local — disse Leannah. — Por isso ele fica oculto dos olhos humanos e não humanos.

Layelá voou entre os paredões e eles se sentiram diminutos diante do tamanho do desfiladeiro de gelo. As formações se estreitavam a frente e Ben achou perigoso continuar, pois a maior qualidade de Layelá era a velocidade, não o equilíbrio. Porém Leannah fez sinal para que seguissem em frente.

Mesmo temendo que poderiam se chocar contra as formações enquanto o vento fazia a re'im balançar, Ben incitou Layelá na direção exigida por Leannah. A re'im obedeceu e em alguns momentos as pontas das asas chegaram a tocar perigosamente nas laterais do desfiladeiro, fazendo Ben suar apesar do frio.

Voavam acima de uma densa camada de névoa branca, que ocultava o fundo como se fosse um grande oceano branco espremido entre os paredões.

— Não tem nada aqui — disse Ben. — Está ficando muito perigoso!

— Não acredite em seus olhos — respondeu Leannah e apontou para frente.

Ben viu um paredão de gelo se aproximar rapidamente e percebeu que estavam num beco sem saída. Fez menção de conduzir Layelá para o alto, mas Leannah deteve sua mão. Apavorado com a aproximação do paredão de gelo, e percebendo que não haveria mais tempo nem espaço suficiente para subir, ele forçou as rédeas da re'im. Layelá respondeu de forma nervosa e, em vez de se elevar, acabou descendo ainda mais em direção à névoa. Ben viu o paredão se aproximar e, quando a névoa branca os envolveu, teve a certeza de que se chocariam com o gelo.

Sem enxergar nada, Ben notou que o impacto estava demorando para acontecer. Talvez Layelá tivesse conseguido contornar ou encontrado algum caminho dentro da escuridão branca. Moveram-se às cegas até que subitamente a névoa desapareceu, o sol brilhou sobre o gelo e a imagem que surgiu foi como se outro mundo tivesse subitamente se sobreposto àquele.

— As cidades de gelo! — Exclamou Ben, sem conter a admiração, avistando de longe as cúpulas brancas levemente douradas pelo sol da manhã que encheram a vista.

Ainda sentia seu coração bater descompassado pelo medo de se chocar com as formações de gelo e agora aumentado pela visão de Kerachir[1], porém, então, o sentimento que alimentou as batidas se tornou muito diferente.

— São esplêndidas! — Concordou Leannah. — Graças a *El*, conseguimos entrar.

Ben olhou para trás e viu o mesmo paredão mergulhado na névoa.

— Havia uma passagem dentro da névoa? — Perguntou intrigado.

— De certo modo sim — respondeu Leannah. — Mas eu não arriscaria tentar encontrá-la se não soubesse que estaria aberta.

— E você sabia que estava? Havia alguma fórmula para abrir? Foi o Olho?

— Há um segredo antigo, uma fórmula desconhecida, a qual possibilita abrir a passagem. Mas eu não a conheço. Acredito que apenas Thamam e Enosh soubessem fazer isso. A única coisa que eu sabia era que a passagem podia ser aberta

---

[1] Cidade de Gelo

ao entardecer, sob a luz de Shamesh. Porém, foram os rions. Eles permitiram que entrássemos.

— Você ao menos podia ter dito isso antes — reclamou Ben. — Que eles estavam nos esperando.

— Mas eu não tinha total certeza disso. Apenas acreditei nisso.

— E se você estivesse errada?

— Melhor nem pensar — disse Leannah com um risinho maroto.

Enquanto Layelá voava em direção aos imensos parapeitos que circundavam as montanhas, os dois viajantes foram tomando consciência do tamanho de Kerachir. Havia semelhanças no estilo das construções com o palácio de gelo nas Harim Keseph, onde o terceiro ponto do caminho da iluminação foi completado, mas lá era apenas um palácio, ali eram centenas. Na verdade, as montanhas de gelo eram os próprios palácios. Tudo havia sido esculpido no gelo e na rocha.

Uma inesperada emoção tomou conta do coração do guardião de livros ao ver, pouco a pouco, se aproximando as torres e cúpulas interligadas por sólidos pátios semicirculares, desenhados por altos parapeitos semelhantes a muralhas. Kerachir era contemporânea de Irkodesh, de Giom, e de Beraká, e até mesmo da abandonada cidade dakh no centro da terra. Era a única daquela Era que ainda estava em pé, graças ao poder do gelo luminoso. Por isso, aproximar-se do local era o mesmo que voltar à época dourada de Olam, a um tempo de feitos gloriosos que haviam sido encobertos pela cortina de trevas.

Em Kerachir vivia um dos mais antigos seres do mundo.

— *O patriarca dos rions vê através da escuridão das almas* — disse Leannah, quando o convidou para voar para o norte, até Kerachir. — *Ele poderá dizer quem de fato você é. Lá, talvez, você descobrirá toda a verdade...*

Leannah havia usado esse argumento para tentar convencê-lo a ir com ela para o norte. Porém, não havia sido isso o que o convenceu a acompanhá-la. No fundo, Ben sabia que não havia nada para descobrir que ele já não soubesse... Definitivamente, esse não foi o motivo pelo qual se levantou das cinzas da cidade branca e cavalgou sobre as nuvens por três dias em direção ao mais longínquo norte de Olam, onde os rions construíram suas cidades e as protegeram do mundo com o poder do gelo luminoso. Não havia recobrado a esperança de que algo do passado ou do futuro pudesse ser modificado. As palavras e explicações de Anamim em Nod haviam sido convincentes demais para permitir tal coisa. E Leannah não havia oferecido nenhuma prova substancial para desacreditar as palavras do latash traidor. Embora ela tivesse sugerido que Enosh, talvez, tivesse razões para fazer as coisas que fez, Ben sabia que razões não mudavam os fatos, nem justificavam as ações do velho latash.

Além disso, Ben não queria repetir o erro de antes e se apegar a uma esperança que, mais uma vez, poderia se revelar indigna e destruidora. Ben queria que a ferida cicatrizasse, abri-la só traria mais dor.

Também não foi por acreditar que encontrariam ajuda no norte, com os rions, que o fez acompanhá-la. O poder da escuridão havia crescido demais para possibilitar que ele ainda acreditasse que havia alguma chance de vencer aquela guerra...

Provavelmente, o motivo que o fez voar com ela para o norte em busca dos rions, e de seu lendário patriarca, era por algo que havia visto no olhar da cantora de Havilá. Não podia explicar o que era. Porém, sentia que devia isso para ela. Leannah havia permanecido digna durante todo o tempo, desde que partiram de Havilá, mesmo enquanto ele corria atrás de Tzizah como um cãozinho carente. Apesar de todas as atitudes tolas que ele havia cometido durante o caminho da iluminação, e até diante do terrível fracasso em Nod, quando não teve coragem de se sacrificar pelo bem de Olam, ela tentou encontrar algo positivo em tudo aquilo, para levantá-lo das cinzas.

— *Você perdeu a oportunidade de salvar esse mundo* — ela havia falado seriamente sobre aquilo. — *Mas, provavelmente, é porque haverá uma oportunidade maior de fazer isso.*

O que havia de mais admirável e incompreensível nas atitudes de Leannah era a simplicidade que a envolvia como um manto. Como esquecer que foi a única a ter completado todo o caminho da iluminação e recebido os quatro dons dos kedoshins? Como ignorar que ela havia recebido o direito de manipular o Olho de Olam, e que a pedra estava ali, inteiramente ao alcance dela? Porém, o sorriso meigo, o modo de falar e de agir, ainda pareciam os mesmos da jovem e ingênua cantora que um dia ele conheceu no pequeno templo de Havilá.

Ben sabia, por experiência própria, que o poder modificava as pessoas. Tinha medo de si mesmo quando manejava Herevel, pois percebia os sentimentos estranhos e contraditórios que tomavam conta de seu coração quando a espada estava sob seu comando. Era muito fácil se tornar um juiz e decidir o certo e o errado com base em sua própria opinião. Porém Leannah, apesar de carregar o Olho, pouco falava a respeito dele, nem o tocava com frequência. Era como se não precisasse daquilo.

Fé. Era isso o que ele havia visto nos olhos dela, e por isso a acompanhara para o norte. Não compartilhava aquela perspectiva. Só não queria magoá-la ainda mais.

Apesar de cansada após o longo voo desde Olamir, Layelá fez o percurso da passagem até as cidades de gelo o mais rápido possível, e isso custou ainda quase uma hora. E isso deu uma demonstração do tamanho de Kerachir, pois de longe já haviam avistado as construções. E, quando, finalmente, ela mergulhou com determinação em direção ao pátio central, e planou entre as construções, Ben e Leannah se sentiram diminutos.

— Ainda há um grande número de rions em Kerachir — disse Leannah, olhando por cima do ombro de Ben e observando atentamente as construções que iam passando ao lado e sob as patas negras. Dava para ver os rions cinzentos que se moviam sobre as plataformas de gelo.

A re'im parecia conhecer o lugar, pois dirigiu-se com segurança em direção ao pátio central, desviando-se dos pináculos e cúpulas de gelo. As patas tocaram o chão gelado com pouca suavidade. Mesmo assim, Ben se lembrou que nas primeiras vezes a re'im era muito mais desajeitada nos pousos.

O chifre prateado brilhou quando ela pousou, fazendo Ben pensar mais uma vez nas qualidades que ela estava adquirindo, além da velocidade, como a capacidade de se ocultar dos inimigos. Graças a isso, a longa viagem desde as ruínas de Olamir até o norte havia sido razoavelmente tranquila, pois a re'im conseguia prever o surgimento de ameaças, e, desaparecer quando se aproximavam. Evidentemente que o desaparecimento era apenas uma ilusão criada pelo poder do chifre, uma ilusão que desorientava os perseguidores. Só foi necessário fazer isso uma vez, quando viram tannînins ao longe, ao norte do Hiddekel no primeiro dia. Mas os dragões não se aproximaram o bastante para oferecer algum perigo.

As longas asas prateadas se abriram e contiveram o galope após o pouso. As ferraduras de Layelá emitiram um som metálico que ecoou pelas plataformas de gelo.

Os rions correram em direção aos visitantes. A pele cinzenta e as cabeleiras brancas criavam um forte contraste nos habitantes do gelo.

O fato de reconhecerem Layelá evitou desconfianças maiores. Mesmo assim, sentinelas armadas com arcos e flechas, brilhantes como gelo, mantiveram-se em posição o tempo todo.

Ben se lembrava de Ahyahyah e seus companheiros efetuando disparos na batalha de Nod. As setas pareciam se guiar por magia, por isso limitou-se a ficar com as mãos bem longe do cabo de Herevel até que fossem reconhecidos como amigos.

Lembrou-se também das palavras do capitão rion na despedida em Nod.

Kerachir se prepara a enfrentar o mal
Se a aliança se renovar para a batalha final.

Ben olhou ao redor ainda mais admirado. Leannah queria que eles marchassem para o sul. Mas, por qual motivo eles abandonariam a segurança das cidades secretas para se lançarem numa guerra que dificilmente os alcançaria? Porém, não colocou aqueles pensamentos em palavras. Leannah certamente não gostaria de ouvir aquilo.

Os rions vestiam-se com roupas próprias para o frio, feitas de grossas peles. Todos tinham cabelos e sobrancelhas muito brancas. E alguns também usavam barbas pontiagudas da mesma cor. Eram mais baixos do que a maioria dos homens, mas eram mais altos do que anões. A constituição física lhes concedia muita agilidade. E os olhos eram a parte mais inquietante. Ben viu aqueles olhos de coruja observando-os e percebeu que era hora de dizer algo.

Eu sou Ben, o guardião de livros, manejador de Herevel
Essa é Leannah, o Olho ela recebeu como presente de El.
Buscamos Ahyahyah que nos ajudou na grande batalha
O gelo luminoso nos livrou de Leviathan e sua fornalha.

Ben proferiu as palavras sem descer da re'im. Acreditou que, pela primeira vez, havia falado a língua rion com alguma desenvoltura.

O líder da escolta assentiu e fez sinal para que o acompanhasse. As sentinelas ao redor imediatamente relaxaram a posição de guarda e voltaram a vigiar as muralhas externas do grande palácio.

Quando Ben e Leannah deixaram Layelá no pátio, vários rions se aproximaram e tocaram carinhosamente o pelo escuro e as asas prateadas como se a conhecessem há muito tempo.

— A mãe dela foi criada aqui — explicou Leannah, percebendo a curiosidade de Ben que olhava para o modo como os rions tocavam Layelá. — Ela se chamava Tzohar[2], e gerou três belos re'ims: Layelá, Boker e Erev. Eles foram dados como um presente para Olamir.

---

[2] Meio dia.

— Pensei que há muito tempo os rions não se envolviam com o mundo lá fora — disse Ben, estranhando aquele fato.

— Há muito anos Thamam esteve aqui — revelou Leannah. — Ele estava numa expedição para o norte atrás dos behemots, queria fazer pesquisas, entender como a magia antiga ainda se movia nas criaturas do gelo...

— Ao que parece, Thamam vem estudando a magia antiga há um bom tempo — interrompeu Ben.

— Ele negociou com o patriarca — continuou Leannah. — Precisava de uma montaria segura que o levasse até o mais próximo possível do campo dos behemots. O patriarca ofereceu Tzohar. A re'im era inteiramente dourada, mas tinha a crina e o rabo negros. Era belíssima e extremamente valente. No retorno, Thamam devolveu-a, porém, anos mais tarde, o patriarca enviou Layelá, Boker e Erev como um presente para Thamam.

— Será que Layelá vai ficar aqui? — Ben perguntou com uma pontinha de tristeza, pensando se também perderiam a re'im. Foi inevitável não se lembrar de Evrá e de Erev.

— Os re'ims são livres. Se Layelá quisesse ir embora já o teria feito. Não se preocupe, Layelá escolheu estar ao nosso lado e ainda fará muitas coisas importantes nessa guerra.

Enquanto seguiam o líder da escolta, Ben contemplou a grandeza do lugar agora pelo lado interno. O pátio central era uma espécie de plataforma sobre o penhasco. Uma muralha natural fazia um baluarte em meia lua sobre a plataforma. De longe os parapeitos pareciam baixos, mas de perto, percebia-se que eram altos como muralhas intransponíveis. Sobre os parapeitos centenas de estátuas transparentes de tannînins empoleiravam-se e vigiavam as montanhas.

Ben olhou para as estátuas lembrando-se dos tannînins do palácio de gelo das Harim Keseph. Eram muito semelhantes. O gelo luminoso deu vida aos guardiões quando Ben colocou a coroa de ouro sobre a cabeça. Lá eram apenas dois. Ali eram centenas. Será que esses também poderiam ser despertos caso Kerachir fosse atacada?

Ben percebeu que Leannah olhou demoradamente para as estátuas, provavelmente lembrando-se do ocorrido com Adin dentro do Palácio de Gelo.

Olhando mais atentamente, Ben percebeu que muitos tannînins não estavam inteiros. Em alguns faltavam asas, em outros chifres, e outros não tinham cabeça. Viu também que um tipo de gelo mais recente recobria parte do pátio central, como se o gelo houvesse derretido e depois congelado outra vez. Tentou identificar a origem daquele fenômeno, mas não conseguiu. Parecia vir das próprias paredes, como se toda a cidade tivesse passado por um lento período de decadência, porém, algumas partes tinham sido congeladas novamente. Notou que Leannah observava aquilo com um rosto preocupado.

Ao se aproximarem da porta de entrada do palácio central, Ben viu Ahyahyah vindo em sua direção. O capitão do exército rion se aproximou e os olhos de coruja os observaram antes que falasse qualquer coisa. A cabeleira branca continuava até a metade das costas, presa numa longa trança, e a barba pontiaguda parecia um pouco mais comprida do que da última vez em que o vira, em Nod. Mas os olhos continuavam os mesmos. Ben sentiu que não podia ocultar nada daqueles olhos. Os rions tinham a capacidade de enxergar o íntimo das pessoas e era impossível não se sentir desconfortável diante deles nessas situações.

Ben já começava a temer o momento de encontrar o patriarca deles.

O olhar do capitão rion, além da característica perscrutadora, não parecia muito receptivo quanto Ben gostaria que fosse, especialmente após a despedida de Nod.

Após alguns instantes, sem mudar a expressão, o rion levou a mão fechada à testa, no gesto característico de boas vindas, e proferiu as palavras de saudação aos dois:

> *Bem-vinda, iluminada, portadora do Olho de Olam.*
> *Matador de saraph, agora, matador de Leviathan.*
> *Vocês honram os rions com sua visita esperada.*
> *No grande palácio o patriarca os aguarda.*

A mão cinzenta deixou a testa e apontou o caminho a ser seguido.

— O modo como falam é tão vibrante, mas a aparência deles é tão gelada — observou Ben, obedecendo o rion.

— "Visita esperada" — notou Leannah apressando o passo para acompanhar Ben. — Disso eu já sabia. Resta saber se somos bem-vindos.

— Se nos chamaram e permitiram que entrássemos nas cidades, não é por que somos?

— O Olho de Olam e Herevel são bem-vindos aqui — disse Leannah levando a mão ao peito em busca da pedra. — Resta saber se os portadores dele também serão...

— Por que não seriam? — Insistiu Ben.

— Os acontecimentos de Nod já são conhecidos aqui... — Disse Leannah, fazendo Ben fazer uma careta. — A prioridade dos rions há muito tempo é a sobrevivência. Imagino que as coisas não tenham mudado. Além disso, os homens estão em dívida com eles...

Dívida, pensou Ben. *Estou cansado desta palavra.*

Os passos ecoaram pelas paredes de gelo do que parecia ser um túnel e, subitamente, Ben teve uma sensação de frio intenso. Estavam em terras geladas já há um bom tempo, mas algo ali conseguia tornar isso ainda mais forte.

— De que maneira Enosh convenceu o patriarca a mandar alguns rions até Ellâh? — Perguntou Ben, lembrando-se que o velho Iatash havia andado por aqueles corredores há tão pouco tempo, e graças a isso, os trinta rions haviam se deslocado até Ellâh com um pouco de gelo luminoso, o suficiente para espantar Leviathan...

— Provavelmente ele revelou que o dragão-rei atacaria a cidade. O dragão-rei sempre foi o inimigo número um dos rions por causa da ligação deles com os behemots. E o oráculo a respeito de Herevel e Leviathan é conhecido aqui há muito tempo. Os rions sempre esperaram que ele se cumprisse. Podem ter percebido que, com o gelo luminoso, Herevel iria finalmente cumpri-lo. Por isso enviaram um pouco da substância para que você pudesse enfrentá-lo.

As palavras de Leannah fizeram Ben se lembrar mais uma vez do terror que sentiu quando viu Leviathan surgir atrás de Enosh incendiando o mundo.
Era atordoante lembrar como uma batalha totalmente perdida se tornara numa vitória. E depois, a vitória tornara-se insignificante...

— Eu não entendo, Enosh temia a destruição de Leviathan, e, ao mesmo tempo, enviou o gelo luminoso para que eu o destruísse?

— Foi uma atitude desesperada — disse Leannah franzindo a testa, como para enxergar à frente a entrada do palácio central. — A destruição de Leviathan condenaria o mundo a se tornar gradualmente num grande inverno. Do mesmo modo, se Leviathan destruísse todos os behemots, o verão dominaria de ponta a ponta. Mas nada disso aconteceria tão rápido quanto se os shedins vencessem.

Ben parou no meio do corredor.

— Então... Isso acontecerá agora? O gelo vai dominar tudo?

— Acontecerá — Leannah também parou, porém, só por um instante. — Mas ninguém sabe ao certo em quanto tempo. E, na verdade, o recuo do gelo das Harim Keseph parece contradizer isso. Porém, esse mundo está um caos. É difícil fazer qualquer previsão ou extrair qualquer lógica dos fenômenos atuais.

Ben e Leannah finalmente alcançaram a entrada do palácio central ao final do corredor de gelo. Num complexo de três montanhas esculpidas por dentro e por fora, erguia-se a maior construção que os dois jovens de Havilá já haviam visto. Por fora as torres brancas pontiagudas tocavam o céu azul. Entre as torres, uma grande rosácea em gelo branco e transparente lançava luz para o interior. Dentro, as paredes e o teto formavam desenhos harmoniosos.

Eles passaram sob um imenso domo central brilhante como cristal, no hall de entrada, o qual mostrava as estrelas durante a noite, e tinha a dupla função de fazer os visitantes se elevarem e, ao mesmo tempo, se sentirem pequenos. Todas as paredes eram brancas de gelo resplandecente.

No entanto, o mesmo líquido transparente que havia escorrido pelo chão formava camadas irregulares de gelo por onde eles precisavam passar. Além disso, era possível ouvir estranhos estalos percorrendo as paredes.

Assentado sobre um trono translúcido, no salão interior que recebia luz diretamente do céu, um rion com cabelos e barbas brancas parecia emoldurado em cristal branco. A pele também era cinzenta como a de todos os rions, porém era mais pálida e esbranquiçada. Os longos cabelos, diferentemente dos outros rions, não estavam presos em tranças e uniam-se à barba parecendo neve acumulada sobre o encosto e espalhando-se pelos braços do trono. E a face, apesar da cor cinzenta, parecia só gelo.

Ben não podia deixar de notar que se tratava de uma figura estranha. Porém, diferentemente dos dakh que tinham uma aparência cômica, os rions se portavam com toda a seriedade. Eram sóbrios o tempo todo, ou melhor, frios.

O trono era o único objeto no centro do amplo salão branco, e isso transmitia uma sensação de vazio ao olhar para as bordas. Ao mesmo tempo, por ser a única peça no centro, a atenção era continuamente exigida para ele. Era impossível não se lembrar do trono do Palácio de Gelo.

Os olhos de coruja que, segundo Leannah, enxergavam através da noite das almas, não pareceram enxergá-los no salão, ou não deram importância ao fato de estarem ali. Continuaram fixos nas paredes de gelo, sem mostrar sensações. Ele parecia em meditação e continuou fazendo isso sem se alterar.

Como não haviam sido anunciados, Ben e Leannah permaneceram parados na entrada do salão, apenas observando-o. Estavam excitados por conhecerem o mais velho dos rions, mas também preocupados sem saber como ele os receberia. Ben temia que o velho patriarca fosse tão excêntrico quanto os anciãos dakh no centro da terra.

Após vários minutos de inércia, Ben fez menção de caminhar até perto do trono, para mostrar que estavam ali, mas Leannah o segurou pelo braço.

— Ele parece congelado — disse Ben.

— Ele sabe que estamos aqui.

Ben olhou para ela com uma expressão de incompreensão, porém deteve-se.

Quando um forte estalo percorreu as paredes, aquilo pareceu despertar o velho rion, então, foi como se o gelo ganhasse vida.

— Aproximem-se — ele ordenou na língua de Olam, mas sem olhar para eles.

Ben se sentiu aliviado ao perceber que não precisariam conversar na língua do povo cinzento. O esforço mental era muito grande para dizer as palavras e isso prejudicava a fluência, além, é claro, do risco que havia em dizer algo inconveniente. A língua rion era musical e exigia, até certo ponto, que o falante deixasse a linguagem fluir por si mesma. Ben achava perigoso deixar a língua solta.

Os dois se aproximaram e se ajoelharam perante o patriarca.

— Por que se ajoelham? — Perguntou o chefe dos rions, ainda sem olhar para eles. — Porventura, esta espada e esta pedra são estranhas para mim? Em tempos passados, quem as manejava sempre foi bem-vindo entre nós. Porém, há muito tempo que esses dois instrumentos não são trazidos aqui ao mesmo tempo.

Ben e Leannah se levantaram. Olhando para o alto, Ben teve a sensação de que estava diante de um monumento de gelo.

— Infelizmente, nos dias atuais, não podemos esperar que sua visita traga boas notícias — continuou o rion, ainda sem olhar para os visitantes. — O Abadom se abriu e todos os demônios foram libertos. O juízo esperado não aconteceu. A luz resplandeceu por algum tempo e se apagou. Covardia trouxe a destruição. Nada poderá adiar mais uma vez o fim da existência dos homens da lua. Chegou o fim dessa era.

Ben sentiu as palavras do patriarca como lanças de gelo atravessando seu estômago. Especialmente quando mencionou "covardia trouxe a destruição", pois era um eco da frase dos irins em Nod. O rion não tinha mudado o tom de voz, na verdade, nem parecia falar com eles, antes dava a impressão de proferir algum tipo de oráculo. Logo Ben entenderia que aquele era o modo costumeiro do patriarca falar. Os olhos estavam fixos no teto translúcido e lá permaneceram. Mesmo assim, era difícil não se sentir julgado e condenado pelas palavras dele.

O guardião de livros constatou que, embora separados do mundo, os rions tinham conhecimento dos eventos lá fora.

— Infelizmente, eu falhei — reconheceu Ben, falando mesmo sem ter sido convidado. — Falhei em impetrar o Juízo dos Irins. Eu devia ter sido o herói que libertaria o mundo, mas fui o covarde que o condenou.

Leannah olhou assustada para ele, como se não concordasse com suas palavras.

— Esteve em seu poder ser *esse* herói? — Perguntou o rion, surpreendendo o guardião de livros, com um tom de voz cordial, que não parecia se encaixar com as palavras ditas. — Uma só pessoa poderia fazer tudo isso? Ou isso é esperado de várias pessoas?

Ben se sentiu desarmado.

— Eu não entendo... — Ben revelou sua confusão. — O senhor está dizendo que eu não fui destinado a trazer o juízo dos irins?

— Há falhas no plano que rege a existência?

— Eu não entendo... — repetiu Ben. — O senhor está dizendo que eu não falhei?

— Eu disse isso? — Tornou a perguntar o patriarca. — Mesmo quando falhamos, o plano que rege a existência segue seu curso, sem falhas. Peças numa grande engrenagem simplesmente servem aos propósitos de quem as projetou. Não podem esperar ser mais do que isso.

Ben continuava olhando boquiaberto para o velho rion. Não conseguia entender plenamente o que ele estava dizendo, mas lhe parecia que era como se as falhas humanas tivessem sido predestinadas por *El*.

Leannah parecia desejar que Ben não desse prolongamento àquela conversa, mas Ben agora estava interessado.

— Como pode haver justiça, se somos apenas peças numa grande engrenagem? — Perguntou Ben, mesmo sem querer parecer desafiador.

— Justiça? — Repetiu o patriarca em tom amargo. — Seria isso realmente a coisa mais importante? Ou é cumprimento? Você foi destinado para cumprir o oráculo de Herevel em relação a Leviathan. Você o cumpriu? Aquilo foi justo? O que importa?

Ben se espantou mais uma vez com as perguntas. A menção ao dragão-rei fez com que Ben se lembrasse outra vez dos acontecimentos. Foi como se estivesse novamente no local da batalha e visse as explosões de gelo e fogo quando os behemots atacaram Leviathan. A impressão que sentira naquele momento era de que os monstros iam destruir o mundo inteiro. A queda do dragão por causa do gelo que havia prendido suas asas e o corpanzil imenso rodeado de fogo voando em sua direção, enquanto despedaçava os montes, ainda o fazia acordar algumas noites, temendo que a cena estivesse se repetindo. Jamais sentira tanto pavor em toda a sua vida, nem mesmo quando a saraph o atacara em Midebar Hakadar. E outra vez Herevel mostrara seu poder. E, novamente, de forma inusitada... Lembrava-se de toda a indecisão que tomara conta de seu coração quando o dragão-rei, caído à sua frente, parecia aguardar o golpe de misericórdia. Os behemots contemplavam de longe, enquanto ele levantava Herevel para cumprir o oráculo, mas a espada não parecia querer fazer aquilo... Ainda assim, ele o golpeou.

Eu fiz o que precisava ser feito, pensou mais uma vez, tentando encontrar consolo por tantas decisões duvidosas que havia tomado. — Eu fiz o que precisava ser feito — repetiu em voz audível, querendo encerrar aquele assunto. — De qualquer modo, não viemos tão longe para discutir as razões ou propósitos da existência humana.

— Não? — Perguntou o patriarca. — Então, por que vieram?

Dessa vez, Ben deixou que Leannah respondesse.

— Viemos em busca de ajuda e de respostas — a cantora de Havilá falou pela primeira vez. — Respostas sobre a razão da existência... — completou Leannah, olhando de canto de olho para Ben, com um risinho na face. — A razão da existência do atual portador de Herevel.

Ben devolveu um olhar zangado para Leannah, mesmo sabendo que, da perspectiva dela, isso era parte do que eles estavam fazendo ali.

— Então, temos dois visitantes que não estão buscando a mesma coisa — concluiu o patriarca, em seu tom gelado. — Ou será que estão? Porém, o portador de Herevel está certo. Aqui não é o lugar para encontrar respostas para a razão da existência. Isso não é um assunto que interessa aos rions. Nós só temos interesse em saber como cada peça cumpre seu papel no grande plano.

— Também estamos aqui porque Olam precisa de ajuda... — complementou Leannah, parecendo contrariada com as palavras do velho rion.

— O oráculo foi proferido neste mesmo salão — revelou o patriarca, fazendo Ben arregalar os olhos. — A destruição do grande dragão é nossa maior vitória. Você nos ofereceu isso. E também nos tirou esse triunfo quando permitiu que o senhor da escuridão retornasse do Abadom. Agora, não há mais esperança para Olam, ou para nós.

— Ainda há esperança — contrariou Leannah. — As trevas avançaram, mas agora estão estacionadas, pelo menos por algum tempo. O Olho de Olam está ativo — apontou para a pedra que ela própria carregava no peito. — Herevel recuperou seu poder — apontou para a espada que Ben trazia na cintura. — O Melek de Olam retornou do Abadom. Um exército está sendo formado para tentar defender Olam da invasão dos shedins. Com o poder do gelo luminoso, nós talvez consigamos enfrentar o poderio de Hoshek.

Ben ouviu Leannah listar todos os trunfos que haviam conquistado. O único que ele não conhecia era a informação a respeito do exército. Onde e como um exército estava sendo formado?

Ouvindo-a, Ben tentou sentir o otimismo dela, mas não conseguiu. O patriarca, igualmente, parecia uma pedra de gelo ao ouvi-la. A única coisa que pareceu interessar ao patriarca foi a menção de que o Melek havia retornado do Abadom. Ao ouvir aquilo, ele moveu o rosto para baixo, então Ben entendeu que ele era cego.

— Vocês não têm experiência para entender a situação — pronunciou-se o patriarca, fazendo Ben por um momento se lembrar das palavras similares de Enosh. — São jovens demais para compreender a ameaça que nos cerca. Estamos falando de um exército qualquer, ou do poderio que destruiu Irkodesh, à custa de traições, mentiras e ilusões? Um poder capaz de fazer os mais dignos se tornarem vis... É esse poder que vocês querem enfrentar?

Ben quis ficar indignado com as palavras do rion, mas no fundo sabia que elas eram apenas a expressão da verdade.

— Por isso precisamos de sua ajuda — disse Leannah também engolindo o orgulho.

— Naquela antiga batalha contra a cidade santa, nós éramos pouco mais do que serviçais dos kedoshins — completou o rion. — E agora vocês contam conosco para enfrentar o inimigo que os derrotou? O maior poder que já marchou pela face da terra?

— Eu não tenho dúvidas de que será o maior exército que já marchou neste mundo, mas se as trevas puderem ser contidas, não será o maior poder, pois os shedins terão que se expor à luz. E com o poder do gelo luminoso talvez nós possamos...

— O gelo luminoso está restrito às paredes de Kerachir — interrompeu o patriarca com um gesto imperativo, causando um estremecimento no guardião de livros. — Tivemos que utilizar tudo o que ainda restava a fim de impedir o desabamento da cidade. E não foi suficiente.

Um forte estalido percorreu as paredes do palácio como a confirmar as palavras do patriarca. Leannah olhou assustada para as paredes e novamente para o patriarca, mas ele continuou olhando para o vazio.

— Mas com a queda de Leviathan, o gelo deveria estar crescendo — argumentou Leannah mostrando na face toda a sua confusão. — Kerachir deveria estar mais firme do que nunca.

— Kerachir nunca esteve sob ameaça tão extrema — contrariou o patriarca. — O equilíbrio desapareceu do norte.

— Isso é uma notícia terrível — reconheceu Leannah.

É só mais uma — Ben sentiu vontade de dizer.

Por alguns instantes, fez-se silêncio dentro do salão real. Apenas estalos distantes podiam ser ouvidos.

Ben olhou outra vez para o gelo de Kerachir. Era inimaginável pensar que tudo aquilo estivesse condenado. Mas, talvez, isso incentivasse os rions a deixarem o norte e marcharem para Olam na batalha contra os shedins.

Leannah se calou. Ben percebeu que ela tentava entender a situação. Certamente, o patriarca estava falando de algo que lhe escapava. Os rions eram extremamente formais em seu modo de agir, honravam os compromissos assumidos, e, não mudavam de planos com facilidade. Não eram covardes. No entanto, havia algo mais complexo naquela história.

— Há muito tempo atrás uma aliança foi estabelecida entre Kerachir e Olamir — continuou o patriarca. — Um dos compromissos exige ajuda mútua em caso de ataque. Porém, um dos pontos da aliança exige que ela seja renovada a cada cem anos. Quase seiscentos anos já se passaram desde a última renovação. Para todos os efeitos, a aliança não existe mais.

Ben olhou atônito para Leannah. Porém, ela claramente tinha conhecimento daquilo, pois não se abalou.

— Tecnicamente, a aliança é eterna — disse Leannah. — Ela apenas precisa ser renovada. Os rions não têm obrigação de irem à guerra *enquanto* a aliança não tiver sido renovada, mas terão no exato momento em que isso acontecer.

O patriarca "olhou" fixamente para Leannah, e parecia haver animosidade no rosto gelado dele. As palavras dela eram um firme e claro desafio ao que o patriarca havia falado anteriormente. Ben estava surpreso com o modo como ela falou.

— Não temos obrigação de esperar eternamente pela renovação da aliança — pronunciou-se o patriarca.

— Mas renovarão, se isso for possível? — Insistiu Leannah.

— Somente o Melek de Olam pode renovar a aliança. Onde ele está? Se retornou do Abadom, por que não está aqui?

Ben olhou mais uma vez atônito para Leannah. Por algum motivo, ele havia se esquecido desse detalhe que lhe foi revelado por Ahyahyah em Ellâh. Ele e Leannah haviam voado em vão para o norte. Somente o Melek de Olam podia renovar a Aliança com Kerachir. Se Ben tivesse se lembrado disso, jamais teria acompanhado Leannah naquela missão. Porém, claramente Leannah se lembrava disso, pois sua face não expressou surpresa. Isso fez com que Ben olhasse ainda mais indignado para ela.

— Vocês têm mais algum motivo para terem vindo até Kerachir? — Completou o patriarca diante do silêncio dos visitantes.

Leannah olhou para Ben. O olhar de Leannah era uma súplica para que ele falasse com o patriarca.

— É melhor irmos embora — Ben fez menção de se retirar do salão. — Acho que realmente não temos nada para fazer aqui.

— Por favor — ela insistiu. — Viemos tão longe...

— Sim, e parece que foi apenas por causa disso, não é? — Perguntou Ben com total frieza.

— Por favor — ela suplicou.

Ben titubeou. Olhou para a saída e quase se pôs a caminho dela. Mas o olhar implorante de Leannah manteve suas pernas paralisadas. Mesmo contrariado, Ben se voltou para o patriarca.

— Dizem que o patriarca dos rions enxerga através da escuridão das almas — começou relutante. — Estou aqui em busca da verdade sobre minha origem...

— Parece que você mudou de ideia — respondeu o patriarca. — Agora quer saber sobre a origem da vida.

— Na verdade, só preciso saber quem eu sou... — Ben ignorou o comentário dele. — Se sou filho de um... — Ben não conseguiu completar.

— De um demônio — completou o patriarca.

Ben se assustou com as palavras dele. Não sabia se aquilo já era a resposta para sua pergunta ou não.

Lentamente, o patriarca voltou o rosto na direção dele pela primeira vez. Ben viu uma expressão de preocupação no rosto envelhecido. Sentiu os olhos cegos fixos nele. Eram duas pedras de gelo totalmente brancas. Por alguns instantes, todo o seu corpo tremeu, pois Ben sentiu um frio terrível, como se um forte vento gelado o atingisse em meio a um campo de neve. O olhar de Ahyahyah o fazia se sentir nu, mas em comparação, os olhos de gelo do patriarca o faziam se sentir despido da própria carne. Quase suplicou para que ele parasse de *observá-lo*.

Contudo, nenhuma emoção passou pela face gélida por vários instantes. Ben sentia seu coração bater em todos os ritmos possíveis. Acreditou que a qualquer momento ele confirmaria seus temores e diria ser Ben um nephilim modelado pelas pedras, um amaldiçoado condenado a suportar por toda a eternidade o peso dessa essência perversa.

Porém, depois de algum tempo, o patriarca tirou os olhos de Ben e os fixou em Leannah. A cantora de Havilá também precisou suportar o "olhar" perscrutador por quase tanto tempo quanto esteve sobre Ben.

Quando os olhos de gelo voltaram para o guardião de livros, não pareciam de fato enxergá-lo mais.

— Há duas coisas que homem nenhum tem plena certeza — disse o rion, retomando o tom de oráculo —, seu início e seu fim. E por que a maioria se contenta em viver sem saber essas coisas? Porque nada disso realmente importa. Tudo o que importa é saber que há um destino para nós. Alguém planejou isso. Esse alguém sabe de tudo. Nós não precisamos saber nada. Só cumprirmos nosso destino.

Ben olhou para Leannah, mas a cantora de Havilá parecia estar entendendo a situação tanto quanto ele, ou seja, nada.

— Há algum ser humano que não foi tocado pelo mal? — Continuou o patriarca. — Não é essa a razão de todos os fracassos da vida humana? O anseio em cada coração é por uma vida superior, pura, livre dos excessos, livre dos desvios, no caminho da luz, bem longe das trevas. Então, por que há, ao mesmo tempo, essa força terrível, aprisionadora, que cobra caro por todas as ações malignas, e torna impossível ao ser humano não só a liberdade, como a completa felicidade? Até porque, tolamente acreditam que a última depende da primeira. Está aqui a razão de todo o infortúnio dos seres humanos. Haveria algum infortúnio maior?

Ben, apesar de não entender tudo o que ele havia falado, estava pronto para concordar com algo. *Sim*, a vida humana era uma tragédia do começo ao fim. Nenhuma felicidade real e duradoura era possível. Só havia momentos de ilusão de felicidade, quando os seres humanos tinham delírios, mas logo precisavam encarar a miragem do oásis se desintegrando, restando apenas a areia escaldante da inexistência de sentido.

— Mas ao mesmo tempo — continuou o patriarca —, os kedoshins acreditavam que há uma esperança para os homens. Segundo os antigos sábios, determinou o criador que, uma vez que o mal não é parte da essência humana, antes é um intruso, um invasor, então, ele pode ser extirpado sem que a própria essência de ser homem se perca. Nenhuma das criaturas anteriores jamais conseguiu compreender isso. Afinal, por que o criador decidiria brincar com seus objetos de barro? Não há escolha. Só há o destino. Os rions sabem disso. Houve um povo antes de nós. Também foram uma criação especial. Achavam que eram livres, que podiam fazer as escolhas que quisessem. Eram tolos.

Ben voltou a olhar para o patriarca. Entendeu que ele falava do povo dakh. Entendeu também que os rions desprezavam os homens, e não conseguia entender plenamente o motivo disso.

Por outro lado, as palavras dele o fizeram lembrar do que Gever havia falado em Ganeden, sobre uma redenção para o ser humano. Durante os dias passados na floresta, por vezes, Ben teve a convicção de tê-la experimentado, especialmente quando venceu o desafio final da "doce morte". Ao silenciar as exigências íntimas, descansando na certeza de que a realidade não era caótica, que havia uma ordem na criação, uma razão para cada movimento do universo, ele experimentara paz através da fé. Uma fé simples nessas realidades maiores o libertara das exigências dos ramos da "doce morte". Mas agora ramos muito mais poderosos estavam em volta dele sugando suas forças. Ramos do desespero.

— Eu preciso encontrar esse conhecimento — disse o guardião de livros, mesmo sem saber se podia acreditar na existência dele.

— Conhecimento? — Perguntou o patriarca. — Quando mistérios profundos envolvem um nascimento, e fumaça como de uma grande fornalha consegue encobri-los até de mim, o significado se torna ainda mais inútil. Cumpra seu destino. Isso é tudo o que você deve saber. Esqueça as perguntas, tanto quanto as dúvidas, ou as certezas.

Em seguida o patriarca chamou atendentes. Deu ordens na língua rion para que os dois fossem alojados. Mais tarde deveriam comparecer à solenidade que seria preparada para eles.

Atônito com as palavras dele, acreditando não ter entendido inteiramente o que elas significavam, Ben não fez menção de se mover. Porém os atendentes se aproximaram, e sem opção, os dois foram encaminhados para fora do palácio.

— Vamos embora — disse Leannah, vendo a expressão de completo desânimo na face do guardião de livros. O mesmo desânimo aparecia no rosto dela.

Ben, por um momento pensou que ela realmente falava em irem embora de Kerachir, mas viu que não era isso, quando ela seguiu o atendente. Sem opção, Ben também a seguiu.

Na saída do grande salão de Kerachir, Ben olhou para trás onde o patriarca continuou assentado no trono que recebia luz do alto. Parecia apenas um bloco de gelo.

— Procure descansar um pouco — ela tentou consolá-lo, mas Ben percebia que estava tão estarrecida quanto ele. — Desde o início, tudo isso tem sido um fardo pesado demais que você carregou sozinho. Agora deixe-me ajudar a carregar um pouco.

Ben percebeu que as palavras dela, pela primeira vez, não eram revestidas de tanta confiança.

Haviam acessado um corredor seguindo o rion que os conduzia aos quartos.

— Acho que você já tem seu próprio fardo — disse Ben, apontando para o Olho de Olam, como para tentar impedi-la de continuar falando.

Como por instinto, ao ouvir as palavras dele, Leannah levou a mão em volta do Olho e pareceu subitamente nervosa.

— As trevas ainda estão estacionadas no limite do Perath? — Perguntou Ben, estranhando aquela reação de Leannah. — Algo mudou?

— Estão — ela respondeu. — Mas não sei por quanto tempo. Os shedins estão tentando fazer algo para mudar a situação.

— Há algum poder místico nas águas do Perath, ou é você quem está detendo a escuridão?

O rion parou diante de duas portas opostas e esperou que eles se aproximassem. Apontou o quarto de Leannah e, em frente, o de Ben. Em seguida, retirou-se silenciosamente.

— É o Olho de Olam? — Insistiu Ben diante do silêncio dela.

— Eu, eu, não posso falar sobre isso...

— Ah! Sem problema — disse Ben com escárnio. — Afinal, há tanta coisa que eu não posso saber mesmo. Então, uma a mais, ou a menos, não faz muita diferença.

— Por favor, não fique magoado comigo por causa disso. É que... Você não entenderia...

Ben riu nervosamente. — Certo. Estou me sentindo mais consolado.

— As trevas pararam por uma série de razões — ela falou ainda reticente. — Algumas são bem complexas. Um dos motivos foi por sua causa.

— Como assim? — Perguntou Ben com incredulidade.

— O pergaminho de Anamim. Você não o leu. Se tivesse lido, neste momento, não haveria mais Olam, apenas Hoshek. Graças a isso, o Olho está detendo as trevas, pelo menos por enquanto.

— Você está falando sério? Tem certeza de que isso ajudou?

— Como eu disse, a encruzilhada do mundo não se abriu apenas para dois caminhos. Você poderia ter trazido o julgamento final. Mas também poderia ter concedido a plena vitória aos shedins se além de libertar o nephilim tivesse lido o pergaminho. Mas quando não o leu, você permitiu que eles voltassem do Abadom, apenas uma passagem se abriu para que eles voltassem, mas não concedeu poder à cortina de trevas para que avançasse sobre Olam. O Abadom ainda existe. Por causa disso, o Olho de Olam está conseguindo deter a escuridão.

— Então é realmente você quem está detendo as trevas — disse Ben. — Como faz isso?

Por um momento, ela mudou a direção do olhar, e Ben viu a grande pressão que sentia. Havia um profundo terror no fundo dos olhos dela e ele teve uma pequena amostra do que significava de fato enfrentar as trevas.

— Está bem — desistiu Ben. — Não precisa dizer nada.

— No fundo, tudo é uma espécie de batalha por legitimidade — explicou a cantora de Havilá. — Existem leis que regem a existência, leis para a luz e para a escuridão, para o mundo e o submundo, para o inverno e para o verão, e até mesmo para a morte e a vida. Essas leis cobram caro quando algo é quebrado. Reparação tem de ser feita... Mas o que importa é que, por enquanto, as trevas estão paradas.

— Por enquanto? — Ben repetiu a expressão que ela já havia usado pela segunda vez.

— Os shedins estão tentando uma maneira de fazer as trevas superarem a barreira do Perath. O poder do senhor da escuridão é muito grande. E, há um cashaph em Nod manipulando pedras escuras e magia antiga... Eu não sei por quanto tempo conseguirei deter. Eu não sei se conseguirei pagar o preço...

Ben repuxou o rosto ao ouvir ela falar aquilo. *Pagar o preço*. Começava a detestar aquela frase. Mas, ele não poderia imaginar o que de fato isso significava para a cantora de Havilá.

— O patriarca disse que teremos de enfrentar o mais poderoso exército que já marchou pela face da terra... — lembrou Ben. — Isso é verdade?

— O número de criaturas no exército shedim é imenso. E com a abertura do Abadom e o retorno do senhor da escuridão é provável que os nephilins também marchem com os shedins. Além disso, ninguém sabe exatamente qual é o poder do senhor das trevas. Ele nunca antes se envolveu diretamente em uma batalha. Nem mesmo quando caiu Irkodesh...

— O que exatamente é esse senhor da escuridão? Ele foi um kedoshim, como Gever foi antes de se tornar um irin? Por que ele é tão temido?

— Investigar a origem do senhor das trevas não é algo que se possa fazer sem custos, os quais, no momento, eu não estou disposta a pagar... Eu realmente não posso falar muito sobre isso, mas... Ele jamais foi um simples kedoshim. Nenhuma outra criatura foi dotada de tanto poder e conhecimento. Nenhuma.

— Nem mesmo Gever? — Questionou Ben, lembrando-se da cena no palácio de Gelo, quando viu Gever deter duzentos dragões-reis com uma espada revolvente.

— Como Helel, Gever também nunca foi um simples Kedoshim.

— Mas você disse que nenhuma criatura foi dotada de tanto poder e conhecimento quanto Helel, então, isso significa que ele é mais poderoso do que Gever.

— Eu não disse que Gever é uma simples criatura...

— Então o que ele é?

— Eu não posso explicar isso — falou Leannah, mais uma vez em tom de desculpas.

— Não pode porque não sabe ou não pode porque não quer?

— Não posso porque não posso.

Ben suspirou. Ela já havia falado muito mais do que pretendia no início, e ele precisou se contentar com o que havia conseguido extrair dela.

— Pergunto a mim mesmo se o patriarca não está certo, no fim das contas, sobre não se importar com a origem ou significado das coisas — disse Ben. — Tudo parece estar destinado, de modo que cada pessoa ou criatura não se torna mais do que uma simples peça numa grande engrenagem.

— Os rions são um povo muito antigo e depositário de muitos segredos — respondeu Leannah —, mas eles não receberam o dom de interpretar a realidade. Eles se guiam apenas pelo que conseguem ver ou entender. São fatalistas... Creem num destino cego.

— Os dakh, por outro lado — lembrou Ben —, pareciam menos propensos a acreditar em destino. Eles acreditam em profecias de desenhos, mas ao mesmo tempo, manipulam as profecias e os desenhos a seu bel prazer. Pelo que entendi, os dakh acham que são eles mesmos que constroem sua história.

— Isso não deixa de ser uma arrogância — disse Leannah. — Acreditar que somos individualmente senhores do nosso destino.

— Então quem está certo?

— Ambos e, ao mesmo tempo, nenhum.

Ben desistiu daquela conversa.

— Afinal das contas, por que você quis vir para cá? — Interrompeu Ben, com pouca paciência.

— Eu... eu ouvi um chamado. Eu não sei explicar exatamente o que foi, mas eu precisava vir para cá. Nós precisávamos vir para cá.

— Nós devíamos estar ao sul, tentando preparar um exército para enfrentar as trevas.

— Se as trevas não puderem ser contidas, um exército não será útil. Eu só quero garantir que possa haver uma batalha... Isso é tudo o que nós podemos fazer agora.

— Enquanto as trevas permanecerem estacionadas na margem do Perath, os shedins terão que se expor de algum modo se quiserem conquistar o resto, é isso? Por isso, precisamos contar que a escuridão fique lá, para que haja uma batalha?

— Sim.

Ben agradeceu por ela dar uma resposta direta pela primeira vez. Apesar de que, no fundo, lhe pareceu que ela não havia realmente respondido a pergunta dele.

— Eles terão que deixar a cortina de trevas utilizando-se de corpos? — Continuou Ben. — Mesmo após o tratado do mundo e do submundo ter sido anulado?

— O tratado impedia o avanço da escuridão, mas o que impedia o avanço dos shedins era o Olho de Olam.

— O que isso significa em termos práticos?

— Antes, quando um shedim era abatido fora da cortina de trevas, seu espírito era aprisionado no Abadom — lembrou Leannah, e uma ruga de preocupação surgiu na testa dela.

— E agora que o Abadom foi aberto? O que pode acontecer?

— Talvez, o Abadom ainda possa aprisioná-los. Porém, só descobriremos o que acontecerá se algum shedim for abatido...

— Mas...

— Por isso estamos aqui — interrompeu Leannah. — Todas essas perguntas não vão nos ajudar a encontrarmos as respostas. Independentemente do que tivermos de enfrentar, precisamos estar preparados, o máximo possível.

— Os rions não parecem mais dispostos a lutar — foi a vez de Ben interrompê-la. — E nós não podemos convocá-los.

— Em qualquer circunstância — concordou Leannah, fazendo de conta que não percebeu a reprimenda na voz dele —, abandonar a segurança de um lar é uma decisão difícil, ainda mais para se lançar no meio de uma guerra que parece perdida.

— Os homens normalmente estão dispostos a fazer isso...

— Os homens fazem isso por dois motivos: sede de glória ou medo de morrer. Mas os rions não são homens... E eles têm uma opção que os homens não têm.

— Ir embora — completou Ben.

— Precisamos admitir que na situação atual isso é uma opção tentadora.

As palavras de Leannah o fizeram pensar em Icarel, em Hakam e em todos os homens que não foram embora, porém lutaram e morreram em Nod e nas outras batalhas. Ben só tinha uma palavra para descrevê-los: *Heróis*.

— Que exército está sendo formado? — Perguntou Ben, lembrando-se do que ela disse para o patriarca. Mais do que nunca, se aquilo fosse verdade, parecia a Ben que deviam voar imediatamente para lá e não perder mais tempo no norte.

— Soldados remanescentes das cidades e vilas tomadas pela cortina de trevas. Mas, por enquanto, não é um número muito grande. Eles estão se ajuntando perto de Ganeden. É evidente que devemos ser gratos pela disposição desses homens de lutarem, mas temos que admitir que ainda é um esforço insignificante... Precisaremos de algo mais.

Leannah levou instintivamente a mão à pedra branca, ao dizer aquelas palavras.

— É a terceira vez que você o toca desde que saímos da sala do patriarca — notou Ben. — Algum problema? Quero dizer: mais algum?

Leannah segurou o Olho de Olam entre os dedos mais uma vez. Ben viu insegurança passando pelos olhos da jovem ruiva, e nova ruga se estabelecer na testa suave. Desejou não ter feito aquela pergunta. Não sabia se estava preparado para ouvir a resposta.

— Como eu disse, tudo é muito complexo... O Olho de Olam ficou desativado por muito tempo. O poder da pedra branca depende, em grande medida, de absorver a energia do mundo. E isso é um processo lento e cheio de variáveis...

Ben percebeu que Leannah não desejava falar sobre aquilo, talvez por isso estivesse usando palavras tão vagas.

— O Olho não estará com seu poder pleno na hora da batalha contra os shedins? É isso?

Leannah surpreendeu-se com a pergunta direta dele. Ela relutou em responder, porém os olhos até certo ponto arregalados já eram uma resposta.

— Isso depende de quanto tempo resta para acontecer a batalha — finalmente ela falou com mais clareza. — O Olho vai se apagar outra vez. Mas isso ainda deve demorar um tempo.

Ben se assustou com aquela declaração tão direta.

— Como assim? Por quê? O caminho da iluminação não o reativou? Por que ele vai se apagar novamente?

— Porque existem leis... Não importa. Ainda há muito poder nele, e eu espero que seja suficiente para enfrentar a escuridão.

Leannah fez menção de entrar no quarto, afinal já estavam há vários minutos parados em frente às portas, conversando.

— Kenan me disse uma vez que a pedra não é uma arma, pelo menos não exatamente — Ben falou antes que ela adentrasse. — Então, como pode funcionar contra o exército dos shedins?

— Em breve nós descobriremos isso — ela disse com um sorriso triste. — De fato, o Olho nunca foi exatamente uma arma de ataque. Em Olamir havia uma rede de pedras amarelas retransmissoras que absorvia a luz e a despejava sobre os inimigos. Nós não temos mais isso agora.

— Nem um conselho de latash para construí-la — lembrou Ben.

— Além disso — continuou Leannah —, todas as pedras shoham dependem de quem as utiliza. Elas se adaptam. Com o Olho, não é diferente. Nas mãos de um guerreiro como Kenan, ou como você, o Olho se adaptaria. Nas minhas mãos eu ainda não sei o que ele pode fazer.

— Você conquistou o direito de usá-lo! Acumulou toda a sabedoria e o conhecimento necessários. Você não deve se subestimar. Eu me lembro das palavras de Thamam quando partimos de Olamir pelo caminho da montanha. Ele disse que no final das contas, o sucesso da missão dependeria de você. Ele estava totalmente certo. Você é a única que pode enfrentar a escuridão. Só a luz pode vencer as trevas. E só em você eu não vejo trevas.

Leannah o fitou com olhos assustados. As palavras de Ben eram um elogio, porém não deixavam de transmitir responsabilidade. Leannah não disse nada. Ben acreditou que ela o deixaria sozinho no corredor. Porém, ela voltou a olhar para a pedra branca. Os pensamentos dela pareciam distantes. Ben percebeu que ela não queria deixá-lo sozinho. Por algum motivo, aquilo lhe trouxe conforto.

— Acho que estamos perdendo tempo aqui — disse com mais tato. — O rion que enxerga através da escuridão das almas não conseguiu ver a cor da minha. Acho que isso agora não tem mais muita importância... No fundo nunca teve... Não se pode mudar o passado. Então, se temos pressa de nos prepararmos para a guerra, aqui não parece ser o lugar apropriado. Por que não vamos embora imediatamente? A recepção aqui não é das mais calorosas... — brincou Ben.

— Talvez ainda seja... — Ela disse cautelosamente. — Precisamos esperar o que o patriarca tem para nos dizer. E, também existe algo mais que precisamos descobrir...

— Talvez esteja na hora de você parar de esconder de mim as coisas que sabe, ou o que pretende fazer. É difícil caminhar no escuro.

— Há um salão de espelhos de gelo aqui em Kerachir — revelou Leannah. — É uma construção feita pelos kedoshins. Os rions o chamam de "Salão do Tempo". Assemelha-se, em parte, ao que o Morada das Estrelas podia fazer, não em termos de canalização de poder, mas de conexões que resultam em informações. O patriarca mencionou um grande desequilíbrio no norte. Talvez eu consiga ver alguma coisa a respeito com o Olho de Olam...

— Você não acha que já temos problemas suficientes para nos envolvermos com os problemas dos rions?

— Todos os problemas podem estar muito mais interligados do que podemos ver. Nisso o patriarca está certo. O mundo é uma grande engrenagem. E, talvez, a solução para todos os problemas possa ser encontrada numa simples peça.

— Pelo menos, então, não estamos aqui só por minha causa — disse Ben com algum alívio, — já que você sempre soube que, para convocá-los, a aliança precisa ser renovada, e que nós não podemos fazer isso.

— A razão principal de estarmos aqui é por sua causa sim — ela o contrariou com seriedade. Em seguida entrou no quarto, deixando-o sozinho no corredor.

3 — Boas-vindas Geladas

Anamim observava atentamente o grande fosso que mergulhava nas profundezas de Nod. Tentava monitorar se havia alguma alteração. Estava muito quente ali dentro. Uma ruga de preocupação instalou-se em sua testa.

Apesar de ter feito tudo o que podia, nem tudo havia saído como planejado. Na verdade, só uma coisa não havia saído, porém, ela prejudicava todo o resto: Ben não havia lido o pergaminho.

Quando imaginava que havia conseguido cativar o guardião de livros, então, ele simplesmente agiu de maneira absolutamente improvável. Uma de duas coisas o guardião de livros deveria ter feito. No entanto, ele não fez nenhuma delas. Agora, Anamim se recriminava por causa disso, pois devia ter esperado algo nesse sentido. O guardião de livros sempre foi imprevisível. Anamim devia ter esperado que ele agisse de maneira diferente do esperado.

Anamim se assustou com os passos atrás dele, mas quando se virou, viu que era apenas Timna adentrando o salão subterrâneo. Vestido com sua tradicional armadura cinzenta, lisa e impecável, ele passou entre as duas estátuas de cavaleiros que guarneciam a escadaria e caminhou em direção ao centro do salão onde ficava o fosso. Uma luz avermelhada iluminava insuficientemente o local. A luz vinha diretamente do fosso, pois nenhuma pedra shoham deveria ser usada naquele lugar, para não atrapalhar.

Anamim não sabia se podia confiar inteiramente no antigo capitão de Nod, mas pelo menos, ele não oferecia grandes riscos.

Viu o olhar estranho que Timna lhe lançou ao vê-lo apoiado no parapeito. Sabia que, aos olhos do companheiro, ele parecia vinte anos mais velho. Profundas transformações estavam ocorrendo em seu corpo. E muitas delas seriam irreversíveis. Era o preço que precisava pagar.

Sabia que havia se tornado uma das figuras mais temidas em Olam. Ele sempre havia se movido entre os maiores poderes do mundo, fingindo servir um lado ou outro, tentando obter vantagens. Porém, não podia mais disfarçar quem era e que lado havia tomado. Tinha de abandonar o conforto da dissimulação. Muitos em Olam agora o reconheciam como o maior poder do mundo... E, por isso, não podia esperar que o tratassem do mesmo modo que antes. Se não ficasse atento, poderia correr sérios riscos.

Lembrou-se outra vez de seu pai e de todas as aspirações que ele tinha para o filho. No fundo, eram aspirações apenas para ele mesmo. E agora ele estava morto. Morto por causa de uma aliança infame que tentou estabelecer com dois homens terríveis.

Lamentava nunca poder ter dito ao pai qual era seu verdadeiro plano. Não porque tivesse a intenção de manter o velho príncipe de Ir-Shamesh ao seu lado, mas para poder ver, pelo menos uma vez, surpresa no rosto dele.

Porém, no fundo, só havia uma pessoa que ele gostaria mesmo de ter conquistado admiração: Enosh. O velho latash poderia ter sido um cashaph, o maior de todos. Nem mesmo Har Baesh tinha uma fração do conhecimento dele. O único que havia chegado perto do conhecimento de Enosh foi Télom. Talvez por isso, os dois tivessem sido os melhores amigos... Porém, por alguma tola restrição moral, o velho não se permitia avançar além dos limites tradicionalmente aceitos pelo conselho cinzento. Na verdade, aqueles limites foram estabelecidos pelo próprio Enosh para o conselho cinzento. Anamim pensava que, por causa disso, em última instância, os latashim não eram diferentes dos mestres-lapidadores de Olamir. Eles se permitiam ir um pouco além, pois lapidavam pedras amarelas, mas não iam até o fim, uma vez que não se permitiam lapidar pedras escuras.

Anamim olhou mais uma vez para o grande fosso. Lava já estava depositada lá embaixo. Isso havia acontecido quando ele tentara extrair o poder do Abadom.

Havia conseguido extrair uma boa quantidade, porém, ainda não o suficiente. Sem o Abadom completamente aberto, havia grandes riscos em tentar extrair magia das profundezas. Um dos riscos era tornar aquela cidade uma espécie de vulcão jorrando lava. Porém, Anamim sabia que não podia parar. Tinha ido longe demais para recuar agora. Se parasse, seria destruído. Agora, só conseguiria alcançar seus objetivos se fosse em frente, corresse todos os riscos, até extrair toda a magia possível do Abadom.

Os dois pergaminhos de Thamam estavam com ele. O guardião de livros, em sua fuga desesperada, os havia largado ali mesmo. Se ele os tivesse levado embora, tudo estaria arruinado definitivamente. Mas a presença daqueles dois pergaminhos lhe dava condições de continuar a tarefa, mesmo sabendo agora que fazer tudo o que ele havia planejado seria impossível. Porém, se tivesse bastante cuidado e manuseasse aqueles pergaminhos corretamente, ele poderia extrair muito poder do Abadom, sem destruir a cidade. O problema era justamente autocontrole. Qualquer pessoa teria muita dificuldade em parar de absorver aquele poder. Era difícil, porém, necessário, se conscientizar de que precisava invocar a magia aos poucos. A pressa seria fatal.

— Você acha que conseguirá extrair mais poder? — Perguntou Timna, como um eco de seus próprios pensamentos.

Anamim olhou para o companheiro e viu um reflexo vermelho no rosto dele envolto por cabelos pretos, por causa da lava que inundava o fosso. Fumaça e enxofre saíram naquele exato momento, e os dois tiveram que se afastar momentaneamente do local.

— Sem dúvida, porém, não tão rápido quanto gostaríamos — respondeu, tentando não revelar seus pensamentos e verdadeiras intenções.

— Você acha que ele terá paciência dessa vez?

— Não se preocupe... Eu sei como lidar com ele...

*****
****

O aposento separado para o guardião de livros no grande palácio, de fato, não era o que se podia chamar de confortável, porque as paredes, o chão e o teto eram de gelo. Inclusive os móveis, uma mesa e uma cadeira, até mesmo a cama era de gelo, porém, havia grossas peles recobrindo-a.

No entanto, o interior, estranhamente, não era tão frio, e a menos que se encostasse nos objetos, não se sentia o gelo. E havia algo desejável no quarto:

silêncio. Ben, cada vez mais, ansiava por esses momentos de silêncio. Porém, mesmo quando estava só, não conseguia encontrá-los. Questionamentos clamavam dentro dele. Mas ali, no quarto de gelo, pela primeira vez em muito tempo, desde que deixara Ganeden, tudo parecia ter ficado para fora. Talvez aquelas paredes carregadas de magia antiga do gelo luminoso tivessem o poder de manter para o lado de fora as inquietações da alma.

Uma única janela de gelo transparente oferecia uma visão de Kerachir. Ben se aproximou dela e contemplou a cidade. Por um momento, pareceu que via apenas montanhas, paredões, abismos e picos rígidos. Num piscar de olhos, no entanto, tudo aquilo se transformava em torres, muralhas, fossos e cúpulas. Só o gelo era o mesmo.

Ben retirou Herevel do cinturão. Por um momento, viu seu próprio rosto refletido na lâmina. Não parecia tão velho como quando o povo de Zamar o tirou da "doce morte", mas certamente aquele não era um rosto de um adolescente. Os cabelos castanhos estavam bem compridos agora e uma barba ainda curta e desalinhada tinha um reflexo avermelhado. O nariz e a testa que sempre se destacavam em sua adolescência, agora pareciam mais harmoniosos na face amadurecida.

Ben depositou a espada sobre a mesa em formato de um cubo de gelo. Por alguns instantes ficou olhando para as pedras brancas que formavam uma espécie de mapa para as cidades douradas do povo dakh. Foi impossível não se lembrar de Litili e quase riu pensando em todas as trapalhadas do rei dos dakh. Olhou também para a pedra vermelha triangular na área de ligação entre o cabo e lâmina. Nunca havia entendido a função daquela pedra vermelha, pois com a presença das brancas, ela parecia desnecessária. Mas agora sabia que ela era a responsável por interpretar as sensações e os sentimentos do manejador. As pedras brancas, mesmo que apenas fragmentos, eram puro fulgor e poder, e tornariam praticamente impossível que alguém conseguisse usar a espada. A pedra vermelha era uma espécie de mediadora.

Isso o fez pensar mais uma vez na difícil tarefa de Leannah com o Olho. Kenan havia enlouquecido só em tocá-lo. O próprio Tutham, ou Thamam, havia perdido a razão ao manejá-lo. E, Enosh, apesar de todo o conhecimento, jamais o utilizou diretamente. O velho latash foi o mais sábio, nesse sentido.

Sentia-se também cada vez menos digno de utilizar a espada dos kedoshins. As revelações feitas por Anamim pareciam aumentar o poder destrutivo a cada dia. Se por um lado, a surpresa positiva de ser filho de Tzillá — e, quem diria, neto de Thamam —, faria qualquer um se encher de alegria e orgulho, o fato de ser filho de um shedim eliminava completamente essa possibilidade. Entendia agora o dilema de Thamam e de Tzizah. Por certo eles sabiam de tudo. Sentiu pena da princesa de Olamir. Devia ter sido terrível ter descoberto que o jovem que ela havia beijado debaixo das bétulas provavelmente era uma espécie de... Ben não completou o pensamento, mas a palavra dita pelo patriarca pareceu surgir das pedras de gelo de Kerachir.

O guardião de livros já não compreendia mais que tipo de sentimento alimentava pela princesa dos olhos cinzentos. Antes, sentira uma paixão ardente, um desejo incontrolável de estar perto dela, de fazê-la sorrir, mas agora todos esses conhecimentos tornavam aqueles sentimentos grotescos, impróprios. Ele descobriu que podia haver algo ainda pior do que a sensação de desprezo, causada pelo descaso dela durante todo o percurso do caminho da iluminação. Era a sensação causada por seus próprios sentimentos e pelo desprezo que sentia por si mesmo.

Ben evitava pensar no que poderia ter acontecido com Tzizah na batalha de Bethok Hamaim. Lutava contra todas as probabilidades de que ela estivesse morta. Sabia que Bethok Hamaim fora completamente destruída pelos shedins. Anamim dissera isso e Leannah confirmara, apesar de ter dito que não sabia o que havia acontecido com Tzizah. Porém, os shedins não costumavam poupar os derrotados. A situação de Olamir era uma comprovação disso.

Igualmente confusos eram os sentimentos a respeito de Leannah. Durante a viagem de Olamir até Kerachir, eles trocaram poucas palavras. Mesmo assim, ela esteve sempre próxima, e não apenas fisicamente. O olhar bondoso transmitia compreensão, como há pouco diante da entrada do quarto. Não havia julgamento ou cobrança. Mas, também não havia mais aquela insistência em estar perto dele, que ela demonstrava outrora, e isso o deixava com um estranho vazio. Durante anos, Ben sempre soube que onde quer que fosse, independente do que fizesse, sempre encontraria o olhar de Leannah, com aquele misto de admiração e carinho, ainda que às vezes também com uma boa dose de repreensão. Porém, sempre soube que ele só precisava sorrir para desfazer no rosto dela toda repreensão. Agora, tudo estava diferente.

Ben se assentou sobre um grande cubo de gelo e levou as mãos ao rosto pensando na inadequação de todos aqueles pensamentos. Que direito tinha ele de alimentar sentimentos por quem quer que fosse? Veio até praticamente o fim do mundo e não encontrou as respostas sobre sua origem. Mas será que precisava mesmo de alguma resposta? Não estava tudo tão claro dentro de si, desde o início?

O que eram aqueles sentimentos irreprimíveis? O que era aquele descontrole que, por vezes, tomava conta das suas atitudes? E aquela sensação de que nunca estava plenamente satisfeito com nada, mesmo após realizar feitos tão extraordinários? Evidentemente tratava-se de uma indicação de que sua verdadeira natureza era amaldiçoada como a dos shedins.

Sozinho no quarto de gelo, Ben percebeu mais uma vez que não conseguia de fato ficar sozinho. Nem mesmo aquelas paredes mágicas conseguiam livrá-lo dos tormentos íntimos.

A tarde caiu depressa sobre o gelo de Kerachir, as sombras da noite encobriram o branco dominante, entretanto, não conseguiram vencer totalmente a luminosidade das paredes. Parecia mesmo haver uma luz dentro das construções. Uma luz que se movia quase como se fosse líquida. Aquilo era o gelo luminoso. A mesma substância que havia vivificado os tannînins no palácio de gelo e espantado Leviathan em Nod.

O evento de boas-vindas foi realizado no salão principal de Kerachir, o mesmo em que eles haviam encontrado o patriarca. A armadura quase dourada do guardião de livros se destacava em meio aos trajes curtos que deixavam a pele cinzenta dos rions à mostra. Dentro de Kerachir, eles não usavam as pesadas roupas de peles.

Ben se sentiu um pouco estranho indo para uma solenidade com uma armadura, mas os rions não lhe ofereceram outras vestes. De qualquer maneira, ele acreditava que se sentiria ainda mais estranho se tivesse que usar uma daquelas vestes deles.

Diferentemente do momento em que se encontraram com o patriarca naquele salão, Ben o viu repleto de rions. Porém, ainda assim, tinha a sensação de que estava vazio.

Leannah chegou pouco depois usando o vestido branco que ela trazia desde que deixara Ganeden. Mas só naquele momento, Ben reparou como o vestido combinava com ela, como transmitia uma sensação de pureza e, ao mesmo tempo, força. Aparentemente era um presente dos irins para ela. Ben lembrou que ele próprio havia recebido a armadura dourada de guerreiro ao se despedir de Gever. Mas o vestido de Leannah era digno de uma rainha. Evidentemente não era uma roupa apropriada para o frio do norte, mas quanto a isso, o Olho de Olam fazia a diferença para a jovem de Havilá.

Ben notou que sobre os cabelos acobreados ela usava uma discreta tiara de folhas. Parecia apenas um enfeite, porém Ben sabia que era mais do que isso. Era a primeira vez que a via usar aquela espécie de coroa. Sabia que também era de

Ganeden. Ele havia visto Gever usar uma semelhante. Mais uma vez, Ben desejou saber o que Leannah havia experimentado na floresta dos irins. Suas próprias experiências lá haviam sido extraordinárias, e ele foi apenas um aprendiz desajeitado. Leannah, ao contrário, parecia ter sido recepcionada como uma rainha.

Vendo-a aproximar-se, ele percebeu que não conseguia tirar os olhos dela.

— O que foi? — Ela sussurrou, vendo que ele a olhava daquele modo.

Mas ele apenas sorriu para ela. — Nada.

O patriarca dos rions, assentado no trono de gelo, proferiu uma declaração de abertura na língua rion, saudando os dois visitantes diante da assembleia deles. Destacou o feito de Leannah em reativar o Olho de Olam e a vitória de Ben sobre o dragão-rei. Convidou os rions a recebê-los com honra, como amigos e legítimos sucessores de antigos aliados que haviam conquistado o direito de estarem ali. Depois se calou, voltando à posição praticamente congelada, como se não estivesse mais naquele local.

— Para alguém tão velho, solenidades não devem fazer muito sentido — disse Leannah sem esconder a frustração pelo fato do patriarca ter se calado sem ter falado nada a respeito da guerra.

— Nesses tempos, elas não fazem sentido até mesmo para os mais jovens — disse Ben.

— Dizem que o nome dele é impronunciável para quem não é rion — explicou Leannah.

Ben franziu a testa em resposta.

Ahyahyah se aproximou. O capitão rion disse que os rions estavam felizes por ver outra vez o Olho de Olam e Herevel. Eles se orgulhavam de ter participado da antiga batalha liderada por Tutham, o Nobre, que libertou Olamir do poder shedim.

Ben mais uma vez tentou agradecer o capitão por tê-lo ajudado na batalha de Nod, porém, achou melhor não fazer nenhum comentário a respeito de Tutham. As flechas de gelo do rion que haviam atingido o tartan no corpo de Arafel certamente o livraram da morte, ou, talvez, do cativeiro. Porém, mais uma vez o rion não pareceu entender a necessidade de agradecimento.

Eu fiz apenas o que devia fazer, eu tentei destruir o inimigo, foram as palavras que Ben conseguiu entender. E, compreendeu também, que elas não eram indelicadas, pelo menos não da perspectiva do rion, antes representavam apenas a verdade, do modo como eles expressavam a verdade, ou seja, frios. Os rions eram muito diretos em suas declarações. Ben percebia que eles não sentiam a mínima necessidade de serem polidos, ou fazerem rodeios, mas apenas de dizerem a verdade. Porém, compreendia também que a verdade fria poderia ser tão destruidora quanto a mentira.

— Quem poderia imaginar que Tutham ainda está vivo? — Disse Ben quando Ahyahyah se afastou. — Você acha que ele soube de tudo, desde o primeiro dia em que nós chegamos em Olamir?

Ben não precisava dar mais detalhes. Leannah compreendia o que ele queria dizer por "tudo".

— Acho que ele desconfiou... Ele acreditava que Enosh havia matado a criança. Mas quando você surgiu, as evidências eram muito fortes. Ele não podia ignorá-las, por mais que desejasse... No entanto, você apareceu lá com o Olho de Olam apagado. Poderia estar atrás de vingança. Somente quando ele viu a imagem de Enosh através da pedra dando instruções a respeito do caminho da iluminação, compreendeu que você não sabia de nada. Por isso, concordou que você percorresse o caminho da iluminação.

— Para levantar os caídos...

— Sim, foi para isso que os kedoshins o idealizaram — concordou Leannah.

— Eu imagino o dilema que ele enfrentou quando usou a pedra curadora para me curar. Afinal, ele havia decidido que eu morresse no passado... Quando Enosh o desobedeceu...

— Nem mesmo uma pedra curadora poderia livrá-lo do veneno da saraph — revelou Leannah. — O veneno agiu por tempo demais.

— O que você está querendo dizer?

— Quando foi a primeira vez que viu o portal?

Leannah estava certa. Ele havia visto o portal pela primeira vez antes de despertar em Olamir.

— Então, isso significa que...

— Thamam utilizou a pedra curadora em conexão com magia antiga — concordou Leannah. — Doutra sorte, você jamais voltaria...

— Então...

— Ele violou todas as leis de Olam para trazer você de volta. Por isso foi condenado ao Abadom. Quando Anamim o acusou, diante do tribunal de Olamir, de ter quebrado as leis que proibiam o uso da magia antiga, isso certamente garantiu a condenação dele.

Ben sentiu o ar fugindo de seus pulmões.

— Ele se condenou por minha causa? Mas por quê?

— Ele havia prometido para sua mãe que cuidaria de você. E não havia cumprido isso uma vez. Talvez, não quisesse quebrar duas vezes a mesma promessa... E talvez, também porque ele tivesse percebido que você poderia fazer algo por Olam. Que estava destinado a isso. Afinal, Thamam podia ver que, apesar de tudo, Herevel se deixava manusear por você.

Ben não conseguia acreditar em nenhuma das duas possibilidades. Porém, não podia deixar de pensar que Enosh também havia se sacrificado por causa dele.

— Talvez, no fundo, tanto Thamam quanto Enosh estivessem apenas tentando consertar os erros passados — disse Ben. — Ou, então, foram apenas dois loucos.

Leannah olhou para ele com uma expressão indecifrável. Por um momento, Ben pensou que ela iria falar algo, mas ela simplesmente se calou e continuou olhando para os rions.

Ben pensou mais uma vez na floresta das trevas, onde havia o portal. Vagueara por ela naquele estado de inconsciência quando Thamam e Anamim o resgataram da morte. *Então, de certo modo, realmente estive morto... E, continuo visitando-o em sonhos durante as noites...* Por puro instinto, ele levou a mão aos lugares onde parecia haver ferimentos de espadas em seu corpo, como no sonho. Mas não havia nenhum. A armadura protegia seu corpo.

— Lembra-se do que Thamam disse quando nós partimos de Olamir? — Perguntou Leannah.

— Ele disse que você era a única que acreditava em *El*, e que o sucesso da nossa missão dependeria de você.

— A minha missão é garantir que você cumpra a sua missão. Só nesse sentido depende de mim.

Ben olhou assustado para Leannah. Em seguida, o susto virou incredulidade em seu rosto.

— Então, parece que você falhou — ele disse com sarcasmo, lembrando-se dos eventos de Nod.

— Existem falhas no plano que rege o universo? — Leannah perguntou, ao estilo do patriarca, que havia feito aquela mesma pergunta anteriormente.

— Ah, vamos lá! Você realmente não acredita que as coisas sejam deste modo, acredita? Tudo destinado?

Imediatamente os rions se aproximaram para conversar. Porém, nenhum tentou conversar com ele. Pareciam fascinados com a voz de Leannah, e com o modo como falava a língua musical deles. A coroa que ela usava na cabeça fazia com que se aproximassem respeitosamente. Pareciam entender o significado dela.

— Festa estranha — disse Ben, olhando ao redor, quando após um longo tempo, os rions os deixaram sozinhos outra vez.

Não havia danças, comidas, bebidas, ou outro tipo de entretenimento. No evento, os rions apenas conversavam. Ben já pensava em retornar para o seu quarto.

— Você já viu outras esquisitas... — brincou Leannah, e logo em seguida ficou levemente enrubescida.

Ben lembrou-se dos povos da floresta e também do povo dakh. Sim, já havia visto um bocado de festas esquisitas. Mas Leannah não estava falando daquelas festas.

— Pena não ter música, assim você poderia mostrar seus dotes de dançarina, como na estalagem de Revayá — brincou Ben e se divertiu com o rubor que aumentou na face dela.

— Não fui só eu, ou Tzizah, quem dançamos lá. Se me lembro, você também estava bem animado.

— Deve ter sido aquele vinho — riu Ben.

— Acho que foi — ela confirmou também sorrindo.

Por um momento, os dois riram, e ele sentiu o coração um pouco mais leve. Ben se deu conta de que em praticamente todos os bons momentos de sua vida, Leannah esteve presente. Seria esse um sinal do destino? Ou seria o destino essa máquina avassaladora que os rions descreviam?

Ficou olhando para Leannah, enquanto ela observava a estranha festa dos rions. Os cabelos acobreados estavam radiantes. A pele alva, o nariz retilíneo, os lábios delicados e proporcionais formavam um rosto harmonioso. Os olhos da cor do mel eram grandes e inegavelmente belos e transmitiam simplicidade, pureza e confiança. Não eram enigmáticos como os olhos cinzentos de Tzizah que incendiavam paixões dentro dele, ao contrário, estes o acalmavam.

Não podia negar que algo em Leannah o atraía cada vez mais. Porém, temia que fosse o poder que ela carregava. O Olho de Olam dependurado por um cordão em volta do pescoço parecia só uma joia branca acomodada no decote do vestido. Porém a pedra estava ativa. Seu poder agia no mundo, detendo o avanço da escuridão, e estava ao alcance de um toque da cantora de Havilá. Ninguém no mundo dos homens, ou dos demônios, poderia enfrentá-la enquanto aquela pedra estivesse ali.

O olhar de Leannah encontrou o de Ben mais uma vez e ela sorriu timidamente. Ben retribuiu o sorriso mais uma vez.

Haviam sido amigos por tantos anos em Havilá, depois tornaram-se praticamente estranhos por causa dos acontecimentos em Olamir e do caminho da iluminação. Talvez, estivesse na hora de retomar aquela amizade. Ben percebeu que desejava isso profundamente.

— Como você conseguiu sair de Ganeden? — Ben perguntou olhando para a coroa de folhas que ela usava.

— E como você conseguiu fugir de Nod?

O sorriso do rosto de Ben desapareceu. Ele baixou a cabeça pensativo.

— Acho que você sabe... — respondeu. — Tudo estava uma grande confusão. O Abadom se abriu quando o nephilim desceu. Então, a cidade inteira balançou. Eu simplesmente saí correndo, e ninguém tentou me impedir.

— Anamim não tentou impedi-lo de fugir? Não tentou obrigá-lo a ler o pergaminho?

— Acho que ele acreditou que eu faria isso... Provavelmente, só percebeu tarde demais que nem tudo havia saído como ele planejara... Você não acha impressionante que ele tenha conseguido sozinho enganar todo mundo, até mesmo homens como Thamam e Enosh? — Ben mudou levemente de assunto.

— As pessoas mais insuspeitas são as que mais conseguem enganar... — respondeu Leannah, mas logo voltou ao assunto: — E quanto aos pergaminhos?

— Anamim havia jogado um deles para dentro do fosso, para que eu lesse. Mas no final, eu o deixei cair. A verdade é que eu nem lembrei dele quando saí da velha montanha...

A tensão voltou ao rosto de Leannah quando ele disse aquilo.

— Então, eles vão tentar fazer isso novamente.

Ben procurou ver se havia também alguma decepção no rosto dela, mas parecia haver apenas preocupação.

— Eles? — Perguntou Ben.

— Você sabe a origem dos três pergaminhos? — Ela perguntou, sem responder a pergunta de Ben.

— Anamim disse que eles haviam sido dados pelos kedoshins renegados aos imperadores de Mayan, por isso havia três.

— De fato. Quando eles leram os pergaminhos, conseguiram a magia do Abadom, mas destruíram Giom, e causaram o surgimento do lago de fogo. De certo modo, a Era anterior acabou por causa disso.

Ben assentiu. Já tinha ouvido muitos fragmentos daquela antiga história. O próprio Enosh havia lhe contando algumas coisas quando ainda moravam em Havilá. Mas naquele tempo, ele não tinha a menor possibilidade de compreender as implicações de tudo aquilo.

— Como Thamam possuía os pergaminhos? — Perguntou Ben.

— Não esqueça que Thamam é Tutham — lembrou Leannah. — E essa é uma das coisas que eu ainda quero descobrir.

— E quanto aos rions? — Perguntou Ben. — Qual é a relação deles com Olamir? Por que, mesmo tendo uma aliança, não parecem mais muito dispostos a se envolverem? O que exatamente Tutham fez para que os rions participassem da antiga batalha?

— Tutham trouxe a substância primordial para os rions — explicou Leannah, mostrando que conhecia bem aquela parte da história. — Kerachir estava sob risco de ser destruída naquela época, pois com o estabelecimento do tratado do mundo e do submundo, os shedins foram limitados pela cortina de trevas, a magia foi banida e o gelo de Kerachir ficou ameaçado. Porém, ao conceder o gelo luminoso aos rions, Tutham exigiu que eles entrassem numa aliança de ajuda mútua. Basicamente é essa aliança que mantém os rions neste mundo. Mas os rions exigiram, em contrapartida, que a aliança fosse continuamente renovada, como um modo de assegurar que os homens nunca seriam uma ameaça para Kerachir. Porém, em cada renovação da Aliança, os homens devem trazer um pouco do gelo luminoso.

— Então, acho que entendi porque faz seiscentos anos que a aliança não é renovada... Onde Tutham conseguiu o gelo luminoso no passado?

— No norte... — disse Leannah reticente.

— Pensei que estávamos no norte... Onde exatamente no norte?

— No norte — ela repetiu, olhando ao redor, como se temesse que alguém mais ouvisse aquilo.

Ben tentou abafar a irritação ao ver que ela, por algum motivo, não quis lhe contar todos os detalhes daquela história. Lembrou-se que ele também havia viajado até as portas do Abadom para conseguir o fogo tenebroso, o direito do povo dakh, e, provavelmente, por isso, tivesse direito de saber onde Thamam havia conseguido o gelo luminoso.

— Um dia os dakh deverão ter acesso ao fogo tenebroso — disse Leannah como se adivinhasse os pensamentos dele. — Assim como os rions foram contemplados com o gelo luminoso.

— Eles não estavam preparados... — justificou-se Ben, ainda mais irritado por não conseguir ocultar dela os próprios pensamentos. — Tornaram-se prisioneiros de suas tradições. A escuridão do submundo os cegou.

— Você fez a coisa certa. Mas talvez eles nos surpreendam. Alguns eventos têm a capacidade de produzir transformações. E sua passagem pelo submundo, talvez, tenha levado mais do que luz para as pedras shoham dos dakh.

— Acho difícil — disse Ben, apesar da lembrança da última atitude de Litili que os permitiu sair das Harim Adomim.

— Sua ida ao submundo, a seu tempo, produzirá efeitos — assegurou Leannah. — Talvez, o plano de Anamim tenha encontrado nesse ponto sua principal falha.

— E quanto a Tutham, ou Thamam, onde afinal ele está? — Ben aproveitou para perguntar. — E quanto a Tzizah? Você conseguiu descobrir se ela sobreviveu à invasão de Bethok Hamaim?

— Nós vamos tentar descobrir essas coisas amanhã — disse Leannah. — No salão dos espelhos. Vou pedir autorização ao patriarca para ir até lá.

Ben não se contentou com a resposta de Leannah, mas era tudo o que tinha naquele momento.

— E, Kenan, o que aconteceu com ele? Você tem notícias?

— Ele passou muito tempo em Ganeden, com Gever...

Ben sentiu uma pontinha de ciúmes quando ela disse aquilo. O tempo passado ao lado do irin era contado pelo guardião de livros como o melhor da sua vida.

— Talvez, a floresta possa curar as feridas do giborim — completou Leannah. — Ou destruí-lo de uma vez.

Ben assentiu. Os efeitos de uma estadia em Ganeden eram de fato imprevisíveis.

— Talvez faça bem para ele — disse tentando mostrar otimismo.

— Ganeden tem o poder tanto de salvar quanto de condenar, pode curar alguém ou enlouquecer... — lembrou Leannah.

— A loucura já dominava o giborim antes...

— Apesar de tudo, eu espero que ele seja redimido — completou Leannah. — A sede de vingança o destruiu, mas talvez ainda haja algum resquício do heroísmo e da nobreza que habitaram nele algum dia... Talvez, ele volte a ser o guerreiro que foi antes de sua primeira visita ao império dos shedins há mais de quarenta anos. Ele nunca foi um homem comum...

— E Adin? — Perguntou Ben estranhando aquela admiração de Leannah por Kenan. — O que aconteceu com seu irmão? Anamim deu a entender que ele poderia estar morto.

— Nem tudo o que Anamim disse era verdade — repetiu Leannah. — Adin está vivo, porém muito longe. E não sei por quanto tempo... Ninguém que chega tão perto do senhor da escuridão como ele chegou, sai incólume. Eu temo muito pela vida dele, em todos os sentidos.

Ben sentia-se responsável por tudo o que havia acontecido de ruim desde que partiram de Havilá. E, certamente, os acontecimentos relativos a Adin eram uma grande parte dessa carga que ele precisava carregar.

Leannah percebeu a expressão de culpa no rosto de Ben.

— Infelizmente, Adin realizou uma tarefa para os shedins no oriente — continuou Leannah. — Ele abriu o portal no lago de fogo, recitando as palavras do pergaminho de Thamam, possibilitando a manipulação da magia antiga. Ele também contribuiu para a abertura do Abadom.

— Mas por que ele fez isso?

— Por amor...

A cara de Ben era um testemunho de sua incompreensão.

— Meu irmão apaixonou-se por uma rainha — completou Leannah. — A jovem rainha de Sinim. Ela também manipula um pouco da magia antiga... Quando estivemos em Urim para completar o caminho da iluminação, ela nos ajudou... Curou os feridos. E sua atuação foi decisiva, apesar do acordo que Naphal havia estabelecido com Sinim. Porém, Naphal não perdoa traições... Ele a usou para que Adin lesse o pergaminho...

— Você não sabe onde ele está agora? — Perguntou Ben, vendo uma sombra estranha passar pelo rosto de Leannah quando ela mencionou o nome de Naphal.

— Eu tive um sonho... Adin e Chozeh estavam juntos... Eles conseguiram fugir do lago de fogo. Porém, depois eu vi tannînins. Eles os conduziam. A essa altura eles devem estar em Hoshek... Eu ainda não sei como ajudá-los, nem se isso ainda é possível...

— Quarenta anos? — Subitamente as palavras anteriormente ditas por Leannah provocaram um reboliço no interior do guardião de livros.

Leannah não compreendeu a pergunta de Ben, pois ela estava falando sobre Adin.

— Você disse que Kenan visitou Hoshek há quarenta anos! — Explicou Ben.

— Sim, pouco depois de ele se tornar um giborim. Ele tentou libertar o nephilim na época. Queria iniciar uma guerra já naquele tempo, mas fracassou. Mashchit não permitiu. Eles duelaram e Kenan teve de fugir envergonhado de Salmavet. Depois, quando Tzillá foi raptada, Kenan acreditou que Mashchit estava se vingando dele.

— Vingança só gera vingança — concluiu Ben. — Por um momento pensei que... Você sabe, eu não tenho quarenta anos...

Ben viu o olhar compreensivo de Leannah mais uma vez.

— Eu sei... Mas infelizmente, tudo o que aconteceu com Tzillá, aconteceu depois disso. Eu sinto muito, mas isso realmente não ajuda a esclarecer seu passado.

Desanimado, o guardião de livros voltou a prestar atenção aos rions. Sentiu vontade de ouvir boa música, e talvez, bebericar um pouco de vinho, como haviam feito na velha estalagem de Revayá, mas os rions continuavam apenas conversando. Até mesmo as estranhas danças do povo de Zamar seriam bem-vindas ali, pois permitiam esquecer por algum tempo os problemas.

O guardião de livros se arriscou a conversar na língua deles. Sentia que estava fazendo progresso no uso do idioma musical, porém o esforço que precisava fazer para se comunicar tirava toda a naturalidade e o efeito da própria fala. Mesmo assim, pacientemente, os rions o ouviam e também falavam com ele, querendo detalhes especialmente dos dois confrontos com Leviathan. Pareciam precisar se certificar de que o dragão-rei estava mesmo destruído.

Alegre-se por ter cumprido seu destino! Eles repetiam todas as vezes.

Ben percebia que isso era muito importante para eles. Em tudo, eles acreditavam que estavam agindo de acordo com um destino pré-estabelecido.

Ben percebia que os rions o olhavam sempre com um misto de admiração e desconfiança. Isso não era novidade. Em todos os lugares, exceto Ganeden, as pessoas olhavam assim para ele. A preferência dos rions era falar com Leannah. Isso ficou claro desde o início, porém no final da noite, eles a monopolizavam, de modo que Ben nem podia se aproximar muito dela. A cantora de Havilá foi automaticamente aceita em Kerachir. Os olhares admirados a seguiam por todos os lugares dentro do salão. Os que se aproximavam faziam uma leve curvatura e lhe dirigiam palavras de saudações e elogios a respeito de sua beleza e sabedoria.

Ben ouviu uma das saudações.

Não há mulher mais bela no mundo, no submundo ou nos altos céus
Como aquela que remove as trevas como quem remove um véu.
Agradecemos por deixar contemplarmos sua sabedoria em laurel.
A qual desde agora será para nós como o maior de todos os troféus.

Ouviu um dos rions mais experientes falando sobre as experiências vivenciadas por ela em Ganeden. Compreendeu que ele mencionou o título "rainha da floresta".

— Como eles sabem das coisas que você viveu em Ganeden? — Ben perguntou num dos raros momentos em que os rions a deixaram novamente sozinha.

— As raízes das árvores de Ganeden, o gelo luminoso dos rions, as paredes de gelo de Kerachir encravadas no coração da montanha... Há inúmeras comunicações possíveis para aqueles que podem ouvir.

— Como o Kadim? — Lembrou Ben.

— Sim, como o Kadim.

— O que ele quis dizer com "rainha da floresta"? — Perguntou Ben olhando para a coroa de folhas que ela trazia na cabeça.

— Foi só uma homenagem.

— Do povo de Zamar ou do povo de Gever?

— De certo modo dos dois...

— E quanto tempo você ficou em Ganeden? Conseguiu calcular quanto representa aqui fora?

— Para o nosso tempo significou apenas quinze dias.

Ben arregalou os olhos.

— Então foram quinze anos!

No meio da noite, o patriarca retornou para a festa. Ele despertou subitamente do estado de transe congelado e se pronunciou mais uma vez. Ben compreendeu que era dele a incumbência de iniciar e encerrar a confraternização. Quando o mais velho do povo cinzento falou, todos os rions pararam de conversar e olharam para ele respeitosamente.

O patriarca começou a fazer um pronunciamento com sua voz pausada, mas ainda melodiosa:

A chegada dos visitantes trouxe muitas lembranças do passado.
Fez próximo o futuro distante, e um fato que não pode ser olvidado.
O julgamento dos irins não aconteceu e agora não mais acontecerá.
A chance dada aos homens da lua morreu e nunca mais ressuscitará.

Ben e Leannah prestaram atenção ao discurso que o patriarca iniciou e aos poucos foram tomando consciência de algo que não queriam ouvir. Ele disse que os tempos antigos não voltariam. Mesmo com Herevel e o Olho de Olam, havia poucas chances de enfrentar os shedins. O poder do senhor das trevas era algo jamais enfrentado pelos homens da Era atual.

— Mais do que nunca o gelo de Kerachir sente os efeitos do poder liberado pela abertura do Abadom — disse o patriarca falando diretamente com Ben e Leannah na língua de Olam. — Infelizmente, o poder da escuridão crescerá. Mais inimigos se revelarão e tomarão o lado maligno. Fogo e trevas varrerão este mundo até eliminar gelo e luz. Não haverá refúgio. O gelo luminoso de Kerachir não será suficiente para manter as cidades de gelo. Nossa terra está condenada. É o destino.

— Então, os rions tomarão parte nesta batalha? — Perguntou Leannah com a voz trêmula, temendo a resposta. — Lutarão tentando impedir isso?

— Por que motivo os rions permaneceriam neste mundo? — Disse o patriarca, impassível. — Kerachir sucumbirá, se desfará em pedaços, e restará apenas gelo derretido, como aquele homem perverso e pavoroso profetizou. Porém, nós não estaremos aqui quando isso acontecer. Vamos partir para as terras imortais. É nosso destino.

Ben estranhou ele mencionar uma profecia de um homem perverso. A quem se referia? Enosh? Thamam? Até onde Ben sabia, somente os dois estiveram ali no passado.

— Kerachir tem uma aliança com Olamir! — Suplicou Leannah.

— No passado, nós descemos para libertar a cidade branca — continuou o líder dos rions —, mas agora o que há para libertar? Olamir ainda existe? A aliança foi renovada? O que vale arriscar a segurança do nosso povo por ruínas? Por que desafiaríamos o plano do grande criador?

— Mas Olam não está totalmente em ruínas — insistiu Leannah aterrorizada com as palavras do patriarca. — O norte e uma parte do leste de Olam ainda não foram tomados pela escuridão. Cidades inteiras não sucumbiram. Algumas bem grandes. E Sinim também permanece, além de uma vasta região do reino dos cavalos que provavelmente está livre. Ainda há muito pelo que lutar. Os poderes que regem o universo poderiam considerar que sua atitude é uma quebra da aliança, em vez de uma submissão ao destino. Além disso, se há mesmo um destino, não nos cabe julgá-lo, ou defini-lo de antemão, mas fazer tudo o que está ao nosso alcance, crendo que ele se cumprirá através de nós, e da liberdade que nos foi dada.

Ben percebeu que as últimas palavras de Leannah causaram uma leve mudança na face do patriarca. Ben ficou na dúvida sobre o que significava, mas talvez fosse um pouco de apreensão. O guardião de livros tinha consciência de que a cantora de Havilá estava falando de um modo muito ousado. Imaginava que, se eles não a respeitassem, jamais ouviriam o que ela estava dizendo. Porém, imaginou que a qualquer momento, eles simplesmente deixariam de ouvir e os expulsariam daquele lugar. E já começava a achar aquilo quase desejável.

— Como uma aliança que não foi renovada pode ser quebrada? — O rion pronunciou-se com firmeza. — O Melek de Olam não nos convocou para a batalha. Não nos trouxe o gelo luminoso. Eu já tomei a minha decisão. Se foram os homens que iniciaram essa guerra, e se o tratado dizia respeito à defesa mútua, e não em caso de vingança ou desejo de expansão, o que nos obrigaria a lutar? O que ainda nos prende a este mundo? Por que perderíamos a oportunidade de partir se o tempo é curto?

Ben percebeu que o patriarca não estava satisfeito em dizer aquelas coisas. Obviamente, ele estava sendo apenas sensato. Se havia uma oportunidade de abandonar aquele mundo, talvez, eles estivessem certos. O reino de Olam estava condenado há muito tempo, por tantas promessas não cumpridas e por tantos erros cometidos por seus líderes. Ben quase sentiu vontade de acompanhar os rions.

— De que maneira vocês vão abrir a passagem para as terras imortais? — Perguntou Leannah aparentando desconfiança. — Os kedoshins os ensinaram a fazer isso?

— Eles nos abandonaram, assim como ao povo dakh. Mas há uma maneira de abrir uma passagem. Há um mecanismo construído para proporcionar isso. O destino possibilitou a última peça do mecanismo também estar aqui.

Os olhos cegos do patriarca se fixaram no Olho de Olam. Leannah deu dois passos para trás e rapidamente levou a mão ao Olho numa atitude defensiva. Ben se assustou com o movimento dela e também levou a mão ao cabo de Herevel, porém não percebeu qualquer ameaça ao redor, por isso não removeu a espada da bainha.

Os rions permaneceram do modo como estavam.

— Quando o povo dakh encontrou a pedra branca nas profundezas — continuou calmamente o patriarca —, os kedoshins não foram capazes de lapidá-la imediatamente. Eles precisavam do poder de pelo menos um dos elementos primordiais para realizar a tarefa. Mas o fogo tenebroso era muito perigoso para ser manipulado, embora os kedoshins só tenham descoberto isso quando chegaram aos portões do Abadom. Quem além de nós, os rions, dispunha do gelo luminoso, nossa herança desde os tempos ancestrais? Uma vez que cedemos a eles a substância primordial para que lapidassem a mais poderosa pedra que já existiu, e por causa disso ficamos sem ele para nós mesmos, isso não significa que temos o direito de que o Olho de Olam abra o caminho para nós?

— Então esperam que eu abra a passagem para vocês partirem e condene o mundo dos homens? Eu jamais farei isso! Não podem me obrigar a fazer isso.

— Quem condenou seu mundo, exceto os próprios homens? Amor, gentileza, amizade e cooperação são as principais atitudes humanas? Ou cobiça, egoísmo, ingratidão, falsidade e ganância insaciável? Os rions não são responsáveis pelas falhas humanas. Então, por que eu devo permitir que meu povo seja destruído por causa da loucura de criaturas tão mutáveis e suscetíveis ao mal? O Olho de Olam abrirá o caminho para o além. Ou teremos que exigir esse direito. Quem poderá nos privar dele?

— Não podem nos obrigar! — Pronunciou-se Ben apertando o cabo de Herevel, e imaginando que a situação ficaria fora de controle. Agora via animosidade em todos os rostos cinzentos.

— Por que você acha que não? Acaso o caminho das armas é o único que oferece saída? Descansem suas intenções no destino. Isso não é uma ameaça. Não vamos desafiar o poder de Herevel e do Olho de Olam. Mas, mesmo assim, vocês terão que fazer o que desejamos. Não podem resistir. É o destino.

Ben não compreendia o que o patriarca estava dizendo, porém os rions permaneciam imóveis enquanto Ben girava ao redor com a mão sobre Herevel aguardando algum ataque. Será que o rion imaginava convencê-los apenas com palavras?

— Não nos deixarão partir! — Leannah compreendeu o que o patriarca dizia. — Não abrirão a passagem!

— E como eu poderia? — Sentenciou o patriarca. — Como eu poderia permitir que vocês partam antes que o Olho de Olam abra o caminho para nós? Por outro lado, não os prenderei aqui depois disso. Vocês abrem o caminho para nós, e nós abrimos o caminho para vocês retornarem a Olam. É uma troca justa. Ou todos seremos destruídos quando a escuridão crescer.

— Vocês não podem fazer isso! — Implorou Leannah.

— Amanhã, ao pôr do sol, você ativará o mecanismo que abre a passagem para nós. Ou testará o ditado que diz: Um rion nunca volta atrás em sua decisão.

Tendo dito isso, o patriarca voltou ao estado de congelamento.

4 — O salão do Tempo

As garras que o envolviam poderiam estraçalhá-lo se quisessem. Adin não tinha a menor dúvida disso. Por esse motivo, acreditava que os tannînins tinham a intenção de transportá-lo para algum lugar, em vez de matá-lo. Porém, isso não melhorava as coisas.

O vento quente lançado para baixo pelas asas do tannîn atiçava suas queimaduras, mas esse não era o pior desconforto. Nenhum sofrimento físico poderia ser pior do que o infligido por seus próprios pensamentos e recriminações. Como havia se esquecido dos tannînins? Mais uma vez, aquele sentimento de soberba o havia dominado quando conseguiu pegar os peixes. Mais uma vez se deixara levar como um sonhador alucinado, como se tivesse a solução para todos os dilemas. E agora tinha que pagar o preço daquele devaneio. E o pior era saber que não seria o único a pagar.

Adin tentou enxergar Chozeh, mas o dragão que a levava estava muito à frente. Pela posição em que era transportada, ela parecia estar desacordada.

Ele temia pelo pior. A garota já estava bastante enfraquecida na caverna, e ele nem sequer pudera levar os peixes para ela... Mais uma vez, passou da esperança ao desespero numa fração de segundos. Quando havia imaginado, orgulhoso, que os peixes os sustentariam e possibilitariam o retorno para Olam, os dragões voltaram e os aprisionaram. E o orgulho voltou a ser tolice.

As águas amareladas do Yam Esh pareciam calmas vistas do alto. Adin não sabia há quanto tempo estavam sobrevoando o mar de fogo, pois havia desmaiado pouco depois que o dragão o capturara próximo da caverna. Só despertara há pouco devido a um jato de água morna que o atingiu quando o dragão que o transportava raspou numa onda.

Eram seis os dragões que os conduziam. Sobrevoavam o Yam Esh, e provavelmente se dirigiam para o sul. Era difícil ter certeza absoluta disso, pois o céu estava nublado, e sem saber onde estava o sol, não dava para ter uma boa noção de localização no meio do mar. Mas só havia um lugar para onde os dragões poderiam levá-los: Hoshek. Tinha a certeza de que não demoraria a ver a cortina de trevas dividindo o mundo ao meio.

E sabia também quais eram as intenções dos shedins. Eles, de fato, não eram muito criativos em suas táticas, porém eram eficientes. Com toda a certeza estavam levando-o para Hoshek por causa de Leannah. Ela era o verdadeiro alvo deles.

O desespero era o único sentimento que parecia ser maior do que a infinidade do oceano abaixo. A morte adiada era uma punição cruel. Lembrava-se da voz do velho bárbaro possuído dizendo que não o deixaria morrer depressa, que teria que viver para contemplar por muito tempo as consequências de suas escolhas erradas, caso não lesse o pergaminho. Por conta disso, havia lido, porém não conseguira se livrar da anunciada punição. De fato, não havia acordo com as trevas. Mas, agora, talvez, a morte não o recusasse mais. Era muito difícil sobreviver a uma viagem longa como aquela, preso nas garras de um tannîn.

Quando pensava que há tão pouco tempo ele era só um garoto interessado em nomes de insetos e plantas em Havilá, sem qualquer aspiração maior na vida do que as brincadeiras e passeios com os amigos, não tinha como não se sentir atordoado. Nunca poderia ter imaginado uma mudança tão radical da noite para o dia.

Adin lembrava-se de que não foi ele quem tomara a decisão de seguir o guardião de livros para longe de Havilá, após aquela madrugada terrível em que o velho casarão ardeu. Leannah havia insistido nisso, pois era fascinada por Ben, e não queria perdê-lo. O único motivo pelo qual acompanhara a irmã, era para não deixá-la retornar sozinha mais tarde, quando chegassem até as Harim Adomim. Ainda não sabia porque havia mentido para o guardião de livros, dizendo que haviam inventado uma história para o pai deles. Talvez fosse o desespero nos olhos da irmã quando Ben disse que não os levaria juntos em hipótese alguma.

Sua irmã, às vezes, podia ser bastante obstinada, mas não podia ter imaginado o que ela faria quando, no primeiro porto dos barcos, os carregadores os impediram de entrar. Adin já havia se dado por satisfeito com aquela aventura, e só pensava em voltar para casa a fim de dormir pelo menos o resto da noite numa cama confortável. Gostava do guardião de livros, mas não o suficiente para passar uma noite ao relento. Porém Leannah disse que Ben estava muito enganado se pensava que poderia se livrar deles assim tão facilmente.

Lembrava-se de ter ficado observando-a enquanto ela conversava com os homens, gesticulava, e apontava para os barcos, temendo que aquela demora os deixaria ainda mais encrencados com o pai quando chegassem de madrugada em casa. Então viu quando ela retirou a pedra shoham de dentro da bolsa e entregou-a para os homens. Naquele momento, teve a certeza de que não dormiria em sua cama confortável, pelo menos não naquela noite. A pequena pedra comprou a passagem deles pela rota das cachoeiras. E não apenas isso, comprou uma passagem sem volta para uma longa jornada por um mundo violento, imprevisível, mentiroso e cruel, o qual, ele de fato, nunca havia desejado conhecer.

Adin não sabia qual seria a atitude da irmã quando soubesse que ele havia sido aprisionado pelos shedins. Num sonho, vira a irmã segurando o Olho de Olam. A intuição o fez compreender que, agora, ela era a portadora da pedra dos kedoshins. E, por isso, também o grande alvo dos shedins, pois era o motivo pelo qual as trevas ainda não haviam coberto o mundo inteiro.

A armadilha que, por certo, os monstros armariam para ela parecia bem óbvia. Esperava que Leannah não caísse. Esperava que ela não cometesse o mesmo erro que ele havia cometido, pensando que salvaria uma vida. Negociar com os shedins sempre significava perder tudo.

Percebeu que os dragões começaram a descer e visualizou uma pequena ilha rochosa abaixo. Nenhuma vegetação havia, apenas rochas e a espuma das ondas que arrebentavam nos penhascos. Os tannînins provavelmente iriam fazer uma pausa na viagem. De fato, eles os depositaram sem muita gentileza sobre as pedras desnudas. Adin rolou e segurou-se nas saliências para não escorregar numa ribanceira. Por sorte, Chozeh foi depositada no alto, num lugar mais plano. O jovem ruivo viu os dragões se empoleirarem no topo, de onde podiam vigiá-los, enquanto descansavam. Se bem que isso era totalmente desnecessário, pois não havia onde se esconder na pequena ilha rochosa e muito menos para onde fugir. E mesmo que houvesse alguma dessas possibilidades, a fraqueza não os permitiria fazer nada.

Adin se arrastou para cima até a rocha onde Chozeh estava deitada. Ela continuava desacordada e sua aparência era terrível. A pele pálida e os lábios ressecados causaram desespero. Ela precisava de água.

Mesmo não estando em condições muito melhores do que ela, Adin moveu-se sobre as rochas procurando algum depósito de água da chuva. Um tannîn decolou do penhasco e passou sobre ele mergulhando em direção ao mar. Adin ficou imóvel, acreditando que o dragão fosse atacá-lo, mas em instantes, o viu subir trazendo um peixe preso nas garras. Vários deles imitaram a ação, e Adin compreendeu que aquela era a hora do almoço para as feras. Por sorte eles haviam encontrado alguns peixes, ou então poderiam talvez se interessar por outro tipo de comida...

Não muito longe de onde haviam sido deixados, ele encontrou um depósito de água da chuva. Sem ter outro modo de recolher a água, fez uma concha com as mãos e coletou o que foi possível. Mas quando conseguiu chegar onde Chozeh estava, só alguns pingos restavam entre as mãos. Derramou-os sobre os lábios dela.

— Beba, meu amor — tentou acordá-la. — Você precisa se hidratar.

Os lábios pareceram se mover um pouquinho. Então ele a carregou até perto da pequena poça de água, sem saber se aquela atitude era misericórdia ou punição. Retendo mais água com as mãos, ele a ajudou a beber, tomando cuidado para que não se afogasse.

Enquanto aninhava a cabeça de Chozeh em seu colo, Adin observou os dragões e tentou imaginar quanto tempo duraria aquela pausa. As criaturas de fogo os observavam do penhasco. Os olhos malignos pareciam duvidar que eles sobreviveriam por muito tempo. Pareciam ter toda razão.

Então, subitamente um deles voou outra vez passando rente à cabeça deles e mergulhou no mar amarelado. Voltou em seguida carregando um peixe, e o soltou sobre as pedras, próximo onde Adin estava. O peixe ainda ficou se debatendo sobre as pedras, antes que Adin o pegasse. Naquele momento, Adin compreendeu que a jornada ainda seria longa, e que os dragões queriam conduzi-los vivos. Pensou, por um momento, em frustrar a intenção deles, recusando-se a comer o peixe. Provavelmente, teria feito isso se estivesse sozinho. Mas a presença de Chozeh o impediu mais uma vez. Ele despedaçou o peixe e fez com que ela comesse alguns pedaços.

Momentos depois, enquanto também comia o que havia restado do peixe, Adin olhou ao redor tentando encontrar algum ponto de identificação no meio do mar. Como era esperado, não havia nenhum. Porém, olhando mais firmemente para o horizonte, ele conseguiu identificar um lado escurecido. Não sabia, entretanto, se aquilo era o continente ou a própria cortina de trevas.

Demorou pouco até ouvir o barulho das asas e viu os dragões começando a decolar dos penhascos. Adin tentou não esboçar reação quando viu garras vindo em sua direção. Num piscar de olhos o chão sumiu debaixo de seus pés e a ilha rochosa ficou para trás. O Yam Esh voltou a se estabelecer como a única paisagem.

* * * * *
* * * *

O soar de uma trombeta trouxe o amanhecer para dentro do quarto onde Ben dormia em Kerachir. O guardião de livros despertou assustado e se sentou na cama. Sentiu a repulsa do gelo do chão assim que os pés descalços o tocaram e rapidamente os retirou. Em seguida, lhe vieram à memória os eventos da noite anterior, na estranha festa de boas vindas dos rions. O patriarca havia marcado para aquele dia, ao pôr do sol, o ritual que abriria o caminho para os habitantes de Kerachir se retirarem do mundo.

Suas botas estavam jogadas no canto e ele fez um esforço para chegar rapidamente até elas, antes que seus pés congelassem. Havia sonhado que as construções de Kerachir se moviam sozinhas como os tannînins no palácio de gelo. Porém, como aqueles, ao final elas derretiam-se inteiramente espalhando líquido gelado em todas as direções.

Passou a mão pelas paredes de gelo observando a estranha luz que dançava no interior delas. Estavam sólidas. Ainda era difícil entender como não fazia tanto frio no quarto. *Mágica*. Pensou.

Percebeu que a trombeta soou outra vez, dessa vez mais demoradamente. Seria um ataque? Teria o exército shedim conseguido encontrar a localização das cidades? Ben duvidara que os inimigos conseguissem vir para tão longe em tão pouco tempo. Além disso, como encontrariam a passagem para Kerachir?

Olhou para fora e, por um momento não enxergou nada, tal era o brilho de Shamesh sobre as cúpulas de gelo. Quando seus olhos se acostumaram, não viu qualquer sinal de ataque. Mas havia movimentação de rions por todos os lados. Entendeu que se tratava das cerimônias e compromissos diários em Kerachir, ou talvez, dos preparativos para o último dia dos rions na antiga cidade. O patriarca disse que os preparativos para a partida dos rions começariam naquela manhã. As palavras dele haviam colaborado para os pesadelos da noite.

Ben levou poucos minutos para vestir a armadura e começar a posicionar a Aderet. A longa capa escarlate agora era uma relíquia, pois o último dos giborins que usava uma semelhante havia tombado em Bethok Hamaim. Na verdade, Ben se forçou a lembrar que ainda havia um... Teria Kenan desconfiado da identidade de Ben desde o início também? Isso explicaria o modo pouco simpático com o qual o havia tratado, e, talvez, até mesmo suas atitudes insanas no final, usurpando o Olho de Olam das mãos de Leannah. Afinal, Ben era filho da mulher que ele sempre amara... Leannah disse que ao usurpar o Olho, Kenan recebeu o conhecimento a respeito do que havia acontecido com sua amada... Receber todo aquele conhecimento acabou sendo sua maior punição.

Ainda prendendo a Aderet aos ombros, o guardião de livros desceu para o pátio central rodeado pelos tannînins de gelo. As esculturas de dragões vigiavam as montanhas. Entre elas, havia muitos rions desempenhando funções, como remover o excesso de neve da noite anterior. Outros preparavam uma espécie de altar bem na quina do grande pátio do palácio central.

Leannah desceu em seguida. Ela não carregava a coroa de folhas, e os cabelos ainda desalinhados emprestavam o vermelho fogo ao reflexo do Olho de Olam, quase como se a pedra tivesse voltado a ser vermelha como Halom. Ela parecia com bastante pressa e a ansiedade em seu rosto se intensificou quando ela viu os rions preparando o altar na quina da muralha.

Ao olhar para a pedra, Ben sentiu algum conforto. O mesmo que sentia quando tocava o cabo de Herevel e deslizava os dedos sobre as pequenas pedras brancas. Se fosse noutro tempo, com aqueles dois instrumentos, eles seriam senhores do mundo. Porém, não podiam mais se iludir. Com o Abadom aberto, as forças das trevas haviam alcançado um poder jamais visto depois que o antigo tratado limitara a atividade shedim.

— Difícil dormir com todo esse barulho — ele disse ao vê-la se aproximar, radiante no vestido branco que parecia puro como o gelo de Kerachir.

— Dormir é um privilégio que não podemos dispor agora — respondeu Leannah com alguma rispidez, para estranhamento de Ben. — Temos pesquisas para fazer. Ao final do dia, o patriarca planeja iniciar a retirada de Kerachir. Nosso tempo é curto para tudo o que precisamos fazer.

— Imagino que não vamos encontrar um desjejum aqui — lamentou Ben, lembrando-se de bacon e ovos mexidos, e também daquela bebida escura e quente que havia experimentado em Nod durante os dias em que o conselho cinzento esteve refugiado lá.

Leannah fez uma cara de incompreensão ao ouvir falar sobre comida. Ben se deu conta de que, durante toda a viagem para o norte, não viu ela se alimentar nenhuma vez.

Ela se alimenta de luz, pensou o guardião de livros. *O Olho de Olam a sustenta, como sustentou Enosh por tanto tempo...*

Prefiro algo mais saboroso, sentiu vontade de dizer.

Porém, teve que se contentar com uma cenoura e um rabanete que ele próprio havia colhido e guardado na sacola num dos poucos pousos que fizeram antes de sobrevoar as Harim Keseph.

Enquanto mastigava o legume sem gosto, Ben seguiu Leannah pelos labirintos brancos do interior de Kerachir. Ela andava na frente sem esperar por ele. Parecia diferente em relação à noite anterior. Mais decidida, porém também mais fria. Ben concluiu que ela, provavelmente, estivesse apenas preocupada, devido às exigências do patriarca. Não podia recriminá-la por isso.

— Aonde vamos? — Perguntou, apressando o passo para alcançá-la. — Não está uma manhã tão agradável para um passeio...

— Eu preciso de mais informações sobre a aliança — Leannah se limitou a dizer e continuou andando rapidamente.

Atravessaram diversos túneis de gelo e passaram por vários pátios arredondados que fizeram Ben se lembrar dos salões subterrâneos do povo dakh, porém em contraste com aqueles, esses eram brancos e iluminados, pois tinham entradas de luz por todos os lados, e o céu azul parecia querer entrar pelo teto.

Ben se lembrou que ela havia mencionado um salão de espelhos em Kerachir. Algo que os rions chamavam de "salão do tempo". Ben deduziu que estavam procurando aquele lugar, por isso não fez mais perguntas e limitou-se a segui-la, enquanto terminava de comer os dois legumes. O rabanete, pelo menos, tinha um gosto um pouco mais picante do que a cenoura, e ele o devorou sonhando com dias melhores.

Um pátio entre montanhas se abriu iluminado pelo sol após eles saírem de um túnel. Contemplá-lo renovou em Ben a sensação de assombro pela grandeza das montanhas de gelo. O guardião de livros protegeu os olhos da claridade de Shamesh que surgiu plena sobre eles, e desorientou-se por alguns instantes quando olhou ao redor. Se aquele era o lugar que procuravam, até que o tinham encontrado depressa. Percebeu que Leannah havia se adiantado ainda mais e já estava na metade do semi-círculo, marchando resoluta para a outra extremidade onde uma porta dava acesso ao interior da montanha. Ela segurava o Olho de Olam com a mão direita e, provavelmente, estivesse recebendo através dele as instruções para onde ir. Então, Ben compreendeu que aquele não era o lugar que eles procuravam.

Num instante, ela havia adentrado outro túnel e desapareceu da vista de Ben. O guardião de livros correu sobre o gelo, tomando cuidado para não escorregar, e também acessou o túnel. Então, viram outro pátio, quase tão grande quanto o antecessor, porém coberto, ou melhor, dentro da montanha. Naquele não havia aberturas no alto, e o teto era esculpido em forma de arcos bonitos, que também o sustentavam, interligando-se harmoniosamente ao longo de todo o salão.

Após diversos túneis que intercalavam salões subterrâneos com salões que recebiam a luz de Shamesh por fossos, finalmente Leannah parou. Ela estava bem no meio de um dos salões, e segurava a pedra dos Kedoshins. Ben viu mais uma vez o brilho branco vazando por entre os dedos. Notou que o brilho do Olho era mais branco em Kerachir do que em qualquer outro lugar.

Leannah continuou imóvel. Os olhos dela estavam fechados. Ben se aproximou, porém ela não abriu os olhos. O salão estava completamente vazio, como todos os demais.

Subitamente ela abriu os olhos e também a mão que escondia o Olho, então, algo como um reflexo luminoso percorreu a pele dela, e iluminou ainda mais o vestido.

— Você está me assustando — ele brincou, admirado com a súbita luminosidade.

Mas ela não lhe deu atenção e, com alguns gestos harmoniosos continuou liberando a luz da pedra branca ao redor, compartilhando a luminosidade com as paredes.

Olhando ao redor, Ben instantaneamente viu as paredes revestidas de uma luz ainda mais branca do que o gelo.

Em seguida Leannah sussurrou palavras incompreensíveis e andou em volta do salão, tocando de quando em quando as paredes.

Ben permaneceu no centro do salão apenas observando-a caminhar com graciosidade ao redor, sem entender plenamente o que ela estava fazendo, porém, admirando-se diante de toda aquela luz que parecia fluir da jovem de Havilá.

Então, começou a ver imagens se formando. Ele se lembrou do palácio de gelo quando uma parede refletiu a cidade de Irkodesh e eles puderam vislumbrar os acontecimentos finais daquela grande cidade. Ali também as paredes de Kerachir iluminadas pela luz do Olho começaram a revelar acontecimentos. Então, Ben entendeu que aquele era o salão dos espelhos de Kerachir, o salão do tempo.

Porém, Ben não sabia dizer se as imagens nas paredes eram do passado, do presente ou do futuro.

Leannah parecia poder escolher o que desejava ver, pois dirigia-se para um lado ou outro da câmara e vislumbrava com grande concentração as imagens que iam do chão ao teto curvo.

A junção de quadros era muito grande. Batalhas, discussões, julgamentos, ataques, construções e uma série quase infinita de eventos se misturavam pelas paredes. Assemelhava-se um pouco aos sonhos de pedra, com a diferença de que ali as imagens eram quadros de momentos congelados no tempo.

Então, Ben viu Leannah parar diante de uma das imagens.

— Qual é a função dessas imagens? — Perguntou Ben, tentando entender.

— Este é o espelho do tempo — explicou Leannah. — Havia um fragmento dele no palácio de gelo. Era um antigo projeto que os kedoshins relegaram aos rions. Uma tentativa de demonstrar os propósitos de *El*.

— Os propósitos de *El* para o quê? — Perguntou Ben.

— Para todas as coisas. Para toda a existência. O destino, como eles o chamam.

— E existe algo assim? — Na verdade, o que Ben queria perguntar era: *se existe algo assim, como seria possível saber?*

— Alguns kedoshins acreditavam que, se fosse possível reunir todos os eventos mais importantes do mundo, e estudá-lo cuidadosamente, seria possível demonstrar a lógica, o caminho que revelasse qual era o grande propósito de *El* com a existência do mundo, especialmente, para a origem do mal, que foi o fato mais questionado por alguns kedoshins.

— E eles conseguiram? — Perguntou Ben, subitamente muito mais interessado nas imagens ao redor.

— Eles perceberam que não ia funcionar — respondeu Leannah.

— Por que não?

— Eles compreenderam que não é necessariamente através dos grandes eventos que *El* revela sua vontade ou propósitos. Os pequenos e cotidianos eventos têm tanto a dizer quanto os grandes eventos, e influenciam o curso do mundo do mesmo modo. As vezes pensamos que certos momentos da vida são decisivos, como quando alguma tragédia acontece, ou mesmo algo de grande alegria, mas esses acontecimentos só se tornaram realidade porque outros, muito mais insignificantes os geraram.

Ben pensou a respeito.

— E seria impossível ter algum mecanismo que pudesse abarcar tudo isso, não é?

— Sim, seria impossível — confirmou Leannah. — Mesmo assim, esse projeto foi grandioso. Não para revelar *todo* o propósito de *El*, mas para revelar ao menos parte dele. Toda a revelação de *El* é parcial. O difícil, porém, é entender essa parcialidade, pois é da natureza das criaturas tentar julgar o todo pelas partes. Os rions estudaram tanto esse mecanismo que se tornaram fatalistas. Eles não conseguiram entender que o criador sempre nos escapa. Ele sempre é maior do que podemos entender. Maior do que a parcialidade dos eventos revelacionais pode demonstrar. Mas eles o limitaram a um destino frio e impessoal.

Ben voltou a olhar para as imagens. Não havia nenhuma lógica que ele pudesse discernir. Pareciam apenas quadros aleatórios de diversos momentos congelados no tempo.

Leannah continuou observando os quadros, procurando por algo. Ben perguntou o que ela procurava e se precisava da ajuda dele, porém ela não respondeu a nenhuma das perguntas, nem parecia mais notar sua presença ali.

Ben se contentou em ficar sozinho no salão, mesmo tendo a presença física de Leannah ao lado.

Finalmente, ela pareceu encontrar algo, pois se aproximou e tocou a parede de gelo. Imediatamente, o quadro movimentou-se e eles assistiram a um evento do passado.

Não demorou até que Ben percebesse que estavam assistindo a um acontecimento na própria Kerachir. Ben viu alguém pousando com um re'im nas cidades de gelo. As asas escuras em contraste com o corpo dourado fizeram com que Ben percebesse que se tratava da mãe de Layelá. Leannah disse que ela se chamava Tzohar. E isso o fez entender que era Thamam, ou melhor, Tutham, quem estava pousando em Kerachir, apesar de não ter conseguido ver o rosto dele.

Em seguida, a imagem congelou.

— O que significa isso? — Perguntou Ben.

— Espere aqui — disse Leannah. — Então, tocou outra vez a parede e sua mão a atravessou. Num instante, ela havia atravessado inteiramente para o outro lado.

Ben ainda correu até o local da imagem e também tentou atravessar. Mas suas mãos tocaram apenas o gelo intransponível.

— Aonde você vai? — Perguntou para as paredes congeladas. — Não me deixe aqui sozinho.

Por um momento, ele viu a imagem dela congelada dentro da parede, num último olhar que ela lhe lançou para trás. *Não toque em nada*. Foi o que ele conseguiu ler nos lábios dela, antes que desaparecesse.

Sem opção, só lhe restou ficar por ali, esperando que Leannah retornasse.

Ben andou em volta contemplando todos aqueles espelhos de gelo. Não conseguia entender como funcionava aquele mecanismo. De que maneira os espelhos acumulavam informações de fatos que haviam acontecido em lugares tão distantes dali? Seria magia?

O pedido de Leannah para que não tocasse em nada limitou o guardião de livros por algum tempo. Porém, ao perceber que ela estava demorando demais, Ben começou a ficar impaciente. Temia que algo tivesse acontecido com ela. Ele se aproximou do gelo e tentou observar algo dentro dele. Mas não havia nada para ser visto. Ben tocou o gelo com a mão, sentindo a superfície lisa que formava o espelho, mas nada aconteceu. Lembrou-se que Leannah ativava os espelhos com o poder do Olho. Talvez, Herevel também pudesse fazer isso. Ele segurou o cabo da espada e tocou com a outra mão a superfície do espelho. Então, recuou assustado, pois uma imagem surgiu imediatamente.

Viu um garoto de cabelos escuros e pele clara. Por um momento, pensou que fosse ele próprio, porém, logo percebeu que ele batia com um martelo numa bigorna. Era um ferreiro, mas parecia muito jovem. Depois ele viu o garoto já adulto. Alguém entregou Herevel para ele. Ben reconheceu Ariel e entendeu qual história era aquela. O guerreiro montou o leão alado e se dirigiu para o campo de batalha. Por alguns instantes, Ben viu o que Herevel de fato podia fazer. Seus olhos brilharam de pura admiração quando viu o modo como o antigo príncipe de Olam, chamado Omer, o primeiro homem a manejar Herevel, lutava. Com Ariel, eles formavam uma dupla invencível. Ben sentiu desejo de lutar com ao menos uma fração daquela honra e poder.

O guardião de livros sentiu uma forte curiosidade em saber mais a respeito daquele guerreiro e de seus grandes feitos, mas o salão do tempo tinha uma forte dose de aleatoriedade, e Ben não conseguiu mais retornar àquela história. Só lhe restou ver outros diversos fragmentos de acontecimentos antigos, a respeito dos quais ele não conseguia enxergar qualquer relação entre si.

A última cena que viu fez Ben ficar muito intrigado. Um homem estava ali parado, olhando para ele. Ele era muito estranho. Tinha uma grande cicatriz que o fez lembrar de Arafel, mas decididamente, não era o príncipe do ferro. Na verdade, parte do rosto dele parecia ter sido devorada por algum animal. Havia uma malignidade tão extrema naquela figura, que Ben não teve outra opção senão apontar Herevel para ele, mesmo sabendo que era apenas uma imagem no espelho. Quando a imagem desapareceu, Ben não voltou a tocar nos espelhos do salão do tempo.

A cantora de Havilá ficou fora por aproximadamente uma hora. Ben já estava bastante preocupado e pensando até mesmo em quebrar as paredes com Herevel, quando Leannah surgiu do outro lado do salão.

Ben olhou aliviado e desconfiado para ela.

— Eu precisava me certificar de algumas coisas... — Explicou Leannah. — Tenho que tomar uma atitude arriscada, e gostaria de ter certeza antes de fazer. Eu sinto muito não poder dizer o que é. Entendo que você está chateado, mas quero que saiba que não é falta de confiança em você, é simplesmente porque, por enquanto, você não deve mesmo saber, para o seu próprio bem.

Ben achou que a explicação não ajudava muito. Mas pelo menos agradeceu a sensibilidade dela em notar que ele não estava satisfeito com aquilo. E, de qualquer modo, estava tão intrigado com as cenas que havia visto no salão do tempo, que não via razão para criticar Leannah. Porém, igualmente não tinha coragem de perguntar a respeito, pois ela havia orientado que ele não tocasse nos espelhos.

— Precisamos retornar — disse Leannah. — O patriarca espera por nós.

— Mas você disse que ia tentar encontrar informações sobre...

— Sobre Tzizah — complementou Leannah.

— Sim, e também sobre Thamam, e os giborins que a acompanhavam, e sobre o fazendeiro Icarel... Nós precisamos descobrir o que aconteceu com eles.

— Os giborins foram todos mortos — Leannah começou a relatar. — Merari caiu diante de um príncipe shedim chamado Rum. Ele estava tentando defender a passagem para o templo das águas... A respeito de Icarel eu não posso ter certeza, pois não o conhecia. O que eu sei é que ele foi mais um dos homens simples que nas horas tenebrosas se revelam como fachos de luz. Ele caiu em Bethok Hamaim, como todos os demais. Porém, o Olho de Olam me mostrou, através dos espelhos, um homem tentando escapar do poder de fogo dos shedins. Ele mergulhou nas águas do Perath. Pela descrição que você fez, provavelmente fosse Icarel. Mas não sei se ele sobreviveu.

Ben ouviu aqueles relatos com profunda tristeza. Lembrou-se de Merari, o gigante negro que se ajoelhara diante dele em Ellâh, jurando obediência. Um guerreiro formidável. Nunca havia visto olhos tão valorosos e fiéis. Icarel, o fazendeiro-profeta, gostava de bebedeiras e histórias picantes, mas era feroz como um urso no campo de batalha. Ben rogou a *El* que o fazendeiro tivesse conseguido escapar das garras dos shedins.

— E a respeito de Ooliabe e Oofeliah? Você viu alguma coisa?

— Eles resgataram Thamam em Olamir, como você ordenou, e depois voltaram para a terra dos cavalos.

— Suponho que encontrarão segurança lá...

— Não há mais lugar seguro nesse mundo.

— E Thamam? E Tzizah?

— Thamam resgatou Tzizah de Bethok Hamaim um instante antes que fosse devorada pelos oboths. Ambos estão vivos.

— Onde eles estão? — Ben arregalou os olhos.

— Em Além-Mar. Provavelmente, estão ajudando a organizar as coisas lá, uma vez que a rainha desapareceu. Nós certamente precisaremos dos exércitos de Sinim quando os shedins começarem a invasão. Creio que isso agora pode ser nossa melhor opção.

Ben concordou e não fez mais perguntas. De qualquer modo, provavelmente não adiantaria mesmo, pois Leannah já estava caminhando apressada de volta aos palácios centrais de Kerachir.

No final daquela tarde, as trombetas convocaram outra vez os rions. Ben viu Shamesh se aproximando das montanhas geladas ao oeste e calculou que devia faltar ainda cerca de duas horas para o ocaso do astro. Lembrou mais uma vez que assim que Leannah abrisse o caminho para os rions partirem, eles teriam o tempo até que o sol desaparecesse completamente entre as montanhas para deixar Kerachir e voltar para Olam. E demorava cerca de uma hora com Layelá para percorrer a distância desde a plataforma central até o local onde a passagem se abria. Ben sabia disso pois esse havia sido o tempo que levaram para vir da passagem até a plataforma quando chegaram em Kerachir.

O mais velho dos rions estava na quina da muralha da grande plataforma suspensa sobre a cadeia de montanhas. Ben se surpreendeu ao vê-lo fora do trono. Ele estava de costas e se apoiava numa bengala de gelo. Sua longa capa branca parecia apenas gelo e seus cabelos alvos eram pura neve. A fraca luz de Shamesh o iluminava inteiramente, porém não tornava seu semblante menos gélido, nem sua cor menos cinzenta. Apenas a barba e os cabelos brancos ficavam mais brilhantes com a luz.

O abismo que se estendia pelo desfiladeiro se abria aos pés dele. Vários rions, posicionados atrás do patriarca, também olhavam para o Oeste. Ben olhou na direção investigada, mas não viu nada diferente, só as montanhas recobertas de neve e o brilho alaranjado de Shamesh que o obrigou a cobrir os olhos com o braço.

Ele e Leannah foram passando por entre os rions até chegarem onde Ahyahyah posicionava-se, igualmente imóvel, um passo atrás do patriarca. A trombeta continuava chamando o povo cinzento, porém Ben não via quem ou onde estava sendo tocada. E viu que nos vários palácios também havia rions como estátuas de gelo sobre as plataformas.

Ben pensou que todo aquele agrupamento de guerreiros talvez fosse um modo de mostrar a Leannah que não tinha escolha. Precisava atender a exigência dos rions ou enfrentar a ira deles.

Os soldados tomavam todas as plataformas em todas as entradas dos palácios. Com armas em punho, posicionavam-se e permaneciam imóveis. Quando finalmente a trombeta silenciou, todos estavam tão petrificados quanto os tannînins de gelo empoleirados na muralha da plataforma. Ben poderia jurar que eram apenas estátuas numa cidade deserta.

— Chegou a hora do Olho de Olam cumprir seu destino — o patriarca falou sem se virar, sabendo que eles estavam ali. De fato, o velho rion não precisava de olhos para ver.

Ben percebeu que na quina da muralha, diante do patriarca, havia um compartimento no chão. Entendeu que o compartimento era feito para que o Olho fosse encaixado. Funcionaria como os compartimentos das antigas mesas de lapidação de pedras shoham, ou como o berço de pedra do Farol de Sinim onde Leannah disse que a pedra fora reativada. Ben compreendeu que, no momento em que Leannah depositasse a pedra naquele compartimento, os rions poderiam abandonar Kerachir. Aquilo abriria a passagem.

Leannah olhou para o compartimento e titubeou.

— Não posso condenar Olam! — Suplicou Leannah para o patriarca.

— Não se pode condenar o que já está condenado — o rion respondeu com frieza.

Ben pensou mais uma vez em sacar Herevel, mas temeu o que poderia acontecer. Apesar do patriarca ter dito que os rions não usariam as armas, Ben percebia que todos estavam armados. E eram milhares.

Leannah estava calma apesar de contrariada, e isso ajudou Ben a manter Herevel na bainha. Alguma coisa que ela vira dentro das montanhas, no salão dos espelhos do tempo, provavelmente, fosse responsável por aquela tranquilidade aparente.

Todos os rions olhavam para a cantora de Havilá. Ben viu Leannah segurar a pedra branca entre os dedos e olhar para o compartimento.

— Por que demora em abrir a passagem para as terras imortais? — Ordenou o patriarca apontando para o compartimento na quina da muralha da plataforma central. — O tempo é mais curto para nós ou para vocês?

— E como nós partiremos daqui, após a partida de vocês? — Perguntou Leannah.

— De quantas horas vocês precisam para alcançar a passagem? — Perguntou o patriarca.

— Uma hora — respondeu Leannah.

— Ainda falta uma hora e meia para o ocaso. É tempo suficiente para que vocês alcancem a passagem e a atravessem, antes que se feche. Porém, se você demorar, a passagem não será mais aberta.

Leannah venceu a indecisão e deu um passo adiante. Ben ainda a segurou pelo braço tentando impedi-la.

— Temos que dar todos os passos — disse Leannah, livrando-se da mão dele. — Mesmo que alguns pareçam um retrocesso.

Ben a soltou, mas continuou com a mão sobre o cabo de Herevel.

Antes de depositar o Olho de Olam dentro do compartimento, Leannah enfrentou o olhar gelado do patriarca.

— Eu farei o que vocês querem, mas tenho uma exigência.

— E ela pode ser atendida? — Respondeu o rion com um rosto rígido.

— Eu abrirei a passagem, mas não agora. Eu preciso de dez dias. Daqui a exatos dez dias, abrirei a passagem para as terras imortais. Mas antes, eu preciso fazer algo... No norte...

— Dez dias não é tempo suficiente para ir até onde você pretende, e voltar — disse o patriarca, compreendendo as intenções de Leannah.

— Terá que ser... Essa é a minha condição — Leannah foi inflexível. — Ou então não abrirei a passagem, mesmo que vocês nos aprisionem aqui. Não condenarei Olam antes de saber que está realmente condenado.

O patriarca pensou longamente a respeito antes de responder. Por vários minutos, ele ficou naquele estado característico semelhante ao de congelamento. Quando finalmente deu a resposta, Ben sentiu um frio na espinha ao pensar nos riscos que correriam.

— Sete dias — disse o patriarca. — Esse é o tempo que lhe darei. Nenhum dia a mais.

Ben viu a apreensão aumentar no rosto de Leannah. Mas em seguida, ela assentiu silenciosamente.

— Você tem certeza de que está disposta a assumir o risco? — Insistiu o patriarca, — O risco de, se não estiver aqui antes do pôr-do-sol do sétimo dia, jamais voltar para Olam?

— Penso que nós teremos que corrê-lo — assentiu Leannah.

O patriarca olhou para ela profundamente contrariado.

— Talvez você seja livre para assumir o risco, porém, eu não sou — disse o patriarca. — O meu povo deveria ficar preso nesse mundo por sua causa, caso não retorne?

— Nós retornaremos — Leannah disse com convicção.

— Se você promete, não é você quem deve correr todo o risco, então?

— A que o senhor se refere? Como posso evitar que os rions corram risco?

— Você deve deixar a pedra conosco. Se ela ficar no compartimento, e vocês voltarem até uma hora antes do pôr do sol do sétimo dia, ninguém será prejudicado. Você certamente pode programar a pedra para abrir o caminho para nós em sete dias. Porém, deve compreender que isso fechará também o caminho para Olam.

— E se nós não voltarmos a tempo? — Perguntou Leannah.

— Tem certeza de que não sabe a resposta para essa pergunta?

— Vocês partirão e levarão o Olho de Olam — respondeu Leannah. — E nós ficaremos presos aqui.

— Você quer mesmo fazer isso? — Perguntou o patriarca.

Ben viu o rosto de Leannah ficar abalado com aquela condição. O guardião de livros gesticulou energicamente para que ela não aceitasse.

— Que *El* nos ajude — disse a cantora de Havilá com um forte suspiro.

5 — O Norte do Norte

Os dragões ainda sobrevoavam o mar. Algumas vezes passavam perto da água e Adin sentia suas roupas ficando molhadas. O frescor da água não era suficiente para eliminar a sensação de ardor. As garras apertavam suas pernas e tronco tornando a respiração uma tarefa difícil. Em alguns raros momentos as garras afrouxavam um pouco, obrigando Adin a segurar-se nelas. De nada adiantaria se deixar cair, afinal, elas o alcançariam em segundos e provavelmente seriam ainda menos gentis.

Um forte jato de água fria o atingiu quando o tannîn da frente roçou nas águas e Adin percebeu que aquele não era mais o Yam Esh. Adin sentiu o gosto de sal na boca e teve a certeza de que já estavam no Yam Kademony.

Aquele era o momento em que o tannîn fazia menos pressão. Adin tentou movimentar-se para melhorar o ângulo e, mais uma vez, procurou enxergar Chozeh. Precisava ter cuidado, pois as unhas do dragão eram como navalhas, e se escorregasse nelas, poderia conseguir um ferimento fatal. Mesmo assim, virou-se e viu um pouco mais à frente o dragão que carregava a rainha de Sinim.

O corpo estava inerte, praticamente dependurado, mostrando que continuava desacordada, ou talvez, morta. Um sentimento contraditório surgiu quando quase desejou que ela realmente estivesse morta. Ao menos, então, seria poupada do que os aguardava em Hoshek. Não sabia se os demônios ainda precisavam de mulheres para gerarem corpos, uma vez que o Abadom havia sido aberto, mas não podia esperar algum destino mais nobre para ela. Ele provavelmente seria moeda de troca por causa de Leannah, mas Chozeh não representaria nenhum outro valor para os shedins. Por isso, enquanto via o corpo inerte de sua amada, implorou que a morte a buscasse e a levasse antes dos sofrimentos piores.

Se pudesse desfazer as decisões erradas... Nunca deveria ter atravessado o Raam. Seu maior erro foi não se contentar com a vitória que havia conquistado quando os bárbaros foram expulsos. Se tivesse, naquele momento, voltado para Urim como queria Tzvan, poderia ter protegido Chozeh. Mas o desejo de punir os bárbaros por causa das crianças e das mulheres raptadas o consumiu impedindo que ele raciocinasse claramente. Por isso, quando pensava em todas as consequências dos seus atos, sentia um desespero mortal. Não só não conseguira punir os bárbaros como colocara todo aquele mundo na iminência de uma catástrofe.

Subitamente, o tannîn que liderava o voo mudou a direção e os outros o seguiram. Adin os viu fazendo uma manobra à direita e depois se elevando rapidamente. Aquilo o confundiu, pois se iam para o sul, os dragões deveriam sempre seguir à esquerda. O dragão que conduzia Chozeh os acompanhou e Adin se sentiu também arrastado bruscamente. Segurou-se às garras para não deslizar para dentro do mar.

Se estivessem descendo o canal do Yam Kademony em direção ao sul, virar à direita significava dirigir-se para o continente, ou seja, para Olam, e isso fazia ainda menos sentido. A menos que Olam já estivesse totalmente encoberto pelas trevas.

Adin percebeu que os dragões haviam acelerado, pois as asas batiam mais rapidamente e as águas do mar passavam velozmente abaixo deles. Os tannînins se ergueram e, em instantes, subiram acima das nuvens. Os dragões pareciam estar formando uma posição de ataque, pois os dianteiros mergulharam furiosos soltando chamas, enquanto os dois que seguravam Adin e Chozeh permaneceram ocultos acima das nuvens.

Então, Adin viu um objeto escuro subindo velozmente em direção aos tannînins. Parecia algo lançado do mar. O dragão à frente se desviou e o objeto passou e sumiu nas alturas. O coração de Adin disparou quando percebeu que era uma lança anti-dragão. Estavam sendo atacados. Mais duas lanças como aquela passaram muito perto, fazendo o dragão que o segurava abandonar o esconderijo. Ele também mergulhou em direção ao mar, soltando fogo pela boca. Quando as nuvens liberaram a visão, Adin enxergou os barcos. Eram vários e formavam uma espécie de barreira no meio do oceano. Viu as longas velas brancas infladas pelo vento forte e muita correria sobre os conveses quando os dragões mergulharam em ataque. Então, todos os barcos começaram a disparar lanças contra os dragões. Adin temeu que ele ou Chozeh fossem atingidos por alguma lança.

O contra-ataque dos dragões foi cruel. Os tannînins cuspiram fogo sobre as embarcações e, num instante, o mar estava recoberto de chamas em volta dos barcos. Velas brancas se incendiaram e labaredas varreram o convés da primeira embarcação, obrigando todos os tripulantes a abandonarem o barco. Então, Adin ouviu um rugido estridente de uma criatura quando foi atravessada por uma lança. Temeu que fosse o dragão que segurava Chozeh. O tannîn despencou sobre o mar e Adin viu aliviado que Chozeh continuava presa nas garras do outro dragão à sua frente.

Viu mais fogo dos tannînins atingindo os barcos impiedosamente. Dois barcos se desgovernaram e se chocaram enquanto homens saltavam para o mar. A proa de um atravessou o convés do outro, fazendo as duas embarcações começarem a afundar. Mas as lanças continuavam subindo impedindo a passagem dos dragões. Deviam ser entre doze e quinze embarcações de guerra, e isso mostrava que os dragões não teriam passagem fácil. As lanças continuavam riscando o céu como numa chuva invertida. Então, subitamente, Adin ouviu um rugido desesperadamente próximo, a pressão das garras em torno de si instantaneamente se aliviou e ele se viu solto no ar. Compreendeu que o dragão que o conduzia havia sido atingido por uma lança derrubando ambos para dentro do mar. Antes que pudesse fazer qualquer coisa, Adin recebeu o abraço gelado das águas do Yam Kademony que o envolveram e o puxaram para baixo. Logo em seguida, o tannîn despencou e o teria esmagado se o instinto de sobrevivência não tivesse feito a diferença. Braços e pernas lutaram contra a força das águas e ele tentou se afastar do local central da batalha.

Um dragão foi atravessado e caiu sobre um dos barcos atingindo vários homens. O fogo disparado para todos os lados ainda acertou outro barco próximo antes que a criatura deslizasse para as águas e desaparecesse sob as ondas tumultuadas, com fortes urros de desespero.

Ele ainda viu mais três dragões serem atingidos e despencarem, então, subitamente, não havia mais nenhum dragão no alto. Adin não sabia se os outros haviam conseguido passar pela barreira de barcos ou se haviam retornado. Uma criatura ainda se debatia perto dali, afogando-se nas águas em meio ao fogo e fumaça. Os urros assustadores foram engolidos pelas águas geladas.

Adin tentou nadar até onde pedaços de madeira de uma das embarcações afundadas flutuavam, mas como estavam cobertos de chamas, não podia se apoiar neles. Nadou tentando se afastar das chamas e viu um barco se aproximar. As armaduras azuladas de Sinim lhe diziam para sentir alívio, mas como não conseguia enxergar Chozeh nas águas escuras e recobertas de chamas, não se permitia descansar.

Dois homens saltaram do barco e tentaram ajudá-lo a subir. Ele se debateu, tentando dizer para eles que Chozeh devia ter caído no mar e precisavam encontrá-la. Temia que talvez ela tivesse sido atravessada por alguma lança.

Os homens não lhe deram ouvidos e o empurraram para cima contra sua vontade. Braços fortes o suspenderam para dentro do barco. Sua resistência acabou quando viu Chozeh dentro da embarcação, enrolada num manto e rodeada por várias pessoas que tentavam socorrê-la. Não conseguiu ver se ela estava acordada, mas alguém tentava lhe dar água para beber.

Eles a socorreram primeiro, pensou. *É claro. Ela é a rainha deles. Foi por causa dela que vieram.*

Os resgatadores ainda tiveram bastante trabalho para retirar da água os homens que estavam nas quatro embarcações destruídas, e também para fazer reparos nas demais, a fim de que pudessem retornar para Sinim.

— Você devia beber, sede também mata... — disse uma voz estranhamente conhecida atrás dele. Adin acreditava que jamais ouviria outra vez aquela voz reticente.

Viu um cantil de água sendo alcançado para ele. A mão idosa que o segurava poderia ser de um fantasma, mas nem mesmo fantasmas podiam viver tanto.

Atrás do cantil, ele viu o rosto arredondado de Thamam, com os cabelos brancos que não cobriam o alto da cabeça. Thamam sorriu com seus dentes pequenos. Adin acreditaria que estivesse sonhando, não fossem as dores por causa das queimaduras lhe dando a certeza da realidade daqueles acontecimentos.

— Não se preocupe — disse Thamam. — Dentro de algumas horas vocês dois estarão em um lugar bem mais confortável e poderão deixar todo esse sofrimento para trás... Ainda que outros sofrimentos estejam para começar...

Adin olhava incrédulo para o velho Melek de Olamir. Sabia que ele estivera no Abadom, e de algum modo tinha conseguido voltar de lá. Isso só fazia Adin se sentir ainda mais desconfortável diante dele.

— Lamento interromper sua jornada — disse o Melek com uma expressão de divertimento. — Você se tornaria o primeiro homem a viajar em tão pouco tempo do oeste ao leste do mundo, e também do norte ao sul com os dragões, mas desconfio que você poderá passar sem mais esse feito.

Adin olhou outra vez para Chozeh e percebeu que ela estava com os olhos abertos. Mesmo assim, não conseguiu sentir alívio. Depois de tudo o que haviam passado, aquela súbita libertação parecia irreal.

— Ela vai ficar bem — disse Thamam. — Sinim tem ótimas técnicas para curar o corpo. Pena que elas não funcionam para a alma.

* * * * *
 * * * *

No crepúsculo, duas corujas partiram das cidades de gelo levando Ben e Leannah para uma longa viagem em direção ao norte.

— Eu pensei que aqui já fosse o norte — disse Ben, enquanto as corujas se afastavam de Kerachir num voo branco, suave e melancólico.

— Sempre há um lugar mais ao norte — respondeu Leannah.

Ben percebia que Leannah estava tomada de uma pressa que não demonstrava antes. Ben concordava que havia razões para isso. Cada minuto era importante. Ela nem falou mais a respeito de tentar descobrir informações sobre o passado de Ben. Talvez a declaração do patriarca a tivesse convencido de que era mesmo impossível. Ou então, diante dos riscos iminentes, aquele assunto tivesse perdido a importância.

Porém, ela estava diferente desde o amanhecer, e Ben não podia deixar de notar isso. Estava mais ríspida. Suas frases eram curtas. Não sorria em momento algum. E parecia querer ficar longe dele. Parecia fazer isso de modo intencional, e essa era a razão pela qual Ben estava ainda mais preocupado com a mudança de atitude dela.

Ele havia notado isso logo de manhã quando foram para o salão dos espelhos. No começo, ele havia imaginado que fosse apenas a preocupação em tentar descobrir algo no lugar. Mas, a frieza dela continuou depois por todo aquele dia, e não parecia ter prazo para terminar. Talvez, fosse a revelação de que Tzizah ainda estava viva...

O guardião de livros segurou-se na cela e olhou para trás a tempo de ver as construções de Kerachir se distanciando. Banhadas pela luz moribunda de Shamesh ofereciam a ilusão de serem quentes. Eram impressionantes, mas não ofereciam ajuda. E de qualquer modo, não eram aconchegantes ao ponto de fazer com que ele sentisse vontade de ficar ali. Por outro lado, sabia que perto do que encontrariam no norte do mundo, Kerachir poderia ser considerado um paraíso tropical. De qualquer modo, após ter descido até os portais do Abadom, Ben acreditava estar preparado para enfrentar qualquer lugar, frio ou quente.

Viu o patriarca e os rions na quina da grande plataforma observando-os. Em sete dias, eles não fariam mais parte do mundo dos homens. Mas, talvez, nunca tivessem feito mesmo. Ben só esperava não ter que deixar de fazer parte também.

O guardião de livros não conseguiu evitar o desânimo pela sensação de inutilidade em viajar mais uma vez. Haviam voado de Olamir até Kerachir em busca de informações e não haviam conseguido nada. Agora, voavam para ainda mais longe em busca de algo que ele nem sabia o que era, e Leannah relutava em lhe dizer. Ele acreditava que pudesse ter relação com o "chamado" que ela disse ter ouvido... E certamente tinha relação com o que ela descobrira no salão do tempo.

— *Dizem que o senhor é aquele que vê através da escuridão das almas* — Ben se arrependia de ter dito aquilo, pouco depois de Leannah depositar a pedra no compartimento, e antes de partirem de Kerachir, mas agora era tarde. — *Eu gostaria de saber o que o senhor viu quando olhou para mim. Seja lá o que for.*

Fizera a pergunta num impulso, provavelmente pela sensação de que não os encontraria mais ali na volta.

Ben tinha a impressão de que o velho rion tinha a resposta. Aliás, sua impressão era que todos os rions sabiam exatamente quem ele era. *Por que não diziam?*

Ben desconfiou que até mesmo Leannah soubesse de tudo. Por que não lhe dizia logo toda a verdade?

— *Por que se importa com o que eu vejo, e não com o que você mesmo vê?* — Disse o rion, ao seu estilo.

— *Então é isso? Não existe uma resposta?* — Ben perguntou.

— *Eu disse que não existe resposta?*

— *Então, onde? Onde posso saber a verdade sobre mim mesmo? Diga de uma vez, se é que sabe alguma coisa.*

— *Você sabe. No portal.*

Aquela última frase ainda ecoava na mente do guardião de livros. Quando ele mencionou o portal, Ben sentiu uma vertigem. *Como ele podia saber a respeito? Teria Leannah contado alguma coisa?*

Ben se segurou na cela que o obrigava a ficar deitado de bruços sobre o longo corpo da coruja. Leannah seguia a frente com a coruja inteiramente branca. Ela levava também um saco com algumas provisões. Sem o Olho de Olam, precisariam delas. Ben já sentia o frio intenso do qual haviam sido poupados até aquele momento, por causa do Olho de Olam, mas agora não podiam esperar nenhuma clemência.

Por outro lado, precisava admitir que voar com as corujas não era tão desconfortável quanto ele havia imaginado ao ver, pela primeira vez, o mecanismo. A penugem macia quase parecia uma cama larga. Os pés ficavam firmes na parte debaixo da cela e um cinto o prendia ao animal. Assim, a coruja podia até mesmo girar no ar sem risco de ele cair. O único incômodo era o vento gelado que a longa capa revestida de peles não conseguia evitar completamente.

Porém, a diferença entre cavalgar um re'im e uma coruja era imensa. Viajar com Layelá assemelhava-se a uma cavalgada em comparação com a suavidade das corujas. A velocidade de Layelá, entretanto, era muito maior, por isso Ben estranhou quando Leannah disse que não viajariam com a re'im, ainda mais sabendo que o tempo deles estava rigidamente contado.

Sem o Olho de Olam, ela teria dificuldades em nos levar a ambos, o frio é intenso e o esforço físico quase inimaginável. Além disso, enviei-a para outro lugar, para realizar uma tarefa importante — explicou Leannah, sem mais detalhes. — *Se ela conseguir, muitas pessoas em Olam agradecerão, inclusive você.*

As últimas palavras haviam sido revestidas de ressentimento. Ben não conseguia entender por que ela havia mudado tanto da noite para o dia. Leannah não tinha aquele estilo. Se fosse Tzizah, ele não estranharia, pois a princesa de Olam mudava de postura facilmente. Leannah, porém, era estável.

Ben viu as montanhas esculpidas de Kerachir ficarem para trás, enevoadas pelas nuvens escuras, e outras montanhas mais íngremes tomaram seu lugar. O céu do crepúsculo ficou azul escuro sem ameaça de tempestade, por isso o início do voo foi calmo. As cores dos pássaros se confundiam com as montanhas esbranquiçadas.

Às vezes, Ben tinha a impressão de que ouviria atrás de si o piado de Evrá e que, num instante, veria a grande águia dourada ultrapassá-los com seu voo majestoso, refletindo o sol que, provavelmente, ainda a alcançaria lá nos pontos mais altos do céu.

Sentia o coração apertado ao pensar que nunca mais a veria. Gostaria de contar outra vez com a visão poderosa da águia, antecipando movimentações, ou ajudando-os nos momentos mais difíceis, quando descia com suas garras destruidoras sobre os inimigos. Fidelidade era a palavra que melhor a descrevia.

Evrá havia sido sacrificada em Bethok Hamaim por ordem de Anamim. Leannah também havia confirmado isso no salão dos espelhos. O latash foi responsável por boa parte dos males que havia acontecido. Era difícil não se deixar tomar de um anseio por retribuição. Isso o fazia desejar fazer a coruja dar meia volta e voar para o sul, até alcançar a Velha Montanha, em vez de se afastar tanto para o norte do mundo.

Ben já nem tentava evitar o sentimento experimentado tantas vezes naqueles últimos meses, o de que estavam tomando o rumo contrário do que se esperava. A batalha estava no sul, e eles haviam vindo para norte. E agora, apesar de não terem conseguido nada no norte, viajavam para mais ao norte ainda.

Logo o crepúsculo deu lugar à noite plena e uma Yareah praticamente apagada, só com um fiozinho de luz, surgiu tarde no céu, porém não conseguiu tornar a cor do chão em prata, no máximo ofereceu um cinzento escuro. Então, o frio foi total. Ben tentava se proteger dentro da capa forrada com lã, mas nem quando peregrinaram nas Harim Keseph ele teve a sensação de tanto frio.

As duas corujas continuaram o voo silencioso durante toda a noite dando a impressão de que a planície era infinita.

Ben cochilou enquanto as asas se moviam suavemente. Naquela noite, sonhou outra vez com o portal. As raízes soltas ao redor da passagem se moviam como se fossem serpentes grossas. De dentro da escuridão do portal, uma voz tríplice dizia *"haverááá ummm preçooo"*. E a face maligna, ao seu lado, sussurrava palavras guturais perversas instigando-o a atravessar o portão. *Lá você saberá o que deseja* — também dizia o patriarca no sonho.

Nos intervalos entre a sonolência e o despertar, Ben sentia o vazio e a solidão de voar na escuridão sem conseguir ver coisa alguma. Não conseguia ver a coruja com Leannah e o voo silencioso não lhe oferecia qualquer opção de localização. Precisava confiar que as corujas sabiam para onde estavam indo.

Era muito cedo quando o amanhecer os visitou da destra das asas. Só uma noite havia passado, mas para Ben, a sensação era de que haviam voado por muitas noites. Shamesh tocou os montes e eles brilharam de um modo quase insuportável. Quando se acostumou com a luminosidade, Ben viu a planície gelada se estendendo até perder de vista. O chão parecia um espelho de fogo ao invés de gelo, mas, apesar disso, Shamesh não teve forças para aquecer os ossos do guardião de livros, nem para lhe devolver a serenidade após os sonhos da madrugada.

As corujas pousaram após a desgastante jornada na escuridão. Estavam exaustas e precisavam recuperar as forças antes de seguirem a viagem. Elas chegaram bem perto do chão, e projetaram a cabeça como se estivessem decolando outra vez, só para se deixarem acoplar sobre o gelo com suas longas pernas finas.

Ben e Leannah soltaram os cintos e deslizaram para trás, ao longo do corpo dos pássaros, até caírem em pé sobre o gelo. A posição mantida por muito tempo sobre as corujas fez com que os dois demorassem até recuperar os movimentos. Enquanto se esticava e soltava os membros, Ben percebeu que adiante, numa distância ainda difícil de avaliar, elevava-se algo ainda mais difícil de compreender. Ou aquilo era uma ilusão de ótica, ou o mundo parecia entrar num desnível.

— O que é aquilo? — Perguntou Ben.

— Os rions o chamam de o Degrau do Mundo. O campo dos behemots fica depois dele.

— Então é para lá que vamos? — Perguntou Ben. — Para o campo dos behemots?

— Um poderoso inimigo já foi usado nessa guerra contra os shedins — disse Leannah. — Talvez outros possam participar agora.

— Você está falando dos behemots? Pretende convocá-los? — Ben perguntara surpreso e incrédulo ao mesmo tempo.

— Enosh levou Leviathan para Nod, talvez eu consiga levar os behemots para a batalha. Se não podemos contar com os rions, resta-nos tentar a ajuda dos behemots.

Por um lado, Ben ficou satisfeito por ela contar o plano. Porém, a expressão de incredulidade que ela própria demonstrava ao falar isso, impossibilitava que Ben acreditasse que ela estava falando sério.

— Então, esse é o objetivo de voarmos para o norte? — Insistiu Ben.

— É um deles.

— Como você está pensando em controlá-los, sem o Olho de Olam?

— Assim como os rions têm um líder, os behemots também têm uma espécie de patriarca. O mais antigo dos behemots conhece segredos que ninguém mais conhece. Se conseguirmos convencê-lo, os demais obedecerão.

Ben olhou outra vez para a imensa muralha natural. Ficou imaginando como fariam para atravessá-la, e logo achou melhor não tentar imaginar isso.

Na metade da manhã, as corujas finalmente se aproximaram do Degrau. Era um maciço de gelo quase quadrado como uma grande e infinita muralha. Tinha trezentos quilômetros na horizontal, uma altura de quase três, e o comprimento era impossível saber.

Então, as corujas pousaram mais uma vez.

Ao observar a formação de gelo, Ben compreendeu por que os rions o chamavam de "degrau do mundo". De fato, o maciço dividia o horizonte em dois níveis com quase três mil metros de diferença.

— Nenhum pássaro ou animal conseguiria sobrevoar o degrau — explicou Leannah como quem sente certo prazer ao dar uma má notícia, talvez por causa da reação esperada de desespero do guardião de livros. — A altitude, o frio intenso, as tempestades, e os deslocamentos de vento que sobem e descem em fendas ao longo do percurso tornariam o voo mortal.

— E como continuaremos a jornada? — Perguntou Ben, temendo a resposta.

— A pé — explicou Leannah.

Ben olhou mais uma vez para o paredão e quis acreditar que ela estivesse brincando.

— Você enlouqueceu completamente? Como atravessaremos algo assim em apenas sete dias?

— Atravessaremos e retornaremos até o sétimo dia — corrigiu Leannah. — Ou nunca mais voltaremos para Olam.

6 — O Degrau do Mundo

Adin acordou e sentiu a maciez da cama e a limpeza dos lençóis que o envolviam. Era até difícil acreditar que fossem reais após todo o sofrimento e desconforto que haviam passado. Temia que desaparecessem e provassem ser apenas algum sonho efêmero que as duras pedras da caverna não conseguiam manter por muito tempo.

Mas não estava mais nas terras brasas. Estava em Sinim. O quarto confortável testemunhava isso. Aquele era o palácio de Urim. Ele já estivera num quarto como aquele antes, quando era só um menino inexperiente que pensava que podia realizar qualquer coisa que desejasse, e ainda não entendia o preço de suas atitudes.

Ele havia percebido que se dirigiam para Sinim ainda quando os barcos que os resgataram dos dragões se aproximaram do grande farol. Lembrava-se de ter visto, antes de perder a consciência, a imagem majestosa da construção da Era anterior, elevando-se duzentos metros acima do mar, e lançando sua luz azulada nas quatro direções do céu. Agora compreendia que Sinim enviara os barcos para resgatá-los. O próprio Melek de Olam havia liderado o resgate.

A presença de Thamam em Sinim só podia significar uma coisa: Olam havia caído. Ao mesmo tempo, o retorno dele do Abadom criava interrogações sem respostas na cabeça de Adin. Aquele homem era Tutham, considerado um dos reis mais poderosos da história de Olam, um dos poucos a manejar Herevel e o Olho de Olam conjuntamente. Ele havia garantido a vitória de Olam sobre os shedins dois mil anos antes.

A luz do dia entrava cálida pelas janelas do quarto e o silêncio era a única realidade. Tudo estava tão quieto e confortável que Adin poderia acreditar que todos os acontecimentos até ali haviam sido apenas sonhos, ou melhor, pesadelos.

Por um longo tempo, ele permaneceu deitado, tentando lembrar-se de todos os acontecimentos, ao mesmo tempo em que buscava perceber se ouvia alguma voz a indicar a presença de alguém por perto. Mas pelo silêncio, poderia concluir que era a única pessoa viva no mundo.

No entanto, viu uma bandeja com restos de alimentos ao lado da cama, e percebeu que havia se alimentado, mas não se lembrava de nada. A julgar pelos ferimentos e queimaduras que já começavam a cicatrizar, Adin acreditou que poderia estar ali há vários dias.

Seus pés sentiram a textura alta e fofa dos tapetes que recobriam o chão, enquanto sua cabeça sentia tontura ao se colocar na posição vertical. Observou melhor o quarto quando a breve escuridão desapareceu de seu olhar. O teto era alto e os cantos eram curvos. A mobília era de madeira e parecia de bom gosto. Conchas do mar eram a única decoração sobre os utensílios. Certamente estava em um quarto reservado para a nobreza, mas não parecia ser um dos quartos mais próximos do palácio real.

Viu uma roupa sobre um aparador. Era uma longa túnica de um azul bem escuro, quase preto. Ornamentos prateados davam um destaque refinado. Adin vestiu a túnica pela cabeça e caminhou até um espelho oval. Quando viu seu rosto quase não se reconheceu. Não era mais o rosto de um menino. Somente as sardas estavam lá como a comprovar que era realmente ele. A túnica azul lhe dava um aspecto estranho, apagava o fogo dos cabelos.

Do lado de fora do quarto, um corredor tomado por plantas era intercalado por outros corredores. As plantas ocupavam todos os espaços. Quase dava para se imaginar andando em um caminho dentro de uma floresta.

Adin venceu a indecisão momentânea ao olhar para o longo corredor e abandonou o quarto. Lentamente, caminhou sem rumo, apenas atravessando as intercalações. Foi tomando consciência da grandeza do lugar. Mas tudo parecia absolutamente vazio.

A certa altura, encontrou serviçais que atravessavam os corredores carregando bandejas e também roupas de cama. Tentou falar com eles, mas as palavras não saíram de seus lábios. Por fim, decidiu-se a seguir os que carregavam bandejas. Talvez, eles se dirigissem ao palácio real.

Após vários corredores, chegou em um amplo salão. Os tapetes nobres também forravam o piso. Parecia que todas as salas e quartos de Sinim eram revestidos com aqueles tapetes que convidavam para andar descalço. Conhecia o local. Aquele era o palácio real, ou melhor, a entrada dele.

Enquanto observava os quadros com paisagens marinhas, ouviu vozes. Eram as primeiras que ouvia desde que acordara. Ele abandonou a observação de um quadro que havia cativado sua atenção, um que mostrava uma grande embarcação lutando contra uma gigantesca serpente marinha. Caminhou na direção das vozes e acessou uma antessala onde dois soldados vigiavam uma porta ampla. Foi passando lentamente pelos quadros emoldurados nas paredes que descreviam outras diversas batalhas antigas. Sob os mesmos, salmos e provérbios escritos em línguas desconhecidas exaltavam a grandeza e a nobreza dos antigos reis e heróis de Sinim. Conhecia algumas daquelas línguas, mas não parou a fim de decifrar todos os escritos, pois sabia para onde aquela antessala conduzia.

Os soldados o observaram quando se aproximou, porém não se moveram. Por um momento, Adin voltou a sentir-se como o menino ingênuo que havia pisado pela primeira vez aquele salão, após ser curado das queimaduras pelas mãos da rainha de Sinim. Ainda se lembrava de vê-la pela primeira vez assentada no imponente trono, bela e clara como a luz do dia. Desde aquele dia, seu coração havia batido diferente, e o mundo havia adquirido outros sentidos. Uma felicidade jamais imaginada ele experimentou. Mas também dor e perda se tornaram muito mais reais, e o medo um sentimento profundo e onipresente.

Adin empurrou as pesadas portas e o salão real com suas lajotas retangulares que formavam um xadrez nas cores rosa e branco se revelou amplo e convidativo. Caminhou descalço sobre os tapetes e se aproximou da região do trono. Na primeira vez que havia adentrado aquele salão também sentia dor de queimaduras, porém, aquelas eram de gelo, as atuais eram de fogo. A dor, entretanto, era muito parecida.

Adin se aproximou do trono. Um grupinho de pessoas o rodeavam. Ele logo identificou Chozeh assentada no trono, e ao redor dela cerca de dez pessoas conversavam em pé. Mesmo de longe, ele viu a pele ainda queimada e os lábios ressecados, mas os cabelos claros haviam recobrado um pouco da luminosidade. Os olhos verdes se fixaram nele quando se aproximou, fazendo-o sentir o costumeiro lapso no coração. Os seus olhares se encontraram apenas por um segundo, pois logo Chozeh voltou a prestar atenção ao discurso de alguém que lhe falava. Aquela reação até certo ponto indiferente, por mais que fosse esperada, fez seu coração doer.

Thamam estava entre o grupo e também prestava atenção às palavras de um homem vestido com roupas de arauto, porém virou-se ao perceber a entrada de Adin. Os olhos sábios do velho Melek o recepcionaram e pareceram gentis, mesmo assim, não pareceram um convite a se unir ao grupo.

Adin ignorou o que parecia ser uma advertência do Melek para que não se aproximasse e caminhou na direção deles tentando não chamar muita atenção.

Mais uma vez, Adin observou Thamam com profunda curiosidade e respeito. Por um lado, era quase impossível imaginar que aquele velho frágil que eles conheceram em Olamir, e que parecia no fim da vida, pudesse ter vencido uma guerra praticamente sozinho contra os shedins, expulsando-os para as trevas. Com Olamir destruída, Adin imaginava que o Melek também estivesse morto. Durante a viagem com os peregrinos das Harim Keseph para o Yam Kademony ouvira que ele havia sido acusado pelo Conselho de Olamir. Naquele mesmo palácio havia recebido a última informação a respeito de Thamam quando Chozeh disse que ele havia sido acusado de ser o cashaph. Uma condenação ao Abadom era o que se esperava num caso desses. Mas, ao que tudo indicava, o Melek havia conseguido se livrar de todos aqueles problemas e retornado do Abadom. Olhando para ele agora, Adin percebia que ele parecia muito bem de saúde, como se tivesse passado por uma renovação profunda.

Ao lado dele, Adin viu Tzizah. Os cabelos pretos estavam presos e os olhos cinzentos determinados como sempre. Ela também prestava atenção no discurso do arauto e não se voltou para recepcioná-lo. Talvez, não o tivesse visto, ou não considerou importante sua presença ali.

O arauto estava relatando a situação de Sinim e não parecia dar boas notícias. Adin observou todas as pessoas que rodeavam o trono. Pareciam nobres e pessoas influentes. Não conhecia nenhum deles. Ninguém lhe dirigiu a palavra nem olhou para ele. Nem mesmo Chozeh repetiu o gesto.

Adin sentiu-se estranho, como se não fosse bem-vindo naquele lugar. Mesmo assim, tentou prestar atenção às palavras do arauto. Ele vestia roupas listradas em azul e branco, e um chapéu engraçado. As botas eram bastante gastas. O homem fazia um relatório a respeito das baixas do exército de Sinim. Claramente não dava boas notícias.

— Três mil homens do exército, incluindo quinhentos cavaleiros, partiram para o oriente para expulsar os bárbaros, e nenhum retornou — disse o homem. — Foi uma perda irreparável.

Enquanto dizia aquelas palavras, o arauto olhou fixamente para Adin. O jovem se assustou com a descrição. Sabia que os quinhentos cavaleiros que haviam atravessado o Raam estavam mortos, pois os viu morrer nas mãos dos bárbaros, incluindo o valente capitão Tzvan, mas imaginava que o restante do exército que ficara na fronteira de Sinim tivesse sobrevivido, afinal, antes de partir para o oriente, eles haviam expulsado os bárbaros do território de Sinim.

— Dois dias após a cavalaria atravessar o Raam em busca das mulheres raptadas — explicou o arauto — os bárbaros retornaram com um contingente muito maior. Infelizmente, ao atravessar o Raam, a cavalaria acabou fazendo exatamente o que os bárbaros desejavam, pois deixou o restante do exército desguarnecido. Ninguém sobreviveu. E as vilas próximas a fronteira foram todas destruídas. Não podemos mais considerar o Raam como sendo a fronteira de Sinim. Os bárbaros dominam muitas milhas dentro do nosso território e avançam para Urim devastando tudo o que está diante deles.

Então, Adin entendeu toda a armadilha e sentiu insuportavelmente o peso da culpa. Havia sido enganado o tempo todo. Acreditou que estava sendo sábio, que seu planejamento das batalhas surpreendia os bárbaros, mas agora percebia que havia sido manipulado e fizera exatamente o que os shedins desejavam o tempo todo.

Não atravesse o Raam — Chozeh lhe disse em sonhos. Mais do que nunca percebia o quanto ela esteve certa e como foi tolo em atender àquele instinto. Se não tivesse insistido e atravessado o rio, teriam perdido cem mulheres, mas provavelmente, não teriam perdido toda a fronteira, ou o reino...

— Perdemos três mil homens do exército — concluiu o arauto. — O número pode parecer pequeno, mas eram os melhores soldados que possuíamos, incluindo o capitão e os principais oficiais.

— Um soldado sobreviveu — disse Thamam, voltando-se para Adin.

Os olhares do grupo se voltaram pela primeira vez para ele.

— Aqui está Adin do Poente, como ele ficou conhecido no extremo oriente. Ele pode nos dizer com detalhes tudo o que aconteceu ao leste do trovejante Raam. Creio que ele é o responsável também pela sobrevivência da rainha, ao que lhe devemos ser gratos.

Adin sentiu os olhares ainda mais fixos em si. Não conseguiu discernir o que havia neles, mas certamente não era admiração. Esperava que não lhe atribuíssem a mesma culpa que ele sentia. Havia sido o responsável por toda aquela tragédia. E, ao contrário do que disse Thamam, por sua causa Chozeh havia caído nas mãos dos bárbaros. A sobrevivência dela não era crédito dele.

— Fomos enganados — sua palavra foi pouco mais que um sussurro. — O próprio rei dos bárbaros nos recepcionou e nos fez acreditar que os homens que perseguíamos estavam a frente. De fato, estavam, mas era tudo uma armadilha. Eu só sobrevivi porque os shedins precisavam de mim para ler o pergaminho... O rei dos bárbaros estava possuído por algum poder obscuro...

— O que importa é que a rainha sobreviveu — disse Thamam, cortando a história de Adin. O Melek aparentemente não quis que Adin revelasse mais coisas sobre a jornada no oriente.

Adin procurou encontrar algum consolo na voz do ancião, mas o tom pareceu mais de constatação do que de crítica, ironia ou elogio.

Tzizah foi a única a continuar olhando para ele após o arauto retomar o relatório. Havia muito sofrimento no olhar da princesa de Olam, mas não parecia haver recriminação.

— Leannah está viva — ela falou apenas movendo silenciosamente os lábios.

Adin assentiu, agradecido. Era a primeira boa notícia. A irmã foi quase uma mãe para ele em Havilá, apesar de ser poucos anos mais velha. De certo modo, já sabia que ela estava viva. A intuição lhe dizia isso. Algumas vezes a sentia perto, como se ela pudesse vê-lo, como se cuidasse dele mesmo à distância. Mas constatar aquilo lhe trouxe alívio. Lutou contra uma lágrima que teimou em descer. Enxugou-a rapidamente para que ninguém percebesse.

— Ela está aqui? — Perguntou também apenas movendo os lábios. — Leannah está aqui?

Antes mesmo que Tzizah respondesse com um gesto negativo de cabeça, ele já sabia que ela não estava. Se ela estivesse em Sinim, estaria presente à reunião, pois ninguém em Olam ou Sinim poderia dispensar os conselhos dela agora. Após completar o caminho da iluminação, poucas pessoas em Olam podiam ser consideradas sábias como Leannah, exceto, talvez, Thamam, o regressado do Abadom.

— E Ben? O que aconteceu com ele? — Adin resolveu insistir.

Tzizah provavelmente não ouviu, ou não entendeu, pois não lhe respondeu.

— O guardião de livros também está vivo, mas provavelmente nem ele sabe onde está — Thamam, com seu estilo reticente, respondeu em lugar dela.

Adin sentiu o aperto aumentar em seu coração. Não sabia o que as palavras de Thamam significavam, mas certamente não era algo bom. A última vez que havia visto o guardião de livros, ele havia se perdido na floresta de Ganeden e ficado de fora do restante do caminho da iluminação. Aquilo havia sido irônico, pois Ben era a pessoa que deveria percorrer o caminho desde o início, segundo a orientação de Enosh.

Sabia que Ben agora manejava Herevel. No lago de fogo, antes de ler o pergaminho para o senhor das trevas, Adin teve um sonho esquisito com Ben e o dragão-rei. Talvez por causa do próprio calor da lava que os escaldava, Adin sonhara que ele e Ben estavam enfrentando o grande dragão em uma batalha. No sonho, o guardião de livros derrotava o dragão. Então subia sobre a cabeça monstruosa de Leviathan segurando Herevel entre as mãos para destruí-lo e realizar o maior feito da história. No sonho, Ben havia titubeado. E, depois, Adin via o próprio Ben montando o dragão-rei.

Adin voltou a olhar para Chozeh e culpou-se mais uma vez por tudo o que havia acontecido com ela, por todo o sofrimento e humilhação. Compreendia agora que ela jamais poderia amá-lo. Não depois de todo o mal que ele havia causado a ela e ao reino. Ele sempre despertaria na jovem rainha as lembranças dolorosas dos acontecimentos no lago de fogo.

Devia ter aceitado o aviso de Thamam para não se aproximar. Sentiu vontade de sair correndo, sumir para sempre. Provavelmente ninguém sentiria falta. Provavelmente, não faria falta mesmo. Não precisavam de seus conselhos ali. Porém, acreditou que se saísse atrairia mais atenção do que se ficasse. Por esse motivo, permaneceu junto ao grupo, porém sem se pronunciar.

— Urim precisa estar preparada para alguma invasão de bárbaros — pronunciou-se Thamam, quando o arauto concluiu o relatório. — Porém, o verdadeiro inimigo não vem do oriente. Vem da cortina de trevas. Com quantos soldados Sinim pode contar hoje?

— Há trinta mil homens capazes de pegar uma espada em Urim — explicou um dos nobres. Ele era inteiramente calvo e usava vestes coloridas. A pesada maquiagem em torno dos olhos verdes e a pele levemente escura causava um forte contraste.

— Trinta mil — repetiu Thamam com alguma decepção. — Pensei que havia mais...

— Há o dobro disso no interior, mas alguns estão bem longe.

— Devem marchar para Urim imediatamente — disse Thamam.

— O senhor acha que os shedins podem nos atacar aqui? — Perguntou Chozeh com seus belos olhos arregalados de pavor.

— Se fosse em outra circunstância, eu diria que sim. Mas agora, eles estão preparando a ofensiva para invadir Olam. O interesse deles é Ganeden. Não vão deslocar uma parte do exército para cá. Porém, Sinim precisa se deslocar até Olam, ou então, depois que Hoshek terminar seu trabalho no Poente, suas hostes se voltarão para cá. Precisaremos de todo o exército de Sinim.

— Sinim já ajudou Olam em Bethok Hamaim — disse Chozeh. — E nenhum soldado voltou.

Thamam fez uma cara de pesar.

— Infelizmente, baixas foram e ainda serão inevitáveis nesta guerra.

— Mas se nosso exército partir para o Poente, quem protegerá Sinim dos bárbaros? — Perguntou o nobre com roupas coloridas. Adin percebeu que Chozeh o tinha em alta consideração, pois prestava muita atenção a tudo o que ele dizia.

— É melhor perder um passarinho do que perder os dois! Perdoem as minhas palavras. Um homem que voltou do Abadom acaba vendo as coisas por outro ângulo... A aventura de Adin no oriente já provou que tentar salvar poucos em detrimento de milhares nem sempre é uma escolha razoável.

Adin quase imaginou estar ouvindo Enosh falando. O estranho pragmatismo estava ali. Mas precisava admitir que Thamam estava certo.

— As trevas continuam estacionadas? — Perguntou Tzizah.

— Continuam — respondeu Thamam. — E essa é a única boa notícia que temos.

— O Olho de Olam está detendo Hoshek? — Insistiu Tzizah. — É Leannah?

— Sim. É a função do Olho fazer isso. E também é a função dela manipular o Olho.

— Por quanto tempo ela conseguirá manter as trevas distantes?

— Isso ninguém pode responder. Todo o poderio de Hoshek agora está contra ela. E, nem mesmo a jovem cantora de Havilá conseguirá suportar por muito tempo.

— Se vocês não tivessem nos resgatado — disse Adin, falando timidamente pela primeira vez — com toda a certeza, os shedins iriam tentar me usar para manipular Leannah.

— Nisso fracassariam — disse Thamam. — Aquela que manipula o Olho, em última instância, é controlada pelo Olho.

Adin não entendeu o que Thamam queria dizer com isso.

— Acho que os shedins não vão atacar Olam sem que a cortina de trevas avance — deduziu Tzizah.

— Talvez você esteja certa — disse Thamam. — Mas não podemos confiar em suposições. Hoshek tem poderio para invadir Olam mesmo que a escuridão não avance. Sinim precisa reunir todo o seu exército em Urim e marchar para o Poente. A defesa contra os bárbaros terá que ser abandonada.

— Eu não posso condenar tantas cidades! — Respondeu Chozeh. — Milhares de pessoas vivem entre nós e os exércitos bárbaros.

— Temo que elas já estejam condenadas — suspirou Thamam. — Proteja Urim o máximo que puder. O farol de Sinim deve ser protegido. Um exército pequeno pode defender a cidade de uma invasão por bastante tempo. Deixe três mil homens aqui, o restante envie para Olam.

— Para que serve um farol em meio a uma guerra? — Questionou Chozeh. — Acho que os nossos barcos não precisarão ser guiados.

— São necessários quinze mil homens para defender Urim! — Disse o conselheiro que parecia conhecer muito bem a situação de Sinim. — Podemos enviar setenta e cinco mil homens para Olam. Só não sei como homens podem enfrentar...

— Demônios — completou Thamam ao ver a relutância do homem em pronunciar o termo. — Não precisamos demonstrar receio em admitir o que realmente estamos enfrentando. E não será a primeira vez que homens enfrentarão demônios. O mesmo deve ser dito se vencermos, apesar de que agora a situação é muito difícil. A questão é que esses homens precisam estar preparados. Demônios não apenas matam, eles ferem também... E homens feridos podem se tornar um peso maior do que homens mortos.

— Eu fiz o que o senhor pediu — disse Chozeh, em vista daquelas últimas palavras de Thamam. — Chamei o chefe dos antigos hartummîm, apesar de muitos aqui duvidarem que isso seja uma boa ideia.

— Ótimo — respondeu Thamam. — Quando ele chegar, peça para vir falar comigo. Porém, não se esqueça de que é de você que seu exército precisa... Acima de tudo.

Adin achou aquela fala do Melek imprópria. Ele queria que a rainha se envolvesse diretamente na guerra? Isso lhe pareceu um total absurdo.

— Eu não sei o que dizer... — respondeu a rainha. — Mas estou disposta a ajudar da melhor maneira que eu puder.

— A abertura do Abadom fez com que grandes porções de magia fossem liberadas não só para aqueles que agora a controlam diretamente — explicou Thamam —, mas também para aqueles que, de algum modo, fizeram uso dela antes disso.

Havia algo parecido com censura na voz de Thamam, e Adin não compreendeu o motivo.

— Olam não compartilhou as pedras conosco — respondeu a rainha. — Então, tivemos que encontrar outros meios de manter nosso povo a salvo.

— Meios que já foram a causa da destruição desta terra — disse Thamam.

— Mas que talvez agora possam ser a nossa salvação, segundo o senhor mesmo disse — retrucou Chozeh.

Por um momento, Adin viu a antiga determinação que, por causa da pouca idade da rainha, soava um tanto quanto arrogante. Ela agia daquela maneira sempre que se via em dificuldade de justificar seus atos, como quando Adin a viu pela primeira vez naquele mesmo trono.

— Também não seria a primeira vez que a causa de uma destruição acaba sendo o instrumento de um recomeço — disse Thamam. — Cada coisa no seu tempo e lugar. Por ora, já fizemos tudo o que podíamos. Agora se me permitem, preciso me retirar. Reuniões sempre foram muito cansativas para mim.

Adin sentiu o braço de Thamam sobre seus ombros. O Melek o conduziu calmamente para fora do salão real.

O braço era gentil, mas provavelmente não admitiria recusa. Adin se deixou levar.

— Coragem e covardia, sabedoria e tolice, são coisas muito mais próximas e interligadas do que nós normalmente percebemos — disse Thamam quando atravessaram as portas onde os soldados montavam guarda. — Tente não se culpar demais pelo que aconteceu. Um pouco de culpa é bom, pois nos faz repensar os atos e sermos mais cautelosos no futuro. Excesso de culpa inviabiliza o futuro, pois o destrói antes de existir. E nunca se esqueça de que os caminhos secretos de *El* se entrecruzam em todos os nossos caminhos, quer sejam bons, quer maus, e isso não nos torna mais inocentes, nem necessariamente mais culpados, apenas responsáveis.

Adin sentiu que sua sabedoria e conhecimento não eram suficientes para compreender aquela filosofia.

— O senhor esteve mesmo no Abadom? — Perguntou e depois se arrependeu.

— Estive.

— É muito ruim lá?

— Às vezes precisamos ir ao pior lugar para percebermos que as coisas não são tão ruins como pensávamos, nos faz ver as outras coisas por um ângulo melhor.

— Eu fui até o lago de fogo — disse Adin. — Não posso dizer que agora estou vendo a situação por um ângulo melhor.

— Ao mesmo tempo — continuou Thamam como se não tivesse sido interrompido —, quando experimentamos a plena escuridão, estamos mais preparados para admirar a luz mesmo que seja pouca.

— Por que? Por que o senhor se deixou condenar ao Abadom? — Adin fez a pergunta, mesmo sentindo que não tinha direito de perguntar aquilo. Porém, o modo franco como conversavam lhe deu coragem.

— O Conselho de Olamir tinha direito de fazer isso — Thamam se limitou a responder.

— Todos eles eram corruptos — insistiu Adin. — E o seu acusador era o mais corrupto de todos. Kenan jamais se conformou com a sua submissão, a menos que o senhor tivesse algum outro objetivo...

— Eu tinha — respondeu Thamam. — É claro que eu tinha.

— E o que era?

— Você não consegue adivinhar?

Adin pensou por algum tempo.

— Descobrir informações sobre os inimigos?

— Não sobre os inimigos, mas sobre o poder deles. Ou melhor, sobre o que lhes dá poder, e como isso pode ser interrompido. Nosso verdadeiro inimigo é a cortina de trevas. Ela protege os shedins. Se ela puder ser desfeita...

— E pode?

— Sim.

— Então pode ser feito? O senhor descobriu como fazer?

— Sim, descobri como fazer.

— E pode ser feito?

— Não. O preço seria alto demais.

Adin voltou a olhar para as estrelas ao perceber que o Melek não falaria mais sobre aquilo.

— Eles quase a mataram por minha culpa... Eles... — Adin não conseguiu completar a frase.

— Essa é a realidade vista do ângulo que você pode ver agora. Mas, ela também pode ser vista de outro, pois Chozeh só está viva por sua causa. Se você não tivesse lido o pergaminho, Helel a teria matado. Você sabe que ele não blefa. No fundo, foi uma boa coisa você ter tido uma noção do adversário que teremos que enfrentar.

Adin sentiu uma lágrima se formar e correr por seu rosto.

— Mesmo assim, eu sou culpado. Se não tivesse atravessado o Raam, não faria sentido Helel raptá-la.

— Você é tão culpado disso quanto o destino.

— Eu não pude deixá-la morrer. Eu sabia que devia. Mas não pude... O senhor... teria deixado ela morrer, não é? Era o que eu devia ter feito, não era?

— Não posso dizer o que você deveria ter feito. Nem mesmo o que eu faria... Quem pode dizer quais as consequências de nossos atos? O certo é que eles *sempre* têm consequências. Faz parte da vida enfrentá-las. O amor que você sente pode ser responsável por grandes mudanças. Não seria a primeira vez... Nem a última...

— Nunca pensei que isso pudesse ser uma arma tão poderosa contra mim mesmo. Vê-la sofrer... eu preferia mil vezes sofrer em lugar dela... Eu morreria por ela.

— O amor revela toda nossa fragilidade. Mas ele também nos faz fortes. Às vezes, ao menos...

— Tudo é tão complicado — suspirou Adin. — Seria bom se nossas decisões não envolvessem tantos fatores incontroláveis.

— A vida no fundo é simples, meu caro jovem do poente. Basta fazermos a melhor escolha em cada ato e tudo o mais se encaixará. As reações à cada ato nosso, então, serão na medida certa. Porém, não podemos esquecer de que tudo à nossa volta está reagindo também aos atos uns dos outros. Inevitavelmente, seremos atingidos por fatores que não fomos responsáveis diretos e, mesmo assim, no final, tudo se completará. Tudo.

— Acredito que haveria sentido se todas as pessoas fizessem o que é certo o tempo todo — contradisse Adin. — Num mundo perfeito isso funcionaria. Mas como pode funcionar num mundo caído como o nosso? De que adianta alguém tentar viver sua vida corretamente, se outra pessoa pode vir e acabar com tudo?

— Você diz isso porque ainda não teve uma noção plena da justiça que rege o universo. Eu estive no Abadom. Eu sei do que estou falando. Todo mal será punido.

Adin se calou. Os dois continuaram andando pelo corredor revestido de plantas em direção ao quarto dele.

— Acredite, somos privilegiados — continuou Thamam, olhando para as estrelas que apareciam acima dos prédios com cúpulas arredondadas. — Tivemos a graça de viver numa época de grandes decisões. Poderes muito grandes foram postos em movimento. Nada será como antes. Provavelmente o destino reservou-nos a oportunidade de contemplarmos os maiores acontecimentos que esse mundo já viu. Essa guerra não é apenas nossa. Disso eu tenho certeza. Não é. Mas, ainda assim, temos que lutar como se fosse só nossa...

Adin também olhou para as estrelas e tentou identificar de onde vinha aquela súbita inspiração do Melek, mas nada viu além das conhecidas constelações que brilhavam indiferentes no céu há milênios, e já haviam visto tantos impérios surgirem e desaparecerem, sem que isso aumentasse ou diminuísse o brilho delas.

— Aquele pergaminho que você leu no lago de fogo, ainda está com você? — Perguntou Thamam.

— Está sim — disse Adin, tirando-o de um cordão que o prendia dentro da camisa.

Thamam olhou para o pergaminho, porém em vez de satisfação parecia haver mais preocupação nos olhos dele.

— Acho que você sabe que esse pergaminho me pertence, não é? — Perguntou o Melek.

— Sim — Adin respondeu e o ofereceu a ele.

Thamam segurou o pequeno pergaminho com a mão direita.

— Eu preciso lhe fazer mais uma pergunta — disse Thamam.

Adin olhou curioso para o Melek.

— Quanto você a ama?

Adin se assustou com a pergunta.

— Mais do que a mim mesmo...

— Estaria mesmo disposto a morrer por ela? Ou falou só por falar?

— Estaria — disse com convicção.

— Então vou lhe pedir algo mais fácil. Você só precisa se afastar dela. Pelo menos por enquanto.

Adin arregalou os olhos.

— Por que?

— Nesse momento, sua presença aumenta a fragilidade da rainha — disse Thamam com seriedade excessiva, fixando seus olhos azuis esmaecidos em Adin.

— E nós precisaremos de Chozeh forte. Muito forte. Depois dos acontecimentos no Lago de Fogo, olhar para você, a cada dia, só fará a dor dela aumentar. Você precisa se afastar. Sua presença intensifica a dor das feridas...

Adin sentiu outra lágrima querendo descer. Porém, dessa vez não permitiu, ainda que os olhos tenham ficado marejados.

As palavras do Melek confirmavam seus maiores temores. *Eles a violaram. Os bárbaros a violaram.*

— Partirei imediatamente — disse olhando para as estrelas. — Partirei para longe daqui.

Sabia exatamente para onde ir. Daria um jeito de voltar às terras brasas, e lá morreria matando bárbaros. Pelo menos, satisfaria toda a sua ira. Encontraria paz. Ou talvez não. Mas que importava? Não podia ficar perto de sua amada. Não tinha mais utilidade para Olam ou para Sinim. Então, o oriente seria seu túmulo.

— Na verdade, há um lugar que preciso que você vá — disse Thamam, subitamente desfazendo todos aqueles planos de Adin. — Não é tão longe daqui, mas será bastante difícil. Acredito que você poderá fazer um pouco de justiça nesse lugar. Mas, quanto a isso, eu realmente não tenho certeza. Teremos que apostar no destino. E ele é sempre imprevisível.

* * * * *
* * * *

— Existe um caminho por dentro do Degrau, para o campo dos behemots — explicou Leannah, com as faces vermelhas pelo frio, e as mechas quase da mesma cor caindo sobre os olhos. — É um caminho através de túneis e desfiladeiros criados por fendas naturais. Mas a primeira abertura só aparece há quase setecentos metros de altura. E o vento está contra nós...

Alguma coisa está a nosso favor? Ben sentiu vontade de perguntar, pensando especialmente no frio que já enfrentavam. Ainda olhava estarrecido para a imensa geleira chamada de o "degrau do mundo".

Leannah, por outro lado, contemplava o degrau com visível admiração, como se contemplasse um jardim florido num belo dia de primavera.

Ben pensou que, talvez, sentisse o mesmo se não estivesse tão apavorado com a ideia de enfrentá-lo a pé. Mas, talvez ela estivesse escondendo algum segredo, alguma maneira de realizarem a jornada sem todas as dificuldades imaginadas por ele. Ela não podia ter se tornado tão descuidada, afinal, tinham só sete dias. Era um fato que se ela estivesse com o Olho de Olam, as coisas seriam mais fáceis, mas sem o Olho... Ou talvez, ela realmente estivesse fora de seu juízo perfeito. Muitas vezes, o limiar entre a sabedoria e a loucura era algo bastante imperceptível. Tutham enlouqueceu quando teve que deixar o Olho. Talvez, o mesmo estivesse acontecendo com Leannah.

Leannah voltou-se para Ben e sorriu com deboche da cara desconfiada dele.

— Você não se sente entusiasmado por contemplar uma paisagem que poucas pessoas tiveram ou terão a oportunidade de contemplar? Essa aqui provavelmente seja a coisa mais monumental que existe neste mundo. Nada é tão absolutamente grande e...

— Mortal — completou Ben.

— Perfeito — retrucou Leannah. — Uma obra prima de *El*, reservada para poucos olhos que têm coragem suficiente para vir até aqui.

— Se fôssemos apenas contemplar, eu o admiraria de bom grado... Mas escalá-lo?

— Você já se perguntou por que as coisas mais espetaculares frequentemente estão nos lugares mais distantes e inacessíveis?

— Para que ninguém seja louco o bastante de ir até lá? — Ironizou Ben.

— É um modo de *El* instigar nosso espírito de aventura, para que não nos acomodemos em nossa vida. É uma forma de percebermos que sempre é possível ir além, que há algo maior lá fora, além das fronteiras, além do conforto do ambiente conhecido que, de certo modo, nos torna limitados, domesticados demais. Definitivamente, o criador jamais desejou que ficássemos estacionados. Há dois modos de encarar as adversidades: Lutando com elas ou, quando é possível, usando-as a nosso favor. Mas nunca recuando, exceto se for para ganhar mais impulso.

— Precisaremos de bastante impulso para escalar mais de dois mil metros — disse Ben com ironia.

— Onde foi parar seu anseio por aventuras? Onde está o jovem que desejava partir de Havilá?

— Ele partiu de Havilá — disse Ben com seriedade.

— Não precisaremos escalar os quase três mil metros do Degrau — ignorou Leannah. — As corujas nos levarão até um local, pelo menos uns setecentos metros de altura.

— Ótimo. Assim só vai faltar dois mil e trezentos metros — ironizou Ben.

As corujas decolaram pouco depois. O voo tranquilo desde Kerachir subitamente se transformou numa luta mortal. Quanto mais perto da geleira, as condições climáticas se tornavam extremas. O vento forte se movia em direções aleatórias obrigando as corujas a fazerem grande esforço para se erguerem contra o paredão que dividia o mundo. O tamanho das aves e suas longas e frágeis asas eram empecilhos para subir e se aproximar do Degrau.

Na primeira tentativa de aproximação do paredão, o vento simplesmente repeliu as corujas, e elas se viram lançadas de volta como se o sopro de um gigante estivesse expulsando mosquitos. Na tentativa seguinte, o oposto aconteceu, o vento subitamente inverteu a direção e elas foram atraídas para o paredão, como se o gigante estivesse sugando-as para dentro da boca. Ben e Leannah lutaram para forçar as corujas a resistirem ao poder de atração, mas as fortes correntes de vento que batiam no paredão jogavam as corujas de um lado para o outro como se fossem brinquedos. Nova inversão os repeliu, para no momento seguinte, outra corrente os levar de encontro ao paredão. A inversão foi tão instantânea que Ben sentiu seu estômago querendo sair pela boca. Por um momento assustador, quando a coruja que o conduzia se aproximou perigosamente da muralha branca, Ben imaginou que a jornada terminaria ali. Chegou até mesmo a sentir fagulhas de gelo que se desprendiam do degrau, pois estava a menos de dois metros dele. Valentemente a coruja se impulsionou e se afastou, aproveitando nova corrente reversa, mas estava claro que aquele era o limite aonde ela poderia chegar.

Após mais duas tentativas, as corujas pareciam mais acostumadas às inversões que o vento fazia, e conseguiram se aproximar um pouco mais do paredão, sem se chocarem com ele. Leannah apontou um lugar junto ao paredão onde parecia haver um pequeno platô. Ben compreendeu que ela desejava fazer as corujas pousarem naquele lugar. A tarefa parecia-lhe tão louca quanto o voo das corujas, pois o vento facilmente os varreria para longe do platô, ou então, os faria se estatelar nele. Mesmo assim, Leannah conseguiu fazer a coruja se aproximar. Antes que o pássaro pudesse pousar, ela soltou os cintos e rolou para o platô no exato momento em que a coruja dava meia volta para retornar. Ben acreditou que ela despencaria para o vazio, mas Leannah caiu sobre o gelo que formava o pequeno platô sobre o vazio, e conseguiu rolar para o outro lado, até manter-se temporariamente a salvo.

Então, foi a vez de Ben tentar a aproximação. O modo como a coruja balançava por causa da força aleatória do vento lhe fazia pensar que era impossível saltar, mas se Leannah havia conseguido, ele também tinha que conseguir. Quando a coruja planou por um segundo exatamente acima do platô, Ben percebeu que era aquele momento ou nunca. Sem pensar no que estava fazendo, desprendeu-se da coruja e deslizou. Uma forte rajada de vento moveu a coruja de lugar no último instante, antes que Ben estivesse totalmente no ar, e Ben se viu deslizando para o vazio, porém, sem a aproximação suficiente para aterrissar no gelo. Sentiu seu corpo bater forte sobre a quina do platô e tentou se agarrar ao gelo, porém, tudo lhe escapava das mãos, e ele se viu caindo. Num último segundo, sua mão direita conseguiu se agarrar a uma fenda no gelo que ofereceu suporte, e ele deteve temporariamente a queda. Porém, o esforço era imenso e o gelo muito liso, de modo que viu sua mão escapando da fenda. Quando a agonia da dor já lhe dava a certeza de que despencaria para o abismo, Leannah conseguiu segurar a outra mão dele. Mesmo temendo que a arrastaria junto para a queda, Ben alçou uma perna sobre o platô e lançou o corpo para cima. E foi assim que ambos conseguiram se manter sobre o platô de gelo.

Exaustos, os dois permaneceram alguns segundos deitados de costas, com medo de se erguer e um sopro de vento os lançar para baixo. De fato, o vento os castigava severamente, açoitando-os com fragmentos de gelo. O gelo do platô também estalava, e aquilo era um aviso de que não estavam num lugar apropriado para descansarem, mesmo assim, eles não tinham coragem de se levantar. Para alívio deles, entretanto, apesar de precária e de dar a impressão de que desmoronaria a qualquer momento, a saliência suportou o peso deles.

Quando recuperaram momentaneamente as forças, os dois se arrastaram ao encontro da geleira procurando inutilmente refúgio do vento. Mesmo encostados ao paredão, não sentiam segurança, pois o espaço sobre o abismo era muito reduzido.

Ben viu Leannah tateando o paredão em busca de alguma fenda, e mais uma vez duvidou da sanidade mental dela.

— Deve estar em algum lugar aqui — disse Leannah com o forte vento abafando sua voz.

— O que deve estar aqui? — Perguntou Ben, gritando para que o vento não levasse suas palavras embora. Ao mesmo tempo, tentava fazer uma barreira com o próprio corpo, apoiando-se com mãos e pés, para que Leannah não despencasse caso perdesse o equilíbrio.

— A entrada — disse Leannah balançando, e, no mesmo instante, suas mãos atravessaram a parede de gelo. — Acho que encontrei o lugar por onde Thamam adentrou.

Ben observou incrédulo enquanto ela tentava desmanchar a neve com as mãos frágeis. Quando ele percebeu que havia uma pequena fenda na geleira, enfiou a lâmina de Herevel dentro dela. Então, o espaço aumentou quando o gelo se fragmentou. Em seguida, Leannah atravessou a fenda estreita.

Abandonando a incredulidade, Ben tentou atravessar, mas a largura ainda não era suficiente para o tamanho dele.

Ben usou a espada mais uma vez, mas não se atreveu a ficar de pé. Ajoelhado, espatifou o gelo das beiradas da passagem e aumentou quase um palmo a largura dela. Em seguida, ele também conseguiu atravessar.

— Foi feita para os rions — explicou Leannah, arfando o peito de cansaço, enquanto descansavam do lado de dentro do degrau. — Por isso o espaço é tão pequeno.

— Isso foi a coisa mais louca que eu já fiz na vida — disse Ben.

— Tenho certeza de que não foi — disse Leannah tentando reaquecer as mãos.

— Que lugar é este? — Perguntou Ben observando o que parecia ser uma pequena câmara escavada dentro da geleira. O espaço era suficiente para os dois. E o vento não os ameaçava ali dentro, embora ainda os atingisse com seu frio.

— É a entrada do Degrau — explicou Leannah começando a gatinhar para o interior. — Eu vi no salão dos espelhos que foi por aqui que Thamam acessou o degrau.

Ben seguiu Leannah começando a desconfiar que aquele lugar escondia mais segredos do que se podia ver. Talvez houvesse algum caminho secreto construído pelos rions que facilitaria a travessia do Degrau, ou mesmo algum recurso extraordinário que Leannah poderia utilizar a fim de que não precisassem enfrentar as intempéries da natureza naquele lugar desolado. Mas o guardião de livros logo se decepcionou ao se deparar com uma fenda dentro da geleira. Era uma espécie de falha natural que mergulhava centenas de metros para dentro do gelo, permitindo que eles vissem o céu nas alturas.

Leannah parecia não esperar por aquilo, pois olhou claramente assustada para a rachadura colossal.

— Não é este o caminho? — Perguntou Ben.

— Deveria ser. Pelo menos foi o que o salão dos espelhos mostrou. Mas ele não mostrou essa rachadura. Parece que o Degrau está se partindo ao meio.

A rachadura era larga o suficiente para que passassem sem grande esforço. Dentro, se abria e se fragmentava em diversos caminhos sinuosos, cheios de falhas e ziguezagues, quase como se um machado colossal tivesse golpeado o degrau e espalhado trincaduras em várias direções.

— O que faremos agora?

— Seguiremos em frente — decidiu-se Leannah. — Só precisamos manter a direção norte.

Ben olhou para o tamanho daquilo e suspirou. Porém, não havia outra opção senão seguir adiante.

Não poucas vezes o caminho parecia recuar em vez de avançar, noutras se mostrava absolutamente sem nexo. Por todos os lados havia marcas de desmoronamentos, mostrando que a trilha não era segura. Pela altura das fissuras, um desmoronamento poderia fazer com que ficassem centenas de metros abaixo do gelo, ou mesmo milhares. Só pensar naquilo deixava Ben atônito.

Na verdade, Ben evitava olhar para o alto onde em algum ponto imensamente distante a luz do dia que findava adentrava a falha do Degrau. Nenhum lugar na terra, no mundo ou no submundo, havia feito com que ele se sentisse tão insignificante e tão à mercê de forças que não controlava.

Ben viu Leannah tocando as paredes de gelo e sussurrando palavras. Estranhou aquilo, era quase como se estivesse tentando se comunicar com o Degrau. Porém, Ben não pediu explicações. Estava congelado demais para fazer isso.

— Você poderia usar Herevel agora? — Perguntou Leannah.

Ben olhou para a espada e para ela, mas simplesmente não entendeu o que ela estava pedindo.

— Precisamos de ajuda — ela disse com um rosto sério ao ver a cara de incompreensão de Ben, que então virou de incredulidade. — Acho que não preciso lhe explicar que a espada tem muitas utilidades, não é? Você já viu Kenan fazer coisas com ela. Introduza-a no gelo. O resto eu farei.

Ben assentiu e sacou Herevel. Em seguida, afundou-a cuidadosamente para dentro do gelo, no espaço entre seus pés. Viu a lâmina rasgar o gelo, sem deixar de temer que pudesse causar outra grande fenda. Quando metade da espada estava afundada, Leannah fez um gesto para que ele parasse. Isso lhe mostrou que ela também havia pensado naquela possibilidade.

— Posso? — Perguntou Leannah, apontando para a espada.

Sem entender o que ela pretendia, Ben se afastou. Leannah se aproximou e tocou o cabo da espada com as duas mãos. No mesmo instante, os fragmentos brancos da espada brilharam, e veias de luz se iluminaram no chão e correram pelas paredes da fenda. O brilho não durou mais do que um segundo.

Leannah retirou as mãos da espada e fez sinal para que Ben a removesse. O gelo liberou a lâmina com facilidade, e Ben voltou a guardar Herevel na bainha.

Sem explicações, Leannah continuou andando pela fenda, obrigando Ben a segui-la sem saber se havia funcionado ou não.

Meia hora depois, veio ao encontro deles um tipo de animal, uma espécie de bisonte. O animal veio bufando na direção deles. A grossa pelagem parecia a única coisa capaz de suportar o frio daquela região. Tinha chifres retos, porém curtos. Parecia muito forte.

Ben sacou a espada temendo que ele os atacasse, porém Leannah fez um gesto para que ele a guardasse. Leannah se adiantou e o animal se aproximou dela, porém Ben não guardou Herevel. O animal era mais alto do que ela. A garota tocou o focinho num gesto carinhoso, enquanto vapor saía das narinas dele. Ben viu que os olhos dele eram dóceis.

— Precisaremos de ajuda para completar a viagem — disse Leannah sem se virar, quase como se estivesse se desculpando pela necessidade. — Os bisontes são acostumados ao gelo, e podem enfrentar os desafios do Degrau. São animais fortes o bastante para fazer esta jornada. Eu, de fato, esperava algo mais veloz, porém, eles foram os únicos que atenderam ao nosso chamado. E, se conseguiram chegar até aqui, é porque existe um caminho para o topo do Degrau através dessas fendas. Eles podem nos levar até o campo dos behemots.

Ben manteve-se a uma distância segura do animal.

— Você vai me ajudar a subir ou vai ficar aí apenas olhando? — Perguntou Leannah impaciente.

Cauteloso, Ben guardou Herevel e se aproximou. Leannah se pendurou no dorso do animal e Ben a ajudou a se posicionar em cima dele. Em seguida, ela estendeu a mão para ele. Meio por instinto, Ben recuou.

— É o único modo de atravessarmos — ela disse com impaciência. — Precisaremos nos aquecer. Não temos o Olho de Olam, então, precisaremos de Herevel.

Desconcertado com as palavras dela, Ben tratou de subir no bisonte. De fato, não havia pensado que a espada podia, de algum modo, aquecê-los naquela jornada. Porém, os fragmentos do Olho, por certo, podiam.

Quando conseguiu se acomodar atrás da cantora de Havilá, Ben teve a sensação de que o bisonte daria a qualquer momento uma escaramuça e os lançaria no gelo. Mas o animal foi submisso aos comandos e se pôs a andar dentro da fenda.

Cerca de uma hora depois, Ben viu mais dois animais se aproximando em resposta ao chamado de Leannah. Os outros dois bisontes os acompanharam como se fossem escoltas. A essa altura, Leannah já havia mostrado como usar o poder de Herevel para se aquecerem.

— Porém, não poderemos usar muito calor dela — disse Leannah. — Há muitos desequilíbrios no norte, como disse o patriarca, e não devemos criar mais. Vamos usar o calor de Herevel apenas o suficiente para não congelarmos.

— Como você conseguiu chamá-los e controlá-los? Como sabe todas essas coisas sobre Herevel?

— O caminho da iluminação... Você recebeu dons, não recebeu?

Ben não respondeu, mas lembrou-se do modo como havia *conversado* com as árvores em Ganeden e também em Ellâh. Havia pensado que as árvores daquelas florestas eram mágicas, mas talvez fosse um dom que ele havia recebido no caminho da iluminação, apesar de não ter concluído o caminho.

Os chifres retos do bisonte não atrapalhavam o progresso pelos desfiladeiros, mesmo quando os bisontes passavam raspando as paredes de gelo. O caminho alternava túneis e pontes naturais bastante estreitas, e também algumas poucas aberturas onde a falha se abria até vinte metros de largura dando-lhes uma noção ainda mais aterradora da altura e da grandiosidade do Degrau.

Em vários momentos, eles precisavam seguir a pé por trilhas muito íngremes e estreitas. Por sorte, os bisontes conseguiam acompanhá-los sem grandes dificuldades.

Apesar de sentados no mesmo animal, os dois praticamente não se encostavam. E Leannah parecia tentar ficar o máximo possível na parte da frente do animal, a fim de que Ben não precisasse tocá-la. Tinham que ficar juntos para compartilhar o calor de Herevel.

— Como você espera convencer o líder dos behemots? — Perguntou Ben, pensando que se os behemots marchassem para o campo de batalha, poderiam fazer muitos estragos no exército shedim. Mas isso ainda lhe parecia algo impossível.

— Os behemots são criaturas mágicas, diferentes dos bisontes. Assim como os re'ims, eles não podem ser controlados ou convencidos. Depende de eles quererem fazer algo ou não.

— E você acha que eles desejarão entrar nessa guerra?

— Criaturas tão antigas seguem padrões de lógica diferentes. Sinceramente eu não sei dizer. Eles pensam que já obtiveram sua maior vitória quando Leviathan caiu. Podem não se interessar por outras batalhas, e talvez queiram seguir para lugares ainda mais longínquos ao norte. Mas espero que percebam que também estão em risco agora que o senhor das trevas retornou do Abadom.

— Quantos behemots ainda existem?

— Dezoito.

— Tudo isso? — Assombrou-se Ben. — Só havia um dragão-rei...

— Os behemots sempre agiram em cooperação. Ao contrário dos dragões, eles queriam a supremacia da raça, não de apenas um indivíduo.

— Então são mais sábios também.

— O limiar entre a sabedoria e a tolice pode ser bastante tênue algumas vezes — disse Leannah quase como um eco dos pensamentos de Ben há pouco. — Ninguém poderia dizer que Leviathan não era sábio, com todo o conhecimento que ele acumulou desde o início das eras, entretanto, sabedoria quando se torna poder, facilmente descai para tolice.

— Pena que a tolice não vire sabedoria com a mesma rapidez — lamentou Ben.

— É sempre mais fácil perder o que já foi conquistado do que ganhar.

Ben pensou por um instante a respeito daquilo. Porém, teve que concordar que ela estava certa. Segundos podiam levar embora conquistas de uma vida.

— Por que o patriarca disse que nós não encontraríamos o que buscamos no norte?

— Os behemots não são mais vistos há algum tempo — explicou Leannah. — Isso significa que, provavelmente, eles estão se retirando para algum lugar ainda mais ao norte.

— E como você pretende encontrá-los se temos tão pouco tempo?

— Eu vi algo no Espelho do Tempo. Ou melhor, eu ouvi algo... Não posso ir embora sem entender o que é.

O entardecer se infiltrou pela fenda lançando escuridão de cima para baixo. O branco do gelo ao redor resistiu às trevas da noite por algum tempo, mas não ofereceu luminosidade suficiente para uma jornada tranquila.

Quando tudo era praticamente breu, o bisonte que os carregava parou subitamente. Os outros dois animais também estacionaram farejando problemas no ar. Diante deles, um emaranhado de fendas causava desorientação, mas não era esse o problema, pois os animais pareciam conhecer o caminho e escolhiam as fendas corretas sempre que se deparavam com aqueles cruzamentos.

Logo todos começaram a ouvir rosnados e Ben percebeu que o desafio era de fato muito pior. Um tipo de animal com dente-de-sabre apareceu no caminho. Era inteiramente cinzento e peludo. A parte mais peluda ficava em cima do pescoço musculoso e numa parte do dorso. As patas eram grandes e os dois dentes salientes pareciam duas adagas prontas para rasgar carne.

Os três bisontes se agitaram quando viram seu predador natural. E o nervosismo se acentuou quando outros rosnados e vários olhos esverdeados começaram a surgir das fendas escuras.

Rapidamente, Ben tirou Herevel da bainha, mas Leannah antecipou-se e fez o bisonte adentrar uma das fendas, no que foi seguido pelos outros dois. Aquilo pareceu uma manobra em vão para Ben, pois a velocidade dos dentes-de-sabre era muito maior. De fato, ao olhar para trás, viu os olhos luminosos seguindo-os pela fenda.

Dois animais alcançaram o último bisonte e o derrubaram. Ben ainda viu o animal conseguir se levantar e enfrentar corajosamente os atacantes. Ele rebateu a nova investida dos predadores com seus chifres pontiagudos, mas era impossível se defender de um ataque múltiplo. Além disso, a fenda dificultava a movimentação do animal por causa do tamanho. Um dente-de-sabre mergulhou no pescoço do bisonte e o sangue escuro se espalhou sobre o gelo. A última coisa que Ben viu foi uma dúzia de animais pulando sobre o bisonte.

Percebendo que o animal abatido atrasaria pouco tempo os dentes-de-sabre, Ben usou Herevel para tentar interditar o caminho para trás. Após vários golpes nas paredes de gelo, alguns blocos se desprenderam e caíram no caminho. Ben visualizou uma quina de gelo que se dependurava na passagem, e a golpeou com Herevel. De fato, o gelo se rompeu e um grande bloco se interpôs. Porém, a trincadura subiu e pedaços de gelo começaram a despencar sobre toda a fenda. Um bloco de gelo de mais de cinco metros caiu bem ao lado deles.

— Para lá! — Indicou Leannah uma bifurcação atrás da qual um caminho se abria. Os estrondos do gelo caindo atrás deles davam a impressão de que o mundo estava desabando.

Quando alcançaram o vão, os bisontes estavam exaustos e Ben assustado com a reação em cadeia provocada pelo desmoronamento. Aos poucos, os estrondos finalmente diminuíram.

O lado positivo era que, provavelmente, tivesse conseguido bloquear a passagem para os dentes-de-sabre. O negativo era que ele não fazia ideia de como seria o retorno com o caminho totalmente interditado.

— Por que você não me deixou enfrentar os dentes-de-sabre? — Perguntou Ben, quando a noite recobrou a tranquilidade.

— Eram muitos — explicou Leannah com uma voz trêmula. — Você não conseguiria enfrentá-los sem ter que exigir muito poder de Herevel. Nós devemos evitar isso a todo custo, pois há um desequilíbrio aqui. Essa rachadura nem deveria existir. Somos intrusos. Nossa passagem por aqui precisa ser discreta, pois tudo o que fazemos pode se voltar contra nós, ou tomar proporções assustadoras. Os bisontes são presas naturais dos dente-de-sabre. Infelizmente, um deles precisou se sacrificar para nos salvar a todos.

Ben ouviu as explicações de Leannah, mas elas pareciam esconder algum temor maior, que ela não quis revelar.

— Acho que acabei de impossibilitar nosso retorno — observou Ben o caminho interditado atrás deles.

Leannah também estava claramente preocupada com aquilo.

— Há outros caminhos — ela falou apesar disso. — O mais importante agora é chegar ao destino. Vamos em frente. Ainda temos dois bisontes.

Já haviam percorrido uma boa distância do local onde foram atacados quando um dente-de-sabre conseguiu encontrá-los novamente. O animal faminto veio solitário na direção do bisonte que estava sem montaria. Ben acreditou que Leannah dispararia outra vez pelas fendas, mas ela permaneceu parada. O bisonte que os acompanhava enfrentou o atacante. Os chifres retos acertaram o dorso do dente-de-sabre quando este tentou perfurar o pescoço dele. O felino ficou dependurado nos chifres e num movimento brusco foi atirado num canto.

— Acho que foi uma vingança justa — disse Ben ao ver que o bisonte havia vencido o duelo. — Sozinhos eles não são tão fortes.

— Ninguém é — disse Leannah.

Ben olhou para o corpo do dente-de-sabre, e não sentiu pena, como havia sentido do bisonte morto por eles.

— Vamos embora antes que os outros venham — ordenou Leannah.

Aquilo era tudo o que Ben desejava ouvir, pois estava pensando justamente nisso.

A noite passou devagar sobre as fendas do Degrau. Ben enxergava as estrelas pontilhando as aberturas irregulares mais de mil metros acima. Graças a elas sabiam como se manter na direção do norte. Mas Ben não queria imaginar o que aconteceria se uma tempestade cobrisse o céu. Herevel continuou a aquecê-los, porém apesar de Leannah estar tão perto, a postura fria dela fazia com que Ben sentisse ainda mais implacável toda a solidão do norte.

De quando em quando ouviam novamente os rosnados, mas eles pareciam ter ficado definitivamente para trás.

7 — O Campo dos Behemots

Boker cortava as correntes com naturalidade, sentindo-se à vontade sobre as nuvens cinzentas, sobrevoando o canal entre Sinim e Olam. Adin inclinava-se sobre o animal a fim de não enfrentar o vento gelado que ainda causava ardência em suas queimaduras. As patas brancas moviam-se no vazio em sincronia com as longas asas.

O re'im branco era robusto, e embora a velocidade não fosse sua principal característica, não levaria muito tempo para atravessar o canal, de fato, nada que pudesse ser comparado à noite de terrores que haviam enfrentado quando atravessaram no barco do velho pescador aquele mesmo canal no sentido contrário.

A posição inclinada sobre o re'im tornava a cavalgada mais segura, pois havia menos risco de se desequilibrar e cair sobre o Yam Kademony. Ainda se sentia fraco apesar de estar bem alimentado e de ter dormido razoavelmente durante aqueles dois dias em Urim. A fraqueza que sentia naquele momento não era física, era na alma. Porém, precisaria tanto do corpo quanto do espírito fortes para desempenhar a função que Thamam havia lhe dado.

O jovem de Havilá evitava olhar para trás. Sabia que a figura majestosa do farol de Sinim diminuía no horizonte enquanto ele se afastava. A maior das construções de Sinim não lhe despertava mais interesse. Nada mais despertava...

Dessa vez não se despedira de Chozeh. Apesar de haver tentado...

Nos dois dias seguintes após a conversa com Thamam, quando o Melek revelou a tarefa que esperava que Adin realizasse, ele praticamente não viu a jovem rainha, exceto em duas ocasiões, quando a enxergou de longe andando no jardim do grande palácio. Na primeira, ela estava acompanhada de um homem que Adin não conhecia, mas podia ver pelas roupas se tratar de um nobre. O homem tinha cabelos loiros como os dela, e aparentava ser um pouco mais velho do que Ben. Adin imaginou que fosse o chefe dos hartummîm, o qual, Thamam havia pedido que fosse chamado ao palácio.

Os hartummîm eram uma antiga classe de magos em Sinim. Eles conheciam os segredos das estrelas e de poções de cura feitas através de plantas. O nome daquele homem era Leváh, e ele foi chefe dos hartummîm por muitos anos em Sinim, até que, acusado de traição pelo homem que se tornou chefe depois dele, foi banido da capital. Porém, a rainha havia autorizado o retorno dele, a pedido de Thamam. Aparentemente, Thamam acreditava na inocência do homem.

Na segunda e última vez que a viu, justamente quando pensou em se despedir, ela estava novamente andando com o homem pelos jardins. Adin sentiu uma ponta de tristeza quando viu Chozeh conversando animadamente com ele. Soube que os dois eram parentes, e que já haviam sido muito próximos no passado, antes que o homem fosse acusado de traição e banido. Ele estava realmente decidido a se aproximar e dizer para onde ia. Talvez pudesse se despedir como naquele dia em que partiu para o Oriente com Tzvan... Quem sabe pudesse sentir mais uma vez as mãos dela segurando as suas em sinal de agradecimento, ou algo mais... Talvez, pudesse se redimir de todos os erros que havia cometido. Mas ao lembrar-se que Thamam exigira absoluto segredo sobre o destino e a missão — a qual lhe parecia completamente impossível —, só lhe restou ficar olhando para ela por algum tempo, com uma sensação dolorosa de que poderia ser a última. Sentiu algo em seu peito se rasgando quando o homem segurou as duas mãos dela e disse palavras que a fez sorrir. Naquele momento, Adin abandonou o jardim e foi procurar Thamam para dizer que estava pronto para partir.

As águas cinzentas do Yam Kademony dominaram toda a paisagem por alguns instantes, pois não era possível ver as terras de Sinim atrás e nem as terras de Olam à frente. Por algum tempo, a única cor do mundo foi o cinza das nuvens refletido no mar. As asas vigorosas de Boker não se abalavam nem mesmo quando atravessavam alguma forte corrente de vento que subia ou descia. Essa, sem dúvida, era a principal virtude do animal: equilíbrio. Cavalgá-lo em batalha seria uma vantagem extraordinária, especialmente para enfrentar tannînins. Porém, Adin sabia que nenhuma batalha honrosa estava em seu caminho naquele momento. O que precisava fazer estava muito longe de poder ser considerado nobre.

Apesar do desânimo e dos desafios daquela jornada, precisava admitir que era mais confortável cavalgar um re'im do que ser conduzido preso às garras de um tannîn. Ao final, Adin precisava também admitir que os próprios tannînins haviam colaborado para a libertação deles, pois se não os tivessem retirado das terras brasas, seria muito difícil eles terem sido resgatados pelos barcos de Sinim.

As ações de El perpassam todas as ações realizadas neste mundo, quer sejam boas quer sejam más. Ao final, todas essas ações contribuem para o cumprimento dos propósitos de El.

Esta havia sido a explicação de Thamam para o ocorrido. Adin já não recebia as palavras dele com a mesma credulidade de antes, mas ainda assim precisava admitir que pareciam lógicas.

Adin carregava uma espada. Durante as batalhas contra os bárbaros, poucas vezes ele havia entrado diretamente nos confrontos. A parte que lhe cabia era a estratégia. Ordenava a movimentação das tropas, antevia os movimentos dos adversários, estudava detalhadamente o terreno do combate para saber quais pontos poderiam ser favoráveis ou desfavoráveis na hora do combate. Parecia que seu antigo interesse por detalhes sobre plantas, pedras e insetos havia sido potencializado para uma compreensão ampla sobre como os rios, as florestas, as encostas e as rochas podiam interferir nos combates ou serem usados contra os inimigos. Porém, para a missão que tinha diante de si, embora acreditasse que essas habilidades poderiam ser úteis, tinha absoluta certeza de que não seriam suficientes. Era o único soldado agora, então, em algum momento, provavelmente não poderia fugir da luta direta.

Se cumprisse a missão que Thamam lhe conferira, talvez, pudesse voltar logo para Sinim. Esse pensamento lhe servia de consolo, mesmo sabendo intimamente que estava se dirigindo como um cordeiro para o covil do lobo. E poderia haver mais de um lobo lá.

Os lobos não costumam esperar que cordeiros os visitem, disse Thamam quando lhe fez a comparação. Ele havia tentado dizer ao velho Melek que a chance de sucesso era mínima naquela missão, mas o Melek sempre tinha uma maneira de ver o outro lado das situações. Adin sentiu vontade de responder ao Melek algo como: o senhor diz isso porque não é o cordeiro dessa história.

Não que Adin tivesse medo de morrer. De certo modo, até ansiava por isso. Mas preferia morrer no oriente e não no ocidente. Era para lá que planejava ir. Assim que possível, retornaria ao oriente. Tinha contas a acertar com os bárbaros. Preferia morrer como um leão devorado por chacais, do que como um cordeiro. Pelo menos conseguiria levar alguns chacais junto.

O chifre de Boker brilhou quando avistaram terra firme. A estratégia inicial era manterem-se ocultos pelo mais tempo que fosse possível. Esperava que as habilidades do re'im fossem suficientes para surpreender o inimigo. Invisibilidade, naquelas circunstâncias, era um trunfo considerável, por isso sentiu-se mais seguro quando viu o brilho do chifre. Mas não podia subestimar o poder do adversário, especialmente um adversário que podia manipular magia antiga.

A Velha Montanha surgiu no horizonte parecendo um imenso vulcão. De fato, fumaça subia do topo e misturava-se com as nuvens escuras que cobriam a cidade.

A montanha solitária era larga e achatada no topo. Ao redor dela, subindo as encostas até onde era possível, a cidade havia sido construída de uma maneira bastante irregular. Uma grande muralha no chão cercava a montanha. No topo achatado, também protegida por outra muralha, estava a cidadela, o local onde os nobres moravam antes do dragão-rei pousar lá e fazer dela uma espécie de ninho.

Adin não conhecia Nod, mas já ouvira falar muitas coisas sobre a mais antiga cidade de Olam. Além disso, havia estudado detalhadamente a cidade antes de se dirigir para lá. Precisou compreender suas duas partes, a cidade baixa e a alta. Na baixa que ia do pé da montanha até a metade vivia a população pobre. Aquela região era protegida pela grande muralha externa que havia resistido por quase três meses ao cerco dos vassalos até que o exército de Ellâh chegasse para libertá-la, graças à inesperada intervenção de Leviathan. Porém, o objetivo de Adin era a cidadela, a parte que ficava no topo da montanha, protegida pela muralha interior, onde os velhos e agora deteriorados palácios dos nobres se elevavam a quase trezentos metros de altura do chão do planalto. No entanto, após todos os acontecimentos, talvez tudo estivesse modificado em Nod. Thamam disse que deviam esperar pelo pior.

Boker se aproximou do cone da Velha Montanha e Adin viu os focos de incêndio espalhados pelas ruas caóticas. Outra batalha parecia ter acontecido ali. As marcas escuras, um pouco mais antigas, do fogo de Leviathan também se destacavam nas paredes de pedra das duas muralhas, e também nas casas. Adin não queria nem imaginar o que deveria ter sido o ataque do monstro, ou o terror que os habitantes sentiram quando o dragão-rei despejou sua fúria sobre a cidade.

Tzizah contara como Ben havia atraído o dragão para longe, expulsando-o, depois, com o gelo luminoso dos rions. Aquela não foi a primeira vez que o guardião de livros fez a loucura de desafiar um monstro. Lembrava-se dele, em Midebar Hakadar, segurando a espada de Kenan, enquanto a saraph voava em sua direção. De algum modo, as coisas funcionavam para Ben. Suas atitudes impulsivas acabavam sendo bem-sucedidas.

Talvez os céus recompensem o heroísmo. Especialmente o heroísmo insano — pensou Adin. — *Então, talvez estejam comigo agora também.*

Boker bateu asas e mergulhou na direção de Nod. Adin viu a montanha solitária se aproximar. Só podia contar com a invisibilidade enquanto estivesse montado em Boker, e logo teria que abandonar o animal. Se pudesse pousar na cidadela encurtaria muito a distância, mas aumentaria os riscos, pois certamente havia soldados vigiando a muralha interior. E, ao ver tannînins sobrevoando o alto dos palácios, Adin desistiu definitivamente de ir para lá, e dirigiu Boker para a cidade baixa. Mesmo assim não foi fácil encontrar um pedaço de estrada que estivesse suficientemente vazio a fim de que o re'im pudesse pousar.

Um redemoinho de ciscos e fuligem se formou quando Boker tocou o solo causando desorientação nas poucas pessoas que observavam a rua de dentro das casas fechadas. Subitamente, o redemoinho subiu aos céus quando Boker se elevou deixando um homem vestindo um manto cinzento desgastado em seu lugar.

Adin não podia mais contar com a invisibilidade do chifre de Boker, mas podia se vestir do mesmo modo que a população pobre da cidade baixa, e isso também era um tipo de invisibilidade.

Apesar do alerta de Thamam sobre esperar o pior, o jovem de Havilá não imaginou que sentiria tanta opressão maligna na cidade. Algum tipo de mal inominável movia-se nas sombras daquele lugar. Adin viu alguns moradores dentro das casas e percebeu que a silenciosa força maligna estava transformando as pessoas. Viu rostos descarnados, mãos esqueléticas e olhos mortos na escuridão. Magia antiga em sua pior valência estava sendo invocada ali. Segundo Thamam, isso também era esperado.

O ser humano luta contra seu pior inimigo quando enfrenta a si mesmo e olha para dentro de si — disse Thamam quando Adin lhe perguntou sobre se a magia do Abadom era boa ou má. — *Ela não é boa nem má* — complementou o Melek — *como todos os demais recursos da criação, depende do uso que lhe é dado. Mas não podemos esperar um uso benéfico da magia antiga por parte do jovem latash.*

Todos aqueles que desejam muito o poder, somente o saberão utilizar de uma maneira negativa e egoísta, até que, por fim, sejam consumidos por ele.

Adin apressou o passo em direção à cidadela. Não ignorava o longo percurso até o alto, mas agora via-o de maneira muito pior por causa dos escombros e focos de incêndio que tomavam conta do caminho. Ele levaria várias horas para conseguir chegar ao alto da cidade, e depois ainda teria que passar pelos guardas.

Thamam disse que Anamim deveria estar nas profundezas da cidade, porém, elas só poderiam ser acessadas a partir de dois lugares. Um deles ficava lá no alto, e podia ser acessado por baixo do trono de mármore preto ou pelas masmorras. O outro desafiava toda a lógica e a sanidade mental de uma pessoa. Por esse motivo, apesar do grande número de soldados na cidadela, Adin ainda pensava que o caminho pelo alto era o mais fácil.

Não sabia como Thamam tinha todas aquelas informações. Em Olamir, sentira-se manipulado por ele. De certo modo, só iniciaram o caminho da iluminação por causa dele. E agora, mais uma vez, havia sido manipulado para deixar Sinim e se dirigir até Nod. Em nenhum momento havia se sentido obrigado a fazer isso, no fundo, realmente desejara se afastar de Chozeh a fim de lhe deixar em paz, mas talvez essa fosse a manipulação mais convincente, a que faz com que a própria pessoa tenha suas razões para fazer o que o outro deseja.

— *Eu iria até Nod pessoalmente* — disse o Melek antes que Adin deixasse Urim. — *Talvez, eu ainda tenha que fazer isso. Mas, por ora, preciso permanecer aqui e arrumar as coisas. Se você conseguir pegar os pergaminhos, volte para Sinim. Traga os pergaminhos para mim.*

— Mas como os encontrarei?

— *Eles estão em Nod. Anamim está com os outros dois. Você deverá roubá-los. Eu precisarei reunir os três pergaminhos para conseguir deter a escuridão.*

Adin se fixou na subida que tinha diante de seus olhos e percebeu que seria ainda mais difícil. O caminho para a cidadela estava totalmente interditado. Escombros e monturos de pedras bloqueavam o acesso ao portão secundário.

As duas cidades estavam separadas, o acesso bloqueado. Adin percebeu que não conseguiria chegar à cidadela pelo caminho normal, e não sabia se havia outra maneira.

Sentiu o desespero crescer ao ver que sobre a muralha interna, tannînins se empoleiravam e vigiavam a cidade baixa. Thamam não disse que os tannînins poderiam estar lá. Isso aumentava grandemente a chance de insucesso naquela missão já praticamente fracassada.

Adin perambulou pela estrada desviando-se dos monturos, tentando identificar uma maneira de subir, mas naquela região só havia aquele acesso, a menos que ele se dispusesse a escalar a montanha e a própria muralha.

Ouviu movimentação atrás de si e percebeu que algumas pessoas estavam deixando os casebres e estábulos. Esfarrapados e cheios de escoriações, moviam-se de maneira esquisita, possuídos por alguma energia maligna. Adin percebeu que vinham em sua direção e tentou se esconder deles. Os habitantes da cidade baixa continuavam a sair das casas e esconderijos. Ele precisou sacar a espada e ameaçar os homens, porém isso não surtiu efeito. Chegou até mesmo a golpear um deles quando se aproximou, ferindo-o no ombro, mas nem isso deteve o homem.

Percebeu que os tannînins estavam atentos àquela movimentação, porém, não haviam se mexido, acreditando se tratar de alguma confusão entre os moradores da cidade baixa.

Adin se livrou do cerco e correu, percebendo que as pessoas vinham atrás dele. Sem opção, assobiou e chamou Boker outra vez. Só soube que o re'im havia chegado quando viu folhas e ciscos girando perto dali. As pessoas da cidade o haviam cercado novamente e ele teve que empurrá-las para conseguir escapar. Distribuiu vários golpes de espada até que conseguiu adentrar o redemoinho e abandonar a Velha Montanha. Deixou abaixo cerca de quarenta homens desorientados.

Adin compreendeu que não havia como alcançar a cidadela por terra. Talvez, Thamam tivesse que encontrar outro modo de roubar o pergaminho de Anamim. Não havia a mínima possibilidade de chegar em segredo nas profundezas de Nod como ele havia lhe pedido.

Boker decolou vigorosamente, as asas movimentando-se em sincronia. Adin não pretendia voltar para Sinim, até porque seria difícil encarar Thamam sem ter realizado a missão. Só havia um lugar no mundo em que ele desejava ir naquele momento. Levaria um ou dois dias para chegar até a fronteira de Sinim com as terras brasas. Aquela espada poderia punir algumas dezenas de bárbaros. Mesmo sabendo que o rei dos bárbaros estava morto, a sede de vingança fazia com que ele não distinguisse adversários. Só queria destruí-los até ser destruído.

Quando comunicou mentalmente ao re'im onde pretendia ir, Boker movimentou-se bruscamente em claro sinal de desaprovação. Adin pressionou as rédeas e tentou obrigá-lo a obedecer. O animal tentou resistir outra vez e Adin pressionou mais. Por um momento, a batalha entre os dois fez com que Boker perdesse altitude. Só então Adin percebeu o erro que havia cometido. O desentendimento entre os dois fez com que Boker eliminasse a invisibilidade deles. Adin percebeu a movimentação atrás. Dessa vez anteviu-os antes que fosse tarde demais. Dois dragões vinham em seu encalço.

Adin liberou a pressão que fazia sobre Boker para que ele pudesse se elevar e ganhar velocidade. O chifre do re'im brilhou e a invisibilidade se refez. Mas era tarde demais. Os dragões os haviam farejado. A invisibilidade não mais os ocultaria dos inimigos.

Os primeiros jatos de fogo disparados pelos tannînins não chegaram tão próximos, mas Adin sabia que era só uma questão de tempo até serem atingidos. No alto da cidadela, viu mais asas escuras se movendo.

Ficou claro que Boker não conseguiria fugir dos dragões carregando peso extra. O esforço por se elevar após ter perdido altitude o colocou em desvantagem contra os dragões.

Uma batalha aérea contra vários tannînins teria pouca chance de vitória, por isso só lhe restava abandonar Boker, ou ambos seriam destruídos. O re'im poderia tentar fugir sozinho, enquanto ele tentaria atrair os dragões e se esconder em algum esconderijo em terra. Certamente, os dragões estariam mais interessados em persegui-lo do que perseguir Boker. E se conseguisse fugir deles, talvez depois Boker pudesse resgatá-lo.

Atendendo àquele instinto, fez Boker mergulhar. Visualizou a mata que cobria a encosta da montanha e conduziu o re'im naquela direção. A encosta se aproximou rapidamente. Adin não sabia como faria para pousar. Tinha que fazer tudo muito rápido, ou seriam atingidos pelo fogo dos tannînins. Então, subitamente ele enxergou a cachoeira e viu o lago que se formava com a queda. Lembrou-se do que Thamam havia falado sobre a outra entrada para o submundo. Não queria ir para lá, mas essa parecia a única saída que o destino lhe oferecia. Quando pressentiu que o fogo os atingiria, Adin saltou de Boker, deixando-o livre para se ocultar dos dragões.

Enquanto caía na direção do lago, como imaginou, viu os dragões vindo atrás dele.

* * * * *
* * * *

A pisada dos animais era seca dentro do degrau, e isso não tornava a viagem confortável, mas, a grossa pelagem aliviava um pouco os solavancos e também ajudava contra o frio. Mas para vencer o inimigo invisível, eles precisavam ficar próximos, compartilhando os mantos, a fim de que Herevel os aquecesse, sem causar queimaduras neles, ou desequilíbrios no norte. Por causa do frio, Leannah se permitiu ficar mais próxima de Ben, porém seguia em uma posição rígida, como se estivesse fazendo aquilo contra a vontade.

Ben entendia cada vez menos aquela relutância. Principalmente, porque Leannah havia mudado de uma hora para outra. Era verdade que desde que ela havia saído do templo das águas, nunca mais foi a garota de antes. Não parecia mais dependente dele, seus olhares não se cruzavam mais como outrora. Porém, ele ainda desconfiava que ela alimentava sentimentos por ele, apesar de manter certa distância. Mas desde o dia anterior, desde que adentraram o salão do tempo em Kerachir, Leannah parecia subitamente rígida e fria como o gelo. Isso não transparecia nas palavras dela que continuavam sendo gentis, mas sempre que os dois estavam próximos, ou um esbarrava o outro, Leannah parecia se retrair. Ben estava cada vez mais angustiado por não saber o que ela havia visto no salão dos espelhos de Kerachir.

A presença de Leannah tão perto despertava no guardião de livros lembranças e anseios que ele não imaginava que ainda teria. O sentimento de rejeição causado pelas atitudes de Tzizah havia produzido feridas não cicatrizadas. E agora Leannah também o tratava com frieza sem que ele entendesse o motivo... Ficava se perguntando se havia feito ou falado algo errado...

Ben sentia cada vez mais uma admiração profunda por ela. Não sabia colocar isso em palavras, nem de fato pensava em fazer isso, mas tinha a impressão de que agora era ele quem o tempo todo procurava por ela com o olhar, como se ela fosse um porto seguro, uma estrela capaz de guiá-lo através da noite escura.

Não sentiria por ela aquela paixão desenfreada, aquele fascínio que sentira pela filha de Thamam. Aquilo foi um estranho e consumidor desejo, que o levava a querer sacrificar tudo só para ficar um instante ao lado dela. Havia, certamente, uma grande dose de ingenuidade e de fascínio naquele sentimento causado inicialmente pelo encontro debaixo das bétulas, e depois também ao descobrir quem ela era de fato. Porém, ao mesmo tempo, era difícil ficar mais do que apenas um instante ao lado de Tzizah. Como alguém que estica a mão ao fogo e sente o calor desejável, mas não consegue fazer isso por muito tempo, assim Ben se sentia quando estava perto dela. Sempre havia aquela inquietação, aquele senso de deslocamento, de inadequação quando estava ao lado da princesa de Olamir. Isso, por outro lado, nunca acontecia quando estava perto de Leannah. Ficar ao lado dela era como permanecer sob uma árvore refrescante em dia de sol e calor. O coração não disparava com a mesma intensidade, mas, por outro lado, não havia motivos para se retrair.

Quando a cantora de Havilá adormeceu, Ben segurou-a pela cintura para que não caísse. Depois, deixou que ela escorregasse para trás e se apoiasse em seu peito. Ela estava tão cansada da jornada que não ofereceu resistência. E ele só queria mesmo que ela pudesse descansar um pouco. O que quer que estivesse na rota deles naqueles dias, ou nos próximos, caso conseguissem o feito de retornar para Olam, certamente exigiria muito dela, como portadora do Olho de Olam. Ben sabia que naquele momento, todos os olhos da escuridão estavam voltados para ela, mais até do que para ele mesmo.

Boa parte daquela noite, eles passaram naquela posição, enquanto os solavancos dos bisontes faziam o mundo balançar.

Ben precisava ficar acordado. Temia os riscos que aquela jornada noturna ainda podia esconder. O começo não foi nada promissor com o ataque dos dentes-de-sabre.

Ele precisava admitir que apesar de manejar Herevel, todos os seus maiores feitos até aquele momento haviam acontecido meio por acaso. Fora assim com a saraph e com o próprio Leviathan. Mas ele sabia que não podia esperar que a sorte estivesse sempre do seu lado. Aliás, nesse sentido, ela parecia já ter partido há algum tempo, deixando apenas o peso da responsabilidade de administrar um renome que ele não havia feito nada para merecer.

O calor do corpo de Leannah transmitia uma sensação agradável e ele envolveu-a pela cintura com os braços de maneira ainda mais próxima. Ela sussurrou algumas palavras de protesto, mas não teve forças para se afastar.

— Apenas descanse — ele sussurrou próximo ao ouvido dela. — Eu vou cuidar de você. Deixe-me fazer apenas isso.

Senti-la tão próxima, após todo o tempo em que passaram separados, fazia o coração se aquietar. Lembrou-se principalmente daquela noite no oásis, no início da jornada, em que dormiram na mesma rede, e o perfume dos cabelos dela lhe trazia lembranças das quais ele desejava fugir naquele tempo. Mas agora, curiosamente, tudo o que desejava era sentir novamente aquele perfume das flores de Havilá que lhe falava dos dias passados, dos tempos singelos quando, apesar de tudo, tinha um lar.

Ben tinha uma consciência dolorida de que, de fato, teve um lar, mesmo sem jamais ter entendido ou valorizado isso. Possuía tão poucas respostas naquele tempo em que era só um menino em Havilá, e na época isso o angustiava tanto. Só agora percebia que isso também podia ser uma bênção. Nem sempre o conhecimento era recompensador.

Quando Yareah minguante surgiu tão próxima sobre as montanhas como um imenso globo apagado desprendendo um único fiozinho insignificante de uma luz pálida, Ben fez Leannah se aproximar mais um pouco, a fim de que ela pudesse dormir mais confortavelmente. Mesmo semiadormecida, ela se virou sobre o bisonte, passando as pernas para o lado a fim de se aconchegar mais no abraço dele. A posição ofereceu um pouco de sustentação e, instantes depois, mesmo contra a vontade, Ben também cochilou.

Seus sonhos foram conturbados como sempre, mas em momento algum ele perdeu a consciência de que abraçava Leannah, mesmo tentando negar o prazer que sentia ao fazer isso. Não sonhou com o portal pela primeira vez em todas aquelas noites.

O segundo dia amanheceu, mas praticamente não viram o sol, pois o caminho foi inteiramente por túneis que os livrava do frio exterior, porém tornava o progresso ainda mais lento.

Durante o dia, Leannah voltou a manter a posição rígida, tentando ficar longe dele. Ben aceitou a atitude dela, pois a última coisa que queria era discutir com ela naquele momento. Porém, quando percebeu que isso representava uma grande luta para ela, ficou confuso.

Talvez ela estivesse agindo daquela maneira por tomar consciência cada vez mais profunda das implicações a respeito da origem dele. Antes, ela parecia ter decidido acreditar que a tragédia não era tão grande, e talvez, estivesse fazendo isso por piedade, mas em algum momento, teria que enfrentar a realidade. Provavelmente, *aquele* estivesse sendo o momento.

Ben sugeriu que ele poderia montar o outro bisonte durante o dia, a fim de não sobrecarregar apenas um animal, e poderia deixar Herevel com ela, porém Leannah não concordou.

— Você não pode correr o risco de adoecer agora — ela respondeu.

Ao ver tantas grutas e bifurcações no caminho, Ben poderia acreditar que estava retornando para as cidades douradas dos dakh nas profundezas das Harim Adomim, não fosse o fato de que ali havia apenas gelo. Durante todo o percurso daquele dia, não viram qualquer movimentação de pessoas ou animais... Não que Ben desejasse ver algo... Seus pensamentos só retornavam à noite anterior, para o longo tempo em que viajaram abraçados sobre o bisonte, sentindo um pouco de timidez por ter feito aquilo, e ao mesmo tempo, um desejo crescente de que a noite chegasse outra vez.

— O que o patriarca quis dizer com encontrar as respostas no portal? — Perguntou Ben, após um longo silêncio que havia se estabelecido entre os dois, desde o amanhecer.

Leannah estava concentrada, seus pensamentos estavam distantes, e ela demorou algum tempo para responder à pergunta.

— Após a morte todos os segredos desaparecem. As respostas para tudo estão lá. Aqui precisamos conviver com muitos segredos, pois eles são necessários para as escolhas que precisamos fazer. Não compreender todas as coisas torna nossas ações nobres, espontâneas, porque as fazemos por causa delas mesmas, e não por algum motivo externo.

— Então é preciso morrer para descobrir a verdade — disse Ben com ironia.
— Mas depois da morte, por que alguém precisaria de respostas?

— Nesta vida é difícil para nós compreendermos que possa existir algo maior e mais importante do que a nossa própria vida. Achamos que tudo precisa servir aos nossos propósitos presentes. No fundo, somos reféns de uma grande cegueira. Não conseguimos olhar ao redor e perceber que *tudo* é mais antigo do que nós. Essas geleiras estão aqui há tanto tempo. Perto delas, nós somos só um sopro. As estrelas estão aí em cima há tanto tempo. O que nós somos perto delas? Se conseguíssemos entender o quanto a nossa vida é passageira, talvez conseguíssemos sabedoria para valorizá-la como deve ser valorizada, sem exageros ou deméritos, compreendendo que ela é apenas uma curta passagem num universo antigo e cheio de propósitos. Ainda assim, apesar de curta, nossa vida está dentro desses grandes propósitos do universo, e serve a eles de maneiras impensáveis para nós. Se pudéssemos compreender o quanto uma vida verdadeiramente bem vivida pode ser bela...

— A sua vida é bela... como você — disse Ben, e logo se arrependeu de ter dito isso.

Leannah corou momentaneamente.

— Você diz isso porque eu carrego o Olho de Olam — ela respondeu.

— Qualquer joia tende a deixar uma mulher mais bonita — brincou Ben. — Mas você realmente não precisa dela. A sua vida é bela porque você sempre teve algo que eu nunca tive.

— E o que seria isso?
— Esperança.

Ben viu uma lágrima brilhante descer pelo rosto delicado dela.

— Eu queria que você soubesse — continuou Ben —, que eu jamais quis ferir seus sentimentos. Eu jamais quis...

Leannah enxugou a lágrima com as costas da mão e voltou a se concentrar no caminho.

— Eu sei — ela disse, tentando não transparecer mágoa nas palavras, ainda que dissesse aquilo com certa firmeza. — Não somos livres para escolher certas coisas... Não mandamos em decisões de nosso próprio coração. Eu respeito sua decisão. Farei o possível para honrá-la. E serei sua amiga para sempre. Estarei ao seu lado sempre que precisar, como uma verdadeira amiga deve estar.

Ben sentiu vontade de dizer que Tzizah era algo do passado. Que ele já havia conseguido superar aquilo, que não alimentava mais nenhum sentimento ou aspiração impossível por ela. Mas, por algum motivo, não conseguiu falar. Sentiu uma estranha timidez que o impediu de abrir o coração.

— Quanto ao portal — continuou Leannah —, eu tenho pensado a respeito do significado dessa sua visão ou sonho. Sobre como isso poderia ser útil para o caminho que você precisa percorrer. Eu espero logo ter uma resposta mais consistente para lhe dar, mas eu acho que, o portal, talvez não seja uma coisa necessariamente ruim.

O olhar de Ben não precisava de tradução, era pura confusão.

— Se você sabe de algo que eu não sei, fale logo — insistiu Ben.

Leannah sorriu. Era a primeira vez que ela sorria desde que partiram de Kerachir. No sorriso dela estava a frase *há muitas coisas que você não sabe*.

Porém, ela decidiu falar daquela vez.

— Quando o patriarca mencionou que no "portal" você pode encontrar a verdade sobre si mesmo, acredito que ele estava falando sério. Tecnicamente é possível ir até lá e voltar. Você mesmo já foi e voltou, ainda que não tenha entendido isso.

— Como? Como isso pode ser feito? Onde fica o portal?

— Eu acredito que ele seja uma espécie de passagem para o além. É claro que não é algo material. No seu caso, foi o modo como ele se revelou para você, a fim de que você pudesse compreender que ele é uma passagem.

— Então, o portal é realmente a morte?

— De certo modo sim.

— Mas, então, eu volto ao ponto inicial. De que adiantaria conhecer a verdade somente após a morte?

— Em algumas situações, as pedras curadoras podem ser usadas para trazer alguém de volta, como Thamam e Anamim fizeram, se bem que você ainda não tinha atravessado o portal... Mas, de qualquer modo, isso é muito incerto. Eu não me arriscaria a tentar fazer. Mas a morte não é a única maneira de atravessar o portal.

— Como assim?

— Quando você esteve entre os dakh, eles mencionaram as "terras imortais"?

Ben pensou antes de responder.

— Acredito que eles nunca usaram essa expressão, pelo menos não que eu me lembre, porém mencionaram a existência de "câmaras ocidentais", algo deixado pelos kedoshins, onde eles poderiam viver sem dor ou sofrimento. Isso era uma lenda deles.

— Eles acreditavam que era possível ir até esse lugar?

— Acreditavam. Por causa de um desenho... Pelo menos parte dos intérpretes acreditava que era a missão do bahîr guiá-los para as câmaras ocidentais, onde poderiam viver em felicidade perene, longe de toda a dor e destruição desse mundo. Mas obviamente os novos intérpretes estavam errados. A missão do bahîr era ir até o Abadom para trazer o fogo tenebroso. Ao contrário dos rions, os dakh veem o destino como algo bastante aberto...

— E por que motivo você não levou o fogo tenebroso para eles?

— Quando eu cheguei até os portões do Abadom, compreendi que não devia fazer isso. Me parecia que ainda não era o momento certo...

— Talvez, os novos intérpretes não estivessem totalmente errados. As câmaras ocidentais existem. É um lugar intermediário, construído pelos Kedoshins, que possibilitou a retirada deles deste mundo. O lugar continuará existindo até que o juízo final seja impetrado sobre esse mundo. Se você conseguir chegar até esse lugar, encontrará as respostas.

— Então, os dakh estavam certos? Eles poderiam seguir para as câmaras, para as terras imortais? Eu devia tê-los conduzido até aquele lugar?

— Tecnicamente sim, mas só depois de ter levado o fogo tenebroso para eles. É para lá que os rions pretendem ir também. Os dakh, assim como os rions, não são seres humanos. Foram formados antes dos homens e não se enquadram nem na categoria de espírito nem na de homens. Por isso, se conseguissem chegar até as câmaras ocidentais poderiam viver lá pelo menos até o dia do Grande Juízo.

— Então, as câmaras ocidentais e as terras imortais não são o mesmo lugar?

— As câmaras são uma espécie de passagem para as terras imortais. Porém, as terras imortais somente poderão ser acessadas após o fim desta era. Por isso, as câmaras são um lugar intermediário. Os rions e os dakh não podem passar para as terras imortais, mesmo que cheguem até as câmaras. Terão que esperar o Juízo. As terras imortais somente estarão disponíveis após o Juízo. O portal dá acesso às câmaras.

— Então, o patriarca está dizendo que eu preciso acompanhá-los se eu quiser saber a verdade sobre mim mesmo?

— Exatamente.

— E eu posso fazer isso?

— Quando a passagem se abrir em Kerachir, tecnicamente não há nada que impeça você de ir com eles.

— Então é por isso? — Compreendeu Ben. — É por isso que você está brava? Você acha que eu irei com eles?

Leannah ficou rígida mais uma vez.

— Eu não pretendo ir com eles... — disse Ben, pensando que assim, talvez, ela ficasse mais animada. — Descobrir a verdade sobre mim mesmo não é mais importante no momento do que ficar e lutar. Além disso, eu acho que não preciso descobrir a verdade.

— Eu sei que você não irá com eles — ela respondeu, retomando o tom frio do dia anterior. — E eu não estou brava.

— E como você pode ter certeza disso? — Respondeu Ben, zangado por causa do tom de voz dela.

— Em breve você verá.

Logo à frente, o desfiladeiro voltou a se estreitar consideravelmente, e eles não puderam mais conversar. Ben teve que permitir que Leannah guiasse o bisonte, e ele se manteve atrás, em silêncio para não a atrapalhar, pois passavam ao lado de desfiladeiros cada vez mais altos. O terreno havia ficado muito íngreme e eles estavam subindo. Mas os bisontes tinham muita força e conseguiram transpor aquela elevação dentro da falha. Eles já haviam passado por várias elevações como aquela, e isso indicava que estavam bastante acima do ponto em que haviam adentrado. De fato, o céu acima não parecia mais estar tão distante.

Quando o desfiladeiro se abriu novamente, por algum tempo, Ben continuou silencioso atrás de Leannah. Ele usava o grosso manto de peles para se cobrir inteiramente, pois quanto mais subiam, mais frio ficava, apesar de Herevel manter um mínimo de conforto.

Quando o final da tarde se aproximava, Ben recomeçou a conversa.

— Algum dia, você acha, que ocorrerá? Você sabe... O juízo... Era para ter acontecido... Em Nod... Agora o patriarca disse que isso não mais acontecerá.

— É uma questão de justiça — disse Leannah também usando o manto para se cobrir. — Há uma justiça final sobre esse mundo. Um dia ela se estabelecerá. Ninguém pode dizer quando, mas isso não significa que não acontecerá. O poder que rege a existência, por vezes, parece deixar as coisas seguirem o rumo por suas próprias leis ou pela cooperação de tantos fatores secundários, mas seria tolice pensar que essa é a realidade final. O que nós vemos agora é uma realidade intermediária. A realidade final é justiça. Essa lei está dentro de cada um de nós. Todos compreendemos o valor da justiça e nos revoltamos quando ela não ocorre. De onde vem isso? Vem da essência da existência. O anseio que temos pela justiça não é um anseio vão. A justiça final se estabelecerá um dia. Porém, é impossível saber quando. E se soubéssemos, nossas ações não seriam feitas pelos verdadeiros motivos que devem ser feitas.

— Eu não entendo como uma justiça atrasada pode ser justiça.

Leannah não respondeu. Mas Ben percebeu que ela não ficou chateada com as palavras dele. Minutos depois, ela respondeu.

— Quando estamos por demais magoados com o mundo, nossa própria revolta se expressa em incredulidade.

Foi a vez de Ben ficar calado.

Sem o Olho de Olam, estava cada vez mais difícil suportar a viagem. Durante a viagem de Olamir para o norte, com o Olho ativado, Ben não sentia fome, nem sede, nem fraqueza, embora soubesse que seu corpo estivesse debilitado pela falta de alimentos. Compreendia agora um pouco da relutância de Enosh em abandonar a pedra durante todos aqueles anos em que se escondeu. O Olho havia sustentado a vida dele por dois milênios. Ben se perguntava se, caso estivesse em lugar de Enosh, se teria feito algo diferente. Abriria mão do poder, da força e da longevidade? Por outro lado, Leannah deixara o Olho com os rions e parecia aliviada por causa disso.

— Você não parece sentir falta da pedra... — ele observou. — Ela facilitaria um bocado a nossa vida aqui.

— O Olho não nos ajudará para sempre — disse Leannah, causando um estremecimento no guardião de livros, por retomar outra vez aquele assunto sobre o enfraquecimento da pedra. — Precisamos aprender a viver sem ele, e sermos fortes com o que temos à disposição.

— Você acha que os rions vão levá-lo?

— Todos desejam a pedra. Os dakh, os rions, e os próprios irins.

Leannah parou subitamente o que estava dizendo, como se houvesse falado demais.

— Por que os irins o querem? — Perguntou Ben, percebendo a relutância dela.

— Eles também querem ir embora... — ela se obrigou a responder, uma vez que havia iniciado o assunto.

— E por que não vão? O que os impede?

A única resposta foi o assobio do vento gelado que batia em seu rosto.

— Há mais algum motivo que nos faz viajar para este norte gelado? — Perguntou Ben com firmeza e alguma desconfiança. — Eu quero que você me conte tudo de uma vez! Estou cansado de segui-la sem saber para onde vamos.

O corpo de Leannah ficou ainda mais rígido.

— Eu.. eu... não sei se posso dizer.

— Quem nos ouviria nesse fim de mundo? Não se preocupe, guardarei seus segredos — disse Ben com ironia.

— Quando Kenan entrou em Ganeden — começou Leannah, com pouco mais do que um sussurro —, Gever tirou o Olho de Olam dele.

— E depois o deu a você? — Perguntou Ben.

— Sim, com a condição de que eu não saísse mais de Ganeden, e fosse com eles.

— O que o fez mudar de ideia?

— Uma promessa.

— Que promessa?

— Uma promessa que eu fiz.

— Sobre o quê? Você vai devolver o Olho para eles?

— Não. Eu prometi outra coisa.

— O quê?

— Algo do norte.

— Gelo? — brincou Ben.

— Sim gelo — respondeu Leannah. — Gelo luminoso. Ele me devolveu o Olho e permitiu que eu voltasse para Olam, se eu levasse para ele uma boa quantidade de gelo luminoso. Essa foi a troca.

— Por *El*, o que os irins querem com o gelo luminoso?

— Querem ir embora.

— Parece que é o que todos querem... — disse Ben.

— Porém, eles querem um pouco da substância primordial para começar a povoar as estrelas — completou Leannah. — É um antigo plano deles. Eu poderia fazer isso para eles com o Olho de Olam, mas sem a pedra, eles precisam da substância. Eu prometi levar um pouco para eles.

— Então, por isso viemos para Kerachir — deduziu Ben. — Foi esse o motivo desde o começo.

— Os rions não têm mais gelo luminoso suficiente — disse Leannah, sem concordar diretamente, mas também sem discordar. — Eles o usaram para sustentar Kerachir quando o Abadom foi aberto.

— E existe em outro lugar onde é possível encontrar? — Perguntou Ben.

— Existe.

— Onde?

Leannah não respondeu, mas Ben compreendeu.

— Os behemots! — Deduziu o guardião de livros.

— A essência deles é a substância primordial — confirmou Leannah.

— Então, se os encontrarmos, eles poderão compartilhar conosco o gelo luminoso? É isso? Poderemos trazer um pouco da substância primordial e levar para Gever? Por isso estamos correndo todos esses riscos? Por isso estamos nessa jornada louca tendo que completá-la em sete dias?

— Sim, mas isso não significa que conseguiremos o gelo luminoso.

— Por que não? Não podemos consegui-lo com os behemots?

— Acredite, isso não seria fácil de conseguir — contrariou Leannah.

— Por que não?

— Porque é parte da essência deles. Só haveria um modo de conseguir isso.

— Como?

No mesmo momento em que perguntou, Ben adivinhou a resposta de Leannah.

— Nós teríamos que destruir um behemot.

*****
****

A temperatura da água havia subido por causa das labaredas dos dragões que recobriam o pequeno lago formado pela cascata na encosta da montanha.

Adin tentava se manter submerso o mais tempo possível, esperando que os dragões fossem embora, mas as feras não pareciam dispostas a fazer o trabalho pela metade.

Sem conseguir aguentar prender mais tempo a respiração ele precisou subir. A solução foi emergir embaixo da cascata em busca de algum espaço por trás da queda d'agua, onde houvesse ar para respirar. Por duas vezes ele tentou se aproximar, mas a força da água o empurrou para baixo. Tentou novamente, porém mais cautelosamente, pois temia que a movimentação denunciasse sua presença facilitando o trabalho dos dragões.

A evaporação da água devido aos jatos de fogo que formava uma nuvem sobre o lago era a única coisa positiva a dificultar que os dragões o enxergassem.

Por trás da cortina de água viu os tannînins vasculhando o lago e despejando sem cessar o fogo no poço da cachoeira.

Havia um recuo considerável atrás da queda d'agua e Adin se encolheu junto às pedras. Começaria ali um exercício de paciência até que o último dragão abandonasse o local. E isso demorou quase uma hora.

Quando finalmente eles se deram por satisfeitos e foram embora, Adin permaneceu escondido temendo que eles retornassem. O entardecer já ocultava as poucas cores do dia tornando a paisagem opaca e ainda mais ameaçadora. Mas pelo menos não estava com frio. Ao contrário, a água do poço da cachoeira estava bem aquecida com os jatos de fogo.

Olhando para o alto, Adin viu o que lhe pareceu degraus escavados na rocha. Olhando daquela posição não tinha certeza se era obra da natureza ou se haviam sido esculpidos com picaretas. Os degraus rústicos subiam por trás da cascata e pareciam conduzir a uma espécie de túnel onde a água caía da montanha. Só podia ser o lugar que Thamam havia descrito. A entrada secreta para o submundo de Nod.

Quando viu pela primeira vez o mecanismo, Adin rejeitou decididamente a ideia de escalá-lo, lutando contra a obrigação que o mandava escalar. Só pensava em esperar um pouco mais para tentar ir embora de Nod. Parecia impossível chegar até o alto, e sabia que o caminho depois seria mil vezes pior. Pensou em chamar Boker outra vez. Mas já havia colocado a vida do re'im em risco antes quando tentou forçá-lo a voar para as terras brasas. Não tinha o direito de fazer isso novamente. Por outro lado, sem o re'im, não fazia ideia de como deixar o local.

Os dragões voltaram, como que para se certificar de que haviam concluído o trabalho. Vasculharam a água em busca de um corpo, e como não encontraram nada, trataram de despejar fogo mais uma vez sobre a água. Isso fez Adin reconsiderar a ideia de tentar escalar. Talvez fosse sua única opção. Os dragões não deixariam de vigiar o lago.

O limo que recobria os degraus foi o maior adversário inicial para a subida. Cada vez lhe parecia mais impossível que conseguisse escalar a cascata pelo lado interno, mas pelo menos o esforço aqueceu seus ossos resfriados pela água que descia a cachoeira. Logo teve que enfrentar também a força da água que só aumentava a certeza de que nunca conseguiria chegar ao alto. O primeiro tombo aconteceu quando havia escalado poucos degraus. Por isso também foi uma queda baixa, o que não impediu a sensação dolorosa de se raspar nas pedras e depois voltar ao frio da água.

A teimosia, então, mais do que qualquer outro sentimento, o fez agarrar-se outra vez às pedras e recomeçar a subida. Dor e raiva foram sentimentos que se alimentaram mutuamente enquanto ele perdia pedaços de unhas nas paredes de pedra. Foram mais duas quedas dolorosas até que conseguiu se aproximar do buraco no alto onde a água forte começava a despencar. Um esforço dobrado foi necessário para entrar no buraco, enquanto a pressão da água tentava de todas as maneiras lançá-lo de volta ao poço da cachoeira.

A escuridão não permitiu que ele enxergasse nada dentro do buraco. Apesar do que Thamam havia dito, ele realmente não soube dizer se aquilo não seria apenas um túnel sem saída. Toda a lógica testemunhava da loucura da situação, mas ele se recusava a desistir. Uma ira alimentada por lembranças dos acontecimentos do lago de fogo o impulsionava para o alto. Aquela água precisava vir de algum lugar. Talvez, o túnel realmente o conduzisse ao interior de Nod.

Havia alcançado o ponto mais difícil da subida que era justamente lançar-se para dentro do buraco onde a água que descia do alto começava a fazer a curva. Tentou se agarrar às pedras lisas e percebeu que despencaria outra vez. Uma queda daquela altura poderia até mesmo ser fatal, principalmente se batesse nas pedras antes de cair dentro do poço. Sem falar que o estrondo chamaria a atenção dos tannînins que vez ou outra retornavam para observar o pequeno lago.

Usando o resto de força nos braços, tateou por algum lugar onde pudesse se segurar. Quando conseguiu encontrar um orifício dentro do túnel onde sua mão se encaixou, o esforço para suspender seu corpo para o alto fez com que ele soltasse urros abafados de dor. Por um momento ficou dependurado na cachoeira sentindo a água golpeando-o e forçando-o para baixo. Quase sem conseguir respirar, ele se impulsionou mais uma vez, e a água o fez se chocar várias vezes com as pedras.

Todos os seus membros exigiam que se deixasse cair, mas ele lutou furioso contra a fúria da cachoeira. Xingou-a. Amaldiçoou-a tantas vezes quantas conseguiu, até que uma perna alcançou o buraco. Em seguida a outra perna também conseguiu, e ele entrou no orifício acomodando-se no espaço apertado.

A sensação de alívio quando as águas deixaram de açoitá-lo e os músculos relaxaram só não foi maior porque o cansaço e as dores que agulhavam em todo o seu corpo não permitiam. E o tempo também não. Precisava seguir em frente.

Imaginava que a escuridão não deixaria que enxergasse qualquer coisa dentro do túnel mesmo que fosse dia, e lá fora a noite já se estabelecia. Friccionou a pedra shoham dada por Thamam levemente e deixou um fio de luz avermelhada vazar por entre os seus dedos molhados. A luz revelou que o túnel era comprido. Quase podia jurar que não era apenas uma obra da natureza, mas algo feito por mãos humanas. Thamam estava certo.

Por ser praticamente horizontal, o túnel não era tão íngreme naquele ponto, mas era liso, pois a água descia do interior da montanha e os musgos revestiam tudo. A mente do jovem insistentemente mandava que retornasse, mas o dever o instigava a tentar ver até onde aquele túnel alcançava. E, agora, mais do que nunca, a teimosia aflorada pelo imenso desafio de escalar a cachoeira não permitiria que ele desistisse.

Desde os acontecimentos no extremo oriente, Adin já não confiava mais plenamente em suas intuições. Antes, o presente dos kedoshins era visto por ele como algo quase infalível, mas após ter sido enganado por Helel, ele percebia que, assim como os demais recursos da criação, dependia do uso que era dado, e podia ser fonte de bênção tanto quanto de maldição. Talvez, aquele fosse o momento da benção.

Algo lhe dizia que o túnel o colocaria outra vez no lugar de onde poderia consertar seus erros. Sem dúvida era uma espécie de saída secreta de Nod. Mesmo antes de Thamam ter informado do caminho, ele havia lido em algum lugar a respeito de canaletas construídas para que os nobres pudessem deslizar para fora da cidade em caso de ataque. Por certo, estava fazendo o caminho inverso, a canaleta o conduziria até a cidadela.

Enquanto meditava naquelas coisas, Adin se conscientizou de que suas opções haviam se tornado de fato muito reduzidas. Sua visita a Nod não era mais segredo. Não podia voltar através da cidade baixa, ou pousar na cidadela. Também não podia chamar Boker de volta, pois os tannînins o encontrariam. Sem falar que, provavelmente, se Boker tivesse conseguido escapar, já deveria estar em Sinim naquele momento. E ficar ali parado, igualmente não ajudava as coisas. Seguir o túnel era a única opção. O máximo que poderia acontecer era se perder. Isso não mudaria muito sua situação.

Adin se pôs a escalar a canaleta que despejava água para fora da montanha. O progresso foi lento, pois o espaço era muito reduzido. Ficou pensando que nobres gordos não poderiam utilizar o mecanismo sob o risco de ficarem entalados. Esperava não encontrar algum trancando o caminho.

Na maior parte do tempo, ele precisava rastejar, agarrando-se às paredes laterais para não despencar. Fazia força sobre os cotovelos para se apoiar e se impulsionava com o quadril e as pernas.

O túnel à frente se tornou subitamente mais íngreme e a força das pernas não foi suficiente para escalar. Mesmo sem ignorar os riscos, Adin tentou encontrar algum ponto de apoio, algo em que pudesse se segurar para poder impulsionar seu corpo para cima. Uma saliência de rocha recoberta de musgo lhe pareceu firme o suficiente para sustentar seu peso, enquanto tentava se impulsionar para o alto. Não conseguiu evitar o pensamento de que, se aquela canaleta conduzisse até a cidadela, isso significaria uma subida considerável, para não dizer, impossível.

A água escorria mais forte naquele ponto, e ele quase não conseguiu manter a cabeça fora da água. Tinha um gosto estranho e um cheiro forte como enxofre. Não era boa ideia ingerir aquela água.

Quando se impulsionou para cima, a pedra cedeu. O desespero fez com que momentaneamente ele não entendesse a situação. Parecia impossível que perdesse todo o esforço realizado até aquele momento.

Sem ter no que se segurar, Adin se viu deslizando de volta.

Com o resto das forças se debateu na canaleta tentando encontrar algo que detivesse a queda, mas a velocidade de deslize aumentou vertiginosamente.

Num piscar de olhos, todo o progresso foi perdido, e ele se viu lançado para fora do túnel sob a cachoeira e despencando para dentro do lago vários metros abaixo.

*****
****

O caminho iluminado que as estrelas faziam no alto, por entre a fenda, parecia estar cada vez mais próximo. Isso significava que eles continuavam subindo e, provavelmente, não mais tão distantes do topo do degrau.

Naquela noite, nem Ben nem Leannah adormeceram. O frio os obrigou a ficarem mais próximos.

Enquanto tentavam se aquecer, conversaram sobre os dias agora distantes em Havilá, e sobre todos os acontecimentos que se sucederam a partir daquele dia em que partiram da pequena cidade. De quando em quando, comiam também alguma cenoura ou nabos silvestres colhidos por eles antes de viajarem para o norte. Por sorte, naquele gelo, não havia risco dos alimentos se estragarem.

— Eu não consigo deixar de pensar no quanto fomos ingênuos — disse Ben. — Partir daquele modo, rumo ao desconhecido, levando só algumas peças de roupa, aquelas moedas e um pouco de comida...

Leannah riu ao se lembrar daquilo.

— É verdade. O mundo parecia tão pequeno naquele tempo.

— Será que se fosse hoje, teríamos coragem de fazer aquilo? — Perguntou Ben.

— Acho que não. Éramos ingênuos demais. Achávamos que conhecíamos o mundo, e que poderíamos lidar com qualquer coisa que acontecesse.

— Será que hoje é realmente diferente? — Perguntou Ben. — Quero dizer, é claro que não somos mais ingênuos daquele modo como éramos em Havilá, pois descobrimos muitas coisas... Mas, de certo modo, continuam existindo muitos mistérios no caminho, e continuamos tomando atitudes que, talvez, algum dia venhamos a pensar que eram ingênuas.

— Como tentar conseguir gelo luminoso? — Brincou Leannah.

— Exatamente — também riu Ben.

— Talvez, tomar atitudes ingênuas faça parte da vida afinal das contas, talvez, de algum modo misterioso, nossas atitudes, mesmo que às vezes impensadas, se somam e contribuem para que coisas maiores aconteçam. Quando não se têm todas as evidências ou provas, fé é necessária, ou então, só restará duvidar de tudo. As decisões dos homens, mesmo que aparentemente desconexas como essas ramificações aqui dentro da fenda, podem se tornar como o caminho luminoso das estrelas lá no alto, mesmo que limitadas pela fenda, condensado misteriosamente a fim de formar uma única direção. Somente a fé nos faz ver esse caminho.

— Talvez — concordou Ben, subitamente gostando daquela conversa. — Por outro lado, daqui de dentro da fenda, só enxergamos as estrelas que cabem dentro da fenda, então parece que elas são as únicas estrelas no céu. Se tivéssemos passado toda a vida dentro desta fenda, não teríamos como conhecer a amplitude de um céu repleto de estrelas. Do mesmo modo, se tivéssemos ficado em Havilá para sempre, nada saberíamos sobre o mundo.

Leannah olhou para traz e Ben viu alguma surpresa no olhar dela. Compreendeu, então, que havia falado algo inteligente.

— É por isso que, no futuro, quando tudo estiver claro aos nossos olhos, não precisaremos mais de fé. Porém, hoje ela é necessária. Absolutamente necessária.

Ben nunca havia se interessado muito em conversas daquele tipo, pois seus sonhos de garoto incluíam apenas uma espada e um alvo fictício a ser atingido. Leannah, ao contrário, sempre havia se preocupado em encontrar respostas para os grandes dilemas da vida e da existência.

Ben não podia ignorar que ambos tiveram histórias parecidas em Havilá. Leannah perdeu a mãe muito cedo e foi criada por um pai ausente. De certo modo, com toda a sua rigidez e intransigência, Enosh havia sido mais presente na vida de Ben do que o pai de Leannah na dela. E, agora, ambos estavam mortos...

Ben ainda pensava naquelas coisas quando viu algo vindo na direção deles em grande velocidade. Todos os seus instintos se afloraram com a súbita percepção de que poderiam ser atacados. Ainda de longe ele enxergou um tipo de animal, parecia um pássaro, mas era terrestre, com um corpo grande e um longo pescoço. As duas pernas longas e finas se moviam com impressionante rapidez e lançavam gelo para trás na disparada.

Pareciam tão altos quanto um ser humano. Eram três. Passaram bem perto deles dentro da fenda, porém não diminuíram a velocidade, nem mudaram a direção, e logo desapareceram, no sentido contrário.

— Aquilo eram Ya'anas? — Perguntou Ben.

— Eram — respondeu Leannah.

— São muito velozes.

— São os animais terrestres mais velozes que existem.

— Para onde vão com toda essa pressa?

Ben ainda ficou olhando para trás na direção em que elas seguiram, mas não havia mais nenhum sinal delas, nem Leannah soube dizer o destino delas. Porém, Leannah ficou bastante pensativa quando as viu.

No amanhecer do terceiro dia, Ben sabia que algo havia se estabelecido entre ele e Leannah mais uma vez. Ela havia abandonado a rispidez do começo da jornada, e voltado a ser dócil como sempre. Ben não entendia por que ela esteve tão fria naqueles dias, mas estava feliz que agora ela estava normal.

Quando ele mencionou aquilo, agradecendo por ela ter voltado ao *normal*, ela ficou séria por um momento. Ben quase pensou que a frieza retornaria.

Vamos viver um dia de cada vez — ela suspirou, por fim. — *Talvez, nós nem consigamos voltar a Kerachir... Então, não adianta nos preocuparmos com o futuro.*

Ele não entendeu o que ela queria dizer com aquilo, mas se aquele pensamento a ajudava a ser feliz outra vez, Ben podia concordar inteiramente com ele.

Não falaram mais sobre aquilo, nem fizeram outra coisa além de ficarem juntos durante as duas noites inteiras, apreciando a companhia um do outro. Compartilharam sonhos, esperanças e também medos e temores durante aquelas longas vigílias geladas. Não um compartilhar através de palavras, mas de sensações, aromas, proximidade e, acima de tudo, intuições. Ambos haviam recebido muitos presentes dos kedoshins e isso tornava a comunicação algo mais profundo do que as palavras. Ou talvez fosse a longa amizade deles que proporcionava isso. Talvez também fosse por causa da solidão do norte, mas enquanto compartilhavam do tênue calor de Herevel sobre o bisonte, suas almas pareciam uma só, seguindo o mesmo caminho das estrelas.

O terceiro dia passou com poucos solavancos dentro da fenda cada vez mais rasa. Ou talvez eles já estivessem acostumados aos bisontes. Também não houve sinal de dentes-de-sabre, ya'anas, ou qualquer outra criatura. O brilho do sol naquele dia resplandeceu fortemente dentro da fenda prejudicando a visão devido a tanta luminosidade. O dia ensolarado também minimizava um pouco o frio da noite, porém, não podia ser descrito como algo confortável desta perspectiva. Herevel seguia aquecendo-os apenas o mínimo necessário. Leannah continuava dizendo que precisavam ser cautelosos com o uso daquele poder no Norte.

Apesar da aparente ausência de ameaças, era difícil ficar com o coração tranquilo pela expectativa incerta do que poderiam encontrar adiante. E para trás ficava uma certeza: Uma guerra cada vez mais terrível.

Ben, frequentemente, se percebia pensando em Enosh. As atitudes contraditórias do velho latash se tornavam cada vez mais enigmáticas. Por que, afinal, ele havia ficado recluso todo aquele tempo em Havilá? Ele sempre soube que o Olho estava se apagando. Teria ele, de fato, decidido envelhecer e morrer como um homem comum quando o poder do Olho finalmente se apagou completamente? Por quê? Nenhuma resposta que Ben pudesse imaginar era satisfatória.

O quarto dia já estava amanhecendo quando, após outra noite de solavancos sobre os bisontes, finalmente eles venceram o Degrau. Estavam agora tão próximos, que Ben esperava poder dizer a ela o mais rápido possível que Tzizah era algo do passado, um tolo sonho de verão, efêmero como uma plantinha com pouca raiz, que apesar de ter crescido rapidamente, não tinha consistência para durar. Ele não conseguia deixar de pensar que seus sentimentos pela princesa de Olamir se assemelhavam mesmo à plantinha que ela fez nascer no canteiro em Olamir graças a pedra Yarok.

Por algum motivo, entretanto, Ben não conseguia colocar em palavras o que acreditava que sentia no coração. Talvez fosse timidez, ou talvez fosse medo de estragar tudo outra vez. Estavam tão unidos agora que talvez as palavras fossem desnecessárias. Esperava que ela compreendesse seus sentimentos, sem a necessidade das palavras.

Ao alcançarem o topo, um planalto de gelo se descortinou diante deles parecendo infinito. Não havia vegetação alguma, nem mesmo pedras. Somente gelo. Fora da fenda, em campo aberto, a sensação de desproteção retornou. O vento gelado os açoitou furioso e a neve havia voltado a ser intensa, mas pelo menos não havia um abismo onde poderiam ser lançados.

Ben percebeu que o corpo de Leannah enrijeceu subitamente. Ele olhou por sobre os ombros dela, e então, a imagem que surgiu foi inaceitável. Os corpos dos behemots estavam espalhados pelo planalto. Mesmo recobertos com a neve, dava para ver partes dos corpos das criaturas gigantes destroçadas.

8. A Derrota na Vitória

Ben olhava atônito a cena. Não conseguia imaginar o que poderia ter acontecido com os behemots. Os cadáveres destroçados espalhavam-se pelo planalto como se montanhas de gelo tivessem sido explodidas e pedaços voado em várias direções.

— Parece que alguém chegou antes de nós — disse Ben num tom assustado que expressava tristeza e desânimo.

Mais uma vez, a missão deles havia fracassado. Não poderiam contar com os rions e muito menos com os behemots.

— Por isso eu não consegui vê-los através do Espelho do Tempo — revelou Leannah. — Mas o que pode ter exterminado todos de uma só vez?

O olhar do guardião de livros demonstrava esperar que ela pudesse explicar isso, mas a cantora de Havilá exibia o mesmo aturdimento de Ben. E havia algo mais, algo que pela primeira vez, desde o reencontro deles, aparecia nitidamente no olhar dela: medo.

Vasculharam o gelo percebendo que não havia sinais claros de uma batalha.

— Se eles foram atacados, foi um ataque fulminante — disse Leannah.

O guardião de livros se deixou tomar por um sentimento de profunda tristeza ao ver tantos behemots destruídos. Eles e os dragões-reis haviam sido os seres mais antigos do mundo. Gelo luminoso e fogo tenebroso habitavam as duas criaturas primordiais desde a criação. Aquilo significava a extinção do gelo luminoso?

O inverno vai parar de crescer em Olam, pensou Ben.

— Eu jamais pensei que viveríamos para ver a extinção dos behemots — disse Leannah, como um eco dos pensamentos de Ben. — Eles eram um dos últimos baluartes deste mundo contra o desequilíbrio dos elementos naturais. Agora nada mais deterá as catástrofes que se abaterão sobre nós. Isso é terrível além de toda a proporção. Terrível! Eu entendo agora o porquê da grande fenda do Degrau. É só um prenúncio de destruições muito maiores que ainda ocorrerão.

Ben não conseguia entender todas as implicações que Leannah parecia compreender, mas as palavras dela o fizeram se alarmar ainda mais.

— Você acha que foram os shedins? — Perguntou, observando o campo silencioso.

Leannah investigou o chão e também os corpos gelados. Ela se aproximou de um pedaço colossal de cadáver de uma das criaturas e o tocou. Mas, após algum tempo, desistiu e se afastou.

— Eu precisaria do Olho de Olam para tentar descobrir o que aconteceu aqui... Os behemots são criaturas da magia antiga, não consigo ver nada, esse é um conhecimento fechado para mim... Mas talvez você possa descobrir — ela apontou para Herevel.

Ben titubeou. Temia que usar Herevel para fazer aquilo acabasse por revelar algo que ele não desejava saber naquele momento.

Mas o olhar de Leannah não lhe dava opção.

— Você acha que é seguro?

— Nenhum desequilíbrio pode ser maior do que esse — respondeu Leannah. — Não há mais razão para comedimento.

Então Ben se aproximou e também tocou os destroços das criaturas. Levou a mão ao cabo de Herevel e fechou os olhos.

— Eles se congelaram — disse Ben arregalando os olhos. — Reuniram-se todos aqui após a derrota de Leviathan. Eles fizeram isso consigo mesmos!

Leannah assimilou a informação.

— Então foi isso — compreendeu Leannah. — Eles congelaram-se a fim de manter o equilíbrio dos elementos. Eles pretendiam se tornar montanhas eternas compartilhando a energia do gelo luminoso com a criação, e assim manteriam todo o gelo do norte.

— Porém, foram despedaçados após isso... — explicou Ben. — Alguém certamente os atacou.

— Quem os atacou? Você conseguiu ver?

Ben balançou a cabeça negativamente.

— Como eles haviam se congelado antes disso, não há nenhuma informação que eu possa acessar.

— Acho que não precisamos nos esforçar para entender o que aconteceu — prosseguiu Leannah. — As trevas mostraram seu poder. Os condenados do Abadom retornaram. A era da escuridão começou. Nenhum poder na terra será suficiente para deter o crescimento do mal. Aqui está o desequilíbrio do norte.

As palavras de Leannah fizeram o coração do guardião de livros se encolher. Os destroços dos cadáveres congelados dos behemots eram um forte testemunho de que o mundo estava passando por conturbações irreversíveis. Ele lembrou-se das palavras de Enosh, quando ainda estavam em Nod, antes de terem abandonado a cidade. O velho latash disse que até aquele momento, o ciclo de luz e sombras se manteve estável, com o ritmo até certo ponto normal das estações. Do mesmo modo, os opostos haviam convivido, mundo e submundo, fogo e gelo, morte e vida, bem e mal. Porém, não poderiam mais conviver, e isso reviveria batalhas antigas, desnudaria segredos há muito ocultos, e cobraria dívidas não pagas. Em Ellâh, posteriormente, Ben *ouviu* as árvores também falando que os segredos das potestades seriam finalmente revelados através da luz e da escuridão, do mundo e do submundo, gelo e fogo, sangue e seiva, morte e ressurreição.

— Não poderemos contar com eles para a batalha — disse Ben forçando-se em pensar na situação imediata, e, ao mesmo tempo, querendo mostrar para Leannah que precisavam voltar urgentemente. Definitivamente, não havia ajuda no norte.

Leannah não dava demonstração de querer ir embora. Mas o frio estava se tornando cada vez mais insuportável.

— Temos apenas três dias para retornar até Kerachir — lembrou Ben, vendo Leannah andar por entre os destroços de gelo.

— Eu sei. Mas eu preciso entender algo mais...

— Em três dias a passagem será fechada, e jamais retornaremos para Olam — insistiu o guardião de livros. — Preparativos agora são mais importantes do que conhecimento.

— Não há preparativos sem conhecimento — Leannah discordou.

Ben retornou aos bisontes e esperou por Leannah a fim de ajudá-la a subir. Mas a cantora de Havilá permaneceu mais algum tempo andando por entre os pedaços de gelo. Tocava-os um por um, quase como se contasse os pedaços. Ele não entendia aquela relutância dela em partir. Os behemots estavam mortos. Não havia nada a fazer por eles, nem eles poderiam fazer nada por Olam.

Ben apenas a observou de longe desejando ansiosamente fugir daquele mundo de gelo. Até mesmo o submundo dos dakh era melhor do que o norte do mundo. E ainda tinham todo o degrau por percorrer no retorno até Kerachir. Só lembrar isso já causava exaustão.

O céu estava se fechando e isso significava que uma tempestade se aproximava. Nada poderia tornar a situação pior.

— Nosso tempo é curto! — Gritou para ela, ouvindo sua própria voz ser engolida pelo vento cada vez mais intenso e pela neve que já começava a açoitá-los. — É uma tempestade!

O vento gelado soprou mais forte e levantou o gelo do chão. Milhares de pequenas faces brilhantes subiram às alturas refletindo os últimos raios do sol que ainda vazavam entre as nuvens crescentes. Aquele estranho brilho girou por algum tempo ao redor das criaturas gigantes caídas.

Olhando para o brilho do gelo, Leannah subitamente arregalou os olhos.

— Precisamos novamente de Herevel! — Leannah gritou e fez um gesto para que ele voltasse ao lugar.

Mesmo contrariado, Ben caminhou até onde Leannah estava. Resolveu logo fazer o que ela queria, pois, relutância só os atrasaria mais.

— Lembra-se do que Kenan fez com a espada nas Harim Keseph, quando nos comunicamos com Thamam? — Orientou a cantora de Havilá.

— Com quem você pretende tentar se comunicar? — Perguntou Ben desconfiado.

Leannah não respondeu, e continuou preparando o círculo no chão. Ben se abaixou e tratou de ajudá-la, compreendendo que quanto antes fizesse isso, antes partiriam daquele lugar.

Em seguida, Ben afundou a espada até o local onde as pedras brancas tocavam o gelo.

— E agora, o que devo fazer? — Perguntou o guardião de livros olhando para a espada encravada no gelo.

— Você me permite? — Perguntou Leannah. — É mais rápido do que explicar.

Ben se afastou e deixou que ela tocasse a espada. Não havia nenhum motivo para impedi-la. Provavelmente, Herevel se deixasse manusear por ela novamente.

Quando a cantora de Havilá tocou o cabo da espada, imediatamente, uma luz branca surgiu das pedras da espada e começou a comunicar-se com as fagulhas de luz que giravam ao redor, e também com novas fagulhas que começaram a emanar dos corpos destroçados dos behemots. Por um segundo, o brilho cresceu e se tornou muito forte.

Ben não podia deixar de notar que Herevel parecia responder com muito mais intensidade ao toque de Leannah. Lembrou-se da visão de Omer com Herevel cavalgando Ariel, e lutou para controlar o súbito ciúme que isso lhe causou.

Ele protegeu os olhos e quando conseguiu ver outra vez, percebeu que os cadáveres gigantes estavam se decompondo rapidamente como montanhas de gelo quando derretem.

Ben viu Leannah pegar duas pequenas caixas prateadas de dentro do saco de provisões que haviam trazido de Kerachir. Eram semelhantes à caixa que Ahyah-yah havia levado para a batalha de Nod com gelo luminoso. Ele compreendeu que ela pretendia armazenar gelo luminoso dentro delas.

Leannah abriu uma delas e uma quantidade razoável daquela névoa gelada se depositou dentro antes que ela a fechasse. Em seguida repetiu o mesmo procedimento com a segunda caixa.

A luz ainda pairou no alto, dançando suavemente sobre o gelo, condensando-se debaixo do céu azul, até que desceu de uma só vez, canalizando-se para o chão. A luz foi tão forte que todo o piso de gelo se tornou momentaneamente luminoso por muitos quilômetros.

Num segundo, porém toda luz havia desaparecido e não havia mais qualquer sinal dos behemots. O frio e a neve cada vez mais intensa restabeleceram seu lugar.

— Você conseguiu o gelo luminoso! — Reconheceu Ben, admirado.

— Mais do que isso. Nós o acordamos.

— Acordamos a quem?

Então, ouviram um barulho muito alto de gelo se desprendendo. Ben teve a sensação de que uma geleira havia se partido perto dali. Mas quanto olhou na direção, o que viu, era muito mais impressionante.

Ben e Leannah contemplaram uma verdadeira montanha se erguer do chão. Ela ganhou vida e se moveu. Todos os instintos ordenavam que eles fugissem para não serem atingidos pelos blocos gigantes de gelo que começaram a cair quando a criatura colossal veio na direção deles. Porém, ambos se sentiam paralisados por causa da cena impressionante. E, de qualquer modo, parecia não haver chances de escapar. Aos poucos, quando o acúmulo de gelo foi se soltando, as formas pontiagudas da criatura apareceram.

O terror tomou conta do guardião de livros quando o monstro se aproximou. Era muito maior do que os behemots que ele havia visto antes. Na verdade, era maior do que qualquer criatura que ele já havia visto antes. Ele era praticamente inteiramente recoberto de pontas que se espalhavam como chifres de gelo por todo o corpo.

O behemot se equilibrou sobre duas pernas e os olhou do alto. Os olhos azuis eram pura energia, porém não pareciam malignos.

— Restou um behemot vivo! — Exclamou Ben.

— Não é apenas *um* behemot — disse Leannah. — Este é o patriarca dos behemots, o primeiro, e agora também, o último.

*****
****

Adin tinha perdido várias unhas nas pedras da cachoeira e também ao longo da canaleta que conduzia ao interior da Velha Montanha. Àquela altura, não sabia mais se o que o movia era o senso do dever ou a teimosia, ou ainda, algum outro sentimento não identificado.

Nunca havia enfrentado um desafio em que tivesse que recomeçar tantas vezes. Aquela já era a terceira vez que voltava a canaleta após mais dois deslizes que o despejaram de volta ao poço da cachoeira. Por sorte, os dragões não estavam mais lá vasculhando o lago. Provavelmente, haviam se conscientizado de que ele morreu, ou então, que já havia fugido.

De tanto insistir, havia desenvolvido uma técnica que talvez o possibilitasse chegar ao final da passagem. Antes de tudo, procurava um local na parte de cima da canaleta que era menos escorregadio, para firmar pelo menos um dos pés. Então, impulsionava o corpo para frente tentando se afirmar com as mãos, buscando também as laterais onde o musgo oferecia algum suporte. Somente quando encontrava algum lugar onde seus dedos ficavam suficientemente firmes, ele movia o pé e tentava encontrar novo apoio. Graças a isso, apesar de demorado, o progresso não era facilmente perdido num escorregão. Mas, tinha a sensação de que levaria dias até conseguir chegar a algum lugar.

A única vantagem era que o esforço físico e a concentração precisavam ser tão intensos para não cometer algum erro que isso afastava todos os demais pensamentos. Toda a sua energia física e mental estava concentrada em cada centímetro que ganhava dentro do túnel apertado. A dura lição aprendida, e que ele jamais esqueceria, era que todo verdadeiro progresso feito sempre era extremamente lento. Mas era possível perder tudo em poucos segundos. Por isso, era sábio agarrar-se a cada centímetro conquistado.

A parte final foi a mais difícil. A canaleta subia cerca de três metros absolutamente na vertical. Ao identificar o caminho iluminando-o com a shoham, Adin compreendeu que jamais chegaria ao alto se não descansasse. O esforço físico até ali já havia sido desumano. Por isso, ele se encostou o mais na diagonal que conseguia dentro da canaleta e abrigou-se na posição fetal enquanto procurava apenas respirar. Toda a sua concentração estava apenas nisso.

Porém, conseguiu ficar pouco tempo naquela posição. A água gelada e com cheiro forte e ruim que descia da montanha impedia que descansasse. Mesmo sabendo que não era o suficiente, ele se deu por satisfeito e recomeçou a subida. Ele precisou usar as costas como apoio e as pernas já sem forças para conseguir se suspender e tentar alcançar o alto da canaleta. Entre gemidos agoniados e não poucos urros de desespero, os quais ele já não se importava mais em abafar, se elevou dentro do tubo. Quando finalmente alcançou a abertura acima e conseguiu se suspender, o cansaço chegou ao ponto tão extremo que ele desmaiou.

Quando recuperou os sentidos, não sabia onde estava, e demorou vários instantes até conseguir se lembrar como havia chegado naquele lugar e qual era seu objetivo. Seus músculos inchados pareciam que jamais recuperariam a força de outrora. Estava dentro de um túnel amplo e seco. Percebeu que devia ter ficado desmaiado por várias horas, pois suas roupas estavam apenas úmidas.

Levantou-se e andou como um aleijado balançando-se na escuridão, até conseguir uma parede de apoio. Tinha consciência de que as dores o acompanhariam por muitos dias antes que ele pudesse caminhar normalmente.

Mas pelo menos não precisava mais se arrastar, pois o túnel era alto o suficiente para andar em pé. Ativou a shoham e a escondeu entre os dedos a fim de permitir luminosidade suficiente apenas para identificar o que estava poucos metros à sua frente. Assim, ele avançou pelo túnel, tentando imaginar em que parte de Nod estava e onde aquele túnel desembocaria. De uma coisa tinha certeza, estava dentro de um corredor feito por mãos humanas.

Minutos depois, o túnel desembocou em uma câmara subterrânea. Parecia fazer uma interlocução entre corredores. Adin identificou uma passagem que subia com rústicos degraus em caracol e outra que descia no mesmo formato. Parou alguns instantes a fim de pensar. Para acessar a passagem para as profundezas ele precisava subir e alcançar a cidadela. Porém, se já estivesse dentro, então a lógica mandava que descesse. Ele resolveu seguir a lógica.

Cem ou duzentos degraus abaixo, ele encontrou outra câmara que fazia interligação entre túneis.

Olhou ao redor e viu a luz da shoham revelar uma parede curva cheia de riscos dentro da câmara. Todos os riscos eram verticais e também pareciam obra humana.

Aquilo era um tipo de linguagem. Na verdade, se não estivesse equivocado, aquela era a antiga língua dos kedoshins. Uma linguagem mágica que se revelava de maneiras sempre novas. Não era uma língua que podia ser aprendida por algum processo cognitivo, mas algo dado pela intuição, como um dom.

Intuição havia sido um dos principais dons que ele recebeu no caminho da iluminação. Por isso, o jovem de Havilá concentrou-se nas letras sabendo que só na primeira vez que contemplasse a escrita alguma mensagem podia ser transmitida. Não fez nenhum esforço para tentar ler, pois sabia ser isso inútil, confiou nos dons dos kedoshins que havia recebido e esperou.

Admirou a escrita aguardando até que ela se revelasse. Contemplou-a como quem contempla um pôr-do-sol, ou um jardim florido, ou mesmo uma obra de arte, cônscio de que aquela linguagem ocultava um pouco disso tudo. Subitamente, quando a luz da shoham se enfraqueceu em sua mão, as palavras se formaram. Adin arregalou os olhos ao tomar conhecimento do que estava escrito. Por um momento, não quis acreditar, pois parecia tão... impossível...

Imediatamente lhe veio à memória uma imagem sua do passado. Ele nunca havia roubado nada de valor ou importância antes, exceto alguns utensílios do pai em Havilá que ele usava para pesquisar insetos e outros animais pequenos. Um dia o pai o havia encontrado com o cutelo do templo, no exato instante em que ele usava a ferramenta consagrada para abrir o corpo de um esquilo morto. Ao ver a face irada do pai, sem saber como se justificar, ele falou algo impensado: "Eu o ofereci em sacrifício, pai, assim como o senhor sacrifica os animais no templo". Mas, ao contrário daquilo aplacar a ira, só havia enfurecido ainda mais o sumo sacerdote.

O sacrifício só tem valor se for feito da maneira correta, o pai lhe respondeu, antes de o deixar de castigo por vários dias.

Adin ouviu barulho de botas batendo na pedra e isso lhe trouxe de volta ao túnel e à parede dos kedoshins. Os riscos haviam voltado a ser apenas riscos. Alguém estava descendo as escadas. Rapidamente ele apagou completamente a luz da shoham e se ocultou numa das laterais da câmara, onde havia uma reentrância.

Uma luz amarelada surgiu do fosso de cima para baixo e iluminou parcialmente a câmara. Em seguida, Adin enxergou as botas e finalmente o corpo.

Não se lembrava de ter visto o jovem latash em Olamir, mas os cabelos loiros compridos lhe deram a certeza de que aquele era Anamim, por causa da descrição de Thamam. No entanto, Thamam disse que ele era jovem, mas o homem que desceu as escadas parecia carregar o peso de muitos anos. Era muito magro e a pele estava pálida. Os olhos escuros estavam afundados nas órbitas.

Ele não conseguiu descer os últimos degraus e desabou ali mesmo, como se estivesse velho demais para caminhar, ou, provavelmente, embriagado.

O latash se levantou e caminhou aos tropeções em direção à escadaria que o conduziria às profundezas. Passou muito perto de Adin, mas não o notou. Adin percebeu que ele carregava os pergaminhos amarrados por um laço na cintura.

Cautelosamente, seguiu-o, porém, achava cada vez mais estranha aquela situação. Thamam o alertara que encontraria um jovem perigoso e traiçoeiro, cheio do poder do Abadom, mas aquele homem mal conseguia caminhar. Adin pensou que não seria difícil roubar os pergaminhos dele.

O salão subterrâneo era amplo e tinha um grande fosso no centro protegido por um parapeito arredondado. Vapor e fumaça subiam do fosso. O ambiente era escuro, exceto pela luz avermelhada que vinha do fosso.

O latash desceu tropegamente as escadas que davam acesso ao salão e caminhou na direção do parapeito. Caiu mais uma vez antes de poder alcançá-lo, e quando finalmente conseguiu, segurou-se ofegante nos tijolos olhando para dentro da abertura, enquanto todo o seu corpo tremia.

Adin desceu os degraus com cuidado e escondeu-se atrás de uma coluna, ao lado de duas estátuas de cavaleiros revestidos de pesadas armaduras. Sentia seu coração batendo disparado, pois um passo em falso e o latash notaria sua presença. Então, de acordo com Thamam, todo o risco que havia corrido desde a perseguição dos dragões até conseguir chegar àquele lugar seria nada diante do que precisaria enfrentar.

Ele manipula magia antiga, disse-lhe Thamam. *Os tormentos que pode infligir à sua alma não têm palavras para serem descritos. Você precisa ter cuidado com ele.*

Mas, pelo visto, esses tormentos estavam agora sobre o próprio latash. Era como se toda a força maligna que dominava a cidade e a deteriorava cada vez mais estivesse em atuação diretamente sobre ele também. Certamente, o que quer que fosse que o latash estivesse tentando fazer, não estava dando certo.

Adin percebeu que sobre o parapeito havia pedras shoham. Mesmo de longe, conseguiu identificar que eram escuras.

— Pedras escuras — sussurrou sem conseguir conter o temor. Então, havia realmente algo mais complexo acontecendo em Nod do que até mesmo Thamam podia imaginar.

Adin sabia que dentro daquele fosso esteve anteriormente aprisionado o primeiro nephilim. Segundo as informações de Thamam, Ben havia libertado a criatura e ela fora sugada ao Abadom, abrindo a passagem e possibilitando que o poder do abismo subisse das profundezas, porém, aparentemente, isso só havia acontecido parcialmente.

O cheiro de enxofre e a fumaça que emanavam do fosso o faziam lembrar do lago de fogo. Era como se a lava que destruiu Mayan estivesse começando a brotar das profundezas de Nod também. Aquilo deixou Adin ainda mais alarmado. O que estava tramando o jovem latash?

A fragilidade que Anamim aparentava o instigava a investir contra ele e tomar o pergaminho à força. Ele claramente mal tinha condições de ficar em pé, e certamente não ofereceria resistência a um combate corporal, mas as palavras de Thamam a respeito do uso da magia o deixavam em dúvida. Será que aquela fragilidade era apenas aparente? Seria algum efeito colateral de alguma experiência com o Abadom que o latash estava desenvolvendo nas profundezas de Nod?

Então, ouviu mais batidas de solado de botas e percebeu que mais alguém descia em direção ao fosso. Thamam lhe falou a respeito de Timna, o descendente dos antigos reis de Nod, que havia assumido o controle da cidade e se associado ao latash. Tratava-se de um soldado, segundo as informações, e isso poderia dificultar a tarefa de roubar o pergaminho. Adin apertou o cabo da espada e realmente pensou em investir contra o latash antes que o soldado chegasse ali, mas as palavras dos kedoshins que ele havia lido na câmara anterior o contiveram.

Adin continuou oculto nas sombras atrás de uma das grandes estátuas de cavaleiro. Percebeu que o homem que desceu as escadas usava roupas pretas e um capuz que cobria parcialmente seu rosto. Do restante do corpo, apenas as mãos estavam visíveis, e elas eram muito estranhas. Por um momento, Adin duvidou que até mesmo fosse um homem. Quase imaginou que fosse um shedim com seus corpos modificados. Mas aquele não era tão alto quanto os shedins. No entanto, a pele das mãos era cheia de escoriações, e havia estranhos caroços. Os caroços pareciam pequenos chifres tentando despontar na cabeça calva do homem, pelo menos da parte que o capuz não ocultava. Se aquele era Timna, o capitão da cidade, então o poder do Abadom havia agido mais nele do que em Anamim, apesar de que ele não apresentava qualquer fragilidade, ao contrário, parecia cheio de energia.

O homem carregava uma pedra shoham dependurada no peito. Adin percebeu que era uma pedra escura. Era arredondada. O formato da pedra pareceu familiar.

Ao olhar para o desconhecido, Adin foi tomado de uma sensação de repulsa e também de um forte temor, algo que não sentia desde que havia deixado o lago de fogo.

O estranho se aproximou de Anamim, e Adin viu pavor no olhar do jovem latash.

— Eu preciso de mais poder — disse o estranho. — Você precisa extrair mais. Agora!

— Alguma coisa deu errado — disse Anamim com a voz trêmula. — Eu não estou conseguindo extrair todo o poder do Abadom.

— Você precisa fazer isso agora! — Vociferou o homem.

— Estamos correndo um grande risco com isso — tentou explicar Anamim. — Toda essa lava... Eu não sei o que pode acontecer!

— Não tente me enganar! Eu quero o poder. Agora! — Repetiu.

— Eu não tenho certeza se posso aguentar... — implorou Anamim. — Veja o meu estado. Eu já fiz muito mais do que eu podia.

— Se não pode, tornou-se inútil para nós! — Disse o estranho aproximando-se ainda mais de Anamim.

Adin só ouvia a discussão, absolutamente atônito pelo modo como o estranho falava com Anamim. Thamam disse que Timna era uma espécie de ajudante de Anamim, mas aquele estranho agia como se Anamim não passasse de um servo dele.

— Eu fiz tudo o que o senhor ordenou — justificou-se o jovem latash. — Deu tudo certo, apesar de tudo... Anulamos o tratado do mundo e do submundo. Conseguimos enganar tanto Olamir, quanto os shedins. Estamos muito perto agora de realizar nossos intentos. O velho latash está morto! O senhor foi vingado! Eu fiz tudo o que o senhor quis.

— O tratado do mundo e do submundo não foi anulado — rosnou o encapuzado. — Você falhou! Nós investimos em você e você falhou! Você enganou o guardião de livros mais do que devia. Ele não fez o que nós esperávamos! Você falhou.

— Mas eu posso conseguir mais poder. Eu posso! Só preciso de mais tempo... E de mais pedras.

— Seu tempo acabou.

— Eu posso conseguir mais poder exatamente agora — capitulou o jovem em desespero. — Deixe-me tentar mais uma vez. Eu farei tudo o que o senhor quiser.

Em seguida, ele tocou nas pedras escuras. Imediatamente uma energia fluiu das profundezas fazendo a lava se agitar. Adin podia ver línguas de fogo subindo do abismo.

Então, o estranho encostou duas pedras escuras nas costas de Anamim.

A energia atravessou o corpo do latash e fluiu para o estranho. Imediatamente, Adin viu o latash envelhecendo ainda mais, como se toda a sua vitalidade estivesse sendo sugada para o homem perverso que o dominava.

Quando o estranho afastou as pedras do corpo do latash, Anamim voltou-se com uma expressão de assombro. Parecia ter envelhecido mais alguns anos. Quando o homem o soltou, ele teve que se segurar nas bordas que rodeavam o fosso ou cairia.

— Obrigado por interromper — sussurrou o jovem latash, praticamente sem voz. — Eu pensei que o senhor iria...

— Fazer isso? — O estranho voltou a encostar as pedras no corpo de Anamim, dessa vez, no peito do latash. O jovem latash tremeu por inteiro enquanto toda a sua energia vital passava para o homem.

Adin viu todo o pavor da incompreensão tornando-se compreensão nos olhos do latash.

— Mas eu pensei que... Eu pensei que...

— Pensou que seria um integrante do conselho sombrio? — Perguntou o intruso com seriedade. — Você foi só um instrumento. Um instrumento que agora nós não precisamos mais.

Adin viu o corpo do latash envelhecer, murchar e secar. Em minutos, estava seco como se estivesse morto há vários meses.

O estranho desprendeu as pedras e empurrou o cadáver para dentro da lava ardente.

— Esse sempre foi seu grande erro — disse o homem recoberto de caroços. — Você sempre *pensou* demais.

*****
****

O retorno para Kerachir foi apressado. Os bisontes imprimiam a velocidade máxima que conseguiam naquela já amplamente desgastante jornada. O caminho pelas fendas de gelo se revelou mais uma vez cheio de dificuldades, mas pelo menos agora eles tinham uma noção do que enfrentariam. O risco maior, sem dúvida, era encontrar outra vez os dente-de-sabre. Porém, Ben estava preparado para eles com Herevel, caso aparecessem.

Ben não conseguia parar de pensar na destruição dos behemots e nas implicações disso. Porém, a sobrevivência do primeiro dos behemots era uma compensação igualmente inesperada. Ben já havia ficado frente a frente com Leviathan, porém mesmo assim conseguiu se surpreender ao contemplar o behemot. Tratava-se de uma criatura magnífica, capaz de esmagá-los com uma pisada. O corpo era todo revestido de protuberâncias pontiagudas, e no alto da cabeça diversos chifres de gelo lhe davam uma aparência assustadora, porém ainda assim, era uma criatura magnífica.

Ainda não havia conversado com Leannah sobre se a sobrevivência dele poderia reverter as catástrofes que ela disse que aconteceriam por conta da destruição das criaturas dos primórdios. Igualmente, Ben não entendia o significado do estranho ritual que Leannah realizara no norte, quando canalizara o gelo luminoso para a terra. Mas, ele desconfiava que, a seu tempo, todos aqueles acontecimentos revelariam seu sentido e importância.

A preocupação maior, no momento, era justamente o tempo. No sétimo dia, a passagem seria fechada, e eles tinham menos de três para alcançar as cidades de gelo. Isso significava que o retorno teria que ser mais rápido do que a ida. Por isso, os bisontes tentavam apressar ainda mais o passo sobre o gelo.

Havia anoitecido e a tempestade de neve continuava açoitando-os, impossibilitando enxergar alguma coisa. Mas não podiam diminuir o passo.

— Ao menos, ao final, você conseguirá cumprir uma parte dos objetivos que a trouxe ao norte — disse Ben, sentindo as mãos de Leannah em sua cintura. Sentia-se confortável por elas estarem ali mais uma vez. Haviam invertido a posição sobre o bisonte no retorno. — Se conseguirmos chegar antes do sétimo dia você poderá levar o gelo luminoso para Gever e...

— Não terá valido a pena se não conseguirmos cumprir a missão principal. Mas ainda temos algum tempo para isso, eu espero...

— Como você sabia que o patriarca dos behemots ainda estava vivo?

— O patriarca dos rions disse que há milhares de anos o primeiro behemot não era mais visto. Eu entendi no salão dos espelhos de Kerachir que quando o primeiro dos dragões-reis foi destruído, para manter o equilíbrio entre gelo e fogo, inverno e verão, o behemot se congelou.

— Então, quando os outros behemots viram a destruição do último dragão-rei também se congelaram — deduziu Ben.

— Sim, mas então foram destruídos. Por sorte, quem os destruiu não sabia que o primeiro dos behemots estava congelado a mais tempo e, portanto, muito mais abaixo da superfície.

— Então foi ele? Foi dele que você viu, ou ouviu, o chamado para o norte?

— Acredito que sim — respondeu Leannah. — Acredito que mesmo congelado, o behemot conseguiu, de algum modo, enviar um chamado de ajuda. E, assim, graças a *El*, nós conseguimos libertá-lo.

— Mas por que ele não chamou os rions?

— Eu acredito que ele os tenha chamado, mas os rions estão decididos a abandonar Kerachir, e não poderiam vir até o norte.

— Você acha que ele vai participar da guerra? O behemot?

— Não. Ele não pode.

— Eu não entendo. Não viemos para o norte para convoca-los? Você não sabia disso?

— Eu só consegui entender isso agora... Com a destruição do último dos dragões-reis, se o behemot se mover para o sul, ele vai criar um descontrole ruim para todos. Ele levaria o inverno para o sul. Esse mundo, provavelmente, mergulharia numa nova era de gelo. Nas atuais condições, é melhor ele permanecer no norte. Os dragões-reis e os behemots desempenharam funções importantes na formação desse mundo, e eu compreendo agora, que de fato, eles precisam deixar de interferir. Fazem parte de um passado que não pode mais voltar. É tempo de os homens assumirem e cumprirem seu próprio destino sobre este mundo.

— Um destino que agora parece que se cumprirá bem breve — Ben não conseguiu evitar a ironia.

A tempestade aumentou ainda mais dificultando que eles continuassem conversando. Ben se abrigou sob a manta de peles e Leannah fez o mesmo com a sua manta. Herevel continua aquecendo-os, agora sem a preocupação de causar desequilíbrios, porém, precisavam evitar queimaduras.

Ben voltou a pensar no encontro que tiveram com o mais antigo dos behemots. Quando o viu, num primeiro momento, Ben acreditou que ele os atacaria por pensar que eles eram os responsáveis pela destruição dos outros behemots. Porém, logo a criatura pressentiu as intenções deles, e isso fez com que contivesse sua fúria. Finalmente, o behemot compreendeu que só havia despertado de seu sono glacial, porque Leannah movimentara o gelo luminoso dos behemots através de Herevel.

Algumas horas depois, a tempestade diminuiu e eles puderam levantar os mantos e expulsar o acúmulo de neve que havia sobre eles.

— Você acha que essa quantidade de gelo luminoso será suficiente para atender ao desejo de Gever? — Recomeçou Ben.

— Nós saberemos dentro de alguns dias, se conseguirmos chegar a tempo em Kerachir — disse Leannah. — Ou melhor, eu saberei...

Ben estranhou aquela súbita exclusão, como se ele não pudesse acompanhá-la. Mas, talvez Leannah fosse a única que pudesse retornar até Gever. Ou talvez ela estivesse pensando que ele pretendia seguir com os rions onde poderia encontrar respostas sobre si no além.

— O patriarca falou numa profecia feita por um homem perverso e pavoroso que esteve em Kerachir e predisse a destruição da cidade — lembrou Ben, pensando na estranha visão do homem com o rosto repuxado e corroído que ele havia visto no salão dos espelhos. — A quem ele se referia? Enosh?

— Eu não tenho certeza. Até onde sei, apenas Thamam e Enosh estiveram em Kerachir, pois só eles conheciam o local da passagem.

No anoitecer do quinto dia, o bisonte que os transportava não conseguiu mais seguir adiante. O animal se ajoelhou e depois se deitou sobre o gelo. Eles já estavam bastante avançados no caminho de volta dentro da fenda do grande degrau.

Leannah passou a mão carinhosamente sobre os pelos escuros, e Ben percebeu que não havia mesmo o que fazer. A neve estava forte e rapidamente uma camada branca o encobriu.

— Eu lamento que criaturas valentes precisem se sacrificar para que a esperança continue existindo — disse Leannah. — Talvez, chegue um dia quando todos esses sacrifícios sejam recompensados...

— Ou, talvez, ainda não tenham acontecido sacrifícios suficientes — disse Ben, sem saber por que havia dito aquilo.

O olhar assustado que Leannah lhe lançou fez ver que ela também se atormentava com aquelas dúvidas íntimas.

E mais uma vez as palavras de Enosh em Nod lhe voltaram de súbito. *Talvez os poderes que regem a existência aceitem nosso esforço e nossas perdas como pagamento... Talvez um grande ato de bravura, de honra verdadeira, conserte muitas coisas... Mas, se falharmos, veremos o ressurgimento de uma era de trevas, a reunião de todo o mal possível e de todos os tormentos dos quais, até hoje, os filhos dos homens foram poupados.*

No amanhecer do sexto dia, o terceiro bisonte também parou. Ben viu a mesma cena se repetir. O animal deitou sobre o gelo e não se moveu mais.

— E agora, o que faremos? — Perguntou Ben. — Chamaremos mais bisontes com Herevel.

— Não adiantaria. Ainda estamos muito longe — disse Leannah removendo uma fina camada de gelo dos cabelos. — O retorno está sendo mais lento do que a ida, pois os bisontes precisam descer a fenda com cuidado. Mesmo que chamemos outros, eles jamais conseguirão nos levar a tempo até o platô onde encontraremos as corujas.

— Então, está tudo acabado? Ou temos outra opção?

— Lembra das ya'anas? Acho que as encontramos por aqui na vinda, não foi?

Ben olhou para ela com uma cara de pura incredulidade.

— Não me diga que você está pensando em montá-las?

— E que outra opção temos? Elas podem nos levar até a saída do Degrau em menos de um dia.

— Alguém já fez isso antes? Elas se deixam montar?

— Não faço a mínima ideia — reconheceu Leannah —, mas não saberemos se não tentarmos.

Minutos depois, as ya'anas atenderam ao chamado de Herevel, após Leannah repetir o mesmo ritual que havia chamado os bisontes no começo da jornada. Porém, chegaram muito mais rapidamente do que os bisontes haviam chegado. Leannah *conversou* com uma delas, usando seus dons recebidos para mostrar o favor que precisavam delas. Ben reparou que elas tinham penugem grossa, semelhante às corujas e, por isso, sobreviviam ao frio. Até mesmo o longo pescoço era revestido de uma penugem baixa e bastante densa.

Em cima delas, eles ficaram tão elevados do chão quanto nos bisontes. Porém, os pescoços compridos ainda subiam mais um metro de altura. E foi neles que eles tiveram que se agarrar, quando os animais dispararam sobre o gelo. Sem qualquer proteção contra o frio, pois tinham que seguir em ya'anas separadas, ambos experimentaram a pior parte de toda aquela viagem. Ben computou várias horas de terror, enquanto enxergava praticamente nada, e a ya'ana levantava gelo do chão com toda a sua velocidade na mais desconfortável cavalgada possível.

Ben nunca mais se esqueceria daquelas dificuldades. Um dia ele imaginou que nas Harim Keseph teria experimentado todas as dificuldades possíveis, mas depois, ao adentrar o submundo dos dakh, ele percebeu que esteve enganado. E agora sabia que também estivera enganado lá. Porém, ao mesmo tempo, ele conseguia compreender que os estágios anteriores de problemas o haviam preparado para enfrentar o que agora enfrentava. E, isso o fazia pensar que, talvez, o estágio atual o estivesse preparando para algo pior.

A parte final da jornada teve que ser a pé. As ya'anas os deixaram há poucos quilômetros do lugar onde eles haviam pousado com as corujas. Elas conseguiram ir apenas até onde o deslizamento havia acontecido, pois dali para frente, eles teriam que andar por trilhas muito estreitas e até mesmo escalar barrancos perigosos.

Quando puderam outra vez compartilhar o calor de Herevel, a dor dos membros se descongelando foi insuportável. Por vários momentos, os dois ficaram deitados sobre as capas, incapazes de se moverem, com assaduras por todo o corpo causadas pelo intenso frio. Porém, ainda assim, só podiam agradecer pela velocidade das ya'anas. Elas haviam possibilitado que eles retornassem a tempo. Ainda havia um longo percurso e o sexto dia já estava terminando. Não tinham certeza se chegariam a tempo, porém, se não fosse por elas, jamais chegariam a tempo.

Instantes depois, enquanto seguia Leannah em direção à saída do Degrau, atravessando a fenda estreita que tentava contornar o local do deslizamento, Ben não conseguia parar de pensar nas coisas que o behemot disse a respeito da inimizade entre eles e os dragões-reis. Agora entendia aquela história assombrosa e, pelo menos em parte, também as implicações dela para o mundo em que viviam.

— *Nós tínhamos um pacto desde os primórdios* — revelou o monstro do Norte, quando Leannah mencionou a destruição do dragão-rei. — *Nosso poder se revezava na manutenção do mundo, de modo que os desertos se mantinham ao sul e as geleiras ao norte, e intervalávamos inverno e verão nas regiões centrais. Mas os dragões nos traíram. Isso aconteceu muito antes de os homens terem aparecido na terra. Nós éramos, de certo modo, os responsáveis por preparar o mundo para a habitação dos homens. Mas os dragões pensaram que o mundo seria um bom lugar para eles próprios habitarem, se conseguissem fazer o verão dominar de sul a norte. Ayom, o grande pai dos dragões me desafiou para um combate, e nós lutamos por um tempo tão longo que os homens hoje o contariam como décadas, até que eu consegui impor o poder do gelo sobre o fogo. Então, eu obtive a maior das vitórias e também a pior das derrotas. O mundo inteiro mergulhou numa era glacial e os dragões foram congelados. O tempo dos homens sobre a terra foi retardado por causa disso, e nós fomos punidos e igualmente congelados pelo desígnio de El. Permanecemos assim por incontáveis anos, até que El voltou a agir no mundo. Ele ordenou que tudo fosse descongelado, menos nós. Os dragões foram soltos com o objetivo de restabelecer o equilíbrio dos elementos, pois o calor havia praticamente desaparecido do mundo, mas nós continuamos em nosso sono glacial. Foi então que Ayom tentou descobrir onde os behemots estavam para nos destruir. De fato, ele teria feito isso, se não tivesse sido impedido.*

Ben se lembrou de Leannah ter perguntado se havia sido os irins quem impediram, e da surpreendente resposta do behemot.

— *Foi Leviathan quem o impediu.*

— *Então, Leviathan, tentou salvá-los?* — Leannah perguntou incrédula.

— *Mas não por nossa causa* — respondeu o behemot. — *Leviathan sabia que, se Ayom conseguisse seu intento, se tornaria o único poder dominante para todo o sempre. Por isso, ele nos atacou primeiro.*

— *Leviathan os atacou?* — Ben lembrava-se de ter perguntado, sem entender nada.

— *Ele destruiu dois behemots congelados antes que Ayom chegasse aqui com todo o bando de dragões. Para todos os efeitos, ele estava fazendo a vontade de seu senhor, mas na verdade, se destruísse dois behemots, o poder do gelo luminoso liberado chamaria a atenção dos irins. Por esse motivo, Ayom pretendia destruir todos os behemots de uma vez, pois quando os irins percebessem o ocorrido, seria tarde demais. Tudo aconteceu como Leviathan havia planejado. Os irins intervieram e descongelaram todos os behemots. Assim, quando Ayom chegou aqui, percebeu que não podia iniciar outra batalha que poderia lançar o mundo em uma nova era glacial. E, por isso, o equilíbrio foi estabelecido novamente.*

— *Então, por que os behemots tinham tanto ódio de Leviathan, se no fundo, ele os ajudou?* — perguntou Ben.

— *Quando os behemots despertaram, viram seus dois irmãos destruídos e souberam que Leviathan tinha feito aquilo... Infelizmente, eu só consegui compreender o que realmente aconteceu muito tempo depois, na verdade bem recentemente, até para os padrões humanos... De qualquer modo, não acreditamos que Leviathan fez isso por nossa causa, mas apenas porque desejava suplantar Ayom. Ele nunca foi nosso amigo.*

Aquilo fez Ben perceber que a trajetória do último dos dragões não havia sido só de desonra, mas que também estava longe de ter sido honrada.

— Eu não consigo parar de pensar nas batalhas entre os behemots e os dragões — disse Ben, vendo Leannah procurar outra passagem no gelo. Eles estavam exatamente no ponto em que Ben havia espatifado o gelo após terem fugido dos dente-de-sabre. Haviam tentado desviar o local por fissuras estreitas, mas elas acabavam naquele mesmo lugar — Será que poderia ter restado resquício de dignidade em Leviathan?

— É difícil dizer — respondeu Leannah, parecendo menos interessada no assunto do que Ben, e mais em encontrar o caminho. — Acho que nós teremos que escalar esse gelo — apontou Leannah. — Não consigo encontrar outro caminho pelas fendas. E se nos desviarmos muito da rota, pode ser que percamos ainda mais tempo.

Ben olhou para a imensa quantidade de gelo que obstruía o caminho. Imaginou-se tentando subir até o alto do monte e não gostou da ideia. Mas realmente não parecia haver outra opção. Se os bisontes ainda estivessem vivos, talvez eles pudessem levá-los por outras fendas. Mas a pé, Leannah e Ben dependiam de percorrer de volta a rota que já haviam seguido.

Ben começou a escalar os blocos de gelo, tentando se equilibrar nos monturos. Quando conseguiu avançar um pouco, estendeu a mão para Leannah a fim de ajudá-la a também subir. Duas horas depois, eles estavam no alto do monte de gelo, sem sentir as mãos, os joelhos ou os pés mais uma vez. E novamente tiveram que esperar até que Herevel os aquecesse suficientemente para que pudessem seguir viagem. Mas pelo menos, descer o monte até reencontrar o caminho da fenda seria mais fácil.

— Como Leviathan conseguiu destruir Ayom? — Perguntou Ben, colocando suas mãos próximas as de Leannah, bem junto à lâmina de Herevel e sentindo o calor da espada. — Você sabe algo a respeito?

— Foi muito tempo depois da batalha que destruiu Irkodesh — explicou Leannah. Um intenso rubor pintava as bochechas dela por causa do contraste do frio do gelo e do calor de Herevel — Certamente você já ouviu fragmentos dessa lenda. Ayom havia se aliado aos shedins e isso o desmoralizou perante os demais dragões. Porém ficou claro que os dragões já não eram o maior poder do mundo, uma vez que precisavam se submeter ao senhor da escuridão. Posteriormente, quando Ayom foi humilhado diante dos seus, porque um de seus ovos foi roubado por um homem e um kedoshim, Leviathan o desafiou para uma batalha e o destruiu com a ajuda de cinco dragões que haviam sido expulsos do bando por Ayom.

Ben assentiu, lembrando-se que de fato tinha conhecimento de fragmentos da história, especialmente da parte que dizia respeito ao roubo do ovo de Ayom. Se Ben não estivesse enganado, Enosh mencionara de passagem aquela lenda em Ellâh. A história tinha alguma relação com o momento e os motivos pelos quais Herevel foi dada aos homens por Ariel. O homem que havia roubado o ovo havia sido o próprio Omer, um antepassado de Thamam, o qual havia sido o primeiro a manejar Herevel. Ben havia visto Omer no salão dos espelhos.

Leannah se deu por satisfeita com o precário reaquecimento das mãos e recomeçou a caminhada, agora de descida, para finalmente retomar o caminho pelas fendas cada vez mais estreitas, que os levaria até o platô.

— Os rions apenas desejam ir embora, ou eles *precisam* ir embora? — Perguntou Ben, seguindo-a, e acreditando que estava entendendo um pouco mais a complexidade daqueles fatos. — No fundo, eles não apenas desejam ir, não é? Eles precisam!

— Os rions e os dakh só podem permanecer nesse mundo por dois motivos: o povo dakh porque ainda não recebeu o fogo tenebroso, e os rions por causa da aliança. Mas, no momento, a aliança não existe mais...

— Você disse que precisava descobrir mais informações sobre a aliança antes de visitarmos o salão do tempo. Conseguiu descobrir alguma coisa lá?

— A aliança nunca foi algo meramente formal como eu imaginava, ela tem uma função em relação à manutenção de Kerachir. Ela garante o direito dos rions de usarem o gelo luminoso para manutenção da cidade. A não renovação da aliança é um dos motivos pelos quais Kerachir está se deteriorando. E isso força os rions a abandonarem-na. Afinal, eles não fazem mais parte desse mundo há muito tempo. Em algum momento, todas as criaturas mágicas terão que partir para que os homens possam se desenvolver neste mundo.

— Se ainda houver um mundo... — disse Ben sombriamente.

— Sim, se houver um mundo — Leannah concordou.

— Os shedins não deveriam fazer parte desse passado também?

— Eles ainda têm uma reivindicação. E, portanto, ainda têm o direito de permanecer aqui. É uma questão de justiça.

— Reivindicação? Justiça? Como assim? Como demônios podem ter algum direito? — A justiça que rege a existência — disse Leannah com alguma rispidez. — Como eu lhe disse, ela é a realidade final. E, por causa disso, não pode destruir os princípios que a sustentam. Os shedins são usurpadores. Quanto a isso não há dúvidas. Porém, isso não significa que, até certo ponto, eles não seguiram caminhos legais para conquistarem o que conquistaram. Como eu lhe disse, eles têm uma reivindicação. A justiça que rege o universo precisa dar uma resposta para essa reivindicação. Enquanto isso, eles cumprem uma função nesse mundo.

Aquilo foi demais para o guardião de livros.

— Função! Não vejo função para os shedins nesse mundo. E que reivindicação eles têm direito de fazer? Nada disso faz sentido!

— As leis que regem a existência — explicou Leannah. — Elas não podem ser deixadas de lado, nem mesmo por aquele que as estabeleceu.

— E por que os shedins têm algum direito com base nessas leis?

— Porque eles induziram o ser humano à queda. Eles, com isso, não apenas adquiriram certos direitos sobre os homens, pois provaram a fraqueza humana, como também, levantaram um grande questionamento ao próprio criador.

— Como assim? Que questionamento é esse?

— Esse questionamento é, em primeira instância contra as dádivas concedidas pelo criador ao ser humano, e, em última instância, contra o próprio caráter de *El*.

— Contra o caráter de *El*? Como criatura caídas podem questionar isso?

— Eles se julgam instrumentos de *El*, pois não haveria o mal se o criador não tivesse, de algum modo, possibilitado isso.

— Então, eles atribuem o mal ao próprio criador? — Perguntou Ben, com espanto.

— Você nunca teve esse tipo de pensamento? Seja sincero. Nunca atribuiu ao criador a existência dos males que lhe afligem?

Ben teve que admitir. — É um pouco lógico, não é? Se alguém foi responsável pela criação de todas as coisas, e se o mal é parte integrante da criação, como o criador poderia se isentar de responsabilidade?

— Exato — disse Leannah. — Pois se ele for isentado de qualquer responsabilidade, como se o mal tivesse surgido de maneira aleatória, ou mesmo contrária à sua vontade, isso mostraria que o criador é limitado.

— Então, a existência do mal faz com que o criador seja uma de duas coisas: mau ou limitado?

Leannah concordou.

— Mas no fundo esse não é o pior dilema — prosseguiu Leannah, causando um sobressalto no guardião de livros.

— Como algo pode ser pior? — Perguntou Ben.

— Em última instância, é a própria existência de *El* que é questionada.

— Como assim? Os shedins não creem que *El* existe?

— Ninguém jamais viu *El*. — Ela respondeu com um dar de ombros.

— Compreendo — disse Ben. — Ninguém jamais viu o criador. E se ele existe, deduz-se que ou não é totalmente bom, ou é limitado. Então, em última instância, é mais lógico pensar que ele não existe.

— Os shedins impõem ao mundo o teste máximo. Desafiam a ordem da existência. A existência do mal é o grande questionamento para a própria existência do bem, pois como alguém pode aceitar que o bem existe e é absoluto, se o mal está aí o tempo todo aparentemente negando isso. Então, se não houver uma resposta, nenhum sentido haverá para a existência deste mundo. Em última instância o mal desafia a existência do próprio criador. Por isso, o criador precisa provar não apenas que o bem é supremo, mas que o bem existe, e que ele próprio existe, e é bom, e não é limitado.

— Não seria mais fácil o criador simplesmente intervir, esmagando todo o mal? Isso não provaria de uma vez por todas?

— De certo modo sim. Porém, a história tem revelado que esse não é o modo como ele normalmente age.

— Então, qual é o modo?

— Nas entrelinhas do livro da história. É ali que ele pode ser encontrado. O que comanda a história não é o que está escrito explicitamente no papel, mas o que não está escrito. As entrelinhas instigam nossa imaginação, elas nos fazem ver o invisível. É assim que o criador invisível pode ser visto.

As fendas dentro da geleira estavam no final e conduziram os dois ao ponto de entrada do Degrau. Porém, aquilo lhes custou a última noite do sexto dia.

As estrelas já estavam bem adiantadas em seu caminho no céu quando alcançaram o platô e Leannah chamou as corujas. Então, quando a luz do dia já se anunciava, a jornada se tornou suave outra vez. Porém, aquela parte da jornada ainda reservou um último momento de dificuldade que foi justamente a hora de montar as corujas. Os pássaros não tinham onde pousar na saliência, por isso precisavam pairar um pouco abaixo dela e aguardar que os viajantes saltassem sobre eles. Por sorte, o vento não estava tão forte daquela vez, e a largura do corpo das corujas facilitou a tarefa. A queda daquele ponto significava setecentos metros.

Na metade do sétimo dia, as corujas finalmente se aproximaram de Kerachir. O que parecia impossível estava acontecendo. Um verdadeiro milagre. Estavam meio-dia adiantados. Graça às ya'anas e ao sacrifício dos bisontes, parecia não haver mais motivos para desconfiar de que conseguiriam alcançar a passagem e retornar para Olam, antes que os habitantes do gelo se retirassem do mundo.

Ben pensava no quanto seus horizontes haviam se alargado desde o dia em que partiu de Havilá, e como nem em seus maiores sonhos de menino podia imaginar todos os lugares que conheceria e os desafios que enfrentaria. Viajar para o norte do mundo, contemplar e atravessar o Degrau, e conhecer o primeiro dos behemots, eram experiências que se somavam grandemente às recebidas anteriormente.

No entanto, a experiência mais marcante estava sendo conhecer melhor alguém que sempre esteve ao lado dele. Era irônico reconhecer que foi preciso ir até praticamente o fim do mundo para entender isso.

Ele agora a achava bela em todos os sentidos. Tinha a certeza de que não era por causa do Olho de Olam, pois ele havia ficado em Kerachir. Era por ela mesma, por sua pureza, simplicidade e sinceridade. Ele queria passar a vida inteira ao lado dela. Queria desfrutar de sua docilidade e sabedoria humilde cada dia, cada minuto, cada segundo da breve vida que o criador havia lhes confiado. Ele sabia agora que experimentar isso era um modo de tornar a eternidade condensada em breves momentos. *Nas entrelinhas* El *pode ser visto.*

Ben estava decidido a falar isso para ela. Não queria esperar chegar em Kerachir para lhe dizer que havia descoberto que a amava. Ele agora sabia o que era o amor. Não era aquele sentimento que teve por Tzizah. Queria dizer que, se ela ainda tinha algo dos sentimentos antigos por ele, então poderiam começar tudo outra vez. Podiam ser felizes. Felizes para sempre. Juntos. Mesmo que o *sempre* fosse apenas mais alguns dias naquela guerra.

De longe, Ben avistou as cúpulas translúcidas de Kerachir encravadas na montanha. Um brilho dourado parecia cobrir as construções das cidades de gelo. Ben imaginou que fosse Shamesh dourando a cidade, porém o céu estava encoberto na região de Kerachir.

Então, Ben sentiu o nó na garganta enquanto seu coração acelerou loucamente.

— Aquilo! — Apontou Ben. — Kerachir está em chamas!

* * * * *
* * * *

Naphal percebeu que Kerachir não resistiria por muito tempo. O fogo dos tannînins recobria grande parte das construções de gelo, e muitas torres e plataformas externas já haviam se despedaçado com poderosos estrondos. As criaturas escuras sobrevoavam em grande nuvem a cidade dos rions, criando um grande contraste com o branco de Kerachir, e continuavam despejando consistentemente fogo sobre ela, acrescentando mais uma tonalidade distintiva: o amarelo das chamas.

Havia vinte mil rions nas cidades de gelo, porém, no momento, as próprias construções os atrapalhavam, pois estavam presos dentro delas, e prestes a cair com a cidade. A maior defesa da cidade era a passagem que a isolava do mundo. O que os rions não podiam imaginar era que os shedins haviam recebido recentemente a informação sobre o modo de abri-la. Aquele segredo havia sido bem guardado pelos poucos que o conheciam. Atualmente, apenas uma pessoa no mundo, além de Thamam, tinha estado em Kerachir e sabia como fazer isso. O cashaph.

Não havia qualquer sinal dos dois jovens que haviam partido de Olamir para Kerachir. Naphal sabia que eles ainda não haviam retornado para Olam, pois não tinham mais sido vistos. Como Naphal esperava, eles não estavam mais nas cidades de gelo, pois os rions não tinham o gelo luminoso, e só haveria um lugar onde ele poderia ser encontrado. No Norte. Por isso, era praticamente certo que a portadora do Olho tivesse seguido para o norte ainda mais longínquo atrás dos behemots. Naphal apenas não contava que ela deixaria o Olho de Olam em Kerachir. Isso, entretanto, fazia o plano dele ter ainda mais chances de dar certo. Por isso, havia ordenado o ataque maciço à cidade.

Os guerreiros selecionados por Naphal estavam estacionados no aclive da montanha em frente de Kerachir, separados pelo abismo e distantes das setas dos arcos dos rions, mas perto o bastante para os anaquins dispararem rochas gigantes incendiadas, com suas catapultas, contra a cidade. As pedras revestidas de betume viajavam continuamente contra as muralhas suspensas espatifando gelo e lançando rions das alturas para o abismo.

Os rions planejavam se retirar definitivamente do mundo, e fariam isso o mais rápido possível. A aliança não havia sido renovada. E, sem o gelo luminoso, os rions não poderiam sobreviver por muito tempo em Kerachir, uma vez que o poder da escuridão avançava e ameaçava as construções milenares. O plano de Naphal era garantir que eles fizessem isso logo. Ou, se tivesse sorte, destruí-los antes disso.

O maior problema que Naphal enfrentou havia sido o pouco tempo disponível para movimentar um grande exército para o norte em tão poucos dias. Mas não precisavam de um grande exército para realizar o plano. Só precisavam de uma estratégia claramente definida. Naphal estabeleceu a estratégia ainda dentro da cortina de trevas, e agora, a estava pondo em prática, com admirável sucesso. Havia selecionado os guerreiros, e ao que tudo indicava, aquele plano poderia lhes dar a vitória final antes mesmo de ocorrer uma batalha final.

No fundo você só está fazendo isso pela garota — as palavras de Rum, ditas antes que o príncipe de Ofel partisse para o leste ao longo do Perath, lhe voltaram. — *Você está fascinado por ela, não está?*

Ela é só uma mulher humana — ele havia repudiado a investida do colega.

Não seria a primeira vez que um de nós se interessaria deste modo por uma mulher humana — Rum fez sua risada ecoar pelas águas do Perath. — *E nós dois sabemos que ela é muito mais do que uma simples mulher humana.*

Estou lutando pela supremacia das trevas — disse Naphal com firmeza.

Então, boa sorte com a sua iluminada.

Os primeiros que partiram para o norte sob as ordens de Naphal foram os tannînins. Centenas deles haviam deixado a cortina de trevas e voado para as Harim Keseph, e três dias antes do restante do exército chegar, os dragões já atacavam sistematicamente as cidades de gelo, preparando o terreno para a chegada dos guerreiros por terra. Naquela manhã, o pequeno, porém poderoso exército, havia estacionado diante das plataformas suspensas, e imediatamente iniciado o ataque.

Ao meio do dia, as resistências de Kerachir haviam se enfraquecido muito. Se tudo corresse como Naphal havia planejado, no entardecer aconteceria a segunda e mais importante parte do plano. Aquele seria o momento em que precisariam ter mais cuidado, pois qualquer excesso poderia produzir resultados inversos. Mas, se tudo desse certo, os shedins eliminariam três inimigos de uma só vez.

Ela não precisaria realmente ser uma inimiga — Naphal não conseguiu evitar o pensamento.

As marcas da batalha dos rions com os tannînins podiam ser vistas sobre o gelo de Kerachir. Evidentemente os rions fizeram de tudo para defender a cidade do ataque alado, e os vários corpos de tannînins abatidos testemunhavam que obtiveram algum sucesso naqueles três dias. As lanças de gelo disparadas do interior da cidade eram mortais para as criaturas de fogo. Porém o fumo escuro que cobria as cúpulas semiderretidas, e as várias torres que eram só monturos de gelo despedaçado e derretendo, também demonstravam que os dragões haviam causado grandes abalos na cidade. O intento estava sendo alcançado e isso valia o sacrifício dos tannînins. As defesas de Kerachir estavam pouco a pouco se enfraquecendo.

O príncipe shedim também havia escolhido cuidadosamente o exército para cercar Kerachir. Como o tempo que dispunham era curto, precisava de guerreiros capazes de percorrer a longa distância desde o Perath em menos de sete dias.

Os anaquins foram indicados para a missão. Os gigantes podiam cobrir grandes distâncias a pé com suas passadas largas. Naphal sabia que eles seriam fustigados pelo frio com o qual não estavam acostumados, mesmo assim solicitou ao senhor dos anaquins cinquenta dos seus melhores guerreiros, calculando acertadamente que menos de trinta conseguiriam chegar nas cidades de gelo. Eles seriam úteis para mover as catapultas capazes de cobrir a distância do abismo diante da cidade.

Os sa'irins também tinham força e velocidade para percorrer a distância do Perath até Kerachir, e seus corpos peludos sofreriam bem menos com o frio. Duzentos dos soldados demoníacos haviam marchado para o norte. E para completar o exército, Naphal liberou uma grande quantidade de oboths que entraram na pele de lobos, dentes-de-sabre e alguns ursos encontrados na região. As feras desfiguradas apenas aguardavam o momento de invadir a cidade.

Apenas três shedins lideravam o exército. Além do próprio Naphal, Rahá, príncipe de Erzel, e Urfã, príncipe de Eldor, todos montando dragões, assistiam o ataque, sem se envolver. A função dos três era mais técnica do que prática. Além disso, a presença do Olho em Kerachir os obrigava a ficar longe.

Os tannînins e a artilharia dos anaquins estavam conseguindo fazer seu trabalho reduzindo as defesas dos rions sobre as plataformas. Porém, no momento certo, precisavam atingir a plataforma central onde estava o Olho de Olam.

— A garota partiu para o norte e deixou o Olho de Olam — Naphal falou com os outros dois shedins, apontando para a plataforma central. — Os rions o estão usando para abrir a passagem. Mas nós não daremos oportunidade aos rions de irem embora. Kerachir cairá hoje!

E se eu conseguir pegar o Olho de Olam, talvez, eu consiga convencê-la a ir comigo...

Porém, Naphal estava decidido a seguir com o plano até o fim. Se não fosse possível pegar o Olho, ou se ela se recusasse a segui-lo, de um jeito ou de outro, ele não podia colocar o destino dos shedins em risco. Pelo menos ainda não. Kerachir tinha que ser anulada naquele dia. E também todos que estivessem nela.

Naphal ordenou que as duas catapultas gigantes fossem adiantadas.

O príncipe shedim observou quando os anaquins empurraram os instrumentos até menos de vinte metros do abismo. Então, revestiram uma grande pedra com betume e a colocaram na catapulta que estava mais adiantada. Em seguida, os tannînins desceram e cuspiram fogo sobre ela. Dois anaquins gemeram puxando as grossas correntes, então o mecanismo girou e a catapulta se armou. O zunido foi assustador quando a rocha incandescente se soltou e viajou na direção da plataforma central. Com um poderoso estrondo, a pedra atingiu uma das torres de guarda, espatifando-a inteiramente. Um grande bloco de gelo se soltou da muralha e desceu para o precipício.

Naphal acreditou que havia sido um bom teste.

— Aproximem mais! — Ordenou o príncipe shedim. — Mas só disparem quando eu ordenar!

Quatro anaquins empurraram as duas catapultas para mais perto do abismo e encaixaram as pedras. No entanto, àquela distância, colocaram-se dentro do alcance dos arcos dos rions. Instantaneamente, uma chuva de flechas brilhantes cobriu os dois gigantes que empurravam a primeira catapulta. A pele grossa dos anaquins poderia resistir muitas daquelas setas, mas não toda aquela quantidade que caiu sobre eles. Imediatamente, as pernas dos anaquins se enrijeceram, e Naphal viu o gelo prendendo-os ao chão e subindo pelo corpo. Uma pedra de gelo foi lançada de dentro da cidade e despedaçou um dos gigantes espalhando pedaços em todas as direções. Outra pedra voou em seguida e carregou o segundo gigante para o abismo.

Aquilo foi uma prova de que os rions ainda não estavam suficientemente enfraquecidos. Por isso Naphal ordenou que os tannînins reforçassem o ataque, e também chamou os sa'irins e ordenou que disparassem suas lanças contra os defensores da plataforma.

Os tannînins imediatamente obedeceram e despejaram fogo sobre as sentinelas que defendiam a plataforma central. Em resposta, lanças de gelo subiram brilhantes de dentro da cidade em busca dos dragões. Os sa'irins se adiantaram e fizeram uma verdadeira chuva de lanças explodirem na plataforma central.

Aproveitando que os rions precisaram se defender dos tannînins e dos sa'irins, os dois gigantes que empurravam a segunda catapulta abandonaram-na e correram em direção à primeira que estava mais próxima da cidade. Alçaram uma grande pedra e incendiaram o betume. Os rions ainda tentaram impedir o lançamento, disparando setas e lanças contra os dois anaquins, mas não conseguiram evitar o disparo.

Naphal observou contrariado a pedra de fogo se soltar e voar em direção à plataforma central. Porém, os rions conseguiram disparar uma pedra de gelo de dentro de Kerachir e as duas se chocaram e explodiram sobre a cidade, lançando uma verdadeira chuva de fogo e gelo sobre os dois exércitos.

— Eu disse para esperarem pela minha ordem! — Vociferou Naphal.

Entretanto, naquele momento, o príncipe shedim viu as duas corujas voltando para Kerachir. Então, compreendeu que não havia mais motivos para ter cautela.

— Empurrem todas as catapultas para a frente — ordenou Naphal sem se importar com o número de gigantes que seriam despedaçados. — Mirem na grande plataforma! Disparem todas as pedras possíveis. Eu quero ver aquela plataforma no chão!

*****
****

— Eu preciso alcançar a plataforma central! — Disse Leannah gesticulando, ao ver a destruição já produzida pelo ataque shedim.

Em seguida, ela mergulhou com a coruja branca para o meio da batalha. De longe, Ben a observou pensando na aparente insensatez do gesto. A frágil coruja voou para o meio dos bandos de tannînins escuros que atacavam a cidade. Ben imaginou que se os dragões não derrubassem a coruja, isso seria feito pela artilharia dos gigantes que continuava lançando pedras imensas contra as muralhas brancas, ou pelos sa'irins que disparavam suas lanças.

A cena que tinha diante de seus olhos era inacreditável. Kerachir estava prestes a cair. As pedras incandescidas, lançadas das catapultas, atingiam com estrondos terríveis os paredões e as plataformas suspensas da grande cidade de gelo. O efeito era devastador. O gelo se desfazia e despencava para o abismo levando centenas de rions consigo. Ben sentiu todas as dúvidas atordoando-o naquele momento. Como eles haviam conseguido chegar até ali? Como haviam conseguido encontrar a passagem?

Com Herevel em punho, Ben forçou-se a abandonar aquelas dúvidas e se apressou em seguir Leannah. Não adiantava tentar entender o que estava acontecendo. Só havia uma coisa a ser feita. Tentar ajudar Kerachir. Porém antes, Ben pensava em oferecer alguma cobertura para Leannah, mesmo que a posição que o obrigava a ficar praticamente deitado sobre a coruja dificultasse qualquer ação por parte dele em batalha.

Entendia o motivo de Leannah em tentar alcançar a plataforma central. O Olho de Olam estava lá. A plataforma, como todas as demais, parecia prestes a desabar sob o impacto das rochas incandescentes lançadas pelos anaquins. Mas se Leannah alcançasse o Olho, aquela batalha mudaria completamente. Provavelmente, os shedins soubessem disso, e fariam de tudo para impedi-la de chegar até lá.

Fazendo esforço para seguir Leannah, o guardião de livros viu horrorizado quando dois tannînins perceberam a presença das corujas e voltaram sua atenção para elas.

Os dragões imediatamente cuspiram fogo na direção de Leannah. A coruja branca conseguiu esquivar-se, passando no meio dos dois jatos de fogo, e também entre os dois dragões. No mesmo instante, uma grande rocha lançada pelos gigantes passou a poucos centímetros dela. Ben percebeu que o fogo lançado contra Leannah pelos tannînins vinha exatamente na sua direção, pois ele seguia logo atrás dela. Sem opção, freou o voo da coruja, puxando bruscamente os arreios que faziam suas asas se abrirem. As duas longas asas se inflaram e detiveram a velocidade. Ben viu o fogaréu passar bem à sua frente, e sentiu o calor próximo demais. Porém, aquele atraso fez com que ele perdesse Leannah de vista. Ela não estava mais em lugar algum. Ben se desesperou procurando o corpo do grande pássaro no chão, temendo que talvez tivesse sido atingido. Mas não teve tempo de fazer mais nada. Um tannîn estava bem diante dele. Além de mais velozes, os dragões eram maiores do que as corujas, tornando a batalha muito desigual. Ben conseguiu evitar ser atingido por um novo jato de fogo, inflando outra vez as asas do pássaro, então, sacou Herevel. O próximo jato de fogo foi detido pela espada. O pássaro ganhou impulso no exato momento em que o fogo cessou. O dragão estranhou aquele movimento. Mas antes que a criatura alada pudesse lançar fogo outra vez, Ben saltou da coruja e golpeou o dragão no ar. Herevel decepou o pescoço da criatura e o corpo despencou inerte para o abismo diante de Kerachir. Para o mesmo lugar Ben começou a despencar, porém, a coruja estava abaixo dele, e ele se viu aterrissando sobre as asas abertas.

Ben tentou localizar Leannah, então sentiu um misto de alívio e horror. A coruja prateada não havia sido abatida, porém um dragão estava atrás dela, muito próximo. Por estar na retaguarda, o dragão tinha uma visão mais clara do alvo, e a coruja não era veloz o suficiente para se desviar. Leannah ainda tentou manobrar, porém um jato de fogo atingiu a asa direita do pássaro e ele perdeu altitude. Ben percebeu que um novo jato seria fatal, então, tomou uma atitude desesperada. Arremessou Herevel contra o dragão. A espada voou certeira e se encravou no pescoço da criatura no exato momento em que novo jato de fogo era disparado. Porém, o fogo saiu pela abertura criada por Herevel, e aumentou ainda mais o rasgo no pescoço da criatura. O tannîn percebeu que ia cair e tentou se elevar, mas foi só o suficiente para que Herevel voltasse a ficar ao alcance de Ben. Ele viu a espada solta no ar e mergulhou com a coruja alcançando o cabo da espada.

De relance, ele viu que a coruja que conduzia Leannah não conseguia mais voar e tentava pousar em algum lugar aos pés da muralha de gelo. Em desespero, Ben tentou alcançá-la outra vez, mas antes teve que lidar com novo ataque dos tannînins. Dois dragões pareceram antever as intenções dele e o cercaram. Não havia tempo para evitar as chamas dos dragões com o movimento de frear o voo da coruja, por isso ele fez o pássaro girar de costas e perder altitude caindo de cabeça para baixo. O movimento foi muito brusco e fez com que se livrasse das chamas, porém a coruja não teve agilidade suficiente para voltar à posição vertical, e despencou.

Ben viu Leannah já muito próxima do chão e do abismo em frente ao portal de Kerachir. Ele próprio também estava caindo naquela direção.

A coruja com Leannah bateu sobre a passarela que cobria o abismo, atingiu o chão e deslizou na direção do portal, sumindo momentaneamente do campo de visão do guardião de livros. Ben mergulhou atrás dela, conseguindo com um último esforço voltar a posição vertical. Agora precisava se livrar do ataque de três dragões que vinham em seu encalço. Para seu alívio, enxergou Leannah se desvencilhando da coruja. O corpo do pássaro e a penugem alta haviam amaciado a queda.

Voando muito baixo, Ben pressentiu que um dos dragões estava perto o suficiente para atingi-lo também, e não esperou que isso acontecesse. Soltou-se da coruja e deslizou sobre o gelo, dando condições ao pássaro prateado de se desviar do ataque dos dragões. Porém, a coruja não conseguiu se elevar e também caiu sobre o gelo alguns metros à frente.

Os rions sobre a muralha viram que eles estavam sendo atacados e deram cobertura disparando contra os tannînins. Um dos perseguidores foi atingido e despencou congelado para o abismo. Os outros dois dragões revidaram os disparos dos rions, mas recuaram ao perceber que estavam dentro do alvo das flechas e lanças de gelo.

— Você está ferida? — Ben perguntou para Leannah, ajudando-a a soltar as pernas do corpo da coruja.

— A plataforma! — Gritou Leannah apontando para uma pedra de fogo que viajou para o pátio central.

No mesmo instante, uma pedra de gelo foi disparada do interior de Kerachir e atingiu parcialmente o objeto de fogo. O impacto fez a rocha incandescida desviar--se da rota e atingir a montanha muito perto de onde eles estavam. A explosão fez pedaços de gelo e fogo se espalharem em todas as direções. Ben usou Herevel para espatifar vários estilhaços que vieram contra eles, protegendo Leannah atrás de si.

Ben viu o alívio nos olhos dela quando percebeu que a plataforma ainda não havia sido destruída. Mas o alívio durou pouco.

Os dragões concentraram-se nos rions que defendiam a plataforma central, e isso fez com que a passarela ficasse momentaneamente desprotegida. Ben viu as demais criaturas das trevas começando a avançar por terra sobre a passarela na direção do portão. E eles estavam exatamente no caminho deles.

— Acho que a minha coruja consegue voar! — Ben apontou para o pássaro que estava se levantando naquele momento. — Tente alcançar a plataforma! Eu vou defender a passarela.

Leannah correu até a coruja e se lançou nas costas do animal. Ben a ajudou a prender o cinto em volta das pernas. Em seguida, as longas asas se inflaram e ela se elevou.

Ben sabia que as chances de Leannah conseguir o intento eram mínimas, porém não podia mais prestar atenção nela, só lhe restava torcer que a garota alcançasse a plataforma central onde estava o Olho de Olam. Não sabia o que ela faria se conseguisse chegar lá, mas de qualquer modo, isso agora não importava para ele. Ele tinha diante de si um bando de sa'irins e criaturas macabras que avançavam pela passarela.

Ao longe, viu também os três shedins montando tannînins. Um deles era Naphal. Ben o reconheceu apesar das distorções acentuadas no corpo do she-dim, e estranhou a posição dele e dos dois companheiros. Pareciam só observar a batalha. Lembrou-se do que Leannah havia falado sobre a situação deles agora que o Abadom estava aberto. Se fossem abatidos ninguém sabia o que aconteceria com seus espíritos. Ben imaginou que talvez eles não quisessem correr risco. E nem precisavam, pois, o exército shedim estava vencendo a batalha com facilidade.

Herevel faiscou com a aproximação dos inimigos. Ben sentiu o poder da espada se conectando com sua mente. Eram um só. Lembrou-se de Omer e de tudo o que Herevel podia fazer. Tinha que encontrar uma maneira de fazer aquela espada revelar todo o seu poder. Sabia que tinha relação com a pedra vermelha. Ela era o coração da espada controlando as pedras brancas. Sentiu seu próprio coração pulsando. Então, misteriosamente, a espada parecia pulsar também. Como um casal dançando em harmonia, sem nenhuma das partes querer se impor sobre a outra, antes, cada um ocupando os espaços com naturalidade, assim ele e a espada começaram a se mover. Sentiu que isso era um avanço. Nas outras vezes, ou ele tentava domar a espada, ou a espada precisava dominá-lo. Naquele momento, pela primeira vez, havia uma certa sincronia.

Ben correu ao encontro dos inimigos que avançavam ruidosamente. O primeiro golpe decepou a cabeça de um sa'irim. O segundo espatifou o crânio de um lobo desfigurado que tentou abocanhá-lo. Herevel se inflamou sobre a passarela e começou a fazer os inimigos despencarem para ambos os lados, numa sucessão vertiginosa de golpes. Herevel soltava pequenas descargas e flashes de luz como relâmpagos. Ben era só um guerreiro solitário contra a massa de guerreiros sombrios, porém, por um momento, foi a massa sombria quem teve que recuar por causa da estreiteza da passarela e porque Herevel estava em ação.

O guardião de livros se viu avançando sobre o gelo da ponte. Conquistou cada passo com golpes poderosos que mandavam dois ou três inimigos para o abismo de uma só vez. Mas aquilo era pouco, insignificante na verdade, em face da batalha que se desenvolvia ao seu redor.

Os gigantes continuavam lançando pedras de fogo contra Kerachir, e a cidade se defendia com pedras de gelo. Porém, o fogo estava, aos poucos, vencendo o gelo. A maioria das plataformas suspensas já havia desabado com os estrondos das pedras, impossibilitando aos rions continuarem defendendo a plataforma central por muito tempo. Os dragões despejavam chamas sobre as cúpulas, e poucos deles agora eram atravessados por lanças geladas disparadas pelo povo cinzento. Ben percebeu que a queda de Kerachir era só uma questão de tempo.

Com grande esforço, ele alcançou o final da passarela, impedindo momentaneamente que os inimigos pudessem acessá-la. Aquilo, ao menos, atrasaria a invasão. Porém, viu todo o exército sombrio espalhado à sua frente, quase como se o estivessem atraindo. Apesar de seu avanço sobre a ponte estreita e do recuo dos malignos, aquilo não significava nada em relação à sobrevivência da cidade se não conseguisse deter as catapultas.

Num relance, enquanto os malignos investiam contra ele tentando retomar a passarela, Ben localizou as duas catapultas mais próximas do abismo. Os anaquins haviam conseguido posicionar uma delas muito próxima da cidade. Era a maior catapulta que Ben já havia visto. Tinha um mecanismo de torção tão reforçado que precisava de seis gigantes para manejá-lo. Viu os anaquins empurrando a rocha na direção da catapulta. Instantaneamente compreendeu que, se a pedra fosse incandescida e lançada na direção de Kerachir, nenhuma estrutura ficaria em pé. A plataforma central seria despedaçada.

Ele precisava impedi-los, porém, se abandonasse a passarela, isso facilitaria a invasão da cidade. Por este motivo, ele tomou uma difícil decisão. Golpeou a passarela com Herevel, mandando para o abismo o caminho de ligação. Isso impediria momentaneamente o exército de avançar, mas o deixava no meio das trevas, sem caminho de retorno.

Ben abriu caminho na direção do mecanismo. Enfrentou os sa'irins que lhe barraram o progresso, desviando-se das estocadas das lanças, e das abocanhadas mortais, contra-atacando com igual ferocidade, despejando golpes com Herevel. Sentiu o metal das lanças raspando sua armadura semidourada nos golpes que não conseguiu evitar totalmente, e agradeceu à Gever por ter lhe dado aquela proteção. Mesmo assim, parecia impossível alcançar a catapulta.

Os rions refugiados na plataforma central, a última que permanecia, também perceberam o intento dos shedins e o poder daquela catapulta. As lanças geladas e as setas dos arcos começaram a desabar como chuva sobre a quina do despenhadeiro. Aquilo abriu um clarão à frente do guardião de livros. Ele avançou, saltando corpos atravessados por lanças, temendo também ser atingido por alguma. Mas a mira e a precisão dos rions era lendária. Eles lhe deram cobertura e possibilitaram que avançasse.

Um anaquim viu sua aproximação e se colocou no caminho. O corpanzil do gigante balançou quando tentou acertá-lo com um golpe de mangual. A estrela de ferro passou próxima da cabeça de Ben, enquanto ele se lançava e deslizava pelo meio das pernas do gigante. Somente parou ao bater com os dois pés em uma das rodas da catapulta. No mesmo instante, outro gigante o atacou brandindo a estrela de ferro que era maior do que o corpo de Ben. O objeto afundou o terreno onde o guardião de livros estava, só um segundo após ele rolar e se esconder debaixo da catapulta. O gigante se recuperou do golpe desperdiçado e atacou novamente, tentando atingir as pernas de Ben que estavam desprotegidas, e por pouco não despedaçou a própria catapulta. Ben teve que abandonar o esconderijo quando viu os sa'irins correndo na direção dele. Então, teve que enfrentar um novo golpe do mangual do gigante, dessa vez em diagonal. Ben moveu Herevel ao encontro da estrela de ferro sentindo-se como uma criança se defendendo do golpe de um adulto. Mas Herevel mostrou seu poder e a estrela do mangual foi rebatida. O objeto atingiu a catapulta arrebentando algumas correias.

Ben saltou sobre a catapulta e tentou cortar as grossas correntes que lhe davam sustentação a fim de inutilizá-la completamente. Conseguiu cortar uma delas, mas teve novamente que lidar com a nuvem de sa'irins que o cercou, obrigando-o a se defender mais uma vez.

Novamente Ben se viu no meio de um combate corporal, precisando se desviar de estocadas de lanças dos sa'irins, mordidas de feras enlouquecidas, e golpes de manguais dos anaquins.

Do alto da catapulta avariada ele saltou sobre a cabeça de um anaquim. Antes que o gigante conseguisse atingi-lo, ele enfiou Herevel direto no crânio do gigante. A queda do anaquim abriu caminho entre os sa'irins e possibilitou que Ben corresse na direção da outra catapulta que estava ainda mais adiantada, em posição para atingir a grande plataforma.

Os sa'irins o cercaram impedindo-o de alcançar a outra catapulta. Ele teve que enfrentá-los todos de uma vez. As lanças tentaram perfurá-lo, mas ele quebrou três delas com Herevel. Decepou a cabeça de duas criaturas com um único golpe, e lançou-se para fora do cerco, correndo com todas as forças na direção da catapulta.

Subitamente, um urso desfigurado surgiu à sua frente. Ben se assustou com a ferocidade do animal e lamentou mais aquele atraso. As garras eram como navalhas e o animal saltou na direção dele. O guardião de livros imaginou que vários oboths deveriam estar possuindo aquela fera. Não deu tempo de fugir ou sair do caminho. A criatura veio rosnando terrivelmente em sua direção. Ben estocou-o com Herevel, mas o monstro continuava avançando, e Ben se viu obrigado a recuar, enquanto golpeava continuamente o urso. Para seu desespero, Ben tropeçou em algo e caiu de costas no exato instante em que o urso caía sobre ele. Ben se viu coberto por pelo e sangue do animal. Por um momento, acreditou que aquilo seria sua sepultura. Então, invocou o poder de Herevel, e de algum modo, a espada deu forças para que ele empurrasse o corpanzil e se livrasse do peso da criatura destroçada. Ben subiu sobre o animal abatido enquanto nova chuva de flechas brancas dos rions dizimava criaturas em volta, dando-lhe condições de observar com mais atenção o exército inimigo.

Viu os anaquins empurrando a outra catapulta e percebeu que teria que repetir todo o esforço feito até ali, pois, daquela distância, uma rocha arremessada poderia destruir a plataforma central.

Então, ao longe, enxergou uma cena que lhe causou confusão. Os três shedins estavam se afastando. Eles cavalgavam os tannînins e pareciam estar indo embora.

Aquilo o desnorteou. O exército shedim claramente levava vantagem, porém a batalha ainda não estava ganha. E se Ben conseguisse destruir a segunda catapulta, talvez Kerachir pudesse aguentar até Leannah pegar o Olho de Olam. A menos que Leannah já tivesse conseguido pegar a pedra, e, ao ver isso, os shedins estivessem indo embora para não terem que enfrentar o Olho. Ben olhou para a plataforma central, mas não viu Leannah. Ao que tudo indicava, ela não havia conseguido chegar lá. O abandono dos shedins não fazia nenhum sentido.

Então, Ben percebeu que sua distração custou caro. Ele viu a pedra de fogo na catapulta. Era uma verdadeira montanha incandescente. Mesmo que Ben tentasse impedir o lançamento, não daria tempo. De qualquer modo, os sa'irins o cercaram outra vez. Ele teve que se defender das estocadas de lança. De relance, viu novamente a grande plataforma de Kerachir e teve a impressão de ver uma coruja prateada decolando.

O forte zunido fez Ben perceber que a pedra de fogo havia sido disparada da catapulta. Ele havia conseguido abater o último sa'irim que o atacava, porém não podia mais deter a catapulta. Ben viu também uma grande pedra de gelo lançada de dentro da cidade. O objetivo dos rions era tentar deter a rocha incandescente, como já haviam conseguido fazer antes com rochas menores. Mas aquela rocha de fogo era muito grande. Tudo o que o gelo conseguiu foi apenas desviar um pouco a rota da grande pedra. Não era suficiente para livrar a plataforma.

Por uma fração de segundos, todos os olhos se voltaram para a plataforma. O tempo passou mais devagar. A batalha ao redor de Kerachir parou na expectativa da destruição da plataforma. A grande rocha voou certeira na direção onde estava o Olho de Olam.

Subitamente, Kerachir se iluminou. O gelo brilhou com um esplendor misterioso. Então, a pedra de fogo se chocou contra a quina da plataforma e se despedaçou. Os pedaços incandescentes deslizaram para o abismo. Surpreendentemente e incompreensivelmente, o impacto não causou qualquer efeito na plataforma central.

Então, Ben entendeu o que havia acontecido. Leannah alcançara a plataforma e ativara o poder do Olho de Olam, criando uma proteção de energia para Kerachir. Por isso os shedins abandonaram a batalha.

Algo assustador aconteceu em seguida. As estátuas de gelo dos tannînins começaram a ganhar vida sobre as muralhas. O poder do Olho de Olam fez os tannînins de gelo decolarem das cúpulas, das quinas e, principalmente, da plataforma central. Então, um duelo de dragões aconteceu nos céus de Kerachir. Os tannînins de gelo, em muito maior número, perseguiram os dragões de fogo que ainda atacavam a cidade. O gelo começou a apagar o fogo. O volume de gelo subitamente havia se tornado muito maior.

Ben viu dois tannînins duelando acima de sua cabeça. O fogo do tannîn foi detido pelo gelo do adversário. Num segundo, o fogo se apagou e o gelo revestiu a criatura de fogo. O corpo do tannîn despencou das alturas e se espatifou no solo.

Mais tannînins de gelo ainda estavam decolando das altas muralhas de Kerachir e dos grandes salões interiores aonde a batalha não havia chegado. Eles cuspiram líquido transparente sobre os sa'irins e gigantes do outro lado da passarela, congelando instantaneamente os adversários. Os oboths não tiveram tempo de abandonar os hospedeiros e ficaram presos em grandes cubos de gelo. Num instante, a batalha havia mudado completamente. Ben parou de lutar. Ninguém mais tentava atacá-lo. A luz de Kerachir dominava totalmente a paisagem. Em questão de minutos, o exército de Naphal foi totalmente destruído ou congelado diante de Kerachir.

Ben ouviu os brados de vitória repercutindo das alturas da cidade. Ele próprio havia começado a comemorar. O que parecia ser uma derrota certa, havia se tornado numa estrondosa vitória. A chegada deles havia mudado completamente o rumo daquela batalha. Ben olhava ao redor ainda sem conseguir acreditar, especialmente pela rapidez com que haviam conseguido esmagar o exército shedim. Nunca haviam conseguido vencer uma batalha daquele modo. Mesmo timidamente, Ben começou a erguer a espada e a soltar alguns brados de vitória, enquanto olhava ao redor. Porém, naquele momento, Ben viu shamesh se aproximando do horizonte, então, subitamente, todo alívio sumiu do rosto do guardião de livros, e foi substituído pelo mais completo desespero.

— O pôr-do-sol! — O peso da compreensão quase o fez cair de cima do cadáver do urso. Subitamente, o guardião de livros se lembrou dos três shedins abandonando a batalha antes do fim. — Eles foram embora pensando que haviam sido derrotados, e venceram! — Disse Ben, olhando ao redor. Mas os rions não podiam entender o desespero dele, e continuavam comemorando.

Após o pôr-do-sol nenhuma passagem poderia ser aberta para Olam. Os rions abandonariam Kerachir, como havia sido combinado. E ele e Leannah ficariam presos no norte gelado para sempre.

Seu desespero contrastava com a comemoração dos rions. Ele encontrou a passarela secundária e a atravessou, correndo em direção ao pátio central.

Viu Leannah com as duas mãos sobre a pedra branca encaixada na quina da plataforma. Ela estava comandando os tannînins de gelo. As criaturas estavam retornando para as construções aos seus lugares de origem.

— Tudo isso só nos prendeu aqui! — Ben gritou ao se aproximar dela. — Naphal partiu antes do fim da batalha. Nós também precisamos partir imediatamente, antes que a passagem se feche!

— Não dá mais tempo — disse Leannah.

Então Ben percebeu que ela também havia compreendido. De fato, com a lentidão das corujas, demorariam uma hora para alcançar a passagem. E o pôr do sol aconteceria em minutos.

— Você não pode reprogramar o Olho? Não pode evitar que ele abra a passagem para os rions e feche a passagem para Olam?

— Não. Somente o patriarca pode fazer isso agora.

Ben viu o sol afundado pela metade atrás da montanha de gelo e compreendeu que não havia mais esperança. O guardião de livros assentou-se num bloco congelado, levou as mãos sobre o rosto, e sentiu o gosto amargo da derrota, ao compreender que os shedins haviam vencido a guerra antes mesmo de acontecer uma batalha final.

— Sacrificamos tudo por nada — desabafou o guardião de livros. — Isso não foi uma vitória rápida. Isso foi uma terrível derrota.

9 — O Segredo do Cashaph

Adin ficou paralisado ao compreender o que havia acontecido. O estranho homem cheio de caroços e escoriações havia sugado a vitalidade de Anamim, depois o havia lançado para dentro da lava que brotava do lugar onde estivera o nephilim.

Os gritos desesperados do jovem latash enquanto via o homem se alimentando da energia dele, ainda ecoavam na mente de Adin. Por mais traidor que Anamim tivesse sido, Adin não conseguiu evitar o sentimento de pena diante do sofrimento e do desespero dele.

Thamam não havia mencionado a existência de outra pessoa em Nod além de Timna. Por tudo o que Adin sabia, Anamim era o cashaph, o terrível feiticeiro das pedras que manipulava magia do Abadom, e havia enganado a todos. Nas palavras de Thamam, o jovem latash era um inimigo tão perigoso quanto os shedins. Mas agora estava morto. Quem quer que fosse o estranho homem, Adin percebia que se tratava do verdadeiro inimigo que precisavam enfrentar.

Adin continuava escondido junto às duas grandes estátuas de cavaleiros com suas imponentes armaduras, e observava o homem pelas costas. Por sorte, todo o salão subterrâneo estava imerso em sombras, então, apesar do medo de ser descoberto, ele tinha relativa segurança de estar bem oculto. A única luminosidade vinha de dentro do fosso, mas não o alcançava ali quase na saída.

Os dois pergaminhos de Thamam estavam com o estranho agora. Antes de empurrar o corpo do latash para o fogo ardente, o homem havia arrancado os objetos da cintura dele.

O homem continuava com as duas mãos sobre o parapeito circular de pedra, olhando para dentro do fosso de onde a fumaça e o enxofre brotavam da lava ardente, sem se incomodar com o cheiro ou com o calor. A luminosidade avermelhada iluminava apenas o queixo dele. O resto estava encoberto pelas sombras e pelo capuz. Parecia querer se certificar de que o latash estava mesmo morto, mas não havia dúvidas nesse sentido. Anamim já estava seco antes mesmo de ter sido lançado para dentro do fosso.

Adin ficou sem ação, pois não conseguia cogitar uma maneira de tirar os pergaminhos do homem agora. O modo como ele havia se livrado de Anamim era um forte alerta para tomar cuidado. Adin se recriminou por não ter roubado os pergaminhos do jovem latash quando o encontrara cambaleante descendo os degraus. Agora, aquilo era ainda mais impossível. Sentia terror só de olhar para o homem.

A inscrição que havia lido há pouco dentro do túnel ainda ecoava em sua mente. Mais do que nunca, parecia não fazer qualquer sentido. Já não fazia quando imaginava ter que enfrentar o jovem latash. E tendo diante de si alguém muito mais perigoso, Adin percebia que as chances de levar os pergaminhos para Thamam eram nulas.

Instantes depois, ouviu outra vez o barulho de solado de botas e percebeu que mais alguém descia as escadas de pedra. Dessa vez identificou o vulto jovem e orgulhoso de um soldado vestido com uma meia armadura cinzenta impecável, com longos cabelos escuros. Pela descrição de Thamam, aquele só poderia ser Timna, o príncipe da cidade.

— Onde está Anamim? — Perguntou Timna ao adentrar o salão e se aproximar do fosso. O tom de voz perante o estranho era de respeito.

— Ele deixou de ser útil para mim — disse o estranho. — Ele falhou na missão que deleguei para ele. Falhou em abrir completamente o Abadom.

Adin percebia que as expressões e palavras do estranho eram frias, porém, revestidas de seriedade e malignidade. O homem era perverso, e não fazia nenhuma questão de disfarçar sua perversidade com gracejos. Porém, mais do que demonstrar perversidade, os gestos e palavras do estranho exibiam determinação. Adin sabia que estava diante de um homem implacável e maligno. Alguém que não media esforços ou sacrifícios para alcançar seus objetivos perversos. O jovem de Havilá compreendeu intuitivamente que nunca encontrara um homem como aquele.

Timna se aproximou e olhou para dentro do fosso. Recuou em seguida com uma expressão de enjoo por causa do forte cheiro de enxofre, mas não parecia haver pesar em suas feições por causa da perda do amigo. Thamam disse que provavelmente Anamim e Timna se conheciam há muito tempo, uma vez que eram dois nobres, e descendentes de uma longa dinastia de reis. Porém, isso não parecia fazer diferença agora.

— E como tiraremos a magia do Abadom agora? A rede está pronta? — Perguntou Timna.

O estranho andou em volta do fosso, tocando uma a uma as pedras escuras sobre o parapeito. Luz se desprendia delas com o toque dele, como se as mãos dele tivessem o poder de extrair luminosidade. O submundo de Nod ficou menos escuro naquele momento e Adin tentou se ocultar ainda mais atrás das estátuas.

— Há muito tempo essas pedras estão prontas, aguardando o momento de serem instaladas — revelou o homem. — O conselho sombrio fez a sua parte. A outra metade da rede já está praticamente instalada também. Mas, a magia não está fluindo como era esperado, pois o Abadom não foi completamente aberto. Essa foi a falha de Anamim. Precisaremos do outro pergaminho a fim de conseguir liberá-la plenamente, só assim, poderemos usar a magia plena.

Um conselho sombrio, espantou-se Adin. *Então, não há apenas um cashaph!*

— E como conseguiremos isso, pois o pergaminho está do outro lado do mar?

— Eu estou pensando num modo de trazê-lo para cá — disse o estranho.

Timna olhou outra vez para dentro do fosso.

— O que vai acontecer quando a magia for plenamente liberada?

— Você conhece a história de Mayan? — Perguntou o estranho.

— Sim. Os imperadores utilizaram os pergaminhos para extrair a magia do Abadom e conseguiram realizar coisas extraordinárias. Mas, pelo que sei, as consequências também foram terríveis, pois a cidade foi coberta por um lago de fogo.

— É verdade — confirmou o estranho voltando a olhar para a lava no fundo do poço. — Os três imperadores usaram todo o poder deles para manter a lava nas profundezas, porém não conseguiram, mesmo tendo se sacrificado nesse esforço.

Os dois estavam de costas. Adin os observava, pensando que aquele seria o momento de tentar roubar o pergaminho. Talvez pudesse se aproximar sorrateiramente e tirar os objetos presos na cintura do homem, empurrando-o para o abismo. Provavelmente, poderia enfrentar Timna com a espada. Porém, lembrou-se da inscrição e mais uma vez desistiu.

— O senhor já descobriu o modo de impedir que o mesmo aconteça aqui? — Perguntou Timna. — Quando tivermos todo o poder das profundezas?

— E quem disse que eu pretendo impedir?

— Então vamos ter um lago de fogo aqui também? — Perguntou o príncipe admirado. — É esse o plano? Sempre achei que reinaríamos a partir dessa cidade. Afinal, ela foi construída para isso...

— O lago de fogo será necessário. Ele não será contido como foi em Mayan. Será bem maior. Antigas profecias dizem que esse mundo acabará numa grande inundação. Vamos ajudar isso. Porém, não será com água... E quando liberarmos o avanço da cortina de trevas, esse mundo será apenas fogo e escuridão.

Adin se assustou com aquilo e, sem conseguir evitar o sobressalto, esbarrou na lança enferrujada de uma das estátuas de cavaleiro. O objeto caiu fazendo um barulho metálico dentro do salão subterrâneo.

Imediatamente, os dois homens se voltaram para ele. A luz forte de uma shoham vermelha o iluminou.

Adin segurou a lança que o havia denunciado e a apontou para eles. Era uma lança enorme, e ele mal conseguiu erguê-la. Os dois homens não se moveram e apenas o olhavam com uma expressão de curiosidade. Não pareciam assustados nem surpresos com a presença dele.

— O modo de conseguirmos o terceiro pergaminho acabou de se revelar — disse o estranho com seriedade.

— Impressionante, Télom — admirou-se Timna. — Você realmente planejou tudo!

* * * * *
* * * *

A neve caía fortemente em Kerachir. O mais antigo dos rions os aguardava na quina da plataforma central das cidades de gelo. A neve se misturava com os cabelos e se acumulava nos ombros dele como uma coisa só.

Atrás dele, os rions se posicionavam como estátuas de gelo. Diante deles, as marcas da batalha testemunhavam do ataque violento sofrido há pouco. Do outro lado da passarela, os cadáveres de vários gigantes começavam pouco a pouco a serem encobertos pela neve. Os cadáveres menores já estavam encobertos.

Kerachir nunca mais seria a mesma depois do ataque. Todas as outras antigas plataformas que interligavam os palácios estavam destruídas. Muitas cúpulas e domos estavam derretidos por causa do fogo dos tannînins. Mesmo após o cessar do violento confronto, torres continuavam caindo com fortes estrondos, e estilhaços de gelo ainda voavam como lanças mortais em direções aleatórias. Verdadeiras cascatas de água represadas nas alturas se formavam quando o gelo dos parapeitos se desfazia e desciam para o abismo de forma assustadora e imprevisível.

Os rions contemplavam silenciosos o estado das cidades de gelo. Toda a glória sustentada em milênios agora estava quase aniquilada. Na verdade, Kerachir esteve prestes a cair totalmente. Isso só não aconteceu porque Leannah conseguiu chegar a tempo de compartilhar o poder do Olho de Olam com a cidade, destruindo o exército inimigo. Porém, o sol mergulhado nas montanhas de prata era a prova de que o tempo havia acabado, e de que todo aquele esforço havia sido inútil.

— A morte dos behemots é a pior tragédia que já pudemos ver em todos os milênios de nossa existência — disse o patriarca quando Leannah fez o relato. — Porém, vocês não concordam que, infelizmente, ela apenas comprova que nosso tempo em Olam, de fato, acabou?

Leannah contou sobre a morte dos behemots com uma esperança tênue de que, talvez, o conhecimento daquele fato, pudesse fazer os rions mudarem de atitude. Mas as palavras do patriarca testemunhavam que, as emoções das criaturas de gelo, mesmo após serem expostas ao fogo, logo voltavam a se congelar outra vez.

Ben também teve um último resquício de esperança de que a notícia da morte das criaturas, somada ao ataque dos shedins, fizesse os antigos homens de gelo mudar de ideia, e se dispusessem a entrar na guerra, afinal, isso parecia lógico.

O rosto ancião preocupado não deixava dúvidas a respeito da gravidade da situação, mas Ben queria enxergar indignação em vez de resignação. No entanto, esperar isso dos rions, talvez, de fato, fosse querer demais.

— A passagem para Olam, infelizmente, não pode mais ser aberta agora que o sol se pôs — disse o patriarca. — Eu os avisei que vocês deviam ter partido enquanto era tempo.

Isso confirmava que os planos deles não haviam mudado.

— Os shedins, mesmo sem querer, obtiveram a maior das vitórias — pronunciou-se Ben. — Eles conseguiram impedir que o Olho voltasse para Olam.

— E Herevel também — completou Leannah. — Eles também tiraram Herevel da batalha.

Era doloroso ter que admitir que os shedins haviam vencido sem precisar usar todo o seu poder. Naphal trouxe para o norte apenas uma parte do seu exército e obtido uma grande vitória. Certamente, nem mesmo o príncipe shedim poderia ter esperado aquilo. Sua intenção era destruir Kerachir. Porém, havia conquistado algo muito maior. Ben não conseguia entender como Leannah havia caído naquela armadilha da sorte. Ela sempre parecia estar um passo à frente dos inimigos, mas naquele momento, revelou estar um passo atrás. Porém, certamente havia uma explicação. O conhecimento dela dependia de ter o Olho de Olam, e, uma vez que tivera de deixá-lo em Kerachir para a viagem, isso poderia ter limitado a compreensão dela a respeito das implicações do ataque maligno. Ou, talvez, ela tivesse escolhido se sacrificar para defender as cidades dos rions, na esperança de que eles mudassem de ideia, e permanecessem. Se fosse isso, não tinha funcionado.

Sacrificou-se por uma cidade praticamente destruída e que vai ficar vazia, pensou Ben.

A pedra dos kedoshins ainda estava depositada no local junto à quina da plataforma. Leannah não a retirou de lá, apenas ativou o poder que havia defendido Kerachir dos shedins.

— Há algo mais que possamos fazer por vocês antes que você cumpra sua parte no acordo? — Perguntou o patriarca, apontando para Leannah o local onde estava o Olho de Olam. O gesto era uma indicação de que eles esperavam que ela cumprisse o prometido imediatamente.

Leannah olhou para a pedra com uma expressão indecifrável. Não tentou argumentar com os rions. Parecia entender que isso agora parecia inútil. Palavras não fariam os rions mudarem de ideia.

Mesmo assim, Ben achou que não podia ficar calado.

— Vocês não podem ir embora! — Ben abandonou todas as formalidades. — Isso é covardia! Há uma guerra lá fora! Os behemots se sacrificaram por causa dela. Nós também ficamos para defender a cidade de vocês! Vocês não podem partir! Onde está a honra?

Ben imaginou que Leannah lhe lançaria um olhar de repreensão por ter dito aquelas palavras com tanta ênfase, mas, curiosamente, ela não exibiu emoção no olhar. Então, ele compreendeu que ela estava de fato desesperada.

— Por ventura, desde o início vocês não sabiam que em sete dias nós partiríamos? — Se pronunciou o patriarca de maneira absolutamente formal, apoiado em sua bengala de gelo. — Não foram vocês quem propuseram este acordo? Nós os impedimos de partir? Nós pedimos que vocês ficassem e lutassem por nós? Ou fizeram isso por sua própria decisão? Correram os riscos por seu próprio risco. Eu não posso mudar os planos por causa de vocês. Não é justo condenar a existência dos rions por uma guerra que não nos pertence mais.

— Se nós não tivéssemos voltado e lutado, vocês já estariam condenados! A guerra chegou até suas muralhas — apontou Ben. — Como pode dizer que ela não pertence a vocês?

— Chegou aqui por causa de quem? Por nossa causa ou por causa de vocês? Quem trouxe a destruição para esse lugar? Como esperam gratidão da nossa parte?

Ben se lembrou dos behemots que atacaram Leviathan, mesmo sabendo que ele os salvara da extinção. Era realmente difícil compreender a lógica dos seres do gelo.

— Kerachir não passará desta noite — disse o patriarca observando a cidade destruída —, assim que você retirar a pedra essa plataforma não aguentará um segundo a mais, então, se não partirmos agora, jamais partiremos.

O patriarca fez um gesto e, em seguida, as trombetas começaram a soar convocando todos os rions sobreviventes para a plataforma central. Havia chegado o momento do povo de Kerachir deixar de fazer parte da história de Olam.

Ben observou-os se reunindo, ainda sem saber como a passagem seria aberta. Talvez alguma passagem mística aparecesse ali, como as que ele conheceu em Ganeden.

— Vocês poderão vir conosco, se desejarem — disse o patriarca.

Ben não sentia vontade de acompanhar os rions para onde quer que fossem, mas também não fazia sentido ficar ali, numa cidade de gelo, deserta e abandonada.

— O que vamos fazer? — Ben perguntou para Leannah. — Há algum modo de conseguirmos retornar para Olam, após os rions partirem? Você consegue descobrir uma maneira através do Olho de Olam?

— Infelizmente não. Quando os rions partirem, não haverá mais passagem. Quando a passagem que pode levar os rions embora se abrir a outra deixará de existir.

— Não há mesmo nenhuma outra maneira?

Leannah pensou por um momento.

— Talvez exista... De algum modo, os behemots conseguiam passar para Olam. Mas teríamos que retornar até o patriarca para tentar descobrir.

Ben fez uma careta só em pensar naquilo.

— Você vai mesmo abrir a passagem?

— Eu fiz o acordo. Agora tenho que cumpri-lo.

— Mas...

— Se você partir com os rions, encontrará as respostas para sua origem, no portal. Isso não o seduz?

Ben não podia negar que vinha pensando a respeito daquilo desde o momento em que viu o sol se afundando atrás das montanhas. Talvez, aquela fosse a única compensação após todas aquelas perdas. E, talvez, aquele fosse seu destino. Afinal, isso explicaria a existência do sonho que vinha se repetindo tantas vezes. Mas, não podia se esquecer que o sonho falava em uma dívida.

— Ou podemos ficar aqui — respondeu Ben com uma ironia que não disfarçava seus sentimentos íntimos. — Pelo menos, teremos uma cidade inteiramente para nós. Eu serei o rei do palácio de gelo, afinal de contas!

Leannah não respondeu. Mas, claramente, ela ficou triste com as palavras de Ben. Num instante, ela havia voltado a posição gelada e rígida do dia que antecedeu a viagem para o campo dos behemots.

— Você deve abrir a passagem para nós agora — ordenou o patriarca. — Cumpra sua palavra.

Ela olhou uma última vez para o horizonte, onde o céu dourado já começava a ficar púrpura. Fazia quase uma hora que o sol havia se posto, e a escuridão já havia roubado quase todo o azul do céu.

Ben também olhou para o horizonte no exato momento em que uma estrela começou a brilhar, mas a chegada da noite apenas confirmava não haver mais esperança. Leannah parecia tentar ganhar tempo, retardando o momento de abrir a passagem, mesmo sabendo que precisava fazer isso enquanto restasse um último resquício de luz.

Por fim, ela percebeu que o momento havia chegado. Resignada, Leannah se aproximou da pedra branca.

Atenção rions de Kerachir
Chegou a hora de partir

Ao ver que Leannah se decidiu a fazer o trabalho, o patriarca deu a ordem para o seu povo na antiga língua musical deles.

— Se forem embora, vocês vão quebrar a Aliança — disse a cantora de Havilá, numa última atitude desesperada.

— A Aliança não foi renovada — disse o patriarca, olhando firmemente para a pedra.

Leannah olhou outra vez para o horizonte, onde o dourado do entardecer estava cinzento, como fogo apagado.

— É tarde demais — disse Ben para Leannah. — Os shedins venceram sem que houvesse uma batalha.

— Ainda não — subitamente Leannah arregalou os olhos.

Ben olhou para a pedra, tentando identificar se havia algum problema com ela, mas tudo parecia igual.

— Vocês não podem mais partir! — Disse Leannah para o patriarca. — É hora de renovarmos a Aliança.

Por um momento, Ben não compreendeu o tom de decisão na voz dela. O sétimo dia havia terminado e o Melek não apareceu. Os rions não mudariam de ideia. O patriarca havia sido claro. Eles estavam partindo.

Então ouviram um relincho. No mesmo instante, Ben olhou para o alto e enxergou as asas prateadas de Layelá surgindo do nada, após romperem a invisibilidade, e brecando a descida até a plataforma.

Por um momento, Ben pensou que Leannah ainda pensasse em partir com Layelá, mas nem mesmo a re'im conseguiria alcançar a passagem a tempo. O sol já havia se posto e a passagem somente podia ser aberta até o pôr-do-sol. Porém, tudo mudou, quando Ben viu um velho montado na re'im. Os longos cabelos brancos pareciam uma grinalda real. Então, Ben compreendeu para onde Layelá havia sido enviada por Leannah sete dias antes.

— Espero que eu não esteja muito atrasado — disse Thamam quando a re'im pousou e trotou elegantemente, após drapear suas longas asas prateadas. — Atravessamos a passagem há cerca de uma hora atrás, antes que o sol tivesse se posto. Mas demorou um pouco até chegarmos aqui.

A presença de Thamam era uma surpresa além de toda expectativa. Mas, o que fez com que Ben ficasse ainda mais surpreso foi ver que havia mais alguém com ele protegendo-se do frio com uma grande capa. Quando a capa foi removida, Ben sentiu seu coração quase parar.

— Tzizah — ele sussurrou.

* * * * *
* * * *

Adin pensou em lutar, pensou também em fugir, em gritar, e em várias outras coisas, mas não conseguiu colocar nenhum dos pensamentos em prática.

Subitamente, ele sentiu uma força irresistível detendo seus movimentos, reduzindo-o a uma submissão externa e involuntária. A lança pesada caiu de suas mãos fazendo um barulho alto ecoar no submundo. Parecia que as paredes do salão subterrâneo de Nod estavam se estreitando, formando uma prisão para ele. A pedra escura e arredondada do cashaph estava em ação. Ele já havia experimentado aquela sensação antes, no farol de Sinim, quando o chefe dos Hartummîm o havia imobilizado com o uso de uma pedra parecida.

Quando Timna e o estranho homem que o capitão chamou de Télom se aproximaram, Adin viu dependurada por um colar, no peito do desconhecido, uma shoham escura emitindo um brilho quase azulado.

Adin tentava lembrar onde havia escutado aquele nome antes. *Télom*. Mas a pedra escura parecia ter efeito também sobre os pensamentos, pois ele não conseguia buscar em sua memória informações sobre o nome.

— Quem eu sou? — Aproximou-se e disse o estranho, como quem lê pensamentos. — Onde você ouviu o meu nome antes? Até mesmo um jovenzinho insignificante como você já deve ter ouvido meu nome. Eu sou Télom. Fui grão-mestre dos lapidadores em Olamir. Também fui o latash chefe de um conselho cinzento no passado, quando me chamavam "grão-mestre lapidador". Isso foi antes de ter o meu cargo usurpado por um antigo amigo. Já fui Melek de Olam, por pouco tempo é verdade, e, atualmente, sou mestre de um conselho sombrio. Alguns me chamam de *cashaph*, o que sem dúvida é um título indigno de tudo o que eu já vivi e fiz, mas parece que é o único que me resta.

Adin teria arregalado os olhos se suas pálpebras não estivessem tão pesadas. A pressão da energia produzida pela pedra escura o obrigava a ficar imóvel e submisso.

De qualquer modo, se Adin pudesse dizer alguma coisa, provavelmente não conseguiria colocar em palavras todo o espanto que sentia. Compreendia que, de algum modo, estava diante de alguém tão velho quanto Thamam, ou quanto Enosh, e de certo modo, ainda mais misterioso do que ambos. Um dos grandes lapidadores do passado, o qual, segundo todas as informações, devia estar morto. Mas Adin podia perceber que estava bem vivo. Mas como isso era possível, ele ainda não conseguia entender.

De perto, podia ver os estranhos caroços que o homem tinha pelo corpo inteiro, pois eles se projetavam mesmo contra as roupas escuras que o cobriam. E na parte visível da face ele via o começo de uma grande cicatriz que parecia tomar um lado inteiro do rosto dele que estava coberto pelo capuz.

— Em breve você voltará aqui — disse o cashaph. — Então, terá a oportunidade de entender melhor tudo o que diz respeito ao meu retorno dos mortos, inclusive sobre a participação que é esperada da sua parte. No momento, infelizmente, você ainda não está preparado para isso, pois precisa se livrar de uma série de sentimentos e raciocínios que o impediriam de ver as coisas claramente. Você certamente passará por momentos difíceis agora, bem sofridos, eu diria, porém, ao final eles abrirão seus olhos e lhe darão condições de compreender a grandiosidade dos acontecimentos com os quais estamos lidando aqui. Agora vá. Acompanhe Timna até o lugar onde você deve permanecer alguns dias. Faça tudo o que ele mandar.

Adin se viu caminhando e subindo os degraus. O que estava fazendo não era algo exatamente contra a sua vontade, porém, certamente se pudesse escolher, não obedeceria aos gestos do capitão de Nod que indicou o caminho por onde ele deveria seguir. Aquilo o fazia perceber que estava sob a influência da pedra escura.

O cashaph permaneceu ao lado do fosso, enquanto o príncipe de Nod o levava para algum lugar na cidadela.

Adin não tinha condições nem mesmo de perguntar para onde estava sendo conduzido. A força da coação da pedra era algo assustador. Era como se ele mesmo estivesse agindo por conta própria, caminhando para onde desejava, porém, como não sabia para onde estava indo, compreendia que a pedra escura continuava comandando as ações dele. Aquela era a mais estranha das sensações. Tinha consciência de tudo o que estava fazendo. Sentia-se livre. Ao mesmo tempo, sabia que estava fazendo a vontade de outra pessoa e não a sua própria.

Após quase meia hora de caminhada, subindo degraus e atravessando corredores escuros, Adin sentiu o cheiro fétido e compreendeu para onde ia, e isso encheu seu coração de temor e repulsa.

As masmorras estavam repletas de prisioneiros, porém o estado dos mesmos mostrava que não precisavam mais estar aprisionados. Não eram melhores do que zumbis, tomados pela força maligna que dominava a cidade e transformava pouco a pouco todos que estavam em Nod.

As celas eram cubículos encravados na rocha que iam do chão ao teto. Não havia nenhum prisioneiro vivo nas celas do teto. Adin podia ver ossos de braços e pernas dependurados nas grades, e muitos também já caídos no chão. O fedor era insuportável.

O jovem de Havilá percebeu que a intenção de Timna era aprisioná-lo em uma das chamadas "celas celestes", pois eram as que ficavam no topo. Entendeu isso quando ele prendeu uma correia em volta de sua cintura e começou a girar um mecanismo. Adin se viu subindo suspendido pela corrente, até bater a cabeça na rocha já dentro da cela vários metros acima. Então, a grade na parte debaixo da cela moveu-se quando Anamim girou outro mecanismo e lacrou a saída.

Quando a corda se afrouxou, Adin acomodou-se dentro da cela, sentindo o comando externo diminuir. A sensação era semelhante à de acordar de um sonho. Ele se lembrava das coisas que havia feito, porém, ao mesmo tempo, não entendia como não exercia domínio sobre si mesmo.

Estava suspenso sobre grades. Ainda havia ossos presos nas grades de antigos prisioneiros que haviam ficado suspensos ali até morrerem, se decomporem e vazarem pelas grades.

Adin enxergou Timna indo embora e gritou atrás dele assim que se sentiu no pleno domínio de suas faculdades físicas.

— O que vocês querem de mim?

Timna parou antes de atravessar a porta da masmorra. Ele se voltou e olhou para o alto.

— Não se preocupe — disse Timna com um sorriso perverso. — Você é uma das pessoas mais úteis em toda essa história. Foi útil no oriente e continuará sendo útil aqui para nós. Em breve você saberá.

— Quem são vocês?

— Quem somos nós? — Repetiu Timna com desdém. — Nós somos a própria escuridão. Por isso jamais fomos vistos. Somos o mais antigo grupo de lapidadores desse mundo. Um conselho cashaph.

— Um conselho cashaph? — Repetiu Adin, apavorado. — Então, não havia um único cashaph?

— Télom é o cashaph mais antigo, porém, todos aqueles que participam do conselho sombrio também são. Afinal, são lapidadores que se dispuseram a lapidar pedras escuras.

— Eles sempre estiveram aqui, em Nod?

Timna tinha novamente se virado para ir embora, porém resolveu responder à pergunta de Adin.

— Eles sempre se moveram nas sombras. Estiveram em todos os lugares. Porém, aqui era o único lugar fora da cortina de trevas onde havia um nephilim e eles podiam sugar o poder do Abadom para lapidar as pedras escuras. Sim, eles nos visitavam aqui há muito tempo, desde que Schachat deixou de ser um lugar habitável.

— E quanto a Anamim? Pensei que vocês dois fossem amigos. Agora, Anamim está morto. Télom o matou.

— Anamim era um latash bastante ambicioso — disse Timna sem parecer estar com pesar pelo fato. — Ele tinha ambições de se tornar um cashaph também, porém cometeu erros... Eu sentirei falta dele, pois nos conhecemos há muito tempo. Mas preciso reconhecer que ele tentou transitar, de maneira imprópria, entre os três poderes dominantes em Olam, e isso foi ambição demais. Quis fazer parte dos três conselhos, do vermelho, do cinzento e do sombrio. Mas, sabe como é, quando alguém quer ser várias coisas, acaba não sendo nenhuma.

— Por que Télom destruiu Anamim?

— Télom não tolera traidores no conselho sombrio. Em troca de se tornar um cashaph e aprender a lapidar as pedras escuras Anamim traiu seu mestre passando as informações para Télom, porém, quem trai uma vez, pode trair duas. A experiência de Télom com Enosh fez com que ele tenha tolerância zero com pessoas assim.

— Quem afinal é esse Télom? Por que ninguém nunca ouviu falar sobre ele?

— Como eu disse, ele é a própria escuridão. E a escuridão está em todo o lugar. Mas você sabe quem ele é. Todos já ouviram falar dele em Olam, pois ele esteve no centro de todos os maiores acontecimentos dos últimos séculos. É claro que, como alguém que se move nas sombras, ele não se expôs à publicidade, assim nem todos conseguiram identificá-lo claramente nos eventos passados... Ele foi o melhor amigo de Enosh. Ambos formaram o conselho cinzento, e pretendiam construir uma era dourada de paz e conhecimento pelo poder das pedras. Durante o vácuo de poder em Olamir, quando Tutham desapareceu, Télom se tornou o Melek com a ajuda dos giborins e das pedras amarelas. Mas, Télom foi traído por Enosh. Os dois se enfrentaram num duelo de pedras. Enosh venceu, porém, Télom sobreviveu secretamente, graças a uma técnica que ele próprio havia desenvolvido de extrair a vitalidade de animais através de duas pedras amarelas. Quando Enosh sepultou o corpo de Télom no deserto, as pedras amarelas sugaram a vitalidade de insetos, serpentes e outros animais no deserto. As areias o sepultaram vivo, e ele permaneceu num estado de inatividade por muitos anos, porém, as pedras amarelas o mantiveram vivo, até que despertou outra vez. O que Enosh não sabia na época é que Télom estava tentando fazer isso com pedras escuras também. Pois, com pedras escuras ele conseguiria fazer isso não apenas com animais, mas com pessoas.

Adin arregalou os olhos, entendendo então porque Anamim estava tão envelhecido quando o viu descendo as escadas. Télom estava se alimentado da vitalidade dele. E, ao final, o sugou por completo quando quis se livrar do jovem latash.

— Então, Enosh não era mesmo o cashaph?

Timna riu mais uma vez.

— Enosh sabia lapidar as pedras escuras, mas ele jamais as lapidou. O conselho sombrio o considerava um inimigo. Télom queria destruí-lo, mas Leviathan fez isso antes.

Timna se afastou com um dar de ombros.

— Você também é um lapidador? — Perguntou Adin antes que Timna sumisse na escuridão.

— Eu decidi ser um soldado do conselho sombrio — Timna levou à mão ao cabo da espada. — Não mexo com pedras. Porém, escolhi lutar por quem tem mais poder. E, acredite, ninguém tem mais poder em Olam do que o conselho sombrio. Cidades inteiras já trabalharam para eles. Eles são o futuro do mundo.

— O que vocês pretendem? Estão do lado dos shedins?

— O conselho sombrio é o único que pode livrar essa terra dos shedins. Télom tem trabalhado com os shedins há bastante tempo. Forneceu pedras escuras para eles. Porém, Télom sabe que os shedins, em última instância, não são aliados. Por isso, também os tem manipulado para que realizem funções necessárias, até que o conselho sombrio possa realizar seu grande intento.

— O poder das pedras escuras não atinge os shedins — disse Adin. — Não vejo como o conselho sombrio poderia usar as pedras contra eles. Diga-me, o que de fato vocês pretendem?

Timna riu.

— Até parece que você está usando uma pedra escura para fazer todo esse interrogatório. Você acha que eu vou lhe contar? Acha que vou compartilhar com você o grande segredo do conselho sombrio?

— Acho que eu já sei o que vocês pretendem — disse Adin, sem mostrar nenhum orgulho por isso.

— É mesmo? E o que é? — Perguntou sarcasticamente o capitão.

— Vocês vão entregar para eles um mundo de fogo e trevas — a voz de Adin misturou-se com um gemido de dor, pelo esforço em se manter acima das grades de ferro.

— Brilhante! — Ironizou Timna. — Mas você ouviu isso lá embaixo. Porém, diga-me: por que faríamos isso? Por que destruiríamos esse mundo? O que nos restaria, então?

— O mundo só para vocês — disse Adin com tristeza. — O conselho sombrio quer reconstruir um mundo para ser o único poder.

— Estou impressionado. Você decifrou o pequeno enigma do conselho sombrio. Mas será que também entendeu qual é a sua parte nisso tudo?

* * * * *
* * * *

A cerimônia para a formalização da aliança com os rions aconteceu ainda naquela noite, pois a cidade dos rions não aguentaria mais um dia. Os terríveis estalos que antes eram intervalados, tinham se tornado rotineiros como o barulho de ponteiros de relógios contando os segundos.

Com a chegada do Melek, os rions desistiram de abandonar Kerachir. A possibilidade da renovação da aliança os forçou a permanecer em Olam.

Ben era puro espanto ao ver como as coisas haviam mudado súbita e drasticamente. Ele havia pensado que Leannah estivera um passo atrás dos inimigos, mas agora podia ver que ela sempre esteve um passo à frente deles. Ela havia planejado trazer o Melek do oriente, e foi buscar o gelo luminoso no norte, para que a Aliança pudesse ser renovada. Ben estava absolutamente surpreso, e também um pouco aborrecido por ela não ter lhe informado sobre o plano.

A cerimônia para a renovação da aliança aconteceu na grande plataforma, na quina da muralha parcialmente destruída onde havia o compartimento para o Olho de Olam. A plataforma ainda exibia as marcas do fogo dos tannînins e monturos de gelo das explosões das catapultas que estavam por todo o lado.

Porém, se Ben pensava ver animosidade na postura dos rions, precisou reconhecer mais uma vez que estava enganado. Eles pareciam resignados com a ideia de ficar, tanto quanto estiveram antes com a ideia de partir. Ben começava a entender que os rions eram submissos às suas ordens e tradições. No fundo, não eram muito diferentes do povo dakh, que vivia preso nas profundezas da terra.

A noite estava totalmente escura, sem lua, além disso, havia recomeçado a nevar fortemente, por consequência o frio era intenso, mas Ben praticamente não o sentia. Frente a frente, diante do compartimento, estavam Thamam e o patriarca. Atrás deles, lado a lado, estavam Leannah e Tzizah.

Ben evitava olhar para as duas. Elas eram puro contraste. Uma morena, a outra ruiva. Uma obstinada, a outra suave. Porém, havia uma forte melancolia em Leannah agora. Ben percebeu que ela segurava uma das caixas com o gelo luminoso que haviam trazido do norte. Dentro da caixa, estava depositado o Olho de Olam. Ben não entendia a razão daquilo, mas parecia que Leannah estava tentando recarregar a pedra com o gelo luminoso.

Ben se movia inquieto, ansioso para que aquilo terminasse logo, e pudessem de uma vez retornar para Olam. Por muito pouco ele não havia falado para Leannah as coisas que sentia antes de chegarem em Kerachir, e de verem a cidade em chamas. E agora temia que fosse tarde...

A viagem com Leannah para o norte havia sido como um retorno ao passado, para o tempo em que os dois viviam em Havilá. A companhia suave da cantora durante aqueles sete dias foi como um bálsamo sobre suas feridas, evidentemente não o suficiente para curá-las, mas eficiente ao menos para aliviar as sensações dolorosas. Em contraste, o aparecimento de Tzizah era como uma faca reabrindo os antigos ferimentos. E a faca continuava a cortar sua carne naquele exato momento.

Era a primeira vez que ele via Tzizah desde a batalha de Nod. Os olhos cinzentos continuavam cheios de mistérios. Ela parecia mais amadurecida do que quando a conhecera em Olamir, pois certamente os acontecimentos haviam feito isso com ela. Porém, continuava bela. Na verdade, Ben se admirava ao perceber que ela estava ainda mais bela.

Leannah continuava silenciosa. Seu semblante exibia comprometimento com o ritual. Havia uma estranha ruga de preocupação na testa dela. Agora, Ben conseguia entender a frieza e a relutância dela no primeiro dia em que partiram para o norte. Ela havia mandado Layelá buscar o Melek, portanto devia ter imaginado que dentro de alguns dias, provavelmente, Tzizah estaria ali também.

A aliança entre o Melek e o patriarca começou a ser estabelecida formalmente através de diversos pronunciamentos feitos pelos dois diante de todos os presentes. Ben não conseguiu prestar atenção a tudo o que eles disseram, exceto por alguns pedaços de frases que sua mente captava, os quais falavam sobre fidelidade, compromisso de ajuda mútua, e também punições em caso de descumprimento. Porém, ele podia ver claramente qual seria o resultado daquela aliança: um exército de vinte mil rions para a batalha contra a escuridão. Por alguns minutos, no dia anterior, a batalha esteve a ponto de nem acontecer, mas agora, com a chegada do Melek e a permanência dos rions, armava-se o maior confronto dos últimos milênios.

Só recentemente Ben, por causa de Leannah, havia entendido o verdadeiro papel daquela cerimônia. Não se tratava de uma mera formalidade, mas de uma cerimônia que evocava a legitimidade de Kerachir utilizar o gelo luminoso. A substância primordial era o resquício da magia antiga que permaneceu no mundo quando do estabelecimento do tratado do mundo e do submundo. O tratado exigia que o Melek de Olam e o patriarca de Kerachir jurassem fidelidade sobre o solo sagrado de Kerachir para que o gelo luminoso sustentasse a antiga cidade mágica. Por isso, só o Melek tinha o poder de convocar os rions, e somente ele podia renovar a aliança.

A aliança tinha grande importância para a manutenção do equilíbrio do norte também. Agora seria renovada. Continuaria havendo pouco gelo luminoso, e a perda dos behemots seria irreversível, mas ao menos, Kerachir sobreviveria graças a aliança.

Ben percebeu que havia chegado o momento. O Melek e o patriarca haviam terminado de fazer os pronunciamentos. Aquela era a hora de os dois colocarem as mãos na quina da muralha, e fazerem os respectivos juramentos, para que o poder do gelo luminoso se espalhasse ativamente pelas construções de Kerachir, devolvendo a vitalidade para as antigas cidades de gelo.

Ben observou quando os dois contraentes colocaram as palmas das mãos sobre a muralha. As mãos brancas e envelhecidas de Thamam se entrelaçaram com as mãos cinzentas do patriarca. Então, Thamam jurou fidelidade na língua de Olam e igualmente o patriarca o fez na língua dos rions. Finalmente, ambos retiraram as mãos e preparam-se para o que ia acontecer. Leannah adiantou-se e abriu a caixa onde estava o gelo luminoso. Todos ao redor exibiam expectativa semelhante ao contemplar aquele momento histórico. Porém, alguns segundos depois, tudo continuava exatamente igual. O gelo luminoso não saiu da caixa.

Ben olhou ao redor tentando entender o que havia acontecido, mas parecia que não havia acontecido absolutamente nada. E a expressão aflita de Leannah comprovava isso.

— Não funcionou? — Perguntou Tzizah, também olhando ao redor.

Thamam tinha os olhos abaixados e parecia muito abatido.

— O que houve? — Perguntou Ben. — A aliança foi renovada?

— Só o Melek de Olam pode renovar a aliança — disse Thamam sem levantar os olhos.

— Mas o que houve? — Insistiu Tzizah. — Por que não funcionou?

— Só o Melek de Olam pode renovar a Aliança — repetiu Thamam.

— O senhor é o Melek de Olam! — Disse Tzizah, sem compreender.

— Infelizmente, agora ficou comprovado que Thamam não é mais o Melek — respondeu Leannah diante do silêncio de Thamam.

— Como assim? — Ben e Tzizah perguntaram quase uníssono.

— A condenação pelo Conselho de Olamir significou a destituição do Melek — explicou Leannah, que parecia ter entendido aquilo antes de todos. — Somente o mesmo Conselho poderia lhe dar a coroa outra uma vez.

— Mas eu reverti a condenação do Abadom! — Argumentou Ben. — Eu o trouxe de volta.

— Comprometendo-se a pagar o preço por isso — respondeu Leannah. — Você não reverteu a condenação do Conselho de Olamir, você apenas o trouxe de volta do Abadom. Porém, isso não fez Thamam ser outra vez o Melek de Olam.

— Então, a aliança não poderá ser renovada? — Perguntou Tzizah.

— Ela só poderá ser renovada quando o Melek de Olam, de fato e de direito, se apresentar e realizar isso — disse Leannah exibindo uma profunda tristeza que Ben não conseguia compreender.

— Eu sou a filha do Melek — adiantou-se Tzizah, decidida. — Eu posso renovar a aliança!

— Infelizmente, não pode ser você, minha querida — revelou Thamam, falando pela primeira vez após um longo silêncio, e fazendo todos ficarem ainda mais confusos.

— Por que? Eu não sou sua filha?

Por um momento, Ben espantou-se, pensando que isso pudesse ser verdade, e Tzizah não fosse filha do Melek, mas Thamam negou com a cabeça.

— É claro que você é minha filha — explicou Thamam. — Porém, nunca houve na história de Olam uma rainha que tivesse o governo em suas mãos. Você somente poderia ser coroada rainha regente se o Conselho de Olamir autorizasse, mediante uma disposição legal. Infelizmente, isso não é possível agora. A magia antiga não será liberada para o estabelecimento da aliança se você fizer o juramento. Não será considerado legítimo. Um homem precisa fazer isso. O Melek de direito.

Ben viu os olhares voltados para ele.

— Vocês só podem estar brincando — disse o guardião de livros. — Eu?

— Você é filho de Tzillá — disse Thamam. — Acredito que, sob todos os aspectos legais, você pode ser considerado o legítimo herdeiro de Olam.

— Ben não é o legítimo herdeiro de Olam — disse Leannah, chocando a todos mais uma vez. — Ainda não... A menos que...

— Mas ele é filho de Tzillá — objetou Thamam. — Não há dúvidas disso!

— O senhor conhece as leis de Olam melhor do que todos nós — disse Leannah —, o herdeiro do trono precisa ser um filho legítimo, um filho reconhecido. Tzillá morreu sem ter deixado um filho legítimo com o homem com quem ela se casou: Kenan. Só um filho de Tzillá e Kenan poderia herdar o trono legitimamente.

Thamam não respondeu. Mas pareceu aceitar como verdade aquilo que Leannah disse.

— Então, Olam não pode mais ter um Melek? — Perguntou Tzizah apavorada, olhando para Thamam e para Leannah. — Os rions irão embora, e todos nós ficaremos presos aqui? Não existe herdeiro para o trono?

— Na verdade, existe uma maneira... — disse Thamam com uma voz triste, olhando para Leannah, com os olhos mais admirados que Ben já havia visto. — E parece que a nobre cantora de Havilá sempre soube disso. Por isso, pediu que Tzizah viesse comigo.

Ben viu Leannah baixar os olhos. *Ela pediu que Tzizah viesse também?* Ben não podia estar mais surpreso.

Por um momento, Ben e Tzizah ficaram olhando para Leannah, à espera de que ela dissesse o que sabia, e revelasse se havia realmente uma maneira. Porém, Leannah manteve-se calada, olhando para dentro da caixa onde estava o gelo luminoso e o Olho de Olam.

— Pelas leis de Olam — falou Thamam —, uma vez que você, Tzizah, é a única filha que me restou, e sua irmã não deixou herdeiro, o homem que se casar com você... — Thamam pareceu perder a voz. — O homem que se casar com você — retomou o Melek — será o Melek de Olam, de fato e de direito. Ele poderá renovar a aliança. Somente ele. E isso pode ser feito agora mesmo.

Ben tentou entender o significado das palavras de Thamam, mas elas não pareciam oferecer solução para o problema da renovação da aliança. Kenan havia sido noivo de Tzizah, mas o giborim não estava ali. Nem havia como trazê-lo.

Porém, subitamente Ben compreendeu. O olhar triste que Leannah lhe lançou teve o poder de produzir no guardião de livros a compreensão. Uma lágrima desceu silenciosa pelo rosto de Leannah, e Ben soube que jamais poderia enxugá-la.

— Acho que teremos um casamento aqui — disse Thamam, com uma voz triste. — E, ao que parece, será para alegria de ninguém.

10 — Casamento no Gelo

Era um fêmur humano grosso demais para atravessar a grade de ferro por si mesmo. Adin calculou que levaria muitos anos até que isso acontecesse naturalmente. Porém, o objeto aumentava ainda mais o incômodo dentro da cela, pois o espaço era muito reduzido, e ele não conseguia apoio, por isso Adin decidiu que precisava se livrar dele. Após vários coices, ouviu o estalo do osso se quebrando e caindo sobre a rocha quinze metros abaixo, dentro da masmorra.

As pessoas em avançado estado de dominação olharam desorientadas por causa do barulho, mostrando que ainda tinham alguns sentidos, porém nenhuma outra reação foi produzida nos prisioneiros.

Livre do objeto, Adin conseguiu se assentar sobre as grades de ferro. Não era uma posição confortável, mas pelo menos conseguiu espaço para puxar as pernas perto do peito e ficar naquela posição, a menos dolorida dentro da cela celeste. Mas logo as grades injuriaram suas nádegas e ele precisou deitar-se de lado. Então, foi a vez das costelas sofrerem com a pressão das grades. Por fim, perdeu a conta de quantas posições experimentou dentro da cela, nenhuma delas oferecia qualquer sensação de conforto.

Poucos minutos dentro da cela já representaram um sofrimento considerável, e quando as horas foram passando, Adin percebeu que dentro de alguns dias estaria completamente enlouquecido. Conseguia entender agora o motivo pelo qual se dizia que muitos prisioneiros se matavam dentro das celas. Segundo as lendas, os condenados às celas celestes ficavam dentro delas até vazarem pelas grades. Não poucos forçavam batendo a cabeça contra o ferro.

Não demorou até que Adin perdesse o sentido do tempo e da própria realidade. Provavelmente, os poderes malignos que estavam deteriorando a cidade também estivessem fazendo efeito sobre ele. Em seus delírios de dor, Adin sentia-se outra vez no lago de fogo. Observava Chozeh sendo violentada pelos bárbaros, enquanto ele, imóvel, nada podia fazer. Nem sequer os gritos de desespero lhe saíam pela garganta. Só o acúmulo de ódio dentro de si era comparável a dor que sentia. Mas nem um nem outro podiam ser aliviados.

Por dois dias, ele urrou como um animal enjaulado, falando palavras desconexas, e gritando de forma insana. Não havia mais nenhum resquício de dignidade dentro de si mesmo. Urrar, babar, vomitar e defecar eram suas únicas atividades, até que finalmente ele alcançou o esgotamento do puro tormento, o qual o fez desmaiar sobre as grades de ferro. Só então a dor o abandonou. Porém, o alívio durou pouco. Por uma dessas ironias incompreensíveis da vida, que faz com que quando uma pessoa precisa de forças para vencer o sofrimento, as forças parecem não existir, mas quando ela quer justamente não ter forças e morrer, então, o corpo se revela mais forte do que o esperado, Adin acordou outra vez, apenas para sentir a agonia do desespero, e continuar por mais vinte e quatro horas de urros, gemidos, suor e lágrimas.

Então, finalmente, ele deu vazão a todo o seu ódio. Amaldiçoou seu nascimento. Amaldiçoou sua existência. Amaldiçoou *El*.

Seus gritos ecoaram pelas câmaras subterrâneas como urros animalescos enquanto ele culpava *El* por tudo o que havia acontecido. Culpou *El* por não ter livrado Chozeh das mãos dos bárbaros e não ter impedido os planos dos malignos em todas as suas perversas realizações. Culpou Thamam por tê-lo enviado para aquele lugar. Culpou Leannah por tê-lo abandonado. Culpou Ben por ter partido de Havilá. Culpou seu pai por ter sido tão indiferente e sua mãe por ter morrido.

Então, ele desmaiou pela segunda vez.

Quando finalmente a corrente começou a suspendê-lo outra vez, e a grade de ferro se moveu abaixo dele, Adin imaginou que fosse apenas uma ilusão criada pela agonia. Quando seu corpo sentiu o chão de pedra sem grades abaixo de si, as pedras lhe pareceram macias como um colchão. Depois, quando, tentaram empurrar água e alguma comida para dentro de sua boca, ele se viu vomitando como aconteceu nas terras brasas.

Então, a figura pavorosa do homem chamado Télom estava outra vez diante dele.

— Todo esse tratamento que lhe está sendo oferecido é necessário a fim de prepará-lo — disse o cashaph. — É uma espécie de purificação. Logo você estará pronto, portanto não precisará mais passar por esse tipo de coisa. Você precisa se libertar de crendices tolas e se preparar para agir como um homem, e realizar grandes coisas...

Adin percebeu que estava sentado em uma cama bastante confortável. Diante dele havia uma mesa cheia de alimentos. E atrás da mesa, uma janela lhe oferecia uma visão enfumaçada da cidadela de Nod.

— Alimente-se! — Ordenou o cashaph. — Você precisará estar forte e revigorado. — Em seguida, se retirou.

Após todo aquele período na cela deitado sobre grades de ferro, sentir a maciez do colchão de penas parecia algo impossível, irreal. E a cor e a textura dos alimentos sobre a mesa eram uma tentação irresistível.

Adin sabia que não devia ceder à vontade dos traidores, mas quando se levantou e caminhou até a mesa, estava convencido de que tudo aquilo não passava de algum sonho. Logo acordaria e perceberia que ainda estava na cela. Então, podia se permitir desfrutar um pouco daquela comida, mesmo sabendo que, ao acordar, a sensação seria ainda mais amarga e desesperadora.

Havia morangos frescos. Isso o convenceu de que só podia mesmo ser um sonho. Onde eles arrumariam morangos frescos naquelas condições, com a cidade destruída? Mas eram deliciosos. Havia também pão de centeio e vinho aromático. Dois peixes assados abertos eram a parte principal da refeição. Nunca havia comido algo tão saboroso e deliciosamente restaurador.

Por um momento se permitiu pensar que ainda estava em Sinim, hospedado com Chozeh, antes que partisse para o oriente com Tzvan, para tentar expulsar os bárbaros da fronteira. Se lembrava daquela noite de despedida, quando a rainha o convidou para jantar, e após terem comido peixe e batatas, ambos caminharam mais uma vez até o farol, retornando ao local onde o Olho de Olam havia sido reativado.

Do alto do farol, há quase duzentos metros, viram a lua prateada nascer ainda quase cheia sobre o mar infinito, fazendo seu caminho de prata sobre as águas. O vento morno do mar, a presença de Chozeh, a sensação de que experimentaria aventuras ao partir para o leste com o exército... Tudo lhe fazia sentir-se importante, digno, corajoso. E o sorriso de Chozeh naqueles primeiros momentos enquanto ela contava histórias impressionantes sobre o farol, e como, no tempo das peregrinações, ele havia trazido pessoas de muito longe, de reinos distantes para Sinim, trazendo mistérios e feitos desconhecidos, contribuía para que ele se sentisse valorizado.

"Pensei que Sinim fosse além-mar" —, ele havia brincado com ela. — "Mas parece que a última fronteira só é a última para nós mesmos".

Por algum motivo, aquelas palavras dele haviam feito o sorriso desaparecer do rosto dela.

"Aconteça o que acontecer, não atravesse o Raam" —, ela, então, lhe disse as palavras que ele repetiria tantas vezes em sua memória depois disso.

Ela havia segurado o rosto dele entre suas mãos para falar. Havia sido o gesto mais carinhoso e, ao mesmo tempo, mais cheio de medo e temor que ele havia experimentado.

Foi a partir daquele momento que ele acreditou que, talvez, Chozeh pudesse compartilhar o mesmo sentimento. Porém, os acontecimentos posteriores destruíram isso completamente. E ele foi o único culpado da destruição de seus próprios sonhos.

No dia seguinte, Adin acordou e estava outra vez dentro da cela celeste. Então, compreendeu que estava realmente enlouquecendo. Mais dois dias e duas noites ele passou gritando, suplicando, amaldiçoando, até desmaiar. Acordou outra vez no colchão macio, com roupas limpas e boa comida à sua frente. Até mesmo um banho lhe foi preparado numa grande bacia de bronze onde soldados despejaram água quente. Adin não esboçou qualquer reação quando os soldados o colocaram dentro da grande bacia e o lavaram.

No quarto dia, quando mais uma vez se alimentava e olhava pela janela pensando em Chozeh, e em quanto havia falhado com ela, a porta do quarto se abriu subitamente. Ele se impressionou com a imagem de Timna atrás de si, vestindo um capuz preto sobre uma túnica igualmente escura. Pequenas pedras pretas ornamentavam a roupa e reluziam fracamente conforme as luzes cinzentas entravam pela janela e o alcançavam.

— Você virou um cashaph? — Perguntou Adin ao ver aquelas roupas.

Os olhos castanhos olharam com satisfação a bandeja vazia e um arremedo de sorriso pareceu despontar sob a barba jovem bem aparada.

— Ainda não. Mas as roupas são importantes para os rituais. Eles estão esperando por você. Acho que já está forte o bastante.

Adin havia aprendido que, em certas circunstâncias, era melhor deixar os inimigos pensarem que estava disposto a colaborar, até aguardar a oportunidade de fazer alguma coisa. Eles obviamente estavam tentando realizar nele algum tipo de tratamento de choque, a fim de facilitar o controle de sua mente com as pedras escuras. Entendeu que precisava oferecer a eles as reações que esperavam para poder encurtar o tratamento. Se tivesse feito isso no lago de fogo, talvez as mulheres não teriam sido sacrificadas. Nem Chozeh...

Por isso, levantou-se e acompanhou Timna mais uma vez em direção às profundezas de Nod. Precisava fazer o jogo do inimigo. De que outra maneira poderia conhecer melhor quem eles eram e o que pretendiam? Só quando se está muito perto do inimigo é que se pode descobrir se ele tem alguma fraqueza, e utilizá-la em benefício próprio. Além do mais, Thamam lhe deu a missão de resgatar o pergaminho. Talvez, a sorte lhe oferecesse ainda uma oportunidade de fazer isso.

Ele tentou se apegar a esses pensamentos, tentando acreditar que ainda podia haver algum resto de dignidade em si próprio. Porém, após aqueles dias na cela celeste, ele sabia que jamais poderia acreditar nisso outra vez.

Enquanto descia os degraus de pedra, Adin percebeu que seus ferimentos haviam desaparecido. Inclusive os vários cortes e aranhões obtidos na escalada pela canaleta não podiam mais ser vistos. Estranhou aquele fato.

Em volta do fosso seis homens estavam em pé. Todos vestiam capuzes pretos. Diante deles, estava o homem chamado Télom.

— Fico feliz em ver que já está recuperado — disse o feiticeiro das pedras. — Seria uma perda terrível se viesse a morrer nas celas. Mas, como eu disse, elas foram necessárias e cumpriram uma importante função.

Adin percebeu que o homem investigava seus braços onde antes estiveram cicatrizes e pareceu satisfeito ao perceber que estavam limpos.

— Eu espero que sua longa viagem ao oriente tenha sido suficiente para que sua mente tenha sido aberta, e agora, você possa compreender a grandeza das possibilidades que estão diante de nós. Obviamente, você poderá participar de tudo e dividir os despojos da nossa grande conquista, se estiver disposto a nos fazer um pequeno favor.

— A tática nunca muda? — Perguntou Adin fazendo o homem levantar uma sobrancelha de estranhamento. — A ideia é sempre convencer os outros pela cobiça ou pela chantagem? É o que mais funciona, não é? Quando é preciso fazer algo sórdido? Primeiro a oferta, depois a pressão, quando a oferta não funciona? É isso o que me aguarda?

O próprio Adin estranhou suas palavras. Estava tentando se conter o máximo possível, para parecer que estava fazendo o jogo deles, mas quando o homem disse aquelas palavras, ele não aguentou e disparou suas perguntas cheias de ressentimentos.

— Você pode ver as coisas por esse ângulo — disse o cashaph sem se alterar —, ou pode vê-las como uma grande oportunidade. Senso prático é algo valioso nos tempos em que vivemos. Quando não é possível evitar uma grande destruição, é sábio escapar dela, afinal, acontecerá de um modo ou de outro, mas é ainda mais inteligente beneficiar-se dela, se possível. E exatamente agora é possível!

— E se eu me recusar? Vão usar as pedras para me obrigar a fazer o que desejam?

— Não funcionaria perfeitamente — explicou o homem. — Você precisa fazer isso no pleno domínio de suas funções físicas e mentais. Elas precisam estar purificadas, mas não devem ser coagidas.

— Então, não podem me obrigar?

— Não precisaremos fazer isso. Há um meio mais eficiente, eu tenho certeza.

— Sim, como usar as pessoas que amo para me chantagear. Mas desconfio que dessa vez não vai funcionar. Acho que vocês não conseguirão colocar as mãos nas pessoas que eu amo.

— De fato, sua irmã se tornou um desafio muito elevado no momento. E sua querida rainha está bem protegida em seu palácio, também no momento.

— Talvez você queira retornar às celas celestes — disse Timna.

Adin quase desejou que eles fizessem isso, pois certamente o teste seria menor.

— Já chega de celas celestes — disse Télom com um forte tom de repreensão. — Eu disse que ele precisa desejar fazer isso. Não deve ser obrigado.

Timna e Adin olharam para o chefe do conselho sombrio com expressões idênticas de incompreensão.

Naquele momento, o homem retirou o capuz da cabeça. Inadvertidamente, Adin deu um passo para trás ao ver o rosto inteiro do homem. Os cabelos eram pretos e compridos até os ombros, porém, não pareciam cabelos humanos, antes pareciam a crina ou o pelo de algum tipo de animal. Então, Adin entendeu porque ele usava o capuz sobre parte do rosto. O lado direito da face parecia ter sido comido ou corroído por algum tipo de verme ou roedor.

— Eu servi de comida para os vermes, graças a Enosh — disse o cashaph. — Porém, eu dei o troco, pois em seguida comecei a me alimentar deles. Como vocês sabem, eu consegui algo parecido com a imortalidade através das minhas duas pedras amarelas. Os vermes que roeram meu rosto foram os primeiros a me alimentar. Eu confesso que até hoje não sei explicar plenamente o que aconteceu. Enosh ficou com as pedras amarelas, mas mesmo assim, meu corpo continuou absorvendo a vida dos vermes. Acho que eu havia feito isso por tanto tempo antes, que meu corpo continuou fazendo isso, mesmo sem as pedras. Porém, resultou nisso — Télom apontou para o próprio rosto. — Depois, eu lapidei outras pedras e comecei a me alimentar de todo tipo de animal. Hoje eu nem sei dizer o quanto há em mim de humano ou animal. No início eu me alimentei de animais pequenos como cachorros e pequenos felinos. Depois eu tentei animais maiores como vacas e cavalos. Esses últimos foram os meus favoritos por muito tempo, pois a vitalidade e a energia deles me tornavam muito forte e resistente, apesar de algumas reações adversas. Porém, eu estava decidido a me alimentar de animais cada vez maiores e mais poderosos, então, tentei fazer isso com uma saraph. Não foi fácil me aproximar de uma, e foi uma aventura digna de registro os riscos que corri para conseguir encostar as duas pedras na serpente de fogo. Mas, meu feito não ficou tão famoso quanto o do guardião de livros, até porque ninguém viu... Enquanto o monstro se debatia eu suguei seu poder. Aquilo foi uma coisa impressionante. Vocês não podem imaginar o que é ser tomado por uma sensação de poder como aquilo. Foi, certamente, a coisa mais extraordinária que eu já experimentei, apesar de saber que aquilo que me destruiria se eu não parasse. Não há sensação pior do que saber que existe um poder absurdamente forte à sua disposição, e, ao mesmo tempo, você não pode usufruí-lo por conta de suas limitações. Dessa vez eu não vou perder. O poder do Abadom está a apenas uma etapa de ser alcançado. Você vai me ajudar a conseguir isso.

— Estou imune a esse tipo de ambição — disse Adin, sem entender plenamente por quê o homem havia contado aquela história. — Não vai conseguir me convencer prometendo poder ou vida eterna, nem me ameaçando.

— É claro que está — disse Télom. — Mas há outra coisa que você deseja. Algo bem mais terreno, eu diria. O amor de uma rainha. Isso não é pouco. Mas eu posso dá-lo a você. Você conseguiria resistir à ideia de poder ter o amor dela inteiramente, e para sempre?

Adin se surpreendeu com a declaração do cashaph. Seu olhar não disfarçava suas interrogações. *Como ele sabe disso? Será que eles leram minha mente enquanto estive na cela celeste? Ou eles têm aliados em Sinim?*

— Não importa como eu sei disso — respondeu o cashaph às perguntas não verbais de Adin. — O importante é que é possível. Você pode ter o que deseja.

— E como isso seria possível? — Perguntou Adin. — Utilizando as pedras escuras para fazer com que ela me deseje contra sua própria vontade? Você acha que eu me satisfaria com isso?

— É claro que não. Você e eu somos semelhantes. Não nos satisfazemos com nada menos do que tudo. Você não precisa das pedras escuras para fazer com que a rainha o ame. Ela já o ama. Você só precisa garantir que vocês dois possam viver esse amor. Em breve a cortina de trevas cobrirá a terra. Uma rede de pedras escuras vai empurrar a escuridão a partir da principal cidade dos shedins. Meus homens estão lá, exatamente agora, preparando tudo. Quando as trevas ultrapassarem o Perath, o exército shedim avançará, mas não haverá nada para conquistar. Esse mundo será apenas fogo e escuridão. A escolha que eu estou lhe oferecendo é a de trazer sua rainha junto conosco para o novo mundo que vamos erguer com o poder do Abadom, e viveremos para sempre.

Adin demorou até entender o que o homem estava oferecendo.

— Você e sua rainha podem vir conosco — continuou o homem diante do silêncio de Adin —, ou então podem morrer com esse mundo. Essa é a oferta que eu estou lhe fazendo. Você pode viver esse amor para sempre, ou morrer. Então, o que me diz?

* * * * *
* * * *

O guardião de livros observou a re'im decolando da plataforma de Kerachir. Rapidamente as asas prateadas desapareceram na escuridão. Ainda faltavam duas horas para o amanhecer.

Layelá voava com todo o poder de suas asas, como se quisesse sumir o quanto antes das vistas dos observadores. Sobre a re'im, Leannah abandonava Kerachir sozinha.

Ben apoiava suas mãos sobre o gelo do parapeito enquanto observava-a partir, mas não sentia o frio da construção. Sua impressão era de que nenhum sentimento habitaria mais o seu íntimo. Uma pedra de gelo como aquela poderia estar em lugar de seu coração.

Todos o aguardavam dentro do palácio de gelo. Em duas horas, o sol tocaria o gelo de Kerachir, e os últimos fundamentos da cidade se derreteriam, e ela seria tragada para o abismo se a Aliança não fosse renovada.

— Acho que lhe devo um pedido de desculpas — a voz de Tzizah atrás de si tornou o gelo perceptível outra vez.

Ele viu a princesa se aproximar e colocar-se ao seu lado, também apoiando as mãos pequenas sobre o parapeito que protegia o pátio do palácio central. Não era mais possível enxergar a re'im na escuridão da madrugada.

Tzizah ainda se encobria com as roupas de peles, as mesmas usadas na jornada feita com Thamam desde Sinim. Ela tremia de frio.

O abismo diante deles parecia tão grande quanto o que havia entre eles até aquele momento.

Você não me deve nada, Ben sentiu vontade de dizer, mas as palavras não saíram dos lábios.

— Eu quero que você saiba que... — Continuou Tzizah, com a voz trêmula por causa do frio. — Quero que você saiba que aquele dia em Olamir, no jardim das bétulas... eu não quis... eu não quis manipular você. É claro que foi um impulso, mas eu não posso dizer que tenha sido algo que eu não quis fazer. Por um lado, eu me arrependi mil vezes de ter feito aquilo, principalmente, pelo modo como fiz, mas já não podia voltar atrás.

Ben compreendeu que ela estava falando do beijo. Há poucos dias atrás, não havia algo que ele pensasse mais do que naquele beijo dado debaixo das bétulas. Mas agora, ele teve que fazer um esforço para entender o que ela estava falando.

— Você tem razão. Não podemos voltar atrás. O que passou, passou. Certas coisas não voltam, nem devem voltar. É assim que tem que ser.

— Eu sei... Mas eu só queria que você soubesse que foi sincero... Foi errado... Mas o que aconteceu... Eu não sei por quê... Talvez... O momento em que eu vivia, as incertezas... O modo sincero como você agiu quando não sabia quem eu era... A beleza das bétulas... Eu só quero que você me perdoe.

— Elas não existem mais — Ben a interrompeu com mais rudeza do que seria possível não se arrepender assim que falou. — As bétulas — explicou ao ver o olhar de incompreensão de Tzizah. — Gigantes as pisaram, monstros destroçaram tudo. O passado não existe mais. Vamos deixá-lo lá.

— Eu sei — repetiu Tzizah. — Mas... Tenho medo que você interprete mal o que vou dizer, mais até do que eu sei que já fiz por merecer. Durante aqueles dias em que viajamos para as Harim Keseph, na estalagem de Revayá, e também no retorno, eu não quis ignorar você daquela maneira, mas eu tinha medo de Kenan, ou talvez, tivesse mais medo de mim mesma. Eu só quero que você me perdoe.

— Você não tem motivos para pedir perdão... Não para mim. Você sabe quem eu sou... Você sabe...

— Eu sei que você é filho da minha irmã. Eu fiquei feliz por saber isso. Você é algo dela que permanece, após toda a tragédia que ela viveu.

— Você não entende? Ou está fazendo de conta que não sabe? Eu sou um...

— O destino colocou você no centro dos grandes acontecimentos deste mundo — continuou Tzizah, ignorando as palavras dele —, talvez para envergonhar os poderosos deste mundo. Você definitivamente não se saiu mal. Agora, como você mesmo diz, é hora de esquecer o passado e seguir adiante. Como meu pai disse, a mente que rege o universo colocou essa espada em sua mão. E também parece que agora deseja colocar uma coroa em sua cabeça.

— Seu pai...

— Estou apenas repetindo o que ele disse. Escute, você não está tirando nada de meu pai que os outros já não tenham tirado.

— Você só está querendo fazer isso por causa dele?

Tzizah se calou. Um leve rubor coloriu sua face. Por um momento, Ben pensou que ela ia voltar ao interior do salão de Kerachir e deixá-lo sozinho na muralha.

— Olha, isso é verdade por um lado. Meu pai deseja que façamos isso. Mas, o que eu estou querendo dizer é que não me sinto obrigada em fazer... O trono de Olam é seu por direito. Através deste casamento, nós poderemos salvar Olam. Nós conquistaremos esse direito.

— Como alguém como eu, que nasceu nas circunstâncias em que eu nasci, pode ter algum direito?

— Há algo que você não sabe, eu tenho até medo de lhe dizer isso... Não quero levantar falsas esperanças... Mas...

Ben olhou sem expressão para Tzizah. Não sabia se ela estava tentando consolá-lo, ou se de fato tinha algo importante para dizer.

— Eu já ouvi um bocado de coisas — disse Ben ao ver a relutância dela. — Acredito que nada mais que eu possa ouvir seja capaz de roubar ou devolver esperança.

Ben voltou a fixar os olhos no horizonte vazio. Mesmo desejando, não conseguia mais ver a re'im. Uma leve claridade já surgia e era perceptível por causa do branco do gelo das montanhas.

— Meu pai acredita que talvez seja possível descobrir quem foi seu pai...

Ben soltou uma risada amarga.

— E por que motivo isso seria importante? Que diferença faz saber de qual demônio sou filho?

— Demônio!? Do que você está falando?

— Não se faça de tola. Você sabe exatamente do que eu estou falando. Sua irmã foi levada para os shedins. Eu nasci nas trevas.

— Provavelmente Tzillá já estivesse grávida quando os shedins a raptaram!

Por um momento Ben não entendeu as implicações a respeito do que Tzizah falava. Então, foi como se Kerachir despencasse subitamente. Ben sentiu o chão sumir debaixo de seus pés.

— Grávida? — A voz quase não saiu da garganta do guardião de livros. — Como assim?

— Minha irmã ficou desaparecida por um bom tempo antes de retornar a Olamir para o noivado com Kenan. Thamam acredita que ela estivesse apaixonada por outro homem e que viveu com ele durante quase seis meses. Não há nenhuma prova disso, mas Thamam acha que Tzillá revelou isso para Kenan antes da última noite do casamento, pois não queria continuar sendo injusta com ele, e talvez tenha sido esse o motivo pelo qual eles discutiram. Nós sabemos que ele a deixou sozinha naquela noite, justamente quando os vassalos a raptaram. Talvez, este tenha sido o motivo.

— Então!? Isso quer dizer que...

— Que você é só um homem, nada mais, é isso o que eu estou tentando lhe dizer. É nisso que eu quero que você acredite.

Ben sentiu seu mundo dar várias voltas com aquelas revelações.

Se fosse verdade... Leannah havia insistido nisso desde o início. Mas se ela sabia o que havia acontecido, por que não falou tudo?

As palavras de Enosh na noite em que eles recuperaram Herevel das águas do Yam Kademony subitamente vieram à sua memória.

Seu pai se apaixonou por uma mulher. A mulher errada. E por ela, abandonou tudo. Deixou a vida errante de um latash. Quis construir uma vida normal.

Ben já não sentia outra vez o frio do gelo de Kerachir sobre suas mãos. Segurava-se firmemente ao parapeito com medo de despencar para o vazio.

Há muitas coisas nessa história que não convém que você saiba — Enosh continuara. — *Não lhe traria vantagem alguma... O que posso lhe dizer é que eles fugiram, pois não podiam se casar. Seu pai não tinha nobreza, se é que você me entende.*

Posteriormente, Ben acreditou que tudo aquilo fosse uma grande invenção do latash. Mas agora... Poderia tudo aquilo ser verdade? Ou pelo menos, será que aquela parte da história era verdadeira?

— Kenan é o único que pode confirmar tudo isso — disse Ben, ainda segurando-se ao parapeito. — Mais do que nunca, precisamos encontrá-lo. Assim, também, você poderia realizar seu grande sonho de se casar com ele. E ele poderia renovar a aliança com os rions... E, talvez, também um pouco do que foi tirado dele pudesse ser devolvido.

— Você sabe que isso é impossível. Só temos algumas horas para formalizar a aliança com os rions. Kerachir não aguentará outro amanhecer. Agora, *nós* precisamos salvar Olam.

As palavras de Tzizah foram ditas em tom de decisão, mas Ben percebeu que havia muita tristeza contida nelas. Então, compreendeu que Tzizah continuava apaixonada pelo giborim, apesar de resignada com a tarefa que Thamam lhe deu. Isso só tornava aquele casamento algo ainda mais insensato.

Percebeu o quanto o amor era capaz de perdoar. Por culpa do giborim Olamir havia caído. Se ele não tivesse usurpado o Olho das mãos de Leannah, no Farol de Sinim, tudo poderia ter sido diferente. Apesar disso, Tzizah sofria por causa do desaparecimento dele.

Por outro lado, agora Ben também compreendia um pouco mais da loucura do giborim. Se estivesse no lugar dele, talvez tivesse feito a mesma coisa.

— Talvez você ainda o encontre e possa retomar a vida que foi interrompida por tantos acontecimentos trágicos — insistiu Ben, sem saber se devia sentir pena dela ou raiva por sua paixão. — Se depender de mim, quero que você saiba que eu não a impedirei.

— Isso é impossível — respondeu Tzizah com amargurada resignação. — Kenan nunca me amou... E, talvez eu também nunca o tenha amado... Talvez, eu tenha apenas mesclado um sentimento de admiração que nutria por ele no início, com pena pelo que aconteceu depois. Mas isso agora não importa. Você está disposto a fazer o que é preciso por esta guerra?

A obstinação instantaneamente subjugou outra vez as dúvidas no olhar dela. Ben admirou o esforço dela em tentar mudar a realidade.

— A guerra — disse Ben. — Que guerra é essa?

Ben não fez a pergunta para Tzizah. Estava perguntando ao ar.

— A guerra — confirmou Tzizah. — Olam precisa de um rei que possa liderar os exércitos que conseguirmos unir para a batalha. Nós precisamos dos rions...

Ben pensou na ironia de tudo aquilo. Há poucos dias, nada lhe causaria mais alegria do que apenas pensar em se casar com ela, mas agora, depois dos momentos vividos com Leannah, no norte, depois de tudo...

— Você ainda sente alguma coisa por mim? — Perguntou Tzizah.

Ben fitou os olhos cinzentos da princesa de Olam.

Como dizer? Como falar? Ela jamais entenderia.

— Durante aquele dia em Olamir — continuou Tzizah, parecendo magoada diante do silêncio dele. — Eu percebi que havia um sentimento. Mesmo depois, na jornada para o norte, antes que você permanecesse em Ganeden, eu também senti isso. Pergunto-me se isso ainda pode ser resgatado. Se há alguma chance de você me amar...

— Você sempre foi um sonho distante — disse Ben, sem se virar. — Os verdadeiros sonhos não se tornam realidade, ou então, deixam de ser sonho. Eu amei você com toda a força do desespero. Acho que ainda sinto isso... Um fascínio por sua beleza, pelos mistérios que a envolvem... Por tudo o que você significa. Mas o que é isso senão um sonho?

— Um sonho pode ser real — respondeu Tzizah com urgência, tocando-o no braço. Parecia haver sinceridade no olhar e no gesto dela. — Eu sinto que posso aprender a amar você. Eu... Eu quero isso... Eu admiro sua coragem. Você será um ótimo Melek para Olam. Mas eu não quero apenas salvar Olam. Eu não estou querendo usar você.

Sim, eu serei um Melek apropriado para uma Olam destruída, pensou Ben, mas não colocou o pensamento em palavras. Ela poderia não entender...

Leannah o compreendia. Não precisava dizer nada para ela. Agora sabia que nunca alcançaria aquele nível de intimidade com Tzizah. Nunca.

— Tem uma última coisa que preciso que você saiba antes de entrarmos naquele salão — disse Tzizah.

Ben voltou o olhar com curiosidade para a filha de Thamam. *Haveria algo mais?*

— Em Bethok Hamaim, o Melek das Águas, me obrigou a me casar com ele. Ele queria me usar para obter legitimidade como Melek de Olam. Nós passamos entre os pedaços. Perante as leis de Olam, foi um casamento válido.

Vocês passaram entre os pedaços de Evrá — Ben sentiu vontade de dizer. — *Leannah nunca faria isso.*

— O Melek das Águas está morto — disse Ben em vez disso. — Perante a lei de Olam, você está livre dele.

— Sim, eu sei disso. E, de qualquer modo, para mim, aquele casamento jamais teve qualquer valor... Eu só quero que você saiba que nosso casamento jamais foi consumado. Ele era um eunuco.

— Fico feliz em ouvir isso — disse Ben. — Especialmente por você.

Ela assentiu.

Por um momento os dois ficaram lado a lado olhando para as montanhas recobertas de neve. O vento gélido passava por eles e assobiava melodias tristes nas quinas e nos pináculos destruídos de Kerachir. Ben nem o sentia, porém Tzizah tremia de frio intensamente. Aquela união que finalmente parecia próxima de se concretizar estava muito diferente dos sonhos que Ben havia alimentado debaixo das bétulas.

— Eles estão nos esperando... — sussurrou Tzizah gentilmente, a voz saiu ainda mais entrecortada por causa do frio. — O tempo é curto...

— Sim, ele sempre é — respondeu Ben. — Vamos atender ao chamado dele e fazer o que esperam de nós. No que depender de mim, você será sempre tratada como uma princesa. Sempre.

Como se estivesse agindo sob algum comando externo, Ben se virou e deu o braço para a princesa de Olam. Tzizah correspondeu ao gesto, e os dois se puseram a caminhar juntos em direção à entrada do grande palácio.

Na entrada do palácio, Tzizah se livrou das vestes pesadas de peles e revelou que por baixo usava um belo vestido azul. A longa cabeleira negra ainda tinha fiozinhos de neve, como se ela tivesse alguns fios de cabelos brancos, mas isso logo desapareceu.

Por um momento, Ben teve a sensação de que a entrada do palácio de Kerachir era o portal do estranho sonho que o chamava para pagar um preço.

Se há um destino, ele é um tirano, pensou o guardião de livros enquanto adentravam o grande salão dos rions.

Lá dentro havia uma espécie de altar e atrás dele estavam Thamam e o patriarca. Em pé, ao longo do salão, formando um corredor, estavam Ahyahyah e os demais líderes dos rions. Seriam as únicas testemunhas do casamento.

Ben procurou inutilmente por Leannah dentro do salão. É claro que ela não voltaria. Ela própria havia insistido na necessidade daquele casamento. O casamento deles era garantia total de que a aliança poderia ser restaurada. Ben podia jurar que Leannah havia compreendido aquilo desde o momento em que adentrara o salão dos espelhos do tempo.

Ela não ia se despedir, pensou Ben, sobre o último encontro dos dois, acontecido há pouco. *Teria partido sem olhar para trás.*

Quando percebeu o que ela pretendia fazer, ainda naquela madrugada, Ben correu atrás e impediu que Layelá galopasse sobre a plataforma e saltasse para o vazio.

— *Para onde você vai?* — Ele perguntou, sabendo que não tinha direito de perguntar. — *O que pretende fazer?*

— *Algo necessário para essa guerra* — ela respondeu, sem dar maiores explicações. — *Eu não sou mais necessária aqui. Vocês podem formalizar a aliança e levar os exércitos para o sul. Devem fazer isso com urgência.*

— *Leannah...* — ele disse, meio sem saber o que devia falar. — *Eu quero que saiba...*

— *Não há nada o que falar* — ela o interrompeu. — *Apenas faça o que precisa ser feito. Não será o primeiro nem o último sacrifício nessa guerra. Se bem que, alguns sacrifícios não são tão difíceis, não é mesmo?*

Leannah disse aquilo e fez menção de partir. Ben não podia mais impedi-la. No último momento, porém, ela conteve Layelá.

— *Aquela visão da pedra em Havilá estava certa* — disse a cantora de Havilá. — *Você realmente vai se casar com uma jovem com olhos cinzentos e cabelos escuros.*

Aquela menção à previsão do futuro feita com Ieled em Havilá foram as últimas palavras dela. Em seguida, Layelá galopou sobre a plataforma e decolou.

Ben ainda ficara olhando para o vazio após a re'im desaparecer de sua vista.

— Estamos reunidos hoje — começou Thamam ao ver que Tzizah e Ben haviam estacionado diante do altar —, para realizar a cerimônia de casamento entre Tzizah, princesa de Olam, e Ben, o Guardião de Livros.

O silêncio dentro do salão dava a impressão de que todos os assistentes eram de gelo. Ben agradeceu pela escolha da cerimônia sem o formalismo da aliança dos pedaços. Seria muito constrangedor ter que passar com Tzizah entre os pedaços de animais, após saber que aquele foi o ritual através do qual ela havia se casado com o Melek das Águas.

— Se há algum impedimento legal para essa união, eu conclamo que seja apresentado agora, ou perderá toda validade depois disso.

O silêncio do gelo foi a única resposta a perdurar dentro do grande salão.

— Segundo as leis de Olam, e diante dessas testemunhas, eu pergunto aos noivos se é de livre vontade que estão, nesse momento, unindo-se pelos laços sagrados e indissolúveis do casamento, segundo as antigas leis de Olam.

— Sim — respondeu Tzizah.

— Sim — respondeu Ben depois de algum tempo.

— Então, façam os juramentos agora — orientou Thamam.

Tzizah começou.

— Eu juro pelo céu e pelas estrelas, pela terra e pelas pedras, pelo mar e pelas ondas, pelo vento e pelas tempestades, que estarei ao seu lado e serei sua; quando o sol nascer e quando o sol se pôr, quando a chuva cair e quando deixar de cair, quando o vento soprar ou quando amainar, quando as flores nascerem e quando murcharem, quando a lua brilhar ou o seu lado escuro voltar; eu serei sua e estarei ao seu lado, quando os homens nascerem e quando morrerem, quando você se levantar vigoroso ou quando se prostrar envelhecido, quando partir para longe e quando retornar; eu sempre estarei lá a lhe esperar.

Em seguida, ela se ajoelhou, beijou a mão dele, depois se levantou e se colocou ao seu lado.

— Eu juro pelo céu e pelas estrelas — Ben iniciou o juramento —, pela terra e pelas pedras, pelo mar e pelas ondas, pelo vento e pelas tempestades, que serei seu marido e cuidarei de você, quando eu estiver no vigor de minha força, ou quando ela já tiver me abandonado, quando a fartura estiver nos meus celeiros ou quando eles estiverem vazios, quando sua formosura continuar como a da flor ou quando ela murchar com o peso dos anos, quando você me der filhos ou quando for apenas nós dois; eu cuidarei de você e você será a única até que a noite escura passe e o dia amanheça, quando eu estiver ao seu lado ou do outro lado do mundo; eu sempre retornarei para você.

Então, Ben se virou, pegou as duas mãos dela e as levou aos lábios.

Por um momento, lhe pareceu que era Leannah quem estava à sua frente. Em seguida, ele a beijou na testa.

— Pelas leis de Olam e diante de todas essas testemunhas, eu os reconheço como marido e mulher — pronunciou-se Thamam. — Que vocês possam unir Olam mais uma vez, meus filhos. Que vocês façam o reino dos homens renascer das cinzas. E que, por meio de vocês, a luz outra vez se imponha sobre a escuridão.

Minutos depois, os rions se reuniram outra vez na grande plataforma. Ben tomou o lugar de Thamam ao lado do patriarca e ouviu-o proferir novamente o longo juramento. Em seguida, Ben também se comprometeu a honrar a aliança, socorrer os rions sempre que necessário, e garantir o direito deles ao gelo luminoso.

A névoa luminosa irradiou da pequena caixa deixada por Leannah, e adentrou o compartimento na quina da muralha, crescendo por dentro do gelo quando Ben e o patriarca interligaram as mãos sobre o compartimento. O gelo luminoso espalhou-se pelo chão e paredes, alcançando rapidamente a fachada dos palácios. Por um momento, Kerachir resplandeceu por inteira.

Então, os rions cantaram. A melodia parecia ter o mesmo poder do gelo luminoso, o de adentrar todas as estruturas e percorrer todos os espaços.

> *Tão alto quanto o céu, tão distante quanto o horizonte*
> *Dissipa a escuridão como véu, liga os destinos como ponte*
> *Tão profundo quanto o sheol³, tão longo quanto a história*
> *Cobre o mundo como o sol, espelha-se em pura glória.*

Quando o brilho de Kerachir desvaneceu, Ben olhou para as paredes e percebeu que aparentavam muito mais consistência do que antes. As estátuas dos tannînins estavam todas recompostas.

Ao amanhecer, o sol tocou o gelo de Kerachir, então, a cidade resplandeceu firme como as geleiras eternas.

3 Sepultura

11 — O Resgate dos Perdidos

—É só isso o que eu preciso fazer? — Perguntou Adin.

A proposta do cashaph soava como algo irreal. Adin ainda não conseguia entender as intenções do homem. *Ele iria ser libertado?*

— Você voltará até Thamam — confirmou o cashaph, andando ao redor do fosso, monitorando uma a uma as shoham escuras que estavam lá —, pegará o pergaminho e o trará até aqui. Quando tivermos todo o poder do Abadom, você e sua amada poderão ir conosco para o novo mundo.

Do outro lado do salão, Timna exibia um rosto tão surpreso quanto o de Adin por causa das palavras do homem. E isso deixava Adin ainda mais confuso com a proposta do cashaph.

— Que garantias eu terei de que vocês permitirão que nós os acompanhemos? — Perguntou Adin, como para se mostrar interessado.

— Você conduzirá todo o processo — explicou o cashaph. — Portanto, como eu poderia impedi-lo de ir até o fim? No entanto, você só poderá fazer isso aqui. Essa é a garantia que eu tenho de que você voltará.

— Thamam nunca entregará o outro pergaminho para mim. Eu não conseguirei fazer isso.

— Você veio até aqui por causa desses pergaminhos — Télom tirou os dois pergaminhos da cintura e os mostrou. — Então, leve-os. Quando conseguir o outro, você sabe o que deve fazer.

Adin se espantou com a oferta do homem. Por um segundo, teve que se controlar para não se apossar dos artefatos imediatamente.

Timna se aproximou com um rosto estupefato, como se estivesse duvidando da sanidade mental de seu líder. Porém, manteve-se em silêncio.

Adin olhou para os dois pergaminhos na mão de Télom. Será que o homem realmente os entregaria? Será que deixaria que ele os levasse para Thamam? Estaria acreditando mesmo que ele trairia seus amigos? Ou será que era apenas um teste? Adin acreditou que logo seria colocado outra vez nas celas celestes.

— E se eu não conseguir pegar o outro pergaminho?

— Eu lhe darei uma pedra escura. Com ela, você poderá fazer tudo o que desejar.

— Parece justo — disse Adin, acreditando que, a qualquer momento, o homem soltaria alguma gargalhada de desprezo e o enviaria de volta à prisão.

— Então, o que você está esperando? Não temos muito tempo.

Adin estendeu as mãos e segurou os dois pergaminhos.

— Temos um acordo? — Perguntou o cashaph antes de soltá-los.

— Sim — disse Adin.

Télom soltou os pergaminhos e Adin os contemplou. Ambos eram escritos por dentro e por fora, mas muitas coisas que estavam escritas neles só podiam ser lidas com uma lupa, e outras, nem uma lupa poderia decifrar. Eram muito semelhantes ao pergaminho que ele havia lido no oriente, após a chantagem do velho rei bárbaro.

Mesmo segurando os dois instrumentos, era difícil acreditar naquilo. O homem estava lhe dando o poder de decidir aquela guerra? Com os pergaminhos, Thamam poderia fechar o Abadom e aprisionar os shedins dentro dele novamente.

— Posso partir agora? — Perguntou timidamente, ainda sem conseguir acreditar que o homem permitiria aquilo.

— Eu acho melhor você voltar pelo mesmo lugar que entrou, pois os shedins podem desconfiar se, de algum modo, você for visto saindo de Nod livremente. O re'im que o trouxe até aqui está por perto, e será muito mais convincente se você sair pelos fundos, como um fugitivo, do que se sair pela porta de entrada.

— Está bem — concordou Adin, mesmo sentindo um frio na barriga só em pensar em deslizar outra vez pela canaleta até o poço da cachoeira.

— Os tannînins o perseguirão e isso tornará sua fuga ainda mais convincente. Voe o mais rápido que puder para o leste e retorne aqui em três dias. Esse é o nosso tempo limite. Use a pedra escura para convencer sua rainha a acompanhá-lo. Ela precisará dessa ajuda, pois mesmo desejando fazer isso, ela poderá resistir, uma vez que não compreende a realidade que nos cerca do mesmo modo como você compreende agora.

Adin pegou a pedra escura da mão do cashaph. Era a primeira vez que via uma pedra como aquela tão de perto. Ao pegar a pedra, ele sentiu algo estranho em sua mente. Uma conexão se estabeleceu.

— E quanto à minha irmã? Ela também poderá vir comigo?

— Ela nunca aceitaria fazer isso, por causa do Olho de Olam. No fundo ela sabe que a pedra está se apagando mais uma vez, porém o senso de honra e dever pode ser mais forte. Além disso, ela ama o guardião de livros, e certamente não vai querer abandoná-lo. Agora vá. O tempo é curto.

— Obrigado — disse Adin.

— Não estou lhe fazendo um favor — respondeu Télom.

Adin assentiu e em seguida se pôs a subir as escadas que o levavam para a divisão das câmaras acima. Não olhou para trás, mas tinha a sensação de que a qualquer momento eles o impediriam apenas para rir dele, aprisionando-o mais uma vez. No entanto, continuou caminhando e não ouviu sons de calçados seguindo-o, mesmo quando ele começou a correr desesperadamente em direção ao túnel.

Quando Adin alcançou a câmara divisória, deparou-se outra vez com a parede, onde leu o escrito dos kedoshins. Tudo parecia uma grande loucura.

Lá embaixo, junto ao fosso, Timna olhava espantado para Télom, mas parecia não ter coragem de questioná-lo.

— Não se preocupe — disse o cashaph. — Eu sei o que estou fazendo.

— Você o convenceu? — Perguntou Timna. — Ele vai fazer o que você quer?

— Nem por um minuto eu o convenci — disse Télom. — Mas ele vai fazer tudo o que eu quero.

* * * * *
* * * *

Quando o piso desapareceu debaixo das patas, o corpo da re'im afundou momentaneamente no vazio junto à muralha externa de Kerachir, porém, em instantes, as asas poderosas empurraram o ar e Layelá se elevou rapidamente, escalando a montanha lateral sem tocar as patas no gelo. Em segundos a escuridão da madrugada as envolveu e as ocultou do mundo.

Quando Leannah se viu solitária dentro da névoa, deixou a tristeza tomar conta do seu rosto. Permitiu-se ser frágil outra vez, mesmo sabendo que só poderia fazer isso por pouco tempo. Os desafios que tinha diante de si requereriam mais uma vez determinação e coragem acima das forças dela. Ela tentaria corresponder, porém não ainda. Antes precisava se permitir chorar...

Layelá terminou de contornar os picos deixando a névoa para trás, e Leannah viu as estrelas quando o mundo de gelo se abriu diante dos olhos dela. O pouco tempo justificava toda aquela pressa.

A tristeza retornara ao seu coração, e dessa vez, para ficar. Em poucas horas, Ben e Tzizah se casariam diante dos rions para que a Aliança pudesse ser restabelecida. Não era apenas a inevitabilidade do fato, nem a necessidade urgente daquele casamento devido às circunstâncias o que mais a assolava, mas o conhecimento de que, no fundo, Ben desejava aquilo.

Desde o dia em que ele acordou em Olamir, após aquele tipo de ressurreição que Thamam havia realizado nele através das pedras curadoras e da magia antiga, Leannah soube que ele jamais seria seu. O fascínio que Tzizah exerceu sobre ele foi algo avassalador, uma força contra a qual parecia inútil tentar lutar. Mesmo sabendo que ele jamais seria feliz ao lado dela...

Leannah compreendia que precisava se conformar, pois não podia determinar o futuro dos outros, mesmo tendo o poder de fazer isso.

Mas será que eu não acabei de fazer exatamente isso?

Mais uma vez, Leannah desejou nunca ter partido de Havilá. Desejou ter ficado lá com seu pai e irmão, vivendo a vida simples da cidade pequena, comprometida com o atendimento aos rituais do templo, ingenuamente sonhando acordada algumas noites estreladas, pensando no tamanho do mundo e nos mistérios da criação... Nunca deveria ter seguido Ben até o primeiro porto das pedras... Por um momento, ela desejou não ter nem mesmo percorrido o caminho da iluminação. E, principalmente, não ter alimentado a fútil esperança de que, após tudo aquilo, Ben a notaria...

Se pudesse desfazer tudo. Se tivesse voltado com Adin para casa naquela noite, e deixado o guardião de livros seguir sozinho seu caminho pelo Yarden, como era no fundo o que ele sempre havia desejado... Talvez... Talvez...

Mas no fundo ela sabia que, se tivesse feito isso, Ben agora estaria do lado das trevas, irremediavelmente perdido. E esse risco ainda não havia desaparecido totalmente.

Mais uma vez precisava admitir o quanto o destino podia ser cruel e, ao mesmo tempo, repetitivo. Como na Rota das Pedras, quando após experimentarem uma proximidade que nenhum dos dois havia forçado, à qual Leannah inclusive havia resistido num primeiro momento, Tzizah surgia diante dos olhos do guardião de livros, ofuscando tudo o mais.

Mas eu fiz isso. É culpa minha.

Antes mesmo de partir para o Degrau, Leannah ordenou para Layelá que trouxesse Thamam e Tzizah até o final do sétimo dia. Por isso, no início da viagem, ela tentou manter distância do guardião de livros, mas depois, foi impossível... e não só por causa do frio. Sabia que se arrependeria... Ela se permitira ficar perto dele, mesmo sabendo que seria a última vez.

Leannah enxugou as lágrimas. Precisava se conformar. Nada daquilo seria mudado, assim como a dor que ardia em seu peito jamais seria apagada. Se ao menos pudesse chorar por mais tempo... Mas a batalha final se armava no horizonte, e ela precisava encontrar forças em algum lugar para completar sua missão. Por muito pouco e os shedins teriam vencido antes mesmo de haver uma batalha. Mas agora Leannah sabia que ela aconteceria. E seria muito antes do que eles esperavam, e, provavelmente, também muito pior.

Ao amanhecer ela encontrou a passagem para abandonar Kerachir. A passagem se abriu para ela, provando que a Aliança havia sido renovada. O patriarca lhe disse que quando a Aliança fosse renovada, a passagem poderia ser aberta também no amanhecer. Por isso, quando se abriu, ela soube que Ben e Tzizah estavam formalmente casados.

A neve começou a rarear debaixo das patas da re'im quando o sol nascente as aqueceu um pouco. As montanhas foram ficando mais baixas, e ao meio dia, um pouco de verde surgiu no solo. Ao entardecer, Ganeden estava inteira na paisagem. Porém, ela só conseguiria chegar lá perto da meia-noite. Voando só com Leannah, a re'im conseguia manter praticamente o dobro da velocidade de quando carregava duas pessoas. Leannah percebia que ela poderia voar ainda mais rápido, mas não queria cansá-la demasiadamente.

Enquanto voava na direção da floresta dos irins, cada parte de seu corpo e mente lhe implorava para que adentrasse a imensidão verde rodeada de carvalhos e se deixasse levar pelos sonhos dos kedoshins. Entendeu isso ainda dentro do templo de Bethok Hamaim, quando o Morada das Estrelas lhe revelou não apenas o passado e o modo como o universo foi criado, mas também o futuro, e o grande plano no qual os kedoshins estavam envolvidos. Ansiava mais do que tudo fazer parte daquilo. O mundo dos homens parecia insignificante diante daqueles planos. Porém, ainda havia algo naquele mundo que a prendia...

Mesmo assim, era confortador saber que havia um lugar onde podia abandonar o passado. Sim, um lugar onde podia deixar aquele amor impossível para trás. Não queria mais se machucar com aquilo. Tinha que superar de uma vez por todas.

Os irins partiriam em breve. Lembrou-se de Gever e da insistência dele para que ficasse em Ganeden. *Você não será apenas a rainha da floresta, mas a rainha do novo amanhã* — disse o antigo príncipe dos kedoshins. — *Venha conosco. Você não faz mais parte do mundo dos homens. Deixe-os seguir o destino que eles mesmos escolheram em sua própria insignificância. Você não precisa pagar por isso junto com eles. Ajude-nos a povoar as estrelas... Venha conosco!*

— Sim, eu os ajudarei a fazer isso — disse Leannah olhando para a caixa com o gelo luminoso. — Mas não poderei acompanhá-los.

Ao perceber que a floresta era seu destino, como se houvesse recebido uma ordem, Layelá voou para lá.

— Você também gostaria, não é? — Afagou o pescoço da re'im. — Haveria tanta coisa para descobrir se fôssemos com eles... Como seria bom deixar todo esse mundo de perdas e sofrimento para trás.

Enxugando uma última lágrima que ainda insistiu em descer, mesmo quando ela havia decidido que era tempo de parar de chorar, Leannah pousou ao lado de Ganeden. Quase não havia luminosidade, mas ela podia ver que era o mesmo lugar perto do entroncamento com a Rota dos Peregrinos, onde Kenan atacara os cavaleiros-cadáveres. Perto dali, Ben havia se perdido e o mundo enfrentara uma encruzilhada, e um caminho sem volta havia sido escolhido. A partir dali, ela se tornara a portadora definitiva do Olho de Olam.

Leannah desceu de Layelá e se aproximou das árvores. Permaneceu pouco menos de um metro da borda, tentando ouvir os sons e respirando seus aromas. A vontade de entrar era quase irresistível... Só precisava dar alguns passos e deixar tudo para trás. Se adentrasse, não teria forças para voltar.

Não precisava chamá-lo. O irin tinha conhecimento de tudo o que acontecia à volta da floresta.

Alguns segundos depois, ela o viu. Ele estava poucos metros da borda, olhando para ela. O olhar cinzento sereno era o mesmo de sempre. O convite ainda estava lá também, mas ela sabia que não estaria por muito tempo.

Ela se adiantou e chegou muito perto da linha das árvores. Ele não se moveu, como se esperasse que ela adentrasse por si mesma. Porém, ela parou e esperou também. Então, contrariado, ele esticou o braço para pegar a pequena caixa. Leannah viu quando o braço luminoso deixou as árvores e alcançou a caixinha. Fora da floresta o braço dele brilhava como o sol, apesar de ser noite. Num segundo, a caixa estava dentro de Ganeden.

— Eu cumpri minha palavra — disse Leannah.

— Eu não tinha nenhuma dúvida a esse respeito — a voz de Gever foi como o vento movendo as folhas das árvores. — Mas isso não me deixa feliz. Não queremos partir sem você, bela luz do entardecer.

— A batalha final se aproxima... Eu tenho que ficar. Vocês não podem ajudar?

Ela não sabia o motivo de ter dito aquilo. Eles não podiam tomar parte naquela batalha. Os irins não podiam mais intervir no mundo.

— Você sabe que não. Ficar é uma escolha sua, não uma obrigação.

— É o que deve ser feito — disse Leannah num suspiro.

— Se o criador os entregou à própria sorte, por que você ainda se importa?

Leannah olhou ao redor, sentindo todo o desespero em seu coração.

— Eu não posso acreditar nisso. Talvez, o que eu preciso fazer seja o modo de ele mostrar que não fez isso.

— Você tem ideia do preço que vai pagar?

Leannah olhou assustada para o irin. Por um momento, lhe pareceu ver algo como uma lágrima no rosto de Gever. Não sabia se isso era possível. Não sabia se irins choravam.

— Até lá vocês já terão partido, não é?

— Sim — ele respondeu. — O entardecer do mundo se aproxima.

Leannah assentiu. Não havia mais nada para dizer. Leannah fez menção de ir embora.

— Você ainda vê motivos para ficar? — Gever subitamente lhe perguntou, quando ela imaginava que ele não falaria mais nada. — O guardião de livros agora pertence a outra pessoa...

— Eu sei — disse Leannah sem se virar.

— É claro que você sabe. Você planejou tudo.

— Foi necessário — respondeu Leannah.

— Então, eu vou perguntar novamente: você ainda vê motivos para ficar?

— Não — ela respondeu. Então, se virou para ele. — Todos os motivos que eu tinha antes não existem mais. Isso significa que eu não ganharei nada em ficar. Porém, deixe-me fazer uma pergunta para você: o que faria se estivesse no meu lugar? Ou melhor: o que você *fez* quando esteve em meu lugar?

— Eu fiquei — respondeu o irin.

— E o que ganhou?

— Nada.

— Mas o mundo ganhou. Então, isso é o que eu preciso fazer também.

— Então, como eu, você jogará pérolas aos porcos.

— Talvez — respondeu Leannah. — O futuro dirá.

— Eu lhe imploro — subitamente Gever mudou de postura. — Não faça isso. Venha comigo. As estrelas esperam você.

Por um momento, Leannah acreditou que ele sairia da floresta e a obrigaria a ir com ele. Mas Leannah sabia que ele não podia fazer isso.

— Agora não há nada que eu deseje mais... — admitiu a cantora de Havilá.

— Então venha. Deixe sua música fluir por lugares inimagináveis dessa imensa criação.

— Não posso. Não posso. Me perdoe. Me perdoe.

— Não posso culpá-la por desejar salvar o mundo. Apesar de achar isso um grande desperdício.

— Eu tenho que ir... — ela se virou mais uma vez.

— Tem alguém que quer ver você...

Ao ouvir aquilo, Leannah sentiu um aperto no coração. Não sabia se queria se virar para ver quem estava ali. Não sabia se queria de fato vê-lo...

Mesmo assim, se voltou outra vez.

Ao lado de Gever, ele batia abaixo do ombro do irin. A barba e o cabelo do giborim estavam compridos e inteiramente brancos. Ele havia ficado em Ganeden mais de duas décadas.

— Ele já recebeu permissão para sair? — Perguntou Leannah.

— Não são eles quem dão essa permissão — disse o giborim, com uma voz estranha. — Somos nós mesmos...

Leannah viu Gever dar dois passos para trás e desaparecer na floresta.

A cantora de Havilá acreditou que Kenan se adiantaria e atravessaria a última barreira de árvores, mas o giborim não se moveu, e permaneceu apenas olhando para Leannah com uma expressão indecifrável.

Mesmo na penumbra, ela percebeu o quanto o rosto e a voz dele estavam serenos. Não havia sinais da brusquidão e dos rompantes de ira que o dominavam no passado, nem da sede de vingança que o destruiu. Mas também não parecia haver sabedoria ou descanso. *Ele ainda é apenas um guerreiro.*

— Você decidiu ir com eles?

— Nada mais me prende a este mundo. Se eles permitirem, eu irei...

Leannah assentiu. Mas, não conseguiu evitar uma sensação de perda. Se haveria uma batalha, então, Olam precisava de um exército e de grandes guerreiros. E, ali estava um dos maiores. Mas, ao mesmo tempo, quem poderia garantir que ele seria confiável?

Leannah viu, por um momento, os olhos dele fixos no Olho de Olam. Não percebeu qualquer emoção no rosto dele, mesmo assim, o olhar permaneceu fixo na pedra branca por um longo tempo.

— Então, adeus — disse Leannah com a voz um pouco trêmula. — Eu sei que você ficará bem.

— Sim, eu ficarei bem. Mas, e você?

Leannah não respondeu. Não podia fraquejar. Não podia olhar para trás. Tinha a certeza de que se olhasse para ele, cairia em prantos ali mesmo.

Layelá galopou sobre os recortes quadrados da Rota dos Peregrinos e decolou. O som das ferraduras ecoou no mar de carvalhos e subitamente desapareceu na escuridão da noite, deixando a floresta para trás. O leste do mundo se abriu diante dela num novo amanhecer, enquanto ela compreendia que aquela parte do passado se fechava.

A cantora de Havilá estava decidida a enfrentar seu destino. Faria o que precisava ser feito. Viver ou morrer já não fazia diferença em termos de motivação, só um sentimento a sustentava: responsabilidade. E levaria esse sentimento até o fim, mesmo sabendo que, talvez, no final, a única alternativa que lhe sobraria era algo pior do que morrer. Ela vinha pensando sobre isso. Desde o salão do tempo, quando visualizou várias possibilidades de ação, um caminho, uma chance de derrotar as trevas estava se abrindo. Ela ainda não tinha o conhecimento completo sobre o modo como aquilo deveria ser feito, porém, já sabia que o preço seria muito alto. Thamam também parecia saber.

Eu gostaria de poder carregar essa pedra por você — disse o velho Melek na noite anterior, enquanto os rions preparavam a cerimônia de casamento.

A frase do Melek a encheu de temor, pois ainda não compreendia as intenções dele. Tinha que se conscientizar de que estava diante de Tutham, o único homem que já havia manejado o Olho de Olam e Herevel. A aparência bondosa e sábia não podia ocultar o fato de que ele havia sido condenado ao Abadom... e de lá retornado.

Não se preocupe filha — disse o Melek. — *Eu já superei isso. Não me sinto mais atraído por este tipo de poder, nem desejo viver para sempre. O criador impôs aos homens que a vida deles deve chegar ao fim, em algum momento. Cumprir este destino é um privilégio. Eu não pretendo mais adiar isso. A única razão de eu desejar carregar esse fardo em seu lugar é porque, provavelmente, eu estaria disposto a pagar o preço de deter as trevas.*

E como isso pode ser feito? — Leannah perguntou, assustada.

Tem certeza de que não sabe? — Perguntou Thamam. — *Eu precisei ir até o Abadom para descobrir, mas de certo modo, a resposta está bem diante dos nossos olhos, desde o início. Lembra-se do que eu disse quando vocês partiram de Olamir?*

O senhor disse que eu era a única que tinha fé no grupo dos peregrinos, e que se dependia de alguém a nossa missão ter sucesso, eu era essa pessoa.

Eu não podia ter estado mais certo — disse Thamam com tristeza. — *Porém, naquele momento, eu não fazia ideia do que eu estava dizendo.*

Eu farei o que for necessário para que as trevas desapareçam — disse Leannah.

As palavras de Gever em Ganeden demonstravam que o irin também sabia o que precisava ser feito.

Gever e os irins não tinham mais a possibilidade de escolha, como ela possuía naquele momento. Milênios antes, Gever decidira ficar e lutar pelo seu povo. Isso havia custado para ele o direito de interferir outra vez no mundo. Mesmo tendo se tornado um irin, isso não lhe dava o direito de intervir sempre que quisesse. Os irins dependiam de autorização para poder agir. E, há muito tempo, essa autorização vinha sendo negada. Recentemente, eles esperavam que ela fosse dada outra vez. Mas o guardião de livros falhou em conquistar esse direito. Só restou, então, para os irins a oportunidade de irem embora antes que Ganeden fosse destruída pelo avanço da cortina de trevas.

Leannah apertou as rédeas de Layelá com firmeza ao ver, de longe, porém se aproximando vertiginosamente, a cidade de Nod. Os primeiros raios da aurora já a iluminavam precariamente. Era impressionante como a cidade ficava perto de Ganeden. A velha montanha parecia o cone de um largo vulcão soltando fumaça. Os poderes hostis que a dominavam brotavam do solo e consumiam a cidade lentamente.

Os antigos habitantes já se assemelhavam aos refains de Schachat. O destino de destruição da velha torre se impunha agora também sobre a velha montanha. As duas mais antigas cidades dos homens, afinal, seguiam pelo mesmo caminho de deterioração e escravidão.

O chifre brilhando sobre a testa de Layelá faria com que os tannînins empoleirados nas quinas das duas muralhas não as identificassem pelo menos por algum tempo. Seu objetivo era voar diretamente para o pátio central. Precisava manter ao máximo sua presença em segredo até se revelar para os inimigos que se ocultavam naquela cidade. Seria a primeira vez que teria que usar o Olho de Olam diretamente para atacar ou se defender. Tentava se conscientizar da necessidade de fazer isso, mesmo não desejando atentar contra a vida de ninguém.

Quando já sentia os odores terríveis da cidade, percebeu que os tannînins subitamente decolaram das muralhas. Pensou que eles a tivessem visto e preparou-se para enfrentá-los, mas logo compreendeu que eles se dirigiam para algum lugar atrás da cidade. Então enxergou um re'im branco tentando fugir dos tannînins. Seu coração quase saltou para fora da boca quando reconheceu Boker, e Adin sobre ele. Tentavam se afastar da velha montanha. Porém, vinte ou trinta dragões estavam em seu encalço. Leannah percebeu que precisava fazer algo ou os dragões o destruiriam.

*****
****

Adin escorregou pela canaleta e viu o mundo acelerar até que rompeu a barreira da montanha e voou para a cachoeira. Boker já o aguardava ao lado do poço utilizando o poder do chifre para se ocultar dos dragões. Porém, quando montou no re'im e decolou, imediatamente, os tannînins desceram em seu encalço. Eram dezenas. Os rugidos e o fogo encheram o ar. Adin viu nas sombras aladas o espectro da morte. Não tinha velocidade suficiente para fugir deles. E os dragões não pareciam estar apenas encenando uma perseguição.

O jovem acreditou que a farsa de Télom finalmente estava se revelando. O homem só havia permitido que ele deixasse a cidade para que os dragões o destruíssem. Talvez, aquilo fosse só uma maneira de torturá-lo ainda mais.

Por outro lado, Adin se lembrou que os dragões eram de Hoshek e talvez Télom não tivesse poder sobre eles como os shedins. Ou talvez Télom não quisesse interferir, para que Hoshek não desconfiasse. Certamente os dragões tinham ordens de destruí-lo.

Adin incitou Boker para que se afastasse, pois, enfrentar os tannînins estava fora de cogitação. Mas os dragões eram mais velozes. Um jato de fogo passou muito próximo e só não os atingiu porque Boker conseguiu se desviar. Adin não podia ajudar o re'im a se defender, por isso deixou-o agir por si mesmo, apenas agarrando-se à cela enquanto o re'im antevia os jatos de fogo e mudava de direção.

Porém, quando olhou para trás e viu a nuvem de tannînins em seu encalço mesclando o céu com chamas e escuridão, compreendeu que nunca conseguiriam fugir deles. Em desespero, segurou os pergaminhos em uma das mãos. Não podia deixar os dragões os destruírem. Se os jogasse no meio da floresta, talvez Thamam pudesse encontrá-los depois, de alguma maneira, e, ao menos, teria cumprido a missão dada pelo velho Melek. Lembrou-se outra vez da inscrição dos kedoshins e acreditou que, talvez, aquele fosse o sentido.

Um segundo antes que ele lançasse os pergaminhos para o meio dos pântanos, um brilho ainda mais forte surgiu acima das chamas e dos tannînins. Foi como se Shamesh estivesse nascendo com uma hora de antecedência. Adin apertou os pergaminhos com força, um instante antes de deixá-los cair. Subitamente, os dragões começaram a cair fulminados por uma luz branca que os atravessava e parecia roubar instantaneamente a energia deles.

Apesar da luz ofuscante, Adin enxergou a figura escura de um re'im com longas asas pairando nas alturas no meio da luz. Mesmo sem conseguir discernir quem estava montado no re'im, ele não tinha dúvidas de quem estava ali.

Em poucos minutos, todos os tannînins estavam abatidos. Então, Adin viu Layelá emparelhar e enxergou o rosto preocupado de sua irmã bem ao seu lado. O Olho de Olam brilhava no peito dela, parecendo um fragmento de pura luz branca. Adin sentiu os olhos doerem quando contemplou a pedra. Ela apontou para baixo e desceu. Adin seguiu-a percebendo que ela se dirigia para uma praia do Yam Kademony.

Instantes depois, quando sentiu o abraço maternal de sua irmã, Adin percebeu o quanto sentira falta daquilo. As circunstâncias haviam feito dele um homem antes do tempo, mas o abraço de sua irmã o fazia sentir o que de fato ele era: um garoto.

Só então viu que estavam na mesma praia de pescadores, perto da vila onde haviam passado a noite e sido atacados pelo tartan, antes de atravessarem para Sinim, e conhecer Chozeh... Porém, ele não conseguiu enxergar os velhos barcos encalhados.

— Eu tive tanto medo de que você estivesse morto — disse Leannah com uma lágrima descendo pela face. — Eu me senti tão culpada por tudo o que aconteceu. Eu jamais poderia ter deixado você no oriente.

Adin enxugou a lágrima dela com as costas dos dedos. Sentiu orgulho e admiração por ela. A pedra branca não estava mais revestida de luz.

— Está tudo bem — disse Adin. — Céus! Você apareceu bem na hora. Aqueles dragões estavam no meu encalço. Como você fez aquilo? Como os abateu tão rapidamente?

— Eu apenas ordenei isso — disse Leannah, como se ela própria não entendesse plenamente o que havia feito. — Fiquei desesperada ao ver que você ia ser atingido. Acredito que a pedra respondeu ao meu comando.

Adin deixou-se afundar outra vez nos braços dela sentindo os longos cabelos ruivos da irmã envolvendo-o, como sempre faziam quando ele era pequeno, como se pudessem protegê-lo de todo o mal que dominava aquele mundo. Mas, agora era tarde demais para isso.

Quando se afastou, percebeu que os dois tinham lágrimas nos olhos.

— O que você estava fazendo em Nod? — Perguntou Leannah. — Eu acreditei que você fosse prisioneiro dos shedins em Hoshek.

— Thamam me enviou para Nod, após nos resgatar dos tannînins que tentavam nos levar para Hoshek. Ele me confiou a missão de tentar recuperar os pergaminhos.

— Quais pergaminhos? Aqueles que pertenciam a Thamam?

— Sim. Um deles estava comigo no oriente, eu o trouxe comigo. Deixei com Thamam em Sinim. Os outros dois estavam em Nod.

— O que Thamam pretendia fazer com os pergaminhos?

— Ele disse que tentaria fechar o Abadom outra vez. Por isso eu preciso levar os pergaminhos para ele.

— Thamam não está mais em Sinim — revelou Leannah.

— Onde ele está? — Perguntou Adin sentindo-se confuso.

— Em Kerachir. As cidades de gelo. Eu enviei Layelá para trazê-lo, a fim de que a aliança com os rions fosse renovada.

— E deu tudo certo? Os rions participarão da batalha?

— Participarão. — Adin notou que a resposta da irmã foi vaga, como se ela não quisesse falar mais sobre aquilo. Mesmo sem entender, ele respeitou.

— E você conseguiu pegar os pergaminhos? — Perguntou Leannah. — O que aconteceu em Nod? Como você conseguiu fugir?

— Eu entrei pela cidade através de uma passagem secreta e roubei os pergaminhos. Depois fugi pelo mesmo lugar...

— Eu preciso que você me fale tudo o que viu em Nod — insistiu Leannah. — Você encontrou Anamim?

— Anamim está morto.

Leannah olhou surpresa para ele.

— Morto? Quem o matou? Você!?

— Um homem chamado Télom. Esse homem... Ele é muito estranho. Ele parece ser muito velho. Muito mesmo. Disse que foi um lapidador, um amigo de Enosh, mas que depois se tornou um inimigo. Parece que já foi Melek de Olam. Não há apenas um cashaph, Leannah! Ele mencionou que há um grupo, um conselho cashaph.

— Um conselho cashaph — repetiu Leannah assombrada. — Um conselho sombrio que lapida pedras escuras!

— Sim.

— Como eu não percebi isso antes? — Culpou-se Leannah. — De onde mais poderiam ter vindo as pedras escuras que temos visto, tanto com o tartan quanto com o conselheiro de Chozeh? Agora tudo faz sentido.

— E eles querem destruir tudo — confirmou Adin. — Querem transformar esse mundo em fogo e trevas, para reconstruir um novo mundo...

— E como eles pretendem fazer isso? Você sabe?

Adin balançou a cabeça negativamente. — Eu não sei, porém eu ouvi Télom dizer que pretendem viver para sempre.

— Parece que ele já vive para sempre...

— Ele mencionou algo terrível, Leannah. Ele disse que há um mecanismo, uma rede, igual à que Enosh tentou estabelecer em Bethok Hamaim, porém com pedras escuras. Por isso as trevas de Hoshek vão crescer em breve, dentro de poucos dias. Vão cobrir toda a terra.

— Ele disse onde está essa rede de pedras escuras? — Perguntou Leannah claramente alarmada com aquela revelação.

— Em Hoshek. Na própria Irofel.

A preocupação se acentuou ainda mais no rosto de Leannah.

— Se esse Télom é o mesmo Télom do passado, estamos falando de alguém que devia estar morto há muito tempo, mais de quinhentos anos. O próprio Enosh acreditava que o havia matado após uma batalha que os dois travaram por causa de uma mulher...

Leannah olhou em volta, parecendo tentar se localizar melhor.

— Talvez seja possível ter certeza do que de fato aconteceu — continuou a cantora de Havilá. — Havia duas pedras. Elas estavam escondidas aqui. Eu vi através do Olho de Olam que Enosh esteve aqui antes de ir em busca de Leviathan. Ele sabia onde as pedras estavam escondidas e as utilizou para extrair a energia de um cavalo. Eram pedras de Télom. Foi assim que Enosh conseguiu forças para fazer seu último sacrifício.

— Télom faz isso também! — Reconheceu Adin — Ele sugou a vida de Anamim.

— Mas isso não é possível! — Contrariou Leannah. — As pedras amarelas não conseguem sugar a energia de seres humanos, somente de animais.

— Não eram pedras amarelas, Leannah. Eram pedras escuras.

Adin viu a apreensão virar total assombro na face da irmã.

— Pedras escuras que sugam energia de pessoas — repetiu Leannah com a voz um pouco trêmula.

— Anamim ficou seco como um caniço — confirmou Adin. — Depois ele o empurrou para dentro do fosso que já está cheio de lava.

— Então, é deste modo que eles estão tirando magia do Abadom... — Leannah, subitamente fixou os olhos em Adin, e uma sombra de desconfiança passou por eles. — Como você conseguiu descobrir todas essas coisas e fugir de lá com os pergaminhos?

— Eu já disse, eu fugi pelo mesmo lugar que entrei... Uma canaleta que escoa água por uma cachoeira. Mas, então Télom enviou os dragões atrás de mim. Eles teriam me matado se você não tivesse aparecido.

A desconfiança durou pouco nos olhos da irmã. De fato, ela havia visto a perseguição dos dragões, e os dois pergaminhos eram uma prova consistente.

— Se nós conseguirmos encontrar as duas pedras amarelas, nós poderemos saber muitas coisas a respeito desse Télom — disse Leannah e se pôs a seguir uma trilha que se afastava da pequena praia.

Adin seguiu Leannah em direção à aldeia abandonada onde eles haviam passado a noite e se alimentado com vinho ruim e raízes amargas. Porém, Leannah tomou um desvio antes de se aproximar da vila e ele compreendeu que ela se dirigia a um cemitério. Havia muitas covas precárias que pareciam mais recentes do que outras. Percebeu que ela segurava o Olho de Olam na mão direita e procurava por algo. Andava sobre os túmulos parando alguns instantes, observando-os, e seguindo adiante. Viu que ela parou ao lado de dois túmulos próximos. Parecia indecisa. Porém, ao ver que havia marcas de terra mexida em um deles, decidiu-se por aquele.

— Você pode me ajudar? — Ela perguntou ao se ajoelhar e começar a remover a terra arenosa com as mãos.

— Será que é uma boa ideia? — Perguntou Adin, também se ajoelhando e removendo a areia acumulada. A aurora começava a despontar, porém a escuridão da noite ainda dominava, e era difícil enxergar o que as mãos tocavam no chão.

— Esse é o esconderijo onde Enosh depositou as duas pedras amarelas de Télom. Se elas ainda estiverem aqui, eu poderei acessá-las e descobrir informações sobre ele. Isso pode nos ajudar a entender o tipo de inimigo que precisaremos enfrentar.

Adin tratou de ajudá-la a desenterrar o morto, porém lutava intimamente consigo mesmo, pois precisava falar a ela toda a verdade, ou ela descobriria por si mesma quando conseguisse pegar as duas pedras de Télom. Ele culpava-se por ainda não ter dito tudo o que havia acontecido, e sabia que quanto mais o tempo passasse, mais difícil seria contar.

— Há algo mais que eu sei sobre Télom — começou meio desajeitado —, algo que eu ouvi ele falar com Timna a respeito do novo mundo... Algo que ele quer que eu...

Por um momento, Adin não entendeu o horror no rosto da irmã. Ele ainda nem havia mencionado a proposta de Télom. Então, sentiu o golpe na cabeça e o mundo escureceu.

*****
****

Leannah percebeu tarde demais que havia mais alguém no cemitério abandonado. O encontro com o irmão, as emoções recentes, talvez tudo aquilo tivesse contribuído para que ela baixasse a guarda e abandonasse a cautela que havia adquirido desde que Kenan havia usurpado o Olho de Olam. E aquele foi seu maior erro.

Quando Adin foi atingido com um golpe na cabeça, ela imaginou que receberia o mesmo ataque, porém sentiu braços fortes imobilizando-a e impedindo que tocasse a pedra branca.

Toda a cena foi muito rápida. Ela ainda tentou lutar e se desvencilhar dos braços terríveis que a aprisionavam, mas alguém havia arrancado o colar do seu pescoço e lançando-o para longe. Sem poder acessar o poder do Olho, não tinha condições de lutar contra seu dominador.

Adin estava caído e havia sangue ao lado dele. Ela angustiava-se por não poder fazer nada. Não sabia se ele estava vivo ou morto.

Mesmo sem poder ver o rosto de quem a segurava, Leannah sabia que se tratava de um sa'irim. A criatura das trevas a levantou do chão, e então, ela viu um shedim se aproximar. Não era Naphal, nem de Mashchit. Ele tinha uma aparência horripilante. O rosto era descarnado e sem orelhas, os dentes como serra. Então Leannah calculou que talvez fosse Rum, o shedim responsável pela conquista e destruição de Bethok Hamaim.

— Ora, ora — disse o shedim com escárnio. — Viemos pescar um peixinho e acabamos pegando um peixão.

O sa'irim segurava os braços dela presos para trás, e com a outra mão asquerosa tapava sua boca, impedindo que ela gritasse. Leannah viu vários sa'irins ao redor, mas não enxergou outro shedim.

— Naphal vai morrer de inveja — continuou o shedim. — Ele fez todo um planejamento para tentar tirar o Olho de Olam da guerra e fracassou. E eu, sem planejar nada, consegui fazer isso.

Rum olhou para a pedra no chão há menos de dez metros dali. Apesar do escárnio, o shedim não ousou se aproximar dela. Igualmente, nenhum dos que o acompanhavam ousou fazer isso. Pareciam temer o que a proximidade com o Olho de Olam pudesse produzir.

Ele andava ao redor, parecendo momentaneamente em dúvida sobre o que fazer. Parecia sofrer com a simples proximidade do Olho.

— Não posso levar a pedra para Hoshek — disse Rum —, não posso tocar a pedra branca. O que fazer? O que fazer?

Então, ele voltou a olhar para Leannah.

Leannah apenas gemia sentindo a forte pressão do sa'irim. O monstro poderia estraçalhá-la com facilidade.

— O que faria Naphal em meu lugar? — Perguntou o shedim, olhando para a noite. — O que ele faria? — Perguntou o príncipe de Ofel olhando diretamente para Leannah. — Você sabe o que ele faria? Eu lhe digo o que ele faria. Ele a tomaria para si. Sim, eu sei disso, é o que ele deseja. Você seria o grande troféu dele. Sua grande conquista.

Leannah sentiu as lágrimas correndo por seu rosto enquanto o shedim escarnecia dela. Tentou pensar em uma maneira de se livrar daquelas garras, mas só havia um jeito: tocando o Olho de Olam. Sem opção, ela mordeu aquela garra que tapava sua boca. Fincou os dentes com fúria sentindo o gosto terrível daquela carne em putrefação. Desesperou-se ainda mais ao perceber que não causara qualquer reação na criatura demoníaca.

O shedim riu do esforço dela.

— Você precisaria mais do que mordidas para fazer um sa'irim largá-la. Eu tenho realmente que ficar admirado com o poder de nossos inimigos. Mordidas e gritos histéricos são suas armas. Diga-me uma coisa: vocês realmente acreditam que podem fazer alguma coisa contra nós? Acreditam que seus patéticos soldados humanos têm alguma condição de resistir quando nós atacarmos com todo o nosso poderio?

O shedim realmente pareceu esperar que ela desse alguma resposta, mas o sa'irim a mantinha calada.

— Dizem que você é a única que pode manuseá-lo. Então, talvez, eu só precise me livrar de você — o shedim se aproximou ameaçadoramente. — Se você morrer, ninguém mais poderá usar o Olho de Olam. Ele poderá ficar aí mesmo, a terra o guardará até que se apague totalmente. Sim. Eu já tomei minha decisão — revelou o shedim. — Não vou deixar que Naphal tenha seu troféu. Vou fazer aquilo que o senhor da escuridão aprovaria. Vou me livrar de dois problemas ao mesmo tempo. De você e do olho de Olam. Assim, quando nós avançarmos para derrubar algumas árvores, vocês não estarão lá para tentar impedir.

Leannah ainda se debatia e tentava se livrar das mãos monstruosas que a aprisionavam.

— Ainda não entendeu? — Riu o shedim. — Então, eu vou lhe dizer palavra por palavra o que vai acontecer. Eu acredito que todos têm o direito de conhecer com antecedência seu destino. Especialmente quando é um destino tão terrível. Você vai morrer. Sim. Agora mesmo. E seu irmão também. Fim da história. E depois, os sa'irins devorarão os cadáveres de vocês. Vocês não precisarão de sepultura. Mas o Olho de Olam terá aqui a sepultura dele. É isso!

Leannah fez um último esforço por se libertar e chegou a livrar uma das mãos, mas o sa'irim a prendeu novamente.

— Mate-a! — Ordenou o shedim. — Agora!

No mesmo instante, o sa'irim pressionou o pescoço dela. A força da criatura era suficiente para esmagá-la com facilidade. Leannah sentiu o ar fugindo de seus pulmões. Porém, incompreensivelmente, a pressão da mão do sa'irim se afrouxou.

Um tipo de uma corda revestida de energia amarelada arrancou a cabeça do monstro. O corpo da criatura das trevas desabou. Leannah caiu sem forças no chão a tempo de ver um homem com uma longa barba cinzenta segurando um tridente revestido de energia.

Imediatamente, os sa'irins voltaram sua atenção para ele. Os soldados dos shedins avançaram com suas lanças contra o homem. Leannah conseguiu recobrar parcialmente a consciência e mesmo sentindo o mundo dando voltas, procurou pelo Olho de Olam. Ela não soube onde encontrou forças para escapar do golpe da espada do shedim que tentou atingi-la. Também não soube como conseguiu alcançar a pedra tão rapidamente. Quando a tocou, no mesmo instante, uma luz branca ofuscante tornou a noite em dia.

O brilho foi tão forte que a própria Leannah não conseguiu ver nada por alguns instantes. Quando recobrou a visão, viu que o homem barbudo segurava o tridente nas mãos e havia mais três sa'irins abatidos diante dele. Pelo olhar de assombro que ele lançou para ela, Leannah compreendeu que a luz havia destruído os três monstros. Porém, Rum havia desaparecido ao perceber que ela havia tocado a pedra branca.

Leannah correu até onde seu irmão ainda estava caído e chorou de alívio ao perceber que ele estava apenas inconsciente.

— Precisamos sair desse lugar — disse o homem que havia salvado a vida deles.

— Não há mais risco — disse Leannah, enquanto tentava reanimar Adin. — O shedim teme o Olho de Olam. Não vai voltar... Eu não sei como lhe agradecer.

— Você não precisa me agradecer — respondeu o estranho — É um imenso prazer conhecer a jovem que coloca medo até nos shedins, e consegue destruir sa'irins com um olhar.

— Parece que eles não estão mais com tanto medo assim — disse Leannah lamentando seu descuido há pouco.

Ela sabia que havia realmente sido um descuido, pois podia ter acessado o Olho de Olam para detectar a presença de inimigos anteriormente. Ou então, poderia tê-lo deixado ativo o tempo todo. Mas esteve tão preocupada em encontrar as pedras de Télom, e tão confusa com a história que Adin lhe contou, que havia se esquecido de fazer isso.

Leannah olhou com mais atenção para o estranho. Ele usava uma túnica marrom de uma única peça, a qual era presa à cintura por uma corda rústica. Os cabelos e a longa barba eram cinzentos como os olhos.

— Fico feliz que você tenha conseguido escapar dos shedins em Bethok Hamaim. Seu nome é Icarel, certo?

— Sinto-me honrado que você saiba o meu nome. — Disse o homem com uma risada estrondosa e uma meia curvatura. — Um fazendeiro ao seu serviço.

— E um profeta também, pelo que sei.

— Só nas horas vagas — ironizou o homem. — Mas ultimamente elas têm sido bem numerosas desde que fugi de Bethok Hamaim.

— Ben me falou a seu respeito. Ele ficará muito feliz em saber que está vivo.

— Então o guardião de livros voltou do submundo? A última vez que eu o vi ele estava se preparando para ir às profundezas da terra. Nunca conheci uma pessoa capaz de convencer soldados a seguirem-no daquele jeito. Seus soldados o seguiriam até o inferno!

— Ele está nas cidades de gelo, ao norte...

— Nem sempre o inferno é de fogo — brincou mais uma vez, Icarel. — Mas um coração de fogo é melhor do que um coração de gelo.

Leannah olhou espantada para o homem. Saberia ele dos acontecimentos em Kerachir? Logo se conscientizou de que o fazendeiro não tinha como saber.

— O guardião de livros é o novo Melek de Olam — revelou Leannah.

— Ora, ora — brincou Icarel. — Para quem veio de tão longe, certamente é algo absolutamente inusitado. Nunca vi ninguém acumular tantos títulos em tão pouco tempo. Guardião de livros, matador de Saraph, matador de Leviathan, e agora... Melek. Eu não tenho dúvida de uma coisa: os céus favorecem esse garoto. Mas parece que os infernos também...

— Como conseguiu escapar dos shedins e da cidade das águas? — Perguntou Leannah, como para disfarçar os sentimentos que pareciam estar claros em sua face ao falar a respeito de Ben. Ela sentiu vontade de repreender o homem por ter dito aquelas últimas palavras, mas se sentia em dívida com ele, portanto, conteve-se.

— Eu me abriguei debaixo de um pedaço de vidro do templo. Havia ar suficiente para respirar até que os shedins fossem embora. Depois eu nadei para fora da cidade. Por sorte, as trevas pararam nas margens do rio. Eu vagueei por algum tempo, tentando ocultar-me dos inimigos. Restou pouca coisa no vale do Perath e do Hiddekel... Eu estava indo para Maor onde dizem que ainda existe alguma resistência. Porém, me perdi ao sair da Rota dos Peregrinos que está cheia de cavaleiros-cadáveres, e acabei seguindo essa rota secundária até o antigo porto...

Foi quando vi os dois re'ims e reconheci-os de Nod. Imaginei que alguém, talvez a princesa de Olamir, estivesse por aqui. Segui as pisadas até o cemitério, e os encontrei.

— Graças a *El* — reconheceu Leannah.

Naquele momento, Adin acordou. O olhar confuso demorou a recuperar alguma sanidade. Havia sangue misturado com barro nos curtos cabelos ruivos dele, mas o ferimento não parecia tão grave. As sardas estavam salpicadas com barro e ficavam ainda mais acentuadas.

— Leannah! Cuidado! — Ele gritou ao ver a figura de Icarel atrás dela. A confusão o fez acreditar que Icarel era o agressor.

— Está tudo bem! — Leannah tentou acalmá-lo. — Esse é Icarel. Um dos homens que ajudou Ben na batalha de Nod. Ele nos salvou dos shedins. Está tudo bem agora.

Mesmo assim, Adin demorou algum tempo até ficar mais calmo. Ele olhava ao redor o tempo todo com medo de que os inimigos os atacassem mais uma vez.

— Não há inimigos por perto — disse Leannah segurando o Olho de Olam. — Nós estamos em segurança agora. Eu estou mantendo a pedra ativa. Se algum inimigo se aproximar, eu saberei. Você pode descansar.

— O senhor? — Dirigiu-se Adin para Icarel, vendo as estranhas roupas dele. — É um sacerdote?

Icarel riu mais uma vez.

— Sou um fazendeiro — disse mostrando o tridente. — Mas acho que essas roupas pertenceram a um sacerdote antes. E você deve ser o jovem de Havilá que esteve no oriente, mais perto do fim do mundo do que qualquer homem já foi, não é?

— É só um lago de lava — explicou Adin, mesmo sem saber como o homem tinha conhecimento daqueles fatos. — Uma erupção natural que cobriu uma grande área e continua jorrando lentamente.

— Não parece um paraíso — disse Icarel.

— As duas pedras — disse Leannah. — Precisamos achá-las.

— Pedras? — Perguntou Icarel.

— Pedras de um cashaph. Estão enterradas aqui — apontou Leannah.

— Enterradas com o cashaph? — Perguntou Icarel alarmado.

— Não. Trata-se apenas de um pescador. Ao que parece, o cashaph está bem vivo.

Icarel tratou de cavocar com tridente até que encontraram a caixa com as pedras.

— Tem certeza de que devemos tocar nessas pedras — perguntou Adin. — Afinal, elas já produziram tantas coisas ruins!

Leannah abriu a caixa quando Icarel a alcançou. As duas pedras estavam lá dentro. Leannah olhou para Adin e titubeou antes de tocá-las.

— Talvez seja melhor deixar essas pedras aí — disse a cantora de Havilá, fechando a caixa. — Elas não são úteis para nós. E se eu acessar algum conhecimento através delas, talvez, o cashaph tenha como saber que eu fiz isso. Acho que nós já sabemos o suficiente sobre elas.

Adin concordou enfaticamente.

Após recolocar a caixa no seu lugar, o fazendeiro-profeta ajudou o jovem de Havilá a se levantar, e depois o sustentou enquanto voltavam pela trilha até a praia. Layelá e Boker ainda estavam lá esperando por eles. Naquele instante, Shamesh surgiu sobre o mar.

— E iremos para onde agora? — Perguntou Adin, procurando com os dedos se ainda havia sangue em sua cabeça.

— Finalmente, o quebra-cabeças se tornou mais distinguível. Os shedins vão atacar Ganeden. O shedim que nos atacou disse que eles iriam derrubar árvores. Sim, agora ficou tudo claro. Gever também disse isso. Ganeden é a última barreira para o caos. Os exércitos sombrios vão investir contra a floresta dentro de poucos dias.

— E o que nós faremos? — Perguntou Icarel.

— Você deve ir para Maor, como havia planejado. Tente convencer os líderes da cidade a subirem o Perath e marcharem para Ganeden. Avise que já há um pequeno exército ao lado da floresta e que ele vai crescer muito nos próximos dias.

— Pode contar que estarei em Maor antes do anoitecer — dispôs-se Icarel. — À propósito, quando eu mergulhei no Perath para fugir dos inimigos, e me abriguei sob o vidro do templo, eu consegui recolher essas pedras que estavam grudadas na estrutura.

Icarel revelou duas pedras amarelas.

Leannah impressionou-se com as pedras.

— Elas faziam parte da rede dos latashim? — Perguntou pensativa e, ao mesmo tempo, admirada com a proeza do homem.

— Faziam. Os lapidadores foram fulminados, mas as pedras continuaram grudadas no vidro do templo. Eu consegui recolher essas duas que estavam presas na parte do vidro que usei para sobreviver.

— São um grande trunfo — disse Leannah. — Sem as outras, agora é impossível pensar em estabelecer a rede, mas individualmente elas carregam muito poder, pois foram lapidadas para isso, e absorveram o poder do templo. O senhor estaria disposto a me entregar uma delas?

— Estou disposto a lhe entregar as duas — respondeu o fazendeiro, alcançando as pedras para Leannah.

Leannah agradeceu e pegou as duas pedras. Permaneceu por alguns instantes olhando fixamente para elas, como se estivesse hipnotizada. Pesava todas as probabilidades. Tentava avaliar os riscos e as chances de fazer aquilo...

— Você deve voar com Boker para Sinim — finalmente ela ordenou para Adin.

— Pensei que você iria comigo... — protestou o garoto.

— As pedras de Icarel me possibilitaram estabelecer um plano. Talvez eu realmente possa fazer algo que será muito, muito, difícil, mas que será menos difícil do que outra coisa que eu teria que fazer.

Leannah percebeu que nenhum dos dois entendeu nada do que ela estava dizendo.

— Voe para Sinim — ela ordenou, sem dar mais explicações —, convença a rainha a enviar todos os seus soldados para proteger Ganeden. Precisaremos de todo o poderio de além-mar. Depois, leve os pergaminhos para Thamam. Boker saberá como encontrá-lo.

Adin assentiu e Leannah percebeu alguma satisfação no rosto do irmão. Mas também havia algo mais, que ela não conseguiu identificar naquele momento. Talvez, ele estivesse tentando esconder os sentimentos que ainda alimentava pela rainha de Sinim.

— E quanto a você? — Perguntou Icarel. — Irá para onde?

— Para um lugar que eu jamais imaginei que um dia pisaria, mas agora isso se tornou inevitável. É a coisa mais difícil que já fiz na vida, porém é o único modo de garantir que exista uma batalha quando a invasão começar.

12 — No Coração das Trevas

Leannah e Adin observaram Icarel partir a pé, embrenhando-se nos pântanos. Parecia impossível que alguém pudesse atravessar aqueles lugares traiçoeiros, mas o velho fazendeiro-profeta parecia mesmo ter olhos para ver o que os outros não viam, além de uma capacidade de sobreviver às situações mais letais.

Os dois irmãos permaneceram alguns instantes na praia, ao lado dos dois re'ims, observando o mar. O céu tinha voltado a ficar encoberto e as nuvens emprestavam a costumeira cor cinzenta às aguas bravias. Shamesh recém-nascido não tinha espaço para brilhar. Com a plena luz do dia era possível ver que os barcos encalhados dos pescadores de fato não estavam mais lá. Provavelmente, as tempestades os haviam levado embora. Aquilo, ao menos, tornava a paisagem menos melancólica.

O rápido reencontro precisava dar lugar à despedida. Leannah sentia um aperto no coração, uma sensação de que jamais veria o irmão. Por isso, relutava em partir, mesmo sabendo que tinha pouco tempo.

— Leannah, por favor, tome cuidado — disse Adin, com uma voz que também parecia esconder os mesmos temores.

Ela sorriu para ele. — Essa sempre foi minha função, são as palavras que eu devia dizer a você.

— Eu sei — respondeu Adin. — E acho que não dei atenção a elas muitas vezes, porém, agora, não sou eu quem está no centro de tudo, não sou o maior alvo dos shedins. Por isso, você precisa tomar cuidado.

— Eu preciso partir — disse Leannah. — Nosso tempo é curto.

Adin assentiu, e ajudou a irmã montar em Layelá.

— Eu a verei de novo? — Ele perguntou com uma cara de choro que já não combinava mais com a idade dele.

— Sim — ela disse, lutando contra uma lágrima. — Se *El* quiser.

— Eu vou fazer tudo o que você pediu. Eu vou ser mais cuidadoso dessa vez...

— Há forças muito grandes tentando nos manipular neste mundo. Nenhum de nós terá absoluta certeza de que está fazendo a coisa certa. Nossas intuições, infelizmente, podem nos enganar. Por isso, todo cuidado é pouco. Sonde seu coração. Avalie profundamente suas intenções. É o único modo de minimizar o poder do engano.

— Obrigado. Tentarei fazer isso.

Layelá galopou, abriu as asas e decolou sobre a pequena praia de pescadores. Leannah ainda viu o reflexo branco do re'im na praia, e imaginou que o irmão decolaria em seguida, porém, o re'im permaneceu em terra, e o brilho de suas asas brancas foi diminuindo à medida que Layelá subia e se afastava.

Imaginou que o irmão quisesse ficar um pouco sozinho para pensar, mas aquele não era um bom lugar. Quanto antes ele partisse para Sinim, mais seguro seria. A cantora de Havilá estava preocupada com Adin. Tinha a certeza agora de que ele estava escondendo algo. E que não era algo bom.

O irmão sempre teve um temperamento arredio, guardava seus segredos desde pequeno, mesmo quando quase sempre era apenas algum inseto ou planta exótica, que ele dizia "examinar", e escondia do pai e também de Leannah. Com o tempo, ele foi se tornando mais e mais solitário, causando preocupação em Leannah. Ela sabia que era por causa da ausência da mãe...

Mesmo tendo feito todo o possível para suprir a falta da mãe na vida dele, Leannah sabia que sempre haveria um vácuo, um vazio no peito do irmão, pois era o mesmo sentimento dela. No entanto, por causa dele, ela sempre procurou ser forte, demonstrar que lidava melhor com a perda, para tentar ajudá-lo a seguir em frente. Por isso temia que a paixão dele por Chozeh fosse só uma forma de compensar o passado, de suprir uma carência impossível de ser suprida. Temia que isso acabasse destruindo-o.

Chozeh era só um pouco mais velha do que Adin, porém tinha grandes responsabilidades com o reino. Todos sabiam que o amor, frequentemente, encontrava caminhos inesperados para aproximar as pessoas, porém aquele relacionamento parecia realmente um caminho de uma só via, pois não parecia haver chances de uma rainha de um grande país se interessar por um jovem humilde. E, mesmo que isso acontecesse, uma rainha não tinha sempre o direito de escolher com quem se casar.

Leannah conduziu Layelá para o sul, observando os céus cinzentos se abrirem, e os raios de shamesh vazarem pelas nuvens. Tentava se convencer de que tinha que deixar Adin seguir seu próprio caminho. Não podia deixar de pensar que tanto Adin quanto ela própria, não haviam feito boas escolhas no que dizia respeito ao amor. *Mas será que era possível escolher? Será que era possível se proteger de relacionamentos destrutivos?*

Layelá voava sem pressa, praticamente apenas planando, pois Leannah ainda não havia lhe dado nenhum comando. O vento movia a crina e o rabo azulados da re'im, causando a impressão de que fagulhas de luz azulada se desprendiam dela. Os olhos gentis da re'im ainda observavam o mar.

Leannah tinha a certeza de que a re'im sabia o que ela pretendia fazer. *Terei mesmo coragem? Conseguirei ir até o fim neste plano?*

— Você me acompanhará até onde eu preciso ir? — Perguntou afagando o pelo da re'im. — Estará disposta a se sacrificar mais uma vez?

O relincho baixo pareceu uma resposta positiva.

Surpreendia-se cada vez mais com a fidelidade dos re'ims. No início, eles eram arredios e não permitiam que ninguém os montasse, mas depois, tornavam-se dóceis e extremamente fiéis.

— Acha que seu chifre já está grande o bastante para conseguir nos esconder dos inimigos? Vamos precisar disso.

A re'im bateu asas inquieta, como se quisesse fazer logo aquilo que sabia ser inevitável, por mais difícil que fosse.

— Ok. Então vamos realizar a primeira parte desta tarefa. Será a mais fácil. Depois teremos que fazer algo realmente difícil. Voe para o Perath, com toda a pressa.

Layelá obedeceu e imprimiu toda sua força nas asas. Leannah teve que se segurar, pois nunca havia experimentado uma velocidade como aquela.

— Você está ficando cada vez mais veloz, menina?

Minutos depois ela enxergou o Hiddekel e mais abaixo, seu irmão gêmeo, o Perath, correndo lado a lado para o sol nascente. Viu também a cortina de trevas barrada nas margens do grande rio de Olam, erguendo-se do chão ao céu como uma onda negra gigantesca e congelada. Era uma cena capaz de amedrontar os corações mais corajosos.

Lembrou-se da pergunta de Ben sobre como e por quê as trevas estavam sendo detidas pelo Perath. Não quis explicar os motivos, mesmo ele tendo-lhe pedido várias vezes, simplesmente porque não queria que ele soubesse dos riscos que havia corrido, e, principalmente, dos que ainda teria que correr.

Tudo havia acontecido graças às instruções de Gever. Só por causa disso Hoshek ainda não cobria o mundo inteiro. O irin havia lhe dado instruções precisas sobre o funcionamento das leis que regiam a separação entre luz e sombras, e também sobre o que Leannah precisava fazer quando deixasse Ganeden com o Olho de Olam.

Você terá que utilizar a natureza a seu serviço — explicou o irin, no momento em que lhe devolveu o Olho de Olam. — *A natureza não é algo sem propósito, antes, também ela está inteiramente revestida dos dons do criador. Ele colocou nos elementos um reflexo de sua própria glória. Apesar de afetados pela queda dos shedins e pela existência do mal no mundo, esses elementos esperam a redenção, e ainda carregam em si mesmos os propósitos do criador. Lembre-se que a função do Olho é exatamente esta. Ele canaliza e potencializa a energia da criação. O poder do Olho instalado em Olamir se beneficiava da posição de Olamir, do precipício, da torre, enfim, de tudo que concorria para que as trevas fossem detidas. Se você quiser fazer o mesmo, terá que encontrar uma maneira agora também. Deverá conseguir canalizar todo o poder da luz que ainda existe neste mundo contra a escuridão, mas terá que estar preparada para os custos. Eles não serão baixos.*

Foi assim que Leannah entendeu o que fazer. O Perath era o maior rio de Olam. Ele cortava Olam de ponta a ponta, desde a região das treze quedas ao norte das Harim Adomim, até o delta com o gêmeo Hiddekel no Yam Kademony. Não havia sido sem razão que os kedoshins construíram o templo das águas justamente no meio dele. E, por isso, também Enosh pensou em estabelecer lá a rede das pedras amarelas. Se havia algo em Olam que ela poderia utilizar para estabelecer um limite para as trevas, esse algo era o Perath.

— Nós vamos ter que fazer novamente aquilo que já fizemos — Leannah explicou para Layelá, porém, foi desnecessário, pois a re'im já havia entendido que aquele era o objetivo imediato da missão, e tratou de voar a toda pressa para as Treze Quedas. Em impressionantes apenas cinco horas, já sobrevoavam as Quedas.

Antes de tentar resgatar Ben em Olamir, Leannah havia feito a primeira energização do rio. E, agora precisava fazer outra vez; pois, para cumprir a segunda parte do plano, tinha que ter certeza de que a barreira contra a escuridão estaria bem firme.

Como da primeira vez, não podia ter pressa, pois o trabalho precisava ser feito de maneira bem minuciosa. Da primeira vez, elas levaram quase dois dias inteiros para cumprir a tarefa. Dessa vez, Leannah acreditava que fariam um pouco mais rápido, pois Layelá estava mais veloz.

Ela mergulhou a pedra dos kedoshins dentro da água, bem aos pés das Treze Quedas e absorveu o poder. A força da água que descia em turbilhão no impressionante espetáculo das quedas armazenou-se dentro do Olho de Olam. Então, voou com Layelá para o oriente, percorrendo o grande rio de ponta a ponta, parando cinco vezes ao longo do caminho, compartilhando o poder dele com o Olho, canalizando-o. Após quase um dia e meio, ela finalmente se aproximou do lugar perto de Maor, próximo do grande delta, na outra ponta de Olam. Aquela foi a primeira região do Perath que as trevas cobriram quando se aproximaram.

Ainda era muito vivo na lembrança da cantora de Havilá o momento, quando na primeira vez que energizou o rio, ela teve que segurar a escuridão que avançava. Naquele momento, as trevas ainda avançavam do Sul, e Leannah tinha acabado de percorrer o Perath de Oeste a Leste. Ela aguardou às margens do Perath e viu quando as trevas se aproximaram do rio. Naquele momento teve que realizar a parte mais difícil, pois precisava alimentar o rio de uma maneira plena, e, ao mesmo tempo, evitar o confronto direto com a cortina de trevas, pois isso seria fatal. Quando as trevas alcançaram o rio, ela adentrou a margem até a água atingir sua cintura. Invocou todo o poder do Olho de Olam e o compartilhou de volta com o Perath, estabelecendo-o como limite para a escuridão. Naquele momento, o poder do Olho espalhou-se pelas águas calmas cortando toda a terra de Olam. Uma barreira temporária para a escuridão se formou. Quando a escuridão se chocou com o rio, a barreira começou a se delinear com precisão. A escuridão foi parando em cada margem, em cada curva que o rio fazia, até que os pontos mais recuados do rio também foram alcançados pelas trevas. E, por causa disso, Hoshek estacionou. Porém, Leannah se lembrava do imenso esforço físico e mental que ela teve que fazer para que isso acontecesse. Foi tão intenso que, ao final, ela desmaiou e teria sido levada pelas águas, não fosse Layelá tê-la socorrido.

Desta vez, entretanto, as trevas já estavam paradas, por isso, tudo o que Leannah precisou fazer foi fortalecer ainda mais a barreira de luz, para que as trevas não avançassem.

Porém, todo aquele trabalho seria insuficiente se uma rede de pedras escuras fosse estabelecida e empurrasse a escuridão. A barreira do Perath não conseguiria mais deter o avanço da cortina de trevas. E isso a obrigava a enfrentar Hoshek sem a força de um rio. Mas, por outro lado, talvez essa mesma rede pudesse fazer o trabalho contrário, se fosse possível modificá-la. E esse era o motivo pelo qual ela se lançaria pela segunda vez para o meio de Hoshek.

Após completar a tarefa, Leannah abandonou a margem do rio e se dirigiu outra vez até Layelá, que a aguardava com olhos desconfiados. A re'im já imaginava o que ela pretendia fazer e estava claramente descontente.

— Não temos opção — disse Leannah. — É nossa única chance. Não posso obrigá-la a fazer isso.

Layelá sapateou inquieta como quem queria dizer: *se temos que fazer isso, vamos fazer de uma vez.*

— Calma, antes teremos que deixar isso em algum lugar — Leannah segurou o Olho de Olam com uma das mãos, enquanto afagava o pelo da re'im com a outra.

Layelá se moveu desconfortavelmente, como se não acreditasse no que Leannah estava falando.

— Eu sei. Eu sei. Parece loucura. E talvez seja mesmo. Mas não podemos levá-lo nessa jornada — sussurrou Leannah, do mesmo modo como falava no passado com seu irmão, procurando ser forte, porém sentindo-se em completo pânico. — Ele se apagaria ainda mais rapidamente... Não podemos correr esse risco novamente.

Os olhos escuros da re'im mostravam toda a sua incompreensão.

— Sim, eu sei o que você está pensando. Que não devíamos ir a um lugar onde o Olho de Olam não possa ir. Mas, às vezes precisamos abandonar toda a segurança para poder encontrar a verdadeira segurança.

Leannah riu das próprias palavras.

— Eu sei. Isso não faz sentido nenhum. Mesmo assim teremos que ir... Você acha que pode me ajudar nisso também? Acha que eles nos ajudarão a guardar o Olho enquanto estivermos fora?

Layelá moveu-se ainda mais inquieta.

— Ei, calma! Vai ficar tudo bem. Em quem mais eu confiaria para deixar o Olho enquanto eu estiver fora? Precisaremos deles. Você pode chamá-los com o chifre? Sabe se estão muito longe?

O pequeno chifre brilhou e convenceu Leannah de que o plano era possível, ao menos aquela parte.

Leannah colocou uma capa velha com capuz escuro que havia encontrado na praia de pescadores e tratou de esconder o branco do vestido sob o negro da capa. Então, montou outra vez a re'im.

— Vá, Layelá, encontre seus amigos!

No mesmo instante, as arfadas vigorosas das longas asas a fizeram se elevar muito rapidamente, e Leannah viu, muito abaixo, o branco sujo da espuma do Yam Kademony espalhando-se com as marteladas das ondas nas rochas. Subitamente sentiu muito frio e apertou a capa sobre si. Porém, o frio não era só por causa das rajadas de vento que precisavam atravessar, era pela sensação antecipada de ter que abandonar o Olho de Olam mais uma vez.

O chifre de Layelá apontou para o norte, e para lá seguiram. Leannah esperava que os outros re'ims atendessem ao chamado de Layelá. Os re'ims tinham a grande qualidade de conseguir se ocultar e, talvez, conseguissem também ocultar o Olho de Olam durante o tempo em que ela ficaria longe. Não sabia onde eles estavam, pois eles não haviam mais sido vistos em Olam depois daquela vez em que Enosh os encontrou ali mesmo naquele lugar. Porém, os re'ims podiam se comunicar através dos chifres, e talvez, eles conseguissem voltar a tempo.

Layelá voou na direção da Garra do Behemot. Muito de longe, Leannah contemplou o formato da baía, imitando uma garra. A re'im pousou ao lado da restinga, porém não havia nenhum sinal dos re'ims. Tiveram que esperar por quase duas horas, até que conseguiram ver os animais se aproximando. Eram vinte e dois re'ims. Todos pousaram ao lado da restinga, descendo em fila. Apesar do lugar aberto os chifres em atuação criavam um esconderijo seguro contra olhos espiões.

Leannah caminhou até o líder deles. Era um animal castanho, sem qualquer marca distintiva, exceto os olhos que mostravam ser mais experientes do que os outros. Layelá também se aproximou de seu líder e os relinchos indicaram que se entendiam perfeitamente. Leannah prendeu o Olho de Olam envolta do pescoço do líder dos re'ims quando ele abaixou a cabeça.

— Guarde isso para mim — ela disse com a voz trêmula. — E se eu não voltar... Se eu não voltar, garanta que ninguém mais o encontre.

O re'im relinchou em concordância e partiu num galope veloz até decolar. Os outros companheiros o seguiram. A pressa era justificada. O encontro não durou mais do que alguns minutos, e Leannah achou que isso era apropriado. Caso os inimigos percebessem o que eles haviam feito, havia sérios riscos para os re'ims.

— Agora seremos só nós duas e a escuridão — disse Leannah, voltando-se para Layelá.

A re'im continuou olhando os companheiros subirem e desaparecerem. Parecia não ter muita pressa de partir, pois foi comer um pouco da grama alta que ainda resistia naquela região de restingas e pântanos.

— É justo — brincou Leannah vendo o apetite da re'im. — Você vai precisar de toda a sua energia. Mas não pense que eu vou desistir por causa da sua teimosia.

Vendo a re'im comer, Leannah tentou se lembrar quando havia sido a última vez que sentira fome. Desde que começara a carregar o Olho de Olam, seu apetite havia desaparecido completamente. Mesmo assim, ocasionalmente ela se esforçava por comer alguma coisa. De algum modo, o Olho de Olam potencializava todas as suas funções vitais, fazendo com que comida em pouca quantidade fosse suficiente para se manter por bastante tempo. Mas agora que havia deixado a pedra com os re'ims, provavelmente a fome voltaria, e também muitas outras fraquezas. Mas não naquele momento. Não ao pensar em tudo o que teria que enfrentar. Isso impedia completamente qualquer apetite.

Seria sua pior tentação — Gever disse uma vez, quando falava sobre por que o príncipe shedim parecia ter interesse nela. Naquele tempo nem passava pela cabeça de Leannah que um dia adentraria as trevas de Hoshek. — *Infelizmente, os opostos se atraem. Houve um tempo em que essa lei produzia verdadeiras uniões, mas no seu caso, hoje, só traria tragédias inimagináveis.*

Leannah esperou com paciência até Layelá terminar de se alimentar, tentando não pensar nas palavras de Gever. Tomaria todo o cuidado para não passar perto de nenhum shedim, muito menos do antigo príncipe deles.

Após estar farta, a re'im se deixou montar e decolou outra vez.

Leannah sabia que aquela era a mais insana das missões que podia ter imaginado realizar. Voar diretamente para a cortina de trevas ia contra todas as regras do juízo ou do bom senso. Por outro lado, ela contava que isso fosse tão insensato que nem mesmo os inimigos imaginassem que ela poderia fazê-lo. E, ao mesmo tempo, era o único modo de, talvez, não precisar fazer o que Thamam mencionara em Kerachir... Porém, aquela opção sempre estaria lá.

O objetivo imediato era chegar até Schachat. Para isso, teriam que voar bastante tempo dentro das trevas que se estendiam desde o limite do Perath. Não ignorava os perigos que aquela jornada escondia, mesmo em seu percurso inicial. Tannînins povoavam a escuridão, além de muitas outras criaturas sombrias. Mas esperava voar tão rapidamente até Schachat, que nem daria tempo para os inimigos perceberem a presença dela. Além disso, a invisibilidade criada pelo chifre de Layelá deveria facilitar um pouco aquela primeira parte do percurso.

— Agora voe com todas as suas forças — orientou Leannah —, e use seu chifre para nos ocultar. Que *El* nos ajude se ele quiser, pois diante do que estamos fazendo, não tenho coragem nem mesmo de pedir ajuda aos céus.

A re'im atravessou rapidamente o Perath e mergulhou no mundo de trevas. Instantaneamente os sons desapareceram e Leannah não conseguiu enxergar mais absolutamente nada.

Teria que confiar no instinto da re'im para se mover na escuridão. Layelá conhecia a localização aproximada da torre, mas ela só esteve lá uma vez, quando as trevas ainda não dominavam a cidade dos refains.

Assim que adentraram a escuridão começaram a enxergar as luzes das tochas. Parecia uma cidade, ou várias, lado a lado, estendendo-se por uma distância imensa.

Leannah tremeu ao ver aquilo. Ela sabia que o exército shedim era grande, mas jamais imaginou que fosse tão grande. Pela extensão das tochas de fogo no acampamento, podia ter quase meio milhão de soldados.

— Então, é isso o que teremos que enfrentar se as trevas não avançarem — reconheceu Leannah.

Então, ela compreendeu mais uma vez, que mesmo que sua jornada tivesse sucesso, ainda assim isso estava muito longe de garantir a vitória de Olam, pois aquele exército era imenso.

— Mas pelo menos haverá uma batalha — ela tentou se conscientizar. — Se as trevas avançarem, será só um massacre.

Layelá parecia querer se afastar o quanto antes daquele exército, mas Leannah queria ver mais.

— Você acha que consegue nos ocultar um pouco mais?

Mesmo contra a vontade, a re'im desceu, tentando se manter longe da região onde os tannînins se localizavam. Um grupo deles sobrevoava o acampamento naquele momento. Mesmo em meio às trevas, Leannah conseguiu ver uma parte do exército. Como esperado, havia sa'irins, cavaleiros-cadáveres, refains e também soldados humanos oriundos dos reinos vassalos. Os anaquins também estavam lá. Leannah estranhou o fato de os gigantes estarem arrastando grandes jaulas de metal. Ao aproximar-se um pouco mais, seu coração quase congelou ao ver o que estava dentro das jaulas. Leannah contou cerca de quinze jaulas com saraphs.

Layelá subiu mais uma vez e elas deixaram aquele exército para trás, tentando não pensar nas coisas que haviam visto.

Leannah imaginava que levariam menos de três horas para alcançar a torre. Isso podia parecer pouco tempo, porém a absoluta falta de visibilidade parecia aumentar consideravelmente a distância.

Quando Layelá começou a descer, Leannah enxergou as luzes das tochas que iluminavam precariamente a cidade-torre dos refains. Sentiu alívio por terminar aquela parte da viagem, mas, por outro lado, as verdadeiras dificuldades estavam só começando.

Layelá voou diretamente para o pináculo da torre, onde outrora havia uma oficina de lapidação com uma cobertura de vidro. Naquele lugar, Ben e Adin foram aprisionados pelos refains e oferecidos ao deus-abutre deles. Também ali, Kenan havia aprisionado Leannah após ter usurpado o Olho no oriente. Portanto, definitivamente não era um lugar agradável para se retornar.

Não havia um lugar onde Layelá pudesse pousar, por isso, Leannah se preparou para saltar e se agarrar às estruturas metálicas, mas só poderia fazer isso quando a re'im conseguisse chegar perto o suficiente. E isso custou várias tentativas, sendo que em duas delas, a re'im não conseguiu se aproximar o bastante para que Leannah se segurasse em alguma coisa, e nas outras três vezes, Leannah não teve coragem de se suspender sobre o vazio. Sem o Olho de Olam, começava a perceber o quanto era mais difícil tomar decisões.

Finalmente, Leannah conseguiu segurar-se em uma viga metálica no alto e abandonou a segurança de Layelá. A re'im imediatamente desapareceu nas trevas, fazendo o voo de retorno para o Perath. Isso significava que Leannah tinha exatamente doze horas para alcançar o objetivo pretendido, pois esse seria o tempo que Layelá demoraria para retornar ao pico da torre a fim de buscá-la.

Antes de iniciar a descida, Leannah respirou longamente, ainda se segurando firmemente à viga metálica. Esperou seu coração se normalizar e lutou contra o medo que tentava paralisá-la. Acreditou que, se tivesse algum modo de se comunicar com Layelá novamente, ela teria feito a re'im retornar, levando-a embora dali. Porém, não havia opção de arrependimento naquela missão. A re'im só voltaria no dia seguinte, por isso, ou agia ou teria que ficar ali esperando todo aquele tempo.

Vencendo o medo, ela se convenceu de que precisava tentar descer do pináculo da torre para a oficina de lapidação. Mesmo sem enxergar nada, ela sabia que estava suspensa cerca de três metros acima da mesa de lapidação, por isso não cogitava a ideia de pular dali, ou o resultado poderia ser uma perna quebrada, o que inviabilizaria completamente a missão. O único modo de conseguir descer era contornar o salão até uma das laterais que era mais inclinada e ficava a menos de dois metros do chão. Então, poderia saltar. Porém, como não enxergava nada, não tinha como saber onde ficava essa parte. Leannah se conscientizou de que teria que iluminar o local, pelo menos por uma fração de segundos. Mesmo sem ignorar os riscos dessa atitude, ela vasculhou a pequena bolsa que trouxe e encontrou dentro dela uma das duas pedras de Icarel e o espelho das pedras amarelas. Segurou por alguns instantes o cabo do espelho de Thamam, como para receber mais coragem. Não podia trazer o Olho de Olam para a escuridão, mas não era louca ao ponto de vir para aquele lugar sem *nenhuma* arma. O espelho certamente seria útil. E quando viu as pedras do conselho cinzento que Icarel havia coletado dentro do rio, entendeu que elas também seriam úteis, porém, noutro sentido.

Ainda não era o momento de utilizar o espelho, por isso ela pegou a pedra, tomando o máximo de cuidado para não deixá-la cair, pois estava carregada de muita energia. Leannah segurou-se com uma das mãos na guia, com a outra tratou de bater levemente a pedra no metal da viga. Ela deu uma batida muito leve e mesmo assim, a pedra se iluminou com mais energia do que Leannah desejava. Como era grande, Leannah não conseguiu ocultá-la dentro da mão fechada. Por um instante, o alto da torre de Schachat ficou totalmente iluminado. Imediatamente Leannah colocou a pedra dentro da bolsa. O instrumento, apesar de feito com couro reforçado, pareceu ter luz própria, mas pelo menos a luz já não era mais tão visível de longe, e confundia-se com as tochas dos refains abaixo.

O tempo que a luz brilhou foi suficiente para que Leannah identificasse o lugar onde o antigo teto de vigas metálicas se rebaixava, então se dirigiu para lá. Depois foi só saltar para dentro do salão.

Leannah se aproximou da antiga mesa de lapidação. Ela viu o compartimento da mesa onde Ben, em desespero, depositou o Olho de Olam a fim de pedir ajuda, e mesmo sem saber, deu início ao caminho da iluminação. Também havia sido ali que, milênios antes, os kedoshins ensinaram os primeiros homens a lapidarem pedras shoham.

A cantora de Havilá pegou o espelho das pedras amarelas de dentro da bolsa e encarou a porta de saída da sala, consciente de que havia chegado a hora de utilizá-lo. Já podia ouvir os passos dos refains subindo os degraus da cidade-torre. Certamente, eles haviam visto a luz no alto. Sua esperança era de que apenas um pequeno grupo de refains tivesse sido enviado para investigar, e que o acontecimento não tivesse sido comunicado aos shedins.

Passou pelas duas metades da porta que Herevel rasgou na primeira vez em que Kenan apareceu ali para libertar Ben e Adin. Não tinha tempo para aguardar os refains chegarem. Por isso, começou a descer as escadas ao encontro deles.

Viu apenas duas tochas subindo as escadas e isso a tranquilizou momentaneamente.

Leannah passou por eles utilizando o espelho. O objeto lhes ofereceu a visão de um corredor vazio. Eles nem sentiram o vento suave se movendo quando ela passou no meio das duas tochas. Os dois continuaram subindo em direção ao alto, onde nada encontrariam.

Aquela era uma das virtudes que o espelho possibilitava. Durante a temporada em Ganeden, depois que Kenan lhe devolveu o instrumento, Leannah começou a descobrir as potencialidades dele. E haviam muitas. Todas ligadas à função de reflexo. Uma delas seria decisiva no final daquela jornada.

Encoberta pela capa cinzenta, porém, confiando na invisibilidade que o espelho proporcionava, Leannah parou um instante para recuperar o fôlego. O cheiro fétido, entretanto, lhe impossibilitou que respirasse. E ela continuou atravessando aqueles corredores imundos. Já havia descido vários andares, e os antros pareciam vazios. Poucas tochas de betume iluminavam os andares sobrepostos, pois, como ela havia imaginado, também poucos refains permaneciam em Schachat. A maioria deles estava com o exército dos shedins no limite das trevas, preparando-se para atacar Ganeden. Isso fazia o plano dela ter maiores chances de funcionar. Porém, mesmo que tivesse que enfrentar todos os refains de Schachat, isso, provavelmente, seria um desafio menor do que o que ela teria que enfrentar para chegar ao final daquela missão em Irofel.

Mais dois andares abaixo e ela encontrou outros refains. Era um grupo de cinco, e eles pareciam caminhar sem direção com extrema lentidão. Os refains permaneciam naquela posição de sonolência a maior parte do tempo. Apenas vagavam de um lado para outro sem qualquer propósito, até que, subitamente algo os acordava, então, agiam com razoável agilidade. Foi inevitável não sentir pena deles. Afinal, algum dia, haviam sido seres humanos, e tiveram sentimentos, família, senso de dever ou responsabilidades. Algum dia eles amaram e foram amados, tiveram sonhos, carregaram filhos nos braços, e admiraram a beleza do mundo. Mas haviam se tornado criaturas sombrias, corroídas pelo próprio mal que um dia desejaram, o qual tomou conta deles. Mesmo sabendo que eram culpados do estado em que se encontravam, Leannah duvidou que teria o mesmo sangue frio de Kenan que feriu centenas deles com Herevel, deixando um rastro de corpos atrás de si, quando fugiram de Schachat.

Leannah percebeu que precisaria passar por eles e, provavelmente, quando fizesse isso, os acordaria. Então, talvez, fosse tarde demais para usar o espelho, pois no súbito acordar, os refains provavelmente a veriam. Ela abaixou-se e pegou um pedaço de tijolo que estava solto no chão. Jogou-o no meio do corredor. O barulho imediatamente despertou os refains e eles concentraram a atenção no objeto lançado no meio do caminho. Também olharam ao redor farejando o ar em busca de intrusos. Então, Leannah ativou o espelho e, mais uma vez, passou pelo meio deles sem ser notada.

Mais dois andares abaixo e ela acreditou que estivesse próxima do local que procurava. Já havia estado ali uma vez, mas naquela ocasião esteve tão apavorada que não conseguia se lembrar do caminho. Isso a forçou a bisbilhotar de sala em sala, de antro em antro, à procura do local onde os shedins vinham visitar as mulheres aprisionadas em Schachat pelos refains.

Quando encontrou o antro, por um breve momento, ela relutou em adentrar. A lembrança dos acontecimentos daquele dia a paralisaram momentaneamente. Nunca, em toda a sua vida, experimentou um pavor tão grande como naquela ocasião. Depois que os refains os haviam separado e conduzido Ben e Adin para o topo da torre, ela foi conduzida para o local do encontro com os shedins. Foi quando viu todas as terríveis lendas se tornarem realidade. Ao ver as mulheres grávidas, possuídas por um tipo de força maligna, com as barrigas enormes e as veias azuis saltadas no rosto e nos braços, Leannah compreendeu que aquele era o local onde os shedins vinham para violar as mulheres. O objetivo deles era gerar corpos para utilizarem fora da cortina de trevas.

Só muito depois, quando já percorria o caminho da iluminação, ela entendeu o modo utilizado por eles para vir até ali, uma vez que Schachat, naquele tempo, ainda estava fora da cortina de trevas. Havia um caminho. Um caminho direto de

Irofel para Schachat. Ele foi construído pelos próprios kedoshins, antes da guerra, como uma rota de fuga de Irkodesh. Leannah descobriu isso no palácio de gelo das Harim Keseph, quando Gever, o antigo príncipe dos kedoshins, mencionou ao mensageiro a rota de fuga bem como o local onde os kedoshins remanescentes deveriam ajudar os homens a construírem uma cidade, e os ensinarem a lapidar as pedras. Esse lugar era Schachat.

Leannah adentrou o antro das mulheres e deu graças a *El* por estar vazio. Ao mesmo tempo, não podia ignorar que, com o avanço da cortina de trevas até o Perath, os shedins não precisavam mais de um lugar para vir se encontrar com elas. Eles podiam se mover livremente por quase metade do mundo. E, por isso, Leannah esperava encontrar o caminho desguarnecido, de modo que poderia chegar ao coração de Hoshek sem ser notada. Toda a probabilidade do seu plano repousava nesta condição.

Era um amplo salão feito de blocos de pedra recortada que podia abrigar trinta ou quarenta mulheres. Ficava na extremidade oposta à entrada de Schachat, e, portanto, na parte da torre que ficava praticamente encravada na montanha. O antro não tinha móveis ou objetos, era apenas um espaço vazio em meia lua com um teto reto e alto. Não havia tochas iluminando o local e por isso, Leannah teve que tirar a pedra amarela da bolsa mais uma vez. Porém, como o antro não tinha janelas, a luz não seria vista do lado de fora.

O problema era abrir o caminho. Não se tratava de um caminho com escadas, túneis, ou algo como uma estrada a ser percorrida. Até porque, se fosse isso, levaria dias para chegar em Hoshek. O caminho era da mesma natureza mágica dos caminhos dentro de Ganeden, pois havia sido construído pelos kedoshins. Com a diferença de que, aquele havia sido usado pelos shedins por milênios. Então, certamente, os shedins haviam produzido modificações nele.

A cantora de Havilá tateou as paredes de pedra sentindo a textura arenosa das mesmas e o mofo que dominava o local. No fundo sabia que não podia esperar abrir a passagem tocando em algum bloco de pedra ou movendo-os como se abria uma passagem secreta. Um ritual era necessário para abrir aquela passagem. Um ritual que, infelizmente, ela não perguntara a Gever como devia ser feito, pois durante o tempo em Ganeden, jamais imaginou que um dia precisaria saber. Mas agora precisava, e não dispunha do Olho de Olam para descobrir.

Porém, havia um lugar onde talvez pudesse encontrar as informações necessárias para abrir aquele caminho. Em sua própria memória. Precisava vasculhar sua mente, buscar informações acumuladas através da transmissão instantânea dos livros da biblioteca de Olamir, ou mesmo, pelas muitas experiências acumuladas ao longo do caminho da iluminação. Ou seja, precisava voltar-se para dentro de si mesma, algo que ela havia relutado em fazer durante todos aqueles dias após a reativação do Olho em Sinim.

Qualquer pessoa certamente acharia que ela era uma tola por evitar isso. Sim, pois certamente parecia tolice não acessar todo o conhecimento que havia sido colocado diante dela, todo o poder dos sentidos, as soluções para tantos enigmas e mistérios. Ela havia recebido quatro presentes dos kedoshins. Conhecimento em Olamir, sabedoria em Bethok Hamaim, intuição nas Harim Keseph, e... o maior deles em Urim, o qual foi também o mais inesperado de todos: moderação. Ela compreendia agora o papel da moderação. Sem ela, facilmente o conhecimento virava soberba, a intuição uma fonte de loucura, e a maturidade se transformava em ignorância. A moderação colocava todas essas virtudes sob controle, regulando-as para que não se excedessem, fazendo com que trabalhassem em harmonia e equilíbrio. E, por causa disso, apesar de ter recebido aquelas potencialidades, Leannah tentava viver o máximo possível como uma pessoa comum.

Nem mesmo Gever entendia as razões pelas quais ela se limitava.

Você foi escolhida para fazer muito mais — lembrou-se das palavras do irin. — *Foi agraciada com conhecimento, sabedoria, intuição. Você pode acessar os mistérios da criação, pode colocar-se como uma ponte entre a ignorância e a sabedoria. Pode ir além do que qualquer outra pessoa jamais foi. Você pode ser um tipo de ligação entre o mundo atual e o que nós construiremos.*

Kenan, curiosamente, foi o único que entendeu parte de suas razões. Nas difíceis conversas que eles tiveram durante o período em que o giborim se apossou do Olho, várias vezes Leannah tentou adentrar a mente do giborim, para entendê-lo, e também para descobrir uma maneira de fazê-lo voltar ao juízo. Porém, ao tentar compreender o íntimo dele, em algumas ocasiões, Leannah também teve que se expor, e o giborim habilmente havia descoberto o que se passava em seu coração.

É por causa dele — disse o giborim com desprezo. — *É por causa do aprendiz de Enosh que você não quer dominar todos os recursos que estão disponíveis. Você sabe que a distância entre vocês se tornará praticamente infinita. E isso os impediria de ficarem juntos para sempre. Por isso você se contém. Tola. Ele não merece isso. Você vai descobrir mais cedo ou mais tarde que ele não merece. Se é que você já não sabe...*

Naquele momento, Leannah negou firmemente que aquele fosse o motivo. Mas, no fundo, nem ela compreendia com clareza seus sentimentos. Tempos depois, tivera que concordar que Kenan tinha razão, pelo menos em parte. Ben era um dos motivos pelo qual ela havia abdicado dos direitos que havia conquistado.

Agora, porém, esse motivo não existia mais. À essa altura, os dois já estavam casados, e o destino deles estava selado para sempre.

Leannah esperava do fundo do coração que Ben fosse feliz com Tzizah. O casamento deles uniria Olam outra vez. Além disso, ao ser coroado Melek, Ben teria a plena legitimidade de utilizar a espada dos kedoshins. Os shedins teriam que enfrentar um guerreiro tão poderoso quanto Omer, o primeiro Melek a manejar Herevel. Ao ver aquele exército estacionado junto ao Perath, mais uma vez Leannah se convenceu mentalmente de que havia feito a coisa certa, apesar de seu coração protestar contra isso.

Mas havia um motivo adicional pelo qual ela não acessava todas as potencialidades disponíveis. Isso nem Gever nem Kenan podiam entender. Gever não podia entender porque era um irin, e, jamais foi um humano. Ele não sabia o que era a natureza humana. E Kenan, apesar de ser um homem, não havia completado o caminho da iluminação, portanto, não tinha condições de entender aquilo. Leannah não podia perder sua humanidade. Ela havia entendido isso dentro do templo das águas, quando presenciou a criação do primeiro ser humano. Ela percebeu que tudo o que havia sido criado antes, no fundo, havia sido feito por causa dele. E, quando ela viu que o primeiro ser humano havia sido originado da própria terra, isso mostrava a total integração dele com a terra. Porém, ao mesmo tempo, o criador havia soprado uma fagulha vital dentro dele. Uma fagulha do próprio criador. Nenhuma outra criatura, em toda a criação, havia recebido tanto favor. E essa era a essência do ser humano. Por um lado, simples como o barro, por outro, complexo como o sopro do criador. E assim, precisavam conviver nessa criatura, ignorância e sabedoria, pequenez e grandeza, limitações e extraordinários dons. Mesmo posteriormente, quando o mal afetou a obra prima de *El*, ainda assim, esses fatores distintivos continuaram. E esse era o motivo pelo qual, mesmo agora, Leannah não queria ser nada mais do que um ser humano. Ela compreendia o supremo privilégio de ser isso.

Leannah se afastou da parede de tijolos. Subitamente, compreendeu o modo de encontrar a passagem. Nem precisava acessar grandes conhecimentos ou magia para isso. O instrumento estava ali, dentro de sua sacola. Ela pegou o espelho das pedras amarelas e virou-se de costas para o paredão de tijolos. Havia feito aquilo para encontrar a porta de acesso ao Morada das Estrelas. O espelho poderia lhe mostrar onde estava a passagem.

De fato, ao olhar para o reflexo do espelho, as pedras amarelas e alaranjadas se iluminaram e ela enxergou uma espécie de círculo luminoso no paredão de tijolos. Aquela era a passagem. Porém, não adiantaria tentar entrar por ela, pois bateria nos tijolos. Então, fechou os olhos por algum tempo. Procurou pelo caminho dos kedoshins nos livros antigos de Olamir armazenados em sua memória. Procurou pelas palavras que abriam a passagem. Os aromas envelhecidos de Schachat lhe mostraram o caminho. Ao aspirá-los uma lembrança foi despertada dentro dela, e ela reviveu um momento do passado, quando os kedoshins acessaram aquela passagem. Ela ouviu as palavras sendo ditas por eles.

Me-hoshek el-Or.

Da escuridão para a luz.

Sim, pois este foi o objetivo do caminho aberto pelos kedoshins. Livrar o remanescente do poder das trevas.

Leannah caminhou na direção do círculo luminoso acreditando que já estava aberto, porém, os tijolos de pedra pareciam bem maciços. Quando tocou neles, constatou que não havia acesso algum. Recitou as palavras novamente, e o resultado foi o mesmo. Antes que o desespero voltasse, ela compreendeu intuitivamente que aquelas palavras não abririam a passagem, pois os shedins haviam feito modificações nela.

Me-or el-Hoshek.

Ela pronunciou as palavras de maneira invertida.

Da luz para as trevas.

Compreendeu que este era o objetivo do uso da passagem por parte dos shedins, exatamente o contrário dos objetivos dos kedoshins.

Uma névoa escura se formou diante da passagem e Leannah mergulhou nela. Deste modo, acessou o caminho para as trevas de Hoshek.

Tratava-se de uma espécie de tubo de energia e era possível caminhar por dentro dele. Cautelosamente, ela começou a se mover, revivendo em parte as sensações e as experiências de andar pelas passagens de Ganeden. Porém, diferentemente daquelas que levavam para lugares imprevisíveis, esta havia sido construída com uma função bem específica: retirar os fugitivos das grandes cidades dos kedoshins, antes que os shedins as dominassem. Por aquela passagem, vários milênios antes, passou o remanescente responsável pela sobrevivência dos homens no mundo.

Gever havia falado sobre o objetivo deles com os experimentos feitos através daqueles caminhos.

Um dia serão caminhos para outros mundos — explicou o irin. — *Através deles, será possível se deslocar para lugares longínquos em curtos períodos de tempo. Isso será uma ferramenta imprescindível para a expansão.*

Expansão. Era assim que Gever chamava os planos dos irins. Planos antigos segundo ele mesmo mencionara, os quais deveriam estar em ação desde o princípio quando a terra foi povoada. Mas foram interrompidos por causa da Queda. Ainda assim, os kedoshins nunca desistiram de continuá-los.

Não podemos desistir, disse o irin olhando para as estrelas acima das folhas de Ganeden. *Faz parte dos motivos pelos quais viemos à existência. Se deixássemos de sonhar com isso, deixaríamos de existir.*

Leannah andava pelo primeiro de todos os caminhos mágicos que podiam encurtar longas distâncias. O primeiro dos experimentos, o qual servira para levar o remanescente dos kedoshins para Schachat, mas posteriormente, para a tarefa terrível de conduzir os shedins até Schachat.

A cantora de Havilá sabia que esse era o risco que se corria em todos os bons experimentos. Ninguém podia dizer se algo bom, que em princípio tivesse sido usado de modo tão benéfico para tantas pessoas, posteriormente não poderia ser utilizado para feitos terríveis e destrutivos. Por aquele caminho os shedins haviam alcançado Schachat por centenas de anos a fim de aterrorizar mulheres indefesas.

Mais uma vez ela lembrou-se daquele dia em que os refains os aprisionaram no desfiladeiro de Midebar Hakadar. Apesar de trêmula e apavorada, o fascínio que as mulheres grávidas demonstravam pelos shedins era incompreensível para Leannah no começo... Elas estavam mortas. Compreendeu isso depois. Porém, moviam-se dominadas por uma força sombria a qual elas desejavam... Mesmo depois de mortas.

Ainda se lembrava da constatação de que, pelo estado avançado de gravidez daquelas mulheres, há várias semanas nenhuma havia sido trazida para aquele lugar. Ela era a primeira depois de um longo tempo. E, por isso, naquele dia, vários shedins vieram visitá-la...

Mais tarde, no barco que os levava para Bethok Hamaim, Ben demonstrara preocupação com aquilo, mas depois se convencera de que nenhum shedim havia aparecido em Schachat naquele dia. Leannah não quis preocupar o guardião de livros. Era melhor que ele acreditasse naquilo, uma vez que não sabia da existência da passagem. Ela não teve coragem de contar toda a verdade, e respondeu com rispidez para que ele não fizesse mais perguntas. Como explicaria para ele, se nem mesmo ela entendia, naquele momento, o que de fato havia acontecido? Demorou muito tempo até ela tomar compreensão do significado dos estranhos acontecimentos daquele dia.

Leannah parou um instante num local onde a passagem parecia se bifurcar. Na verdade, a passagem principal seguia em linha reta, mas havia um acesso à direita. Ela olhou para dentro do acesso e viu que um túnel revestido de névoa escura seguia naquela direção. Ela o adentrou só por alguns metros, mesmo sabendo que isso significava uma distância física considerável, então, enxergou uma cidade à frente. Uma grande cidade imersa na escuridão. Tinha torres sombrias muito altas. Leannah sentiu um arrepio ao contemplá-la. Aquela era a primeira das cidades dos shedins dentro da cortina de trevas. Eles a chamavam de Salmavet. Era o lugar onde Kenan por duas vezes estivera. E na última, ele havia libertado o nephilim e dado início àquela guerra.

Ela retornou ao caminho principal. Salmavet era uma importante cidade do mundo antigo, mas não era o centro da escuridão. Ela precisava seguir adiante até que o caminho a entregasse no coração das trevas, a cidade de Irofel. Lá, a rede sombria estava sendo instalada com pedras escuras.

Quem imaginasse que um shedim, em sua verdadeira forma, fosse algo monstruoso ou macabro, certamente se surpreenderia se visse um. Eles haviam sido outrora criaturas de pura luz. Cada um de uma tonalidade. Mas quando decaíram, perderam as cores, reduzindo-se a um aspecto acinzentado, porém ainda assim luminoso. Ainda podiam ser deslumbrantemente belos. Por isso o fascínio daquelas mulheres grávidas em Schachat.

Quando o primeiro shedim chegou naquela tarde na câmara escura, Leannah, num primeiro momento, não entendeu o que estava acontecendo. Subitamente, o local que era pura escuridão ficou iluminado. A luz cinzenta inundou a câmara e as mulheres que estavam num estado catatônico, subitamente despertaram e voltaram-se para aquela estranha aparência de luminosidade. Foi então que Leannah percebeu que elas os desejavam.

Ela mesma não foi imune àquilo. Envergonhava-se profundamente pelos sentimentos que foram despertados dentro daquela câmara, mas agora entendia que, naquele tempo, seria impossível evitá-los. Não tinha certeza se agora mesmo isso seria possível...

As mulheres haviam feito um círculo em volta da câmara escura e o visitante se apresentara diante delas. Mas todas sabiam que ele não estava ali por causa delas. Todas voltaram-se para ela e a olharam com inveja e ciúmes.

Então, o visitante a chamou. Convidou-a gentilmente para que se apresentasse no meio da câmara. Mesmo sabendo que devia resistir, Leannah adiantou-se, sentindo-se escolhida para realizar algo grandioso. Foi então que ela viu o shedim. Ele era uma forma semelhante a um homem, envolto por uma sombra, porém havia uma beleza fascinante nele. A luz cinzenta emanava de sua forma escurecida. Olhar para ele produzia nela sentimentos indomáveis, um desejo... algo irresistível. Nem por um momento ela se esforçou em resistir, mesmo sabendo que devia fazer isso. Por certo, eles enfeitiçavam as mulheres com magia.

Ele poderia ter feito o que quisesse com ela, e Leannah lembrava-se de querer que ele a envolvesse com sua sombra. Porém, quando o shedim chegou bem perto dela, algo estranho aconteceu. Foi como se ele fosse impedido de tocá-la ou mesmo de se aproximar.

Leannah lembrava-se do sentimento de frustração que tomou conta dela quando o shedim foi embora. E aquele mesmo sentimento se repetiu várias vezes durante aquela tarde sombria, quando um após o outro, vários shedins vieram até a câmara, mas mesmo a tendo enfeitiçado, não puderam tocá-la.

Após passar por diversas bifurcações que conduziam às cidades shedins, Leannah viu o túnel nebuloso ficar mais largo à frente. Era como uma estrada que ficava mais larga quando se aproximava de uma grande cidade, a fim de facilitar o fluxo dos que passavam por ela em maior número. Isso fez Leannah entender que estava se aproximando de Irofel.

Ela ainda não sabia o que encontraria na antiga cidade santa, orgulho maior dos kedoshins, que foi tomada pelos traidores, e tornara-se a capital das trevas. Sabia pelas informações dos livros tratar-se de uma cidade imensa. A maior que já existiu. A cidade luminosa fora erguida pelos kedoshins para ser a base da "expansão". Os homens dignos seriam recebidos ali, e dali, cumpririam o grande propósito do criador. Mas isso havia sido antes que o fogo de duzentos dragões-reis a destruíssem.

No lugar onde Irofel podia ser acessada não havia uma bifurcação. O túnel de luz apenas se expandia e havia inúmeros acessos por onde era possível entrar ou sair. Leannah atravessou o maior deles e subitamente estava fora do caminho, na metade de uma escadaria que subia às alturas. E, lá no alto da escadaria, ela podia ver com seu pináculo quebrado, o maior dos palácios que o mundo já teve. Ao lado dele, incontáveis edifícios altos e pontiagudos espremiam-se disputando o espaço para estar perto do centro.

Leannah sentiu suas pernas tremerem ao contemplar a grandeza da cidade. E sabia estar vendo apenas uma pequena parte dela. Mais uma vez um vislumbre da glória antiga passou por sua memória, como ela havia contemplado através da parede espelhada do palácio de gelo. Ela não conseguiu conter as lágrimas. Elas desceram pela sua face alimentadas por um sentimento de perda. Só quem vinha até aquele lugar podia compreender o que o mundo havia perdido. E olhando para aquela desolação, mais uma vez ela entendeu o que era a essência do mal. Nenhum ato criador, nenhuma criatividade emanava do mal. Só deterioração, destruição e depravação.

A cantora de Havilá respirou longamente, e buscou dentro de si coragem para fazer o que veio fazer. A cidade estava deserta, porém não estava desguarnecida. Os shedins haviam deixado sentinelas guardando o caminho para o abismo de Irofel. Até porque, o mecanismo estava lá. Se por um lado, os shedins não esperavam que alguém viesse até aquele lugar às vésperas da batalha, por outro, não seria normal que a cidade estivesse vazia. De fato, eles haviam deixado cavaleiros-cadáveres para guarnecer o caminho para as profundezas onde os lapidadores estavam.

Ao ver os cavaleiros-cadáveres em suas armaduras de ferro e bronze, Leannah se arrependeu de não ter trazido uma espada ou algum outro tipo de arma, mesmo sabendo que não tinha condições de enfrentar todos os soldados do inimigo. Isso, sem falar que jamais havia manejado uma espada com as próprias mãos, exceto aquela vez em que controlara Herevel através do cavaleiro-cadáver para tentar salvar Kenan da alabarda do tartan. Mas aquilo ela havia feito com o Olho de Olam, embora naquele tempo acreditasse que se tratasse apenas de Halom, a pedra vermelha de Ben.

Ela não podia igualmente utilizar o truque da invisibilidade que foi útil com os refains, pois o lugar era muito aberto, e assim que colocasse o pé na escadaria, fatalmente seria vista pelas sentinelas posicionadas no alto. Também não dispunha de uma pedra vermelha, que poderia criar uma ilusão de aparência. Por isso, só lhe restava tentar o óbvio.

Cautelosamente, cobriu-se inteiramente com o capuz, segurou uma pedra amarela na mão direita para iluminar o caminho, e começou a subir os degraus de pedras recortadas. Subiu o mais rápido que podia, mas teve que parar várias vezes para recuperar o fôlego. Os olhares das sentinelas estavam fixos na sua figura, até porque a luz amarelada da shoham a denunciava a quilômetros de distância no meio de toda aquela escuridão. O fato de não ter sido abordada ainda, indicava que o plano estava funcionando. Com a cabeça coberta pelo capuz, e o corpo inteiro com a túnica preta, ela esperava ser identificada como um integrante do conselho sombrio. E a pedra amarela na mão reforçava isso grandemente.

A escadaria se elevava a quase duzentos metros até o pátio do palácio central de onde era possível ter uma vista considerável da antiga cidade.

Ao alcançar o topo da escadaria, Leannah olhou para a entrada do grande palácio. Lá estavam dois soldados com armaduras escuras. Os olhos amarelados pareciam flutuar dentro do elmo. Os ossos podiam ser vistos nas dobraduras da armadura, principalmente nos punhos, joelhos e tornozelos. Porém, como se estivessem esperando a presença dela, as sentinelas não se moveram quando se aproximou.

Leannah continuou andando, sempre tentando demonstrar confiança, e passou pelo meio dos dois cavaleiros-cadáveres, não deixando que eles vissem seu rosto coberto pelo capuz, pois isso certamente a denunciaria. A luz da pedra shoham amarela estava direcionada para o chão, o que também dificultou que as sentinelas a reconhecessem.

O acesso franqueado lhe deu a certeza de que aquele era o lugar onde o conselho sombrio havia instalado a rede das pedras escuras. O disfarce do capuz e a pedra amarela funcionaram. Os cavaleiros-cadáveres a identificaram como um dos integrantes do conselho sombrio. As sentinelas sabiam que os cashaphim trabalhavam nas profundezas da cidade, por isso a deixaram passar. Leannah só não sabia o que faria se encontrasse algum dos lapidadores lá embaixo.

Ao adentrar o palácio, de passagem, ela enxergou o antigo trono de vidro onde Gever se assentara. Lembrou-se da cena do palácio de gelo quando ele manejou Lahat-herev para postergar a tomada da cidade. Um guerreiro sozinho foi capaz de deter o avanço de duzentos dragões-reis. Quando lembrava disso, Leannah se perguntava como eles puderam deixar a cidade cair.

Ela já estava abandonando o lugar a fim de descer as estreitas escadarias que conduziam para as profundezas, quando algo lhe chamou a atenção dentro da sala do trono. Mesmo sabendo que não devia adentrar aquele lugar, a curiosidade foi mais forte, e ela se infiltrou dentro do ambiente. Viu acima a abóbada de vidro, como era típico das construções dos kedoshins, mas aquela era mais alta e mais ampla que todas as outras. Ainda havia algumas peças de vidro, porém a maior parte do teto havia se estilhaçado há muito tempo. Se procurasse, Leannah tinha certeza de que ainda veria as marcas das chamas dos dragões.

Ela passou ao lado do trono de vidro escurecido sentindo calafrios ao imaginar quem se assentava nele agora, e rapidamente se dirigiu para os fundos do salão. Então a enxergou, bem no fundo do salão, sobre uma mesa de pedra, a espada revolvente. Estava quebrada em dois pedaços. Aparentemente, os shedins a guardavam como troféu.

Leannah contemplou Lahat-herev com um sentimento de profunda admiração e respeito. Aquela foi a mais poderosa de todas as espadas. A espada doada aos kedoshins para a proteção de Ganeden. Dizia-se que tinha o poder de mil espadas. Posteriormente, após a traição, ela foi levada para Irkodesh e manuseada por Gever. Com ela, o irin havia detido o avanço dos traidores pelo tempo suficiente a fim de que seu povo se salvasse.

O desejo de tocar a espada foi irresistível e Leannah passou os dedos levemente pelo cabo, sentindo a textura suave e os desenhos em relevo. Diferentemente de Herevel, aquela espada não tinha pedras shoham. O poder dela emanava da magia antiga. Era uma concessão direta do criador. Era enorme. Cada metade devia ter o tamanho de uma espada normal. Um ser humano dificilmente conseguiria manejá-la.

Leannah lembrou-se do motivo principal de sua visita à cidade das trevas e tratou de abandonar o local antes que alguma sentinela a interpelasse. Retornou ao portal de entrada e identificou o acesso para o submundo. Rapidamente, se pôs a descer os degraus, consciente de que seus pés a anunciavam por causa do eco que se propagava. A escadaria era absolutamente mergulhada no breu, porém com a pedra amarela, isso não representava qualquer problema. Leannah direcionava a luz da shoham para os degraus e praticamente corria em direção às profundezas. Parava apenas nas interligações onde sabia haver sentinelas. Então, passava por elas andando calmamente a fim de não despertar atenção desnecessariamente.

O abismo de Irofel era amplo. Era a primeira vez que Leannah via aquele tipo de ambiente, porém, mesmo sem conhecer os outros, tinha a certeza de que aquele era o maior de todos. De fato, era tão grande quanto a biblioteca de Olamir. Um imenso antro em forma de bacia com um teto reto que servia de tampa.

Ainda de longe, ela enxergou a luz de poucas tochas que, graças a *El*, iluminavam precariamente o salão. O conselho sombrio não podia usar pedras amarelas para iluminar o lugar, pois isso causaria interferência na rede. Então, mais uma vez, a penumbra seria sua aliada. Em cima da muralha ou parapeito que rodeava o fosso, mesmo sem enxergar, Leannah tinha a certeza de que estavam pedras shoham escuras. A rede do conselho sombrio. A razão de ela estar ali.

O plano sobre como estragar o intento do cashaph havia surgido como que instantaneamente quando Adin deu explicações sobre a rede, e Icarel mostrou as duas pedras amarelas. Aquele também havia sido o momento em que Leannah conseguiu juntar todas as peças daquele grande quebra-cabeça envolvendo o cashaph e seus antigos planos. As descobertas feitas no salão do tempo em Kerachir foram fundamentais para isso.

Uma tentativa de estabelecer uma rede de pedras amarelas havia sido feita mil anos antes. O mesmo projeto que Enosh havia retomado recentemente para tentar deter a escuridão, mas Leviathan havia impedido que ele o concluísse. O conselho cinzento havia terminado o trabalho sob as ordens de Benin e fracassado. Agora Leannah entendia a razão do fracasso. E também a razão pela qual a tentativa anterior havia fracassado. Télom foi o líder do conselho cinzento que fez a primeira tentativa de estabelecer a rede. Porém, quando estava quase completando-a, o antigo latash percebeu que algo ainda mais poderoso poderia ser feito: uma rede com pedras escuras. Ele já vinha tentando lapidá-las naquele período, porém, precisava da magia antiga para conseguir completar o trabalho. E, naquela época, só havia três lugares fora da cortina de trevas de onde era possível acessar um pouco da magia. Dois ficavam muito longe e inacessíveis, porém um estava bem perto: Nod.

Porém, quando o conselho sombrio conseguiu lapidar as pedras escuras para a rede, Télom percebeu que havia uma possibilidade ainda maior, se conseguisse magia em quantidades substanciais. Mas isso era impossível, justamente por causa do tratado do mundo e do submundo. Foi então que começou a incrível tarefa de anular o tratado. Ele negociou com os shedins através de Anamim e utilizou o jovem latash como testa de ferro perante o conselho cinzento e Olamir. Anamim também foi o responsável por cumprir alguns pontos necessários para a anulação do tratado, especialmente a parte que cabia a Ben em Nod. Porém, apesar de ter feito tudo certo, algo não saiu como planejado. Apesar de Ben ter libertado o nephilim conforme Télom havia orientado Anamim a induzi-lo, isso foi apenas útil para que os shedins fossem libertados do Abadom, mas não para que o conselho sombrio utilizasse a magia antiga. Télom culpou Anamim por esse fracasso, imaginando que o jovem latash tivesse cometido algum erro no procedimento de induzir Ben a ler o pergaminho.

Após o fracasso parcial em Nod, sem conseguir acessar plenamente a magia do Abadom, Télom reuniu o conselho sombrio e resolveu agir em cooperação direta com os shedins. Pela primeira vez, os shedins viram o rosto do cashaph, e foram apresentados à rede das pedras escuras. Uma rede capaz de empurrar a escuridão para Olam. Como o cashaph os havia ajudado desde o início, e inclusive fornecido pedras escuras para eles, os shedins, por certo, não viram motivo para desconfiar dele. De fato, quando a rede das pedras escuras fosse estabelecida, a escuridão subiria, porém, a rede faria algo a mais. Com os três antigos pergaminhos de Thamam, a rede daria o pleno poder da magia antiga ao cashaph.

Leannah compreendia o que aconteceria então. Télom se tornaria senhor do mundo e do submundo.

Ela só não compreendia como eles fariam para conseguir o pergaminho que faltava. Temia que seu irmão pudesse, de algum modo, fazer parte do plano de Télom.

De qualquer modo, não tinha tempo naquele momento para pensar a respeito, e, se conseguisse realizar seu intento ali, provavelmente anularia todo aquele plano do cashaph.

Um integrante do conselho sombrio fazia algum tipo de manutenção nas pedras da rede. Quando a viu se aproximar, o capuz negro foi útil mais uma vez.

— Até que enfim você chegou! — Disse com aspereza o homem.

Leannah percebeu que ele também usava o capuz sobre a cabeça. Dava para ver apenas o queixo pontudo dele.

— A rede continua com instabilidade — continuou o homem. — Télom está furioso! Nós precisamos corrigir isso ou é possível que ela não funcione. Em breve, Télom fará o procedimento em Nod, e tudo precisa estar funcionando perfeitamente aqui.

Sem falar nada, Leannah assentiu e se dirigiu para o círculo, esperando que ele lhe desse mais instruções. Porém, o homem não falou nada, pois obviamente esperava que ela soubesse o que fazer.

Leannah tomou cuidado para não permitir que ele enxergasse seu rosto.

— O que está esperando? — Perguntou com impaciência ao ver que ela demorava a fazer alguma coisa. — Pegue logo o formão e o martelo e faça a marca de lapidação na pedra da quina, enquanto eu faço aqui na pedra principal. Depois teremos que fazer as mesmas marcas em todas as outras pedras. E é você quem terá que fazer isso, pois eu estou exausto. As pedras sugaram toda a minha energia. E você já descansou muito mais tempo do que merecia.

Sentindo seu coração bater fora do compasso, Leannah tratou de pegar o formão e o pequeno martelo indicado pelo cashaph. Então, trêmula, se dirigiu à pedra que ficava na posição extrema de onde o homem estava.

Aquele era o momento crucial. Leannah havia pensado muito em antecipação daquele momento, e de que atitude tomar quando chegasse a hora, pois precisava pesar cuidadosamente cada uma de suas atitudes e as consequências delas. Não podia simplesmente desferir golpes de martelo sobre as pedras, pois, então teria que enfrentar a ira do lapidador, e dos cavaleiros-cadáveres que estariam ali em poucos minutos, caso algo acontecesse. Ela precisava invalidar a rede, porém, sem que os lapidadores soubessem que estava invalidada, ao menos até que fosse tarde demais.

Se fizesse alguma marca errada na pedra que o homem indicara, isso com certeza desestabilizaria ainda mais a rede, porém, Leannah não sabia quais seriam as consequências disso, e se haveria algum modo dos lapidadores reverterem o estrago. O poder da rede das pedras amarelas que fulminou os latashim do conselho cinzento, em Bethok Hamaim, era uma forte advertência de que algo semelhante pudesse acontecer ali. As pedras escuras eram ainda mais perigosas que as amarelas.

— Eu vou contar até três — orientou o lapidador das trevas. — Então faremos a marca simultaneamente.

Leannah respirou fundo. Aquele era o momento. Não tinha nenhum conhecimento de lapidação. Porém, as duas pedras amarelas que Icarel retirara do fundo do Perath e lhe entregara haviam sido lapidadas em rede. A arquitetura de lapidação era exatamente a mesma, a diferença estava apenas nas pedras, pois estas eram escuras. Leannah sabia que as duas pedras amarelas tinham uma marca sabotada, a qual foi realizada provavelmente por Anamim, e responsável pela desestabilização da rede em Bethok Hamaim, que por fim destruiu o próprio templo das águas. Agora havia chegado o momento de fazer o feitiço virar contra o feiticeiro. Usando o poder do Olho de Olam, antes de entregá-lo ao líder dos re'ims, Leannah conseguiu identificar a marca responsável pela desestabilização da rede das pedras amarelas. E agora, tentaria realizar uma marca semelhante nas pedras escuras do cashaph.

Porém, nunca havia realizado uma marca de lapidação antes, e teria que realizar uma marca perfeita, numa única tentativa. E ela não sabia sequer como segurar o formão para fazer isso.

Percebeu que o lapidador olhava para ela com impaciência, provavelmente não entendendo a razão de toda aquela demora. Leannah entendeu que tinha que fazer algo e rápido, ou então seria descoberta. Segurou o pequeno formão na mão esquerda e o martelo com a direita. Precisava acreditar que podia fazer aquilo. Onde estaria o conhecimento da lapidação? Será que, de algum modo, ela teria recebido o conhecimento das técnicas através dos vários presentes dos kedoshins no caminho da iluminação? Ela acreditou que poderia ter recebido. Afinal, os kedoshins haviam ensinado aos homens a técnica. A marca que precisava ser feita era bastante simples, e ela sabia o lugar exato onde precisava aplicar.

Com os olhos fechados ela voltou-se para dentro de si mesma e vasculhou em sua memória as lembranças recebidas, as experiências, as intuições.

— Um, dois...

Leannah posicionou o formão. Confiou que sabia fazer aquilo. Acreditou que os kedoshins lhe haviam ensinado, e que saberia a intensidade correta de bater o martelo sobre o formão.

— Três! — O homem contou. E levantou o martelo para bater no formão.

Leannah imitou o gesto dele, porém, seguindo a intuição, posicionou o formão no lugar específico da pedra escura. Desferiu o golpe com precisão em absoluta sincronia com o outro lapidador. Os sons gêmeos da batida do martelo e dos dois formões esculpindo a pedra ecoaram pela grande câmara.

— Perfeito! — Elogiou o lapidador. — A rede está estabilizada.

Leannah respirou aliviada. Havia conseguido realizar a marca. Momentaneamente, a rede se estabilizaria, porém, quando fosse ativada, provavelmente se desestabilizaria outra vez.

— O seu trabalho foi muito bom! — Continuou o lapidador, sem olhar diretamente para ela. — Surpreendente na verdade. Vejo que você está mais concentrado agora. Menos falante também. Provavelmente, isso esteja ajudando e melhorar seu desempenho.

Leannah continuou em silêncio, fazendo de conta que monitorava a pedra à sua frente. O homem jogou o formão e o martelo na pequena caixa de instrumentos de lapidação.

— Agora o resto é com você. Faça a marca em todas as outras pedras. Eu vou descansar. Estou completamente exausto. E não há nada para comer aqui. Volto dentro de duas horas. Não se esqueça de fazer as marcas em formato de triângulo.

O lapidador não esperou resposta e caminhou para fora da câmara, provavelmente em busca de um lugar para descansar.

Leannah o observou até que a luz da pedra amarela que ele carregava desapareceu completamente no corredor. Então, respirou aliviada. Só precisava abandonar aquele lugar e tentar retornar para Olam. Porém, ao se ver sozinha na câmara subterrânea ao lado do abismo de Irofel, ela enfrentou um dilema. Aquela única marca realizada já era suficiente para desestabilizar a rede. Mas se conseguisse realizar a mesma marca em todas as outras pedras, isso garantiria que quando a rede fosse estabelecida, a energia fosse canalizada de volta de uma forma absolutamente concentrada. As consequências daquilo seriam devastadoras. Haveria um efeito semelhante ao que havia acontecido em Bethok Hamaim, quando a rede se desestabilizou e destruiu o Morada das Estrelas, porém, como o poder das pedras escuras era muito maior, provavelmente, Irofel inteira viraria pó.

A dificuldade, entretanto, era fazer as marcas sem a colaboração de outro lapidador. Normalmente, as marcas deviam ser feitas simultâneas, ou seja, havia necessidade de um lapidador para cada pedra. Uma dupla também podia realizar, desde que fizesse as marcas intercaladas, de duas em duas, girando em sentido anti-horário. Entretanto, um único lapidador também poderia realizar as marcas, desde que as fizesse em sequências triangulares. O trabalho era muito mais difícil e cansativo, porém, Leannah decidiu fazê-lo completamente, uma vez que o outro lapidador disse que demoraria duas horas para retornar.

Ela esperava que ao retornar, o cashaph não notasse a marca, justamente porque não esperava encontrá-la. Então, começou a realizar a mesma marca nas outras cinco pedras, deixando para o final a marca na pedra principal.

Quase uma hora depois, quando posicionou o formão na pedra principal, ouviu barulho atrás de si. O sobressalto foi inevitável. Ela esteve tão concentrada naquele trabalho que esqueceu completamente que havia outro lapidador. Na verdade, ela havia adentrado o local assumindo a posição dele. Sua mão tremeu e ela percebeu que não conseguiria fazer a última marca com a precisão requerida. Então, teve que desistir de realizá-la.

— Desculpe o atraso! — Falou o vulto ao se aproximar.

Leannah manteve-se rígida, pensando num modo de se livrar do homem.

— Esses cavaleiros além de cadáveres também são malucos — explicou o homem. — Acredita que não quiseram me deixar entrar? Quase me atacaram. Eu não consegui entender nada do que eles falavam, mas estava claro que pensaram que eu era algum tipo de impostor. Eu tive que tirar o capuz e mostrar uma pedra para eles, e mesmo assim, eles investiram contra mim. Tive que usar o poder da pedra escura a fim de obrigá-los a me deixar passar. Nós precisamos avisar Télom, pois se eles invadirem essa câmara, poderão desestabilizar a rede ainda mais.

Leannah compreendeu o motivo da resistência dos cavaleiros-cadáveres. Eles tinham permissão para deixar apenas um lapidador entrar no palácio e tinham visto dois. Isso significava que enfrentaria problemas ao tentar sair daquele lugar. Porém, não havia tempo para pensar nisso. Precisava se livrar daquele lapidador e realizar a última marca na pedra principal.

— Vamos realizar a marca para estabilizar a rede, então você poderá ir descansar — continuou o lapidador. — Eu assumo daqui para frente, afinal você deve estar exausto por causa da minha demora.

O homem se aproximou perigosamente, e Leannah se assustou. Com mais dois ou três passos ele descobriria a identidade dela.

Sem a última marca na pedra principal, as marcas feitas por ela certamente seriam suficientes para desestabilizar a rede, porém não produziriam o efeito de ter todas as pedras marcadas. Além disso, os cashaphim poderiam reverter o trabalho dela, se descobrissem o que havia sido feito. Certamente perderiam algumas horas, talvez dias fazendo isso, mas o fato é que conseguiriam reverter. E assim que o homem liberasse o comando da pedra escura que detinha os cavaleiros-cadáveres, dezenas deles invadiriam o local. Então, ela jamais conseguiria fugir de Irofel.

Sem opção, Leannah compreendeu que precisava agir do modo mais drástico e surpreendente possível. Num impulso, Leannah retirou o próprio capuz. Ao revelar sua cabeleira avermelhada perante a luz da shoham, o homem se assustou e recuou. Leannah viu o susto se transformar em assombro, e logo em seguida em ira.

— Mas quem é você? — Perguntou assombrado. — Pelos infernos, é a jovem de Havilá! — Reconheceu o homem, procurando imediatamente pelo Olho de Olam, temendo a ameaça.

Ao não conseguir identificar a pedra branca, alívio apareceu no rosto do homem.

— Foi tola o bastante para vir ao coração das trevas sem a proteção da pedra dos kedoshins! — Deduziu o homem.

No mesmo instante ele sacou a pedra escura que carregava num dos bolsos da túnica preta e a direcionou contra Leannah, tentando imobilizá-la. Leannah agradeceu aos céus por ele ter feito isso, pois era justamente o que esperava que ele fizesse. Havia corrido o grande risco de que ele simplesmente liberasse o domínio sobre os cavaleiros-cadáveres, e eles invadissem o antro. Mas quando o homem direcionou o poder da pedra escura contra ela a fim de tentar controlá-la, Leannah imediatamente apontou para ele o espelho das pedras amarelas. O espelho refletiu a luz púrpura da pedra escura de volta para o lapidador.

Leannah viu a arrogância do rosto sombrio se transformar em desespero e se cristalizar na face do lapidador, quando ele percebeu que estava sendo imobilizado pela própria pedra que segurava. O rosto do cashaph ficou retorcido como uma gárgula, e os olhos pareciam tentar cuspir fogo. Eram a única parte do corpo que ele conseguia mover.

Ao perceber que o homem estava completamente dominado, Leannah voltou a se concentrar na pedra principal. Segurou o formão e o pequeno martelo e, diante dos olhos furiosos e desesperados do lapidador, fez a última marca de sabotagem na rede.

Não conseguiu evitar um risinho quando terminou a marca e virou-se para o homem, vendo todo o desespero da compreensão nos olhos dele.

— O feitiço que se volta contra o feiticeiro — ela falou para ele. — Obrigada por paralisar os cavaleiros-cadáveres — disse ao pegar da mão dele a pedra escura. — Isso vai facilitar a minha saída desse lugar.

A mão do homem permaneceu paralisada como uma garra. Aquela pedra escura seria útil para sair da cortina de trevas.

Ela já estava saindo daquele antro, quando compreendeu que não podia simplesmente deixar o homem parado naquele lugar. Quando o outro cashaph acordasse e voltasse, ele reverteria a paralização do colega, então eles avisariam Télom.

Voltou para perto dele e o observou por alguns instantes. Precisava se livrar dele. Mas como? Sabia que era um homem das trevas, um feiticeiro perverso que compactuava com os planos de Télom, um cashaph do conselho sombrio. Aquele homem não hesitaria em estrangulá-la, se pudesse. Mas simplesmente não podia matá-lo. Não daquele modo, com o homem totalmente dominado pelo poder da pedra escura.

Leannah colocou a pedra na mão do homem outra vez. Os olhos malignos ficaram ainda mais perversos. Ela titubeou. Não podia correr o risco de libertá-lo. E não tinha nenhuma experiência com as pedras escuras. Não tinha certeza se conseguiria vencê-lo num duelo mental. Por um momento quase ordenou que ele caminhasse até o fosso e se jogasse dentro dele. Sem dúvida era a opção mais fácil. Mas além de não ter coragem de fazer isso a sangue frio, compreendeu que o sumiço do cashaph poderia levantar suspeitas. Ela precisava manter aquela missão secreta pelo maior tempo possível.

Decidiu que precisava confiar no seu próprio conhecimento e habilidades. Há pouco ela havia descoberto como fazer as marcas nas pedras escuras sem nunca ter feito isso antes. Precisava agora descobrir como apagar da mente do homem todas as coisas que ele havia visto desde que chegara ali e a encontrara. Isso certamente era possível. As pedras tinham o poder de criar ilusões. Só precisava descobrir como. E o modo de fazer isso estava na própria mente do cashaph.

Leannah tocou na pedra que havia devolvido à mão dele. Viu o terror nos olhos dele se transformarem em incredulidade quando o lapidador percebeu o que ela pretendia fazer. Afinal, ele era um lapidador treinado, acostumado a manejar as pedras escuras. Enquanto, ela era totalmente iniciante naquela técnica. E teria que vencê-lo mentalmente. Sem dúvida, não seria uma tarefa fácil.

O homem fez um esforço monumental para tentar se livrar da prisão mental, a ponto de lágrimas de ódio e frustração correrem pela face retorcida, porém, esse era o único trunfo que ela possuía.

Leannah fechou os olhos e tentou adentrar a mente dele. Isso era a parte mais difícil, pois a pedra imobilizava o corpo, porém não o cérebro. Leannah sentiu a dor do homem pelo esforço mental que ele fazia, e, aos poucos foi subjugando os pensamentos dele. Foi difícil lidar com os pensamentos terríveis que ele alimentava, especialmente contra ela. Por alguns instantes, os dois travaram uma dolorosa batalha mental. O homem tentou bombardeá-la com pensamentos malignos e obscenos, ameaçando-a com o propósito de desestabilizá-la. Ela forçou-se a se lembrar de que ele estava imobilizado e não poderia cumprir nenhuma daquelas ameaças, a menos que ela fraquejasse. Se ele a dominasse mentalmente, a obrigaria a libertá-lo. Por um momento, ela quase perdeu o controle, e por pouco não o libertou inadvertidamente. Foi quando, mesmo sem querer (ou talvez, ele tenha feito de propósito para derrotá-la na guerra mental), o homem revelou uma parte dos planos dele, especialmente a parte que dizia respeito a seu irmão. Então, Leannah confirmou que sua dedução dos planos do conselho sombrio estava mesmo certa. Porém, para seu desespero, descobriu que de fato eles usariam Adin, manipulando-o com as pedras escuras. Mesmo assim, Leannah aguentou firme e subjugou os pensamentos do cashaph. O conhecimento de que seu irmão estava sendo manipulado lhe deu forças para impor seu poder mental sobre o homem. Ele resistiu ao máximo para não lhe dar aquele conhecimento, porém, ela avançou implacável contra ele, abrindo todas as portas fechadas da mente dele, até encontrar o conhecimento desejado.

Então, descobriu que era mais simples do que ela poderia imaginar. Bastava identificar a última lembrança que poderia permitir que ele lembrasse, e ordenar que tudo o mais dali para frente fosse esquecido. Ela identificou a última lembrança do momento em que ele adentrou aquele salão após passar pelos cavaleiros-cadáveres, antes que enxergasse o vulto dela ao lado das pedras, então, determinou que aquilo fosse a última coisa que ele deveria se lembrar. Em seguida, ordenou que ele adormecesse.

Percebeu que os olhos dele ficaram subitamente relaxados. Ele fechou os olhos e seu corpo perdeu toda sustentabilidade. Leannah tentou segurá-lo para que não caísse bruscamente no chão de pedra, porém não conseguiu amparar todo o peso do homem, e ele caiu de joelhos. Em seguida, Leannah o ajudou a deitar-se de lado.

Com toda pressa, a cantora de Havilá correu para fora daquele antro tenebroso, pois o efeito duraria pouco. A mente poderosa do cashaph logo recobraria a consciência, e se ele a visse ali, todo aquele trabalho se perderia.

Leannah só lamentou não poder levar a pedra escura, porém esperava que ela continuasse fazendo efeito sobre os cavaleiros-cadáveres que guarneciam a fortaleza.

Para seu alívio, de fato os encontrou imóveis ao longo de toda a escadaria que subia até o palácio e também diante do portal de entrada.

Enquanto atravessava o pátio do grande palácio central de Irofel, Leannah precisou admitir que as coisas haviam funcionado de uma maneira inesperada, porém muito melhor do que ela poderia ter planejado. Os dois cashaphim acabaram colaborando muito para a realização daquela tarefa. E o fato da cidade estar praticamente vazia era uma confirmação de que conseguiria retornar para Schachat e depois para Olam.

Por um momento, porém, ao atravessar o palácio, Leannah parou. Algo lhe chamou a atenção. A mesa de pedra atrás do grande trono de cristal estava vazia. As duas metades de Lahat-herev não estavam mais lá.

Aquilo a deixou intrigada, porém, não tinha tempo de investigar o ocorrido. Ela seguiu em frente até atravessar o último portal e acessar os degraus diante do palácio central, na direção da passagem que a levaria para fora da escuridão. Apesar de todos os riscos, ela havia conseguido garantir que as trevas não avançassem sobre o Perath. Os shedins teriam que se expor se quisessem conquistar Olam. A invasão não aconteceria sem uma batalha. E mesmo antes de haver uma batalha, os shedins teriam que ver Irofel virar pó.

13 — O Acampamento em Ganeden

A coruja prateada moveu suas longas asas com suavidade e começou a descida. Ben sentiu alguma satisfação, pois já sobrevoavam a floresta há bastante tempo, e só agora Ben conseguia ver que o final dela estava chegando. O acampamento ficava logo depois da floresta.

O guardião de livros olhou para o verde de Ganeden abaixo e viu ele ficando mais próximo enquanto a coruja descia. Tentou enxergar alguma coisa, ou alguém, dentro dela, porém, vista de cima, era apenas uma floresta comum. Ele enxergou partes de mata fechada, e outras menos densas onde era possível até mesmo ver o chão. Viu alguns riachos acompanhados de rochas fazendo grandes vergas entre as árvores. Viu também animais, mas nenhum sinal dos irins ou do povo de Zamar. No fundo, ele sabia que era impossível vê-los sem adentrar a floresta e sem acessar uma das passagens, mesmo assim, sentiu-se um pouco frustrado.

Subitamente, a última linha de árvores ficou para trás e ele enxergou o descampado ao lado da floresta, na parte sul. Quando as árvores acabaram, começaram as várias cabanas improvisadas. Passou muito baixo sobre o acampamento antes de pousar vendo o alvoroço de homens, mulheres e crianças que saíam das cabanas, provavelmente pensando que estavam sendo atacados por algum tannîn. Ao verem a coruja branca, entretanto, o medo virou curiosidade. E isso aumentou significativamente o número de pessoas que o observavam.

Ben se espantou ao ver o tamanho do acampamento, e calculou que devia haver entre quinze e vinte mil pessoas acampadas ali, expulsas do sul por causa da cortina de trevas, porém sem condições de contornarem Ganeden. Era impossível saber quantos destes eram homens capazes de lutar, mas certamente o número era maior do que ele esperava.

A cortina de trevas continuava estacionada no Perath e do alto era possível enxergá-la, mas por sorte, do chão os homens não conseguiam vê-la. Ben não sabia por quanto tempo as trevas ainda permaneceriam lá, mas não podia confiar que isso duraria para sempre.

Leannah não deu mais qualquer sinal de vida. Ben soube que ela e Thamam também haviam conversado na madrugada antes do casamento. Não tinha conhecimento a respeito de todas as coisas que eles falaram, porém Thamam disse que ela acreditava que a cortina de trevas voltaria a crescer em breve, e precisava fazer algo para impedir. Porém, ela não revelou a Thamam o que pretendia fazer, e o velho Melek igualmente não disse o que havia falado para ela.

Ben observou que a maioria das pessoas acampadas abaixo era composta de camponeses e moradores de pequenas cidades às margens do Perath que abandonaram suas casas quando as trevas subiram até o grande rio. Apesar da cortina de trevas ter ficado estacionada, não quiseram esperar para ver o que ia acontecer, e se moveram para o norte.

A razão de terem acampado junto a Ganeden parecia ser por uma questão de absoluta falta de opção. Não tinham coragem de adentrar a floresta, e desviá-la tomaria muito tempo. Por isso haviam estacionado ali, na esperança, talvez, de um milagre. Mal sabiam que estavam acampados justamente no local onde a batalha aconteceria dentro de poucos dias.

Thamam disse que os shedins queriam destruir Ganeden como vingança contra os irins que haviam imposto as antigas restrições sobre eles. E não só por isso, mas também para que o domínio da escuridão fosse absoluto em todo o mundo. Ganeden, apesar de pertencer a uma era já terminada naquele mundo, ainda era uma grande fonte de poder. Se fosse removida, isso significaria mais liberdade para os shedins.

Com a aliança renovada, os rions também começaram os preparativos para voarem com suas corujas para o sul. Em breve, milhares deles pousariam naquele descampado a fim de reforçar o exército que começava a ser formado. Tudo isso indicava que, finalmente, o remanescente de Olam começaria a se unir para enfrentar a escuridão. Finalmente, estava claro para todos que o tempo da decisão havia chegado. O destino de Olam e do mundo seria definido em breve.

Ben fez a coruja pousar praticamente no meio do acampamento dos refugiados. A coruja fez seu movimento característico de pouso, descendo até quase o chão, esticando o pescoço para o alto, e equilibrando-se com asas abertas até se acoplar com as pernas finas no chão enlameado.

Ben soltou os cintos e deslizou para trás até aterissar de pé, consciente dos olhares curiosos que o rodeavam. Alguns homens seguravam machados e viu até mesmo algumas espadas entre eles, mas ninguém o ameaçou diretamente. Ainda assim, a postura deles não era de boas-vindas.

Sou o seu Melek, Ben sentiu vontade de dizer, *é assim que me recepcionam?* — Mas achou que seria uma piada de mau gosto falar aquilo, justamente por ser verdadeira.

— Não temam, estou aqui para ajudá-los — disse assim que viu os olhares fixos em Herevel.

A escassez de comida no acampamento era evidente. E, provavelmente, eles temessem que mais alguém estivesse querendo a pouca comida deles.

— E quem é você? — Um ancião que parecia ser o líder improvisado daquela multidão perguntou. Era calvo no alto da cabeça como Thamam, porém tinha uma aparência ainda mais envelhecida, e mesmo assim segurava um cajado na mão como se fosse uma arma. As roupas dele já haviam enfrentado muitos invernos.

— Eu sou Ben, alguns me chamam de guardião de livros. Vim até aqui para alertá-los sobre a batalha que acontecerá em breve.

— O guardião de livros! O guardião de livros! — Ele ouviu seu apelido ressoar pelo acampamento.

O próprio Ben espantou-se com aquilo. Era difícil acreditar como seu nome havia se tornado conhecido em praticamente todos os lugares.

Imediatamente, várias crianças famintas correram ao seu encontro, abraçando-o pelas pernas.

O rosto do ancião ficou subitamente aliviado, e ao ver o gesto das crianças, Ben teve a impressão de ver os olhos dele ficando marejados.

— Graças a *El* — disse o ancião. — Então, essa deve ser Herevel. Portanto, talvez ainda haja esperança.

— A batalha acontecerá aqui — Ben tratou de explicar. — Os shedins querem destruir a floresta. Vocês não deviam ficar aqui com todas essas mulheres e crianças. Nós vamos tentar montar nesse lugar a resistência de Olam.

— Como você matou o dragão-rei? — Um dos meninos agarrado em suas pernas perguntou. — Meu pai disse que você é o maior guerreiro que existe neste mundo hoje.

— Ele é o maior guerreiro da história de Olam — outro menino tratou de corrigir. — Ninguém jamais havia matado uma saraph e um dragão-rei.

O ancião tirou os seus olhos das crianças e olhou visivelmente preocupado para o acampamento ao redor.

— Então, parece que escolhemos o pior lugar do mundo para nos refugiar — disse o velho com um sorriso triste. — Mas, ao lado dessa floresta, de fato, não podíamos esperar que fosse um bom lugar para acampar. De qualquer modo, não há mais lugar para onde fugir. Paramos aqui por uma questão de puro desespero. A floresta sempre esteve aí como uma opção de refúgio. Enlouquecer sempre foi uma opção melhor do que morrer nas mãos dos shedins.

— Eu fiquei alguns anos aí dentro — revelou Ben, mesmo não querendo chocar o velho.

Ao ouvir aquilo, o ancião corou instantaneamente.

— Eu não quis ofendê-lo — desculpou-se o homem.

— Não ofendeu. E, provavelmente, a essa altura, a floresta seja apenas uma floresta comum — explicou Ben. — Os antigos habitantes já devem ter partido, e as passagens não existem mais.

O velho olhou para a floresta com visível desconfiança.

— De qualquer modo, se a batalha vai acontecer aqui, então, aqueles dentre nós que estiverem dispostos a lutar, lutarão — disse o velho. — Eu ficarei e lutarei.

Ben assentiu agradecido pela coragem dele. Olhou ao redor e avaliou ainda que rapidamente o acampamento. O resultado não foi animador. Havia muitos velhos, mulheres e crianças. A maioria dos homens não parecia ter qualquer treinamento militar. Quase todos eram fazendeiros e trabalhadores do campo, expulsos de suas terras por causa do medo.

— As mulheres e crianças devem buscar refúgio em outro lugar — orientou Ben. — Precisam partir imediatamente. Os homens, mesmo os mais jovens, ou os mais velhos, devem ficar e lutar. Precisaremos de toda a cooperação possível... Mas eu não posso enganá-los. O inimigo que marcha contra nós está muito acima das nossas forças. Muito mesmo.

— Nem sempre o mais forte vence a batalha — disse o ancião sem parecer assustado. — E nós sabemos das batalhas que você já venceu, não é mesmo? — Ele sorriu para as crianças ao dizer aquilo.

— O guardião de livros vai destruir o senhor da escuridão — disse uma das crianças. — Ele vai destruí-lo com Herevel. Ela é invencível!

Ben sentia-se indigno da admiração que via nos rostos de todos, desde as crianças aos mais velhos. Sabia que sua fama com Herevel era responsável por aquilo. No meio de toda aquela tempestade, as pessoas tentavam encontrar um porto seguro onde pudessem ancorar a esperança. Porém, temia que mais cedo ou mais tarde elas descobrissem que aquele porto não era seguro.

Ele ainda fazia um grande esforço em acreditar no que Tzizah falou a respeito da irmã. Queria crer que, de fato, fosse apenas uma pessoa normal, resultado de um amor proibido, mas ainda assim, apenas um ser humano. Precisava se apegar a essa esperança a fim de lutar, ou então, se destruiria antes que os shedins tivessem oportunidade de fazer isso.

Durante aquela tarde ele ajudou-os a organizar a partida das mulheres e das crianças. Várias mulheres não quiseram partir e se dispuseram a ficar e a lutar também. Ben percebia que algo havia mudado no espírito das pessoas. Lembrou-se do grande número de camponeses que havia fugido para o norte antes mesmo da guerra começar, e também da dificuldade que tivera em Ellâh para convencer os homens a lutarem. Agora, as pessoas pareciam muito mais solícitas. Talvez, porque tivessem percebido que a morte se aproximava de um modo ou de outro. Então, só havia uma diferença entre fugir ou ficar e lutar: a sensação de morrer como covarde ou com um mínimo de honra.

Por toda a vida, as pessoas sempre souberam da existência de uma cortina de trevas. Mas poucas haviam visto a escuridão. E essa aparente invisibilidade acabava por acomodar as pessoas, produzindo uma falsa sensação de segurança. Agora, as trevas estavam ali, bem na metade de Olam. Ninguém mais podia fingir que não existiam.

Ben teve que praticamente obrigar que algumas crianças de oito ou dez anos fossem embora com as mães. Estabeleceu que a idade mínima para ficar e lutar era de doze anos.

Sua presença em parte por causa de Herevel, em parte por causa das histórias contadas, causava forte influência nas pessoas. Elas pareciam dispostas a fazer tudo o que ele pedia.

Agora você é o Melek de Olam, disse Tzizah, após o beijo leve que selou o casamento deles perante Thamam e os rions. *Você não vai apenas carregar uma coroa, mas também a esperança das pessoas. Acredite, isso é um peso muito maior.*

Quanto a isso, Ben não tinha qualquer dúvida.

Na noite anterior, ele teve outro daqueles sonhos. Foi praticamente uma repetição da visão que teve em Olamir, quando Leannah o trouxe de volta com a luz do Olho de Olam. Ele estava outra vez caminhando pela floresta sombria, incentivado a ir até o portal de pedra pela voz maligna que andava ao seu lado. Aquilo não parecia um sonho. Também não era meramente algum tipo de visão. Parecia algo mais complexo. Como se uma parte dele estivesse trilhando aquele caminho de escuridão, como se, mesmo andando à luz do dia e tentando lutar pela liberdade de Olam, uma parte dele estivesse resignada com o preço que precisava ser pago, e já estivesse fazendo isso.

Do outro lado você saberá toda a verdade sobre si mesmo — sussurrou a voz maligna no sonho. — *Entre, atravesse. Entre.*

E, agora, as lembranças do sonho o acompanhavam por todo o dia. Por sorte, havia muito trabalho a realizar no acampamento, e isso, talvez, encobrisse um pouco aquelas lembranças.

Precisavam construir barricadas e, de preferência, algum tipo de muralha que pudesse deter parcialmente os inimigos. Ben também planejava construir grandes piras que funcionassem como faróis, caso a escuridão os alcançasse. Tinha consciência de que todas aquelas medidas seriam úteis contra um exército convencional, mas pareciam insignificantes diante do poderio do inimigo, especialmente se a escuridão alcançasse a floresta, mas simplesmente não podiam se permitir ficar de braços cruzados esperando pelo pior.

Ele foi mais uma vez tomado pelos sentimentos conflituosos que tivera quando da reunião do exército em Ellâh. Naquele tempo, o objetivo era preparar um pequeno exército para um ataque surpresa. Agora, não havia mais nenhuma surpresa. Precisavam reunir o máximo possível de soldados e esperar o ataque maciço dos shedins. Era difícil pensar em alguma estratégia, além, é claro, de se defender e resistir quando chegasse a hora.

Cavaleiros partiram do acampamento naquele mesmo dia em busca de mais soldados que ainda pudessem estar em cidades e vilas mais distantes do Perath e do Hiddekel. Se isso não fosse suficiente para fazer o exército crescer, a promessa de que encontrariam comida ali, certamente seria.

Enquanto seguiam o caminho da iluminação, Ben se lembrava de ter passado por diversas fazendas na rota dos camponeses que subia do Hiddekel até aquele lugar perto da floresta, e ordenou que vários homens fossem até elas em busca de alimentos. A abundância de animais que vagueavam nos campos por causa dos donos mortos também seria útil, pois precisavam deles para carregar pedras e arrastar troncos de árvores, a fim de tentar construir uma proteção para a floresta. Porém, teve que convencer os homens de que a escuridão ainda não havia coberto aquela região, pois muitos deles haviam abandonado suas casas e terras justamente naquele lugar.

No final daquele dia, eles haviam conseguido estabelecer a base de um muro protetor de pedras com cerca de dois metros de altura por três de largura, o qual se estendia por quase dois quilômetros. Nos próximos dias precisariam aumentá-lo muito mais se quisessem que ele oferecesse alguma proteção para Ganeden, pois um anaquim passaria por ele como quem atravessa uma cerca.

Uma orientação especial de Ben foi a construção de arremessadores de lanças. Quando as nuvens de tannînins cobrissem o acampamento, as lanças seriam a única forma de tentar derrubá-los.

Ben se lembrava de que fora exatamente naquele lugar que o tartan havia armado uma emboscada contra eles, enquanto descansavam diante de Ganeden. Halom havia revelado através de um sonho de pedra que seriam atacados ali, diante das árvores de Ganeden. Ainda era tão vivo em sua memória a lembrança do golpe que o tartan dava em Adin, e o rapto de Leannah. Um arrepio agourento percorreu o guardião de livros ao pensar que, talvez, eles não tivessem de fato enganado o destino, pois nas várias voltas do caminho, a morte poderia encontrá-los justamente no mesmo lugar.

Ben estava orientando os homens na construção da barricada, quando o ancião se aproximou. Viu que ele carregava algo nas mãos. Parecia uma mensagem.

— Isso aqui chegou ontem — explicou o velho. — Uma águia a trouxe. Está endereçada a Thamam, o Melek de Olam. Parece ter vindo de além-mar. Não tivemos coragem de abrir.

Ben pegou o pergaminho fechado e lacrado. Havia um selo do reino de Sinim sobre a mensagem.

Agora, eu sou o Melek de Olam, pensou Ben. *Se essa mensagem é para o Melek, então, provavelmente eu devo abri-la.*

O guardião de livros imaginou que pudesse haver alguma notícia de Leannah naquele pergaminho, por isso, abriu-o a toda pressa.

Porém, o que havia na mensagem, fez seu mundo dar várias voltas. A mensagem dizia que Adin, o irmão de Leannah, havia chegado em Sinim após ter descoberto que Anamim havia sido morto em Nod. Anamim não era o verdadeiro cashaph. O verdadeiro cashaph se chamava Télom, um homem que havia voltado dos mortos, e estava em Nod comandando um conselho sombrio na tentativa do estabelecimento de uma rede que impulsionaria as trevas. No final da mensagem havia duas importantes notas. Uma delas dizia: "Setenta e cinco mil soldados de Sinim estão se preparando para atravessar o canal a fim de se unir ao exército de Olam". A outra dizia: "Adin informa que já cumpriu a missão e está com os objetos".

Quando ainda estava vindo do Norte e sobrevoou Ganeden, Ben contemplou de longe a cidade cinzenta vendo a fumaça subindo da mais alta torre. Tivera que mais uma vez resistir ao impulso de ir para lá acertar contas com Anamim. No entanto, ele já estava morto. Todos imaginavam que ele fosse um dos piores inimigos, porém, ao que tudo indicava ele havia sido apenas um testa-de-ferro.

A notícia de que o verdadeiro cashaph estava em Nod colocou seu mundo de cabeça para baixo mais uma vez. Isso significava que Enosh não havia sido o cashaph? Havia entendido tudo errado, tanto as atitudes quanto as palavras dele antes de morrer?

Acreditei que podia manipular tudo e todos... Agora vejo que fui manipulado... Eles vão reverter o julgamento dos irins... A magia antiga...

Enosh havia falado aquelas palavras antes de morrer. Havia mencionado "eles". Teria o velho latash compreendido que havia um conselho sombrio?

Talvez, ele soubesse que nem Thamam, nem Anamim pudessem ser o *cashaph*. E tentou dizer isso para Ben, mas não conseguiu, pois, antes de morrer, ele precisou falar de algo que julgava ainda mais importante: sobre a mãe de Ben.

Será que algum dia você vai me perdoar pelo que eu fiz?

A pergunta de Tzizah ainda repercutia em sua mente. Ela havia feito a pergunta pouco depois que o casamento deles havia sido selado em Kerachir.

Por minha culpa, Enosh está morto. Naquela noite em Ellâh, se eu não tivesse insistido em tentar salvar Nod, o plano de Enosh poderia ter dado certo, e talvez essa guerra já estivesse vencida agora. Eu compreendo que ele o amou mais do que a tudo. E tudo o que ele fez, absolutamente tudo, foi para tentar proteger você. E eu pus tudo a perder, por causa de minha teimosia.

A tristeza sincera que parecia estar nos olhos de Tzizah, de algum modo, o havia desarmado.

Tudo o que você fez foi por acreditar que estava com a verdade — disse para ela. — Não posso culpá-la por isso, mais do que posso culpar a mim mesmo. Sim, talvez, *se o plano de Enosh tivesse sido posto em prática essa guerra já estivesse terminada, mas quem pode afirmar isso com certeza? Quem pode dizer se, entre tantos caminhos, não escolhemos justamente o único que poderá nos levar ao final dessa jornada, ainda que seja o mais longo e o mais tortuoso de todos?*

— Quem pode dizer? — Ben sussurrou, tentando vencer a incredulidade ao olhar para os trabalhadores que voltavam para as tendas após o cansativo dia de trabalho. Mas, por sorte, podia ver que estavam mais animados também, com o começo da organização do acampamento e, principalmente, pela chegada de alimentos vindos das fazendas abandonadas da rota dos camponeses.

Na manhã seguinte, barcos foram avistados subindo o Hiddekel. Os estandartes de Maor foram reconhecidos, e logo Ben foi informado de que pelo menos cinco mil soldados estavam subindo a Rota dos Camponeses. Horas depois, o que restava do exército de Maor se aproximou. À frente dos soldados, para surpresa do guardião de livros, estava Icarel.

O fazendeiro-profeta viu Ben e se aproximou com um largo sorriso no rosto. Porém, se Ben esperava receber um abraço, antes teve que testemunhar uma espalhafatosa saudação. Icarel se prostrou a menos de dois metros do guardião de livros.

— Salve guardião de livros, matador de saraph, matador de Leviathan, e, agora, Melek de Olam. Perdoe-me se esqueci algum título — disse com uma piscadela.

A longa barba cinzenta do fazendeiro encostou no chão quando ele disse aquelas palavras, e elas soaram um tanto quanto zombeteiras para Ben. Mas o efeito delas foi imediato. Os homens que o acompanhavam à frente do exército se aproximaram e também se ajoelharam.

— É uma grande alegria revê-lo, meu amigo — disse Ben, fazendo um gesto para que ele se levantasse, e também os demais líderes do exército. — Parece que é preciso algo maior do que um urso para conseguir matá-lo, e nem mesmo anaquins conseguiram fazer isso.

— Gigantes são lerdos — brincou Icarel. — E esse tridente é fogo. Mas no final, foi a água do Perath que me salvou, apesar de que minha rápida retirada não foi muito honrosa.

— Você não deve se envergonhar de tentar salvar a própria vida. E, pelo que sei, lutou com honra, como sempre.

— Lutei com força, como sempre. Acho que esse é o único adjetivo que você pode usar para o meu estilo de lutar — a gargalhada característica complementou as palavras.

— Esses soldados são de Maor? — Perguntou Ben. — O que você está fazendo com eles?

— Eu fui para Maor em cumprimento às ordens da jovem de Havilá — explicou Icarel. — Nos encontramos por acaso, eu lhe ofereci alguma ajuda com uns valentões que a estavam incomodando, então ela pediu-me para ir em busca de mais soldados. Infelizmente, esses foram os únicos que restaram. A maior parte da cidade já foi tomada pelas trevas.

Ben sentiu seu coração disparar quando ele mencionou Leannah, porém, controlou-se para não exibir qualquer reação. Ele apenas assentiu e deu ordens para que os homens fossem recepcionados. Na verdade, o acampamento não tinha como hospedá-los, e cada recém-chegado precisou construir sua própria cabana ou local para dormir.

Icarel acompanhou os soldados de Maor nos preparativos, e mais uma vez Ben ouviu suas risadas pelo acampamento, causando uma impressão de que estavam outra vez em Ellâh, preparando-se para marchar para Nod. Porém, Ben não podia deixar de notar que estavam em condições melhores na floresta, com armas potencializadas, para enfrentar um exército muito menor do que o que eles em breve teriam que enfrentar.

Mais tarde, o fazendeiro-profeta voltou à tenda de Ben para conversar. Ben já ansiava por isso.

— Quando você a encontrou, como ela estava? — Perguntou o guardião de livros, sem mais disfarçar a angústia que sentia com o desaparecimento de Leannah.

— Linda — brincou o fazendeiro. — Você é um cara de sorte por poder escolher entre duas garotas como aquelas. Eu me pergunto por que alguns tem tanto e outros tão pouco.

Ben não achou graça da brincadeira.

— Escolher? — Ben respondeu com amargura. — Acho que esse nunca foi o melhor termo.

— Um dia foi — insistiu o fazendeiro. — Mas quando demoramos demais para escolher, acabamos escolhidos.

— O que ela disse? Ela estava bem?

— Resignada, eu diria. Cansada também... Mas por baixo daquela aparência de fragilidade esconde-se uma força sem igual. Mas acho que você sabe disso... Eu não quero estar na pele dos shedins quando ela também descobrir isso.

Ben assentiu com um suspiro.

— Para onde ela foi?

— Ela não disse, nem mesmo para o irmão. Porém, disse que tentaria garantir que houvesse uma batalha. Certamente, tem a ver com impedir o avanço da escuridão. Espero que ela consiga...

— Adin? Você o viu também?

— Garoto estranho aquele. Eu não sei... Talvez eu o tenha julgado mal. É que, como ele é um pouco parecido com a irmã, espera-se ver a mesma nobreza e valentia que há nela. E isso, definitivamente, não é possível ver.

Ben assentiu mais uma vez, imaginando o que o fazendeiro-profeta deveria pensar quando olhava para o próprio Ben.

— Você disse que haveria fogo — lembrou Ben, e o fazendeiro olhou para ele com uma cara de incompreensão. — Na batalha de Nod — explicou o guardião de livros. — Você disse que tinha visto fogo... Você estava certo.

— Em todas as batalhas há fogo — esquivou-se o fazendeiro. — Mas eu não podia imaginar que o dragão-rei resolveria participar dela...

Ben olhou firmemente para o homem. Nunca sabia se ele realmente "via" as coisas como dizia, ou se não via, como também parecia dizer.

— Então, lutaremos lado a lado outra vez — disse Ben, desistindo daquela conversa. — Eu fico feliz que você tenha sobrevivido ao ataque de Bethok Hamaim. Vidente ou falsário, o que importa é que você sabe manejar bem um tridente.

— Lado a lado não — replicou o fazendeiro com seriedade, quando Ben imaginara que ele daria uma risada sonora. — Você na frente, entre a luz e as trevas, absolutamente sozinho neste sentido. Mas eu estarei lá, bem atrás de você, o mais próximo possível, até o fim.

As palavras dele foram carregadas de tanta ênfase que causaram um calafrio no guardião de livros. Porém, em seguida, o homem soltou uma de suas risadas características.

— Você não leva nada a sério mesmo — disse Ben, tentando rir também. — Eu nunca sei se você tem visões ou se é só um falastrão.

— Por que não um pouco das duas coisas? O destino me deu muito mais do que eu poderia imaginar. Eu nunca fui muito bom em nada, nem como fazendeiro, nem como profeta. E, no entanto, pude contemplar os maiores feitos de uma época. Estou tendo a honra de lutar ao lado do maior guerreiro que essa geração já viu. E, estarei lá, na maior batalha da história. Estou doido para ver o que essa espada poderá fazer agora que está na mão de um rei! — Disse apontando para Herevel. — Estou no lucro, não importa qual seja o resultado.

— Acho que você está subestimando a batalha e superestimando o guerreiro. Provavelmente, enfrentaremos o maior exército da história, mas isso não quer dizer que será a maior batalha da história. Nem mesmo que haverá uma batalha... Se a escuridão avançar.

— Haverá uma batalha de qualquer maneira — interrompeu Icarel. — E nós estaremos lá, para o bem e para o mal, como é próprio da natureza humana.

Ben achou melhor não fazer nenhum comentário.

— Posso lhe dizer uma última coisa a respeito da batalha? — Perguntou Icarel.

— Acho que não tenho opção — respondeu o guardião de livros. — Ninguém consegue fazer você se calar.

Outra risada estrondosa se seguiu àquelas palavras.

— Quando estivermos na hora mais difícil... Quando tudo o que cremos for posto à prova, lembre-se de uma coisa.

— Do quê?

Ben até imaginou que ele falaria outra coisa petulante ou engraçada, mas dessa vez foi diferente. Ele ficou subitamente sério novamente.

— Lembre-se de que, no fundo, tudo é simples. Muito simples. Escolha a coisa mais simples. A mais simples.

— O difícil é saber se existe alguma coisa simples nesse mundo — respondeu Ben, tentando descontrair.

— As coisas são simples. Nós é que as complicamos.

Após aquelas últimas palavras, o fazendeiro fez uma cortesia pouco elegante, e se retirou para as tendas. Ben ainda ouviu as risadas ruidosas por algum tempo.

Conversar com Icarel sempre produzia no guardião de livros aquela mescla de euforia e inquietação. As palavras dúbias usadas pelo fazendeiro nunca eram claras, e sempre faziam Ben pensar que a situação poderia ser pior do que ele imaginava. Por outro lado, a face sorridente e a longa barba pictórica o fazia se sentir bem, como se ali estivesse um amigo que, não importando a situação, sempre estaria ao seu lado.

Em Nod, durante a batalha, Ben obviamente sentiu que Herevel fazia toda a diferença. Porém, a presença de Hakam ao seu lado, de Icarel do outro, e dos gêmeos negros Ooliabe e Oofeliah atrás de si, lhe transmitia uma sensação de segurança, como se nada pudesse atingi-lo por causa da amizade deles.

Agora, ele só podia contar com Icarel.

Ben olhou para as árvores de Ganeden tão perto e foi tomado por uma sensação indescritível de solidão. Um vento súbito agitou as copas das árvores altas, e um sussurro lânguido pareceu vir de muito longe, quase imperceptível. Nada mais aconteceu. A floresta estava exatamente igual, entretanto, Ben subitamente soube.

— Os irins partiram.

*****
****

Mais uma vez Adin se via sobre o Yam Kademony, cortando com indiferença as correntes frias mescladas com névoa branca e transparente. Voava para Sinim.

A despedida com Leannah foi rápida. A irmã estava com pressa de voar para algum lugar desconhecido. Adin decidiu não perguntar onde ela ia ou exatamente o que pretendia fazer, pois, do mesmo modo, não desejava ter que dar mais respostas ou informações a respeito de Nod. Por muito pouco ele não havia contado para ela toda a verdade... Ao perceber que ela ia encontrar as duas pedras amarelas de Télom, Adin sabia que não lhe restaria outra alternativa senão contar tudo. Mas, então, os shedins apareceram e mudaram tudo outra vez. Por fim, a própria irmã achou melhor não tocar naquelas pedras.

Ele tinha pouco tempo para realizar o que precisava, e as chances de conseguir seus intentos diminuíam a cada segundo. Por sorte, a travessia do canal para um re'im tomava pouco mais de uma hora, e logo ele viu o vulto orgulhoso do grande farol destacando-se em meio às nuvens que encobriam o topo. O céu estava escurecido como se as trevas de Hoshek o cobrissem. Mas, eram apenas nuvens carregadas.

Adin desejava, do fundo do coração, que Leannah pudesse entender toda a situação, especialmente o que ele precisava fazer por causa de Chozeh. Mas, ela própria tinha suas razões particulares para pensar de modo diferente. E a principal delas era Ben. Apesar de Leannah não ter mencionado o nome do guardião de livros durante o encontro, Adin sabia que ela estava disposta a fazer tudo o que era necessário por causa dele.

Adin gostaria de acreditar que, talvez, isso ajudasse Leannah posteriormente a entender as atitudes dele também. Afinal, eles eram parecidos nesse sentido. Ambos eram governados por um sentimento maior, algo que se tornava praticamente uma obsessão. Em nenhum momento ele deixava de pensar em Chozeh. A imagem da jovem rainha estava em seus pensamentos o tempo todo, independente do lugar ou das condições em que ele se encontrava.

Já em rota de pouso ele passou ao lado do farol, na metade da altura do objeto colossal que se projetava sobre o mar, e seguiu para o palácio rosado com seu telhado curvo e ondulado como se fosse uma concha marinha. A pedra escura de Télom estava dependurada por um colar e escondida dentro da túnica. Adin ainda não sabia muito bem como usá-la, mas não tinha dúvidas da utilidade do objeto. Era imensamente poderosa. Ainda não conseguia entender porque Télom lhe confiou aquele objeto. Porém, mais inexplicável era o fato de ele ter lhe dado os dois pergaminhos.

O barulho das patas do re'im ecoou no pátio central quando o animal pousou e cavalgou entre as construções enfileiradas, reduzindo a velocidade, até estacionar praticamente diante da porta do salão real, bem no meio da grande praça central da cidade. Imediatamente dois sentinelas vestindo uniformes azulados correram em sua direção com espadas em punho, mas ao reconhecerem-no, interromperam o ataque. Ainda assim, não guardaram as espadas.

— Eu preciso ver a rainha de Sinim — disse para os guardas, sem desmontar de Boker.

Obviamente os dois soldados não faziam ideia de como conduzi-lo até ela, pois eram apenas dois vigias do salão real.

— Eu sei onde encontrá-la — disse Adin, descendo do re'im. — Podem voltar à posição de guarda de vocês. Eu posso ir até os aposentos da rainha sozinho.

— Mas temos ordens de conduzi-lo até Leváh, o chefe dos hartummîm — disse um dos soldados respeitosamente, porém, ao mesmo tempo, firme. — Ele está na torre dos Hartummîm. Você precisa vê-lo agora.

Adin sabia que os homens tinham informações a respeito dos feitos realizados por ele junto com Tzvan no oriente, quando venceram todas as batalhas até expulsar os bárbaros de Sinim. Aquilo impunha algum respeito sobre eles. Mas, provavelmente, eles também tivessem conhecimento do fracasso posterior no lago de fogo...

Pensou em usar a pedra escura para obrigá-los a fazer o que ele queria, mas se conteve. Só deveria utilizá-la como última opção, pois quando começasse a fazer isso, não poderia mais voltar atrás. Por esse motivo, ele assentiu e se deixou conduzir até a torre dos Hartummîm.

Viu-se outra vez pisando tapetes macios através de longos corredores, e cruzando bifurcações cheias de plantas trepadeiras que cobriam as paredes e o teto. Os dois homens o escoltavam de uma maneira estranha, com aquela mescla de respeito e determinação. Isso fez Adin saber que o chefe dos hartummîm deveria ter dado ordens expressas para que o conduzissem até ele, as quais, se fossem desobedecidas, trariam consequências drásticas para os guardas.

Adin tinha informações importantes a respeito de Leváh, o atual chefe dos hartummîm. O homem era primo de Chozeh, e, portanto, também tinha sangue real, embora não o mesmo direito ao trono da jovem rainha. Devotara a vida às artes mágicas, especialmente às artes de cura. Sinim possuía atualmente um grande número de médicos com o mesmo poder de Chozeh, ou seja, de realizar curas através das mãos, utilizando para isso os unguentos secretos produzidos através do estudo das plantas do grande jardim botânico de Urim, considerado o maior do mundo. O espaço tinha as mais raras e poderosas plantas medicinais do mundo. Muitas delas eram do tempo dos kedoshins, já extintas fora do jardim, mas muito bem preservadas lá.

Adin imaginava que o mago tivesse alguma pretensão ao trono. Alguns anos antes ele havia sido acusado de traição pelo homem que se tornou chefe dos hartummîm no lugar dele. Depois, entretanto, o chefe dos hartummîm caiu em descrédito, pois se mostrara como o verdadeiro traidor, tendo quase impedido a reativação do Olho de Olam, não fosse o sacrifício do pescador Kohen, que o tirou do caminho, abraçando-se a ele e lançando-se do alto do farol. Uma vez que o chefe dos hartummîm, então, revelou-se um aliado dos shedins, a acusação anterior feita contra Leváh perdeu crédito e, por fim, foi removida, a pedido do próprio Thamam. E, por esse motivo, Chozeh lhe garantiu o retorno a Urim. O objetivo do Melek era garantir que a equipe de médicos de Sinim se dirigisse para Olam a fim de ajudar na batalha, especialmente atender aos feridos, os quais ninguém duvidava, seriam contados aos milhares quando a batalha começasse.

Por sorte, a torre dos hartummîm ficava próxima do lugar onde Chozeh dormia. Pelo horário da noite, Adin imaginou que ela já estivesse dormindo. Talvez, isso facilitasse as coisas. Mas antes precisava passar pelo chefe deles.

Um dos guardas bateu levemente na porta e instantes depois, a porta se abriu.

O homem de fato aparentava meia idade, como Adin havia percebido quando o viu de longe com Chozeh, no dia em que partiu de Sinim. Os cabelos eram loiros, quase dourados, como os da rainha, e os olhos de uma tonalidade azulada, quase violeta. O nariz era levemente arrebitado, e transmitia uma sensação de uma pessoa orgulhosa. Muitos acreditavam que os Hartummîm eram descendentes diretos do antigo Mashal da ciência. Porém, a influência deles havia diminuído muito com a ascensão do conselheiro anterior, que assumira para si a posição de chefe. Neste tempo, as artes sombrias, com pedras escuras fornecidas pelo cashaph, foram desenvolvidas, e as antigas artes com plantas foram abandonadas. Com a queda do homem do alto do farol, abriu-se o caminho para que os antigos hartummîm assumissem seu devido lugar em Sinim, trazendo novamente as artes medicinais com plantas.

Leváh estava vestido com as roupas tradicionais dos magos, uma túnica azul com enfeites dourados e prateados. Isso mostrava que não estava dormindo, apesar do horário avançado. Ele dispensou os guardas com um aceno e encarou Adin sem demonstrar nenhuma hospitalidade.

— Você conseguiu pegar os pergaminhos? — O homem perguntou sem disfarçar a surpresa ao ver Adin diante da porta de seu quarto.

Adin mostrou os pergaminhos, e viu os olhos do homem brilharem de satisfação.

— Eu preciso entregá-los para Chozeh — anunciou Adin —, pois sei que Thamam não está mais aqui. O Melek disse que eu devia fazer isso, caso conseguisse pegar os pergaminhos. Acredito que Chozeh possa iniciar os preparativos para a tarefa, até que Thamam retorne.

O homem continuava olhando fixamente para os pergaminhos na mão de Adin.

— Na verdade, a rainha me renomeou chefe dos hartummîm, e me confiou o outro pergaminho. Portanto, você pode entregar estes para mim. Eu iniciarei imediatamente os preparativos. Quando Thamam retornar, ele tentará invocar a magia antiga para fechar outra vez o Abadom.

Num segundo, Adin entendeu toda a situação.

— Então, afinal, você será o grande salvador de Sinim — disse Adin, fazendo menção de entregar os dois pergaminhos para ele. — Imagino que será o próximo rei também. A rainha é jovem, não é? Sinim precisa de alguém mais experiente.

O homem caiu na armadilha. Acreditou que Adin estivesse fazendo um elogio, e não se deu ao trabalho de esconder seus objetivos. Adin percebeu que ele estava usando magia naquele momento. O objetivo obviamente era fazer Adin entregar os pergaminhos para ele.

— Na verdade, Chozeh é uma jovem encantadora, uma digna e capacitada rainha. Como você deve saber, nós somos parentes próximos, e, antigamente, era costume que os reis e rainhas de Sinim fossem parentes, a fim de garantir a pureza da descendência real. Isso provavelmente já teria acontecido, não fosse aquele homem horrível que me acusou de traição, obviamente sem provas. Mas ele manipulava pedras escuras, e ninguém conseguiu resistir ao poder dele na época. Graças a Shadday, esse homem não está mais aqui.

— Sim — confirmou Adin. — Eu o vi, quando ele foi jogado do alto do farol.

Um claro alívio passou pelo rosto delicado do chefe dos hartummîm ao ouvir aquilo.

— Eu, sem dúvida, me sentirei muito honrado caso eu seja escolhido por ela para ser seu esposo agora. E, se você me permite dizer, eu acho que isso de fato acontecerá — disse o homem. — A rainha precisa de um esposo, e não há ninguém em Sinim que faça parte de uma família tão antiga e digna quanto a minha. A rainha precisa de alguém como eu ao lado dela. Afinal, nós compartilhamos do mesmo poder de cura. Juntos, nós poderemos erguer outra vez a glória de Sinim.

— E ela já aceitou seu pedido? Quando será o casamento?

— Na verdade, ela ainda não aceitou. Pelo menos não formalmente. Pediu até amanhã para me dar a resposta. Mas eu tenho a certeza de que ela aceitará. Ela já deu mostras disso. Por que motivo ela recusaria?

— Que bom para você — disse Adin. — Sem dúvida, deve ser algo muito difícil resistir a um pedido seu.

O homem recebeu mais uma vez as palavras de Adin como um elogio, consciente de que seu poder estava produzindo aquela submissão no jovem do Poente. Confiante, estendeu a mão para receber os pergaminhos de Adin.

Adin mais uma vez esticou a mão, fazendo menção de entregá-los, mas recolheu no último momento.

— Antes de lhe entregar os pergaminhos, eu gostaria de falar com ela. Eu pretendo partir ainda hoje. Mas gostaria de falar com ela uma última vez. Você acha que ela me receberia? Acha que seria possível?

— Eu acho que você tem o direito de fazer isso — disse o homem, e, por um momento, Adin chegou a pensar que ele era realmente apenas um tolo ambicioso, porém inocente. — Porém, a rainha está muito cansada. Foi um dia difícil para ela. Eu acho que a rainha não deveria ser incomodada agora. Por certo, se você puder esperar até amanhã, ela vai recebê-lo. Mas o nosso tempo é curto para iniciar os preparativos. Sendo assim, eu realmente gostaria que você me entregasse esses dois pergaminhos agora. Sim?

Ele está do lado dos shedins, pensou Adin. *Quer os pergaminhos para obter vantagens. Talvez, pretenda vendê-los. Ou, talvez, esteja do lado do conselho sombrio. Adin titubeou. Soube que precisava agir com a máxima cautela naquele momento.*

— Está bem — respondeu Adin. — Porém, onde está o outro pergaminho de Thamam? Posso vê-lo? Gostaria apenas de me certificar que os pergaminhos são iguais. Seria péssimo descobrir que fui enganado, depois de tudo, mais uma vez.

— É claro que pode — disse o mago, sem conseguir evitar o desprezo na voz. — Seria péssimo se você fosse enganado mais uma vez, como infelizmente aconteceu no extremo oriente.

Naquele momento, o homem tirou o pergaminho de dentro da manga da própria túnica, e permitiu que Adin o observasse, porém, sem tocar nele.

— Posso pegá-lo? — Perguntou Adin.

O homem relutou por um momento. Mas acreditava estar no total controle da situação, de modo que, afinal, não viu motivos para não atender ao pedido de alguém que estava sob o seu domínio.

— Não vejo nenhum problema — disse o homem, permitindo que Adin tomasse o pergaminho de sua mão. — Mas preciso que você me devolva em seguida, e também os dois pergaminhos. Temos esse acordo?

Adin não conseguiu evitar um sorrisinho ao pegar o pergaminho das mãos do homem. Era triste perceber o quanto pessoas orgulhosas eram facilmente manipuladas, especialmente quando acreditavam estar no controle da situação.

— Agora, preciso que você volte para seu quarto — ordenou Adin —, feche a porta e durma tranquilamente a noite inteira. Amanhã bem cedo, você vai se levantar, pegar um cavalo, e cavalgar para o norte de Sinim. Após cinco dias e cinco noites, você estará livre para fazer o que quiser.

Por um momento, Adin pensou que teria que dobrar o poder da pedra escura sobre o homem. Os olhos dele expressaram uma momentânea incompreensão. Porém, em seguida, ele formalmente lhe desejou uma ótima noite, e fechou a porta.

Adin ainda ouviu os passos dele dirigindo-se obedientemente para a cama.

— *Estou mesmo aprendendo a usar as pedras escuras*, pensou Adin.

* * * * *
* * * *

Já havia amanhecido, porém o sol ainda não iluminava a parte livre do mundo aos pés de Ganeden.

Ben estava deitado de costas e acordado em sua tenda quando ouviu um burburinho num dos lados do acampamento. As frases entrecortadas revelavam que alguém desconhecido se aproximava, porém, estranhamente, pareciam identificar que ele vinha do lado da floresta.

— Ele saiu da floresta! — Ouviu alguém dizer.

De um salto, Ben se colocou de pé. Do lado de fora, algumas brasas que o acompanharam na madrugada ainda estavam acesas, e Ben as apagou com uma pisada. Então, caminhou na direção onde os homens se aglomeravam, vendo rostos assustados saírem das tendas para tentar visualizar o estranho.

Todos sabiam das lendas sobre a floresta. Apesar de estarem acampados bem próximos dela, nenhum homem ousava adentrar a linha de árvores.

— Um homem saiu da floresta! — Um mensageiro veio imediatamente relatar o acontecimento para Ben. — Ele está vindo para cá.

— É apenas um homem? — Perguntou Ben.

— Sim. Mas parece um guerreiro.

— Como ele é?

— Disseram que parece velho. Ele carrega um escudo e um elmo, mas não tem espada.

Instantes depois, Ben viu os homens abrirem caminho para o estranho se aproximar. Ainda de longe, mesmo antes que ele levantasse o elmo da cabeça, Ben o reconheceu, e se espantou com o quanto ele de fato parecia velho.

Os cabelos outrora cinzentos e longos do giborim, agora estavam brancos e ainda mais longos. Ben podia vê-los ultrapassando o elmo que cobria a cabeça dele. Kenan também usava uma barba longa e cinzenta. A túnica velha e gasta amarrada à cintura por uma corda não o diferenciava dos velhos camponeses do acampamento. Os olhos impacientes pareciam os mesmos, apesar dos gestos estarem mais controlados.

Kenan veio ao encontro dele e parou a poucos metros. Então, retirou o elmo da cabeça. Os dois ficaram frente a frente, olhando-se fixamente, porém em silêncio. O acampamento inteiro também ficou em silêncio. Aos poucos o título "giborim", e o nome "Kenan" começaram a ser repetidos por todo o acampamento.

Com um gesto, Ben o convidou até a sua tenda, e apontou um lugar ao lado da fogueira já apagada. Kenan olhou para o local e caminhou até ele, sentando-se em seguida, após posicionar o escudo num dos cantos. Ben analisou o escudo e o elmo. Viu que eram de Ganeden por causa dos desenhos semelhantes ao que podia ver em sua própria armadura, como que emoldurados em dourado. Imaginou que deviam ter propriedades mágicas como aquela armadura que havia salvado a vida de Ben tantas vezes. Por certo pertenceram a algum grande guerreiro do passado. Porém, estranhou o fato de ele não trazer espada.

Com outro gesto, Ben despediu os soldados ao redor que ainda insistiam em observá-lo, ordenando que todos continuassem os preparativos da guerra. Os homens demoraram algum tempo até se dispersarem. A curiosidade em olhar para Kenan era forte.

Mesmo depois que ficaram sozinhos, Kenan continuou calado, apenas olhando para as cinzas. Parecia com frio.

— Eu apaguei o fogo há pouco — desculpou-se Ben. — Mas posso pedir aos homens para fazerem outra fogueira se quiser.

Kenan pareceu não entender o que ele havia dito. Mesmo assim, continuou esfregando os braços, como se sentisse muito frio.

Ben tentava adivinhar o estado mental do guerreiro. Muitas lendas sobre Ganeden eram verdadeiras, pois não poucos que deixaram a floresta se demonstraram totalmente fora do controle de suas faculdades mentais.

— Quanto tempo você ficou em Ganeden? — Perguntou Ben, ao perceber que o giborim não fazia menção de falar.

— Muito — respondeu o giborim ao seu estilo.

Então, Ben entendeu que o desconforto do giborim não era por causa do frio ou da ausência de fogo. Era por ter deixado Ganeden.

— Eu sei o quanto é difícil — disse Ben, sem saber o que mais poderia dizer.

Kenan não assentiu, nem negou.

No fundo, Ben agradeceu pelo silêncio dele. Isso os poupou de palavras amargas, as quais certamente cada um tinha muito para falar ao outro.

Ambos pareciam entender que não era o momento de encontrar culpados. Na verdade, não tinham tempo para isso. Ben também se sentiu aliviado por não precisar dar explicações sobre Herevel e Tzizah, pelo menos não naquele momento.

A chegada de Kenan produziu reações variadas no acampamento. Agora Ben percebia que os soldados tinham mais alguém para admirar. Apesar de que, a maioria deles não ousasse se aproximar do giborim, pois o tempo passado em Ganeden causava desconfiança nos homens. Histórias antigas a respeito do giborim eram recontadas em volta das fogueiras, e isso despertava grandemente a curiosidade e o temor dos homens.

O próprio Ben sentia vontade de conversar com ele e fazer perguntas sobre a longa estadia em Ganeden. Porém, Kenan sempre foi econômico em palavras, e agora estava ainda mais.

Nos dois dias seguintes, eles novamente trocaram poucas palavras. Kenan tratou de cortar os cabelos e a longa barba, mostrando com isso que estava fazendo esforço por se entrosar com os soldados. Apesar dos cabelos curtos continuarem brancos, o efeito foi o mesmo de ter rejuvenescido trinta anos.

Ben, agora, compreendia em parte porque Leannah havia demonstrado desejo profundo de que Kenan pudesse ser recuperado. Ele era um guerreiro poderoso. Porém, mais do que isso, pois Ben tinha consciência de estar diante de uma pessoa que ocultava muitos mistérios. A revelação de que Kenan havia nascido antes que Enosh e Télom tivessem se enfrentado fazia o giborim ter mais de quinhentos anos. Isso mostrava que Thamam e Enosh não eram os únicos que haviam vivido muito acima da média em Olam.

Nas poucas vezes que Ben o viu no acampamento naqueles dois dias, ele esteve sempre solitário, apenas observando a movimentação dos homens, mas sem de fato prestar atenção a eles, como se sua mente e coração estivessem muito longe dali. Ben entendia perfeitamente os sentimentos dele, e respeitou aqueles momentos que o giborim precisava para encontrar sentido outra vez no mundo dos homens.

A chegada de Kenan mudou completamente os sentimentos do guardião de livros. Ambos tinham muito em comum, por causa das experiências com Herevel e Ganeden. Ben não conseguia mais se sentir solitário, por outro lado, isso não significava que agora tinha companhia.

No amanhecer do terceiro dia, desde a chegada de Kenan, Ben decidiu que era hora conversar com o giborim. Estava claro que os dois não poderiam ser amigos, tanto pela diferença de idade, quanto pelas circunstâncias, porém, o silêncio de Kenan estava inquietando os homens no acampamento. Além disso, Ben não queria dar a impressão de que não tinha coragem de falar sobre os acontecimentos recentes.

O giborim aparentemente já esperava que Ben quisesse conversar, pois o recepcionou com uma expressão indiferente, mas pelo menos não foi uma das costumeiras caras de enfado que ele fazia no passado, sempre que Ben se dirigia a ele.

Os dois se assentaram em frente a tenda de Kenan. Dessa vez havia uma fogueira acesa diante deles.

— Espero que você não exija que eu o chame de Melek — disse o giborim, revelando que tinha conhecimento dos fatos recentes. Provavelmente, os ouvira no próprio acampamento.

— Sua chegada foi uma surpresa para todos nós — começou Ben, ignorando a primeira frase do giborim.

Kenan olhou fixamente para a floresta. Ben instintivamente compreendeu aquele olhar. Havia ficado dois anos e meio em Ganeden, e mesmo agora, quando olhava para a floresta, sentia um desejo quase irresistível de adentrá-la mais uma vez, e assim abandonar aquele mundo de tragédias e sofrimento. Em contrapartida, Kenan havia ficado décadas lá. Ben não sabia dizer com certeza quanto tempo o giborim ficara, mas com certeza era mais de vinte dias do tempo de Olam, talvez trinta. Provavelmente, o giborim jamais conseguiria considerar Olam seu mundo outra vez.

— Eles já partiram? — Perguntou Ben, sem mencionar a quem se referia. Mas ambos sabiam que só podia dizer respeito aos irins.

— Sim — respondeu Kenan.

— Você não pôde ir com eles?

— Não.

Por alguns instantes, os dois ficaram apenas olhando para as árvores. Eram duas pessoas totalmente diferentes, mas haviam tido a mesma experiência, e isso fazia com que tivessem aquilo em comum. Em todo o mundo, apenas Leannah sabia também o que aquilo significava. Mas, dos três, Kenan havia ficado mais tempo.

— Eu decidi ficar... — continuou Kenan.

Aquilo surpreendeu Ben.

— Por que?

— Preciso terminar algo que comecei... — completou o giborim.

— Uma vingança?

— Uma guerra — respondeu Kenan.

Ben assentiu, mesmo sem entender o que Kenan pretendia dizer com "terminar".

— Então, poderemos contar com você para a batalha?

— Eu sou um soldado — disse Kenan. — Sempre fui. Soldados são feitos para batalhas.

— Alegro-me em ouvir isso. Essa guerra era sua antes de ser minha. Talvez, você possa ajudar a liderar o exército...

Kenan olhou para Herevel.

— O exército deve ser liderado por aquele que Herevel escolheu.

Ben também olhou para Herevel. De fato, todos diziam aquilo, ou seja, que Herevel o havia escolhido. Mas o que a espada havia encontrado nele de melhor do que em Kenan? Ben não sabia dizer.

— Quanto a Tzizah... — Ben começou a explicar.

— Você não me deve explicações — interrompeu Kenan.

— Eu só queria dizer que... — Ben insistiu.

— Como você sabe — interrompeu Kenan outra vez —, nosso noivado sempre foi um desejo de Thamam... Algo que nunca deveria ter acontecido.

Ben assentiu, sentindo-se um pouco aliviado em não precisar falar sobre aquilo.

— Você foi escolhido para receber todas as coisas que deviam ser minhas — Kenan subitamente retomou o assunto, quando Ben imaginava que já estava encerrado —, mas eu não tenho inveja ou ciúmes de você. E, talvez, só exista uma coisa que poderia ter sido sua que eu de fato tenha desejado. Mas essa parece que jamais será sua... nem minha.

Ben não entendeu o que ele estava querendo dizer. E o giborim não fez menção de explicar.

— Agora que você chegou aqui no acampamento — continuou Ben —, eu gostaria que assumisse os preparativos, ajudasse o exército que está se formando a estar o mais preparado possível para o momento da batalha.

— Você tem condições de continuar fazendo isso — respondeu Kenan.

— Mas você tem mais.

Foi a vez de Kenan assentir.

— Você é o Melek — disse Kenan. — Cabe a você nomear quem deve exercer funções no exército.

Ben assentiu, tentando sentir-se satisfeito.

— Eu gostaria de perguntar algo — continuou Ben. — É sobre a irmã de Tzizah...

— Sobre sua mãe? — Encurtou o giborim.

— Sim. — Ben sentiu vontade de perguntar se ele soube disso desde o princípio, mas essa não era a coisa mais importante para ele no momento. — Na noite em que ela foi raptada pelos shedins, vocês dois tiveram uma discussão. Eu gostaria de saber o motivo da discussão.

— Eu sou o culpado pela morte dela, se é isso o que você deseja saber, e não espero que me perdoe por isso. Eu fui, desde o começo, o grande culpado por tudo o que aconteceu de ruim com ela e com todos aqueles que eu amei. Isso é um fato. Eu não posso mudar isso. Carregarei essa culpa até o túmulo.

A dor nas palavras do giborim, por um momento, desarmou o guardião de livros. O conteúdo das palavras ditas poderia transparecer ironia ou sarcasmo, mas o tom da voz não permitia entender desse modo.

Mesmo assim, Ben sentiu-se irritado por causa delas. Não sabia dizer o motivo da irritação. Talvez, fosse porque mesmo na dor, o giborim mantinha aquele ar de altivez e superioridade.

— Eu não estou aqui para ser juiz a respeito de nada do que aconteceu no passado. — Ao ouvir sua própria voz, Ben teve convicção de que não havia sido complacente ou inquisidor. De fato, não queria ser nenhuma das duas coisas. — Não é isso o que eu quero saber. Eu preciso saber qual foi o motivo do desentendimento de vocês. Isso é importante para mim, por outras razões.

Kenan continuou um longo tempo olhando para a fogueira sem dizer nada. Ben percebia que os olhos dele transpareciam terror, como se revivesse todos os acontecimentos nefastos que haviam destruído sua vida.

— Tzillá havia sido infiel? — Ben perguntou, ao perceber que ele não fazia menção de responder à primeira pergunta.

Kenan levantou os olhos do fogo. Agora também parecia haver fogo nos olhos dele.

— Quem contou isso para você? — O giborim perguntou, sem abafar a ira.

— Não importa quem contou. Eu só preciso saber se é verdade. Isso é muito importante para mim, por motivos que talvez você não possa compreender.

— Não vejo como possa ser — ele disse entre os dentes. — Mas, se deseja mesmo saber, sim é verdade! Eu tentei negar todo esse tempo, mas é verdade. É tudo verdade. Ela me traiu! Mas aquilo também foi culpa minha. Toda minha...

— Ela confessou isso para você? Ela disse que estava grávida?

— Grávida? Não! Ela não disse isso! Quem disse isso para você?

Ben percebeu que parecia realmente haver surpresa no rosto do giborim.

— Ela disse que o traiu, mas não mencionou que estava grávida? — Insistiu Ben.

— Ela não estava grávida! Isso é um absurdo! Ela só... ela só...

— Ela disse a você que não estava grávida? — Perguntou Ben, sabendo o quanto aquilo estava sendo dolorido para o giborim, mas não podia desistir de tentar saber.

— Agora entendo — disse o giborim. — Compreendo porque você deseja saber isso. Se ela estivesse grávida, então, você não seria... não seria...

Ben se odiou por ter dado aquela oportunidade para o giborim, mas agora não podia voltar atrás.

— Eu só preciso que você me diga tudo o que ela lhe contou. Ela era minha mãe. Eu acho que tenho o direito de saber.

Kenan voltou os olhos ao fogo. Parecia ter consciência de que, cada segundo que demorava para dar uma resposta, produzia aguilhoadas no coração do guardião de livros.

— Eu não deixei ela terminar de contar a história... — relatou o giborim, após um longo silêncio, quando Ben já pensava em se levantar e ir embora. — Quando ela começou a contar o que havia acontecido durante aqueles meses em que esteve desaparecida, eu não quis ouvir mais nada, pois tinha medo da minha própria reação. Por isso, eu a empurrei e saí do quarto. Era para ser nossa noite de núpcias, mas foi a pior noite da minha vida. Eu não devia ter permitido que ela ficasse tanto tempo fora... Eu gastei tanto tempo em treinamentos, em aprendizados inúteis... Eu não devia tê-la deixado sozinha... Nunca... Nem por um minuto.

— Eu sinto muito — disse Ben, sem saber o que mais poderia dizer. — Porém, agradeço por contar o que sabe.

— E eu sinto muito se o que eu tenho para dizer não serve para resolver o dilema de sua existência — disse Kenan, porém, Ben não viu verdadeira complacência no olhar dele.

— Peço desculpas por ter tocado nesse assunto — encerrou Ben. — Aquela noite causou a tragédia da sua existência e da minha. Nós dois somos e sempre seremos infelizes por causa disso. Porém, agora é tempo de deixar isso para trás, pois temos uma batalha iminente.

— Poucas coisas abafam mais nossos dilemas do que uma batalha — concordou Kenan.

Percebendo que não havia nada mais a fazer ali, Ben se levantou e se afastou da fogueira.

Apesar de ter sido de pouca ajuda aquela conversa, Ben não conseguiu evitar sentir pena do giborim, tanto quanto sentia de si mesmo. Isso de fato explicava, ainda que não justificava, muitas das suas atitudes posteriores.

Por outro lado, Ben voltava à estaca zero. Kenan não sabia nada a respeito da gravidez de Tzillá, a menos que estivesse ocultando os fatos que sabia por querer puni-lo. Ben concluiu que o Kenan do passado poderia fazer isso. Mas, precisava confiar nos efeitos de Ganeden sobre o giborim, mesmo que eles ainda não parecessem tão perceptíveis.

14 — O Sequestro da Rainha

Vendo-se sozinho diante da porta fechada do quarto do mago, Adin observou atentamente os três pergaminhos. Sentiu-se subitamente cônscio do poder que tinha em mãos. O controle exercido sobre o rival através da pedra escura era insignificante diante do poder que aqueles três pergaminhos poderiam lhe oferecer.

Thamam queria recuperar os pergaminhos, pois pretendia fechar o Abadom com eles. Porém, em termos práticos, Adin não tinha certeza sobre o que isso contribuiria, além do fato de, tecnicamente ser possível aprisionar os shedins mais uma vez lá. Adin desconfiava que o Melek pudesse ter alguma intenção adicional, como extrair poder do Abadom.

Talvez ele não seja diferente de Télom, afinal.

Por outro lado, Thamam foi o guardião dos pergaminhos por quase um milênio. Poderia ter feito isso a qualquer momento, se quisesse.

Então, talvez, ele não tenha coragem de fazer o que precisa ser feito.

E isso o convenceu de que não podia entregar os pergaminhos para o velho Melek. Adin sentiu-se outra vez como quando comandava os exércitos de Sinim no extremo oriente, quando todos estavam dispostos a obedecer suas ordens, e confiavam inteiramente em seus julgamentos. Aqueles três pergaminhos poderiam colocá-lo novamente no centro dos acontecimentos do mundo. Porém, dessa vez, ele estava preparado para lidar com isso. Não permitiria que quaisquer sentimentos, escrúpulos ou temores o impedissem de realizar o que precisava ser feito. Por isso, ele lutou contra a vontade de ir imediatamente até o quarto de Chozeh. Precisava dar um passo de cada vez, ou então, a naturalidade da situação seria rompida, e as consequências podiam ser imprevisíveis.

Sabendo que precisava esperar que suas ações dessem os resultados de maneira "natural", ele desceu as escadarias mais uma vez até o pátio do palácio, assentou-se e esperou amanhecer. O banco de espera era confortável o suficiente para dormir um pouco, porém, a última coisa que ele conseguiria fazer era dormir. A excitação em seu peito o manteve alerta. Assim, teve a oportunidade de estudar atentamente os três pergaminhos.

Ao amanhecer, ele viu quando o chefe dos Hartummîm desceu para o pátio central e pediu que os soldados lhe trouxessem um cavalo forte e bem alimentado. Adin permaneceu onde estava, apenas observando as atitudes do homem. Podia ver a luta íntima dele ao fazer aquilo. Ele suava apesar do frio. O sofrimento em seu rosto quase fez Adin ficar com pena dele. Mas, achou que ele merecia isso pela pretensão de querer se casar com Chozeh.

Sem dizer uma palavra, o homem cavalgou para fora do pátio central a toda velocidade. As patas vigorosas e as ferraduras do cavalo arrancaram lascas de pedras do pátio, liberando também algumas faíscas.

Os soldados estranharam aquela pressa e ficaram olhando para o vazio quando o homem desapareceu, mas nenhum teve coragem de perguntar o que ele estava fazendo ou para onde ia.

— Ele me disse que tem assuntos importantes no norte de Sinim — Adin falou para os homens. — Infelizmente, vai demorar alguns dias para voltar aqui.

— Dias? — Perguntou um dos guardas.

— No mínimo uns dez dias — confirmou Adin.

— Mas todos contavam com ele... — disse o outro, em total confusão. — Achávamos que haveria um casamento dentro de poucos dias...

— Quem sabe um casamento ainda aconteça — respondeu Adin. — É preciso dar tempo ao tempo.

Os homens claramente não entenderam o que Adin estava querendo dizer, mas nenhum deles fez perguntas.

— Vocês poderiam abrir as portas do palácio para mim? — Perguntou para eles como um modo de fazer um teste. — Eu gostaria de esperar pela rainha aí dentro. Eu esperei a noite inteira, pois não quis incomodá-la. Mas agora preciso vê-la. E, sem dúvida, o melhor lugar é dentro do palácio. Vocês também poderiam enviar esse recado para ela? — Pelas expressões dos olhos, ele não tinha certeza se eles estavam realmente dominados. Mesmo assim continuou. — E também poderiam avisá-la que o chefe dos Hartummîm precisou sair cedo, e que viajou para o norte, e que, infelizmente, só voltará dentro de dez dias?

Obviamente, nenhum dos soldados tinha condições de recusar aos pedidos de Adin, caso ele usasse todo o poder da pedra. Porém, ele não queria fazer isso, e desejava testar até onde seu plano de usar parcialmente a pedra funcionaria.

Abrir a sala do trono sem a presença da rainha era algo absolutamente proibido, por isso, Adin não se admirou ao ver alguma resistência nos soldados. Porém, a vontade de obedecer às ordens dele era maior do que o medo de punição por quebrar as regras do reino. Os dois guardas se olharam visivelmente pressionados.

— Acho que não haverá nenhum problema se abrirmos o palácio para ele — disse um deles. — Afinal, ele parece ser alguém tão justo e digno.

— Também acho que devemos abrir o palácio para ele — confirmou o outro. — A rainha certamente vai gostar de vê-lo lá dentro. E eles são amigos. Estiveram juntos no oriente.

Como os homens obedeceram aos três pedidos dele, isso o conscientizou de que tudo estava funcionando perfeitamente. Assim, quando eles abriram as duas pesadas portas de carvalho, ele adentrou o palácio e esperou a descida de Chozeh.

Adin lembrava-se do modo como o antigo conselheiro usara o poder da pedra de um modo impositivo dentro do farol de Sinim. Sabia que, em certas situações, aquele era o único modo de garantir que as pessoas fizessem o que ele desejava, porém, enquanto pudesse manter a ilusão de que elas estavam fazendo o que elas próprias queriam, isso era muito mais efetivo. Porém, esse controle sugestivo podia ser quebrado quando a pessoa percebesse que estava fazendo algo ilógico. Por esse motivo, as sugestões precisavam parecer perfeitamente lógicas. Assim, a pessoa nunca saberia que estava fazendo uma vontade alheia.

No caso do chefe dos Hartummîm, num primeiro momento, Adin usou apenas o poder da sugestão a fim de que o homem lhe entregasse o pergaminho. Mas a ordem para que ele cavalgasse para o norte foi uma imposição direta, pois não havia lógica que pudesse convencê-lo de que aquilo era algo necessário. E, por causa disso, nesse exato momento, o homem sabia que estava fazendo algo contrário à sua vontade, porém, provavelmente, não teria poder de contrariar a ordem dada até que se completassem os cinco dias e cinco noites. A menos que outra pedra o libertasse.

Chozeh adentrou o salão real alguns minutos depois. Ela vestia um longo e belo roupão de dormir, e não usava a coroa na cabeça. Seu rosto estava claramente apavorado por causa da notícia dos soldados, e os cabelos não estavam totalmente alinhados. Mas, então, ela viu Adin em pé ao lado do trono e parou, com a confusão ainda mais nítida nos belos olhos esverdeados.

— Você retornou? — Ela perguntou o óbvio. — Como conseguiu entrar aqui?

— Retornei ontem à noite, mas eu não quis acordá-la. Eu consegui resgatar os pergaminhos de Thamam das mãos do cashaph. Por segurança, pedi aos guardas que me deixassem entrar no salão real.

Adin viu algum alívio tentando superar a preocupação nos olhos dela. Tentou identificar se havia algum sinal de contentamento também, mas viu apenas aquela mescla de orgulho ferido e desapontamento.

Era estranho e doloroso ver o distanciamento dela. O sofrimento no oriente os havia aproximado, provavelmente apenas por uma questão de sobrevivência. Porém, agora que ela estava bem alimentada e bem vestida, parecia ignorar que estiveram tão próximos antes. Adin se consolava pensando que, talvez, ela se impusesse aquele comportamento por causa da difícil situação em Sinim e do cargo que ocupava. Talvez, assim que estivesse longe daquele palácio, tudo voltaria ao normal.

— Onde está o chefe dos hartummîm? — Perguntou Chozeh, parecendo desconfortável. — Eu deixei o outro pergaminho com ele. Os guardas disseram que ele saiu da cidade! Eu não entendo por que ele fez isso.

— Ele de fato teve que sair, porém deixou o pergaminho comigo. — Adin revelou o terceiro pergaminho e viu mais alívio e incompreensão mesclados no rosto da rainha.

— Mas ele disse o motivo de ter partido? — Insistiu Chozeh. — Explicou quando retornará? A viagem dele tem relação com a guerra de Olam, ou com a invasão dos bárbaros?

— Ele precisou ir até a fronteira, portanto, acredito que ele não retorne antes de dez dias — explicou Adin. — Mas eu não sei se ele tentará fazer algo em relação às guerras que Sinim terá que participar.

— Eu não entendo... Justo agora?

— Por que "justo agora"? — Perguntou Adin. — O que iria acontecer "justo agora"?

— Ele... — gaguejou Chozeh. — Ele havia me pedido em casamento — respondeu corando rapidamente. — Eu disse que lhe daria a resposta hoje.

A última frase foi carregada outra vez com aquele tom de voz petulante, quase estridente, que ela sempre fazia quando se sentia frágil e se esforçava por alcançar domínio da situação.

— E qual seria sua resposta? — Perguntou Adin com frieza.

— Eu... Eu iria lhe dizer que ainda não poderia dar a resposta. Não, antes que essa guerra termine. Não é o momento de pensar em casamento.

Chozeh falou aquilo, então, caminhou em direção ao trono. Após subir as escadas, ela se assentou, ajeitando o longo roupão.

— Isso parece bem lógico — disse Adin com alguma satisfação.

Por um momento, ele temeu que ela dissesse que pretendia se casar com o homem. Ele não sabia o que faria se ela dissesse aquilo. Talvez, pudesse fazer com que ele abandonasse completamente o plano. Ou então, produzisse justamente o contrário, lhe dando ainda mais determinação de realizá-lo.

— Eu só não sei por que ele foi embora — repetiu Chozeh. — Precisávamos dele aqui para realizar a tarefa que Thamam nos designou. Precisamos preparar tudo, para que, quando Thamam retorne, ele possa fazer o que havia planejado.

— A tarefa ainda será realizada, mas não aqui.

— Como assim? Onde? Onde será feito?

— Ouça Chozeh. Nós teremos que fazer algumas coisas que podem parecer estranhas, mas quero que você perceba a lógica que há em todas elas.

Do alto do trono, a rainha olhou para ele apavorada, mas assentiu. Por um momento, Adin viu o quanto ela era frágil e desejou protegê-la contra todo o mal daquele mundo. Mas já havia falhado uma vez nesse sentido. E, por causa disso, ela jamais confiaria plenamente nele. Por isso, para realmente protegê-la, antes de tudo, tinha que protegê-la de si mesma.

— Os exércitos de Sinim precisam seguir imediatamente para Olam — orientou Adin. — A batalha acontecerá nas imediações de Ganeden. Você poderia expedir um decreto agora mesmo?

— E quanto às invasões do Norte? O que faremos com os bárbaros?

— Eles seriam apenas uma distração agora. Nós não podemos perder tempo com eles.

— Mas eles vão tomar Sinim!

— Se isso acontecer, depois nós a retomaremos, se a verdadeira batalha for vencida.

Adin percebeu o quanto era difícil para ela tomar aquela decisão. Porém, por fim, ela se convenceu da lógica dos fatos e concordou em expedir o decreto. Ainda naquele dia, o exército de Sinim começaria a travessia do canal.

— Você também precisa expedir um decreto autorizando todos os médicos de Sinim a acompanharem o exército para o Poente. Eles deverão levar todas as poções de curas.

Aquilo agora havia se tornado de pouca importância, mas precisava garantir que Thamam acreditasse que ele estava fazendo tudo da forma correta, a fim de que o velho Melek não desconfiasse e tentasse atrapalhar o plano dele.

— Você também precisa enviar uma águia para Olam, mandando notícias para Thamam — completou Adin, atendendo também a todas as exigências de Leannah.

— E o que nós faremos?

— Eu e você iremos para Nod.

— Nod? — Ela perguntou confusa. — Mas o cashaph está lá!

— Eu sei. Mas é o único lugar onde nós poderemos garantir a vitória nessa batalha. Você pode confiar em mim. — Ele subiu os degraus e se aproximou dela. Quando tocou seus cabelos ela não reagiu. — Você terá que me perdoar por todas as coisas que eu fiz e ainda farei... Mas eu sei o que estou fazendo. Você irá comigo até Nod? Irá, minha querida?

Ele alcançou a mão para ela, fazendo-a se levantar do trono. Em seguida, abraçou-a, percebendo que não havia nenhuma resistência, e que havia até mesmo um pouco de retribuição ao abraço dele.

— É claro que você irá, meu amor. E eu cuidarei de você. Dessa vez, nenhum mal vai te acontecer. Eu juro. Nenhum. Ninguém vai encostar num único fio de cabelo seu.

*****
****

Os rions começaram a chegar ao acampamento ao amanhecer. As corujas cobriram o céu com suas cores brancas e prateadas, criando burburinho nas cabanas. Logo, o burburinho virou algazarra quando todos os homens despertaram e saíram para ver o que estava acontecendo.

O acampamento havia crescido de maneira impressionante em apenas quatro dias. Já havia cerca de trinta mil pessoas dispostas a lutarem. Mas por enquanto, tudo ainda estava bastante confuso e difícil de organizar. Nas estimativas do guardião de livros, tudo isso aumentaria nos próximos dias, pois havia informações de multidões de guerreiros que subiam de todos os lugares de Olam, reunindo-se ao grupo que ousava desafiar as trevas. Talvez, em mais dois ou três dias o número de soldados pularia para cem mil, sem contar o exército de Sinim. Era um número impressionante. Apesar do caos e da situação de quase total destruição em Olam, aquele seria o maior exército já reunido em centenas de anos.

Era o décimo segundo dia desde que Ben e Leannah haviam partido de Olamir para o norte. Àquela altura, Ben já imaginava que estariam sob ataque dos shedins. Mas a cortina de trevas continuava estacionada no limite do Perath, e, ainda não havia sinal do começo da invasão. Isso certamente lhes dava um tempo precioso para tentarem se preparar o melhor possível para o momento da batalha.

Quando as corujas começaram a pousar perto do acampamento, a dança das longas asas criou mais um espetáculo ao amanhecer. Em seguida, os rions começaram a levantar suas próprias cabanas ao lado do acampamento dos homens.

Durante todo aquele dia, as corujas pousaram ao lado de Ganeden trazendo vinte mil guerreiros. Poucos rions ficaram em Kerachir, acompanhando o patriarca.

Thamam e Tzizah vieram com a última leva de rions no final daquele dia. Kenan estava fora quando eles chegaram, pois partira em busca de mais alimentos para a multidão crescente de soldados.

Ben havia deixado toda a organização do exército ao encargo do giborim. Precisava reconhecer que ele tinha muito mais treinamento e experiência para cuidar da parte logística da guerra.

Ao ver Thamam e Tzizah chegando, Ben imaginou que quando o giborim voltasse, as batalhas internas começariam no acampamento, antes mesmo da batalha contra os shedins.

O reencontro entre mestre e discípulo — e também entre ex-noivos —, aconteceu quando as sombras já cobriam completamente Ganeden. Ben os observou de longe, sem se aproximar, sentindo-se um intruso no reencontro de uma família separada por desentendimentos antigos. Não ouviu as palavras que eles trocaram, mas viu quando Thamam estendeu as duas mãos para Kenan, e também quando o guerreiro respondeu aproximando-se. Os dois seguraram as mãos um do outro por alguns instantes, fazendo com que Ben se lembrasse da despedida deles em Olamir, na noite em que o grupo deixou a cidade pelo caminho da montanha. Ben se lembrava também da sensação estranha que teve, de que aquela despedida era definitiva. E, de fato, teria sido, se Ben não tivesse resgatado Thamam do Abadom.

Tzizah estava ao lado de Thamam enquanto mestre e discípulo conversavam. Ela não olhou para o giborim em momento algum, permanecendo calada e de olhos no chão. Os dois trocaram um breve olhar apenas quando o giborim se voltou para ela, e disse algumas palavras, mas não se aproximou.

Percebendo que a reaproximação até onde era possível estava concluída, Ben caminhou até eles e se assentou num dos lados da fogueira que começava a esquentar o ambiente. Thamam se assentou no outro lado, e Kenan em posição semelhante. Tzizah permaneceu alguns instantes em pé, como que perdida, porém em seguida foi assentar-se silenciosa ao lado de Ben.

Vendo-os sentados em bancos rústicos e improvisados ao redor da fogueira, Ben não podia deixar de pensar no quanto as coisas haviam mudado em Olam. Outrora, aqueles três viviam nos palácios mais ricos e luxuosos do mundo, protegidos pelas altas muralhas e pela luz branca da torre. Tudo que faziam era rodeado de serviçais, conforto e dos melhores recursos do reino. Agora, assentavam-se como camponeses em volta de uma fogueira fraca.

Por alguns instantes, ninguém disse qualquer palavra. Todos pareciam hipnotizados pelas chamas da fogueira e conscientes das limitações enfrentadas. As pequenas fagulhas incandescentes se soltavam e subiam iluminadas sobre as cabanas até desaparecerem contra o fundo escuro das altas árvores de Ganeden. A fumaça escura dançava acima das cabeças e se perdia na imensidão. As vozes do acampamento os rodeavam, e de vez em quando eles escutavam alguma voz mais elevada ou mesmo risadas, porém estas em muito menor número. Só a risada de Icarel era ouvida mais frequentemente. Ao ouvi-la, Ben sentiu vontade de abandonar o grupo ali e ir para o meio dos soldados.

Ben sentia-se um intruso entre eles. Ao mesmo tempo, ele percebia o quanto todos haviam mudado desde aquele primeiro encontro em Olamir. Kenan tornou-se um traidor e depois foi restaurado em Ganeden. Thamam foi condenado ao Abadom e de lá resgatado. E Tzizah... Tzizah estava casada com alguém que ela não amava...

Ben sentia falta de duas outras pessoas em volta daquela fogueira. Mas uma delas havia partido de Kerachir e desaparecido já há vários dias, e isso fazia o coração de Ben ficar apertado, sem conseguir deixar de pensar por um segundo nos perigos que Leannah poderia estar correndo... A outra pessoa que Ben desejava ver ali, caíra em Nod diante das chamas de Leviathan, sem ter tempo de lhe revelar seus muitos segredos.

As conversas daquela noite foram quase todas bastante curtas. Os assuntos iniciados eram encerrados antes de se desenvolverem. Thamam falou sobre Har Baesh por um momento, quando Tzizah perguntou sobre a condenação do Conselho de Olamir, mas o assunto não se estendeu porque Thamam disse que Har Baesh era só um fanático, e assumiu parcela de culpa pelo comportamento dele. Ben se interessou pelo assunto, pois imaginou que Thamam pudesse falar algo sobre o Abadom e o tempo que passou lá, mas o velho Melek não parecia disposto a falar sobre aquilo.

Tzizah também mencionou alguns momentos do caminho da iluminação, quando Thamam falou sobre o irmão de Leannah, e disse que ele havia sido enganado no oriente. A nova rainha de Olam o descreveu como um jovem tímido, porém, aparentemente confiável. Num momento ela começou a discorrer sobre a noite na estalagem de Revayá, mas ao olhar para Kenan e Ben, em lados opostos da fogueira, ela própria entendeu que não valia a pena continuar falando sobre aquilo.

Ben e Kenan não falaram praticamente nada, limitando-se a assentir ou negar algo que lhes fosse perguntado.

O assunto que também durou pouco tempo foi quando Thamam explicou para Kenan a razão do casamento de Tzizah e Ben, a partir dos eventos de Kerachir.

— Vida longa ao novo Melek de Olam — disse Kenan, fazendo um gesto como se estivesse erguendo uma taça. Aquelas foram as únicas palavras que o giborim disse em resposta às explicações de Thamam. Ben não conseguiu discernir se elas transmitiam ironia ou apenas desânimo.

Finalmente, Ben percebeu que estava na hora de compartilhar com eles as informações da mensagem enviada de Sinim. Como imaginou, ao começar a falar sobre o cashaph, num instante, ninguém mais se lembrava das desavenças e desentendimentos. Aquele era o único assunto realmente capaz de uni-los.

— Anamim está morto — começou, e percebeu que a atenção de todos se voltou para ele com grande expectativa. — Uma mensagem veio de Sinim, enviada por Adin. Ele esteve em Nod.

— O jovem de Havilá conseguiu matar o cashaph? — Perguntou Thamam com um misto de surpresa e incredulidade.

— Anamim não era o cashaph. Ele foi morto *pelo* cashaph.

O olhar de todos transparecia um mesmo sentimento. O de que Ben só podia estar louco por dizer aquilo.

— Anamim foi apenas um testa-de-ferro de um conselho sombrio. Eles o usaram para realizar tarefas. Não há apenas um cashaph, porém, existe um chefe, um líder, um feiticeiro das pedras.

— Mas como? — Perguntou Tzizah. — Quem é esse homem?

— Se a informação que Adin enviou está correta, Thamam o conhece muito bem. Ou melhor, o conheceu. O nome dele é Télom.

Thamam arregalou os olhos com aquela revelação.

— É impossível — disse o velho Melek. — Ele está morto. Enosh o matou.

— Adin disse que, de algum modo, ele voltou dos mortos.

Aquelas palavras lançaram o grupo num silêncio sombrio.

— Se esse homem está vivo, ele é a junção de todos os nossos pesadelos — disse Thamam aturdido. — Ele já foi mestre dos lapidadores em Olamir durante o tempo em que eu estive ausente... Ele se autoproclamou Melek de Olam, mas foi considerado um usurpador. Foi acusado de, já naquele tempo, ter lapidado pedras escuras. Por causa dele, a antiga ordem dos giborins foi extinta, pois ele a utilizou para dar o golpe. Por todas as informações que nós tínhamos, ele devia estar morto... O próprio Enosh o derrotou devido a uma disputa por causa de uma mulher... A mãe de Kenan.

— Eu nunca consegui entender como esse homem conseguiu chegar a ser Melek de Olam — disse Tzizah, como quem pensava em voz alta.

— Depois do meu desaparecimento em Ganeden — explicou Thamam —, o Grande Conselho de Olamir governou as cidades de Olam por alguns séculos. Foi nesse tempo que um colega de Enosh chamado Télom tornou-se mestre dos lapidadores. Provavelmente, num primeiro momento, o próprio Enosh houvesse apoiado a pretensão do latash. Quinhentos anos antes, eles haviam idealizado instalar a rede das pedras amarelas. Mas, eu acredito que ao ver as reais intenções do colega, Enosh recuou e se afastou. Não queria enfrentá-lo, mas também não podia apoiá-lo. Eu não sei se Enosh ajudou na destituição dele pelo Conselho de Olamir, mas sinceramente eu acredito que sim. Quando eu retornei para Olamir, o próprio Enosh me ajudou a recuperar a posição. Foi nesse tempo, que a amizade deles começou a ficar bastante abalada. E se deteriorou totalmente, quando a mulher de Télom teve um relacionamento com Enosh. Desse relacionamento nasceu Kenan. No final, os dois duelaram e Enosh venceu a batalha. Enosh acreditava que Télom estava morto. Por isso não desconfiou que ele pudesse ser o cashaph. Mas, o homem que aprendeu a sobreviver utilizando-se da força vital de animais devia ter algum truque a mais que lhe garantiu sobrevida, e também a sobrevivência de seu ódio e ambição.

— De qualquer modo — disse Kenan —, o cashaph é apenas um dos nossos inimigos. Temos muitos outros agora.

— E poucas armas — concordou Ben.

— Eu espero que, pelo menos, essas pedras aqui possam ser de alguma ajuda — disse Thamam.

Só naquele momento, Ben viu o pequeno saco que Thamam havia trazido para a reunião. Fixou seus olhos no material grosseiro e imaginou o que estava dentro dele. Thamam abriu o saco e revelou o brilho amarelado das shoham.

— Pedras amarelas — reconheceu Ben. — Quantas?

— Cinquenta e nove — respondeu o Melek. — Felizmente foi possível resgatá-las.

— São bem pequenas — Ben notou que elas não tinham mais do que o diâmetro de uma moeda.

— No caso das amarelas, o tamanho importa pouco. Elas foram lapidadas de uma forma especial. Em breve, elas iriam substituir as pedras que estavam sobre a muralha de Olamir, pois aquelas já estavam com dificuldades de armazenar energia.

— Estavam em Olamir? — Perguntou Ben, imaginando que o Melek as tivesse resgatado quando de seu retorno do Abadom. — Como os shedins não as encontraram?

— Não estavam em Olamir. Estavam em Havilá. Onde foram lapidadas.

Aquilo chocou Ben. Isso significava que haviam sido lapidadas por Enosh. Mas como um lapidador clandestino poderia lapidar as pedras para a rede retransmissora de Olamir? Pedras responsáveis por canalizar o poder do Olho.

— Uma comitiva de Olamir procurou seu mestre há alguns anos — explicou Thamam. — Oferecemos perdão pela prática latash em troca da lapidação dessas pedras.

— Vocês o perdoaram por lapidar pedras proibidas contanto que ele lapidasse mais algumas?

— Só ele tinha condições de fazer isso — justificou-se Thamam.

— Havilá também foi destruída — lembrou Ben. — Onde as pedras estavam?

— Ainda estavam lá. Porém, muito bem escondidas. Eu as peguei ontem.

Então, Ben entendeu porque Thamam e Tzizah haviam demorado tanto para chegarem no acampamento.

Os olhares de todos pareciam hipnotizados pelo brilho das pedras. Ben tentava imaginar como poderiam utilizá-las na batalha. Elas eram o único trunfo que possuíam até aquele momento, além de Herevel.

— Havia mais uma informação na mensagem de Adin — revelou Ben. — Uma mensagem diretamente para Thamam. Ele está com os objetos que devia resgatar.

Dessa vez Thamam arregalou os olhos ainda mais do que quando tomou conhecimento que Télom estava vivo.

— Ora, ora — disse Thamam. — Esse jovem é cheio de surpresas mesmo. Quem diria que ele conseguiria resgatar os pergaminhos?

— Não foi para isso que o senhor o enviou para Nod? — Perguntou Ben, deduzindo aquela parte da história.

— Sim, certamente foi. Tínhamos que tentar fazer isso. Mas as chances de sucesso eram bem pequenas...

— Os pergaminhos serão úteis, de algum modo, nesta guerra?

— Muito úteis — disse Thamam. — Especialmente se não estiverem em mãos erradas. Amanhã, eu terei que retornar a Urim.

Tzizah olhou para o pai com visível apreensão. Ben não entendeu se Tzizah temia que seu pai partisse, ou se temia ter que permanecer sozinha no acampamento.

— Acho que já é hora de todos nós descansarmos — disse, por fim, Thamam, fechando o pequeno saco, e ocultando as shoham. — Fizemos muito progresso hoje.

A reação imediata de Kenan foi se levantar e caminhar para algum lugar no meio do acampamento onde ele havia erguido sua tenda.

Thamam, Ben e Tzizah compartilharam da mesma tenda aquela noite, pois era a mais espaçosa do acampamento. O sono, entretanto, como um inimigo lerdo, demorou até derrotá-los.

Antes mesmo do amanhecer, Ben já estava em pé acompanhando os preparativos do exército. Havia homens de praticamente todas as cidades de Olam. Eles ainda estavam esperando vinte e cinco mil de Sinim para o dia seguinte. Qualquer um precisaria admitir que um exército poderoso começava a se desenhar. Porém, Ben não podia deixar de pensar que, apesar de tratar-se de um exército numeroso, era um grupo primitivo com espadas e armas comuns. Evidentemente, no exército dos shedins também haveria homens com armas comuns, porém havia sa'irins, cavaleiros-cadáveres, anaquins, e tantas outras criaturas que fariam qualquer homem tremer só de ver.

Os rions representavam de fato o único grupo distintivo que eles tinham até aquele momento. Os guerreiros cinzentos eram lendários com seus arcos e flechas de gelo. Porém, Ben não podia deixar de pensar nas palavras do patriarca em Kerachir.

Na antiga batalha em Irkodesh nós éramos pouco mais do que serviçais dos kedoshins, e agora vocês contam conosco para destruir o poder que os derrotou?

Por tudo isso, Ben tinha uma certeza cada vez mais forte. Precisavam de ajuda. Precisavam de algo que equilibrasse um pouco aquela batalha. Mas quem e onde? Se ao menos os behemots ainda estivessem vivos. Ou se o patriarca deles decidisse entrar naquela batalha. Ou se os irins pudessem intervir outra vez...

Mas aquelas eram todas hipóteses de ajuda improváveis. No entanto, havia um poder bem real e que esteve tão próximo. Mais uma vez, Ben pensou em Leannah. Precisavam do Olho de Olam. Por que ela estava demorando tanto para retornar?

Ben decidiu procurar Kenan. Estava na hora de deixar no passado as desavenças ou o orgulho. As chances de vitória já eram mínimas, mas se mantivessem as antigas disputas, elas seriam nulas.

Encontrou o giborim dando ordens a respeito da grande barricada que estava sendo levantada. Já tinha cinco metros de altura. Os construtores haviam feito progresso, mas a barreira não tinha fundamento firme, pois estava sendo levantada com entulhos e todo tipo de material disponível. Por isso, precisavam fortificar mais a base. Rochas estavam sendo usadas para isso.

— Eu gostaria que tivéssemos armas potencializadas — disse Ben para o giborim, ao mesmo tempo em que observava o trabalho dos homens.

— E eu gostaria de ter cinquenta giborins aqui — disse Kenan com ironia. — Mas as duas coisas são impossíveis.

— Em Ellâh nós tínhamos armas — revelou Ben.

— E onde elas estão agora?

— Em Nod. Muitas se perderam durante a batalha, mas outras puderam ser recuperadas e foram guardadas na cidadela...

— Você está sugerindo que invadamos a cidade para tentar roubar as armas? — Perguntou o giborim.

— Você tem alguma ideia melhor?

Kenan olhou para o oriente, como se pudesse enxergar o cone da "velha montanha". Mas ela não aparecia à aquela distância.

— Não há tempo, nem condições de vocês fazerem isso — eles ouviram a voz de Thamam atrás deles. — O exército precisa de um comandante, e Olam de um Melek. E se vocês forem para lá agora, provavelmente, ficaremos sem esses dois postos. E eu já estou velho para assumi-los.

Ben pensou em responder, mas no fundo tinha que admitir que Thamam estava certo.

Parecendo desistir da ideia, Kenan voltou a se concentrar na barricada. Em seguida, ele se adiantou e ajudou os homens a moverem uma grande pedra. Ben também ajudou, e quando o trabalho foi concluído, retornou para o acampamento.

Mais homens de Maor chegaram no final daquele dia, trazendo catapultas e máquinas de lanças sobre carroças puxadas por bois. Ben vistoriou pessoalmente os equipamentos, tentando entender o modo como funcionavam. Em Ellâh, Hakam havia falado sobre aquelas armas. Eram experimentos. Ben gostaria que o filósofo-comandante estivesse ali para dizer como deveriam ser utilizadas. Porém, consolou-se ao ver que Kenan, com alguma facilidade, após observá-las, descreveu o funcionamento de cada uma. No dia seguinte, os homens teriam um tempo de prática com aqueles instrumentos.

Naquela noite houve bastante animação no acampamento e pouco sono. As horas se arrastaram para o guardião de livros enquanto, assentado solitário ao lado da fogueira, ele esperava o sono chegar. Observou quando Thamam também se assentou.

— Poucas vezes eu vi um recém-casado com tão pouca vontade de ir para o quarto — disse o velho Melek.

Ben olhou assustado para o pai de Tzizah, mas não viu reprimenda no olhar ou na voz dele. Era apenas uma constatação dos fatos. Por isso, resolveu mudar de assunto.

— Entendi que o senhor iria para Sinim hoje. Mudou de ideia?

— Adiei para amanhã. Não posso partir sem antes resolver algumas situações aqui.

Então, Ben compreendeu que não adiantava tentar mudar o assunto.

— Se bem me lembro, a não muitos dias atrás, talvez esse fosse o maior desejo do guardião de livros — completou o Melek. — Se casar com a princesa de Olam.

— Eu imagino que a esposa não esteja sentindo falta do marido — disse Ben, mas em suas palavras havia um pouco de mágoa, a qual ele não conseguiu evitar, ainda que tivesse tentado.

— Vocês dois são jovens — disse Thamam. — Ainda podem aprender a viver como um verdadeiro casal. Aprenderão o verdadeiro amor.

— *Como aprender depois que desaprendeu?* — Ben sentiu vontade de perguntar, mas achou que seria indelicado. Em vez disso, disse: — O dever também pode ser uma forte referência para um casamento. Sua filha é um exemplo disso.

Por um momento, o estalido baixo da brasa crepitando foi o único som entre eles.

— Vocês fizeram o que precisava ser feito — disse Thamam. — Fizeram a coisa certa. As circunstâncias forçaram isso. Precisamos dos rions. Após a batalha terminar, se vencermos...

Por um momento, Ben imaginou que o Melek diria que após a vitória, tudo aquilo poderia ser desfeito, o casamento poderia ser desfeito, e ele e Tzizah poderiam cada um seguir seu caminho. Mas se o Melek pensou algo nesse sentido, não foi o que ele disse.

— ... vocês vão aprender a se amar da maneira correta — continuou Thamam. — Vocês terão filhos. Filhos mudam tudo.

— Sua filha ama Kenan — disse Ben, tentando pôr um ponto final naquela conversa.

— Mesmo que isso seja verdade, ela jamais poderia... Pelas leis de Olam, a única coisa que dissolve um casamento é a morte. Se vocês se separassem... Isso seria terrível para todos. Você não poderia mais ser o Melek. Não haveria mais qualquer legitimidade. Nenhuma legitimidade.

Ben sentiu vontade de dar uma resposta amarga, informando ao Melek que não estava interessado em manter a coroa, mas então pensou que talvez não tivesse entendido o que ele estava querendo dizer.

— O senhor está querendo dizer que não poderia mais haver nenhum Melek em Olam, é isso?

— É isso — confirmou Thamam. — Eu não poderia reaver a coroa. E você e Tzizah igualmente não teriam mais direitos legítimos. Qualquer um poderia reivindicar o título. Até mesmo um usurpador... Eu temo que vocês tenham selado seu destino definitivamente. Por isso, não há motivos para adiar a consumação de sua união. Vocês podem ser felizes...

Ben voltou a olhar para a fogueira, mas não expressou ao ancião todos os seus pensamentos. Percebia o quanto era difícil para Thamam dizer aquelas coisas.

— Uma batalha está aí — disse Ben, finalmente, levantando os olhos do fogo. — Quem pode saber o que vai acontecer nela? Talvez, Tzizah fique viúva, e possa seguir seu caminho sem impedimentos...

— Apesar de suas palavras estarem carregadas de sentimentos negativos, elas expressam as reais possibilidades dos fatos. Talvez nenhum de nós sobreviva à batalha. Porém, nossas motivações para lutar precisam ser maiores do que isso. Quis o destino, não sei por qual brincadeira marota dele, que você estivesse aqui, como legítimo Melek de Olam, em posse de Herevel. O mundo livre depende de você muito mais do que você imagina. Todos precisam que você lute sem ser motivado por sentimentos que não sejam o bem do seu próprio reino. É isso o que se espera de um Melek.

— E é isso o que eu farei. Mas a ausência do medo de morrer, ou qualquer preocupação a mais nesse sentido, não é ruim. Isso me fará ir até o fim, até enfrentar o próprio senhor da escuridão se for possível.

— Excesso de medo nos paralisa, porém, ausência total nos torna loucos. Covardes e loucos são sempre os primeiros a morrer no campo de batalha. E, eu espero sinceramente, que você não seja o primeiro.

Na semiescuridão, Ben teve a impressão de ver uma lágrima descendo pelo rosto do ancião. Aquilo desorientou o guardião de livros. Teria Thamam algum sentimento verdadeiro a seu respeito, exceto pesar e desconfiança?

— Você é filho da minha querida filha — Thamam recomeçou a falar, após algum tempo. — Por muito tempo tudo o que eu mais desejei na vida era que você não existisse, que nunca tivesse existido. Então, o destino enviou você, como uma encomenda até a minha porta, como a acusar-me de todos os meus pecados. Agora eu sei que fugi a minha vida inteira deste momento. Mas eu não quero mais fugir. Eu não preciso mais fugir. Finalmente, o destino me liberou de todas as obrigações às quais eu me apeguei por tanto tempo. Agora, eu sou livre para fazer o que eu quero. E o que eu mais quero é ter minha família comigo. Eu tive que ir até o mais profundo dos infernos para compreender isso. E você me resgatou de lá. Justamente você... Ah! Quantas vezes eu culpei *El* por tudo o que aconteceu com Tzillá! Mas, agora, eu o bendigo. Sim, porque você está aqui, e em seus olhos eu vejo minha filha. Eu a vejo até mesmo em suas lutas íntimas. Porque ela era como você. Há tanto dela em você que eu simplesmente não posso ignorar isso. Um dia eu prometi para minha filha que eu cuidaria de você, porém, ao contrário, eu tentei matá-lo. Mas eu nunca mais quebrarei aquela promessa. Nunca mais. Eu prometo isso a você. Mesmo que isso me custe a vida. Eu prometo.

Ben sentiu uma lágrima correr por sua própria face. Ela correu quente e dolorosa até sumir na escuridão da noite.

— Eu preciso que você me perdoe pelo que eu fiz com você — implorou Thamam, levantando-se e se ajoelhando diante de Ben. — Eu jamais deveria ter dado aquela ordem para Enosh. Não importa o que você poderia ter sido, ou quem fosse seu pai, você era filho da minha filha. Eu deveria ter feito o que Enosh fez. Eu devia ter tomado você, levado comigo, e usado todo o meu conhecimento, ou todo o poder das pedras, ou o próprio Olho de Olam para preservar sua vida. Eu devia ter feito isso. Eu sou grato a Enosh por ele ter desobedecido minha ordem. Ele, no fundo, à sua maneira, foi um homem muito melhor do que eu.

Ben não conseguia mais conter as lágrimas. Elas corriam por sua face vertendo de seus sentimentos em profusão.

— Você pode imaginar a dor que eu sinto, e a vergonha que eu sinto em encarar você? — Perguntou Thamam. — Eu o condenei à morte, e você me resgatou do Abadom. *El* não poderia ter sido mais irônico comigo. Eu só peço que você não me odeie, meu filho.

Ben se sentiu fortemente acuado com aquelas palavras. Nunca poderia ter imaginado que o Melek enfrentasse todos aqueles dilemas por sua causa.

— Eu, eu — começou Ben gaguejando. — Eu nunca o odiei. Eu não posso culpar o senhor pelo que fez, pois em seu lugar, provavelmente eu faria a mesma coisa. Não precisa me pedir perdão.

Thamam segurou as duas mãos de Ben. O guardião de livros sentiu aquelas mãos macias e quentes. Fez um esforço para erguê-lo do chão, mas ele não se permitiu levantar.

— Eu preciso lhe pedir mais uma coisa — Thamam recomeçou, ainda ajoelhado. — Eu preciso que você cuide de Tzizah. Eu me deixei consumir pela amargura após as perdas que sofri. Eu jamais fui o pai que deveria ter sido para ela. Agora, infelizmente, não posso consertar o passado. Prometa-me que vai cuidar dela. Prometa-me que até morrer, você não vai abandoná-la.

— Até onde sei, o senhor foi o melhor pai que ela poderia ter. E, certamente, ainda terá muito tempo para continuar sendo. Portanto, não precisa me pedir isso.

Thamam sorriu triste em resposta às palavras de Ben.

— Eu só preciso que você me prometa isso. Eu precisarei me afastar do acampamento por algum tempo... Eu não sei se retornarei... Se eu não puder mais cuidar dela, eu preciso que você me prometa que fará isso. Promete que jamais a abandonará? E cuidará dela? No passado, eu cometi um erro muito grande entregando-a para Kenan. Ele jamais foi digno dela. Eu preciso saber que não cometi o mesmo erro outra vez.

Ben sentiu vontade de dizer que nada de mal aconteceria ao velho Melek, porém, estavam na iminência de uma batalha. E ninguém poderia garantir o que aconteceria quando ela começasse.

Subitamente, um barulho veio da parte oeste do acampamento e uma forte luz causou a sensação de que o sol estava nascendo do lado errado. Ben olhou na direção, mas percebeu que Thamam continuava bem à sua frente, olhando fixamente para ele, à espera da resposta. O velho não pareceu se importar com a explosão nem com a luz que ainda podia ser vista.

Ben percebeu que precisava dizer algo, porém, ao mesmo tempo, o forte barulho que se ouvia exigia a atenção dele. O acampamento estava assustado com a aproximação, provavelmente, de inimigos.

— Promete que cuidará dela? Que nunca a abandonará? Que será o melhor Melek que Olam já viu?

Ben percebeu que Thamam não permitiria que ele se afastasse antes de dar uma resposta. E Ben já estava incomodado em vê-lo ajoelhado aos seus pés daquela maneira. Era impróprio... desconcertante.

— Eu prometo — disse Ben, por fim, puxando-o pelas mãos para que se levantasse. — Eu prometo que permanecerei casado com ela até a morte. Farei tudo para que ela sempre esteja bem. Eu nunca vou abandoná-la. Honrarei meu compromisso.

O Melek ficou claramente aliviado com essas palavras, e se deixou erguer do chão. Então, ambos voltaram a atenção inteiramente para o que acontecia num dos lados do acampamento.

Ben percebeu que o dia já estava amanhecendo, e agora o clarão estava do lado certo do céu.

Porém, instantes depois, vozes começaram a repercutir uma palavra pelo acampamento.

— Guerreiros! Guerreiros estão chegando!

Então, Ben teve a certeza de que se tratava mesmo de um ataque dos shedins. Porém a cortina de trevas ainda estava longe, e a agitação no acampamento não era produto de um alerta de ataque.

Ben e Thamam correram para o oeste imaginando que Sinim estivesse chegando, porém só mais tarde Ben se lembraria que Sinim viria do leste.

Quando Ben alcançou o final do acampamento e viu as luzes cobrindo uma quantidade bastante grande de terra, ele achou que estivesse delirando.

— São guerreiros negros — notou Ben.

— Sim — confirmou Thamam. — Da terra dos cavalos. Eu pedi a eles que viessem.

Ben olhou para Thamam, momentaneamente sem entender como ele poderia ter feito aquilo. Porém, quando reconheceu Ooliabe e Oofeliah marchando a frente do exército de guerreiros negros, ele entendeu que Thamam havia pedido que eles trouxessem reforços quando eles o resgataram de Olamir.

Os irmãos negros, lutadores das arenas, procedentes do reino dos cavalos, vieram ao seu encontro. Ooliabe e Oofeliah se aproximaram com seus sorrisos brancos tão contrastantes com a cor da pele, e Ben se lembrou mais uma vez de tudo o que haviam experimentado nas cidades subterrâneas do povo dakh. Antes disso, aqueles dois guerreiros haviam salvado a vida de Ben por várias vezes na batalha de Nod. O estilo acrobático como lutavam desorientava os adversários. Eles se vestiam com suas tradicionais tangas feitas de couro.

— Eu estava perguntando quando os veria novamente — disse Ben, quando se aproximaram e apertaram as mãos.

— Para quem o guardião de livros perguntou a nosso respeito? — Perguntou Ooliabe, fazendo Ben se lembrar do quanto eles tinham dificuldades com metáforas.

— É só um modo de dizer — apressou-se Oofeliah em responder ao irmão, mostrando que já estava mais acostumada com o jeito de falar dos homens brancos. — Ele não perguntou para ninguém, ele apenas estava pensando nisso. Eles chamam isso de metáfora.

— O guardião de livros pensou em nós? — Perguntou Ooliabe, com uma expressão de honra.

— É claro que sim — respondeu Ben. — Muitas vezes. Eu não tive tempo de lhes agradecer toda ajuda que me ofereceram nas Harim Adomim. E também por terem cumprido a tarefa de resgatar Thamam em Olamir quando ele retornou do Abadom.

— A honra foi toda nossa — respondeu Ooliabe, fazendo uma meia-reverência para Thamam.

— Vocês retornaram até a terra de vocês? Quantos guerreiros os acompanham?

— Sim — explicou Oofeliah. — Nós retornamos para o reino dos cavalos e anunciamos ao nosso irmão e a todos os líderes do nosso povo a respeito dos acontecimentos que havíamos presenciado aqui no oriente.

— Infelizmente — continuou Ooliabe —, a maior parte do nosso povo não acreditou em uma única palavra que nós dissemos. Nosso irmão nos acusou de estar inventando todas essas coisas, e disse aos líderes que nós éramos apenas palhaços de arenas.

— Porém uma das tribos — continuou Oofeliah —, liderada pelo irmão do nosso pai, o qual já está muito velho para partir, acreditou no que estávamos falando. Ele nos disse que preferia acreditar em nós do que em nosso irmão, mesmo que nós fôssemos apenas palhaços de arenas. Ele autorizou todos os homens da tribo dele a nos acompanhar. Por isso trouxemos sete mil guerreiros do reino dos cavalos para nos unirmos ao exército do guardião de livros.

— Obrigado pela generosidade e coragem — disse Ben, com toda sinceridade.

— Não é nenhuma generosidade ou coragem — respondeu Ooliabe, com toda a sua sinceridade. — É simplesmente o reconhecimento de que vamos ser mortos de um jeito ou de outro, então, é melhor morrer lutando.

Ben, dessa vez, não sentiu vontade de agradecer a sinceridade do guerreiro negro.

— A escuridão já cobre o reino dos cavalos — explicou Oofeliah. — Mal deu tempo de partirmos. Infelizmente, todo o nosso povo que preferiu seguir as ordens de nosso irmão, pereceu.

— Eu sinto muito por isso — Ben falou.

— Agradecemos os sentimentos do guardião de livros, e também pela generosidade do novo Melek de Olam em aceitar nossos serviços — disseram em uníssono os irmãos negros, como se tivessem ensaiado aquela frase.

Os dois fizeram uma curvatura respeitosa e se afastaram.

Ben ficou observando-os por algum tempo, enquanto eles retornavam para seu próprio povo.

— O exército está indo bem — reconheceu Thamam. — Até o momento da batalha teremos muitos soldados.

— Isso se houver uma batalha — disse Ben. — Se as trevas não nos alcançarem antes.

— Teremos que mais uma vez confiar na jovem de Havilá — disse Thamam.

— Graças a *El*, ela nunca nos desapontou.

*****
****

A passagem para Schachat diante de Leannah estava vazia outra vez. Ela seguiu os corredores nebulosos com toda a pressa, tentando conter a euforia pelo feito realizado.

Todo o poderio dos shedins estava nas margens do Perath, apenas esperando o momento quando a escuridão fosse impulsionada pela rede. Porém, quando o cashaph em Nod ativasse a rede, todos teriam uma grande surpresa. Irofel, a maior cidade dos shedins, viraria cinzas no coração das trevas eternas.

Provavelmente, a inversão da rede faria inclusive a escuridão retornar, pois o poder do Olho de Olam empurraria as trevas de volta. Assim, os shedins que ainda não utilizavam corpos seriam instantaneamente aniquilados pela luz. Tudo isso justamente no momento em que acreditavam alcançar sua maior vitória. O restante do exército shedim, apesar de poderoso, poderia então ser derrotado pelas forças de Olam e Sinim. Sem dúvida, seria uma batalha terrível, mas contando que o exército shedim ficaria sem organização, e que Olam teria a ajuda de Sinim e dos rions, as chances de vitória não seriam mais tão irrisórias, principalmente porque Herevel lideraria os homens. Além disso, no momento oportuno, o Olho de Olam entraria também na batalha. Se Leannah tinha dúvidas sobre se poderia usá-lo como arma, o modo como conseguiu fulminar os tannînins que perseguiam Adin pôs um fim a isso. O poder do Olho podia ser canalizado do mesmo modo que era possível fazer com as outras pedras. Sem dúvida, não era uma coisa simples de fazer, mas ela estava cada vez mais cônscia do modo como poderia utilizá-lo quando o momento chegasse.

Leannah acreditava ter conseguido encontrar o ponto falho em todo o plano dos shedins. E o sucesso da missão realizada há pouco era uma prova de que *El*, talvez, ainda tivesse planos para aquele mundo, ao contrário do que Gever disse. Porém, a vitória não seria sem sacrifícios. E o maior deles era justamente Adin.

Mesmo recusando-se a aceitar os fatos, Leannah precisava admitir que as intenções do irmão não eram nobres. Ele foi seduzido pelo *cashaph*. Talvez, sem perceber, estivesse sendo manipulado por causa das pedras escuras... De qualquer modo, Adin, no fundo, estava fazendo o que de fato desejava. Leannah desconfiava que todo o sofrimento enfrentado por ele no oriente houvesse causado um abalo irreparável na honra do irmão, minando sua confiança na superioridade do bem e da justiça, inclinando-o a lidar de forma pragmática com o mundo e os acontecimentos.

Leannah não tinha dúvidas de que Adin utilizaria todos os recursos para tentar viver aquele amor impossível. Ele traria Chozeh para Nod mesmo contra a vontade dela. Então, ajudaria o cashaph a estabelecer a rede fazendo uso dos pergaminhos.

Tudo isso, para poder ir com eles para o mundo novo, levando Chozeh.

E essa parte da história foi o maior desafio para o plano de Leannah. Pois, precisava deixar que ele fizesse isso. Era o único modo de enganar o cashaph. Leannah não ignorava que a desestabilização da rede no momento em que os pergaminhos fossem lidos em Nod poderia causar a destruição da própria Nod. Provavelmente, seu irmão não sairia vivo da velha montanha. E não havia nada que ela pudesse fazer por ele. Precisava deixá-lo seguir seu caminho. Ele era seu irmão, e ela sempre o amaria, mas não podia poupar a vida dele em troca de um mundo inteiro.

O retorno de Irofel para Schachat, entretanto, se revelou menos simples do que havia sido a ida. De Schachat para Irofel não houve problemas, pois era o mesmo que trilhar um caminho de uma pequena para uma grande cidade. Todos os caminhos, de um modo ou de outro, acabavam levando à grande cidade. Porém, sair de uma grande cidade em direção a uma pequena costuma ser mais difícil, pois geralmente só há um caminho, o qual vai se afunilando. Leannah não havia pensado nisso e por esse motivo não havia prestado muita atenção às inúmeras bifurcações que existiam. Ela mal havia se afastado de Irofel e já estava completamente perdida.

Para seu completo desespero, ela percebeu que devia haver centenas de encruzilhadas. Se cada uma daquelas encruzilhadas conduzia a uma cidade de Hoshek, Leannah calculou que deveriam haver cerca de duzentas cidades imersas nas sombras.

De fato, ela teve que acessar várias delas, pois não fazia ideia de qual caminho conduzia até Schachat. Todas pareciam cidades muito grandes, porém deterioradas como Salmavet e a própria Irofel.

Após inúmeras tentativas frustradas que lhe custaram horas preciosas, Leannah se assentou exausta, absolutamente incapaz de encontrar o caminho para Schachat. Ela estava cada vez mais temerosa que algum shedim passasse por ali.

No auge do desespero, ela se lembrou de uma história sua, quando era apenas uma menina de três anos, e havia se perdido numa espécie de labirinto num dos antigos templos de Olam. Ela havia acompanhado seu pai e sua mãe para uma festividade na cidade de Reah, onde havia um templo muito maior do que o de Havilá. Sua mãe lhe deu a ordem clara para que ela jamais se afastasse, porém, no meio da multidão, ela se perdeu. Apesar de chorar e gritar por sua mãe, ela não conseguiu mais enxergá-la. Ela se assentou solitária num canto, e nem percebeu quando todas as pessoas deixaram aquela sala. Ela ficou absolutamente sozinha ali. Então, andou pelos corredores, sentindo um medo terrível, sem saber como sair daquele lugar. Numa das salas, havia muitas estátuas assustadoras, mesas recobertas de sangue, e ossos de animais por todos os lados. Leannah achava que jamais conseguiria sair daquele lugar, e que jamais veria sua mãe. Porém, quando estava sentada chorando baixinho, ela ouviu a voz de sua mãe, e teve a sensação de ver o rosto bondoso dela, com os belos cabelos ruivos, bem na sua frente. *Filha, não tenha medo. Você sempre saberá encontrar o caminho. Tenha coragem. Nunca desista.*

Assentada como se ainda fosse aquela menininha, Leannah chorou, pois era a primeira vez que se lembrava tão nitidamente do rosto de sua mãe. Ela havia morrido apenas um ano depois daquilo, e então, misteriosamente, a imagem da mãe foi aos poucos sumindo da sua memória. No entanto, agora, era como se pudesse vê-la outra vez nitidamente.

Leannah se levantou, como havia se levantado no interior do templo, enxugou as lágrimas e seguiu em frente. Sua mãe estava certa. Ela não podia desistir. Tinha que encontrar o caminho. Ele só podia ser o menos óbvio, o mais estreito e insignificante, afinal, isso era o que Schachat representava para Hoshek. Quando Leannah escolheu o que lhe parecia o menor de todos, já estava praticamente correndo outra vez. Sua confiança e determinação foram recompensadas quando, subitamente, ela se viu mais uma vez na sala do encontro dos shedins com as mulheres em Schachat, no final do caminho secreto de Irofel até a torre.

Mas não teve tempo de respirar aliviada. Ainda precisava subir até o alto da torre e esperar por Layelá. Depois, ainda teria que voar por algumas horas até deixar a cortina de trevas. Recuperar o Olho de Olam seria o próximo passo. Depois esperar que os acontecimentos coordenados cumprissem cada um a sua parte. Sem o avanço das trevas, o numeroso exército dos shedins encontraria adversários a altura com Herevel e o Olho de Olam.

Apesar da ansiedade que fazia seu peito arfar cada vez mais rápido, ela ainda precisava de todo sigilo, por isso segurava o espelho na mão, atenta a toda movimentação que pudesse existir dentro da velha torre. Tinha que tomar todo o cuidado para não ser descoberta. Mas havia ainda menos refains ali do que antes. Mais do que nunca, Schachat parecia só uma torre velha e abandonada.

Leannah subiu os degraus caóticos tentando encontrar o caminho para o alto, porém várias vezes perdeu a direção. A pressa em chegar ao destino e os pensamentos que voavam longe a fizeram perder a concentração algumas vezes. Mais ou menos na metade da torre, ela parou para recuperar o fôlego e olhou por uma das janelas. A escuridão cobria todo o deserto e descargas elétricas intermitentes eram a única luz que podia ser vista de quando em quando naquele mundo de trevas.

A qualquer momento a ativação da rede em Nod poderia acontecer. Adin disse que a rede seria instalada em poucos dias. Aquela última desestabilização da rede provavelmente havia causado algum atraso. Mas, agora que o problema foi supostamente solucionado, Leannah imaginava que os dois lapidadores em Irofel já teriam informado Télom de que tudo estava funcionando perfeitamente. Schachat, provavelmente, também seria atingida quando a rede implodisse Irofel, pois as passagens intercalavam as cidades, e o poder, por certo, fluiria através delas. Isso fez Leannah pensar que, provavelmente, a destruição seria ainda maior do que ela havia suposto.

Queira El, seja ainda maior, desejou Leannah.

E isso impulsionou-a a subir com ainda mais pressa para a cúpula e abandonar a cidade dos refains de uma vez por todas, mesmo que os músculos de suas pernas pulsassem de dor e exigissem descanso.

Encontrou apenas dois refains no caminho. Mas o espelho das pedras amarelas os iludiu, cegando-os. Ela passou por eles como um vento incompreensível que os fez girar atônitos em torno de si mesmos, porém, sem conseguir discernir nada.

No alto da torre tudo era silêncio e escuridão. Leannah olhou para a velha e desativada sala de lapidação pensando na ironia dos fatos. Tudo havia começado ali, há muitos anos atrás, quando os kedoshins ensinaram aos homens a técnica de lapidação. Aquela sala foi para glória e ruína dos homens. Também ali, Ben, sem perceber, havia iniciado o caminho da iluminação que devolveu o poder ao Olho de Olam. Também ali, Kenan a aprisionara após ter usurpado o Olho, para que ela servisse de isca para atrair Mashchit. Mas, agora, em instantes, se tudo desse certo, aquele lugar seria só uma lembrança em lendas antigas ou em canções.

Canções que narrarão a vitória de Olam, desejou Leannah.

Leannah virou as costas e esperou por Layelá. Teve que controlar a ansiedade mais uma vez. Não sabia onde a re'im estava, pois não conseguia ver nada na escuridão, nem podia chamá-la, pois precisava manter o sigilo. Se os refains a descobrissem ali e relatassem o fato aos shedins, facilmente os inimigos deduziriam o motivo de ela os ter visitado.

Acreditava que a re'im estivesse por perto, pois o combinado eram doze horas de intervalo. Porém, já deviam ter se passado vinte e quatro horas devido ao atraso nas passagens. Sem o Olho de Olam não tinha como se comunicar diretamente com a re'im, porém Layelá havia adquirido muitas habilidades com o crescimento do chifre, e certamente conseguiria sentir que Leannah precisava dela no alto da torre. Porém, a re'im não conseguiria pousar ali dentro, então, Leannah precisava escalar até o alto. E para isso precisava encontrar a parte mais baixa e acessível da cúpula quebrada.

Mesmo sabendo dos riscos, ela precisava de luz para conseguir isso. A pedra amarela poderia oferecer. Cautelosamente, ela ativou a pedra, tentando extrair o mínimo possível de luz, porém ainda assim foi mais do que o necessário. Tinha a certeza de que aquela luz atrairia novamente alguns refains para o alto da torre, mas esperava estar longe dali antes que eles chegassem.

— Nunca lhe disseram que é falta de educação ir embora tão rápido após uma visita.

A voz atrás dela fez com que todo o sangue gelasse em suas veias. Já havia ouvido várias vezes aquela voz, desde a primeira noite em que o vira, desfilando como um deus perante o Conselho de Olamir.

Ela se virou e enxergou Naphal. A presença do príncipe dos shedins, num instante, tornou o terror sua única sensação, e então, ela soube que nenhum de seus planos daria certo.

15 — A Rede Sombria

Adin viu o cone da velha montanha se aproximando rapidamente. Boker claramente não desejava voltar àquele lugar, mas a pedra escura garantia que até mesmo o re'im fizesse exatamente o que ele desejava. As longas asas se inflaram para que a velocidade diminuísse. Adin sentiu a força da desaceleração e se segurou no re'im, enquanto também tentava manter Chozeh segura.

Adormecida à sua frente, Chozeh apoiava-se com as costas no corpo dele para não cair. Ele a segurou com o braço direito, ao mesmo tempo em que controlava Boker. Os cabelos claros dela batiam em sua face, mas Adin não se importava.

Os tannînins não vigiavam mais a cidade. Provavelmente, tinham voado para o sul, para se encontrar com o exército dos shedins que aguardava o momento em que a cortina de trevas avançasse. Os shedins estavam concentrando todas as forças. A hora da decisão se aproximava.

Os cascos de Boker arrancaram faíscas do chão quando o animal pousou sobre as pedras ancestrais de Nod, e galopou até parar diante do grande portão de acesso à cidadela. Os relinchos contidos eram de claro descontentamento por estar ali outra vez.

Os dois soldados que montavam guarda diante do palácio central os viram, porém não se moveram.

Após descer do re'im, Adin deu ordens para que Boker voasse para longe, sem dar qualquer orientação de retorno. Em seguida, carregou Chozeh adormecida rumo ao palácio central. Passou pelos guardas arrastando o longo vestido dela no chão, consciente que o olharam com visível curiosidade, mas como tinham ordens de deixá-lo passar, não se atreveram a barrar-lhe o caminho, ou mesmo perguntar-lhe algo. Eles abriram as duas pesadas portas de ferro do palácio e ele atravessou sem maiores esforços.

Como carregava Chozeh, Adin escolheu o caminho mais curto, pela sala do trono de mármore negro. Todo o caminho até a sala estava absolutamente vazio. A cidadela de Nod parecia uma cidade fantasma, e a parte baixa da cidade, naquele momento, sem dúvida *era* uma cidade fantasma.

O mecanismo que abria o vão no chão era fácil de ser acessado para quem conhecia o segredo. E Timna havia explicado detalhadamente como fazer aquilo. Adin se lembrava da cara de absoluta desconfiança do príncipe quando teve que explicar o modo de acessar as profundezas pela antiga e protegida sala. Era óbvio que o comandante imaginava que Adin jamais retornaria, uma vez que estava de posse dos pergaminhos, porém, eram ordens de Télom, e ele tinha que cumprir.

Adin não poderia manter Chozeh adormecida por muito tempo, pois ela precisaria estar acordada no momento crucial daquela noite, mas por enquanto era melhor que ela descansasse. Mais tarde as coisas ficariam bem difíceis, pois não poderia manter o controle sobre ela até o final. Em algum momento, teria que libertá-la, ou então, ela jamais o perdoaria. Porém, Adin confiava que no final tudo daria certo. Ela precisaria aceitar a lógica dos fatos. Precisaria entender que aquela era a única alternativa. De qualquer modo, Adin sabia que a decisão era dele e não dela. E ele já havia tomado a decisão. Ele faria o que precisava ser feito. Ninguém o impediria. Nem mesmo ela.

Teve que esconder tudo aquilo de Leannah também. É claro que sentia pesar por estar magoando sua irmã daquela maneira, mas, agora compreendia que ela jamais concordaria com o que ele pretendia fazer. Ela jamais estaria disposta a ceder... Leannah lutaria até o fim, com sacrifício da própria vida, para tentar salvar Olam. Ele não podia permitir que ela inviabilizasse o plano. Não podia.

Talvez algum dia ela me perdoe — pensou Adin, e consolou-se com essa remota possibilidade enquanto descia os degraus que apareceram diante do trono, após ele ter acionado o mecanismo para abrir a passagem.

Instantes depois, ainda carregando Chozeh, ele passou pela intersecção que conduzia às celas celestes e desceu para o submundo de Nod. Nem olhou para dentro da prisão. Adiante, pelo caminho, todos os portões estavam escancarados, pois sua presença era aguardada nas profundezas.

Quando se aproximou do local onde havia a inscrição misteriosa dos Kedoshins, ele simplesmente virou o rosto para não enxergar mais nada. Não acreditava que a inscrição pudesse revelar algo diferente do que já havia revelado na primeira vez que ele passara ali, porém, de qualquer forma, não podia se permitir nenhuma dúvida naquele momento, então, era melhor não saber mais nada.

Finalmente, os degraus o deixaram no salão subterrâneo, no local onde o conselho sombrio estava reunido em volta de Télom.

O bruxo das pedras sorriu com satisfação quando viu Adin surgir da escuridão das escadarias e se aproximar carregando Chozeh.

Adin a deixou num dos lados do salão, onde conseguiu um apoio para a cabeça dela. Deitou-a cuidadosamente, certificando-se de que ela ainda estava adormecida, e para que não ficasse em posição desconfortável no chão. Ela não era pesada, pois continuava muito magra após a jornada no oriente, porém, mesmo assim, o esforço de carregá-la até ali consumiu todas as forças dele.

— Vejo que você de fato conseguiu visualizar o futuro melhor que há para nós, conseguindo se desprender das amarguras do passado.

Com aquelas palavras, o cashaph lhe deu as boas-vindas e o chamou para o centro do círculo. O fosso que mergulhava nas profundezas de Nod era o lugar onde precisariam realizar o ritual.

Adin olhou uma última vez para o rosto adormecido de Chozeh. Afastou uma mecha de cabelos dourados que lhe cobria os olhos.

Você terá que me perdoar — ele sussurrou baixinho para ela.

Em seguida levantou-se e respirou fundo. Então, virou-se para o cashaph e visualizou toda a estrutura montada para ativar a rede sombria. Cinco lapidadores estavam ali, além do próprio Télom, todos cobertos com capuzes negros. De nenhum Adin conseguia ver a face. Cada um monitorava uma pedra shoham escura. Até parecia que a rede já estava instalada, porém, Adin sabia que faltava algo essencial para que isso acontecesse.

— Você trouxe os três pergaminhos? — Perguntou Télom.

Adin se aproximou do homem misterioso mostrando os três artefatos.

Os olhos de Télom brilharam de satisfação. Até mesmo os olhos desconfiados de Timna pareceram mais confiantes, após a surpresa ao ver os pergaminhos. Adin confirmou que o príncipe de Nod jamais acreditou que ele voltaria. Como culpá-lo? O próprio Adin havia acreditado que jamais voltaria ali.

— Eu apenas quero que você repita os termos do nosso acordo, antes de entregá-los — exigiu Adin, segurando os pergaminhos juntos com a mão direita. — Essa é minha única condição. Você precisa garantir tudo o que prometeu a meu respeito e a respeito dela.

— Certamente — prontificou-se Télom. — Você e a jovem rainha poderão ir conosco para o novo mundo que vamos construir. E, como você sabe, não precisará entregar os pergaminhos para mim. Na verdade, você mesmo vai conduzir todo o processo. Para que todo o ritual tenha plena validade, ele precisa ser realizado por alguém que completou o caminho da iluminação, ou, no mínimo, recebeu algum dos dons dos kedoshins. Portanto, você deverá realizar as três tarefas. Liberará o avanço da cortina de trevas, extrairá o poder do Abadom, e liberará a destruição sobre este mundo. Nós todos nos refugiaremos com o poder que vai ser liberado, e depois, faremos desse mundo nosso lar para sempre. Nós conduziremos sua rainha, mesmo que ela tente se recusar a fazer isso. Esse é o nosso acordo.

Adin assentiu e deu uma olhada para dentro do fosso. Fumaça e cheiro de enxofre emanavam das profundezas, mas aquilo era nada perto do que aconteceria quando o poder fosse invocado.

— Antes precisaremos mesmo liberar o avanço da escuridão? — Perguntou Adin, como uma última tentativa, apesar de já saber a resposta.

— Precisaremos sim — respondeu o cashaph. — Um preço necessário. Um preço alto, sem dúvida. Porém, talvez facilite seu trabalho lembrar que, de um modo ou de outro, os dias deste mundo estão contados. O que faremos aqui será apenas adiantar um destino inadiável. E, ao mesmo tempo, abriremos todas as possibilidades para um novo amanhã para nós.

— E quanto à minha irmã?

Adin fez aquela pergunta, apesar de já saber a resposta também. No fundo, talvez, ele próprio estivesse tentando ganhar algum tempo, mesmo sem ter qualquer perspectiva de que tomaria algum caminho de ação diferente do que já estava estabelecido.

— Não há vitória sem sacrifícios — disse o cashaph sem aparentar tom de lamento. Soou apenas como uma constatação. — Mas ela poderia estar aqui se ela quisesse, não é mesmo?

— Sim, poderia... — concordou Adin. — Mas ela jamais viria... Jamais.

— Todos os seres humanos escolhem seu próprio destino — confirmou o cashaph. — Ninguém é culpado pelo sofrimento de ninguém. Tudo é uma pura e simples questão de aproveitar ou não as oportunidades. Acho que você entende bem isso agora...

— Sim...

— De qualquer modo, sua irmã tem o Olho de Olam. Se ela quiser, sempre encontrará um modo de abandonar este mundo também. Eu não tenho a menor dúvida de que os irins a receberiam se ela quisesse. Ela já poderia estar com eles.

Adin forçou-se a concordar.

— Então, o que me diz? — Perguntou Télom, repuxando a cicatriz que aparecia apesar do rosto parcialmente encoberto. Aquilo mostrava que ele estava impaciente. — Todas as dúvidas foram sanadas? Podemos começar? Nosso tempo não é muito longo. Os shedins já estão desconfiados da nossa demora. Tivemos dois pequenos imprevistos com a rede, e isso nos custou quase quatro dias de atraso. Agora, não há mais tempo a perder.

Adin assentiu e se aproximou segurando os três pergaminhos. O cashaph apontou o lugar onde Adin precisava se posicionar. Era exatamente na parte frontal do grande círculo que se afundava na escuridão, contígua ao grande salão. Em cima do parapeito redondo havia seis pedras escuras. Uma para cada cashaph. Em Irofel, também havia seis pedras escuras ao redor do fosso, e também lá estavam agora seis lapidadores aguardando o momento. Deste modo, as duas partes da rede se complementavam.

Télom se posicionou ao lado de Adin, e os demais tomaram seus lugares no círculo de pedras em volta do fosso. Timna permaneceu olhando de longe. Ele não era um lapidador, e não podia participar do ritual, mas tinha a promessa de ir para o novo mundo quando a passagem fosse aberta.

Adin levantou os três antigos pergaminhos que haviam sido entregues aos antigos imperadores de Mayan, pelos kedoshins renegados. Com aqueles pergaminhos a magia antiga foi manipulada e Mayan destruída. Posteriormente, quando da intervenção dos irins, os pergaminhos foram entregues aos guardiões deles, a fim de que jamais voltassem para mãos perigosas. Um deles, Tutham havia roubado de Leviathan. E os outros dois, ele havia conseguido com o patriarca dos behemots em sua expedição secreta para o norte do mundo. Adin sabia agora qual havia sido o plano de Thamam com aqueles pergaminhos. Télom lhe contara todos os detalhes. Isso o fez pensar que, no fundo, Thamam não era diferente de Enosh ou mesmo de Télom.

As três tarefas que precisariam ser desempenhadas por Adin, naquele momento, tinham uma ordem. A primeira delas seria invocar o poder do Abadom para o estabelecimento da rede, a fim de que as trevas pudessem avançar sobre o Perath e engolfar Olam. A segunda tarefa seria extrair o poder da magia antiga do Abadom não para a rede, mas para o próprio Télom. E a terceira tarefa seria mantê-los todos seguros enquanto o lago de fogo engolisse Olam. Sem dúvida, a mais difícil e perigosa seria a segunda.

Adin preparou-se para realizar a primeira parte da tarefa. Ao estabelecerem a rede sombria com suas duas metades, a escuridão de Hoshek suplantaria o bloqueio criado pelo Olho de Olam e avançaria sobre o mundo. Então, em seguida, o poder do Abadom estaria disponível para ser invocado das profundezas por Télom.

Os lapidadores posicionaram os pequenos formões sobre as pedras escuras. Os pequenos martelos também foram posicionados. Em Irofel, os seis lapidadores também estavam posicionados naquele momento. Mas a marca final na rede só poderia ser feita após o poder do Abadom ser liberado com os três pergaminhos. Adin precisava ler as informações complementares de cada um deles ao mesmo tempo. Um dos motivos que dificultava que alguém que não tivesse percorrido o caminho da iluminação fizesse aquela tarefa era, justamente, a incapacidade de ler três pergaminhos ao mesmo tempo, de modo a permitir que as palavras se encaixassem na ordem apropriada. Os três imperadores de Mayan haviam lido ao mesmo tempo os três pergaminhos, pois os três tinham uma ligação única. Ninguém, atualmente, conseguiria fazer aquilo do modo preciso. Porém, os dons dos kedoshins recebidos no caminho da iluminação davam condições ao jovem de Havilá de fazer isso.

Adin concentrou-se nos pergaminhos fechados. Não os abriu ainda. Vasculhou-os com os olhos da mente, tentando encontrar as palavras certas, na ordem apropriada. Havia lido e relido várias vezes os pergaminhos na noite anterior, enquanto esperava Chozeh despertar. Já sabia o conteúdo dos três decor. Porém, não sabia quais eram as palavras certas que possibilitavam realizar a tarefa.

Quando achou que estava suficientemente preparado, abriu-os um por um. Os três ficaram abertos sobre um púlpito de pedra que a quina da muralha formava sobre o abismo. Adin olhou para eles, deixando os dons dos kedoshins aflorarem, dando-lhe intuição, discernimento, sabedoria. Como que em resposta, inúmeras palavras brilharam nos pergaminhos.

Vastos conhecimentos estavam depositados neles, e não apenas o modo de fazer o poder fluir do Abadom. Com eles, era possível inclusive desvendar diversos mistérios da existência dos homens e das criaturas incorpóreas, porém, Adin foi recusando um a um os conhecimentos ofertados em cada palavra, tentando encontrar as palavras exatas que abriam o Abadom.

Ele precisou de toda concentração para identificar as palavras, pois não havia qualquer ordem a ser seguida, nem mesmo cores. Apenas a intensidade do brilho poderia ser considerada. Então, finalmente as encontrou. Eram apenas seis palavras, duas em cada manuscrito que pareciam ter um brilho uniforme. Quando conseguiu identificá-las, instantaneamente foi como se todas as outras palavras desaparecessem e ficassem apenas aquelas seis.

DOZE FURO PANO
ASAS ROSA RUDE

Era estranho, porque as palavras não pareciam ter qualquer nexo. Adin, acreditou que estava cometendo algum engano. Porém, quanto mais olhava para os pergaminhos, mais aquelas seis palavras se destacavam.

De algum modo, todas aquelas palavras precisavam ser pronunciadas simultaneamente, pois tinham que formar uma só palavra. Mas como fazer isso?

Ele teve a intuição de mesclar as letras das palavras para ver se chegava a algo compreensível. Juntou as duas palavras de cada pergaminho, cruzando as letras. Então formou três palavras. Mas elas eram incompreensíveis.

DAOSZAES
FRUORSOA
PRAUNDOE

Ainda seguindo aquela intuição, ele resolveu cruzá-las mais uma vez. Cruzou as letras, agora das três palavras ao mesmo tempo, formando uma única e longa palavra.

DFPARROUASOUZRNASDEOOSAE

Porém, aquele exercício não formou uma palavra compreensível. Adin, olhou desesperado para as letras destacadas à sua frente. A palavra sequer era pronunciável. Aquele não parecia o caminho correto de discernir o significado. Porém ele não conseguia pensar noutra forma, ou maneira de ler todas as seis palavras de uma só vez. Ele sabia que se falhasse, Télom não o pouparia, e muito menos pouparia à Chozeh. Ele tinha que entender aquilo. Mas como?

Fixou mais uma vez os olhos nas letras da palavra impronunciável que se destacavam à sua frente. Então, teve a ideia de eliminar todas as letras repetidas. A palavra que surgiu foi:

DFPAROUSZNE

Porém, ainda assim, nada compreensível surgiu. A palavra continuava impronunciável. Adin se conscientizou de que havia cometido algum erro. Talvez, o processo de reconhecimento fosse aquele mesmo, mas possivelmente ele tivesse trocado ou esquecido alguma letra.

Então, refez mentalmente todo o processo, e chegou outra vez ás mesmas letras.

DFPAROUSZNE

Quando o desespero já tomava conta dele, ao imaginar que teria que enfrentar a ira de Télom, subitamente, as letras se ordenaram, e uma palavra surgiu:

PROFUNDEZAS

Adin teve um sobressalto ao identificar o sentido. Teve que admitir que parecia uma palavra apropriada. Porém, não havia motivos para comemorar ou se alegrar. Quando a pronunciasse verbalmente, daria início a todo o processo que destruiria aquele mundo.

Adin respirou fundo e se preparou para dizê-la. Agora era tarde demais para voltar atrás. Nem ele, nem Chozeh sairiam vivos dali se ele se recusasse.

Naquele momento, aconteceu o que Adin não desejava. Chozeh acordou. A rainha de Sinim olhou em volta confusa e, aos poucos, começou a tomar consciência dos fatos. Então, o pavor virou indignação em seu rosto.

— O que você está fazendo? — Ela perguntou ao ver Adin com os três pergaminhos abertos à sua frente, sobre o abismo. — Traidor!! — Ela gritou ao entender o que ele estava de fato fazendo.

Adin não podia mais controlá-la com a pedra escura. Esse havia sido um risco que teve que correr. Mas havia esperado que ela demorasse mais tempo para acordar, quando então já fosse tarde demais para qualquer coisa. Agora, não havia nada a ser feito a não ser aguentar os insultos que ela gritava. Seu único consolo era acreditar que, depois de tudo, ela compreenderia que aquela era a única alternativa para eles.

Ou então terei cometido o pior dos erros.

— Essa sempre foi sua intenção! — Gritou Chozeh. — Você sempre esteve no nosso meio, mas lutou do lado do inimigo!

Timna segurou a rainha, impedindo que ela interferisse no andamento do ritual. Os braços fortes do capitão de Nod envolveram Chozeh e a imobilizaram, mas os gritos dela ainda continuaram por algum tempo, até que a mão de Timna conseguiu tapar a boca da jovem rainha.

Ainda ouvindo os apelos abafados de Chozeh, Adin voltou-se outra vez para a rede e para os pergaminhos. Também precisou abafar os apelos dentro de si que tentavam fazê-lo desistir da tarefa.

— Preparem-se! — Ele alertou os integrantes do conselho sombrio, enquanto abria os braços sobre o púlpito de pedra.

— Espere! — Interrompeu Télom. — Temos um novo problema em Irofel.

* * * * *
* * * *

— Naquela primeira noite, eu quis tanto encontrá-la aqui — disse Naphal. — Mas você havia partido tão depressa. Você sabe que nenhum shedim tocou em você porque você estava reservada para mim, não sabe? E agora quer fazer isso novamente? Justamente quando eu fiquei tão esperançoso por você ter voltado para cá?

Leannah viu o príncipe shedim no lado oposto da sala de lapidação. A luz da shoham revelava as formas grotescas dele, pois seu corpo estava bastante deteriorado. Ela ainda procurou por Layelá, mas não havia qualquer sinal da re'im. Provavelmente, ela devia ter vindo até ali quando se completaram as doze horas, e ao constatar que Leannah não estava, devia ter voltado para Olam.

Ela sabia que não havia mais nenhum pingo de cor em seu rosto. Sua respiração era tão intensa que quase a sufocava. Um milhão de pensamentos passavam por sua mente, enquanto via o shedim se aproximar lentamente. Ela não conseguia encontrar nenhuma maneira de fugir dele.

— Eu tenho que lhe dizer que você é a criatura mais surpreendente que este mundo já viu — continuou Naphal. — Quem poderia imaginar que abandonaria o Olho de Olam, e viria para o próprio coração das trevas? E que nos atacaria na retaguarda, justamente no momento em que ela está mais desguarnecida? Isso realmente foi genial.

Leannah não sabia se ele estava sendo sincero ou irônico.

— Estou sendo sincero — disse Naphal, lendo as dúvidas no rosto dela. — O seu plano era mesmo extraordinário, não fosse por um detalhe.

— Qual? — Perguntou Leannah, realmente querendo saber como ele havia descoberto tudo.

— O fato de eu estar procurando por você. Desde que o giborim a aprisionou nesta torre, eu tenho feito isso. Mas realmente fiquei surpreso com sua decisão de voltar para cá. Tão surpreso que quase não acreditei, e por isso deixei você realizar tudo o que planejou. Pelo menos até agora... Eu realmente queria saber o que você pretendia. E o modo como sabotou a rede do cashaph também foi algo extraordinário.

Aquilo colocou um fim nas esperanças de Leannah de que, talvez, ele não soubesse exatamente o que ela havia feito. Porém, o shedim sabia de tudo. Ela não havia conseguido ocultar nada dele. O plano havia fracassado completamente.

— Foi tão extraordinário — continuou o shedim — que estou pensando em deixar que você leve até o final o seu plano.

Aquilo desnorteou Leannah. Que tipo de blefe era aquele?

— Planos perfeitos devem ser levados até o fim — continuou o shedim. — Eu vou deixar que você cumpra seu intento. Na verdade, vou ajudá-la a fazer isso. Sim, há uma maneira de fazer seu plano se tornar realidade.

— Por que? Por que você faria isso?

— Eu já disse. Porque é um excelente plano. Na verdade, o seu plano me oferece uma oportunidade que eu tenho buscado há muito tempo. Uma oportunidade única. Por isso, estou disposto a dar continuidade.

— E o que eu terei que fazer em troca? — Perguntou Leannah, ainda incrédula. — O que você quer? O Olho de Olam?

— A pedra branca dos kedoshins, sem dúvida, seria um trunfo incrivelmente valioso. Eu realmente desejaria tê-la mais do que tudo, exceto uma coisa...

— O que?

— Você.

Leannah tentou recuar, mas já estava no canto da parede. E o shedim continuava se aproximando.

— Mas, você sabe disso, não sabe? — Perguntou Naphal. — Você sempre soube. Você conseguirá negar que no fundo também deseja isso? Negará que desejou desde o primeiro dia? Até mesmo quando o giborim a prendeu aqui, mas me impedia de me aproximar de você por causa do Olho de Olam?

Leannah sentiu-se encurralada pelo shedim.

— Não se deixe enganar por essa carcaça desprezível — ele disse se aproximando ainda mais. — Eu sou belo. Mais belo do que qualquer outra criatura que você já viu. Quando eu abandonar esse corpo, você verá.

Então, Leannah viu asas vermelhas de luz acima dele, e também a sombra de uma forma parecida com um ser humano, porém inegavelmente belo.

— Deixe-me envolvê-la com a minha sombra. Deixe-me consumar nossa união. Nós criaremos uma nova raça. Você pode ser a ponte entre a luz e a escuridão. Você pode nos devolver a luz que nós perdemos. Podemos realizar o antigo sonho dos kedoshins. Este mundo não precisará ser pura escuridão para sempre. Poderemos fazer algo melhor do que o criador fez. Ele nos abandonou. Mas não precisamos dele. Podemos fazer algo esplêndido por nós mesmos.

Leannah lembrou das palavras de Gever em Ganeden. *Será sua maior tentação. Não subestime o poder sedutor da escuridão. Nem mesmo você está imune a ele.*

Na época, ela subestimara a advertência de Gever. Parecia-lhe impossível que isso acontecesse, apesar de alguns sentimentos dentro dela servirem de alerta. Mas agora podia ver que até mesmo Gever não esteve totalmente certo. Nem mesmo ele entendeu o poder de sedução das trevas. Agora ela compreendia também as atitudes de Kenan e de Adin. Não havia forças no ser humano para resistir à tentação do mal quando se revelava em todo o seu poder.

— Você negará que me deseja? — Perguntou Naphal se aproximando ainda mais dela e pegando sua mão. — Negará seus sentimentos agora e desde o princípio? Negará que tudo em você, absolutamente tudo, sabe que pertence a mim?

Leannah sentiu aquele toque em sua mão e lhe pareceu como o toque suave e morno do vento nos dias de verão. Era inegavelmente agradável, embora também o fosse apavorante.

Com esforço da própria vontade, ela retirou a mão e se afastou dele, caminhando para o outro lado da cúpula. Sabia que precisava resistir aos feitiços sedutores dele.

— Eu vou lhe mostrar toda a situação — disse Naphal. — Vou lhe explicar tudo o que está acontecendo exatamente agora. Isso ajudará você a tomar uma decisão. Eu quero que saiba que eu respeitarei sua decisão, seja ela qual for.

Gentilmente, ele se aproximou outra vez e a conduziu pela mão até a quina quebrada da cúpula. Num instante, foi como se vissem as tochas dos exércitos dos shedins à distância. Sem dúvida era alguma mágica operada pelo shedim, pois o exército estava no limite das trevas, aguardando o momento de avançar, e isso ficava a uma distância muito grande de Schachat.

Leannah sentia o shedim ao seu lado, como pura energia, uma forma em semelhança de homem, porém escurecida e paradoxalmente luminosa. Mas quando olhava diretamente para ele, via apenas o corpo deteriorado.

Porém, a atenção de Leannah subitamente se fixou no exército das trevas. Ela viu que estava em movimentação.

— Eles estão se movendo! — Notou Leannah. — A invasão começou!

— Sua estadia aqui, infelizmente, tornou isso inadiável. Rum está no comando daquele exército. Quando soube que a rede havia sido sabotada, ele ordenou a invasão imediata.

Leannah recebeu aquilo como um golpe.

— Evidentemente, eu precisei avisar o cashaph em Nod sobre a situação da rede. Nesse exato momento, os lapidadores estão desfazendo as marcas que você realizou nas pedras em Irofel. Na verdade, eles começaram a desfazer no exato momento em que você deixou Irofel. Em Nod, o cashaph aguarda que eles terminem para ativar a rede. A perspectiva é que consigam fazer isso até o amanhecer.

Leannah sentiu o desespero aumentar. Isso significava que Ben só tinha aquela noite. Ao amanhecer, as trevas cobririam Olam. Isso, é claro, se o exército de Olam conseguisse resistir a invasão por uma noite.

— Quando a rede for instalada, a escuridão avançará e todo este mundo que você conheceu será apenas trevas. A batalha chegará ao fim. Até mesmo a invasão ordenada por Rum será desnecessária. Os shedins avançarão livres. Não haverá nenhuma resistência por parte dos homens. Você entende isso?

Leannah engoliu em seco ao perceber que ele estava certo.

— Como eu disse, eu estou disposto a sacrificar tudo isso por você — continuou o shedim. — Eu não posso deter aquele exército. Porém, eu posso deter a rede. Em algumas horas, os lapidadores terminarão de desfazer as marcas nas pedras. Quando estiverem prontos, no exato momento em que o cashaph instalar a rede em Nod, darei ordem às sentinelas para que invadam o salão de Irofel e matem todos os lapidadores. Assim, com apenas uma das metades, a rede não funcionará. Na prática, acontecerá a mesma coisa que você havia planejado. Irofel será destruída pelo poder descontrolado que fluirá do Abadom. O cashaph será destruído em Nod. A cortina de trevas não poderá subir, e na verdade recuará, expondo os shedins que aguardam junto ao Perath. Todos eles, incluindo Helel, serão aniquilados pela luz de Shamesh, exatamente como você havia planejado. É isso o que eu ofereço a você. A destruição de todos os da minha raça.

Leannah se sentia atônita com aquela proposta. Nunca havia imaginado que o shedim estivesse disposto a oferecer tal coisa.

— Mas, então, você também será destruído! — Disse Leannah.

— Este corpo garantirá minha sobrevivência temporária. Atualmente, só há três shedins com corpo, além de mim. Seremos os únicos sobreviventes. Mas não acredito que os outros três sobrevivam à batalha.

— O que... O que acontecerá, então? — Ela perguntou.

— Sem o avanço da escuridão, aquela batalha não terá um vencedor. Todos sairão derrotados. Essa Era será sepultada sobre os escombros da última batalha. Então, eu e você construiremos a nova Era. Com o meu poder e com o poder do Olho de Olam, traremos o passado de volta. O Olho fará você viver para sempre e também me livrará da maldição da escuridão. Nós dois criaremos a era dourada. Tudo o que eu preciso é do seu "sim". Entregue-se a mim, deliberadamente, e levantaremos um novo mundo onde não haverá deuses ou sacerdotes, guerreiros ou lapidadores. O Olho foi lapidado para levantar os caídos. Ele foi reativado no caminho da iluminação. Você pode devolver a luz para este mundo. Você pode me devolver a luz. Você é a única que pode fazer isso.

*****
****

Adin já estava praticamente dizendo a palavra que liberaria o poder do Abadom, quando Télom o interrompeu.

— Tivemos um pequeno contratempo em Irofel — explicou visivelmente contrariado, repuxando ainda mais a cicatriz —, porém, em mais algumas horas, tudo estará pronto.

Adin estranhou a explicação dele. O cashaph não havia mencionado aquilo antes. Parecia que tudo estava perfeitamente pronto para realizar o procedimento.

Será que, afinal das contas, o homem não tinha tudo sob controle? Teria Leannah conseguido inviabilizar a rede?

— Sua irmã tentou nos impedir — disse o cashaph. — Mas ela foi descoberta e fracassou, e nesse exato momento, está tendo uma conversa com Naphal, sem o Olho de Olam. Ela tentou sabotar a rede, porém, nós já descobrimos todas as marcas de sabotagem que ela realizou. Das seis pedras, duas já foram consertadas. Só precisamos de mais algumas horas para resolver tudo. Antes do amanhecer, a rede estará pronta outra vez. Você e sua rainha poderão descansar num quarto privativo até o amanhecer. Recomendo que use a pedra escura para controlá-la.

Subitamente, uma forte explosão se fez ouvir no submundo. O cashaph olhou ainda mais contrariado para o túnel que desembocava no salão, de onde o barulho tinha vindo. Havia descontentamento no rosto dele, mas não parecia haver preocupação.

Timna, ainda segurando Chozeh, olhava preocupado para as escadarias, onde parecia que algo havia explodido. Porém, por alguns instantes, eles não ouviram outro som. Então, um barulho até certo ponto discreto de pés descendo os degraus se ouviu. Pela leveza não eram pés de um guerreiro. Adin pensou que talvez fosse uma mulher, e imaginou que Leannah surgiria ali com o Olho de Olam. Mas, quem subitamente surgiu foi um velho grisalho, vestindo roupas cinzentas simples como de um camponês, as quais pouco podiam fazer para disfarçar a figura bem conhecida do Melek de Olam. Ele segurava uma espada.

Quando Thamam acessou o grande salão subterrâneo diante de todos, Adin demorou a entender e também a acreditar que ele estivesse mesmo ali. O Melek parecia só um velho magro e frágil, incapaz de oferecer ameaça ao conselho sombrio. A própria espada parecia pesada demais para ele carregar. Mesmo assim, todos ficaram subitamente alarmados ao vê-lo. Talvez, ele trouxesse soldados consigo, ou mesmo Ben com Herevel.

— Como se atreve a vir aqui? — Perguntou Télom, olhando furioso para Thamam.

— Essa é uma das antigas cidades de Olam — respondeu Thamam calmamente. — Nunca me negaram acesso a ela. Além disso, eu encontrei um re'im alado disposto a me trazer aqui.

Então, Adin entendeu que Boker havia trazido Thamam. E entendeu também que o Melek estava sozinho.

Timna segurava Chozeh firmemente, porém olhava para Thamam e para Télom, sem saber o que fazer.

— Devo chamar os guardas? — Timna perguntou para Télom.

— Então, o príncipe de Nod revelou aquilo que sempre foi — disse Thamam olhando para Timna. — Porém, desconfio que seus soldados não conseguirão chegar aqui tão rapidamente.

Timna olhou outra vez para Télom em busca de orientação, mas o cashaph nem se voltou para o príncipe de Nod. Toda a sua concentração estava na figura magra e envelhecida de Thamam.

— Então, finalmente nos reencontramos — disse Télom, levando a mão ao peito, onde estava dependurada a pedra escura redonda.

Ao ver que o formato daquela pedra escura era muito semelhante ao formato do Olho de Olam, com seus milhares de faces lapidadas, algum assombro passou pela face pálida de Thamam.

— Sim, sem dúvida um surpreendente reencontro para nós dois, não é? — Respondeu Thamam.

— De fato, eu deveria estar morto e você nos infernos — respondeu o cashaph. — E, no entanto, estamos aqui. Mas acho que você logo poderá voltar para o lugar de onde não devia ter saído.

— Ou, talvez, você deva ir para o lugar onde devia ter ido — desafiou Thamam.

O Melek de Olam levou a mão esquerda por dentro da gola da roupa e também puxou uma pedra shoham.

Adin arregalou os olhos ao ver que era uma pedra branca.

— O Olho de Olam! — Reconheceu Adin.

Os olhos do cashaph fuzilaram ao reconhecer a pedra também.

— Como o senhor o tomou de Leannah? — Perguntou Adin. — Onde está minha irmã?

— Eu não tomei nada de ninguém — respondeu Thamam calmamente, apesar de haver um claro tom de repreensão em sua voz. — O único usurpador aqui é Télom. E eu lamento profundamente que você tenha se unido a ele. Acreditei que houvesse acumulado sabedoria suficiente para entender que nenhum acordo com as trevas pode ser benéfico. Acreditei que a simplicidade de sua vida pregressa e o belo exemplo de sua irmã o haviam preparado para resistir aos convites do mal. Mas agora vejo que estava enganado.

— Mas como? — Insistiu Adin. — Como o senhor conseguiu a pedra? Onde está Leannah?

— Eu não sei onde está Leannah — respondeu Thamam. — Mas eu tenho a certeza de que ela não concordaria com o que você está fazendo aqui.

— E por que não? — Perguntou Télom antes que Adin pudesse responder algo. Ele parecia um pouco mais cauteloso ao ver a pedra branca no peito de Thamam, mas não parecia amedrontado. — Acaso a jovem de Havilá é diferente de nós, em última instância? O que ela, como nós, deseja não é o poder? Alguém é imune? Você realmente acredita nisso?

— Não meça todas as pessoas com sua própria medida — respondeu Thamam.

— Eu sei que eu posso medir você com a minha medida — retrucou Télom. — Por que outro motivo você se permitiria uma condenação ao Abadom? Você foi até lá por causa da magia, não foi? Para poder usar outra vez essa pedra.

— Eu não tenho que lhe dar explicações dos meus motivos. Mas eu estou lhe dando um motivo para abandonar essa montanha, agora mesmo. Permitirei que saia, se interromper essa loucura.

Ambos pareciam estar tentando ganhar tempo com aquela discussão. Era evidente que uma batalha aconteceria ali, uma batalha entre pedras. Porém, a pedra escura de Télom, mesmo parecendo uma perfeita imitação do Olho de Olam, não poderia ter o poder da pedra branca dos kedoshins. Por outro lado, Adin não entendia a cautela de Thamam, ou mesmo a espada que ele segurava. Por que simplesmente não usava o poder do Olho? Por que estava aparentemente negociando com o cashaph? Nem mesmo o cashaph poderia ser páreo para o Olho de Olam. A menos que Thamam, por ter usurpado o Olho, não tivesse legitimidade para usá-lo.

— Eu preciso reconhecer que foi muito inteligente de sua parte procurar o Olho de Olam, enquanto a jovem de Havilá foi fazer uma visita à escuridão — disse Télom. — Eu mesmo tentei encontrá-lo, mas não consegui. Onde você o encontrou? Ou ela cometeu o terrível erro de deixá-lo com você? De qualquer modo, será que ele terá o mesmo poder com você? Será que um condenado do Abadom pode manusear a pedra dos kedoshins?

— Você pode descobrir isso agora mesmo — desafiou Thamam. — Ou pode atender minhas exigências.

— E quais são elas? — Perguntou Télom.

— Se quer continuar aqui, eu irei embora, porém levarei os dois jovens comigo... E uma das pedras escuras da rede.

— Então você quer inviabilizar a rede? — Perguntou Télom com sarcasmo.

— Por um momento cheguei a pensar que tivesse outro objetivo com essa visita tão inesperada. Infelizmente, eu não posso atender nenhuma das suas exigências. Eu preciso do jovem para extrair o poder do Abadom. Quanto à garota, a decisão não me compete. Quem a trouxe aqui foi o jovem. Além disso, eu preciso da rede também. Ela demorou muito tempo para ficar pronta. Não podemos desperdiçar tudo isso.

— Então, vai ter que descobrir o poder da pedra — ameaçou Thamam. — Provavelmente, se você lapidou bem essa pedra escura, ninguém sairá vivo desse lugar.

Adin percebia que Thamam não estava tão confiante quanto tentava demonstrar, mesmo portando o Olho de Olam. Isso o fez pensar que talvez a pedra branca não estava com o mesmo poder de outrora. Ela realmente parecia menos brilhante do que quando Adin a tinha visto com Leannah. Havia algo diferente nela. Ou talvez, Thamam não tivesse legitimidade para usá-la.

— Sim, eu acho que fiz um bom trabalho — respondeu Télom, olhando para sua própria pedra. Então, o cashaph arregalou os olhos, como se tivesse descoberto algo extraordinário. Imediatamente, ele olhou para Thamam, e um ar de vitória passou claramente por seus olhos. — Eu aprendi a fazer isso com o melhor de todos os lapidadores. O mesmo homem que lapidou essa pedra branca que você está usando. Porém, apesar de ser um ótimo lapidador, ele não era perfeito, e cometeu alguns erros. Por isso ela se apagou.

Adin sentiu-se totalmente confuso com as palavras de Télom. Pelo que sabia, o Olho de Olam havia sido lapidado pelos próprios kedoshins. Mas Télom estava dizendo que havia aprendido a lapidar com o homem que o havia lapidado. Como aquilo podia ser possível?

Adin teve a impressão de que Thamam empalideceu um pouco mais ao ouvir as palavras de Télom. Em contrapartida, o cashaph estava no auge da altivez.

— Eu reconheço que foi mesmo inteligente — continuou o cashaph. — Você quase conseguiu me enganar. Foi realmente audacioso da sua parte vir aqui com essa pedra, e tentar me fazer acreditar que era o Olho de Olam. Onde você a encontrou? Nos escombros de Olamir, quando retornou do Abadom?

Então Adin entendeu. Aquela pedra não era o Olho de Olam. Era a pedra que Enosh havia lapidado a pedido de Tutham, e colocado no alto da torre, para substituir o Olho de Olam. Apesar de ser uma pedra branca, era uma cópia. Uma cópia apagada.

Thamam pareceu sentir o golpe. Seu estratagema havia falhado.

— Mas eu agora estou com uma grande dúvida — continuou Télom. — Não sei se permito que você assista o que vamos realizar aqui, ou se o mando de uma vez para o Abadom, porém, dessa vez passando diretamente pela lava.

Télom disse aquilo e deu uma olhada rápida para dentro do fosso, onde o cheiro de enxofre e a fumaça eram cada vez mais fortes.

Adin viu um filete de suor escorrer pela testa alva de Thamam. O velho Melek olhou para Chozeh que havia desmaiado outra vez, provavelmente por causa da pressão exercida por Timna, ou talvez, pelos fortes poderes que assombravam aquele lugar. A sombra de uma dúvida pareceu passar pelo rosto dele. Porém, imediatamente, o Melek endureceu a face e voltou a falar com seu oponente.

— Sim, este não é o Olho de Olam, embora por muito tempo todos tenham acreditado que ele fosse... Porém, ainda se trata de uma pedra branca. Há poder nela, o suficiente para impedir o que vocês pretendem fazer.

Então, Adin percebeu que o estratagema do Melek não estava acabado. Ele ainda trazia um trunfo oculto.

Naquele momento, Timna sacou da espada e avançou contra Thamam. O guerreiro de Nod agiu por conta própria, sem a autorização de Télom. Ele investiu contra o Melek, e tentou atingi-lo com um golpe da espada. Porém, antes que conseguisse o intento, Thamam se defendeu detendo o golpe do guerreiro com sua própria espada. Quando as duas lâminas se encontraram, um forte clarão inundou o submundo e o príncipe de Nod foi engolido pela luz e desapareceu da vista de Adin por um instante, e, praticamente no mesmo momento, ele ressurgiu e foi arremessado para fora do campo de luz.

O guerreiro caiu de costas e deslizou contra o parapeito que protegia o fosso, chocando dolorosamente a cabeça nas pedras antigas que o rodeavam. Ele ficou momentaneamente desacordado.

Adin estava estupefato com aquele poder demonstrado pelo Melek. Com a pedra branca, Thamam, aparentemente, teria forças para impedir os planos de Télom. E isso, provavelmente, mudaria completamente a situação. Adin olhou para Chozeh ainda desacordada, e calculou se conseguiria carregá-la e correr para fora de Nod. Certamente, as coisas ficariam bastante difíceis ali embaixo quando os dois homens se enfrentassem.

Télom não parecia impressionado com o feito de Thamam. Ele nem sequer olhou para Timna quando o guerreiro foi arremessado. O cashaph segurava a pedra escura com a mão e olhava firmemente para Thamam.

Naquele momento, dois soldados irromperam das escadarias com espadas em punho. Os dois homens pararam subitamente quando se depararam com Thamam. A estranha determinação no rosto do Melek barrou o avanço dos homens. Porém, ao verem Timna caído e desacordado, os dois investiram com fúria contra Thamam, e tiveram o mesmo destino de seu líder. Em poucos segundos, ambos estavam caídos e desacordados.

Novamente, Télom e Thamam se colocaram frente a frente. Télom agora também tinha uma espada em sua mão. Ele havia coletado uma do chão, de um dos soldados caídos. Os dois se aproximaram, então, o tempo começou a passar mais lentamente dentro do abismo de Nod. Pelo menos, foi isso o que Adin sentiu. Tudo à volta ficou subitamente revestido de estranhas energias conflitantes. Uma guerra mental começou naquele momento. Adin podia ver que os dois oponentes apontavam as espadas um contra o outro, porém as verdadeiras armas eram as pedras e a magia antiga.

Télom tentava dominar Thamam com a pedra escura, porém, estava tendo dificuldades em imobilizá-lo.

— Seus truques não funcionam comigo — disse Thamam.

— De fato, um homem que voltou do Abadom não pode ser facilmente controlado — debochou o cashaph.

Então, Télom investiu contra Thamam. Com uma força sobrenatural, o homem desferiu um golpe com a espada, o qual parecia ter poder de quebrar uma coluna de pedra. Thamam defendeu-se interpondo sua espada e deteve o golpe de Télom. Quando as duas espadas se encontraram, raios de pura energia se desprenderam delas, fluindo das pedras para as espadas. Da espada de Télom, Adin viu uma estranha força avermelhada movendo-se irregular como um relâmpago. Assim que o Melek sentiu o impacto seus pés foram empurrados para trás, enquanto todo o poder do cashaph o sobrecarregava.

Quando a energia se esgotou, Télom tinha um riso malévolo em seu rosto. As mãos de Thamam estavam queimadas em volta do cabo da espada. Porém, ele parecia não se importar, e não parecia ter sofrido dano maior.

Então, foi a vez de Thamam atacar Télom. Um raio de energia branca também se desprendeu da espada de Thamam quando a espada de Télom barrou seu golpe. Porém, a pedra escura absorveu a luz e a engoliu inteiramente, impedindo que causasse qualquer efeito no cashaph.

Thamam olhou incrédulo para a pedra escura, e uma rusga de desespero cresceu em sua testa.

— As pedras escuras absorvem a luz — disse Télom, satisfeito com o resultado de seu trabalho. — Se essa pedra que você carrega fosse o Olho de Olam, provavelmente seria mais difícil de fazer isso, mas como trata-se de uma imitação apagada, suas chances de me enfrentar são de fato bem pequenas. Sua estadia no Abadom não lhe concedeu poder suficiente para me enfrentar. Eu tenho sugado energia de todo tipo de criaturas por muitos anos. E daqui a pouco, sugarei a sua.

Thamam estava completamente pálido. Ele pareceu indeciso por um momento, olhando para Chozeh e Adin. Parecia avaliar algo que planejava fazer. Então, levou a mão à pedra mais uma vez. Adin imaginou que ele tentaria lançar algum tipo diferente de ataque contra o cashaph, porém, o Melek soltou a pedra do colar que a prendia em volta do pescoço, quase como se estivesse se rendendo ao cashaph. Thamam depositou a pedra no chão, diante de seus pés.

Adin demorou alguns segundos para entender o que Thamam estava pretendendo fazer.

Uma sombra de desconfiança passou pelo rosto de Télom, quando entendeu que Thamam não estava se rendendo. O cashaph olhou para a pedra no chão e para a espada na mão do antigo Melek.

— O que você pretende fazer? — Perguntou parecendo incrédulo.

— Apagada ou não, trata-se de uma pedra branca — disse Thamam. — A segunda mais perfeita já encontrada. Se ela for destruída, levará junto toda essa montanha.

— Você teria coragem? — Perguntou o cashaph com um pouco de assombro em seu rosto. — Teria coragem de se sacrificar e também a todos esses?

Thamam olhou outra vez para Chozeh. Estava claro que a única pessoa ali que Thamam não queria sacrificar era a jovem rainha de Sinim. Porém, as próximas palavras do velho rei mostravam que ele sabia fazer contas.

— Eu daria tudo para não sacrificar uma vida inocente. Mas, preciso reconhecer que se trata de um sacrifício menor diante da iminência da destruição de todo esse mundo. Se não tenho outra opção, é o que farei.

A resignação de Thamam transparecia em seu rosto. O peso dos anos nunca pareceu tão evidente antes. Então, de fato Adin percebeu que aquela sempre havia sido a única opção contemplada por Thamam. Desde que pusera os pés no submundo de Nod, ele sabia que essa era sua única alternativa contra o cashaph para tentar impedir que a rede fosse estabelecida.

Thamam apertou a espada firmemente. Olhou para a pedra branca no chão. Então, fez o movimento com o braço para golpear.

Adin viu Télom direcionando a energia da pedra escura diretamente contra Thamam. Todo o poder do cashaph concentrava-se em deter aquele braço. Thamam tinha treinamento e poder suficientes para resistir aos comandos mentais de Télom. Mesmo assim, o braço ficou parado no ar por alguns instantes, barrado por uma força invisível.

Num último momento, Thamam atingiu Télom com um raio de pura energia, que não parecia ter vido de lugar nenhum, mas simplesmente surgido do nada, como um relâmpago. Télom caiu sentado, e Thamam se viu livre para realizar seu intento.

A certeza de que Thamam explodiria aquela montanha subitamente fez Adin ganhar impulso. Ele correu e lançou-se no vazio, só uma fração de segundos antes que Thamam vencesse o comando externo de Télom e golpeasse a pedra. Adin deslizou e a retirou do caminho da espada. A espada do Melek atingiu apenas o chão de pedra cinzenta. O barulho metálico que se ouviu foi a única consequência, a qual estava muito longe da esperada pelo Melek.

# 16 - De Volta ao Submundo

Ao anoitecer, Ben decolou do acampamento com a coruja prateada. As asas suaves foram levantando o pássaro, deixando a muralha verde coroada de dourado da floresta para trás, cujas cores se apagavam com o avanço da noite. Em seguida, o grande pássaro encontrou uma corrente apropriada e seguiu na direção sul.

Ben ainda pensava nas palavras de Thamam. Ao final, precisava concluir que teve mais sorte do que prejuízo na vida. Dois homens como Enosh e Thamam estiveram dispostos a fazer tudo o que era possível para protegê-lo. Ben não ignorava que ambos tinham mais mistérios do que boas intenções, mas a cada dia mais pensava que, no fundo, ambos sempre tentaram fazer o melhor para Olam.

Será que Thamam retornaria? Ele disse que tinha ido para Sinim. Porém, já fazia dois dias e até agora não havia chegado lá. Para onde ele tinha ido? Nem mesmo Tzizah sabia dizer, e isso tornava os dias da nova rainha ainda mais melancólicos. As últimas palavras de Thamam deixavam a impressão de que ele acreditava que não voltaria mais.

O voo daquela noite era igual aos das anteriores. Um voo de reconhecimento a fim de verificar se a cortina de trevas ainda estava estacionada junto ao Perath, ou se o exército shedim avançava mesmo sem a cortina. Aquele já era o oitavo dia desde que Ben encontrara o exército ao lado de Ganeden. O atraso da cortina de trevas estava garantindo que um exército cada vez mais numeroso se formasse com homens e rions. Os exércitos de Sinim também haviam chegado no dia anterior. Setenta e cinco mil soldados. Ben nunca tinha visto uma multidão de guerreiros uniformizados como aquela. E Kenan e Icarel estavam fazendo um excelente trabalho no sentido de organizar os homens.

A maior angústia de Ben era a completa ausência de notícias de Leannah. A última pessoa que havia visto a cantora de Havilá foi Icarel. Mas o fazendeiro profeta tinha poucas informações a dar sobre o paradeiro dela.

Ben somente conseguia imaginar dois lugares onde Leannah poderia ter ido. O primeiro era Ganeden e o segundo era Hoshek. Se fosse Ganeden, agora ela estaria a salvo com os irins. Mas pelo que conhecia de Leannah, cada vez mais ele temia que ela tivesse escolhido a segunda opção, e se lançado sozinha no coração das trevas para tentar impedir o crescimento do mal.

A única esperança de Ben era que ela não tivesse feito isso porque não poderia ter levado o Olho de Olam para o coração de Hoshek. Porém, se outrora Ben imaginava que ela jamais abriria mão do Olho de Olam para realizar aquele tipo de missão, a viagem para o norte eliminava qualquer dúvida nesse sentido. Leannah não havia se apegado suficientemente ao poder ao ponto de não conseguir abandoná-lo.

Ben apreciava cada vez mais o voo suave com as corujas. Se aqueles não fossem dias de guerra e de tão terríveis destruições, ele poderia se permitir voar sem destino, só pelo simples prazer de voar, de contemplar paisagens, de admirar a beleza e a imensidão do mundo. Porém, temia que provavelmente, gostasse também de voar com as corujas pela oportunidade de sair do acampamento, e de deixar para trás as situações constrangedoras relacionadas ao seu casamento com Tzizah. Aquele era outro assunto que a guerra impedia de resolver.

Porém, naquele momento, ele só podia se permitir um objetivo. Vigiar o exército shedim. E, principalmente, torcer para que a cortina de trevas continuasse estacionada. Daquela posição elevada, mesmo que ainda próxima de Ganeden, ele já conseguia ver a cortina de trevas no horizonte. Ela parecia ainda estar no mesmo lugar. Porém, Ben precisava se aproximar mais para ter certeza disso. E também, porque não desejava voltar tão rápido para o acampamento.

Por um momento, Ben imaginou que uma parte da vegetação acima do Hiddekel estivesse em chamas. Ao anoitecer, o campo parecia coberto de fogo. Ben sentiu imediatamente todos os seus instintos se aguçarem. Ele fez a coruja descer um pouco, sem se aproximar exageradamente. Então, comprovou o que já esperava. Aquilo não era um incêndio, eram tochas de fogo. Os exércitos dos shedins avançavam e já haviam cruzado os dois rios gêmeos.

Seus piores temores, entretanto, não se confirmaram, pois, a cortina de trevas continuava bloqueada pelo Perath. Isso significava que os shedins haviam desistido de aguardar o avanço da escuridão e antecipado a ordem de ataque. Imediatamente, Ben soube que em poucas horas haveria uma batalha.

Ele fez a coruja dar meia volta e retornou à toda pressa ao acampamento. Precisava dar o toque de alerta e colocar os homens em prontidão. Na verdade, já estavam em prontidão há vários dias, porém, a certeza da iminência da batalha sempre causava confusão e desentendimentos.

Ben saltou da coruja antes mesmo que ela pousasse.

— Os inimigos estão avançando! — Noticiou Ben para o grupo em volta de Kenan no acampamento. — Eles vão nos atacar.

A notícia caiu como uma bomba entre os líderes do acampamento. Os olhares preocupados se fixaram nele, e embora todos soubessem que aquilo aconteceria mais cedo ou mais tarde, sempre havia um resto de esperança de que não precisassem enfrentar as trevas.

Além de Kenan, também estavam ali os comandantes dos exércitos de Sinim e Maor, além de Icarel.

— E a cortina de trevas? — Perguntou Kenan. — Também avança?

— Aparentemente ainda está estacionada junto ao Perath — revelou Ben. — Provavelmente, isso fez os shedins perderem a paciência.

— Estarão aqui antes do amanhecer — calculou Kenan.

— Sim — confirmou Ben. — É hora de avisar aos homens.

Kenan assentiu e deixou o grupo, caminhando decididamente para o meio do acampamento. Logo uma trombeta soou despertando todos os soldados.

— Chegou a hora de esquentarmos os ossos — disse Icarel, esfregando as mãos. — Se eles querem briga, é o que vão ter.

— É o maior exército que eu já vi — disse Ben. — Vai ser muito difícil resistir-lhe nesse lugar. Estaremos encurralados.

Os comandantes olharam espantados para ele. A pergunta no rosto de ambos era lógica: *então por que nos chamaram para este lugar?*

— E quanto à floresta? — Perguntou Tzizah. — Em caso de necessidade, não poderíamos nos refugiar nela?

— À essa altura, os irins já se retiraram de Ganeden — revelou Kenan, tendo voltado após dar a ordem de preparação aos soldados. — Isso significa que as antigas passagens não existem mais. A floresta não oferece mais qualquer risco, mas também não serve de proteção. Os shedins vão destruí-la para se certificarem de que os kedoshins jamais possam retornar a este mundo.

— Então, o que faremos? — Perguntou o comandante de Sinim.

— Lutaremos — disse Ben. — Não há outra coisa a ser feita.

— Parece uma boa coisa — brincou Icarel, que parecia o único animado. Ninguém riu.

Em seguida, a reunião se desfez. Os comandantes retornaram aos seus soldados, a fim de organizar os exércitos e posicioná-los da melhor forma possível.

Icarel se aproximou do guardião de livros, e Ben se preparou para ouvir mais algum conselho misterioso, porém o fazendeiro apenas lhe mostrou uma espada.

— Era a espada de Hakam — explicou Icarel alisando a longa barba cinzenta. As pedras amarelas a potencializavam. — Quando ele caiu em Nod, eu recolhi a espada. Depois ela foi levada para Bethok Hamaim com a comitiva que acompanhou a princesa. Está comigo todo este tempo, mas eu nunca soube manejar uma espada. O tridente é muito mais útil para mim.

— O que você pretende fazer com ela? — Perguntou Ben, lembrando-se do filósofo diante dos portais de Nod. *Deixe-me atravessar o portal*, disse o comandante. Agora, Ben imaginava qual era o portal que ele via naquele momento.

— Um giborim sem uma boa espada é um contrassenso — disse Icarel.

Então, Ben entendeu que ele pretendia oferecer a espada para Kenan.

— Se deseja minha aprovação, você não precisa — disse o guardião de livros. — Você a encontrou. Ela é sua. Faça o que quiser.

Icarel sorriu e foi atrás de Kenan.

Não demorou até que os soldados pudessem enxergar as tochas se aproximando no horizonte. O pavor começou a tomar conta de todos ao compreenderem o que de fato teriam que enfrentar. Não poucos soldados desertaram procurando refúgio em Ganeden, apesar de todos os avisos dos comandantes a respeito da inutilidade de fazer aquilo.

À medida em que os inimigos se aproximavam, foi possível ver cada vez mais o tamanho do inimigo que teriam que enfrentar.

Ben posicionou-se à frente do grande exército que também haviam conseguido reunir. Os rions estavam do lado esquerdo. Cavaleiros, soldados a pé com espadas e arqueiros aguardavam. Sem dúvida, era o maior exército humano já formado em gerações, mas parecia pequeno diante do poderio dos shedins.

E nem há shedins naquele exército ainda, pensou Ben. *Mesmo que resistamos agora, quando as trevas avançarem, o que restará?*

Ben podia ver o medo nos rostos de todos. Havia todo tipo de uniformes das antigas cidades de Olam, de onde aqueles soldados procediam, e também muitos que não usavam uniforme algum, apenas empunhavam espadas ou outras armas improvisadas como machados e foices. O que havia de melhor do exército de Olam estava perfilado à frente, ao lado esquerdo e direito de Ben. Ele via excelentes soldados. Suas expressões indicavam se tratar de homens valentes. Tentou identificar medo nos rostos, mas só viu coragem. Ou talvez fosse loucura.

As tochas invadiram o campo de batalha e se aproximaram vertiginosamente das árvores de Ganeden. Agora era só questão de minutos até que os dois oponentes se batessem, como duas avalanches que fariam a terra tremer.

Ben viu Icarel com o tridente assumir uma posição bem ao seu lado, porém, só um pouco atrás. Mais atrás estavam Ooliabe e Oofeliah. Olhar para eles trouxe algum conforto ao coração do guardião de livros. Olhou para o fazendeiro-profeta e desejou que ele tivesse algo para dizer que pudesse mudar toda aquela situação.

— Eu só queria saber onde ela está — Ben não precisava dizer para Icarel quem era "ela".

— Você definiu seu caminho longe do dela — disse Icarel. — Creio que agora, terá que o seguir sozinho.

— Ela conseguiu deter a escuridão? Terá se sacrificado por causa disso? Para garantir que haja uma vitória?

— Não há vitória sem sacrifício.

Ben sentiu que não haviam palavras mais repetidas e amargas do que aquelas.

— Morreremos neste dia? — Perguntou. — Você viu?

— Hoje não! — Disse o fazendeiro, fazendo Ben olhar esperançoso para ele. — Não daria tempo — completou o homem. — Este dia já está terminando. A escuridão da noite está chegando.

— O que você vê? — Insistiu Ben. — Diga de uma vez!

— Fogo — respondeu o fazendeiro-profeta. — Mais do que jamais vi.

Ben arregalou os olhos. — Então, isso significa que...

— Não significa nada — respondeu o fazendeiro-profeta. — Em Olam, as coisas nunca são o que parecem ser.

* * * * *
* * * *

No alto de Schachat, Naphal esperava pela resposta de Leannah. Porém, como a rede só poderia ser instalada ao amanhecer, o príncipe não a pressionava, dando-lhe tempo para pensar e tomar uma decisão.

A cantora de Havilá sabia que aquelas horas seriam as mais longas de sua vida. Teria que passar a noite toda na companhia do shedim. E, ao amanhecer, quando seu irmão instalasse a rede para o conselho sombrio em Nod, não haveria mais nada a ser feito.

A descoberta de que todo o seu trabalho em Irofel havia sido inútil era um balde de águia fria sobre todas as possibilidades que ela havia visualizado anteriormente. Agora ela não conseguia mais ver qualquer opção de reverter os fatos, e a destruição de Olam parecia a única certeza.

A presença do príncipe shedim ao seu lado enquanto magicamente contemplavam as tochas do grande exército sombrio que avançava ao norte contra Olam não era algo fácil de ignorar. Porém, não deixava de ser surpreendente o fato de ele estar disposto a sacrificar o plano dos shedins, e de entregar para a destruição seus próprios companheiros, em troca de... Em troca de uma união com ela.

Porém, quais eram as verdadeiras intenções do shedim, Leannah não tinha como conhecer. Ele havia perdido a liderança de Hoshek com o retorno do senhor das trevas, e talvez estivesse descontente com isso, mesmo assim, era necessária muita determinação para sacrificar todo o seu povo.

Talvez ele estivesse apenas blefando, e só quisesse retirá-la da batalha, enquanto as trevas avançassem, mas Leannah precisava admitir que, neste caso, tudo aquilo era desnecessário. Quando o conselho sombrio instalasse a rede e a escuridão avançasse, os shedins agiriam com plena liberdade, e um exército humano teria poucas condições de enfrentá-los. Não. O shedim não estava blefando. Ele a desejava. E estava disposto a sacrificar tudo por causa desse desejo. Ou talvez, ele quisesse as duas coisas.

Leannah não ignorava que, caso ela se recusasse, dificilmente conseguiria sair viva daquele lugar. Sem o Olho de Olam, não tinha como enfrentá-lo. E, apesar de Naphal não ter feito ameaças, Leannah sabia que ele não toleraria ser rejeitado.

— Eu não vou viver para sempre — disse Leannah, numa última tentativa de testar as intenções dele. — Essa união não seria eterna.

— Você viverá por todo o tempo em que o Olho de Olam lhe der condições de viver. De fato, não será para sempre, mas será por muito tempo. Tempo suficiente para que reconstruamos esse mundo.

— E se eu recusar... O que você fará?

— Eu não vejo motivos para você recusar. Eu posso lhe oferecer aquilo que homem algum pode. Você não percebe? Nós temos a chance de retomar o antigo projeto dos kedoshins.

— O projeto que os tornou em shedins — disse Leannah.

— Fomos condenados sem um julgamento justo. Uma intervenção não é um julgamento. Nós temos o direito à justiça. Porém, o criador negou isso para nós. Negou-nos um julgamento. Portanto, todas as restrições impostas podem ser questionadas. Se você aceitar, por um ato deliberado de sua vontade, isso não poderá ser questionado. Teremos legitimidade para agir, pois você é a legítima detentora do Olho de Olam.

Num segundo, Leannah entendeu toda a estratégia do shedim. Era incrível como não havia percebido antes. O motivo de tudo aquilo era mesmo o Olho de Olam. O shedim queria ter controle sobre o Olho através dela, para se livrar da maldição de ter que viver confinado na escuridão. E deste modo, ele conseguiria impor de uma forma legítima seu domínio sobre o mundo.

— É claro que eu tenho interesse no Olho de Olam — ele falou, como quem adivinhava os pensamentos dela. — Quem não teria? Mas eu não estou usando você. Eu a desejo desde o primeiro dia em que a vi. Você não entende as implicações? Não consegue visualizar as possibilidades? Significará o fim de todos os conflitos. Não haverá mais guerras nesse mundo. A paz que você tanto deseja finalmente se estabelecerá de norte a sul. Não haverá mais escuridão. Nunca mais.

Leannah apoiou suas mãos na antiga mesa de lapidação, enquanto pensava nas palavras dele. Ele não estava mentindo ou blefando. Tudo aquilo seria real. Mas o preço... O preço seria muito alto. Ainda assim, Leannah tinha que admitir que seria um preço menor do que entregar aquele mundo às trevas e ao livre domínio dos shedins. Talvez, Ben sobrevivesse... Com a extinção de todos os shedins, Herevel poderia garantir a sobrevivência do guardião de livros. Talvez, aquele fosse apenas mais um sacrifício que ela precisava fazer. Entregar-se ao príncipe shedim poderia garantir pelo menos em parte a sobrevivência de Olam.

— Nós seremos deuses — completou Naphal. — Seremos semelhantes ao criador.

* * * * *
* * * *

O mar de fogo estacionou a cerca de uma milha da floresta de Ganeden. As tochas cobriam o mundo à frente do exército de Olam e se acumulavam mais e mais. Por vários minutos, ninguém se moveu.

O exército de Olam permaneceu enfileirado à frente da barricada levantada para proteger a floresta. Ninguém sabia o que fazer, e muito menos o que ia acontecer em seguida.

O silêncio de pura expectativa e temor perdurou por mais vários minutos. Todos aguardavam para saber qual seria a atitude das trevas.

Ben olhou para Icarel ao seu lado, e o fazendeiro lhe devolveu o mesmo olhar com um misto de incompreensão e expectativa. Mas havia um brilho de determinação no rosto agudo do fazendeiro. Era o olhar de quem sabia que haveria uma batalha. Era o olhar de quem já a visualizava e a desejava...

Ele ama isso. Pensou Ben, sem conseguir evitar a lembrança de que também tinha aquele fascínio outrora, porém, agora, isso não existia mais. O caminho da iluminação havia destruído isso.

Ben percebeu que o fazendeiro segurava o tridente com firmeza, e isso lhe deu forças para empunhar Herevel com a mesma determinação.

Se não posso fazer por prazer, farei por dever. Decidiu Ben.

Ben virou-se para o exército de Olam, tentando encontrar palavras que pudessem animá-los a enfrentar o inimigo. Porém, o som de uma trombeta soou das trevas. Era um som arrepiante, uma convocação para o ataque. Diversas trombetas responderam ao chamado, fazendo o coração dos soldados de Olam ficarem subitamente apertados. Sem dúvida, significava ataque. Tudo estava acontecendo muito rapidamente. Os inimigos estavam querendo surpreendê-los, sem dar a mínima chance de reação.

Então, eles ouviram um som ainda mais assustador. Um forte sibilado. Ben ouviu aquele barulho conhecido e sentiu seu coração disparar. Em seguida, os pelos dos seus braços se arrepiaram com o medo que veio despertado de algum lugar do passado. Ele se lembrou claramente de onde havia ouvido aquele mesmo sibilado terrível, e ainda que contra a sua vontade, suas mãos tremeram enquanto segurava Herevel.

Várias saraphins começaram a deixar o exército das trevas e avançaram contra o exército de Olam. Ben olhou para as serpentes de fogo cruzando o descampado e viu que se aproximavam rapidamente. As pequenas asas zuniam dando impulso e velocidade às serpentes. Era impossível não se lembrar daquele primeiro momento no deserto cinzento, quando Ben, meio sem querer, havia conseguido matar uma saraph. Por causa disso, havia ganhado o título de matador de saraph. Mas ele sabia muito bem que foi pura sorte, uma vitória pelo acaso. E a sorte ou o acaso agora não podiam ajudá-lo diante de tantos monstros que se lançavam na direção deles.

Ben viu os homens atrás de si recuarem por puro instinto ao verem as serpentes chamejantes se aproximando vertiginosamente. Então, ele compreendeu que era a hora de vencer aquele antigo medo também. Ele sabia que não havia palavras que pudessem fortalecer aquele exército, mas talvez, suas ações fossem o melhor exemplo. Todas aquelas saraphins eram apenas um aperitivo para a batalha. Só uma demonstração do poderio que estava escondido atrás da escuridão. Ben não podia mostrar temor no começo daquela batalha, ou ela logo chegaria ao fim. O guardião de livros bradou:

— Por Olam! — Apertou o cabo de Herevel, levantando-a bem alto. Um forte brilho emanou da espada, e Ben sentiu um forte tremor percorrer todo o seu corpo. Não era medo. Era o poder da espada. Ben bradou ainda mais forte e se lançou na direção dos monstros.

Icarel ao seu lado, motivado pela atitude de Ben, também despertou o tridente e correu logo atrás do guardião de livros, gritando palavras de incentivo para que os soldados de Olam fizessem o mesmo.

Herevel resplandeceu ainda mais quando Ben enfrentou a primeira saraph que voava em sua direção disparada como uma lança. O golpe da espada pareceu uma imitação daquele primeiro golpe dado ao acaso em Midebar Hakadar, presas e lâmina se chocaram e uma das presas da serpente se partiu, fazendo o monstro ser arremessado para trás violentamente. Porém, dessa vez, Ben se desviou dos espirros do veneno da saraph e investiu contra ela decepando-lhe a cabeça.

Ben sentia que a terra tremia com seus passos enquanto corria na direção da próxima serpente. Herevel era puro poder. Ele a apertou firmemente com as duas mãos e rebateu a segunda saraph invertendo totalmente a movimentação dela, lançando-a para trás como um saco sem vida.

Animado com o feito do guardião de livros, Icarel moveu o tridente e as cordas de fogo enlaçaram o pescoço de uma saraph também. O monstro sibilante arrastou o fazendeiro por vários metros, até que as cordas do tridente se afundaram e estrangularam a criatura.

Os feitos dos dois guerreiros fortaleceram o exército de Olam. Muitos homens marcharam empunhando espadas e lanças contra as saraphins. Muitos deles também gritavam "por Olam!". Os soldados negros das terras dos cavalos eram os mais destemidos. Vários deles cercaram uma saraph e a golpearam com lanças. A serpente atacou e destroçou dois homens, porém, foi vencida pela chuva de lanças. Finalmente, um machado poderoso decepou a cabeça da saraph.

Ao mesmo tempo, dois monstros alcançaram os homens do exército e abriram caminho despedaçando soldados. Ben recuou e tentou alcançar uma delas, mas o monstro era muito veloz em seu caminho de destruição. Porém, os rions a alcançaram primeiro e Ben os viu encravando as flechas de prata sobre a criatura, até que o gelo conseguiu apagar o fogo da saraph. A outra saraph foi abatida por Kenan com a espada flamejante de Hakam. Com um único golpe, o giborim destroçou a cabeça da serpente.

Ben ouviu um sibilado muito próximo, e só teve tempo de ver as partes de outra saraph se rasgarem quando as cordas do tridente de Icarel a atingiram. Ele agradeceu a habilidade do fazendeiro e o poder do tridente, pois aquela saraph havia se aproximado dele sem que tivesse percebido.

Quando Ben conseguiu destruir outra saraph, as demais já haviam alcançado os soldados de Olam e Sinim, causando grande estrago. Porém, os soldados liderados por Kenan reagiram atacando os monstros com lanças e espadas.

Naquele momento, os tannînins avançaram contra o exército de Olam cuspindo fogo e multiplicando o terror. Ben sentia o desespero crescer ao pensar que aquilo era só uma pequena amostra do poder dos shedins, e já estava causando centenas de baixas no exército de Olam.

As catapultas dispararam lanças para o alto tentando derrubar alguns dragões, porém, antes que um deles fosse atingido, três catapultas foram incendiadas. Finalmente, a lança de uma delas, arremessada pelos soldados de Maor, atravessou um tannîn e ele caiu ainda espalhando chamas ao redor e atingindo vários homens. O próprio Ben correu ao encontro da criatura e decepou-lhe o pescoço. Tannînins e saraphins continuaram a causar baixas no exército e a espalhar o medo generalizado entre os soldados.

Mais dois dragões foram abatidos e talvez três serpentes, porém aqueles feitos eram pouco diante do estrago causado pelos monstros dos shedins. Quando Ben conseguiu abater a quarta saraph, subitamente uma trombeta soou na escuridão. Imediatamente tannînins e saraphins interromperam o ataque e recuaram. Ben viu as criaturas voltando para a escuridão. Foi um recuo estranho, pois os monstros ainda tinham potencial para causar muitos estragos.

Os sons do acampamento em caos subitamente se tornaram perceptíveis para ele. Muitos choravam os mortos, outros gritavam em agonia por terem sido atingidos pelo veneno ou pelo fogo. Mesmo com os médicos de Sinim, havia pouca esperança para os feridos, pois o número era grande demais.

— Tudo isso foi apenas um teste — ele disse em desespero para Icarel, vendo o fazendeiro coberto de suor se aproximar correndo. — Os shedins mandaram as serpentes e os dragões apenas para analisar a capacidade do nosso exército!

— E parece que vão ficar bem satisfeitos com a amostra — disse Icarel, olhando para o caos em que se encontrava o exército de Olam.

— O próximo ataque será maciço! — Ben falou olhando outra vez para as hostes estacionadas. — Nós precisamos nos organizar, ou seremos destruídos antes do amanhecer.

— Sim! — Respondeu Icarel. — Com urgência! Pois o amanhecer ainda está muito longe.

— Levem todos os feridos para trás da barricada! — Ordenou Ben. — Os demais voltem à formação.

Ben montou um cavalo e começou a percorrer todo o exército repetindo a mesma ordem. O desespero fez os soldados obedecerem. Os feridos e os mortos foram levados para trás, e o restante dos soldados voltou a se posicionar em linha, diante da trincheira erguida com entulhos.

— Eles estão vindo! — Ben ouviu alguém gritar e apontar para a escuridão da noite.

No mesmo instante, ele ouviu dezenas de trombetas convocando os inimigos. Ele se virou e observou a movimentação. De fato, os soldados malignos estavam começando a marchar.

Os primeiros foram os cavaleiros-cadáveres. Os espectros escuros pareciam extensões da própria escuridão que se materializava e avançava. Ben não podia calcular o número, mas era fácil perceber que se tratava de milhares. Os sa'irins também deixaram as guarnições e avançaram com lanças em punho rugindo como leões. Ben também enxergou os refains de Schachat aos milhares com suas cabeças peladas e seus adereços metálicos avançando no campo de batalha. Chacais possuídos pelos oboths se adiantaram e avançaram furiosos em grande número, porém pararam na metade da distância a fim de esperar a aproximação do restante do exército. Um exército humano de cem mil homens composto por dissidentes dos reinos vassalos e mercenários do deserto também havia se unido aos shedins.

Olhando para o exército que avançava da escuridão era fácil perceber que tinha três ou talvez quatro vezes o número dos exércitos de Olam. Ainda deveriam esperar mais tannînins e saraphins, e sabe lá o que mais que os shedins tinham preparado para aquela batalha a fim de completar o terror.

À medida em que o exército maligno avançou, Ben viu também nuvens tempestuosas cobrirem o campo de batalha. Em seguida, chuva torrencial começou a cair para completar o cenário desolador.

Os gigantes foram os últimos a aparecerem na retaguarda do exército shedim. Ben calculou que deveria haver mil anaquins empurrando maquinários pesados e girando poderosos manguais de ferro.

A frente do exército, um shedim montava um cavalo alado semelhante ao que o tartan usava no passado.

— Aquele shedim! — Apontou Icarel. — Foi ele quem atacou Leannah.

— Parece que ele está no comando do exército agora!

— Ele é só um subalterno, e esse exército já é muito maior do que nós poderíamos ter a mínima chance de enfrentar — disse Icarel. — O que aconteceria se todos os shedins estivessem aqui?

— Acho que não vamos dar o gosto a eles — disse Ben com tristeza. — Estaremos massacrados muito antes disso.

— Quem são aqueles anaquins diferentes? — Perguntou o fazendeiro ao ver estranhas figuras gigantes surgindo da escuridão. — São tão altos quanto os anaquins, mas são... são... ardentes!

— Não são anaquins — reconheceu Ben, arregalando os olhos.

— Que tipo de demônios são essas criaturas? — Perguntou Icarel.

— Você está certo. São demônios.

Ben compreendeu que, com a abertura do Abadom, os nephilins estavam livres para se mover naquele mundo.

Ben chamou Kenan. O giborim montava um cavalo escuro.

— As armas de Maor estão prontas?

— Estão! — Respondeu Kenan. — Mas eu não vou ficar lá. Os soldados de Maor podem manejá-las. Meu lugar é aqui!

Ben assentiu.

— O meu também! — Ele ouviu uma voz feminina atrás de si, e enxergou Tzizah se aproximando sobre um cavalo branco.

Ben não podia impedir ninguém de participar daquela batalha, mas havia prometido para Thamam que protegeria Tzizah. Porém, sabia que não adiantava discutir com ela. De qualquer modo, onde ela poderia se esconder? Talvez, o lugar menos perigoso seria justamente no meio do exército de Olam.

— Volte para junto dos homens — Ben ordenou. — Use as árvores para defender as catapultas! Precisamos delas para os dragões.

Ben se surpreendeu ao ver que ela não retrucou e dirigiu o cavalo branco na direção indicada por ele.

Ao ver que o exército sombrio estava a menos de quinhentos metros, Ben percebeu que era hora de chamar os arqueiros.

— Arqueiros de Sinim se apresentem! — Ordenou, virando-se para o outro lado.

Então, os arqueiros de elite avançaram para a parte da frente do exército. Eram cerca de duzentos arqueiros. Todos posicionaram flechas nos arcos poderosos.

São capazes de acertar um falcão voando. Ben se lembrou da fama deles e torceu para que não fosse exagerada.

— Aguardem pelo meu sinal — orientou Ben. — Não desperdicem munição. E, principalmente, não errem o alvo.

Ben sabia que aquela ação parecia insignificante aos olhos do exército inimigo. O que duzentos arqueiros com flechas comuns poderiam produzir no exército da escuridão? Talvez por isso, mesmo tendo visto os arqueiros à frente dos soldados de Olam, os guerreiros das trevas não pararam sua marcha.

Quando os malignos alcançaram o ponto demarcado, os arqueiros retesaram os arcos. Obviamente, os soldados inimigos seguiram em frente. Duzentos arqueiros só poderiam atingir duzentos soldados por vez. E isso era nada em comparação com o número que avançava.

— Duas setas! — Ordenou Ben. — Agora!

As duas primeiras setas voaram sob a chuva ácida ao encontro da massa de guerreiros sombrios. Imediatamente desapareceram na escuridão. Os soldados inimigos nem as enxergaram. Pareciam um esforço inútil. Ben ainda tentou ver as duas setas voando, mas só ouviu o zunido quando elas partiram. E, no mesmo instante, duas explosões anularam a noite no campo de batalha. As explosões ocorreram praticamente na metade da distância entre o exército de Olam e o exército inimigo. Aquele era exatamente o momento em que a vanguarda do exército shedim alcançava o lugar, então, centenas de corpos de soldados e criaturas foram lançados a dezenas de metros do chão.

— Funcionou! Funcionou!

Ben ouviu a voz de comemoração dos soldados que se posicionavam logo atrás dele.

Os soldados malignos continuaram avançando, pois tinham ordens de atacar. Então, mais duas pedras amarelas foram explodidas pelos arqueiros e isso conteve por alguns instantes o ímpeto do exército invasor.

No entanto, as trombetas soavam enlouquecidas no lado inimigo, ordenando ataque total.

— Arqueiros! Acertem em mais pedras! Disparem livremente!

Ben ordenou, e uma a uma, as pedras amarelas enterradas no campo de batalha foram sendo explodidas pelas flechas lançadas pelos arqueiros de elite, no caminho do exército shedim.

Após quase quinze explosões, o exército shedim parou de avançar. Estava claro que, se continuasse, sofreria incontáveis baixas, pois parecia que todo o campo estava minado até a aproximação do exército de Olam.

Ben viu com algum alívio que aquela parte do plano havia funcionado.

Então, aconteceu o que Ben mais temia. Duzentos refains foram designados para avançar e recolher as pedras amarelas no caminho para o exército de Olam. O inimigo havia entendido a estratégia e estabelecido uma contra estratégia óbvia. Ben se lembrava que, na noite anterior, haviam discutido a respeito daquilo no acampamento.

O maior risco que corremos será de perdermos as pedras amarelas que Thamam trouxe, caso eles simplesmente tentem recolhê-las — disse Tzizah, quando Kenan propôs a estratégia de espalhar as pedras trazidas pelo Melek no campo de batalha.

Não se as enterrarmos — disse Kenan. — *Podemos colocar sinalizadores para que os arqueiros consigam explodi-las quando o exército avançar. Na verdade, o maior risco será o inimigo descobrir e remover as sinalizações. Porém, eles certamente avançarão com ímpeto contra nós, e antes que percebam, com um pouco de sorte, nós teremos destruído uma parte do exército deles. E, talvez, isso os faça recuar.*

— Não deixem os refains retirarem as sinalizações! — Ordenou Ben.

Então, começou um demorado jogo de atingir os refains que tentavam remover as sinalizações no chão. Um grande número deles foi atingido por setas, mas as cabeças peladas se multiplicavam, e, aos poucos as marcas foram sendo removidas. E isso possibilitou que o exército shedim avançasse lentamente.

Os arqueiros continuaram tentando explodir pedras no chão, porém, sem as sinalizações, era praticamente um jogo de sorte. Devia ainda haver umas trinta pedras enterradas. Algumas pedras explodiram quando o exército inimigo avançou, causando destruição ao redor e também abrindo clarões no meio da selva fechada que se parecia com o exército maligno. Porém, tudo o que conseguiram foi fazer o exército shedim se mover mais lentamente.

Ben percebeu que poderia demorar algum tempo, mas ao final, o exército sombrio os alcançaria de um jeito ou de outro, pois o número de soldados inimigos era imenso.

— Avançar! — Bradou o guardião de livros, pegando a todos de surpresa. — Não adianta esperarmos eles chegarem! — Gritou alto para que todos ouvissem. — Vamos ao encontro deles! Precisamos fazer a vanguarda recuar, para que os arqueiros possam explodir mais pedras. Avançar! Agora!

As palavras de Ben foram como combustível sobre brasa quase apagada. Alguns poucos soldados pareceram se animar com a ideia, mas a maioria permaneceu parada, acreditando que fosse algum delírio do guardião de livros.

— Vocês pretendem esperar parados eles chegarem aqui? — Argumentou Ben. — Vão chegar de um jeito ou de outro. Vamos avançar e surpreendê-los! Vamos compactar aquele exército!

Em apoio, Icarel levantou alto seu tridente e bradou. *Avançar!*

"Faça a coisa simples", disse Icarel. Ben acreditou que atacar o inimigo era a coisa mais simples a ser feita no campo de batalha.

Num instante, todo o exército de Olam estava brandindo espadas, lanças e avançando contra os inimigos, seguindo mais uma vez o guardião de livros e Icarel.

Ben se viu outra vez cavalgando em direção ao exército inimigo enquanto segurava Herevel bem firme com a mão direita. Perguntava-se se já havia descoberto todo o poder daquela espada, ou se ainda havia mais.

As centenas de refains que procuravam as pedras no caminho após terem retirado todas as marcações foram massacradas pelo exército de Olam. Então, finalmente, ambos os exércitos ficaram frente a frente.

Ao perceberem o avanço de Olam, os guerreiros malignos também avançaram. Então, a aproximação foi vertiginosa. Quando os dois exércitos se encontraram o mundo perdeu o sentido. No meio de dragões, sa'irins, cavaleiros-cadáveres, saraphins e chacais desfigurados, Ben abriu caminho com Herevel, rasgando a formação maligna impiedosamente. Percebeu que a espada ainda tinha muito o que mostrar. O chão tremia com os golpes que ele disparava, e um rastro de cadáveres ficava debaixo de seus pés enquanto avançava. Porém, compreendia que o mesmo estava acontecendo em relação ao seu próprio exército, onde sa'irins e cavaleiros-cadáveres destroçavam tudo o que estava na frente deles. O número de mortos rapidamente se tornou incontável. Porém, havia soldados demais em ambos os exércitos para que a batalha fosse rápida.

Os rions eram os únicos que de fato tinham condições de enfrentar os inimigos. Sem armas potencializadas, os homens eram presas fáceis. O estilo de lutar dos rions Ben já conhecia, porém, surpreendeu-se ao ver que eles praticamente voavam sobre os inimigos, saltando sobre cabeças e disparando setas.

Ben viu com horror um nephilim avançar furiosamente e abrir caminho no exército de Olam. Os pedaços de correntes que outrora prenderam seus braços, agora eram armas para destruir. O fogo do corpo ardente do nephilim incandescia as correntes, e ele as usava como chicotes de ferro para despedaçar soldados de Olam e Sinim. Ninguém conseguia permanecer na frente dele.

O guardião de livros foi ao encontro dele com Herevel. Porém, a grossa corrente atingiu o cavalo fazendo Ben voar e deslizar sobre a lama. Ben se deixou tomar pelo pavor quando novo golpe da corrente levantou vapor e lama ao seu lado e por pouco não o atingiu. Porém, o segundo golpe com a outra corrente incandescida o atingiria, se Icarel não detivesse o golpe com o tridente. Mesmo assim, a corrente atingiu o chão, e o fazendeiro-profeta foi arremessado para longe. Novo golpe também teria atingido o guardião de livros, se Ooliabe e Oofeliah não o arrastassem para fora da poça de lama em que se encontrava.

— Não é hora de fraqueza — disse Ooliabe, percebendo que Ben estava amedrontado diante do nephilim.

Ben viu Herevel afundada na lama em frente à criatura. O monstro brandiu a corrente e golpeou a espada. Por certo pensava em destruí-la. Porém, quando a corrente atingiu Herevel, as argolas incandescidas se quebraram. O nephilim recolheu a corrente quebrada e tentou golpear a espada mais uma vez. Então, uma forte luz rasgou a criatura debaixo para cima.

Aquilo surpreendeu o guardião de livros. Ele se levantou e correu na direção da espada. Tinha que confiar em Herevel. A espada certamente tinha um poder muito maior do que o que havia sido revelado até aquele momento. Porém, Ben não sabia o que fazer para que esse poder se revelasse.

Ben alcançou a espada e a empunhou outra vez. A luz branca resplandeceu e ao mesmo tempo revelou e cegou inúmeros inimigos ao redor. Então, viu outro nephilim avançando. A criatura demoníaca tentou atingi-lo duas vezes, porém sem sucesso. Ben viu o solo virar lama ao seu lado onde as correntes atingiram, e pedras se derreterem com o poder do impacto. Ele se desviou custosamente de mais três ataques, até que parou de recuar. Segurou a espada mais firmemente do que jamais havia segurado. Tentou engolir o pavor de ver aquela criatura monstruosa avançando com as correntes em sua direção. Fechou os olhos no último momento quando o nephilim golpeou. Quando os abriu outra vez, parecia ter amanhecido, a luz cegou parcialmente seus olhos, o nephilim voava para trás num emaranhado de correntes. Então, subitamente, ele estava correndo na direção da criatura. Se viu bem diante do monstro dos shedins, a menos de um metro dele. Antes que o nephilim se levantasse, ele afundou Herevel numa das pernas dele. Aquilo surtiu efeito, pois as pedras de Herevel se incendiaram e uma energia branca percorreu o corpo do monstro. O fogo que o alimentava se apagou e restou apenas um cadáver gigante inerte no chão.

Aquele era o primeiro nephilim abatido. Ben viu centenas vindo em sua direção. Apertou Herevel novamente, buscando coragem para enfrentá-los. A espada pulsava em suas mãos, dando trancos e liberando descargas. Ele fez um grande esforço para não se lançar contra eles. Aquilo era loucura. Nem mesmo Herevel poderia destruir tantos nephilins de uma vez só.

— Recuar! — Ordenou Ben ao ver tantos nephilins avançando.

— Não podemos recuar! — Retrucou Icarel. — Precisamos enfrentá-los! Não há para onde fugirmos!

— São muitos! — Reconheceu Ben. — Não temos chance! Recuar! — Gritou outra vez.

Imediatamente, o exército de Olam começou a voltar para junto das barricadas. No mesmo instante, os arqueiros de Sinim começaram a disparar outra vez contra as pedras mesmo sem as marcas. Cinco ou seis explosões barraram temporariamente o avanço do exército shedim.

Ben percebeu que tudo iria recomeçar mais uma vez. Olhou para seu exército e sentiu o desespero ao ver que haviam sofrido incontáveis baixas com aquele ataque. E, quando ele olhou para os inimigos, compreendeu que não havia mesmo chance. Nova massa de guerreiros sombrios estava recompondo o exército shedim. Ben percebeu que havia mais guerreiros inimigos agora do que quando a batalha havia começado, como quando se golpeia água e ela volta ainda mais forte.

Várias trombetas soaram vindas do exército inimigo. Ben imaginou que aconteceria um ataque maciço, mas em vez disso, os inimigos pararam.

Novas trombetas foram ouvidas e o som delas pôs o exército shedim em retirada.

Nem mesmo Ben conseguia acreditar no que estava acontecendo.

— Por que eles estão recuando justamente quando estavam prestes a nos esmagar? — Perguntou Icarel ao seu lado.

— Talvez nossa estratégia tenha dado certo — supôs Ben. — Eles podem ter acreditado que nosso poderio é maior do que eles imaginavam por causa das explosões das pedras amarelas.

O rosto de Icarel era pura incredulidade.

— O que quer que signifique esse recuo — disse Icarel. — Não significa algo bom para nós.

Ben teve que concordar com Icarel.

De qualquer modo, ganhamos tempo, pensou Ben. *Mas tempo para quê? Afinal, está claro que o poderio deles é infinitamente maior do que o nosso.*

Desde o começo, Ben sabia que não tinham condições de enfrentar o exército dos shedins, mesmo que as trevas não avançassem. Na verdade, desde o início daquela guerra, só havia duas coisas que poderiam equilibrar as forças com os shedins e trazer alguma esperança na guerra. Uma delas era o Olho de Olam. Porém, não havia nenhum sinal da cantora de Havilá. E a segunda fazia Ben tremer só em pensar, porém, ele estava cada vez mais pensando nela.

Então, Ben ouviu um relincho conhecido. Num instante, toda esperança reacendeu em seu coração.

— Layelá! — Ele começou a procurar a re'im no alto. Se Layelá estava se aproximando, Leannah só poderia estar com ela. Se o Olho de Olam entrasse naquela guerra, tudo poderia mudar. Talvez esse fosse o motivo do recuo dos shedins. Eles poderiam ter percebido a aproximação do Olho de Olam.

Porém, o desespero retomou o lugar da esperança quando Ben conseguiu enxergar a re'im negra. Não havia ninguém montado sobre ela. A re'im voava solitária.

— Leannah! — Ben gritou em desespero. — Onde ela está?

A re'im pousou no meio do campo de batalha, bem diante do guardião de livros. Mas a única resposta que os olhos escuros lhe ofereceram não era algo bom.

Num instante, o desespero fez surgir uma estranha ideia ao guardião de livros. Na verdade, já estava pensando nela há vários dias, principalmente após Thamam ter mostrado as pedras amarelas, mas ainda não havia encontrado uma maneira de tentar colocar aquela ideia em ação, pois não parecia haver tempo. A chegada de Layelá, entretanto, mudava tudo. E o fato de Leannah não estar ali significava que, provavelmente, ela havia mesmo se sacrificado para deter as trevas.

— Quando os shedins atacarem novamente, continuem explodindo as pedras, e depois tentem ganhar tempo com as armas de Maor — Ben falou para Kenan. — O comando é seu! Eu voltarei o mais rápido possível.

— Aonde você vai? — Perguntou o giborim, praticamente em simultâneo com Icarel que também havia se aproximado correndo.

Sem dar resposta, Ben montou Layelá e cavalgou para longe do campo de batalha.

Ainda teve a impressão de ouvir a voz de Icarel atrás de si. Pareceu-lhe que ele repetia a expressão dita anteriormente.

Faça a coisa mais simples.

Porém, outra frase dita pelo fazendeiro indicava direção diferente.

Em Olam, as coisas nunca são o que parecem ser.

Ben sabia que só algo muito complexo poderia lhes dar a vitória naquela batalha. Era a hora de pagar uma dívida e de cobrar uma também.

* * * * *
* * * *

Adin observou o corpo do velho Melek jogado num dos cantos do submundo de Nod. Nem parecia ser de uma pessoa. Era só um amontoado de panos velhos que encobriam parcialmente a figura esguia. Não sabia se Thamam estava morto, ou se apenas terrivelmente ferido. Ele teria conseguido fazer aquilo se Adin não tivesse se lançado e tirado a pedra de diante da espada.

Ele ia matá-la. Ele ia matá-la.

Adin repetia para si mesmo essas palavras, como para se justificar pela atitude de ter impedido os planos de Thamam. De fato, havia sido isso que injetara a energia necessária em seus músculos para deslizar pelo salão de pedras cinzentas e remover a pedra antes que a espada de Thamam a atingisse. Não podia deixar Chozeh morrer.

Ele ia matá-la, repetiu Adin para si mesmo, ainda olhando para o vulto abatido de Thamam no canto do grande salão do conselho sombrio.

Após o golpe frustrado de Thamam que atingiu apenas o vazio, Télom se recuperou rapidamente e voltou a atacar Thamam com a energia da pedra escura. O velho Melek não teve tempo de se defender, e o poder do cashaph o atingiu em cheio.

Adin tirou os olhos do corpo do Melek e direcionou-os outra vez para Chozeh. Ela ainda estava desacordada, mas Adin podia perceber que respirava normalmente, pois seu peito subia e descia com naturalidade. Ele sentiu vontade de se aproximar dela e tocar nos cabelos suaves. Mas isso, provavelmente, apenas dificultaria a tarefa que ainda precisava fazer.

Naquele momento, Timna despertou e olhou assustado ao redor. Mas quando viu o vulto do Melek caído, e os integrantes do conselho sombrio já posicionados outra vez diante das suas respectivas pedras, os olhos do príncipe de Nod se acalmaram. Não havia mais ameaças ao estabelecimento da rede sombria.

Os olhos de Télom eram os que mais brilhavam de satisfação. Afinal, ele havia conseguido derrotar um inimigo histórico, e agora estava prestes a estabelecer seu mais ambicioso plano.

— Você fez a escolha certa — disse Télom. — Aquele louco estava disposto a explodir essa montanha. Ia matar a todos nós.

Adin assentiu, vendo a pedra branca de Thamam agora dependurada ao lado da pedra escura no peito do cashaph.

— Não tema, meu rapaz! — Continuou Télom. — Sua recompensa será imensa. Você poderá levar a jovem rainha com você. Mas essa não será sua única recompensa. Você deu provas de sua confiabilidade. Você será meu aprendiz especial. Eu vou transmitir a você todo o conhecimento que tenho. Você também será um cashaph.

Adin olhou admirado para Télom. Aquilo mostrava que havia de fato conquistado a confiança dele? *Mas estou fazendo isso apenas por Chozeh*, sentiu vontade de dizer.

— Ele está morto? — Perguntou Adin, apontando para Thamam, sem coragem de se aproximar do corpo do Melek.

— Ainda não. Porém, não se preocupe. Ele está sob meu controle agora. Não poderá mais interferir nos nossos planos. Eu precisarei dele vivo para uma última tarefa quando abrirmos outra vez o Abadom. Mas graças a você, ele não nos oferecerá mais nenhum problema ou resistência.

Adin assentiu outra vez, sem saber se devia se sentir aliviado ou não com o fato do Melek ainda estar vivo. Voltou a olhar para o conselho cashaph que monitorava as pedras escuras.

— Como eu estava dizendo, antes dessa interrupção, infelizmente, nosso projeto sofreu mais um pequeno atraso — revelou o cashaph. — Estamos tendo uns probleminhas com a parte da rede em Hoshek. Mas tudo já está sendo solucionado. Antes do amanhecer, a rede estará outra vez pronta. Acredito que até lá, você e sua amada poderão desfrutar de um tempo juntos.

* * * * *
* * * *

Se esse exército não pode vencer essa guerra, eu terei que arrumar outro.

Esse era o pensamento e a lógica que motivavam o guardião de livros a se lançar numa busca que parecia tão ilógica.

Sem olhar para trás, Ben decolou com Layelá, e abandonou o campo de batalha. Porém, ainda teve que se livrar de dois tannînins remanescentes que o viram decolar e vieram em seu encalço. Como eles o cercaram, Ben sabia que não adiantava fugir. Portanto, preparou-se para enfrentá-los, usando o poder de Herevel para refratar o fogo. Conseguiu fazer isso por duas oportunidades, quando os dragões despejaram suas chamas. Ben começou a temer que outros dragões viessem, complicando ainda mais a partida do campo de batalha. Ainda havia vários dragões que não tinham retornado para o acampamento shedim.

Frustrado por mais aquele atraso numa missão tão contígua, ele tentou atacar um tannîn, lançando-se com Layelá contra o animal, esperando uma oportunidade de atingi-lo com Herevel. A oportunidade surgiu, quando o tannîn tentou fazer uma curva no ar, e se colocou muito próximo da re'im. Então, Herevel se afundou no couro do animal, e o poder da espada o rasgou, fazendo o animal despencar das alturas. No mesmo instante, Ben se voltou para o outro tannîn, porém, antes que pudesse enfrentá-lo, uma grande lança atravessou o dragão fazendo-o também despencar do céu cinzento. Ben ainda olhou para o exército abaixo, mas não conseguiu identificar de onde a lança havia sido disparada. Entretanto, viu vários soldados olhando para ele com expressões de absoluta incompreensão. Porém, eles logo compreenderiam e não ficariam menos surpresos ao perceberem que ele estava abandonando o campo de batalha.

Vendo-se livre, sem perder mais tempo, Ben incitou a re'im a voar para o oeste o mais rápido que o animal conseguia voar. Layelá ganhou rapidamente uma impressionante velocidade, enquanto o chifre prateado brilhava fortemente.

— Você realmente está ficando melhor a cada dia — Ben agradeceu —, porém, precisarei que você voe rápido como jamais fez na vida, e até mais do que jamais conseguirá outra vez. Nós só temos alguns minutos para cobrir uma distância que tomaria uma noite inteira.

A re'im entendeu claramente o que Ben desejava e bateu asas com incrível vigor. Ben teve que se dobrar inteiramente, pois com a velocidade aumentando cada vez mais, ele não conseguia resistir ao vento, e sentia que seria facilmente arrancado de sobre a re'im, se não ficasse praticamente mergulhado nas crinas prateadas dela.

Lutava contra toda a lógica do mundo que lhe dizia que aquele plano, caso fosse possível de ser realizado, tomaria muito tempo. Era absolutamente impossível ir tão longe e retornar a tempo para a batalha. Ele nem sabia quanto tempo os shedins manteriam a pausa na invasão.

Ainda assim, era a única coisa que lhe passava pela cabeça realizar. Uma junção de fatores o convenceu de que aquela era a única alternativa. O fato de ter ficado mais do que evidente que aquele exército convencional, mesmo contando com os rions, não poderia resistir por muito tempo, era um deles. E, finalmente, o pouso solitário de Layelá no acampamento. Por um lado, aquilo lhe deu a certeza de que Leannah não viria, e, portanto, não poderiam contar com o Olho de Olam. Por outro, a velocidade da re'im o convenceu que poderia ir naquele lugar tão distante em busca de ajuda.

Se esse exército não pode vencer essa guerra, eu terei que arrumar outro.

Sobre a re'im, vendo as estrelas passarem muito rápido ao seu lado, Ben teve uma sensação de solidão, e um forte aperto na garganta. Naquele momento, com certeza, todos os soldados do exército de Olam deviam estar pensando que ele havia se acovardado e fugido. Mas que outra opção havia? Sem Leannah e o Olho de Olam, o exército de Olam seria esmagado pelos shedins. Talvez, eles pensassem que ele estava indo justamente atrás de Leannah. Sim, provavelmente eles pensariam isso. Porém, essa consciência não trazia conforto para ele.

Tentando não pensar em mais nada, ele se concentrou em transmitir para Layelá a localização exata de onde pretendia ir. Voavam muito alto, e somente o calor da re'im o mantinha vivo. Ben imaginava que havia algo de mágico naquilo, talvez mais uma das qualidades do chifre prateado, pois nem precisava usar Herevel para se aquecer.

Pouco mais de uma hora depois, ele avistou as montanhas. Aquilo foi assustador. Na primeira vez que voara para aquele lugar com Ooliabe e Oofeliah, eles haviam demorado a noite toda para percorrer a distância. As Harim Adomim surgiram na escuridão, como blocos gigantes intransponíveis. Porém, Layelá as contornou rapidamente, sobrevoando o lado sul, cruzando o Yarden, e finalmente alcançando o ponto exato que ele havia indicado para ela. Toda aquela região já estava submersa nas trevas de Hoshek, porém, Ben esperava não encontrar muitos inimigos, já que as forças dos shedins estavam concentradas muito longe dali.

Layelá pousou exatamente sobre a antiga plataforma de observação construída pelos dakh, onde havia uma passagem para o interior da montanha. Uma passagem que encurtava o longo percurso até o submundo.

Ben desceu da re'im, sentindo seus ossos petrificados, e não ligou para a dor que o atingiu quando se movimentou em direção ao local. Procurou pela passagem que Litili abriu e os fez sair da montanha.

Não podia contar com a ideia de encontrar o modo de abrir a passagem, pois claramente, isso só poderia ser feito pelo lado de dentro. Então, só lhe restava usar força bruta. Herevel faiscou quando saiu da bainha, e a lâmina foi fazendo incisões na pedra enquanto Ben desferiu os primeiros golpes. Ben suava apesar do frio da noite, e tentava se livrar dos pensamentos que o atormentavam, para se concentrar na tarefa de quebrar aquela rocha.

— Eu tenho que fazer isso — dizia para si mesmo enquanto golpeava a rocha. — É meu destino. É meu destino. Por favor Herevel, quebre essa rocha!

A espada pareceu atender ao seu pedido e uma forte explosão lançou pedras em todas as direções. O próprio Ben foi arremessado para trás. Porém, quando a poeira baixou, viu através da luz que ainda restava na espada, que a passagem estava aberta.

— Graça a *El*! — Disse Ben, levantando-se e adentrando a passagem, ao mesmo tempo em que tentava ignorar que aquela era a parte mais fácil de todo aquele louco plano que havia formado.

Dentro da montanha, Ben tentou enxergar algo, mas a escuridão era total. Ele se lembrou de que não havia trazido nenhuma pedra shoham para iluminar o submundo. No entanto, logo percebeu que seria desnecessário. Ele tinha doze pedras, ou melhor, doze fragmentos da mais poderosa de todas as pedras, e elas estavam ali, espalhadas harmonicamente pelas hastes e o cabo de Herevel. Ele segurou a espada e ordenou que a luz branca iluminasse seu caminho. Em resposta, fez-se dia no coração das Harim Adomim.

Ben respirou fundo e se preparou para uma longa caminhada. Mais do que nunca as dúvidas assolavam sua mente. Seriam necessários dias de caminhada para alcançar o tríplice portal do Abadom, a fim de conseguir um pouco de fogo tenebroso. Porém, ele não tinha dias. Tinha no máximo algumas horas, e só podia torcer para que o exército de Olam aguentasse mais tempo.

A lembrança da Garganta quase fez com que ele voltasse para o exterior da montanha e desistisse de uma vez daquele plano insano. Se não estava enganado, eles levaram dois dias apenas para descê-la.

Ben virou-se em direção à saída, vendo no alto o buraco por onde havia entrado. Aquele plano não tinha a mínima chance de funcionar. O melhor que podia fazer era retornar para Ganeden. Por sorte, em uma hora, Layelá poderia devolvê-lo à batalha.

O guardião de livros já estava quase decidido a retornar, quando ouviu um estranho miado. Num instante, ele acreditou que loucuras podiam fazer sentido. O gato pardo surgiu da escuridão e veio outra vez roçar suas asas ainda não desenvolvidas nas pernas dele.

Ben se abaixou e acariciou sua cabeça.

— Você poderia me levar até lá, não é? Certamente você conhece outros caminhos dentro dessa montanha, não conhece? Você sempre esteve na nossa frente, mas nunca andou por onde nós andávamos. Isso aqui foi construído por ordem dos kedoshins. Devem haver caminhos secretos, não é? Caminhos mágicos, talvez. Se tivéssemos seguido você, nós teríamos chegado lá muito antes, não teríamos?

O gato apenas miou em retribuição. Mas pareceu a Ben que ele concordava com suas palavras.

*****
****

Kenan observava o exército inimigo com crescente preocupação, mas estava ainda mais preocupado observando seu próprio exército. A partida do guardião de livros havia sido um golpe mais poderoso no exército de Olam do que os shedins haviam conseguido fazer. Um golpe que atingiu diretamente o moral dos soldados.

Ben havia se tornado uma lenda em Olam. Era compreensível que as pessoas depositassem nele tanta confiança. Ele representava os ideais, os anseios de muitas pessoas, especialmente vindas das classes mais baixas. Afinal, todos sabiam que se tratava de um moço simples, criado numa pequena cidade do interior, praticamente um camponês, sem formação ou grandes oportunidades na vida. E, no entanto, o destino o havia colocado no centro de todos os grandes acontecimentos daquela era. Ele havia realizado os maiores feitos da história recente de Olam, para alguns, os maiores feitos de toda a história. Por isso, os soldados o admiravam e depositavam nele as poucas esperanças de vitória que ainda podiam haver. Mas a partida abrupta e sem explicações levantava muitas dúvidas. Muitos começavam realmente a pensar que ele havia desertado, fugido acovardado levando Herevel. Outros tentavam manter a fé dizendo que ele havia ido atrás de Leannah e do Olho de Olam. Outros ainda diziam que ele havia se lançado sozinho contra as trevas, para tentar atacar os próprios shedins. A verdade é que ninguém sabia onde ou o que ele havia ido fazer.

Kenan limitava-se a não falar sobre aquilo. Não era segredo desde o começo a animosidade que sentira em relação a ele, principalmente ao descobrir que havia sido criado por Enosh. Não era exatamente ciúmes o que Kenan sentia, pois não havia em sua opinião qualquer motivo para ter inveja, uma vez que não lhe parecia uma grande coisa ter sido criado pelo velho latash. Mas havia desconfiança. Kenan percebeu desde o começo que o jovem não era alguém inteiramente confiável. Não parecia ser o tipo de pessoa que aguentava pressão, e que se mantinha o mesmo quando os testes sobrevinham. Era alguém que jamais passaria nos testes de giborim. Kenan já havia visto muitos como ele nos anos e anos de seleção de guerreiros. Sabia que se acovardavam quando a situação ficava difícil. Porém, o próprio Kenan não havia se saído melhor do que ele, por isso, no fundo, não tinha qualquer motivo para recriminar o guardião de livros.

Aquela batalha parecia prestes a terminar. Bastava novo avanço do inimigo, e restaria pouco das defesas de Olam. No entanto, por algum motivo, o exército shedim estava retardando o ataque final. Kenan imaginava que os shedins discutiam entre si se deviam avançar de uma vez, com força total, mesmo que se expondo aos riscos das pedras amarelas, ou se deveriam aguardar pelo crescimento de Hoshek. Isso provava que a ideia de colocar as pedras sob o solo havia funcionado. E, graças a *El*, os shedins não tinham como saber quantas pedras ainda haviam. Se soubessem, aquele atraso não duraria mais...

Mesmo sem poder manipular o Olho de Olam, Kenan sentia certas coisas, tinha algumas intuições, quase como se pudesse adivinhar o que estava acontecendo ao seu redor. Posicionado acima da barricada levantada, ele podia sentir as árvores de Ganeden atrás de si, quase como se fossem seus braços. Ele via, de algum modo misterioso, que os shedins estavam reunidos naquele exato momento, ainda dentro da cortina de trevas, decidindo se atacariam Olam imediatamente, ou se aguardariam até as trevas avançarem. De um jeito ou de outro, Kenan imaginava que o resultado seria o mesmo. Uma noite a mais, ou um dia, não poderiam de fato adiar o destino daquele exército.

— O que eles estão esperando? — Kenan ouviu a voz de Tzizah atrás de si.

Ela também havia escalado os escombros da barricada para observar o exército inimigo.

Kenan se voltou e ajudou a princesa a subir a última elevação, oferecendo-lhe a mão. Por um momento, sentiu-se envergonhado de olhar para aqueles olhos cinzentos. Ela era tão parecida com Tzillá... Certamente, mais fisicamente do que no temperamento. Talvez, por causa da semelhança física, ele teve tanto medo daquele noivado tão desejado por Thamam. Medo de sofrer a mesma perda...

Kenan percebia, entretanto, uma determinação e um comprometimento com Olam em Tzizah que jamais havia visto em Tzillá. Certamente a jovem princesa de Olamir era muito menos sonhadora do que a irmã, muito menos idealista, porém, isso fazia com que Tzizah fosse mais confiável? Então, por que ela havia beijado o jovem de Havilá no jardim das bétulas?

Que importa agora isso? Pensou Kenan. *Ela está casada com ele.*

— Você acredita que ainda temos alguma chance? — Perguntou Tzizah, conseguindo contemplar mais completamente o exército inimigo. — Esse súbito recuo pode significar algo bom para nós?

— Nunca tivemos — disse Kenan.

— Então por que você...

Ela não completou a pergunta. Mas Kenan sabia o que ela queria perguntar. *Então por que você começou essa guerra?*

— Por que nós deixamos as coisas chegarem nesse ponto? — Em vez disso, ela perguntou.

— Por causa de uma incrível sucessão de erros — respondeu Kenan. — A maior parte deles cometida por mim.

A confissão de Kenan pareceu surpreender Tzizah. Ela aliviou a expressão carrancuda.

— Só me pergunto se algum dia todos esses erros poderão ser compensados — Kenan continuou. — Se existe mesmo uma redenção capaz de tornar todos esses nossos fracassos em algo que possa valer a pena.

— Não há ação sem reação — Kenan ouviu Tzizah repetir as tradicionais palavras de Thamam. — Em algum momento, se começarmos a fazer a coisa certa, também deveremos colher os frutos bons da semeadura feita.

— Onde está seu pai?

Tzizah respirou fundo.

— Ele disse que ia para Urim. Mas não deu mais notícias. Mas eu espero que ele possa ter ido a algum lugar fazer algo que possa mudar toda essa guerra. Eu espero que ele volte e nos traga uma opção de destruir esses malditos...

— Pelo menos eles estão nos dando tempo para isso... — disse Kenan.

— Kenan... — a voz da princesa ficou subitamente embargada.

— Seja forte — Kenan não deixou ela completar. — Olam precisa de você. Seu marido precisa de você.

— E para onde *ele* foi? — Perguntou Tzizah. — Atrás de Leannah?

— Em busca de algo que possa definir essa guerra. Talvez ele consiga. Temos que dar um voto de confiança para ele.

Tzizah pareceu novamente se surpreender com as palavras de Kenan. Não havia ironia no tom de voz dele.

— Ele falou isso? Você realmente acredita nisso?

— Temos que ser fortes minha... — Kenan não completou a frase.

Querida, era a palavra que ele não disse.

— Sim — respirou fundo a rainha de Olam. — Temos que ser fortes.

Kenan ficou surpreso com a súbita determinação dela. O vento quente que vinha do sul agitava os cabelos escuros de Tzizah, enquanto os olhos cinzentos estavam fixos no mar de fogo que as tochas de Hoshek criavam no horizonte.

— Mesmo que só por mais essa noite. — completou Tzizah.

*****
 ****

O gato pardo corria pelos túneis e bifurcações da montanha, obrigando o guardião de livros a realizar a mais cansativa corrida que já havia feito na vida. Mas, graças a isso, talvez, conseguisse chegar aos portais do Abadom rapidamente. Ben não se permitia outro pensamento além deste.

Ben não tinha qualquer senso de localização. Em muitos momentos, ele não conseguia sequer dizer se estava subindo ou descendo. Segurava Herevel em punho a fim de iluminar o caminho e conseguir enxergar o gato pardo. Mesmo assim, várias vezes ele perdeu completamente o felino. Então, só lhe restava parar e esperar que o animal retornasse para recomeçar a corrida.

Numa das vezes, ele parou completamente exausto. Apoiou-se na parede de pedra respirando sofregamente, sem condições de dar sequer mais um passo. Não demorou até sentir os tocos de asas roçando suas pernas e o miado característico.

— Você realmente foi um presente precioso que os dakh me deram — brincou Ben, lembrando-se do dia quando Litili trouxe o saco e Ben viu sair dele o que parecia ser uma criatura deformada. — Eu só espero que você tenha escolhido o caminho mais curto.

O gato pardo miou em resposta. Parecia haver certa impaciência no miado, como quem não entendia o motivo daquele atraso.

— Vá em frente — disse Ben, recuperando-se da exaustão. — Eu já alcanço você.

O gato não esperou outra palavra e se lançou na escuridão, obrigando Ben a correr desesperadamente atrás dele novamente.

Eles acessaram e deixaram para trás infindáveis grutas, pontes de pedras, salões cheios de estalactites, pequenos lagos subterrâneos, e túneis apertados que pareciam sem fim, mas que sempre eram substituídos por outros ainda mais longos.

Após mais três paradas, Ben sentia que não tinha mais condições de continuar. Não havia uma única parte de seu corpo que não latejava. Completamente exausto, ele teve que se assentar, e por fim se deitar sobre a rocha úmida.

Já estavam correndo alucinadamente pelos túneis do submundo por três horas. E Ben não fazia ideia de quanto tempo ainda levariam para alcançar os portais do Abadom. Temia que ainda tivesse diante de si toda a Garganta para descer. A estrutura colossal obrigava a descer lentamente, e não podia ser vencida com menos de dois dias de descida. No entanto, Ben se lembrava de ter encontrado o gato na parte debaixo da Garganta, sem que ele tivesse descido rodeando as bordas, como eles fizeram.

Daquela vez, o gato pardo demorou a retornar. Ben já estava começando a acreditar que o felino havia desistido e o abandonado naquele lugar, de onde não fazia a mínima ideia de como retornar, ou seguir adiante. Porém, cerca de quinze minutos depois, ele voltou, miando baixinho.

— Eu espero que você tenha encontrado um caminho mais fácil para chegarmos até os portais do Abadom — disse Ben, sentindo-se feliz por ver o animal.

O miado que ele deu em resposta soou duvidoso.

— Eu já tenho condições de continuar.

Novo miado soou ainda mais duvidoso.

Ben se pôs em pé e fez sinal para que o felino continuasse. Desta vez o miado estranho parecia uma pergunta.

— Tenho certeza sim — Ben respondeu. — Pode ir. Estou preparado para enfrentar o que quer que seja.

Então o gato disparou outra vez. Menos de vinte minutos depois, ele parou bruscamente. Ben teve que parar atrás dele.

— Ainda não estou muito cansado — disse o guardião de livros. — Podemos continuar um pouco mais.

Dessa vez, Ben realmente não entendeu o que significava aquele miado.

O gato pardo vinha até bem na frente dele e miava como se quisesse realmente dizer algo, ou fazer Ben fazer algo.

— Eu não entendo o que você está querendo.

O gato rosnou mais forte, e Ben até achou que ele ia atacá-lo. Por instinto, recuou dois passos para trás. Imediatamente o gato se deu por satisfeito, e pulou na direção da parede, saltando sobre pequenas elevações naturais. Ele fez isso duas vezes, batendo as asas não crescidas, e Ben não fez a mínima ideia do que ele estava tentando realizar. Na terceira vez que o gato pulou pelas paredes, Ben viu que ele tentava atingir alguma coisa no teto da caverna. As pequenas asas batiam com força, enquanto ele se impulsionava para o alto, debatendo-se no paredão natural.

Numa fração de segundos, Ben compreendeu o que ele estava tentando atingir. Era uma espécie de alavanca. Ben até pensou em ajudá-lo a fazer aquilo, mas antes que pudesse dar um passo para frente, o gato atingiu o instrumento e o moveu. No mesmo instante, Herevel escapou da mão do guardião de livros, e o chão sumiu debaixo dos pés.

Ben estava em queda livre, e gritou até que todo o ar sumisse de seus pulmões. Porém, continuou caindo em queda totalmente livre, sem sentir qualquer coisa do seu lado ou debaixo de seus pés. Ele só esperava o momento em que se arrebentaria ao se chocar com o fundo daquele fosso, porém, a queda continuou e parecia infinita.

Foram vários minutos até que ele sentiu um impacto quando suas costas rasparam em algo, e então, todo o seu corpo sofreu uma lenta desaceleração. Percebeu que deslizava pelo que parecia uma parede quase na vertical, absolutamente lisa. Depois de alguns segundos, a parede sumiu e ele continuou a queda livre na mais absoluta escuridão.

Ele gritou mais uma vez até que não tivesse mais voz para gritar. Mais uma vez um paredão liso e bem inclinado surgiu e diminuiu a velocidade da queda, sumindo novamente e deixando-o no vazio, até que por fim, ele bateu as costas num paredão menos vertical e sentiu uma desaceleração drástica, ao ponto de pensar que ia finalmente se chocar com algo terrível. Porém, o paredão continuou desacelerando a queda, e Ben chegou a pensar que ia terminar de uma maneira bem suave. Num último instante, porém, o paredão sumiu, e nova queda livre o sugou. Essa, entretanto, não durou muito, pois um lago subterrâneo o recepcionou absolutamente gelado e o atraiu para o fundo.

Ben ainda lutava para voltar a superfície quando viu uma forte luz surgir acima e, em seguida, também mergulhar no lago. Era Herevel. Num último resquício de forças, ele nadou e a encontrou, então, fez outra vez o caminho da subida, até conseguir respirar na superfície.

Um forte miado surgiu das alturas, e Ben viu o gato pardo caindo do fosso, miando em total desespero, até mergulhar nas águas escuras e geladas do lago subterrâneo.

O gato emergiu das águas e nadou a toda pressa na direção de uma pedra, no meio do lago, até conseguir sair da água. Ben o seguiu e também conseguiu abandonar o lago, subindo na pedra, porém ainda estavam cercados pelas águas.

O miado do gato parecia de puro arrependimento.

— Acho que você gostou disso menos do que eu — Ben não conseguiu evitar a vontade de rir.

O gato miou em concordância.

— Porém, isso nos economizou dias, não é mesmo?

Novo miado confirmou aquela impressão.

* * * * *
* * * *

Leannah sentia-se prisioneira outra vez na torre de Schachat. Porém, dessa vez não era Kenan, ou o Olho de Olam, que a mantinha naquele lugar. Era a indecisão.

A proposta de Naphal, caso ela aceitasse, poria fim à guerra, e ao próprio mal no mundo. O antigo príncipe shedim estava lhe oferecendo a destruição de todos os seus irmãos, inclusive do próprio senhor ressurgido do Abadom. Talvez, *aquele* fosse o sacrifício esperado dela. Talvez, por causa disso o destino houvesse determinado que ela ficasse naquele mundo. Estava em suas mãos decidir o futuro de todos.

Naphal não a estava pressionando a tomar a decisão. Ele havia feito a proposta e deixado ela pensar. Apenas lhe informou que ela precisava decidir antes do amanhecer, pois a rede ficaria pronta naquele momento, então, não haveria mais como protelar, o conselho sombrio iria impulsionar as trevas sobre o restante de Olam.

Para garantir que cumpriria sua palavra, ele partiu, montando um tannîn, na direção do exército que atacava Olam. Prometeu a ela que faria o exército recuar até o amanhecer. Isso garantiria a sobrevivência de Olam por, pelo menos, mais uma noite.

Porém, seu tempo se abreviava. Antes do amanhecer, ela teria que dizer a Naphal se aceitava a proposta dele, a fim de que a rede fosse inutilizada, ou se recusava, e então condenaria Olam à escuridão total.

Ela colocou as mãos sobre a pedra gelada da parede quebrada da cúpula de Schachat e olhou na direção onde o exército das trevas estava estacionado. Não conseguia enxergar nada na escuridão, apenas lhe parecia ver uma luz dourada à distância, quase como se a aurora estivesse surgindo fracamente do norte.

O céu sem estrelas era um reflexo da solidão que ela sentia, e da ausência de luz que havia em sua vida naquele momento. Mais do que nunca desejou poder voltar no tempo... Se ao menos Ben... Se ao menos ele... Não. Não podia culpá-lo. Talvez os rions estivessem realmente certos. Havia um destino cego e impessoal dirigindo suas vidas. Nenhum propósito ou finalidade realmente havia, por isso, tudo o que importava era o momento. Estava ao alcance dela salvar Olam. Ela podia fazer isso. Seria um grande sacrifício, mas sem sacrifício não se construía qualquer vitória.

Gever também estava certo. Ela devia ter partido com eles. Então, realmente veria as estrelas...

Mas como Gever e os rions podiam estar certos ao mesmo tempo? Não, aquilo não era possível. Eles tinham concepções diferentes sobre o destino. Os rions criam num destino cego, impessoal, fatalista, como se tudo estivesse decretado, porém, sem nenhum propósito maior para qualquer coisa. Por isso, eram obcecados por fazer as coisas como autômatos.

Os dakh, por sua vez, viam o futuro como aberto, como se eles próprios o manipulassem através dos desenhos que produziam.

Os irins, ao contrário, acreditavam que o destino era construído a partir da revelação da vontade daquele que criara todas as coisas. Assim, apesar de fixo, não era um destino impessoal. Sem dúvida a filosofia dos rions, e também a dos dakh eram mais simplistas e até certo ponto lógicas, pelo menos de uma perspectiva mais superficial. O pensamento dos irins era complexo, até certo ponto misterioso, pois concedia liberdade aos agentes humanos, que não se podiam considerar autômatos, antes responsáveis por seus próprios atos, mas ao mesmo tempo, entendia que havia um propósito maior controlando as pequenas e as grandes coisas do universo. Como se cada atitude humana, e a somatória de todas elas, praticadas por todos os homens, quer boas quer más, e por todas as criaturas, compusessem misteriosamente aquele destino, como notas individuais e aparentemente desconexas, mas que quando se reuniam com o todo, formavam uma impressionante composição musical. A música era o destino. E o criador era o compositor e o maestro.

Eu comandei a música da floresta, lembrou Leannah, enquanto sentia nas mãos o frio das paredes da cúpula quebrada. *Eu sei que os irins estão certos. Eu sei...*

Mas em Schachat, ela não conseguia ouvir música nenhuma. Tudo era sombrio, sem vida, vazio e frio.

Ela pensou outra vez em Naphal e na surpreendente proposta feita por ele. Será que o shedim poderia ser redimido? O caminho da iluminação havia sido idealizado pelos kedoshins para levantar os caídos. Será que eles acreditavam que *todos* os caídos poderiam ser levantados?

Aquelas dúvidas corroíam a cantora de Havilá, enquanto ela andava de um lado para o outro, debaixo do que restava da cúpula da torre, arrastando seu vestido branco no pó e na cinza que cobriam o chão enegrecido.

Ela ainda era um ponto de luz no meio de toda aquela escuridão, porém, cada vez mais, a escuridão parecia apagá-la.

* * * * *
* * * *

O gato pardo, de fato, estava gostando muito pouco daquela aventura dentro do lago subterrâneo. Ben percebia a pressa que ele tinha de abandonar aquele lugar. Era evidente que felinos não gostavam de água, mas parecia haver algo mais na atitude do animal, enquanto ele nadava tentando encontrar a margem.

Ben estava começando a ficar preocupado, pois não conseguia enxergar a margem. E ele sentiu outra vez aquelas movimentações subterrâneas que havia experimentado da primeira vez que entrara naquelas águas. Parecia que algo grande se movia no fundo do lago, fazendo ondulações subirem à superfície.

Quando finalmente a luz de Herevel mostrou a margem do lago, Ben sentiu algum alívio. A sensação de nadar naquele lugar era horrível, uma sensação de total insegurança. O gato pardo acelerou ainda mais as patas dentro da água e logo estava saindo da água e escalando as pedras da margem.

Ben também fez esforço por alcançar a saída, mas estava cansado até todos os limites da exaustão, por isso, seus braços e pernas não obedeceram ao mandado de sua mente, e aumentaram muito pouco a velocidade. Ainda assim, ele finalmente alcançou a margem, e suas mãos tocaram as pedras.

Naquele momento, ele sentiu outra vez a forte ondulação, e foi tomado de uma sensação de pavor. Esforçou-se por sair de uma vez da água. Já estava com os dois pés na rocha, quando sentiu alguma coisa se enrolar no seu pé. Era alguma coisa visguenta, e se apertou fortemente em torno da sua perna. Ele deu um puxão com o pé para se livrar do que quer que fosse, pensando talvez ser algum tipo de alga, porém, subitamente, sentiu um forte puxão contrário. Foi arrastado para dentro do lago como se fosse um brinquedo sacudido por um gigante.

Por sorte, ele não soltou Herevel, e tentou usar a espada para cortar o tentáculo que o puxava. De fato, a espada o cortou e ele se viu livre, e lutando com todo o desespero para subir outra vez à superfície, mas antes que conseguisse, dois tentáculos se prenderam às duas pernas dele. Em desespero, Ben lutou pela própria vida, pois havia pouco ar em seus pulmões. Outro tentáculo subiu e se enrolou em volta do pescoço dele. Então, o maior de todos os tentáculos, que era grosso como o tronco de uma árvore, se enrolou em torno de seu ventre, tentando esmagá-lo.

O braço com Herevel foi o próximo a ser imobilizado, e a espada escapuliu. Ben viu a morte, e realmente acreditou que ela o tomaria naquele submundo, porém, o braço esquerdo ainda estava livre, e com ele Ben conseguiu recuperar Herevel antes que ela se afundasse. A espada brilhava na escuridão da água, e, com ela, Ben cortou o tentáculo em volta do outro braço, e em seguida libertou o pescoço. O tentáculo grosso ainda o apertou na cintura, mas Herevel abriu um grande rasgo nele, afrouxando a pressão. Com mais três golpes, ele se livrou daquele tentáculo, e dos dois que prendiam suas pernas.

Então a luz de Herevel revelou o monstro que tentava matá-lo. Com seis tentáculos partidos, a criatura se debatia nas profundezas, mas ainda tinha dois tentáculos intactos. Ben esperou que eles subissem, então, golpeou-os com Herevel, antes que eles o atingissem. Foi quando a luz da espada revelou algo muito pior. Outro monstro com várias vezes o tamanho daquele, surgiu atrás da criatura que o atacava. Ben percebeu que precisava sair dali imediatamente, ou nunca mais sairia. Então, se impulsionou para cima, e encontrou forças em algum lugar do seu corpo para arrebentar na superfície. Ele nunca havia saído de um lago com tanta pressa e agilidade como naquele momento em que saltou para fora da água e escalou as pedras. Então, se pôs a correr o mais rápido possível, até se afastar daquele lugar.

O gato pardo o aguardava vários metros à frente, e o recepcionou com um miado incrédulo, como se nem ele acreditasse que Ben havia conseguido escapar dos tentáculos.

Ben jogou-se ao chão e tossiu sofregamente.

O miado do gato agora era um questionamento.

— Sim, eu estou gostando disso menos do que você — respondeu Ben.

O gato miou satisfeito, e se pôs a andar em direção ao túnel que se afastava do lago subterrâneo. Ben só tinha certeza de uma coisa: não ia mais entrar naquele lago. Porém, ainda não sabia como faria para voltar, pois tanto daquela vez, quanto da anterior, ele teve que passar pelo lago para alcançar os portais do Abadom.

Não demorou até que Ben estivesse outra vez correndo alucinadamente pelos túneis subterrâneos seguindo o gato pardo. Eram caminhos diferentes dos que eles haviam utilizado da outra vez. Ben imaginava que fossem atalhos. Não passaram pela antiga cidade dakh, nem pelos túneis do tolaat. Então, subitamente, a parte final daquela jornada surgiu diante dos olhos dele. O labirinto das fissuras.

Por algum motivo, havia se esquecido daquela parte. Talvez, se tivesse lembrado antes, não teria retornado àquele lugar. Do outro lado do labirinto das fissuras ficava o tríplice portal. E isso mostrava que, graças ao gato pardo, estava muito perto do seu destino. Porém, a lembrança do que estava reservado para aquela última parte do percurso fez o resto de forças e coragem desaparecerem do guardião de livros.

O gato pardo miou impaciente, olhando para o local. Ben olhou para ele e sentiu uma mescla de agradecimento e raiva. Sim, o animal havia feito um trabalho impressionante. Em algumas horas eles haviam percorrido uma distância que tomou dias da outra vez. Mas, sabia agora que aquela parte final não podia ser encurtada. O problema ali, de fato, não era a distância, era o terror. De algum modo, as almas, ou a consciência delas, estavam ali, enfrentando algum tipo de triagem para a punição. Pelo menos, era isso o que os dakh acreditavam que fosse aquele lugar.

Ao passar por ele, Ben teve que encontrar um caminho na mais completa escuridão, pois nenhuma pedra conseguia iluminar aquele labirinto. E no meio do caminho, após o arco, ele tivera que enfrentar a ira dos mortos, a vingança de todos aqueles que ele havia destruído em campo de batalha. E agora, o número havia aumentado. Eles o atacaram com espadas e lanças, e apesar de não poderem realmente feri-lo, infligiram uma dor real com cada um dos golpes. Só de imaginar que teria novamente que enfrentar todos aqueles golpes, fazia o coração do guardião de livros se derreter.

Mesmo assim, Ben respirou fundo e se preparou para enfrentar novamente todo aquele sofrimento. Havia vindo longe demais para desistir. Ele respirou várias vezes, tomou coragem, e se dirigiu até o centro do túnel. Então, procurou pela fissura que ficava bem no meio.

O gato pardo miou contrariado atrás dele. Ben se voltou e viu o animal olhando-o com uma expressão estranha.

— Não posso culpá-lo por não querer me acompanhar nessa parte final do caminho — disse Ben. — Você já fez um grande trabalho me trazendo até aqui. Agora terei que enfrentar isso sozinho.

A resposta do gato foi um miado estranho que parecia um questionamento.

— Porque é necessário — respondeu Ben. — O sofrimento é inevitável.

O miado agora parecia uma dúvida.

— Está bem. Eu sei que nem sempre é necessário, mas parece que nesse caso é o que tem que ser feito. E você agora está me atrasando.

O gato miou contrariado.

— Está me atrasando sim. Se não parar de miar, eu não vou conseguir me concentrar o suficiente para encontrar o caminho nas fissuras.

O próximo miado foi de ressentimento, enquanto ele lambia as próprias patas numa posição de protesto.

— Olha, eu não quero que você fique triste comigo. Eu já disse. Você fez um grande trabalho, mas...

Então, ele parou de lamber as patas e correu na frente de Ben em direção às fissuras.

— Quer dizer que você quer ir comigo? Tudo bem. Mas espero que você saiba o que está fazendo. Eu já passei nesse lugar. É terrível.

O próximo miado pareceu uma gargalhada.

— É impressão minha, ou você está rindo de mim?

O gato miou em pedido de desculpas. Mas não pareceu muito convincente para Ben.

Ao contrário de seguir pelo caminho que Ben estava pensando em acessar, o gato foi para um dos cantos do túnel. Na beirada, havia uma estreita passarela por onde era possível andar.

— Escute — Ben argumentou. — Só há um caminho para atravessar esse labirinto. E esse caminho é bem lá no meio. Temos que andar de olhos fechados, e nos guiarmos por uma espécie de instinto, a fim de encontrarmos o caminho correto que nos levará até o outro lado, onde ficam os portais do Abadom. E, no meio, temos que enfrentar o ataque das almas.

O gato miou.

— Por que você está rindo de novo?

Sem responder, o gato pardo começou a caminhar junto a parede lateral. Por um momento, Ben ficou na dúvida se devia segui-lo, ou tentar encontrar o caminho pelo centro do labirinto. Mesmo acreditando que estava fazendo bobagem e perdendo tempo, ele tratou de seguir o gato pardo. Então, percebeu que aquela borda do labirinto parecia seguir em linha reta por todo o percurso. Surpreendeu-se ao ver que o gato pardo sabia exatamente o que estava fazendo. Ele marchou resoluto em direção ao arco das fissuras e, surpreendentemente, também encontrou um caminho pela lateral do arco, uma fresta por onde era possível passar. Ben se espremeu e conseguiu passar logo atrás do gato, então percebeu que as luzes de Herevel não se apagaram do outro lado. A única explicação para aquilo devia ser o fato de que não haviam passado por baixo do arco.

Cada vez mais maravilhado, Ben compreendeu que estava seguindo um caminho comum, seguro, sem trevas absolutas, sem testes, sem ataques de espadas ou lanças. Sua vontade era rir sem parar, era alcançar aquele gato e abraçá-lo e beijá-lo, por tudo o que ele estava fazendo, e por todo o sofrimento que o estava poupando de enfrentar naquele submundo. Ben compreendeu que nem sempre os testes eram necessários. E que muitas vezes, havia dois caminhos a serem seguidos. A pressa podia levar ao caminho pior.

Poucos minutos depois, eles estavam do outro lado. Os três portões estavam há poucas centenas de metros à frente. Ben não conseguia acreditar naquilo.

O gato pardo estava parado num canto, lambendo suas patas.

— Você foi extraordinário! — disse Ben.

Porém, o gato miou, como se não tivesse feito algo tão grande assim.

— Você é um dom! — Ben exclamou e correu na direção dele e o apanhou do chão. Então, girou em torno de si abraçando o gato, e soltando altas gargalhadas.

Já chega, já chega, foi o que o miado dele pareceu dizer.

Então, Ben o colocou de volta no chão. Em agradecimento, ele roçou outra vez com as pontas das asas nas pernas do guardião de livros, depois, voltou para um dos cantos, retornando à tarefa de lamber as patas.

Ben enfrentou os três portais. Estava de volta àquele lugar. Fazia tão pouco tempo que esteve ali, e jamais poderia pensar que retornaria.

Sabendo que ainda tinha um grande desafio, ele respirou fundo e marchou até os portais. Viu-os aumentando de tamanho à medida que se aproximava deles. Então, foi sendo tomado outra vez por aquela sensação de medo e reverência que teve quando da primeira vez.

Ben se aproximou ainda mais e tentou lembrar das palavras que disse da outra vez. Ele havia pronunciado algo que abrira os portais, mas naquele momento, não conseguia se lembrar exatamente o que disse. Então, lembrou da espada. Sim, havia dito as palavras segurando Herevel erguida. Por certo, se quisesse abrir os portais, tinha que fazer algo semelhante agora. Finalmente, lembrou-se de algumas palavras. *Eu sou Ben, o Guardião de Livros, venho do mundo dos homens. Através da dor e do sofrimento. Sou o escolhido do submundo. O portador de Herevel. Vim buscar o fogo tenebroso.*

Então, Ben conseguiu se lembrar de tudo o que havia falado. Respirou fundo, ergueu Herevel bem alta, e começou:

— Eu sou...

Não foi necessário dizer mais nada. Imediatamente, os portais se abriram.

O gato miou em sinal de aprovação atrás dele.

Então, outra vez a coluna de chamas avermelhadas surgiu e subiu até a beirada dos portões. Ben contemplou o fogo tenebroso, lembrando-se que uma criatura surgiu dele quando Litili tentou se aproximar. Mas aquilo provavelmente tinha acontecido porque Litili não tinha o direito de fazer isso.

Ben esperou alguns instantes para ver se as três figuras espectrais apareceriam, porém, não havia qualquer sinal delas. Ben concluiu que dessa vez não precisaria negociar com elas. Provavelmente porque estava ali para pegar o fogo tenebroso, e isso já havia sido concedido da outra vez. Ele é que decidira não levar.

Cautelosamente, Ben se aproximou da coluna de fogo. Só então percebeu que não havia pensado em como armazenar a substância. No caso do gelo luminoso, Leannah o armazenara dentro de uma caixa. Mas isso não era possível com o fogo. Ben titubeou, olhando ao redor, sem saber o que fazer.

Um miado atrás dele disse o que fazer. Na verdade, o gato pardo veio carregando um graveto petrificado que havia encontrado. Ben se abaixou e pegou o graveto da boca dele. Então, mergulhou o graveto nas chamas. Imediatamente, elas se instalaram no objeto. Ben o afastou do meio do fogo e percebeu que a substância ardente e tenebrosa estava bem estável em torno do graveto. Porém, curiosamente, ele não consumia o graveto. Queimava, mas não consumia.

— Suponho que teremos uma longa jornada de volta — disse Ben para o gato pardo, imaginando que o retorno seria bem mais demorado, pois o percurso agora seria de subida. — Espero que, pelo menos, você conheça um caminho onde possamos desviar daquele lago.

Por outro lado, Ben sabia que provavelmente teriam mesmo que escalar a Garganta, pois não se podia esperar coisa diferente, como acontecera no caso do fosso encontrado pelo gato pardo.

Porém, o animal miou contrariado.

— Você tem alguma ideia melhor?

Imediatamente o gato sumiu na escuridão e reapareceu em seguida com outro graveto na boca.

— Dois gravetos? — Perguntou Ben.

— Sim — foi o que pareceu que ele respondeu através do miado. Pareceu mesmo um "sim", mas provavelmente porque ele estava com o graveto na boca.

— Está bem — Ben pegou o graveto da boca do gato e também o mergulhou no fogo tenebroso. Então, ficou com duas tochas. Em seguida, voltou a olhar para o gato pardo.

— E agora? Podemos voltar.

— Não — Ben já não sabia se aquilo era um miado ou uma palavra realmente. Talvez o gato estivesse aprendendo a falar algumas palavras, como Ariel. Ou talvez, a mente de Ben já estivesse lhe pregando peças naquele submundo.

O gato continuava olhando fixamente para o Abadom. Ben também olhou para dentro das trevas.

— Você não está pensando em entrar aí? Está?

— Eu não — disse o gato —, mas você sim. Porém, não agora.

Então, Ben levou um susto. O gato realmente havia falado aquelas palavras.

— Você fala?! Por que nunca disse isso antes?

— Você não perguntou.

— Você é um espertinho mesmo, não é?

— Às vezes — miou o gato dengosamente.

— Como você sabia que eu viria aqui? Por que me esperou lá em cima?

— Por causa dela — apontou o gato para Herevel. — Há um caminho deixado nas pedras brancas para o submundo. Nós podemos sentir quando ela está aqui. E eu sei o que você pretende fazer. É a coisa mais louca que eu já tomei conhecimento... Mas... Sei lá... Você é o guardião de livros, o libertador de Ariel, então, quem sou eu para impedi-lo?

— Então, já podemos ir logo embora deste lugar? — Perguntou Ben, não querendo pensar nas coisas que o gato disse.

— Desta vez não poderemos ir juntos — respondeu o gato.

— Por que não?

— Você não conseguiria passar pelas passagens que podem me levar rapidamente até lá em cima. Descer é fácil, mas subir...

— Então, me trouxe até aqui embaixo, mesmo sabendo que eu não poderia retornar?

— Há um outro caminho que pode levar você até onde deseja...

— Outro caminho? Como? Onde?

— Você descobrirá. O labirinto das fissuras é o maior conglomerado de passagens que existe. Se o seu destino realmente está escrito, você encontrará o caminho.

Ben olhou para o labirinto sentindo um medo terrível de percorrê-lo mais uma vez.

— Eu não posso fazer isso.

— A escolha é sua. Não posso obrigá-lo a nada.

— Eu acho que consigo encontrar o caminho — disse Ben.

— Mesmo que consiga passar pelo monstro do lago subterrâneo, levará muito tempo. Você nunca conseguirá acordá-lo a tempo.

Ben se voltou e contemplou os três portais abertos mais uma vez. Talvez, o felino estivesse certo. Ele estivera certo o tempo todo durante aquele percurso. Quando confiou nele, apesar de alguns sustos, sempre acabou obtendo bom resultado.

Ben olhou para os dois gravetos com fogo tenebroso em suas mãos. Não foi difícil entender porque o gato havia desejado dois gravetos.

— Leve-o diretamente para Litili. — disse Ben, alcançando um dos gravetos para ele. — Diga que eu estou enviando para eles o direito deles. Diga-lhes que eu confio que eles saberão como usá-lo.

O gato miou em concordância e abocanhou o graveto revestido do fogo tenebroso.

— Então vamos? — Perguntou o gato.

Ben já estava se preparando para adentrar o labirinto das fissuras.

— Você não disse que eu deveria adentrá-lo? — Perguntou Ben.

— Sim, mas é pelo outro lado — disse o gato com uma gargalhada.

Então, Ben se lembrou de que o labirinto só funcionava para quem entrava pelo lado da vinda.

* * * * *
* * * *

— Está na hora — disse Timna, batendo levemente na porta do quarto onde Adin e Chozeh passaram a noite.

Adin olhou para sua amada ainda adormecida, e se recriminou mais uma vez por estar fazendo aquilo com ela. Mas se não a mantivesse dormindo, provavelmente, ela o dissuadiria de fazer o que precisava ser feito.

Ela dormia tão serenamente. Estava alheia a todo o mal que a cercava. Adormecida, parecia ainda mais jovem. Adin desejou jamais atrapalhar aquele sono quase infantil. Ele se abaixou e a beijou delicadamente no rosto. Pareceu-lhe estar beijando uma pétala de rosa branca.

— Não se preocupe — disse Timna ainda do lado de fora do quarto. — Você terá muito tempo para fazer isso. Porém, agora nosso tempo é curto. A rede já está pronta. Todos os problemas foram resolvidos. Télom espera por você no grande salão.

— Eu gostaria que ela estivesse lá embaixo comigo — disse Adin.

— Eu a carregarei — respondeu Timna. — Mas você precisa ir agora.

Adin assentiu e se colocou em pé. Mas antes de sair, beijou novamente o rosto de Chozeh.

De volta ao abismo de Nod, ele encontrou o conselho sombrio. Cada integrante estava com as mãos sobre as pedras escuras, porém, sem encostar nelas. O poder das pedras oferecia uma estranha luminosidade às mãos dos cashaphim.

Thamam ainda estava caído num dos cantos do salão. Adin percebeu que o cashaph o mantinha desacordado. Ainda não havia entendido o que ele pretendia fazer com o antigo Melek de Olam.

O cashaph estava de costas e sem o capuz, olhando fixamente para dentro do grande fosso. Fumaça e vapor saíam simultaneamente das profundezas. Os cabelos pretos dele desciam até os ombros, mas não ocultavam os caroços na cabeça. O homem era muito magro e os caroços pelo corpo também podiam ser percebidos apesar das roupas escuras.

Adin preferia que ele mantivesse o capuz sobre o rosto para não precisar ver aquela parte devorada por vermes.

Por um momento insano, Adin quase pensou em correr e se jogar contra ele, mesmo que ambos caíssem dentro do fosso parcialmente tomado por lava ardente. Um feiticeiro havia sido destruído daquele modo em Sinim. Porém, Adin se conteve.

— Chegou seu grande momento — anunciou o cashaph sem se virar, mostrando que tinha consciência de que ele estava ali.

Adin visualizou os três pergaminhos e se dirigiu para eles. Os três pergaminhos continuavam abertos na espécie de púlpito na quina da muralha que circundava o fosso. Ele precisava se aproximar e proclamar as seis palavras que somente ele conseguia ler. Elas estavam reunidas numa só palavra. PROFUNDEZAS. Ao proclamá-la, o poder do Abadom ativaria uma a uma as pedras escuras.

Adin marchou resoluto para completar sua tarefa. O cashaph se posicionou atrás dele, como para garantir que ele cumpriria o acordo.

Por um momento, a imagem de Tzvan surgiu à mente de Adin enquanto ele olhava para os três pergaminhos.

Agora entendo o que aconteceu com você — disse Tzvan, admirado. — *Nenhum jovem da sua idade teria tanto conhecimento e coragem, nem tanta honra... Você é um dos escolhidos... Em Sinim sempre acreditamos e esperamos o dia que Elyom enviasse seus escolhidos para redimir o mundo.*

— Escolhidos? — Perguntou Adin. — *Essa é mais uma das suas superstições?*

— *Profecias antigas* — disse Tzvan. — *Visões do tempo em que a magia era abundante neste mundo. Falavam de escolhidos que viriam para realizar grandes feitos pelos homens. Verdadeiros príncipes da magia responsáveis pela construção de uma nova humanidade e de uma nova era através da honra e do sacrifício.*

— *Provavelmente mais sacrifício do que honra* — Adin lembrava-se de ter pensado.

— *É uma honra, para mim, conhecer um dos escolhidos* — disse Tzvan com seriedade. — *Compreendo agora a razão de seus atos heroicos. Isso foi profetizado. O escolhido realizaria um grande ato de nobreza para atender às exigências dos juízes do céu e pôr um fim ao período de escuridão. Se você é o escolhido, não tenho dúvidas de que o fará. Já mostrou que tem nobreza para fazer isso.*

Tzvan disse aquelas palavras pouco antes de eles terem caído na armadilha dos bárbaros nas terras brasas. Minutos depois, o capitão de Sinim seria morto pelas forças malignas, Adin seria aprisionado e Chozeh também. E, então, ele leria pela primeira vez as palavras do pergaminho junto ao lago de fogo, trazendo o senhor da escuridão de volta ao mundo dos homens.

— *Quem já fez uma vez, pode fazer duas* — disse Adin para si mesmo, enquanto sentia a presença inquieta do cashaph atrás de si.

Porém, Adin sabia que a tarefa realizada no oriente havia sido simples perto da que teria que realizar ali. No Lago de Fogo, ele tinha apenas um pergaminho, e sua função foi apenas cumprir uma das etapas para libertar os shedins. A função principal era para ter sido realizada por Ben em Nod.

Télom tinha pressa. Não estava entendendo aquela demora de Adin em ler os pergaminhos.

Adin tratou de se livrar da lembrança de Tzvan e de suas palavras. Não queria produzir desconfianças em Télom. A vida de Chozeh era a única coisa que lhe importava. O cashaph a mataria se fizesse qualquer coisa diferente do esperado.

O jovem de Havilá visualizou os pergaminhos mais uma vez. Analisou-os cuidadosamente como se precisasse de fato fazer isso. Só estava tentando ganhar os últimos segundos para que Télom não fosse tomado pela ira. Agora, quando via as seis palavras, de uma maneira quase automática, elas se juntavam para formar a palavra PROFUNDEZAS. Adin nem precisava mais dos pergaminhos. Ele só precisava dizê-la, e as trevas estariam livres.

— Eu só vou fazer isso quando ela estiver aqui embaixo — disse Adin.

Télom assentiu nervosamente, porém aguardou pacientemente enquanto ele manuseava os manuscritos, e esperava Timna chegar com Chozeh.

O cashaph sentia que tinha a situação inteira sob controle. De fato, não precisava temer coisa alguma. Ninguém mais em Olam poderia impedir que seus planos fossem estabelecidos. O corpo de Thamam, jogado num canto, era uma prova disso.

Ele ainda está respirando, notou Adin, olhando fixamente para o velho rei. *Graças a El.*

Quando Timna adentrou o salão carregando a rainha de Sinim, e a depositou com cuidado no chão de pedra, Adin soube que não tinha mais justificativas para não fazer o que o cashaph queria. Mesmo assim, ele utilizou aqueles últimos segundos como se estivesse dando uma última chance ao destino de modificar as coisas. Talvez, algo inusitado ainda pudesse acontecer. Talvez Ben... Ou Leannah... Ele desejou ardentemente que eles pudessem irromper naquele submundo e reverter toda a situação. Essa possibilidade até aquele momento nunca havia sido tão mínima, mas mesmo assim Adin se permitiu aquele breve tempo de expectativa.

Ao seu redor, tudo continuou exatamente igual. Os seis feiticeiros das pedras continuaram manuseando as pedras escuras. Télom permaneceu impassível atrás de si, com as duas pedras dependuradas em colares em torno do pescoço. E Thamam e Chozeh continuaram caídos e desacordados. Apenas Timna se movia de um lado para o outro, mais ao fundo do salão. O príncipe de Nod provavelmente estava preocupado com os resultados do estabelecimento da rede. Ele era o único entre os malignos que não era um cashaph.

Adin sentiu a mão de Télom em seu ombro. Foi um toque suave, mas isso mostrava que a paciência do cashaph já havia se esgotado.

— É hora de fazer seu trabalho — disse o chefe do conselho sombrio.

Adin suspirou. Era tarde demais para oferecer chance ao destino.

Ele abriu as mãos e esticou os braços sobre o púlpito de pedra, olhando fixamente para os pergaminhos. Então, olhou para a escuridão e proclamou:

— *Eu invoco os antigos poderes do Abadom* — ele proferiu as palavras. — *Eu invoco o poder das PROFUNDEZAS.*

No mesmo instante, os seis lapidadores fizeram a marca final de lapidação. Adin, viu o fosso abaixo ficar subitamente iluminado e um vapor quente subiu das profundezas.

A rede estava instalada. As trevas cresceriam sobre Olam. Nada mais poderia detê-las.

* * * * *
* * * *

Leannah não podia ver a aurora trazendo um novo dia em Olam, pois estava dentro da cortina de trevas. Porém, ela sabia que seu tempo estava terminando. E ela já havia tomado a decisão. Provavelmente, se arrependeria pelo resto da vida, mas faria o que tinha que ser feito.

Se simplesmente recusasse a proposta de Naphal, condenaria Olam, pois a cortina de trevas avançaria definitivamente. Além disso, não sairia viva daquele lugar, pois o príncipe shedim não permitiria, e ela estava sem o Olho de Olam. Não alimentava ilusões de poder enfrentá-lo.

Leannah viu as asas do tannîn se aproximando nas sombras e soube que o momento havia chegado. Naphal saltou do dragão e pousou pesadamente no chão sob a cúpula quebrada.

— A rede está pronta — disse o príncipe shedim. — O conselho sombrio cumpriu as tarefas. Seu irmão ativou a rede em Nod. Nosso tempo acabou.

Leannah olhou preocupada para ele.

— Isso quer dizer que...

— Eu ainda posso destruir a rede — assegurou Naphal. — Os cavaleiros-cadáveres ainda podem matar os lapidadores em Irofel. Isso desestabilizaria a rede, invertendo o fluxo, como aconteceu em Bethok Hamaim. Mas isso tem que ser feito agora, ou será tarde demais. Você precisa decidir. Eu fiz o que você pediu. Detive o avanço do exército por toda essa noite. Mas agora não posso mais interferir, ou serei punido. Não tenho mais qualquer justificativa.

A cantora de Havilá sentiu todo o seu corpo tremendo. Suas mãos suavam apesar do frio de Schachat. Seu irmão havia feito o que o cashaph desejava. Ele havia sido um instrumento das trevas. Leannah sentiu o gosto amargo daquele conhecimento em sua boca.

— Você irá devolver a luz para este mundo? — Repetiu Naphal a pergunta, aproximando-se ainda mais. — Você irá me devolver a luz?

A cantora de Havilá sentiu o mundo dando voltas ao redor de si. A hora da decisão havia chegado.

Será sua maior tentação, disse Gever. De fato, ela nunca havia sido colocada sob um teste como aquele. Estava em suas mãos salvar ou condenar o mundo. Mas para salvá-lo precisava se entregar ao mal. Esse era o sacrifício esperado dela.

Já há algum tempo ela vinha tentando entender aquilo. O caminho da iluminação foi, acima de tudo, um caminho de sacrifício. Esperava-se que os peregrinos do caminho, afinal, realizassem sacrifícios que poderiam reverter o mal daquele mundo. Agora Leannah sabia que nenhum dos outros dois peregrinos faria isso. Porém, talvez, o sacrifício dela pudesse minimizar os males. Certamente não os extinguiria, mas talvez, reduzisse.

Leannah desejou nunca ter saído de Ganeden. Devia ter ido com os irins povoar as estrelas. Ou então, nunca ter saído de Havilá. Nunca ter estado em Schachat quando a primeira marca da pedra ativou o caminho... Sentia que não tinha estrutura para aquele tipo de teste. Não tinha.

Naphal se aproximou. Todo o poder sedutor do shedim tentava convencê-la de que aquilo também era o que ela queria.

— Diga as palavras — ele sussurrou muito perto. — Liberte-me da escuridão. Devolva-me à luz. Você sabe. Você pode. Devolva-me a luz.

Leannah tremia por inteiro. Outra luta íntima ela precisou enfrentar, agora que todos os motivos para ter esperança haviam desaparecido. Seu irmão havia feito o que o cashaph queria. Todos os acontecimentos do mundo, apesar de todos os esforços dela, haviam se conduzido na direção oposta daquilo que ela havia desejado. Sua missão havia fracassado. Nenhum motivo mais ela possuía para crer que algo pudesse ser mudado.

Como para pressioná-la, Naphal mostrou outra vez o exército shedim, e as trevas avançando. Os sons do exército shedim aumentaram subitamente, e ela ouviu quando os guerreiros sentiram a movimentação das trevas e bradaram. A horda de destruidores foi posta em marcha. Os shedins finalmente estavam livres para agir no mundo.

Num instante, Leannah entendeu que não tinha mesmo opção alguma. Se não se entregasse ao shedim, ele a tomaria à força. Não tinha como resistir-lhe. E, nesse caso, Olam estaria condenado, de qualquer modo.

Então, ela ouviu um relincho distante, e num instante, tudo ficou subitamente simples para ela. O que precisava fazer lhe veio de modo tão natural à mente, como se o tivesse planejado desde o começo.

— Se é luz o que você quer, eu vou lhe dar — disse Leannah.

O shedim não entendeu o que ela falava, nem o motivo de ela segurar o espelho das pedras amarelas na mão esquerda. Na outra mão, estava a pedra do sol. Ela estava ao lado do compartimento de lapidação, o mesmo utilizado por Ben para dar início ao caminho da iluminação. Sem hesitar, ela lançou a pedra dentro do compartimento. A pedra estava ativa, e carregada de energia, e o compartimento que potencializava as pedras explodiu com a sobrecarga.

Ela não teve tempo de correr ou de fazer qualquer outra coisa. Numa fração de segundos a luz rasgou a noite. Então, o espelho das pedras amarelas refratou o poder da explosão da pedra do sol e isso a fez ser arremessada para longe e despencar para o vazio.

A última coisa que ela viu antes de despencar do alto da cúpula quebrada de Schachat foi o corpo de Naphal se desmanchando com o poder da luz, juntamente com a velha torre. Sua forma sombria se revelou terrível e furiosa enquanto os andares sobrepostos da mais antiga construção humana iam se demolindo.

Leannah sabia que, com essa atitude, estava condenando Olam. Mas não podia se entregar àquele monstro. Não podia se render ao mal. Não. Aquele não era *seu* sacrifício. Porém, ela sabia que haveria outro.

17 — A Batalha de Ganeden

A madrugada passou sem sobressaltos e as cores da aurora apareceram como sangue no Leste de Olam. Kenan havia permanecido ali a noite inteira, sobre os escombros, observando o exército inimigo à distância, estranhando aquela falta de movimentação e, ao mesmo tempo, temendo quando ela recomeçaria.

Não conseguia entender o motivo dos shedins estarem contidos, mas considerando a desproporção entre os exércitos, aquela demora não poderia realmente significar algo bom.

Talvez estejam discutindo o modo mais cruel de acabar conosco, pensou Kenan.

O giborim viu um passarinho voando sobre o campo de batalha, parecendo alheio a toda aquela morte e destruição. Era um pardal, e ele veio e pousou sobre a barricada, próximo do giborim, e iniciou em seguida uma melodia alegre.

Ele é só um passarinho — lhe pareceu ouvir a voz de Gever. — *Mas sua música triunfou sobre a noite escura. Na fraqueza existe força. Nenhum deles cai em terra sem a permissão do criador.*

Kenan queria poder acreditar mais nisso. Porém, tinha uma dolorosa consciência da insuficiência de seu exército em enfrentar o adversário. Ao longo da madrugada, sua consciência foi bombardeada com o conhecimento de que, se não fosse por causa dele, de seus erros, jamais precisariam ter chegado àquele ponto.

— Por que eles não fazem isso de uma vez? — Perguntou sem esperar que alguém respondesse. Tzizah não estava mais ali. — O que, pelo Abadom, eles estão esperando? Por que não terminam logo com isso?

Há tão pouco tempo atrás estavam em Olamir, cercados pelas intransponíveis muralhas alvas, sob a luz refulgente da pedra branca, contando com todo o poder do exército de Olam. Os giborins estavam todos vivos, e não havia missão que parecesse demasiadamente difícil para eles. Agora estavam todos mortos, e tudo o que o exército de Olam tinha eram homens comuns, pouco mais do que camponeses, sem treinamento, sem disciplina, sem nenhuma condição de enfrentar uma batalha convencional, quanto menos uma batalha como aquela.

Kenan se culpava por tudo o que havia acontecido. Lembrava-se de todas as discussões que teve com Thamam ao longo daqueles anos, quando lhe trazia informações das movimentações dos vassalos ao sul, e do avanço lento, porém sistemático da cortina de trevas. Quantas vezes disse ao Melek que precisavam fazer alguma coisa, que precisavam agir antes que fosse tarde demais... Olamir se enfraquecia dia a dia por causa das disputas internas, assim como a luz do Olho também se apagava lentamente. Mas Thamam, apesar de saber de tudo aquilo, creditava o ímpeto de Kenan ao desejo de vingança, e, talvez por isso, nunca havia feito nada suficientemente forte e eficaz para deter o crescimento do mal.

Então, ele havia se lançado naquela empreitada solitária, invadindo Salmavet e quebrado as correntes que prendiam o nephilim neste mundo. Não negava que havia sido movido por grande dose de desejo de vingança, esperando encontrar Mashchit, esperando mandá-lo para os infernos. Mas desejava também fazer Olam se mover, abandonar a inércia, sacudir a morosidade que o acúmulo de corrupção havia imposto sobre a cidade, como quando impurezas revestiam as pedras shoham, diminuindo sua luz.

Esperava que, depois de tudo, Thamam tivesse ficado do seu lado, tivesse feito jus ao seu poder, à sua estirpe, e se imposto sobre o Conselho. Afinal, todos aqueles sacerdotes fanáticos e lapidadores corruptos não tinham uma fração do direito de Thamam de definir o destino da grande cidade. Mas, incompreensivelmente, Thamam se submeteu ao julgamento do Conselho, e depois colocou em prática o plano de enviá-lo com os três jovens de Havilá, na missão de reacender o Olho.

Porém, Kenan não tinha coragem de culpar Thamam. Ele sempre foi o pai que ele nunca teve. Paciente, equilibrado, carinhoso... Muitas vezes, Kenan quis recusar aquilo, como quem sabe que não é merecedor.

Será que ela estava mesmo grávida? Se perguntou Kenan, lembrando da estranha pergunta do jovem de Havilá. Tinha que admitir que, se isso fosse verdade, então, várias coisas se tornavam mais compreensíveis. E mesmo assim, não conseguia odiá-la...

Eu nunca ofereci a ela o que ela merecia.

Kenan chacoalhou a cabeça vigorosamente, tentando se livrar de todos aqueles pensamentos que o haviam atormentado por tantos anos. No fundo sabia que eles eram a causa de todos os erros cometidos.

O último deles quando usurpei o Olho de Olam de Leannah.

Tinha a consciência cada vez mais dolorosa de que aquele foi seu maior erro. Desejava tanto que Leannah o perdoasse. Sabia que ela já havia feito isso, mas era difícil para ele próprio se perdoar, principalmente, considerando todo o mal que havia feito a ela.

Se não tivesse interferido, se tivesse deixado Leannah utilizar a pedra, ela certamente teria retornado a tempo de impedir a queda de Olamir. Agora desconfiava que havia sido seu ódio pela cidade branca que o fez agir daquela forma. Olamir sempre foi um lar maravilhoso para Kenan, porém, ele sempre se sentiu deslocado lá, como alguém sem verdadeiro direito de viver na cidade. Talvez por isso, com o tempo, fez questão de notar cada defeito, cada situação irregular na cidade, como para se justificar.

E, depois de tudo, não havia sobrado nada. Olamir virou cinzas. O poderio de Olam foi reduzido a ruínas. E, agora tinham que enfrentar o maior poder da terra, o maior exército que já havia marchado sobre Olam em milênios, sem ter a mínima condição de fazer isso.

Quando o dia amanheceu totalmente, Kenan percebeu que as tochas ainda estavam lá, mas os soldados haviam se retirado.

— Eles voltaram para a cortina de trevas!

Logo, começou a ouvir a notícia ecoando pelo acampamento de Olam. Viu e ouviu sorrisos nervosos e comentários incrédulos.

— Viveremos um dia a mais — ouviu alguém dizer. — Os shedins só atacam à noite. Aquelas criaturas não suportam a luz do dia, por isso foram embora.

Kenan acreditou que talvez o soldado estivesse certo. Provavelmente, o inimigo só marcharia novamente após o entardecer. Isso lhes dava um dia inteiro para, de algum modo, tentarem se preparar novamente. Porém, havia realmente algo a ser feito? Haveria alguma estratégia ou preparação que pudesse fazer com que aguentassem mais uma noite?

— O que faremos agora? — Kenan ouviu a voz grossa do fazendeiro Icarel atrás, como um eco de seus próprios pensamentos. — Qual é a estratégia que seguiremos? Como nos prepararemos para o próximo ataque?

Kenan olhou para o exército de Olam e a luz do dia revelou plenamente o estado caótico do mesmo. Havia milhares de mortos e um número ainda maior de feridos. A barricada estava cheia de buracos, e a fumaça que ainda restava do ataque dos tannînins recobria grande parte do campo de batalha. Ao longe, ele enxergou os destroços de algumas saraphins.

— Temos que fazer algo pelos mortos e pelos feridos — continuou Icarel, ao ver que Kenan não dava resposta alguma, e parecia sem voz, paralisado diante de tanta morte e sofrimento. Não podemos deixá-los onde estão. Os médicos de Sinim...

— Será uma boa ocupação — respondeu Kenan, subitamente recuperando a voz —, gastarmos o último dia de nossas vidas cavando túmulos. Apenas não nos esqueçamos de fazer os nossos também.

Icarel se surpreendeu com a resposta. O fazendeiro sempre tinha algo espirituoso ou engraçado para dizer, mas diante de Kenan, ele parecia perder completamente o senso de humor.

— Faremos os nossos também — foi tudo o que ele disse, e começou a se afastar.

— Acho que não será necessário — disse Kenan, fazendo o fazendeiro parar.

Icarel se virou e o rosto denotava incompreensão com a súbita mudança do giborim.

Kenan apertava os olhos no horizonte, tentando ver algo. Então, ele pegou um binóculo potencializado por uma pequena pedra shoham. Arregalou os olhos por causa do que viu.

— Não há necessidade de cavar túmulos. As trevas estão vindo! — Anunciou Kenan.

— Os inimigos estão nos atacando em plena luz do dia? — Perguntou Icarel.

— Eu disse que as malditas trevas estão vindo. A cortina de trevas está avançando vertiginosamente!

*****
****

Layelá voava com todas as suas forças tentando abandonar a escuridão. Leannah deitava-se sobre o corpo da re'im tentando oferecer o mínimo de resistência para o voo que já atingia uma velocidade alucinante. A cantora de Havilá estava exausta e amedrontada. Havia sobrevivido à explosão em Schachat como por um milagre, mas isso não significava que aquele mundo sobreviveria.

No alto da torre, Leannah teve apenas uma oportunidade de fugir. Ela segurava a pedra amarela escondida, pensando na chance de explodir a torre. Porém, morreria se fizesse isso. Ainda assim, estava disposta a fazê-lo, antes de ter que se entregar àquele monstro. Porém, aquilo seria um sacrifício inútil, pois não conseguiria destruir o príncipe shedim com a explosão; destruiria no máximo o corpo que ele usava. Por isso, quando ouviu o relincho de Layelá, Leannah soube que ela havia retornado, e que aquela era sua única chance. Ao colocar a pedra no compartimento, imediatamente houve uma sobrecarga e a pedra explodiu. A antiga mesa tinha o poder de potencializar a energia das pedras, porém não de pedras amarelas que já estavam sobrecarregadas.

Quando a pedra explodiu, o espelho salvou a vida de Leannah. Ele refratou a energia destruidora, e o impacto fez com que ela fosse arremessada para fora da torre. Então, foi a vez de Layelá salvar sua vida. A re'im havia se aproximado e mergulhou atrás dela antes que ela caísse no chão. Leannah conseguiu se agarrar as asas, e, por fim acomodar-se nas costas. Então, as duas fugiram daquele lugar, vendo a grande torre de Schachat ser inteiramente demolida a partir da explosão do alto.

O abalo da estrutura causado pela explosão fez o peso do material que estava na cúpula descer achatando os andares escalonados, até que toda a estrutura estivesse no chão. Em poucos segundos, a construção que perdurara por milhares de anos, estava totalmente demolida.

Leannah não alimentava a esperança de que a explosão tivesse destruído Naphal. Certamente, o corpo do príncipe shedim foi destruído, mas sua forma demoníaca estava livre dentro da cortina de trevas. Esse era um dos motivos que faziam Layelá acelerar seu voo tentando deixar aquele mundo de escuridão. Na próxima vez que encontrasse o príncipe shedim, não haveria nenhuma proposta da parte dele.

A cantora de Havilá se permitiu um pouco de alívio quando viu a luz. O corpo escuro de Layelá surgiu da cortina de trevas como quem emerge de um oceano sombrio. As asas não diminuíram o ritmo e em segundos ela estava longe da escuridão. Porém, Leannah já percebia os efeitos de sua atitude. As trevas avançavam rapidamente sobre Olam. O Perath já estava coberto, e a escuridão se aproximava do Hiddekel. Naquela velocidade, as trevas alcançariam Ganeden em menos de uma hora.

Era doloroso ter que admitir que todo o seu plano havia falhado. O esforço realizado na viagem para Hoshek, todo o risco que havia corrido, havia sido absolutamente em vão. E, era ainda mais doloroso precisar admitir que Adin estava colaborando com as trevas. No começo, mesmo sabendo que isso era necessário para que o plano dela se concretizasse, Leannah alimentara alguma esperança de que o irmão não estivesse iludido pelo cashaph, e talvez ainda se recusasse a condenar o mundo dos homens por causa de uma paixão. Mas o avanço vertiginoso da escuridão era um testemunho inequívoco de que ele havia instalado a rede para o cashaph. Ela até pensou em voar diretamente para Nod, porém sem o Olho de Olam não teria como invadir a cidade, e apenas acrescentaria mais um sacrifício inútil à vitória do cashaph.

Leannah não conseguiu conter o sentimento de culpa que finalmente aflorou em seu peito. Lembrou-se de seu irmão quando ele era só um recém-nascido recoberto de uma penugem vermelha, e de todos os sentimentos conflituosos que ela teve que lidar. Sua mãe não sobrevivera ao parto. E lá estava aquela forma avermelhada que chorava sem parar. Ela pensava que nada poderia ter sido mais injusto. Sua mãe estava morta, e, no lugar, estava aquele bebê. Ela havia desejado nunca mais olhar para aquela criaturinha. Mas depois, ao perceber que seu pai estava ainda mais determinado a fazer isso, ela sentiu pena do pequenino vermelho. E cuidou dele da melhor maneira que conseguiu, mesmo sem sentir nenhum amor por ele. Porém, depois ela o amou do fundo do coração, e desejou protegê-lo de todos os males do mundo. Mas agora sabia que havia falhado. E jamais poderia consertar aquela falha...

Acelerando ainda mais a re'im, Leannah contemplou o Leste de Olam, na direção da fronteira do Yam Kademony.

— Encontre seus amigos — Leannah sussurrou para Layelá, sabendo que não havia tempo para lamentar tudo o que havia acontecido. — Precisamos recuperar o Olho de Olam.

Layelá relinchou em concordância. O chifre brilhou por um momento e, em seguida, a re'im mudou a direção. Leannah tinha a certeza de que em breve encontrariam o bando dos re'ims.

De fato, logo os avistaram num descampado junto ao Yam Kademony, bastante acima da Garra do Behemot, quase aos pés das Harim Keseph. Era um local muito ermo e distante, e mais uma vez Leannah agradeceu a assombrosa velocidade que Layelá havia adquirido.

A sabedoria do líder dos re'ims havia levado o Olho para um lugar onde eles poderiam facilmente atravessar o Yam Kademony, caso sentissem alguma ameaça. Porém, graças a *El*, os re'ims ainda não haviam feito isso.

Leannah viu as cores dos cavalos alados quando Layelá se aproximou. Viu também o líder deles aguardando a chegada delas. Leannah se permitiu um pouco mais de alívio ao ver que ele sustentava o Olho de Olam. Poucas criaturas daquele mundo eram imunes ao apelo do poder do Olho. E o líder dos re'ims era uma delas.

O pouso foi suave e o reencontro de Layelá com o bando foi alegre. Claramente, Layelá desejava voar livre com eles agora.

— Será uma recompensa justa para você se conseguirmos vencer essa guerra — disse Leannah afagando as crinas da re'im. — Mas eu seria cruel se lhe desse essa esperança infundada. Não temos chances de vencê-la. Não temos mais.

O líder dos re'ims veio ao encontro delas marchando com seu porte majestoso. Leannah percebeu que ele estava satisfeito em ver Layelá, e que a satisfação era recíproca. Porém, quando Leannah desmontou e fez menção de retomar o Olho de Olam, o re'im pareceu relutante em devolver-lhe a pedra, e recuou antes que ela a tocasse.

Leannah estranhou aquela reação. Claramente, não havia no re'im qualquer interesse em ficar com a pedra, era como se ele estivesse querendo prepará-la para algo. Então, Leannah soube que algo terrível havia acontecido. Ela imediatamente pensou em Ben. Estaria ferido? Morto, talvez?

Cautelosamente, Leannah se aproximou, porém, não fez mais menção de pegar a pedra. Aguardou pacientemente, até que o re'im se aproximasse. O re'im se inclinou e deixou o longo chifre branco ao alcance de Leannah. A cantora de Havilá entendeu que ele desejava que ela tocasse o chifre. Então, foi a vez de Leannah relutar. Ele desejava que ela soubesse algo do futuro. A combinação do Olho de Olam com o poderoso chifre do líder dos re'ims podia trazer um conhecimento quase ilimitado. Ela não sabia se estava preparada para conhecer tudo o que ainda os aguardava. De certo modo, nem precisava daqueles instrumentos para saber que o futuro não parecia confortador, mas ao menos ainda não tinha certeza absoluta desses fatos, e isso sempre permitia um pouco de esperança.

— Eu não sei o que você está querendo me dizer, ou ocultar de mim, mas eu realmente acho que não preciso saber. Eu preciso do Olho para me unir ao povo de Olam a fim de enfrentar as trevas. Sei que não temos a mínima chance de vencer agora que a escuridão avança livremente. Por isso, inclusive, não posso pedir mais nada de vocês. Voem para longe, e, se puderem, encontrem algum lugar seguro.

O olhar do líder dos re'ims lhe dizia que isso era impossível. Não haveria mais lugar seguro naquele mundo. Ele se aproximou mais uma vez e abaixou o chifre. Leannah percebeu que não teria opção. Precisava tocar no chifre e receber o conhecimento que o líder dos re'ims queria lhe dar.

Quando ela fez isso, recebeu todo o conhecimento de uma única vez. Sentiu suas pernas fraquejarem e praticamente teve que segurar no chifre para não cair. A cena toda não durou mais do que alguns segundos. Quando o chifre se apagou, Leannah ainda se sentia trêmula.

— Então, é isso o que se espera de mim? — Ela perguntou, olhando profundamente nos olhos do re'im. Havia compaixão naqueles olhos, porém, não havia indulgência.

Leannah, então, confirmou que só lhe restava mesmo seguir o caminho que já havia parcialmente visualizado antes de ir para Hoshek. De certo modo, todo aquele empreendimento dentro da cortina das trevas havia sido uma tentativa de evitar justamente aquilo que sabia que deveria fazer. Agora não havia mais opção.

O re'im abaixou outra vez a cabeça, dessa vez para que Leannah removesse o colar que prendia a pedra branca em volta do pescoço dele. Mais do que nunca, ela desejou não precisar mais carregar aquele fardo. Desejou deixá-lo com o re'im. Ele poderia voar para o além e levar aquela pedra junto com ele. Porém, também mais do que nunca, Leannah sabia que isso seria um ato de profundo egoísmo. Seu destino estava selado e ligado àquela pedra. Só ela poderia carregá-la, pois somente ela poderia fazer o que precisava ser feito. Por esse motivo, ela esticou os dois braços e removeu o colar que sustentava a pedra branca envolta do pescoço do re'im. As mãos de Leannah tremeram levemente enquanto ela fez isso, pois sentiu mais uma vez o peso da responsabilidade de carregar aquele instrumento. Transferiu-o no mesmo instante para seu próprio pescoço e sentiu o frio da pedra encostando em sua pele. Não sentiu o conforto de outrora ao fazer isso. Não desejava mais usar aquela pedra.

Viu o alívio nos olhos do re'im.

— Eu sei — ela falou. — Ainda terei que carregar esse fardo. Mas, será pela última vez.

O relincho baixo lhe transmitiu um sentimento de conforto.

Sim, a usaria pela última vez. Por isso, tocou a pedra e absorveu o poder dela. Permitiu-se, por um momento, usar todo o poder e o conhecimento da pedra. Não impôs limites mentais para isso, como normalmente fazia. Então, instantaneamente ela se revestiu de uma forte disposição para fazer o que precisava ser feito, um profundo sentimento de resignação foi tomando conta de seu coração.

Eu vou fazer o que precisa ser feito. Eu pagarei o preço.

Leannah montou Layelá mais uma vez. A re'im cavalgou no planalto e decolou com extrema eficiência e rapidez, lançando-se inicialmente sobre o Yam Kademony, e depois contornando e tomando a direção do oeste. O sol nasceu sobre o mar naquele exato momento. Foi impossível para Leannah não pensar que aquele seria também o último dia de Shamesh em Olam. Por isso, se permitiu sentir o calor dele como um afago de despedida.

Leannah viu o grupo de re'ims também decolando do planalto e seguindo-a em direção de Ganeden. Os re'ims estavam dispostos a fazer a única coisa que ainda fazia sentido naquele momento. Lutariam.

O voo para Ganeden tomou cerca de meia hora. Layelá poderia ter feito em poucos minutos, porém com a companhia dos outros re'ims mais lentos, ela não podia usar toda a sua velocidade.

Os re'ims pousaram sobre o campo de batalha, diante da floresta, sobre escombros, corpos e carcaças de criaturas. Leannah viu a desolação resultante da batalha, e não quis imaginar o que restaria quando as trevas chegassem ali.

Icarel foi o primeiro a vê-la e correu em sua direção, ajudando-a a desmontar de Layelá. Havia um largo sorriso no rosto dele.

— Sua presença traz a última réstia de luz a esse dia de trevas — disse o fazendeiro.

— Eu falhei em deter as trevas — disse Leannah.

— Sua presença aqui nos devolve a esperança — minimizou Icarel.

Leannah viu a mesma esperança nos olhos de todos os soldados de Olam que a observavam e percebiam que ela carregava o Olho de Olam.

— Não vamos morrer sem lutar — ela disse, sentindo imediatamente uma forte disposição de enfrentar os inimigos por causa daquela expectativa dos soldados. — Nós vamos mostrar a eles o poder da luz!

Icarel apertou o tridente em resposta.

Kenan também se aproximou, e ela viu no rosto do giborim que apesar de haver satisfação com a presença dela, não havia, contudo, ilusão de que alguma coisa pudesse ser modificada naquela guerra. As trevas já podiam ser vistas a olho nu. Estavam a menos de dez quilômetros do acampamento. Em minutos todo o poderio dos shedins estaria ali.

Ele carregou o Olho de Olam, lembrou Leannah. *Ele é o único que sabe o que é possível fazer... Não. Talvez ele não saiba tudo o que é possível fazer.*

Leannah virou-se e contemplou a escuridão que se movia no horizonte. Havia pensado em dizer algumas palavras para os soldados, talvez algum incentivo para que lutassem até a morte, a qual, na pior das hipóteses não deveria demorar muito. Mas, acreditou que era desnecessário.

Ela viu Icarel se colocar à sua direita e Kenan à sua esquerda. Viu também Tzizah um pouco atrás, segurando a pedra Yarok. Lembrou-se que a razão da indisposição que havia entre as duas no passado era apenas por causa de Ben. E, agora, não havia mais motivos para isso. Agradeceu pela coragem dela.

— Onde estão Ben e Thamam? — Perguntou sem direcionar especificamente a pergunta para nenhum dos três.

— Não sabemos — foi Icarel quem respondeu, após algum silêncio. — O velho Melek partiu antes da batalha. E o novo, depois dela.

Aquele conhecimento fez Leannah estremecer. Isso só podia significar que ambos haviam falhado na tentativa de buscar recursos que pudessem mudar o rumo daquela guerra. Ela não sabia para onde Thamam havia partido, porém, podia imaginar que o Melek fosse enfrentar o antigo inimigo em Nod. Quanto a Ben, Layelá revelou onde ele havia ido.

Leannah viu todo o exército de Olam posicionado para enfrentar a escuridão. Ela percebeu que, mesmo sem ninguém dizer nada ou proferir ordem alguma, os homens tomaram posição militar em perfeita ordem e sincronia, como se fossem soldados há muito treinados. Havia uma altivez em todos eles. Estranhamente, não havia medo ou terror. Haviam passado daquele estágio. Ninguém tinha expectativa de vitória, mas havia honra, e até uma certa dose de orgulho, por poder participar daquela batalha, e fazer parte do último grupo de homens que corajosamente enfrentou a escuridão.

Quando as trevas se aproximaram, foi possível ver a coluna que ia do chão aos céus, impulsionada pela energia do Abadom, engolindo terreno como um monstro insaciável. A movimentação das trevas se assemelhava ao avanço de tornados que faziam a escuridão girar na frente da cortina, ao mesmo tempo em que infindáveis raios a cortavam de todas as direções.

Antes mesmo que as trevas engolfassem o exército de Olam, incontáveis criaturas corriam diante dela, sedentas de sangue, talvez querendo se antecipar à escuridão, pois provavelmente não sobraria muita coisa para essas criaturas quando os shedins atacassem os homens dentro das trevas.

Viu que o exército de Olam estava disposto a se lançar contra aquelas criaturas, talvez pensando que seria um fim menos pior do que enfrentar os shedins dentro das trevas.

— Por que esperar? — Perguntou Icarel. — Vamos ao encontro daqueles demônios!

Porém, Leannah continuava imóvel, e o fazendeiro não tinha coragem de dar a ordem do ataque por si mesmo.

— Não avancem ainda! — Leannah ordenou para Kenan e Icarel. — Nós já tivemos baixas demais.

Kenan olhou para ela com uma expressão de incompreensibilidade.

— Teremos baixas de um jeito ou de outro — respondeu o giborim.

Leannah se adiantou dois passos, então, virou-se e contemplou o que restava do exército de Olam. Não lhes disse nenhuma palavra, mas sentiu que seu olhar era suficiente para tentar fazê-los entender.

— Isso não é mais possível! — Bradou Kenan.

— Talvez seja — respondeu Leannah já alguns metros à frente. — Eu irei sozinha.

— Não! — Bradou Kenan. — Eu não deixarei você ir sozinha. Nós todos iremos com você. Nós todos morreremos com você!

— Não, não irão. Ainda não. Me dê alguns minutos. Por favor. Não me faça ter que obrigá-lo a fazer isso.

Kenan fez um gesto controlando o ímpeto dos soldados. Mesmo contrariados, eles obedeceram e esperaram.

Leannah viu a antecipação das criaturas e marchou solitária ao encontro delas. Seu vestido branco era pura luz. Seus cabelos vermelhos eram puro fogo.

— O que ela vai fazer? — Perguntou Icarel, descontente com a ideia de não avançar ao lado dela.

— Eu acho que nós já saberemos — respondeu Kenan, segurando a espada de Hakam de uma forma ameaçadora, também parecendo frustrado por ter que esperar.

O exército de Olam contemplou Leannah como um ponto de luz se movendo na direção da imensidão das trevas. Havia gratidão em seus corações pela coragem e determinação da jovem cantora de Havilá. Mas parecia impossível que ela pudesse fazer grande diferença naquele momento em que as trevas não podiam mais ser detidas.

Entretanto, quando os primeiros tannînins se aproximaram tentando despejar fogo sobre ela, foram instantaneamente fulminados por uma luz branca que parecia emanar das mãos dela. De longe, os soldados de Olam viram os dragões incompreensivelmente caindo do céu um a um, chocando-se com a lama do campo de batalha, atravessados pelo poder do Olho de Olam.

— Ela descobriu um modo de usar o poder do Olho como uma arma — disse Kenan, absolutamente assombrado.

— Isso deve nos dar esperança? — Perguntou Icarel.

— Ninguém jamais fez isso — respondeu Kenan.

Leannah continuou enfrentando o exército das trevas. Dezenas de saraphins foram detidas no voo quando ela levantou as mãos abertas, como se mãos gigantes invisíveis as segurassem e as rebatessem para trás. Então, a luz branca as cortou ao meio. Os cavaleiros-cadáveres foram esmagados como se essas mesmas mãos gigantes invisíveis os apertassem, em resposta aos gestos idênticos das mãos suaves. A mesma luz que abateu os tannînins também fuzilou os sa'irins que tentaram alcançá-la. Quando ela bateu as duas mãos, toda uma ala do exército que antecedia as trevas foi instantaneamente derrubada como se um vendaval varresse um campo de trigo prostrando toda a plantação.

Kenan tinha lágrimas nos olhos ao ver todo aquele poder em ação. Aquilo aumentava ainda mais sua dor íntima por imaginar tudo o que Leannah poderia ter feito, se ele não tivesse usurpado o Olho.

Dois nephilins vieram ao encontro dela, girando suas correntes incandescidas. Um deles tentou golpeá-la com a corrente. Foi um golpe tão poderoso que a lógica dizia que a corrente ia esmagá-la devido ao tamanho. Porém, ela esticou uma das mãos e segurou a corrente por uma argola. Então, imediatamente, gelo recobriu o fogo da corrente e alcançou o nephilim, congelando a criatura em segundos, e, espatifando-a em mil pedaços. O próximo Nephilim enfrentou o mesmo destino.

Os soldados de Olam contemplavam em total assombro aquela manifestação de poder.

— Atacar! — Bradou Icarel, sem esperar que Kenan ou mesmo Leannah dessem a ordem.

Animados com o poder de Leannah, o exército de Olam marchou contra a escuridão. Porém, antes que pudessem alcançar o ponto em que ela estava, viram-na abrir os braços e esticar as mãos abertas. Uma luz incompreensível se tornou extensão dos braços e mãos dela e alastrou-se para as laterais por mais de quinhentos metros de ambos os lados da cantora de Havilá. Aquilo fez o ímpeto do exército de Olam diminuir. Eles interromperam a marcha, esperando para ver o que ia acontecer.

Então, ela impulsionou os braços para a frente, até encostar as duas mãos. Em resposta, a luz avançou de ambos os lados e fulminou todas as criaturas do exército shedim que estavam diante das trevas. Por um momento, o próprio avanço da escuridão foi detido quando toda aquela luz se chocou com a cortina de trevas.

— Onde ela arrumou todo esse poder? — Perguntou Icarel incrédulo.

— Ela sempre o teve — disse Kenan. — Pena que só agora ela possa usá-lo.

Porém, quando a luz se esgotou, as trevas voltaram a avançar. Imediatamente, Leannah sentiu algo como um impacto, e todos a viram recuar contra a vontade.

Leannah logo se recompôs e abriu novamente os braços. Nova cortina de luz se formou e avançou quando ela repetiu o gesto, chocando-se com as trevas. Os torvelinhos até mesmo recuaram dessa vez, e por vários minutos não conseguiram avançar, enquanto a luz se sustentava. Por um momento, parte do exército de Olam acreditou que o poder do Olho deteria a cortina. Porém, finalmente, a cortina de luz se apagou, e as trevas avançaram outra vez, fazendo Leannah cair ajoelhada.

Os soldados de Olam contemplavam a cena sem saber o que fazer. Todos os inimigos que haviam tentado avançar antes da cortina estavam destruídos. Porém, a escuridão continuava avançando, e Leannah parecia não ter poder de impedir isso.

— Se as trevas pudessem ser detidas, nós venceríamos essa guerra — notou Kenan. — Ela venceria.

Leannah se levantou e foi obrigada a recuar, ou as trevas a engolfariam.

— Acabou? — Perguntou Icarel. — Avançamos agora para os braços da morte?

— Ainda não — apontou Kenan, vendo que Leannah segurava a pedra com a mão direita e olhava para o chão, como se estivesse procurando alguma coisa. Seus olhos vasculharam e pareceram encontrar vários pontos no solo do campo de batalha. Então, ela se voltou para a escuridão que já estava a menos de trinta metros e repetiu o mesmo gesto de antes, formando uma cortina de luz. Porém, em vez de impelir a luz contra as trevas, ela girou em torno de si mesma e fez a luz varrer todo o campo de batalha. Num instante, todo o chão estava brilhando. Luzes amarelas brotaram do chão de forma incompreensível e retroalimentaram a luz branca do Olho de Olam.

— Ela está despertando as pedras amarelas que ficaram enterradas — notou Kenan.

— Vai explodi-las? — Perguntou Icarel, vendo a aproximação vertiginosa das trevas.

— Vai usá-las como uma rede de ampliação — entendeu Kenan. — Como em Olamir. Essas pedras foram feitas para isso. Iam ser postas sobre a muralha para formar uma rede retransmissora do poder do Olho de Olam.

— Então, ainda bem que não explodimos todas elas — lembrou Icarel.

A coluna de luz que se formou quando todas as pedras amarelas se ativaram obrigou o exército de Olam a recuar. Leannah também se colocou atrás da luz, e aguardou o momento em que luz e trevas se chocariam.

Ela continuou alimentando a rede retransmissora à sua frente. Pela primeira vez uma cortina de luz tão alta quanto a cortina de trevas se formou. No mesmo instante, as trevas chegaram. Quando se chocaram com a luz, foram bloqueadas.

* * * * *
* * * *

Ben segurava o fogo tenebroso aceso sobre o graveto e tentava iluminar o labirinto das fissuras. Lembrava-se de que nenhuma luz funcionava naquele labirinto, nem mesmo a luz de Herevel. Porém, quando atravessou o portal de pedra o fogo tenebroso conseguiu iluminá-lo. Aquilo surpreendeu o guardião de livros. Porém, afinal, precisou admitir que fazia sentido. A luz do submundo era a única que podia de fato iluminá-lo.

Havia, entretanto, tantos caminhos diante de si. Segundo o felino, o labirinto das fissuras era o maior conglomerado de passagens que existia. Deviam ser passagens semelhantes às de Ganeden. Ben ficou imaginando se conseguiria encontrar uma passagem que o devolveria diretamente ao campo de batalha.

Ele percebeu que o fogo tenebroso não tinha apenas a função de iluminar o labirinto das fissuras. Ele formava os próprios caminhos nas fissuras. Quando estiveram ali antes, sem o fogo, eles só podiam encontrar um caminho, o que os conduziria ao Abadom. Porém, agora, segurando o fogo tenebroso, Ben via que todas as fissuras formavam caminhos. E isso o confundiu e o atemorizou. Afinal, não fazia a mínima ideia de que lugar, ou mundo, qualquer daqueles caminhos poderia deixá-lo.

Ele já estava há vários minutos dentro do labirinto, porém, não deu mais nenhum passo. Por várias vezes, ele pensou em voltar, mas sabia que se perderia dentro da montanha sem a ajuda do gato pardo.

Haverá um preço, disseram os guardiões do Abadom.

Já não sonhava com o portal da floresta das trevas há vários dias. Talvez, finalmente, houvesse chegado o momento.

Ben decidiu que precisava caminhar.

Tenho que confiar no destino, pensou como se fosse um rion. *E, ao mesmo tempo, desconfiar dele*, pensou como se fosse um dakh.

Olhou mais uma vez para todas aquelas ramificações. Não sentiu mais medo ou assombro, apenas admiração. Havia uma infinidade de caminhos que ele poderia seguir. Certamente, todos eles seriam empolgantes e cheios de descobertas. De certo modo, poderia seguir qualquer um. Mas, por outro, havia um especial. Era aquele que ele deveria seguir. Levantou o fogo tenebroso que ardia, mas não consumia o graveto. Buscou dentro de si alguma intuição ou conhecimento que esclarecesse. Não encontrou nenhum. Porém, o silêncio dentro de si mesmo era confortador. Ele deu um passo à frente. De certo modo, se deixou conduzir, mas por outro, agiu deliberadamente escolhendo a fissura.

Quando o caminho se definiu e se afastou dos demais, ele o transitou confiantemente. O fogo tenebroso iluminou a ramificação. Ele andou por vários metros enxergando apenas a fissura à sua frente. Notou que aos poucos o clima começou a mudar. Ele começou a sentir frio. Então, o frio ficou bastante intenso. Mais à frente, ele começou a sentir flocos de neve batendo na sua face. Viu que vinham por um túnel que parecia uma saída. Ben apressou o passo e adentrou o túnel. Ainda de longe viu a saída e a luz cinzenta que adentrava por ela. Ben correu. Num instante, estava do lado de fora e foi recebido pelo inverno do Norte. A saudação foi o frio que o envolveu com total severidade. Ele pisou neve fundamentada, e viu rochas e montanhas altíssimas.

— As Harim Keseph! — Ele reconheceu o lugar onde já havia estado antes.

*****
****

A cortina de luz criada pelo Olho de Olam foi capaz de deter as trevas por quase meia hora, porém, várias pedras amarelas já haviam explodido, e a consistência da barreira de luz estava se enfraquecendo cada vez mais.

Leannah olhou para trás e viu um sentimento de gratidão misturado com pavor nos rostos dos homens que a observavam. Todos percebiam que a barreira não conseguiria deter o avanço da cortina por mais tempo. Mais da metade do exército de Olam havia desertado, correndo em direção à floresta. Leannah não os culpava, apesar de compreender que aquela atitude era inútil. Os rions ainda estavam ali, pois provavelmente compreendiam que não havia para onde fugir.

Sabendo que não adiantaria continuar fortalecendo a rede improvisada, Leannah se conscientizou de que havia chegado a hora. Só lhe restava uma coisa a fazer.

Ela subitamente parou de alimentar a rede retransmissora. Num segundo, toda a cortina de luz desapareceu, e as trevas avançaram com novo ímpeto.

Leannah olhou para trás, percebendo que os homens receberam aquilo como um golpe. Ainda assim, a maioria parecia compreender que ela fez tudo o que era possível. Ninguém jamais lutou com tanta dignidade e poder. Mas todos percebiam que a escuridão adiante era invencível.

Então se voltou outra vez para as trevas. Havia chegado o momento. Viu o líder dos re'ims perto dali, e se lembrou da visão do chifre. Também se lembrou do que Thamam dissera. Havia chegado o momento de carregar o fardo.

Então, sabendo que não havia mais nenhuma outra opção, ela tocou o Olho de Olam e liberou mais uma vez o poder dele, em seguida caminhou outra vez na direção da escuridão.

— O que ela está fazendo? — Perguntou Icarel.

— Não faça isso! — Gritou Kenan, parecendo subitamente entender o que ela pretendia fazer. O giborim correu atrás dela.

Leannah se virou e viu os olhos do giborim e percebeu que pareciam marejados. Então, entendeu que ele realmente sabia o que ela ia fazer. De fato, ele havia sido a única pessoa que manejara o Olho de Olam antes. Provavelmente, isso havia lhe oferecido o conhecimento da atitude final e desesperada que ela precisava tomar. Era tudo o que lhe restava. O sacrifício definitivo.

Ela sorriu para ele. Era um sorriso triste, mas que ele guardaria para sempre, mesmo que vivesse só mais alguns segundos.

— Que bom que você se redimiu — ela lhe disse. — Mas você sabe que eu preciso fazer isso. Você sabe que não existe mais outra opção. Acredite, eu tentei todas.

— Não, você não precisa, nunca precisou, jamais precisou estar aqui — implorou Kenan. — Você não precisa se sacrificar. Não *deste* modo. Não precisa. Por *El*, não faça isso. Eu lhe imploro. Todos nós morreremos, mas estaremos em paz. Mas você não estará... Não faça isso. Não faça. Você nem sabe se funcionará. Não sabe se eles aceitarão. Seu sacrifício poderá ser inútil.

As palavras de Kenan, por um momento, abalaram a firme convicção que havia no rosto de Leannah. De fato, não sabia se seria aceito. Tudo aquilo era apenas uma suposição. Ela olhou para o giborim e olhou novamente para as trevas. Ela nunca teve medo de morrer. Estivera disposta a se sacrificar em Schachat se soubesse que seu sacrifício impediria a escuridão. Mas, uma vez que o plano de invalidar a rede havia fracassado, só havia um sacrifício que poderia deter as trevas. A morte a aguardava. Não apenas uma morte física, mas uma morte total.

Então, seu rosto se endureceu mais uma vez.

— Eu tenho que fazer isso! — Disse Leannah.

— Eu não vou permitir que faça — contrariou Kenan.

O giborim estava apenas dois passos atrás e avançou na direção dela, para tentar impedi-la a força, mas ela o deteve com um gesto de mão, dirigindo o poder do Olho contra ele.

— Você não pode se sacrificar assim — ainda implorou o giborim, detido por uma barreira invisível. — Estará perdida para sempre. Não pode permitir a destruição do corpo e da alma. Não pode! Nós não valemos esse sacrifício.

Viu Tzizah e Icarel também chorando e não conseguiu evitar as próprias lágrimas. Desejou naquele momento ver Ben pela última vez. Mas não havia nenhum sinal do guardião de livros.

A luz do Olho de Olam, subitamente, se espalhou por toda a pele dela. Leannah ficou brilhante como o sol.

Kenan caiu de joelhos aos pés dela, ainda tentando convencê-la a não fazer aquilo.

Sem ouvir os rogos dele, a cantora de Havilá caminhou suavemente em direção à cortina de trevas. Não permitiu que ninguém mais se aproximasse para tentar impedi-la. Caminhou sem pressa, consciente de que aquela era sua última caminhada.

Quando estava a menos de cinco metros, ela parou e esperou. Quando as trevas estavam há menos de um metro, Leannah esticou as mãos. As trevas chegaram, e então, o mundo perdeu toda lógica. Quando a cortina de escuridão a encontrou, aquelas mãos suaves revestidas de luz a fizeram parar mais uma vez.

Leannah sentiu todo o peso da escuridão. Conseguia ver dentro das trevas todos os demônios livres. Viu o ódio que eles lhe devotavam. Viu o próprio senhor da escuridão e sentiu sua fúria e poder. Viu quando ele abriu sua imensa boca e despejou fogo na direção dela. Porém, o Olho de Olam ainda estava protegendo-a de todo aquele ataque.

Então, ela viu lentamente a pedra branca perder a luz. A cor foi se tornando cinzenta, escurecendo lentamente, enquanto ela sentia também as próprias forças se esvaindo. Tentava resistir até o fim, até o último momento quando, todo o poder do Olho se esvaísse e, então, a pedra explodisse como uma estrela ao morrer, na esperança de que seu último suspiro liberasse luz suficiente para extirpar as trevas. Se isso acontecesse, ela seria desintegrada juntamente com o Olho.

Quando ela pressentiu que o momento da explosão do Olho se aproximava, a pedra dos kedoshins lhe ofereceu uma visão. Por um segundo, ela não estava mais ali. Ela se viu em Nod, dentro do salão que rodeava o abismo no submundo, e viu seu irmão.

*****
****

Adin viu a plena satisfação nos olhos do cashaph quando constataram que a rede estava instalada, estabilizada, e as trevas avançavam sem qualquer impedimento.

O fosso de Nod já estava tomado pela lava que subia das profundezas. Isso significava que tinham pouco tempo para completar as tarefas. Em minutos, Nod se transformaria num super vulcão expelindo lava, como outrora tinha acontecido em Mayan.

Adin olhou para Chozeh acordada, porém, dominada por Timna e sentiu ódio dele por segurá-la daquele modo tão bruto. Certamente, ele a estava machucando, mas Adin sabia que isso a pouparia de ferimentos muito maiores. Ela jamais concordaria em fazer aquilo de boa vontade, mas ele esperava que depois ela entenderia... Adin, na verdade, ansiava por isso. Ou então, tudo aquilo seria totalmente inútil...

Ele tratou de afastar aqueles pensamentos. Não podia mais voltar atrás. Era tarde demais. As trevas já haviam crescido sobre Olam. Era irreversível. Isso significava que, se ele desistisse agora, não poderia mais salvar Olam de qualquer maneira. Então, só lhe restava ir até o fim naquela tarefa insana.

Ele voltou a se concentrar nos pergaminhos. Aquela seria a parte mais difícil a ser realizada. Extrair o poder do Abadom antes que a lava explodisse requeria extremo cuidado e habilidade, os quais ele possuía, por conta das experiências do caminho da iluminação.

Naquele momento, Adin percebeu que Télom de fato não confiava plenamente nele. O lapidador das trevas se posicionou atrás de Adin, segurando duas pedras escuras. Isso significava que o cashaph não esperaria que Adin compartilhasse voluntariamente o poder do Abadom com ele, mas que faria isso mesmo que Adin tentasse se recusar. Ele sugaria o poder com as pedras, caso Adin se recusasse.

Adin se lembrou de Anamim sendo sugado e destruído ali mesmo, pelas pedras escuras do cashaph.

— Eu jamais faria isso com você — disse o cashaph, ao ver a desconfiança nos olhos de Adin. — Acredite, mesmo que eu quisesse, não seria possível. Eu teria que sugar todo o poder do Abadom através de você antes que pudesse sugar sua vitalidade, e homem algum conseguiria suportar todo o poder do Abadom. E, antes mesmo disso, eu teria que destruir todos os lapidadores, pois o poder fluirá através deles primeiro, por causa das pedras escuras. Confie em mim, o poder lá embaixo é sua segurança. Se você fizer tudo certo nesta parte que resta, todos nós ficaremos bem e desfrutaremos da recompensa.

Adin avaliou aquela resposta, e concluiu que o homem não estava inventando aquilo. De fato, se o cashaph tentasse sugar a vida de Adin enquanto o poder do Abadom estivesse fluindo, isso o destruiria, pois ele não conseguiria armazenar todo aquele poder. Antes de decidir aceitar a proposta do cashaph, Adin chegou a considerar aquela opção, especialmente ao se lembrar da história que o homem contara a respeito da saraph, e do modo como havia quase se destruído ao sugar demais o poder da serpente de fogo. Mas, depois Adin compreendeu que aquilo não se repetiria. A experiência com a saraph havia alertado o cashaph a respeito desse risco. O bruxo das pedras estaria muito mais cuidadoso nesse sentido.

— Esse é o momento mais importante da história de Olam, e também do conselho sombrio — começou o cashaph, falando para seus lapidadores. — Em instantes, se fizermos tudo da forma correta, nós controlaremos o maior poder que existe. O poder do próprio criador. Com ele, nós destruiremos este mundo, mas também poderemos construir outro. Todos vocês precisam controlar as pedras escuras da exata maneira como temos estudado e ensaiado todos esses anos. Ninguém pode fraquejar. Houve um tempo em que nós, lapidadores, desejamos construir uma cidade e uma sociedade para durar mil anos. Aquilo não foi possível, devido à fraqueza dos homens. Mas agora nós não construiremos apenas uma sociedade nova ou uma cidade, mas um mundo. Sim, lapidadores! Contemplem o novo mundo que está diante de nós. Nenhum sacrifício pode ser grande demais para alcançarmos esse objetivo.

Adin sentiu o gelo das duas pedras escuras em suas costas e isso o fez ver que estava na hora. Mais uma vez, ele olhou para os pergaminhos, mesmo sabendo que só havia uma única palavra a ser pronunciada a fim de liberar o poder do Abadom.

Ao ver que o ritual havia recomeçado, Chozeh também recomeçou a chorar e a tentar fazer Adin mudar de ideia. A jovem rainha não tinha forças para se livrar dos braços musculosos de Timna, e Adin imaginou que ela pudesse desmaiar outra vez a qualquer momento. Ele quase desejou que isso acontecesse, então, ela não precisaria ver tudo o que ele ainda teria que fazer.

Adin começou a proferir as primeiras palavras de invocação. Elas não estavam nos pergaminhos, porém, ele as conhecia intuitivamente. Ouviu sua própria voz trêmula soando quase infantil. Porém, isso não o fez recuar. Ele completou a primeira parte do ritual, dizendo as palavras com exatidão. *Agora, exigimos o grande poder das PROFUNDEZAS.*

Sentiu o poder do Abadom começar a fluir das profundezas e passar do fosso para os cashaphim, então, para seu próprio corpo, e dele para o cashaph através das pedras escuras. A energia os envolveu completamente, e por alguns instantes, Adin realmente imaginou que não conseguiriam suportar todo aquele poder.

Durante alguns momentos do caminho da iluminação, e também depois, quando ele marchou com o exército de Sinim para o oriente, por várias vezes, Adin havia pensado no que significava de fato a "magia antiga". Não era algo fácil de compreender. Era um poder, que segundo se cria, o próprio criador havia usado e depositado na criação após ter concluído o ato criador. O poder dos primórdios, responsável pela existência das antigas criaturas de fogo e de gelo. O poder que regia as estações, e que, mantinha em ordem o funcionamento do cosmo, nos ciclos constantes de inverno e verão, noite e dia, vida e morte, morte e vida. E, por isso, era possível usar aquele poder tanto para o bem quanto para o mal, tanto para favorecer a luz, quanto as trevas, a vida ou a morte. O criador havia dosado aquele poder, distribuindo-o harmonicamente em toda a criação. Usá-lo de forma desequilibrada significaria reverter toda a ordem.

Adin viu todo o seu corpo tremendo violentamente. O corpo do cashaph atrás de si também tremia com intensidade.

Então, Adin viu a rede se desestabilizando. Instantaneamente ele compreendeu o que estava acontecendo. Leannah estava segurando o avanço da escuridão. Ele compreendeu que a irmã ia mesmo fazer o sacrifício definitivo.

A quantidade de poder que o homem havia absorvido era incrível, mas ele não parecia fazer menção de parar. Se o homem não parasse de sugar o poder através dele e dos demais lapidadores, eles iam derreter como cera.

Naquele instante, os lapidadores das trevas começaram a urrar de desespero. O cashaph não interrompeu o fluxo, e, um a um, os integrantes do conselho sombrio começaram a ser destruídos. Caroços saltaram da pele deles e explodiram pelo excessivo calor. Os homens estavam derretendo vivos em pura agonia.

Mesmo vendo a morte horrível de seus seguidores, o cashaph não parou. Ele absorveu todo o poder que conseguiu, até que apenas ele e Adin ainda estavam vivos. Mesmo assim ele não parou. Adin sentiu a dor lancinante quando pequenos caroços começaram a surgir em sua pele. O homem estava tentando matá-lo também. Provavelmente, a loucura o havia dominado. Daquele modo, ele só conseguiria matar a ambos. Quando Adin já imaginava que a loucura do homem iria matá-los de fato, finalmente, o homem interrompeu o ritual, desprendendo as pedras escuras das costas de Adin.

Imediatamente, Adin cortou o fluxo de poder do Abadom, mas viu a lava das profundezas subindo. O super vulcão estava formado. O fim daquela era se aproximava.

— Até que enfim! — Disse o homem atrás de Adin. — Todo o poder do Abadom é meu!

Adin se virou para ele, e viu os olhos perversos tomados do poder.

— Você foi muito útil — disse o cashaph. — Mas agora não é mais. Receio que você não estará no novo mundo que eu vou criar. Porém, você fez algo extraordinário ao trazer a jovem e bela rainha, pois para começar um novo mundo, eu precisarei de uma mulher.

Adin viu por cima do ombro do feiticeiro o rosto tão amado e apavorado de Chozeh. Por um momento, ele lamentou ela ter que pensar que ele tivesse sido um tolo, enganado todo aquele tempo. Tivera que se comportar daquela maneira, pois era a única forma de todos acreditarem. Até mesmo ele precisou acreditar que faria aquilo. Era o único modo do cashaph não descobrir suas verdadeiras intenções.

— Você não vai encostar em um único fio de cabelo dela — disse Adin.

— E quem é que vai me impedir? — Perguntou o cashaph com desprezo.

— Eu vou impedir.

— Você vai morrer! — Vociferou Télom.

— Você também.

Então, Adin retirou as duas pedras amarelas que havia recolhido do túmulo ao lado do Yam Kademony, após Leannah ter partido.

— Use a pedra escura e Boker para sair desse lugar — Adin disse para Chozeh. Havia deixado a pedra dependurada por um colar dentro da roupa dela. Mas só naquele momento, ela conseguiria perceber isso. — E me perdoe por todo o mal que lhe causei.

Ainda tomado pelo poder do Abadom, provavelmente sentindo-se invencível, o cashaph demorou um segundo para entender o que estava acontecendo. Quando entendeu, era tarde demais. Adin encostou as duas pedras amarelas no corpo do cashaph e começou a sugar a energia dele. O horror substituiu a arrogância no rosto de Télom.

— Você! — Urrou o homem. — Você não pode fazer isso!

— Posso sim — disse Adin, enquanto arrancava toda a energia vital do cashaph. — Eu fui destinado para isso. Essa é a minha parte nessa história.

As duas pedras amarelas não funcionavam para sugar a vitalidade de pessoas, apenas de animais. Porém, como o próprio cashaph dissera, ele não era mais inteiramente humano. Ele havia se alimentado de tantos animais que grande parte da energia dele podia ser absorvida pelas pedras amarelas. No entanto, não adiantaria apenas matá-lo. Se sugasse toda a energia dele até o fim, isso não impediria o super vulcão de explodir e tornar todo o mundo num lago de fogo. Adin precisava do próprio poder do Abadom para fazer isso. Como os antigos Mashal do Oriente, Adin sabia que só havia uma forma de impedir a destruição do mundo. Ele precisava pagar o preço.

Naquele momento, Adin teve uma estranha sensação. Ele olhou para um dos cantos da câmara e lhe pareceu ver Leannah. Sim, era mesmo sua irmã. De algum modo misterioso, ela estava ali. Ela pareceu entender imediatamente o que ele estava fazendo, e chorou desconsoladamente por causa disso. Ele ainda sorriu para ela, como fazia quando criança, sempre que se metia em alguma enrascada e dependia dela para ser salvo. Quase sempre ela tinha que pagar pelos erros dele.

Dessa vez eu não podia deixar você pagar, ele balbuciou para ela, sem saber se ela entenderia.

Então, em desespero, o cashaph fez aquilo que Adin imaginou desde o começo que ele faria. Encostou as pedras escuras novamente em Adin e começou a sugá-lo também.

— Que o poder volte a quem é de direito — disse Adin, ao ver que o homem fizera exatamente o que era necessário. — Para as PROFUNDEZAS!

Então, reverteu o fluxo do poder de volta para a profundezas. Toda a energia canalizada voltou a fluir do cashaph para seu corpo, e do seu corpo para as pedras escuras, e finalmente, de volta para as profundezas.

O corpo de Adin começou a tremer violentamente, e grandes caroços pipocaram por toda a sua pele.

Aquele era o ponto negativo em todo o plano do jovem de Havilá. Quando revertesse o fluxo do poder do Abadom, como os antigos Mashal, também sua vida teria que ser sacrificada. Adin sabia disso desde o momento em que havia adentrado a Velha Montanha. Era o preço que ele tinha que pagar. As palavras dos kedoshins registradas na parede de Nod lhe revelaram isso.

Só o verdadeiro amor valida o sacrifício.

Por isso, seu pai também estava certo. *O sacrifício só tem valor se for feito da maneira correta.* Porém, ao contrário do que o pai acreditava, isso não tinha nada a ver com técnica ou ritual, mas com amor.

Segundos depois, os dois corpos caíram para dentro da lava ardente. Todas as pedras escuras da rede se derreteram. No mesmo instante, há poucos quilômetros dali as trevas estacionaram definitivamente.

*****
****

Leannah retirou as mãos da cortina de trevas e, antes de cair sem forças, percebeu que elas estavam totalmente paradas. O Olho de Olam estava apagado, mas, graças a Adin, não havia explodido.

A última visão que teve havia mostrado o que Adin fizera. Num segundo, ela entendeu todo o plano dele, e a necessidade de ter dissimulado todo aquele tempo. Era o único modo de convencer o cashaph. O plano de Adin havia sido perfeito. Ela mesmo sem desejar havia contribuído para o plano dele ao deter as trevas com o Olho de Olam, causando a desestabilização da rede em Nod. Porém, agora ele estava morto. Havia se sacrificado para que ela não precisasse se sacrificar.

A cantora de Havilá caiu sem forças, porém, antes que chegasse ao chão, sentiu os braços fortes de Kenan segurando-a e suspendendo-a.

Kenan a carregou em direção à floresta e a depositou gentilmente aos pés das árvores de Ganeden.

— Você conseguiu deter as trevas — ele disse.

— Mas não fui eu quem me sacrifiquei por isso — balbuciou Leannah.

— Foi o guardião de livros? — Perguntou Kenan.

— Foi meu irmão — disse Leannah sem conter as lágrimas.

O rosto de Kenan pareceu subitamente compadecido.

— Então parece que ele nos surpreendeu a todos.

— Ele era só uma criança — disse Leannah.

— Não. Ele era um homem. E um dos mais fortes e corajosos que já existiram. Leannah agradeceu pelas palavras dele.

— E agora é a nossa vez de sermos fortes e corajosos — continuou Kenan, baixando o elmo sobre o rosto e sacando a espada da bainha. — Vocês garantiram que houvesse uma batalha. Nós vamos honrar isso.

— Que *El* lhes dê a vitória — disse Leannah.

— Já não há mais motivos para ele não fazer isso — proferiu o giborim.

O giborim de Olam atravessou todo o exército mais uma vez e se colocou à frente dele, ao lado de Icarel que também segurava o tridente.

— As trevas pararam! As trevas pararam!

Todos os homens estavam gritando. Kenan ouviu as palavras mescladas com medo e incredulidade ecoando de boca em boca por todo o exército atrás de si. A cortina de trevas ainda se movimentava, as nuvens escuras giravam em torvelinho, mas, não avançavam mais. A barreira de escuridão estava há poucas centenas de metros da floresta.

Por vários instantes ninguém se moveu. A escuridão continuou estacionada e o exército de Olam também permaneceu enfileirado à frente da barricada levantada para proteger a floresta. Ninguém sabia o que fazer, e muito menos o que ia acontecer em seguida.

O silêncio de pura expectativa e temor perdurou por vários minutos. Todos aguardavam para saber qual seria a reação das trevas. Será que os inimigos suspenderiam o ataque? Ou será que atacariam com as trevas paradas? Sem a escuridão, os shedins perderiam a possibilidade de se moverem livremente. Mas, tinham um exército grande e poderoso o bastante para destruir os adversários diante de Ganeden.

Então, as trombetas começaram a soar dentro da cortina de trevas. Kenan já esperava por isso. A ordem de ataque foi dada e logo todas as criaturas malignas avançariam outra vez, e dessa vez, não teriam Leannah, nem o Olho de Olam para enfrentá-las.

— Teremos que fazer do modo tradicional — disse Kenan para Icarel, ao seu lado.

— Não há nada melhor do que o modo tradicional — concordou Icarel, levantando o tridente, e vendo as infindáveis criaturas deixarem a escuridão.

* * * * *
* * * *

Chozeh ainda gritou de desespero ao compreender tudo o que estava acontecendo. Mas era tarde demais. Não havia nada que ela pudesse fazer. Adin estava morto. Tudo havia acontecido bem diante dos olhos dela.

Ela sempre se recriminaria por tudo o que havia acontecido dentro do salão de Nod. Tanto por ter duvidado da honestidade dele, quanto por não ter feito nada para ajudá-lo. Jamais desapareceria do seu peito um pesar por não ter tido tempo de pedir perdão, e de ter dito que também o amava, desde aquele dia quando havia curado os ferimentos dele em Urim...

Quando viu o corpo de Adin também cair para dentro do fosso cheio de lava, ela soube que jamais poderia dizer essas coisas para ele, nem desfazer todos aqueles enganos. Por isso, as lágrimas corriam sem parar pelo rosto da jovem rainha de Sinim, e continuaram correndo quando ela usou a pedra escura para obrigar Timna a deixá-la ir embora dali.

Ela esteve praticamente todo aquele tempo sob o controle mental do jovem de Havilá. Ele a trouxera para aquele local a fim de que seu plano pudesse funcionar. Mas havia planejado tudo para que ela pudesse sobreviver, inclusive deixando uma pedra escura escondida na roupa dela. No exato momento em que ele disse "use a pedra escura para sair desse lugar", Chozeh tomou conhecimento da pedra e soube tudo o que precisava fazer. Mas esse conhecimento só aumentava o pesar por tudo o que havia acontecido. Adin fizera que ela acreditasse que ele estava servindo ao cashaph. Por certo, ele fez isso para que o cashaph também acreditasse, pois, ao ver a reação dela, o bruxo das pedras não tinha motivos para duvidar da submissão de Adin. Mesmo assim, Chozeh se recriminava por não ter desconfiado de que Adin pudesse estar planejando aquilo.

Chozeh percebeu que Timna continuava bem na sua frente, lutando para tentar reagir ao comando externo que a pedra escura impunha sobre ele. Mas não havia forças no soldado para fazer isso. Com um profundo desprezo por ele, Chozeh fez um gesto apontando o abismo de Nod. O antigo príncipe marchou contra sua própria vontade, e em total desespero, jogou-se dentro do mesmo fosso onde a lava começava a baixar.

Ao ver o príncipe de Nod cumprir sua ordem, ela não sentiu nada. Gostaria de poder fazer isso com todos os perversos daquele mundo, principalmente com todas as pessoas que haviam colocado tantos empecilhos entre ela e Adin, e que a haviam, de alguma maneira, convencido de que uma rainha não podia se interessar por um jovem qualquer. Ela sempre soube que ele não era um jovem qualquer. Podia não ter títulos ou riquezas, mas era dono de uma honra e valentia inigualáveis. Talvez por isso havia doído tanto pensar que ele pudesse estar ajudando as trevas. Ela não conseguia se perdoar por não ter confiado nele. Devia ter acreditado em suas boas intenções, ainda que tudo ao redor desmentisse isso.

Mesmo sem ter vontade de ir embora daquele lugar tenebroso, pois já não lhe parecia fazer muito sentido a vida lá fora, ela soube que ainda precisava cumprir seu papel como rainha. Graças a Adin, as trevas não avançariam sobre Olam. Ele havia derrotado o mais sorrateiro e perigoso inimigo que Olam já teve. Agora, Chozeh sentia-se responsável por continuar fazendo com o que o sacrifício dele valesse a pena.

Ela se aproximou de Thamam que ainda estava jogado num dos cantos do salão e se abaixou. Imaginava apenas confirmar seus temores, ou seja, de que ele estivesse realmente morto, porém, ao perceber que o velho ainda respirava, ela se arrependeu de ter dado aquela ordem para Timna. Poderia ter obrigado o soldado a carregar Thamam para fora daquele lugar.

Por sorte, Thamam era um velho magro, e ela conseguiu arrastá-lo em direção às escadarias. Porém, a longa subida que tinha pela frente apresentava-se como um desafio absolutamente insuperável. Então, ela se conscientizou de que se quisesse sair daquele lugar, teria que deixar o velho Melek para trás. A não ser que conseguisse encontrar alguém no alto da cidadela que poderia descer e carregá-lo. Sim, talvez achasse algum soldado que pudesse fazer isso coagido pela pedra escura.

Ela olhou uma última vez para o fosso antes de se lançar escadaria acima. Por um instante alimentou uma esperança infantil de que Adin ia surgir do meio da fumaça que ainda se desprendia da lava já domada nas profundezas. Porém, o silêncio absoluto era o testemunho de que a morte havia triunfado no grande salão de Nod.

— Eu sempre levarei uma parte de você comigo — ela disse para a fumaça que se desprendia das profundezas. — Sempre haverá um pedaço do meu coração para você, e nada, nem ninguém, conseguirá ocupar esse lugar. Eu juro, meu amor. Eu juro.

As lágrimas continuaram correndo por seu rosto enquanto ela escalou as escadas subindo o mais rapidamente que conseguia. Nem se importou com os pedaços de seu vestido que se prenderam nos cantos das paredes de pedras ou com o estado absolutamente caótico de sua aparência. Tudo o que desejava era sair daquele submundo.

Alcançar o alto da cidadela foi, provavelmente, o maior esforço físico que ela havia realizado em toda a sua vida. O ar denso da noite a recebeu com mornidão e uma dose considerável de fumaça. Havia uma forte tensão no ar, e ela logo entendeu o que estava acontecendo.

Trinta ou quarenta soldados montavam guarda com escudos e espadas em punho, olhando assustados para as barricadas levantadas para dividir a cidadela da cidade baixa. O motivo estava do outro lado das barricadas. As pessoas da cidade baixa estavam tentando forçar a passagem, e aqueles trinta e poucos soldados não teriam a mínima condição de resistir às multidões famintas que tentavam desesperadamente alcançar o alto da montanha. Sem falar que algum poder maligno havia transformado aquelas pessoas. Elas estavam sombrias e enfurecidas. Chozeh podia ouvir rosnados e gritos horripilantes subindo às alturas da cidadela.

Ela segurava a pedra escura em sua mão, porém não sabia exatamente o que fazer. Provavelmente, se tentasse abordar todos os soldados ao mesmo tempo, o poder da pedra não seria suficiente para controlá-los. A lembrança dos bárbaros atacando-a no lago de fogo era forte o bastante para não atrair a atenção daqueles homens. Por isso, ela se limitou a ficar observando por algum tempo, trêmula e escondida atrás de uma larga coluna.

A ocasião oportuna que ela tanto precisava aconteceu quando um dos soldados, provavelmente o líder do grupo, fez um gesto para um dos homens, e apontou para o castelo. No mesmo instante, o homem marchou em direção ao portão principal. Chozeh deduziu que o soldado havia sido comissionado a levar a notícia da ameaça para Timna.

Ela permaneceu escondida atrás da coluna e esperou o homem adentrar o castelo. Viu o assombro no rosto dele se tornar submissão quando ela ordenou que ele a seguisse. Segurando a pedra escura não mão direita, ela apontou as escadarias sob o trono de mármore com a mão esquerda.

— Desça até o salão no fundo desta escadaria. Você deve seguir em linha reta, sem pegar nenhuma bifurcação que o desvie deste caminho. Ao pé da escada está um velho magro. Carregue-o com todo cuidado e traga-o até aqui vivo. E faça isso o mais rápido que puder, sem parar para descansar ou qualquer outra coisa. Entendeu?

O homem assentiu vigorosamente e se pôs a descer imediatamente as escadas.

Chozeh concluiu que os demais soldados não teriam motivo algum para desconfiar da demora daquele soldado, pois imaginariam que Timna estivesse dando algum tipo de instrução para ele. De qualquer modo, continuou segurando a pedra escura em sua mão, atenta à porta de entrada.

Porém, enquanto esperava o homem descer a longa escadaria, e voltar com o Melek, Chozeh se perguntou como faria para sair daquele lugar. Além dos soldados que guarneciam a muralha interior, havia uma multidão de pessoas famintas e dominadas pelo poder da escuridão ao longo de toda a cidade baixa. Passar por elas seria realmente um desafio impossível. Ainda mais, tendo que levar um homem ferido.

Então ela se lembrou do re'im. "Use Boker para sair desse lugar", Adin disse antes de morrer. Ela sentiu as lágrimas mais uma vez. Ele havia pensado em tudo. Havia planejado cada detalhe para que ela pudesse sobreviver. Chozeh olhou para o alto e viu o reflexo branco de um cavalo alado voando em círculos a centenas de metros acima da Velha Montanha.

* * * * *
* * * *

Ben reconheceu o local tão logo o enxergou. Nunca mais se esqueceria daquele lugar. Apesar das montanhas inteiramente recobertas de neve parecerem iguais em qualquer lugar, ali havia uma montanha despedaçada que se destacava com uma lembrança terrível. A neve já havia feito um trabalho de restauração, mas ainda assim, um vazio notava-se na paisagem.

Ben olhou para trás, para o túnel que o trouxe do labirinto das fissuras até aquele lugar e percebeu que não era possível voltar. Não havia passagem que o conduzisse de volta.

Todos os seus instintos lhe diziam que realizar aquilo seria uma terrível insanidade. Que chances realmente havia de que aquela loucura funcionasse? Talvez, mesmo que conseguisse retornar, nem houvesse mais uma batalha. Além disso, valeria a pena ter um aliado como aquele?

Não só seus instintos diziam que era uma insanidade, mas perante toda a lógica do mundo aquela atitude só poderia ser descrita como uma loucura.

Você é um tolo, guardião de livros.

A voz grossa, zombeteira e terrível do dragão-rei lhe veio à memória, como uma confirmação de seus próprios pensamentos. Ouvir aquela voz, mesmo que vinda das lembranças antigas, fez o íntimo do guardião de livros tremer e se convulsionar numa expectativa aterradora.

Ben não conseguia evitar todas aquelas dúvidas. Será que uma tática já usada e que não havia funcionado poderia afinal dar certo? Enosh tentara fazer aquilo, e as consequências haviam sido terríveis para ele mesmo. Tinha consciência de estar agindo com o mesmo grau de desespero que havia levado Enosh a realizar aquele intento. Porém, tentava se conformar pensando que talvez pudesse agir com maior controle da situação do que Enosh fizera.

Ainda lutando contra todas essas dúvidas íntimas, ele tentou encontrar o lugar exato. Afundou as botas na neve e teve que fazer um grande esforço para se aproximar do local, pois como todo aquele terreno havia sido modificado recentemente, a neve ainda não havia adquirido consistência.

Ele contemplou o pequeno vale entre as montanhas onde havia acontecido a batalha entre os behemots e Leviathan. Não foi difícil encontrar o ponto exato onde parte da montanha foi despedaçada com a queda do dragão. Os monturos de rocha recobertos de neve destoavam do restante da paisagem que parecia perfeitamente esculpida. E, mais à frente, ele viu outra montanha de gelo, mais baixa, parecendo o corpo congelado de um imenso dragão. De fato, era a montanha de gelo que havia se formado sobre o corpo colossal da criatura.

Ben sentiu a neve assolando sua face com mais ímpeto à medida que se aproximava do túmulo de gelo do dragão. Parecia que o norte gelado queria impedi-lo de fazer aquilo.

Mais uma vez, as imagens daquele dia se avivaram em sua mente. Ele havia tentado fugir do ataque de Leviathan no momento em que se dirigia para Nod. Por algum motivo, o dragão-rei não queria que Ben fosse para Nod. Agora, esse motivo era mais do que claro para o guardião de livros: O dragão temia que o fracasso de Ben libertasse os shedins do Abadom. Isso mostrava que havia alguma dose de sabedoria na antiga criatura primordial. Em desespero, tentando fugir da perseguição do monstro, Ben havia voado com Layelá para o norte de Olam, mas o dragão-rei o seguira. Um jato de fogo da criatura os havia feito cair sobre a neve, porém, antes que o dragão pudesse terminar o serviço, os behemots o haviam encontrado e começado a atacá-lo. Ben se lembrava da batalha, até o momento em que o dragão tentou fugir daquele mundo de gelo, mas não conseguiu decolar. Quando o corpo gigantesco veio despedaçando os montes justamente em sua direção, Ben teve que usar Herevel para tentar se defender das chamas que o dragão ainda lançara em sua direção. Naquele momento, o poder de Herevel se impôs sobre o dragão enfraquecido e Ben conseguiu golpear o dragão. No final de toda aquela cena, de longe, os behemots observavam quando Ben subiu sobre a cabeça do dragão e se preparou para terminar o serviço.

Ben jamais contou para ninguém o que de fato havia acontecido naquele momento, embora lhe parecesse que o patriarca dos rions soubesse de tudo... Lembrava-se apenas de que Herevel não queria completar a tarefa. A espada parecia se recusar a exterminar o dragão, e aquilo foi sobremodo espantoso para o guardião de livros, pois o antigo oráculo dizia que Herevel devia exterminá-lo. Então, Ben fez algo de que viria a se arrepender muitas vezes depois. Não podia dizer que havia sido uma atitude impensada, pois ele sabia o que estava fazendo. Mesmo assim, as dúvidas corroeram seu coração todos os dias após aquele acontecimento. Ele havia enfiado a espada na cabeça de Leviathan e usado o poder de Herevel para congelar o dragão. Quando todo o fogo do dragão se apagou, os behemots acreditaram que ele estava morto. Por um lado, isso era verdade, pois congelado por Herevel, o dragão jamais conseguiria se libertar do túmulo de gelo, e nada nem ninguém naquele mundo conseguiria despertá-lo. Exceto, o fogo tenebroso...

Ben pensou mais uma vez nos dois títulos que havia conquistado desde que deixara Havilá. *Matador de saraph* e *matador de Leviathan*. Nada poderia ser mais irônico. A saraph ele matara por pura sorte. Quanto a Leviathan... Pelo menos esse título ele logo perderia.

Após fincar o graveto com o fogo tenebroso sobre a neve, Ben começou a quebrar o gelo que recobria o corpo do dragão. Isso lhe deu bastante trabalho, pois diferentemente do vale, em volta do dragão o gelo estava muito endurecido, graças ao poder de Herevel. Quando conseguiu descobrir onde estava a cabeça, ele concentrou todos os seus esforços em remover o gelo. Usou o poder da lâmina de Herevel para quebrar os blocos gigantes que haviam se formado. Logo, a pele escamosa começou a aparecer. Era tão dura quanto o gelo que a recobria.

Enquanto fazia aquela tarefa, Ben se questionava se o dragão atenderia seu pedido. Se bem que, na verdade, não seria um pedido, mas uma exigência. Mesmo assim, até que ponto poderia confiar no dragão? Mesmo que ele concordasse em ajudar para ser libertado, que garantia Ben poderia ter de que cumpriria sua palavra?

Ele lutará apenas sua própria guerra...

As sombrias palavras de Enosh sempre haviam sido um alerta para não depender de monstros que não podiam ser inteiramente controlados. E, mesmo assim, Enosh havia utilizado o dragão contra o exército dos shedins em Nod. Se bem que, Enosh não havia convencido o dragão a ajudar, ao contrário, o havia enganado. E as consequências haviam sido terríveis para o próprio Enosh. Por isso, todas as esperanças de Ben se concentravam em tentar estabelecer um acordo com o monstro.

Finalmente, Ben começou a enxergar as fileiras de chifres e as escamas ao redor dos olhos da criatura. A cabeça dele era do tamanho de uma casa. Os olhos da besta continuaram fechados mesmo quando Ben despedaçou o gelo que os recobria. Ben achou melhor deixar o restante do corpo recoberto pela montanha de gelo.

Quando a cabeça estava suficientemente livre do túmulo, Ben se posicionou diante do dragão. Cada dente era do comprimento de Herevel. Ben segurou o fogo tenebroso e foi se aproximando das grandes narinas. Percebeu que sua mão tremia levemente, resultado direto da fraqueza que sentia, e do medo de estar fazendo a coisa errada.

Havia chegado o momento de despertá-lo daquele sono de gelo. Ben elevou o graveto e o aproximou da grande narina, praticamente encostando-o. Lentamente, Ben viu um pouco da fumaça adentrar a grande narina. Empurrou o graveto praticamente inteiro dentro da narina. Sentindo o coração bater acelerado, ele ouviu um som alto, como se uma fornalha começasse a incandescer no interior do monte de gelo. Vapor subiu da montanha que recobria o corpo do dragão, e também alguns pequenos tremores, mas a criatura permaneceu congelada. Ben sabia que não podia alimentá-lo em demasia, ou seria difícil tentar fazer um acordo depois.

Então, os olhos de fogo se abriram pela metade. No mesmo instante, Ben se afastou e impediu que o dragão absorvesse mais do fogo tenebroso. Viu seu próprio reflexo amedrontado nos olhos que pareciam vidro amarelo. Porém, o reflexo desapareceu quando bem no centro dos olhos surgiram duas pequenas chamas de fogo mais escuras, como se fossem fogo e trevas ao mesmo tempo.

Fumaça saiu das narinas e tingiu de chumbo parte do gelo quebrado por Ben. Vapor e tremores apareceram outra vez no alto da montanha que recobria o corpo colossal.

— Por que você está me acordando? — Perguntou o dragão-rei com sua voz grossa e terrível, porém, ainda lenta e fraca.

Segurando Herevel numa das mãos e o fogo tenebroso na outra, Ben recuou por instinto, esforçando-se por ser forte.

— Eu preciso de sua ajuda — disse por fim. — Se prometer que vai nos ajudar na batalha contra os shedins, eu deixarei que respire mais fogo tenebroso e se liberte dessa prisão.

— Vai me alimentar com o fogo tenebroso para que eu o ajude a vencer uma batalha?

— Sim — disse Ben, sentindo a dúvida em sua própria voz. — O que me diz? Temos um acordo?

18 — Você é um Tolo, Guardião de Livros

Leannah acordou quando, subitamente, os sons da batalha invadiram seus ouvidos. Ela abriu os olhos e sentiu mãos suaves em sua testa e também em seu ventre. Logo reconheceu um dos médicos de Sinim. Ela tentou se levantar, mas ele a obrigou a ficar deitada. Em seguida, derramou um líquido amargo na boca, obrigando-a a engolir. Após voltar a posicionar as mãos mais uma vez na testa e ventre de Leannah, ele finalmente permitiu que ela se assentasse.

Ela ainda estava suficientemente longe do lugar onde os exércitos se batiam, mas podia ver os tannînins relativamente perto, despejando fogo sobre os soldados de Olam. Ela não tinha força suficiente para se levantar, porém enxergou Tzizah perto dali, movendo os galhos das árvores de Ganeden, como para proteger ambas dos inimigos que, mais cedo ou mais tarde, chegariam ali. Percebeu que a princesa havia se incumbido da função de protegê-la.

As lembranças do que havia visto em Nod também invadiram sua mente, e ela reviveu mais uma vez aquele último momento. Havia tomado consciência das intenções do irmão antes mesmo de vê-lo agir. Ao ver seu rosto obstinado, ela se lembrou do pequeno menino de Havilá, e soube o que ele pretendia fazer. Ela desejou tanto ter estado presente fisicamente em Nod, e não apenas através daquela visão. Talvez, pudesse salvá-lo, como tantas vezes havia feito ao longo de toda a vida dele. Mas não havia nada que ela pudesse fazer. Aquela era a vez de ele salvá-la, e não o contrário. O olhar de seu irmão, um segundo antes de se sacrificar pela salvação de Olam, era um modo de lhe dizer que aquela era a única maneira de fazer a luz triunfar sobre a escuridão.

Leannah chorou de puro desespero e recriminação, ao se lembrar da cena do irmão caindo para dentro do fosso de Nod. Ela se recriminou por ter desconfiado das intenções dele. Seu instinto de irmã sempre lhe disse que devia confiar nele, mas por algum motivo havia se permitido duvidar. No fundo ela sabia que só por causa disso não havia interferido. Só porque havia se permitido sentir raiva dele. Do contrário, jamais deixaria ele se sacrificar daquela maneira.

As lágrimas que corriam por seu rosto enquanto via seu irmão sugar a vida do cashaph, e depois ser sugado por ele também, até que os dois caíram para dentro da lava ardente, combinavam os mais extremos sentimentos de tristeza, orgulho e dor. Ali estava um verdadeiro peregrino do caminho da iluminação, um filho da luz, alguém que sempre esteve disposto a pagar o preço para que as trevas pudessem ser vencidas, tanto dentro quanto fora de si mesmo.

Ah! Meu irmãozinho, meu irmãozinho. Me perdoe. Me perdoe.

Finalmente, o pranto e os soluços venceram seu silêncio mais uma vez. Leannah chorou a morte de Adin como quem chora a morte tanto de um irmão quanto de um filho. Ajoelhada no chão recoberto de relva ao lado da floresta, ela se permitiu ser fraca. Tzizah que tentava protegê-la dos ataques dos inimigos lhe lançou um olhar compassivo, mesmo sem entender porque ela chorava tanto. A princesa ainda não tinha conhecimento dos acontecimentos em Nod.

— Ele está morto — ela balbuciou. — Meu irmão está morto. Ele nos salvou. Ele nos salvou.

— Você nos salvou da escuridão — disse Tzizah, acreditando que o embate de Leannah com as trevas havia sido o único responsável pela detenção das trevas.

— Foi ele. Foi ele. Eu jamais conseguiria deter a escuridão e permanecer viva se ele não tivesse destruído o cashaph e invalidado a rede.

Leannah queria poder chorar por seu irmão tanto quanto achava que ele merecia que ela chorasse. Porém, nem isso ela podia fazer naquele momento.

— Como está a batalha? Há quanto tempo os exércitos se enfrentam?

— Por horas — disse Tzizah com visível preocupação. — Os inimigos estão atacando severamente o que ainda resta do exército de Olam. Não vai demorar para chegarem aqui.

Leannah se forçou a levantar-se, entendendo que algo precisava ser feito, ou então, o sacrifício de seu irmão teria sido em vão. Ela segurou o Olho de Olam e percebeu que ele havia voltado a ser Halom, a pedra avermelhada que Ben carregava sem saber o que era de fato. Tentou despertá-lo, mas apesar de perceber que ainda havia propriedades especiais na pedra, não havia mais como utilizá-la como arma de ataque ou mesmo de defesa. Ela entendeu que o Olho de Olam nada podia fazer para ajudar o exército naquela circunstância.

Imediatamente, sentiu fraqueza novamente e quase caiu. Tzizah correu para apoiá-la, vendo que ela mal conseguia parar em pé, mas antes o médico a segurou.

— Kenan disse para você ficar aqui. Você está muito fraca.

— Eu vou ficar bem. Eu preciso fazer alguma coisa. Alguma notícia de Ben?

— Não — respondeu Tzizah com constrangimento na face. — Ele não disse para onde foi. E já fazem quase vinte e quatro horas que ele desapareceu. Eu acho que ele foi embora...

Você está casada com ele, mas não sabe nada sobre ele, Leannah sentiu vontade de dizer.

— Eu acredito que ele foi tentar convocar os dakh — se viu explicando para ela. — Quando ele esteve lá na tentativa de resgatar seu pai do Abadom, ele encontrou o antigo povo que se assemelha um pouco com os rions. Eles têm um poderio de cem mil pedras amarelas. Layelá o levou até lá, portanto, ele deve estar tentando trazê-los para a batalha.

— Mas isto não fica nas Harim Adomim, que estão há dias de distância daqui? Como os dakh chegarão aqui?

A lógica de Tzizah parecia irrefutável.

Leannah sabia da existência de várias passagens que, talvez, pudessem trazer os dakh para a batalha. Mas, estava fraca demais para tentar explicar isso para Tzizah.

— Talvez, tenhamos que esperar outro milagre — foi tudo o que ela conseguiu dizer.

* * * * *

A batalha havia se tornado ainda mais sangrenta. No meio da lama e do avanço do exército shedim, os corpos de guerreiros de Olam e Sinim se acumulavam. O exército inimigo agora avançava com todo o seu poderio, como um grande monstro pronto para abocanhar o exército rival, bem menor em tamanho.

Kenan percebeu que não havia mais qualquer estratégia a ser posta em prática. As armas especiais trazidas de Maor haviam funcionado por algum tempo, disparando lanças em grande número contra o exército sombrio. Sem dúvida, as armas eram muito eficazes, especialmente as catapultas que conseguiam disparar lanças de maneira automática, encaixando e arremessando uma após a outra enquanto um soldado girava uma grande manivela. Mas precisariam de centenas de máquinas como aquela para causar prejuízos consideráveis no exército inimigo, e só possuíam cinco. As catapultas de pedras também causaram estrago no exército shedim, especialmente quando pedras shoham foram presas às rochas. Assim, cada pedra vermelha ao cair no meio do exército inimigo conseguia produzir um rombo no chão, semelhante a uma queda de um pequeno meteoro. Porém, os soldados inimigos continuavam saindo da cortina de trevas, quase como se a fonte fosse infinita. E quando os dois exércitos se encontraram e se misturaram mais uma vez, o ataque com as catapultas precisou ser interrompido, pois não havia mais como separar os inimigos dos aliados.

Tudo o que Kenan podia fazer era continuar atacando e se defendendo, lutando corpo a corpo, disputando cada metro quadrado que era tomado de inimigos. Não sentia mais a chuva ácida que caía, não ouvia os gritos de dor de seus soldados, ou os urros furiosos das criaturas, não sentia dor pelos golpes que levava, nem satisfação pelos que conseguia infligir sobre os inimigos. Seu corpo era puro cansaço e esgotamento, porém, ele não podia ceder à exigência por descanso e continuava golpeando e se defendendo, consciente de que faria isso até o fim.

O dia havia passado e a noite se aproximava outra vez. E com ela, o final da batalha também parecia próximo. O número de soldados de Olam havia caído para menos de um terço, e continuava a diminuir rapidamente enquanto a massa escura de guerreiros abocanhava mais e mais na direção de Ganeden. O tamanho pleno do exército shedim ainda não havia sido revelado, pois boa parte ainda estava dentro da escuridão, como que brecado pelos próprios companheiros que atacavam Olam. Não havia espaço entre as trevas e Ganeden para todo aquele número de soldados malignos.

Kenan ainda via rions por todos os lados, mas quase não via mais homens de Olam ou Sinim. A espada que recebeu de Icarel era extraordinária, e a habilidade do giborim continuava garantindo a sobrevivência dele, mas ele não poderia resistir para sempre, especialmente às setas disparadas pelos arqueiros inimigos. Usava o longo escudo e o capacete que Gever lhe dera em Ganeden, e só por causa disso ainda estava vivo. Quando Gever lhe entregou aquelas armas, Kenan havia achado estranho, pois preferia armas de ataque a armas de defesa. Porém, Gever disse que era justamente o que o giborim mais necessitava. Agora, Kenan podia ver que o antigo príncipe dos kedoshins estava certo, como sempre.

Entre um golpe e outro, Kenan pensava em Tzizah e em Leannah, e tentava localizá-las, mas não conseguia mais vê-las, nem havia nada que ele pudesse fazer, além de esperar que, de algum modo, ainda estivessem vivas no meio de todo aquele massacre.

Kenan viu um nephilim vindo em sua direção. Era um dos primeiros que avançavam para o campo de batalha naquela nova onda de ataque. Isso o fez imaginar que muitos deles estariam ali em seguida. De fato, logo Kenan viu outros três. Não tinha como enfrentar todos de uma só vez, por isso escolheu o primeiro e foi ao seu encontro.

A criatura demoníaca exalava fúria e perversidade, movendo as correntes e explodindo-as sobre aliados e inimigos. Lembrando-se de seu primeiro encontro com um deles em Salmavet, Kenan também correu na direção do monstro.

O primeiro golpe da corrente foi só de raspão, e o escudo suportou; porém, ainda assim, Kenan foi arremessado para a lama. Ele escapou do segundo golpe, rolando para o lado e escondendo-se debaixo do escudo. O terceiro golpe afundou Kenan com escudo e tudo, mas o escudo e a lama macia salvaram sua vida.

Kenan abandonou a defesa e se lançou contra a criatura. Com um golpe da espada ele cortou uma das correntes do nephilim, mas nenhuma luz surgiu das profundezas para atraí-lo ao submundo. Com outro golpe, Kenan tentou atingir uma das pernas, mas a criatura se moveu com agilidade e se desviou. Naquele momento, uma flecha atingiu o ombro do guerreiro. Kenan sentiu a dor, mas não podia retornar ao escudo. Avançou mesmo assim, livrando-se de um golpe da corrente por causa de um escorregão, e ganhando por causa disso também, por pura sorte, a chance de abater a criatura. Ele parou justamente debaixo do monstro, onde a corrente não podia atingi-lo, mas de onde podia atingir uma das pernas do monstro. Um poderoso golpe da espada de Hakam fez o nephilim cair de costas, então Kenan subiu sobre ele e encravou a espada flamejante no corpo da criatura tantas vezes quantas conseguiu. Só então ele quebrou a flecha que ainda estava encravada em seu ombro, e percebeu que também havia uma em sua perna.

Em cima do nephilim, ele viu que estava sobre uma elevação que não era composta de rochas ou terra, mas de corpos. Porém, aquela elevação lhe proporcionou uma visão mais ampla do inimigo. Ele viu que o exército shedim continuava saindo da cortina de trevas. Todo tipo de criaturas terrestres e aladas saíam incessantemente da escuridão como uma fonte inesgotável de lava saindo de um vulcão escuro.

Por um instante, Kenan baixou a espada e levantou o elmo da cabeça. Mesmo sabendo que estava inteiramente vulnerável naquela posição, e ouvindo zunidos de flechas que passavam muito perto, ele permaneceu alguns instantes como que hipnotizado pelo poderio das trevas. Era como se só naquele momento tomasse consciência plena do que ele havia produzido com sua primeira incursão a Salmavet.

Kenan sabia que aquela batalha estava perdida. Ele próprio sobreviveria pouco tempo. Só lamentou estar tão longe das trevas, pois não havia como alcançar os shedins num último avanço desesperado.

— Eu fracassei, meu amor. Eu fracassei — ele se viu dizendo para as hostes de soldados malignos que avançavam.

A imagem de Tzillá lhe veio à memória naquele momento de loucura e todo o sofrimento que ela havia passado lhe injetou forças para um último avanço. Ele jogou o elmo ao chão e não se deu ao trabalho de procurar pelo escudo. A espada de Hakam subitamente flamejou em sua mão, iluminando os corpos e o terreno diante de si.

Kenan urrou e saltou do corpo do nephilim na direção do exército sombrio. Os inimigos o viram e, por um momento, também vieram ao seu encontro. Então, Kenan teve a impressão de que sua espada estava brilhando mais do que o normal, pois toda aquela área ficou subitamente clara. Talvez os tannînins estivessem atacando conjuntamente o que restava do exército de Olam. Porém, ele viu os inimigos à sua frente recuando, inclusive alguns nephilins, e não conseguiu imaginar um motivo que pudesse causar isso. A espada de Hakam não poderia estar produzindo todo aquele efeito no exército maligno.

Quando as chamas passaram por cima dele e varreram centenas de inimigos à sua frente, ele teve que parar o avanço solitário contra os inimigos, pois num instante, não havia mais nenhum soldado maligno em pé à sua frente.

Então, ele olhou para trás e viu as chamas varrendo o outro flanco do exército sombrio. Ele nunca havia visto aquela quantidade de fogo. Então, compreendeu que não eram os tannînins.

Leviathan passou por cima dele naquele exato momento como um vento quente e devastador, e despejou nova quantidade inimaginável de poder. Parecia haver alguém montado nele.

— Aquele dragão não devia estar morto? — Ele bradou para alguns companheiros que olhavam atônitos a cena, vendo o imenso dragão quase tocar o chão e então se elevar vigorosamente para as alturas, incandescendo céus e terra.

* * * * *

Após cinco ou seis passadas devastadoras sobre o exército shedim, o dragão-rei pousou no meio do campo de batalha esmagando inimigos com seu corpo colossal. O que restava do exército de Olam correu imediatamente para trás da trincheira erguida ao lado de Ganeden. Então, o dragão liberou todo o seu fogo sobre o campo de batalha.

Como se estivesse vendo uma cena se repetir, Tzizah viu Leviathan despejar suas labaredas sobre os inimigos diante de Ganeden. Ela havia visto uma cena como aquela em Nod, quando num primeiro momento o dragão os ajudou, mas depois se voltou contra eles. No entanto, o que fez com que Tzizah perdesse completamente o fôlego foi ver Ben montado sobre as costas do dragão-rei.

Tzizah estava ao lado de Ganeden usando as próprias árvores para impedir a aproximação dos inimigos que conseguiam superar a barricada improvisada. Tentava proteger Leannah, que havia voltado a ficar desacordada. Os galhos se moviam ao seu comando derrubando homens e cavalos, e as plantas rasteiras corriam pelo chão em busca de pescoços para enlaçar.

Leannah disse que Ben havia ido atrás do povo dakh. Mas, ao que parecia, nem mesmo a cantora de Havilá sabia quais eram as verdadeiras intenções do guardião de livros. Tzizah nunca poderia imaginar que ele fosse atrás do dragão. Até porque, até onde Tzizah sabia, o dragão estava morto...

Tzizah não sabia se devia alimentar esperança ou ainda mais temor com aquele súbito reaparecimento dos dois. O dragão-rei era uma criatura totalmente imprevisível. Tanto quanto... Ben.

Apesar de ter feito tudo o que seu pai queria com relação ao guardião de livros, Tzizah não conseguia alimentar verdadeira confiança em relação a ele. Era inegável que algo nele a havia atraído desde o começo, porém, agora Tzizah desconfiava que não era algo bom. Havia algo profundamente errado com aquele jovem de Havilá. E isso só fazia Tzizah se recriminar ainda mais por ter dito a ele aquelas coisas a respeito de sua irmã. Thamam insistira que precisavam ajudá-lo a encontrar algum equilíbrio, pois a guerra estava às portas. Portanto, ao sugerirem que Tzillá, talvez, estivesse grávida, a dúvida poderia acalmar as lutas íntimas dele, pelo menos até que a guerra se decidisse. Porém, o que Thamam provavelmente não havia imaginado é que o guardião de livros poderia decidir terminar a guerra por si mesmo.

A irrupção do dragão mudou completamente o ritmo daquela batalha. Porém, o exército inimigo parecia grande demais até mesmo para o poder de Leviathan.

Tzizah viu os inimigos atacando a besta de uma só vez. Sa'irins dispararam suas lanças, anaquins tentaram atingi-lo com seus manguais, e nephilins o golpearam com as correntes incandescentes. Em Nod, havia só uma fração daquele exército. Tzizah percebeu que as coisas ali seriam mais demoradas.

Novo jato de fogo do dragão deixou inúmeros anaquins que o atacavam parecidos com os nephilins, pelo menos por algum tempo, até que o fogo os desintegrou totalmente. Porém, no chão havia mais vulnerabilidade e o dragão se preparou para subir outra vez. Os três conjuntos de asas arremessaram soldados inimigos para longe com o vento produzido e o dragão deslizou sobre a lama esmagando sa'irins e cavaleiros-cadáveres até que se elevou outra vez, num único salto, alcançando instantaneamente uma altura impressionante.

Tzizah percebia que o dragão-rei estava mais poderoso do que nunca e se perguntava até quando Ben conseguiria controlá-lo.

Em poucos segundos o dragão contornou no horizonte e voltou voando cada vez mais baixo. Então, um jato de fogo correu como um rio de ponta a ponta sobre o exército shedim, até que o dragão subiu outra vez e desapareceu nas nuvens sombrias. Porém, antes de sumir nas nuvens, o dragão se voltou para a cortina de trevas estacionada e atacou a própria escuridão, despejando fogo contra ela. Tzizah não conseguiu ver qualquer resultado prático daquele ataque.

Todos os sobreviventes do exército de Olam estavam escondidos atrás da trincheira, apenas observando o ataque de Leviathan. Por ordem de Kenan, a única coisa que os soldados faziam era usar as catapultas para disparar pedras e lanças contra o exército shedim, pois seria muito perigoso ficar em campo aberto onde Ben e o dragão-rei estavam fazendo o trabalho.

Com mais duas passadas, o dragão-rei havia deixado um número incontável de criaturas e soldados carbonizados no exército shedim. Porém, Tzizah ainda podia ver que o número de guerreiros era imenso e continuavam saindo da escuridão, como um rio ainda inesgotável.

Os únicos soldados inimigos que pareciam ter alguma condição de enfrentar o dragão eram os nephilins. Tzizah viu vários deles lançando correntes sobre as asas do dragão nas passadas que ele fazia sobre o exército shedim. Várias correntes se prenderam nas asas dele, porém, mesmo assim, o dragão estava conseguindo se manter no ar. Porém, Tzizah percebeu que em mais dois sobrevoos, ele já não parecia ter o mesmo equilíbrio de antes, apesar do poder de fogo continuar exatamente igual e devastador.

Na próxima vez que o dragão passou, os nephilins lançaram centenas de correntes sobre as asas dele. Então, as criaturas do Abadom seguraram e energizaram as correntes. O dragão arrastou todas elas por quase dois quilômetros, ao ponto de Tzizah acreditar que ele acabaria dentro da cortina de trevas. Entretanto, o peso das centenas de grossas correntes desequilibrou o dragão e ele caiu arrastando-se sobre o descampado e esmagando um número incontável de soldados mais uma vez. Ele parou praticamente em frente à cortina de trevas, despejando nova quantidade de fogo contra a escuridão.

Sem conseguir se livrar das correntes que o impediam de decolar, o dragão precisou enfrentar o poder do inimigo no chão. Tzizah entendeu que aquela era a tática dos nephilins. Mantê-lo no chão.

O exército shedim avançou com todas as suas armas e poderio contra o dragão. Novamente o dragão despejou sua fúria em forma de fogo, porém, o exército shedim continuava avançando. De dentro da cortina de trevas, fogo e energia vermelha também eram arremessadas contra Leviathan. A cada nova varredura de chamas, Tzizah podia ver que o alcance do fogo do dragão se tornava menor. Ela compreendeu que os shedins estavam derrotando Leviathan. Estavam sacrificando um grande número de guerreiros e criaturas para isso, porém eles pareciam ter muitos ainda para sacrificar. O exército das sombras continuava saindo da escuridão e atacando o dragão.

* * * * *
* * * *

Montado sobre Leviathan, Ben mal conseguia se defender dos ataques dos nephilins. Ele tentou quebrar as correntes que estavam prendendo o dragão ao chão, porém, só conseguiu fazer isso com três ou quatro, e viu que havia centenas de correntes incandescidas atrapalhando os três conjuntos de asas.

Ben compreendeu que precisava abandonar o dragão ou seria destruído juntamente com ele. Estavam muito próximos da barreira de escuridão, e isso facilitava o ataque shedim, pois Leviathan tinha pouco espaço para soltar suas chamas. Ben via os soldados malignos saindo das trevas e sendo destruídos pelo fogo de Leviathan, porém, o exército das trevas parecia ter recursos infinitos.

De dentro da cortina de trevas, mesmo sem se expor à luz, os shedins também lançavam seu poderio contra o dragão. Ben viu uma forma escurecida incrivelmente alta se aproximar da borda da escuridão. Tinha um único chifre curvo e, ao abrir a boca, pura energia vermelha correu como um rio. O dragão sentiu o ataque e Herevel pouco conseguiu fazer para defendê-lo. Ben se escondeu atrás do corpanzil para não ser atingido.

— Temos que sair deste lugar! — Bradou Ben. — Estamos muito próximos da cortina de trevas.

O dragão urrou dolorosamente em resposta, e se chacoalhou lançando várias correntes para longe, porém, os nephlins se aproximaram e lançaram mais correntes sobre ele. O dragão abocanhou alguns nephilins, despedaçando-os com suas mandíbulas, mas havia muitos deles.

Ben só conseguia usar Herevel para se defender dos ataques dos inimigos e não conseguia mais ajudar o dragão a se libertar das correntes. Teve que enfrentar uma nuvem de sa'irins que o cercou. As criaturas recém-saídas das trevas investiram com a habitual fúria contra ele.

Leviathan não tinha mais fogo. Após inúmeras explosões e jatos fulminantes, o dragão havia consumido toda a sua energia. Ben sabia que o dragão precisava respirar nas alturas para recuperar seu poder. Preso ao chão, ele não tinha como se renovar. Porém, Ben não conseguia se aproximar para ajudá-lo, pois havia inimigos por todos os lados. Num segundo, eles estavam totalmente cercados. Nephilins, sa'irins, anaquins e também os shedins de dentro da escuridão atacavam o dragão impiedosamente. O máximo que Leviathan conseguiu fazer foi esmagar alguns com seu peso e triturar outros com suas mandíbulas. Porém, isso era muito pouco diante do avanço dos inimigos.

Quando parecia que os guerreiros sombrios conseguiriam destruir o dragão, uma forte luz amarela surgiu e uma explosão se seguiu afastando os inimigos para trás. Ben olhou para o alto e lhe pareceu que estrelas amarelas estavam caindo do céu sobre o exército inimigo. Explosões começaram imediatamente abalar o campo de batalha. Ele compreendeu instantaneamente o que estava acontecendo. Aquilo eram pedras amarelas. Pedras do povo dakh!

De fato, ao olhar para trás, ele viu que as luzes amarelas estavam deixando

Ganeden como se fossem um rio de fogo. Parecia que os shedins estavam vindo do lado contrário, porém, Ben sabia que eram os dakh que haviam conseguido encontrar alguma passagem do labirinto das fissuras diretamente para Ganeden. Ele se lembrou do gato pardo e logo entendeu o que havia acontecido.

— Ele os trouxe para a batalha. Agora temos um exército com cem mil pedras amarelas!

Os dakh continuaram saindo de Ganeden em grande número. Todos carregavam pedras amarelas. Vários deles começaram a lançar as pedras contra os nephilins que atacavam o dragão-rei. Inúmeras correntes se partiram e o dragão conseguiu libertar duas asas. Em seguida, choveram pedras amarelas sobre todo o exército shedim. O campo de batalha se iluminou por completo com as explosões.

Ben correu ao redor do dragão cortando correntes por todo o caminho, como se estivesse soltando cordas que prendiam um grande navio. Sentindo-se livre, o dragão-rei deslizou sobre a lama e se afastou da cortina de trevas. Ben se agarrou em fragmentos de correntes dos próprios nephilins que ainda se prendiam às escamas e se viu decolando outra vez.

Ele se elevou aos céus num instante e alcançou as nuvens. O corpo imenso foi subitamente energizado pela eletricidade das nuvens. Centenas de raios foram atraídos para o corpo dele, enquanto ele respirava e absorvia formações nebulosas inteiras. Então, Ben entendeu como ele se alimentava.

— Agora vamos destruir todos esses inimigos — disse o dragão com uma fúria que Ben nunca tinha visto antes.

Ele contornou nos céus sobre as árvores de Ganeden e se voltou outra vez contra o exército shedim que tentava recuar para as trevas sob o ataque das pedras amarelas.

Os dakh continuavam arremessando pedras com suas fundas. Então, houve uma combinação de poder que jamais havia acontecido antes. Leviathan despejou seu fogo sobre as pedras amarelas que viajavam em direção ao exército shedim. As pedras absorveram o poder e triplicaram de intensidade. Quando cada uma delas caiu em solo, produziu o efeito de centenas.

*****
****

Tzizah se adiantou e viu o final da batalha se aproximando. Ela havia visto quando os estranhos guerreiros baixos quase como anões começaram a sair da floresta e passar por ela em direção ao campo de batalha. Ao vê-los pálidos como mortos, porém, carregando pedras amarelas, ela compreendeu automaticamente que eram os dakh, e que eles estavam ali por causa de Ben.

De fato, aquele que parecia ser o líder deles, uma criaturazinha pálida e macabra, com uma longa barba que alcançava o chão, apontou para o campo de batalha ao ver Leviathan, e disse algo como "Grande Dragão, Grande Dragão. Vamos ajudar Bahîr"! Em resposta, todos eles começaram a correr e a lançar pedras com pequenas fundas improvisadas.

Instantes depois, Leviathan estava nos ares outra vez. Então, somando seu poder ao das pedras amarelas, ele despejou seu fogo sobre os soldados inimigos que tentavam recuar para a cortina de trevas. Em poucos minutos, o exército dos shedins que não conseguiu fugir para o refúgio das trevas foi inteiramente dizimado.

Quando os soldados de Olam começaram a comemorar a vitória até então improvável, Tzizah também quis se entregar àquela comemoração, mas algo lhe dizia que a guerra ainda não havia terminado. Tudo havia acontecido rápido demais para ela poder acreditar que estava tudo bem. E os voos furiosos do dragão-rei nos céus acima reforçavam isso.

19 - A Vitória na Derrota

— Nós vencemos — Ben falou para Leviathan, quando passaram bastante baixo sobre o campo de batalha e ele não enxergou mais inimigos. Só havia milhares de dakhs movendo-se de volta para as árvores de Ganeden, muitos ainda carregando um brilho amarelo.

Ben estava aliviado com o fato do povo dakh ter conseguido chegar a tempo de ajudá-los na batalha. De fato, havia uma passagem do labirinto das fissuras diretamente para Ganeden, e os dakh, com o poder do fogo tenebroso, haviam conseguido acessá-la.

— Você é um tolo, guardião de livros — disse Leviathan. — Nós só venceremos quando não houver mais trevas, ou quando o senhor da escuridão tiver sido destruído, ou banido definitivamente. Nós só matamos soldados insignificantes. O verdadeiro poder está lá atrás das trevas.

Ben viu que o dragão estava bastante debilitado. Ele havia usado praticamente toda a sua energia contra o exército shedim. Várias correntes dos nephilins ainda se prendiam em suas asas. Apenas três delas estavam totalmente livres, e isso fazia com que ele não se mantivesse no ar com o mesmo equilíbrio. Ele teria sido destruído se os dakh não tivessem aparecido com as pedras amarelas. E, provavelmente, isso o havia deixado ainda mais furioso. Ben sentia toda a fúria dele e temia que o monstro ficasse totalmente fora de controle. Mas por ora ele estava enfraquecido, e isso limitava quaisquer intenções que ele pudesse ter.

Ben teve dúvidas sobre se o dragão-rei cumpriria sua palavra, mas ao final, ele de fato cumpriu. Ben estava lidando com a mais imprevisível das criaturas, e não ignorava os riscos que havia corrido ao despertar o dragão. No entanto, ele acreditou que Leviathan cumpriria a palavra, pois era da natureza das criaturas primordiais fazer isso. Durante todos os anos em que o tratado do mundo e do submundo o obrigou a ficar restrito aos pântanos do Yam Hamelah, o dragão não quebrou o pacto, pois sabia que existiam leis no mundo e no submundo que não podiam ser quebradas. Ben percebia que o dragão não era necessariamente mau. Ele apenas era demasiadamente consciente de seu poder e o usava como julgava ser mais conveniente. Porém, sabia agir com honra também quando necessário.

Mesmo assim, quando deixou que ele aspirasse o fogo tenebroso, o dragão lhe disse:

Você é um tolo, guardião de livros. É claro que eu o ajudarei a destruir o exército dos shedins em troca de minha vida, mas isso não fará com que você se torne sábio, nem resolverá todos os seus problemas. E, talvez, com isso, você comece uma história que poderá ter dificuldades de terminar.
Eu posso ser um tolo, como você diz — Ben respondeu. — *Mas tenho que tomar uma atitude de cada vez. E, se eu não fizer nada agora, todo o nosso exército será esmagado.*
O seu exército não significa nada para mim — zombou o dragão. — *Mas se é isso o que você quer, eu aceito. É uma troca justa. Você me devolve a vida e eu salvo seu mísero exército.*

Então, confiando que tinham um acordo, Ben havia deixado ele aspirar mais o fogo tenebroso liberando o poder para que Leviathan se fortalecesse e se livrasse da prisão de gelo. Depois o dragão se deixou montar e eles voaram para o sul. Porém, Ben não deixou ele aspirar *todo* o fogo.

O campo tomado pelas labaredas diante dos olhos do guardião de livros era a prova definitiva de que o dragão havia cumprido o acordo. O que restava do exército shedim estava atrás das trevas, e não parecia haver sinal de que atacaria outra vez. Não com o dragão-rei fazendo seus voos rasantes tão perto do campo de batalha, e com o povo dakh carregado de pedras amarelas.

— Eu preciso de mais poder — disse Leviathan, não conseguindo mais se manter no ar, e obrigando-se a procurar um lugar para pousar.

Estavam à leste de Ganeden, entre a floresta e Nod. Pousaram num chapadão deserto. Ben percebeu que as correntes dos nephilins ainda estavam incandescidas e pareciam se grudar às escamas dele. Era difícil saber se o dragão as incandescia e as fazia grudar nele, ou se elas faziam isso por si mesmas.

— Você precisa me dar mais energia — exigiu Leviathan.

Ben achou que aquilo não seria uma boa ideia. O exército shedim já estava destruído. E um dragão-rei enfraquecido poderia ser mais fácil de lidar.

— Nós ainda não vencemos a batalha — continuou o dragão. — Todos os shedins estão lá, atrás da escuridão. Eles são o verdadeiro inimigo. Esse exército que nós massacramos é nada perto deles. Nós precisamos terminar o trabalho. Precisamos destruí-los. Mas só poderemos fazer isso, se você me der mais poder. Dê-me todo o fogo tenebroso.

As dúvidas de Ben cresceram ainda mais quando o dragão disse aquilo.

— Eu não posso fazer isso.

— Eu cumpri a minha palavra — rosnou o dragão. — Agora você precisa cumprir a sua.

— Não prometi lhe dar *todo* o fogo tenebroso. Eu cumpri minha palavra e você cumpriu a sua. Nossa sociedade termina aqui. Deixe-me descer e volte para os pântanos.

— Os pântanos estão cobertos de trevas — riu o dragão. — Eu não vou a lugar algum.

— Você não pode ficar aqui. Prometeu que não ia atacar o nosso exército sobrevivente.

— Se não me oferecer mais energia eu vou morrer. Essas correntes estão sugando o meu poder. Elas são envenenadas para mim. E se eu morrer, as trevas voltarão a subir. Ou então, o gelo descerá e cobrirá tudo. Você sabe que eu não posso morrer. Por isso poupou minha vida. Você sabe... O equilíbrio não pode ser desfeito.

Provavelmente, ele estivesse certo. Leviathan havia ficado congelado durante todo aquele tempo, e isso o deixara fraco. Se o dragão não conseguisse se livrar daquelas correntes lançadas pelos nephilins, provavelmente elas sugariam toda a energia dele. E, se ele morresse... Ben sentiu a dúvida corroê-lo. *O gato pardo sabia que eu devia acordá-lo. O dragão precisa continuar vivo.*

— O Olho de Olam se apagou — reforçou o dragão. — Eu não sinto mais o poder dele. Eu sou o único agora que pode enfrentar as trevas. Se os inimigos não forem destruídos imediatamente, eles se recuperarão e retornarão em breve muito mais poderosos do que nunca. E não haverá o poder da pedra branca para detê-los.

Ben avaliou que aquilo também era verdade. Mesmo assim, compartilhar todo o poder do fogo tenebroso com o dragão era perigoso. O compartilhamento representava mais do que uma oferta, no fundo era uma espécie de troca. Ao mesmo tempo em que alimentava o dragão-rei, Ben se sentia unido a ele. Compartilhava os pensamentos dele e também suas aspirações. A maior das aspirações da criatura continuava lá: o desejo de supremacia que o fizera destruir todos os seus semelhantes.

— Cumpra sua palavra! — Exigiu o dragão. — Você me convocou para destruir os inimigos. Deixe-me fazer isso!

— Eu o convoquei para salvar o exército de Olam. Você já fez isso.

— Aquele exército maltrapilho? Não daria sequer para conquistar uma pequena cidade com ele. Não seja tolo, guardião de livros. A batalha não terminou.

— Por enquanto terminou — disse Ben. — O exército dos shedins foi aniquilado.

— Você sabe que a batalha nunca terminará enquanto aquela escuridão existir — repetiu o dragão impaciente. — Os verdadeiros inimigos estão todos lá, dentro das trevas.

— Por ora a cortina de trevas estacionou — disse Ben, olhando para as trevas, e vendo como estavam próximas, dividindo o mundo ao meio. — Os shedins precisarão construir corpos para saírem de lá. E isso vai demorar um bom tempo. E quando eles saírem, nós poderemos enfrentá-los.

— Você é mesmo um tolo, guardião de livros. O poder dos shedins atrás da cortina de trevas faz esse exército que nós destruímos hoje parecer um monte de crianças. Mesmo que as trevas não avancem mais, eles conquistaram a maior vitória da história. Sabe por quê? Porque o Olho de Olam se apagou. A cantora de Havilá nunca deveria ter enfrentado as trevas sozinha. Ela apagou o Olho. Agora eles só precisam do tempo necessário para arrumarem corpos e saírem da cortina de trevas, seguros de que não poderão ser ameaçados. Nós precisamos destruí-los! Agora! Contamos com a surpresa. Eles não esperam por isso. Nós podemos terminar a batalha hoje! Você sabe disso! Ou, então, é só um tolo.

— Como?! Como nós poderíamos destruí-los? Você está sugerindo invadir a própria cortina de trevas? Se é isso, talvez eu seja um tolo, porém, então, você é mais do que isso.

O dragão riu.

— Por que não? Dê-me todo o fogo tenebroso. Deixe-me compartilhar também o poder de Herevel. Então, poderemos enfrentar o Senhor da Escuridão. Nós poderemos!

Ben entendeu o que Leviathan desejava. Com o enfraquecimento do Olho de Olam, só restava um poder rival de Leviathan no mundo, o senhor das trevas.

— Vai negar que deseja isso? — Riu o dragão. — Vai negar?

Ben olhou para a escuridão. *Será?*

— Vai negar que não se sente atraído pela possibilidade? Juntos, nós varreremos as trevas desse mundo. Deixe-me aspirar todo o fogo tenebroso. Alimente-me com Herevel. Você quer isso. Você sabe que nós podemos.

Ben não podia negar que de fato desejava aquilo. Sentia-se cada vez mais tomado pelo mesmo desejo de Leviathan. Estava começando a compreender que a supremacia absoluta era o único modo de acabar com todos os conflitos.

— Eu não sei... Não sei se seria correto.

— Duvida da minha palavra? Não devia. Dizem que eu sou imprevisível, mas somente porque raramente me comprometo com alguma coisa. Agora, porém, estou me comprometendo com você. Quer a prova de que pode confiar? Eu sei onde você colocou o fogo tenebroso. Eu poderia ir até lá agora e tomá-lo para mim. Mas não vou fazer isso. Eu quero que você faça isso. Nós precisamos fazer isso juntos. Eu e você temos contas para acertar também. Há um certo oráculo que não me agrada. Eu não vou negar isso. Porém, isso ficará para depois. Agora precisamos unir nosso poder. Precisamos varrer as trevas desse mundo. Ou você vai conseguir viver em paz ao lado dessa sombra?

Ben olhou para a escuridão ao sul. Sabia que tudo aquilo era loucura. Porém, ele havia tomado aquele caminho no exato momento em que abandonou o campo de batalha e partiu com Layelá para as Harim Adomim. E também quando o labirinto das fissuras o entregou ao lado do túmulo de gelo de Leviathan. Aquilo só podia ser o destino.

Instantes depois, Ben usou Herevel para conceder mais poder ao dragão. Imediatamente o dragão decolou e voou para o norte. Quando pousou sobre a neve, Ben retirou o graveto com o fogo tenebroso de dentro de uma pequena caverna. Ben caminhou lentamente até diante da boca do dragão, consciente de que estava tomando uma das atitudes mais decisivas e duvidosas da história de Olam. Aquele ato poderia mudar para sempre a história do mundo, para o bem ou para o mal.

— Eu não posso fazer isso — disse Ben, recuando no último momento, e retirando o graveto com o fogo tenebroso de perto das narinas dele.

O dragão riu. — É claro que você pode. Quem o impediria?

— Eu darei poder apenas o suficiente para que se livre dessas correntes — se decidiu o guardião de livros. — Então, você deve cumprir a sua. Deve ir embora e nos deixar em paz. Não vou voar com você para a cortina de trevas. Essa luta acabou por hoje.

— Você é um tolo, guardião livros, por desconfiar de mim. Eu jamais farei nada além do que você quiser. Porém, não posso prometer que o deixarei em paz. Há coisas muito fortes que nos ligam. Você é um tolo, guardião de livros, mas sabe muito bem disso.

Ben elevou o graveto até a altura das narinas e permitiu que o dragão aspirasse o fogo tenebroso. Imediatamente, o gelo abaixo dele começou a derreter.

Ben fez um esforço e retirou o graveto mais uma vez.

O dragão parecia olhar para ele com uma expressão de divertimento.

— Você sabe que eu preciso mais. Muito mais. Preciso da espada também. Vamos. Faça o trabalho completo. Me dê mais desse fogo tenebroso. Vamos voar para o sul. Vamos fazer uma festa de fogos.

— Eu... eu... Não seria certo. Herevel não pode ser usada para isso.

— É claro que pode. Nossa vitória foi apenas pela metade. Metade do mundo ainda é dos shedins. Mas nós podemos eliminar essa escuridão.

— Como? Não teríamos chances de enfrentar todos os shedins de uma vez. Como os venceríamos dentro das trevas?

— Eu participei do ataque a Irkodesh. Eu vi quando as trevas surgiram. Eu sei de onde elas fluíram, e sei como mandá-las embora. Mas nós precisaremos do Olho para isso. Não importa se ele está apagado. Se ele for lançado para dentro do abismo de Irofel, se eu despejar todo o meu poder atrás dele dentro do abismo, vai acontecer uma incrível explosão de luz. Acredite. Não haverá mais Hoshek. Nós só precisamos chegar até lá. Depois disso, não haverá mais...

— Não haverá mais poder algum à sua altura — Ben concluiu.

— Quem você prefere? Eu ou os shedins? Você quer ficar ao lado de seu exército maltrapilho, ou quer ficar do meu lado? Agora é você que precisa se decidir. Eu lhe revelei o modo de livrar esse mundo da escuridão de uma vez por todas. Afinal, você é um herói ou um covarde?

Ben relutou. Então, subitamente ele se lembrou de um sonho que teve há muito tempo atrás, no começo daquela jornada, quando ainda estava descendo o Yarden rumo ao Yam Hamelah. Um sonho de pedra. Por algum motivo havia se esquecido daquele sonho. Agora percebia que praticamente tudo o que vivera depois estava contido no sonho de pedra. E, no final do sonho, ele lutava contra seus próprios amigos. Talvez, os rions estivessem mesmo certos. Aquilo era seu destino.

Ben atravessou Herevel sobre o fogo tenebroso e deixou a substância primordial revestir a espada. Então, permitiu que Leviathan aspirasse todo o fogo tenebroso que fluía através dela até que o graveto ficou apagado.

Leviathan aspirou a energia, e Ben viu o dourado retomando o lugar na pele acinzentada do dragão, ao mesmo tempo em que os espaços entre as escamas brilharam como fogo líquido. Os olhos voltaram a ser chamas vivas e as patas gigantes retomaram a firmeza. Quando o dragão se colocou em pé, as correntes dos nephilins se soltaram com facilidade. Ben olhou ao redor e percebeu que não havia mais gelo nas montanhas em volta deles.

* * * * *
* * * *

Leannah despertou outra vez quando ouviu os rugidos de Leviathan. Uma sensação pura de medo e terror a fez ficar em pé mesmo ainda estando fraca. Tzizah havia se adiantado e contemplava apavorada o que parecia ser um espetáculo de fogos. A noite escura era constantemente interrompida por explosões e jatos imensos de fogo que surgiam aleatoriamente sobre o campo de batalha.

A cantora de Havilá viu a sombra imensa de Leviathan passar duas ou três vezes sobre a floresta antes de pousar e desenvolver um combate em terra. Ela compreendeu automaticamente que só havia uma maneira do dragão-rei estar ali. Ben o havia ressuscitado com o fogo tenebroso. Ela agora se recriminava por, em nenhum momento, ter imaginado aquela possibilidade. Tudo o que ela havia imaginado era que ele poderia ter ido até as profundezas do Abadom para convocar o povo dakh, mas não supôs, nem por um instante, que pudesse haver alguma intenção a mais naquela jornada do guardião de livros.

Leannah apoiou-se numa árvore que margeava Ganeden e tentou enxergar o que estava acontecendo. Ela estava profundamente preocupada com o guardião de livros. Entendia a decisão dele de ir em busca de Leviathan para tentar reverter a batalha, mas não podia deixar de ver os riscos daquela atitude.

De certo modo, ela havia colaborado para a atitude desesperada dele ao demorar tanto para retornar da terra das sombras.

A primeira vez que Leannah desconfiou que o dragão-rei não estava morto havia sido quando Ben ficou apavorado com a destruição dos behemots no Norte. Apesar de não ter dito isso para ela, Ben desconfiou que o dragão-rei pudesse ter sido o autor. Mas evidentemente não havia sido Leviathan quem destruíra os behemots. Leannah agora compreendia quem havia feito isso. O próprio senhor da escuridão.

A maior preocupação de Leannah era com o fato de que Ben, provavelmente, devia ter usado o fogo tenebroso em conexão com Herevel para alimentar o dragão. Aquilo lhe parecia totalmente errado. Ela temia pelas reações imprevisíveis que poderiam ocorrer não apenas no dragão, mas acima de tudo no próprio Ben, se isso de fato tivesse ocorrido.

O desejo da cantora de Havilá era ir ao encontro do guardião de livros, mesmo sabendo que não tinha o direito de fazer isso. Se alguém tinha esse direito e dever, essa pessoa era Tzizah. Mas a filha de Thamam permaneceu na segurança da trincheira ao lado de Kenan, e não fez menção de atravessar o campo de batalha encharcado de sangue e repleto de cadáveres.

Então, ela viu o povo dakh saindo da floresta carregando suas pedras amarelas e, novamente, foi tomada de sentimentos conflitantes. Eles certamente ajudariam o exército de Olam a vencer a batalha, porém, responderiam apenas ao guardião de livros. Com a dádiva do fogo tenebroso, Ben havia conquistado um exército particular de mais de cem mil dakh.

Instantes depois, ela viu a silhueta sinuosa se livrar das correntes dos nephilins e se erguer contra o pano de fundo da escuridão. Novos ataques destrutivos se seguiram e os rugidos encheram os céus mais uma vez. Pouco tempo depois, fez-se silêncio. Leannah soube que a batalha havia terminado. Ao menos, *aquela* batalha terminara.

A aurora surgia sangrenta ao leste de Olam. Em algumas horas, eles veriam todo o resultado aterrador do confronto nos incontáveis mortos que se achavam prostrados naquele vasto campo de batalha.

Leannah procurou a figura imensa do dragão nos céus, porém não a enxergou.

— Para onde eles foram?

Então, viu Icarel voltando do campo de batalha.

— Eles voaram para o Leste — respondeu o homem. — Leviathan está bastante ferido. Eu acho que eles pousaram não muito longe daqui.

O fazendeiro-profeta estava recoberto de sangue e tinha inúmeros ferimentos nos braços e nas pernas. Uma parte da barba havia sido arrancada. Porém, fora isso, o homem parecia em boas condições.

— Será que podemos dizer que vencemos? — Perguntou Kenan.

O giborim tinha duas profundas perfurações de flechas, uma na perna e outra no ombro. Tzizah imediatamente se pôs a cuidar daqueles dois ferimentos.

Em seguida, Leannah viu um grande número de soldados se aproximando. A grande maioria tinha todo tipo de ferimentos, e alguns certamente não sobreviveriam à alva. Os médicos de Sinim teriam muito trabalho, como já era previsto. Mesmo assim, ela se surpreendeu com o número de sobreviventes em vista da ferocidade do ataque shedim, e sentiu-se grata por isso.

Rions e dakh estavam por todo lado, porém os últimos em muito maior número. Leannah logo percebeu que os dois povos podiam lutar lado a lado, mas não podiam viver lado a lado. Eles eram opostos praticamente em tudo. E quando os dakh começaram a dizer que a chegada deles havia decidido a batalha, os rions claramente se revoltaram e se reuniram num dos lados do acampamento.

Instantes depois, Ahyahyah veio pessoalmente falar com Leannah. Ao ver a figura cinzenta se aproximando, Leannah soube que os problemas não haviam acabado. Ela também podia ver que a lenda de que eles não morriam em campo de batalha não era verdadeira. Muitos rions haviam sido abatidos pelas forças da escuridão.

— Ele disse que aquele monstro estava destruído — falou Ahyahyah na língua de Olam, apontando para o campo de batalha, como se o dragão ainda estivesse lá.

— Eu sei — disse Leannah. — Mas o dragão lutou ao nosso lado. Decidiu a guerra. Talvez, Ben consiga controlá-lo...

— Ninguém controla aquele dragão — repudiou o capitão rion. — Se ele retornar, nossa batalha vai recomeçar. Os rions estarão preparados!

Leannah podia ver que isso era verdade. Todos os rions estavam em prontidão.

— Ninguém encostará em nosso bahîr — disse Litili, aproximando-se também, com uma expressão ameaçadora. — Os dakh protegerão bahîr, e se bahîr gosta de grande dragão, povo dakh também gosta.

— Não o ataquem — implorou Leannah para o líder rion. — Não tornem nossa vitória em uma grande derrota.

— Não houve vitória. A existência dele é um insulto para nós. Herevel precisa cumprir o oráculo. O guardião de livros mentiu para nós! Isso também é um insulto.

— Insulto é o que você está dizendo de nosso bahîr — interrompeu Litili. — O portador do fogo tenebroso merece respeito. Nós vencemos a batalha!

— Por favor — implorou Leannah. — Mantenham a calma. Infelizmente, essa guerra ainda não terminou. Não completem o trabalho dos shedins.

— Nós lutamos ao lado dos homens — disse o comandante rion. — Muito antes dos dakh estarem aqui, nós viemos e lutamos porque ele nos convocou como Melek de Olam. Se aquele dragão retornar e nos ameaçar, nós teremos que nos defender.

Leannah assentiu e implorou a *El* que aquela batalha tivesse mesmo terminado. Talvez, Ben realmente conseguisse manter o dragão longe dali.

A cantora de Havilá, entretanto, perdeu essa esperança ao ouvir, instantes depois, um forte rugido e movimentações de asas gigantes. Quase todo mundo se abaixou no acampamento, quando a figura monstruosa passou baixo sobre a floresta e pousou no campo de batalha.

Ela imediatamente apertou o Olho de Olam, não para usá-lo, mas como para escondê-lo.

— Ele ainda está montando o dragão — várias vozes repercutiram o fato, e também relataram quando Ben desceu das costas do monstro de fogo. — Ele está vindo para cá. E o dragão também! O dragão não parece ferido!

Todos abriram caminho quando viram Ben se aproximando. Havia temor em quase todos os rostos, mas o motivo era o dragão que vinha andando atrás dele.

Mesmo de longe, Leannah podia ver que o guardião de livros estava diferente. O olhar era pura determinação. Os gestos mostravam que ele havia tomado uma decisão e não voltaria atrás. Leannah soube que uma nova batalha começaria. E, provavelmente, ninguém sobreviveria desta vez.

Ben parou há cerca de vinte metros do que restava da trincheira erguida antes da batalha. O dragão parou cerca de cinquenta metros atrás do guardião de livros, porém a figura imensa se sobressaía a tudo. O calor da criatura podia ser sentido no acampamento.

— Essa é a nossa única alternativa — disse o guardião de livros. — Você precisa entender isso!

Leannah sentiu seu coração disparar ao ouvir aquelas palavras. Todo o seu corpo tremeu e ela acreditou que desmaiaria outra vez. Sabia que ele estava falando com ela. E sabia o que ele queria.

Ela fechou os olhos, respirou firme, então abandonou a segurança da árvore em que se apoiava e se adiantou até ficar pouco mais de quinze metros dele.

— Não, não é! — Ela respondeu com firmeza, mesmo sentido sua voz tremer. — Você não conseguiria controlar a junção de todos esses poderes. Ninguém conseguiria. Além disso, o Olho está apagado.

— Eu sou o Melek de Olam! Eu tenho direito de usá-lo!

— Nem mesmo um Melek tem todos os direitos — respondeu Leannah.

— Você não quer entregar porque quer ficar com ele só para você — acusou Ben.

— Você sabe que isso não é verdade.

— O que eu sei é que as trevas estão lá atrás e não irão embora. Essa é nossa única chance de destruir os shedins de uma vez por todas. Nós sabemos como fazer isso.

A voz de Ben tornou-se diferente quando ele disse aquelas palavras. Ficou mais grossa. Como se fosse a voz do dragão falando junto com ele.

— Eu não entregarei o Olho de Olam para Leviathan! — Respondeu Leannah.

— Sou eu quem estou pedindo isso. — Num instante, a voz dele normalizou, e não se ouviu o eco da voz de Leviathan.

— Ele não seria útil para vocês. O que vocês querem fazer não é possível. Helel nunca permitirá. Não deixe a loucura do desejo por supremacia dominar você.

— A pedra sempre foi minha — rosnou Ben. — O velho a entregou para mim. E agora ela voltou a ser apenas Halom. A *minha* pedra. Você precisa devolvê-la para mim. Eu a entreguei para você no templo das águas. Temporariamente! Agora, acabou. O caminho da iluminação acabou. A pedra está apagada. Você não tem mais motivos para segurá-la.

— Eu não posso devolvê-la a você — Leannah disse com firmeza. — Eu não vou devolvê-la. Não até que Leviathan esteja longe e pare de exercer domínio sobre você.

Ben riu. Porém, estranhamente, parecia ser o dragão que estava rindo.

— Nós somos um agora! — As duas vozes disseram uníssono.

Então, Leannah tremeu.

— Se não está disposta a entregar, eu a tomarei de você! — Ben e o dragão falaram ao mesmo tempo. Porém, a voz furiosa do dragão se impôs e ressoou no acampamento.

Leviathan despejou seu fogo contra a trincheira. O rio de chamas subiu e cobriu o exército de Olam, por pouco não atingindo as árvores de Ganeden no fundo. Apesar disso, ninguém ficou ferido pois todos conseguiram se esconder atrás da trincheira, e o dragão não havia realmente despejado muito fogo.

— Isso foi só um aviso — disse o guardião de livros. — Não me faça ter que usar todo o meu poder. Entregue-me a pedra agora!

Percebendo que os rions se preparavam para atacar o dragão, e que os dakh estavam claramente do lado de Ben, Leannah fez a única coisa que poderia fazer para evitar o morticínio no acampamento. Ela chamou por Layelá. Num instante, a re'im estava diante dela. Leannah jogou-se nas costas da re'im e segurou-se nas crinas enquanto ela galopou velozmente e decolou.

Ben observou irado quando Layelá bateu asas e voou.

— Você acha que pode fugir de mim? — As vozes de Ben e de Leviathan falaram ao mesmo tempo.

Em seguida, Ben montou outra vez sobre as costas de Leviathan. O dragão deslizou pesadamente sobre o descampado e decolou em perseguição a Leannah e Layelá.

O plano de Leannah era simples. Foi a única coisa que ela conseguiu pensar quando viu o dragão despejar o fogo sobre os sobreviventes da batalha. Ela precisava fugir, precisava atrair o dragão para o norte, onde talvez ele se enfraquecesse mais uma vez no meio do gelo, e a influência dele sobre Ben fosse anulada. Com a velocidade que Layelá havia adquirido recentemente, não parecia muito difícil escapar do dragão. Porém, se ela simplesmente desaparecesse, haveria o risco de que o dragão furioso retornasse para Ganeden para se vingar. Portanto, era necessário mantê-lo perto, porém não demasiadamente perto.

Ela mal havia superado a floresta e alcançado a rota dos peregrinos quando o dragão se aproximou.

— Não me obrigue a destruí-la — Ben ameaçou, com Herevel em punho, encurtando cada vez mais a distância para Layelá.

Porém, Leannah não lhe deu atenção e continuou cavalgando, inclinando-se sobre a re'im, temendo que tivesse deixado ele se aproximar demais. Então, o dragão despejou seu fogo na direção delas. Layelá perdeu altitude para se desviar do fogo e conseguiu se livrar das chamas. O dragão mergulhou atrás soltando fogo mais uma vez. Novamente, Layelá se livrou do ataque do dragão, dessa vez se elevando até as nuvens. O dragão foi atrás dela soltando fogo e desfazendo grandes blocos de nuvens com seu calor.

Quando finalmente enxergou neve e montanhas abaixo, Leannah ordenou que Layelá voasse mais rapidamente. O dragão vinha em perseguição alucinante, e mesmo a velocidade de Layelá não foi temporariamente suficiente para se livrar do perseguidor. Leannah ainda teve que se desviar de mais dois jatos de fogo que passaram perto. Porém, parecia que o dragão não estava realmente querendo atingi-la, pois, o fogo nunca era lançado diretamente contra ela.

Talvez, afinal, Ben ainda tenha algum controle sobre ele.

Sabendo que era inútil fugir para sempre, Leannah diminuiu a velocidade de Layelá. Já haviam mergulhado suficientemente no norte do mundo. O dragão percebeu e também diminuiu o ímpeto. Layelá se virou e Leannah esperou a aproximação do dragão.

— Recuperou o bom senso? — Perguntou Leviathan, aproximando-se lentamente, porém, somente parando quando estava a poucos metros de Layelá e Leannah. — Vai me entregar agora a pedra para que eu possa destruir os shedins?

Leannah não sabia dizer se era Ben ou o dragão que falava. Porém, havia se colocado numa situação sem saída. Perto como estava, não havia maneira de fugir novamente.

— Você nunca vai se recuperar se utilizar esse poder — rebateu Leannah. — Você precisa vencer esse desejo de supremacia.

— Não me obrigue a usar todo o meu poder contra você — disse Ben, mais uma vez.

— Ouça Ben — Leannah tentou falar com firmeza e franqueza. — Você precisa vencer esse impulso. Lembre-se da doce morte. Você pode vencer isso também. Você já venceu tantas batalhas. Lembre-se de Gever, lembre-se de Enosh... Lembre-se de tudo...

— Nunca fui bom em lembranças — rebateu Ben. — Elas sempre produziram mais estragos do que construções.

— Então, apenas se lembre que você foi escolhido para manejar Herevel. Lembre-se que a maior força que existe é o autocontrole. A grandeza está na humildade, a verdadeira força está na fraqueza. O mal só pode ser vencido com sacrifício de nós mesmos.

— Eu... eu não sou mau... — balbuciou Ben. — Eu... eu sei que posso fazer isso. Eu posso destruir os shedins agora mesmo. Chega de guerras e de tanto sofrimento! Chega de mortes! Deixe-me terminar isso agora! Você precisa me entregar o Olho! Você precisa!

— Eu não vou entregar a pedra, Ben. Leviathan não pode controlar esses três poderes.

— Eu exijo que você me entregue agora! — As últimas palavras dele ressoaram com o rugido do dragão. — Não me obrigue a...

— Você terá que me matar — disse Leannah inflexível. — Eu não vou entregar o Olho. Se quiser tomá-lo, você terá que me matar. Lance suas chamas sobre mim. Eu usarei todo o conhecimento que ainda me resta para explodir a pedra. Mas ela nunca será sua. Nunca.

Leannah tremia ao dizer isso. Estava ao alcance do dragão, não só do fogo dele, mas da própria mandíbula gigante. Bastava ele avançar e abocanhá-la, como havia feito com o tartan em Nod. Ela não tinha mais como fugir ou se ocultar. O Olho apagado não podia protegê-la do ataque.

— Você é tão teimosa — disse Ben. — Sempre foi. Por que não faz o que eu quero?

— Porque eu amo você — admitiu Leannah. — Eu sempre amei e sempre vou amar, não importa o que você faça. Só o amor pode vencer o ódio. Só o amor pode vencer as trevas e tornar o sacrifício aceito. Eu estou disposta a morrer por você.

O dragão ardia em chamas e fumaça escura diante dela. Leannah não conseguia mais ver Ben. Não sabia qual seria a reação dele àquelas palavras. Ela havia decidido confiar nele. Havia decidido crer que havia algum resquício de dignidade nele, que ele poderia vencer toda aquela influência, e não permitir que o dragão a matasse. Sinceramente, não tinha certeza se ele faria isso. Ben estava tão dominado pelo desejo de supremacia... Mas ela não podia desistir dele. Tinha que crer que ele faria alguma coisa.

— Você escolheu isso! — Ela ouviu o rugido, antes que os céus pegassem fogo ao seu redor.

Leannah fechou os olhos e não se moveu. Tentou ouvir a voz de Ben junto com a voz do dragão, mas não conseguiu. Se aquele era seu fim, então, ela o enfrentaria. As chamas vieram em sua direção. Ela apertou a pedra dos kedoshins. Num último momento, porém, as chamas se dividiram, e ela não foi atingida.

Layelá moveu-se apavorada ao perceber toda aquela quantidade de fogo passando de ambos os lados, mas Leannah a segurou com firmeza, para que permanecesse equilibrando-se entre as imensas colunas ardentes que ainda demoraram alguns segundos até se esgotarem.

— Esse foi meu último aviso — rosnou Leviathan.

— Entregue-me a pedra, Leannah — suplicou Ben. — Eu lhe suplico. Entregue-me. Ela é minha. Sempre foi.

— Eu não posso, Ben — lamentou Leannah. — Eu não posso. Você precisa entender.

— Então, vai morrer — rosnou Leviathan, e investiu com a mandíbula aberta na direção de Leannah.

Leannah percebeu que o fim havia chegado. O dragão não ia se conter. A imensa mandíbula veio furiosa e certeira em sua direção.

— Não! — Ela ainda ouviu a voz de Ben, mas parecia não haver mais nada a ser feito.

Num último instante, entretanto, Ben golpeou o dragão com Herevel, e isso o fez mover-se um pouco para baixo. Foi o suficiente para que Layelá batesse asas e se elevasse conseguindo escapar por um triz dos dentes terríveis que ainda tentaram abocanhá-la.

Ben golpeou Leviathan mais uma vez, e então, após um terrível rugido, Leannah viu os dois despencando das alturas na direção das montanhas. Leviathan soltava fogo em todas as direções, urrava e se debatia tentando se livrar da presença de Ben, mas ele havia encravado Herevel sobre seu pescoço, e a espada o manteve sobre o dorso do dragão.

Não demorou até que o primeiro impacto com a montanha acontecesse, lançando gelo, fogo e rochas em todas as direções. De longe, Leannah viu Herevel se soltar e Ben cair das costas de Leviathan, desparecendo completamente no meio do gelo e das rochas.

O dragão-rei se chocou com outras montanhas, ainda soltando fogo, fumaça escura e urros aterrorizantes até afundar-se no gelo do Norte, rasgando o solo branco por vários quilômetros.

Do alto Leannah contemplou a cena devastada onde o dragão caiu. Havia focos de fogo sobre a neve, e muita fumaça escura cobria parte das montanhas. Uma avalanche correu de uma delas com um estrondo terrível e pareceu atingir exatamente o lugar onde Leviathan havia caído. Leannah torceu para que todo aquele gelo sepultasse o monstro de uma vez. Porém, não tinha tempo para pensar no dragão. Ela mergulhou com Layelá atrás de Ben, tentando encontrá-lo no meio da avalanche de neve e pedras. Uma forte nevasca começou a cair naquele momento, e o forte vento e o gelo dificultavam que Layelá planasse batendo as asas sobre paredões escarpados e monturos de pedras. Ela temeu que ele também estivesse debaixo de toda aquela neve que havia descido. Não havia como sobreviver àquilo.

— Tente encontrá-lo! — Ela implorou para Layelá. — Use seu chifre. Use seu poder.

Ela não tinha conseguido ver onde exatamente ele havia sido lançado, e com a forte nevasca, dava para ver cada vez menos. O desespero tomava conta de seu coração, quando ela viu uma luz branca. As pedras de Herevel brilhavam em resposta ao brilho do chifre de Layelá, e Leannah alimentou esperança de encontrar o guardião de livros. Porém, ao pousar, ela encontrou apenas Herevel. Retirou a espada do gelo e andou ao redor procurando por Ben, sem distinguir qualquer sinal dele.

Os olhos assustados de Layelá lhe diziam que precisavam ir embora antes que outra avalanche cobrisse todo aquele vale. O vento estava trazendo a forte fumaça criada pela queda de Leviathan naquela direção também, e isso tornava impossível enxergar alguma coisa.

Quando tudo era desespero para o coração da cantora de Havilá, ela encontrou uma das botas que Ben usava. Estava parcialmente enterrada na neve vários metros longe de onde ela encontrou a espada.

— Ben! — Ela gritou. — Onde você está?

Então, ao lado de uma grande rocha que caiu com o choque de Leviathan, Leannah enxergou o guardião de livros. Ele estava deitado, com os olhos fechados, e boa parte do corpo encoberto pelo gelo. A pele do rosto estava muito pálida e os lábios totalmente sem cor. Parecia morto.

Leannah correu praticamente se arrastando até onde ele estava. Quando conseguiu se aproximar, limpou a neve do rosto dele. Em seguida também removeu o gelo que cobria as pernas e o corpo. Ele estava completamente gelado, mas ainda estava vivo. Ela percebeu isso quando tocou no pescoço dele e sentiu o coração pulsando.

Leannah tentou levantá-lo do gelo, então, os olhos dele se abriram.

— Eu sinto muito! — Ele disse. — Não há outra maneira.

Quando Leannah percebeu, era tarde demais. Ele havia arrancado a pedra do colar dela.

20 — O Senhor da Escuridão

Naphal estava outra vez em Irofel debaixo das grandes cúpulas de vidro escurecidas. Todos os shedins estavam ali, aguardando Helel dizer alguma coisa. O grande senhor da escuridão não podia estar mais descontente com a situação. E nenhum shedim ousava dizer nada, enquanto ele permanecia em silêncio.

Naphal não podia dizer que estava totalmente surpreso. É claro que o desfecho da batalha havia sido imprevisível, mas ele havia aprendido que os jovens de Havilá eram realmente capazes de fazer as coisas mais inusitadas e impossíveis. Ele havia descoberto isso quando a cantora de Havilá preferira morrer explodindo a torre de Schachat a se entregar a ele. E, agora sabia que o irmão dela também havia feito o mesmo em Nod, destruindo o cashaph. O grande bruxo das pedras entraria para a história como alguém que havia sido destruído por um jovem camponês.

O príncipe de Irofel sabia que seria punido. Isso era inevitável. Ele só esperava que a punição não fosse tão severa. Talvez, o senhor percebesse que a situação deles, afinal, era positiva. O Olho de Olam estava apagado mais uma vez. O guardião de livros, mesmo com Herevel e Leviathan, não poderia ser considerado um inimigo suficientemente poderoso para ameaçá-los. As trevas haviam conquistado mais da metade de Olam. Isso significava que eles já dispunham de mais da metade daquele mundo. E, em breve, após retomarem a geração de corpos, não precisariam de grande esforço para tomar a outra metade.

Após mais algum tempo de silêncio, finalmente Helel falou.

— Digam-me como está nosso exército. O que ainda resta?

Naphal sabia que a pergunta não havia sido feita para ele. Mesmo tendo condições de responder perfeitamente, ele ficou em silêncio e aguardou o novo tartan dar a resposta.

— Receio que muito pouco — disse Rum, adiantando-se cabisbaixo, sem olhar diretamente para o senhor da escuridão. — Praticamente todos os sa'irins foram exterminados, inúmeros nephilins também foram destruídos. Sobraram alguns cavaleiros-cadáveres e gigantes, mas não temos poderio nesse exato momento para enfrentar o exército de Olam, especialmente Leviathan. E não há corpos ainda suficientes para todos os shedins. Seria arriscado atacá-los nessas condições.

Naphal percebia que a situação do exército era de fato calamitosa, pois se Rum estava tendo que reconhecer isso, era porque não havia realmente a mínima chance de vencer a guerra naquele momento.

— Eu deveria punir todos vocês — disse Helel —, vocês conseguiram transformar uma guerra fácil numa derrota sem precedentes.

— As trevas cobrem mais da metade de Olam — Naphal atreveu-se a falar. — Só precisamos de tempo para reconstruir um exército e formar corpos para nós. O Olho de Olam se apagou novamente. Portanto, apesar da derrota inegável, nós ainda estamos numa situação melhor do que antes.

— Não graças a você — disse o senhor das trevas, e Naphal percebeu que havia chegado a hora de pagar por seus atos.

— Eu fiz tudo o que pude para estabelecer a rede, mas eu não podia contar com o fracasso do cashaph em Nod — justificou-se Naphal, mesmo sabendo que era inútil. — Eu tentei enganar a cantora de Havilá, e, na verdade, consegui fazer isso até o último momento. Ela ia ser destruída juntamente com o Olho, se o irmão dela não tivesse feito o que fez.

— Aproxime-se — ordenou Helel.

Naphal moveu-se em obediência. Destacou-se do grupo dos demais shedins, e permaneceu pairando diante do senhor da escuridão.

— Então, seu plano era começar uma nova raça? — Perguntou Helel. — Por que você acha que conseguiria?

— Porque um dia o grande senhor da escuridão também tentou fazer isso, e pagou o preço — disse Naphal, abandonando as justificativas.

— Eu jamais desejei a aniquilação de meus irmãos. — A voz soou irada do meio das trevas e do fogo. O imenso chifre solitário apareceu por alguns instantes, enquanto fogo saía da boca dele.

Naphal imaginou que ele despejaria seu poder e o torturaria diante de todos os outros shedins, porém, após algum tempo, Helel se conteve.

— Costuma-se dizer, entre perversos não há aliados — continuou Naphal. — Creio que qualquer um em meu lugar teria tentado a mesma coisa. Inclusive o grande senhor.

Naphal falou aquilo de uma maneira franca. Nada do que dissesse ou fizesse poderia apaziguar ou aumentar a ira do senhor. Na verdade, começava a adivinhar o que lhe esperava.

— O que você imagina que vai acontecer com você? — Perguntou o senhor. — O que acha que eu deveria fazer com você?

Naphal não respondeu. Com o Abadom aberto, ele não podia ser enviado para lá. Temia ser aniquilado, mas não sabia se isso seria possível no meio das trevas. Talvez, Helel o aprisionasse em algum tipo de prisão. Provavelmente, permaneceria nessa prisão por milênios.

— Creio que deverei receber a punição que o senhor achar que deve dar — Naphal limitou-se a dizer.

— Eu não lhe darei uma punição — respondeu Helel. — Ao contrário, lhe recompensarei com um grande privilégio. O maior de todos.

Naphal estranhou aquela declaração. Os demais shedins também estranharam, pois alguns pequenos protestos foram ouvidos. Rum era o mais descontente dos shedins com aquele pronunciamento. Evidentemente, todos esperavam que Naphal fosse severamente punido.

— De tudo o que você disse e fez, uma coisa está certa e duas estão erradas — disse Helel. — Você acertou ao tentar iniciar uma nova raça. De fato, essa é a única maneira de construirmos um futuro para nós. É o único modo de escaparmos ao julgamento. Porém, você errou no modo como decidiu fazer isso, repetindo o mesmo erro que eu já cometi no passado. E você também errou ao dizer que malignos não podem ser aliados. Podem sim. Aproxime-se e receba sua recompensa.

O príncipe shedim se aproximou mais do seu senhor, ainda um tanto quanto desconfiado, sem saber o que exatamente ele estava querendo dizer com *recompensa*.

Então, subitamente, o senhor da escuridão abriu sua imensa boca e começou a sugar o ar para dentro. Naphal compreendeu num último instante o que ele estava fazendo. Jamais imaginou que aquilo fosse possível. Nunca poderia ter imaginado qual de fato era o poder do senhor retornado do Abadom.

Helel aspirou o príncipe shedim como quem aspira uma fumaça. Num instante, Naphal havia desaparecido do salão real de Irofel.

— Agora você faz parte de mim — disse Helel. — Lutaremos juntos. Esse será seu privilégio.

Todos os demais shedins se afastaram, claramente assustados com aquilo.

— Não se preocupem — disse Helel. — Todos vocês terão esse privilégio também. Malignos podem trabalhar juntos, principalmente se só houver um. E, quando só houver um, será possível fazer as trevas avançarem outra vez.

* * * * *
* * * *

Ben sempre se odiaria pelo que havia feito com Leannah. Mas não conseguia entender a relutância dela em lhe entregar a pedra. Ela havia completado o caminho da iluminação, portanto, sabia que o plano dele podia dar certo, ou melhor, o plano de Leviathan.

Ele sabia que não podia controlar Leviathan completamente, inclusive percebia que estava sendo mais dominado por ele do que o contrário. Entretanto, o dragão agora era a única esperança de Olam. Precisava usar a fúria e o poder dele contra os shedins, como Enosh havia tentado fazer no passado.

Se o Olho de Olam ainda estivesse ativo, ele jamais faria aquilo, mas uma vez que estava apagado, sua utilidade havia se tornado muito pequena. A única coisa que ele ainda podia fazer era conceder longevidade a quem o usava. Será que era disso que Leannah não queria abrir mão? Teria a cantora de Havilá, afinal, sucumbido ao desejo de viver para sempre?

Ben não tinha certeza. Porém, ele achava agora que essa utilidade do Olho era insignificante diante do que ele ainda poderia fazer. Se fosse explodido dentro do abismo de Irofel, as trevas desapareceriam de Olam. Significaria o final da existência dos shedins naquele mundo. Finalmente, aquilo que o tratado do mundo e do submundo não conseguiu estabelecer seria plenamente realizado.

Segurando Herevel e o Olho de Olam, o guardião de livros encontrou o lugar onde Leviathan havia se afundado na neve. Ele procurou pelo corpanzil, acreditando que não poderia ser difícil achá-lo, porém, surpreendeu-se ao perceber que ele não estava ali. A forte nevasca dificultava que ele enxergasse qualquer coisa ao seu redor, mesmo assim, ele investigou o local, começando a acreditar que o dragão tivesse voado embora para longe daquele mundo de gelo.

Então, subitamente ele sentiu vapor quente perto de onde estava, e viu duas grandes chamas amarelas surgirem no meio do cinza da nevasca.

— Você é um tolo, guardião de livros — disse o dragão —, mas dessa vez me surpreendeu.

— Espero que não esteja muito ferido — disse Ben. — Ainda está disposto a fazer o que me propôs?

— Eu não gostei de ser ferido nas costas, mas se esse foi o preço necessário para alcançar nossos objetivos, eu creio que posso dizer que não foi nada.

— Então, está na hora de fazermos uma visita ao senhor da escuridão — disse Ben.

— Faz tempo que espero por isso — completou o dragão. — Mas será um grande desafio. Ele é mais poderoso do que nós dois juntos. Teremos, portanto, que enganá-lo.

— Como vamos fazer isso? — Perguntou Ben, subindo nas costas do dragão.

— Eu vou lhe contar exatamente como nós vamos fazer isso — disse Leviathan.

Enquanto o dragão decolava, Ben deu uma última olhada para o solo, para ver se ainda via Leannah. Deixou-a desacordada sobre a neve, porém, havia chamado Layelá antes de partir. Portanto, tinha a certeza de que ela ficaria bem. Layelá não deixaria Leannah sozinha.

Ben sentiu mais uma vez o calor do dragão-rei ao sentar-se sobre ele. Tinha a sensação de estar sentando sobre brasas, protegido delas apenas por uma grande escama que, por sorte, era grossa como o tronco de um homem. A certa altura, ele encontrou um pedaço de corrente dos nephilins que ainda estava dependurado nas escamas do dragão, e o utilizou para arrumar uma espécie de suporte. Assim, ficou em pé sobre as escamas, enquanto se segurava à corrente. Aquele era o modo um pouco mais confortável e, sem dúvida, muito mais seguro de voar.

Os três conjuntos de asas bateram vigorosamente e o dragão se impulsionou para o sul de Olam. O corpanzil estabilizou na horizontal quando ele atingiu a altitude desejada, e então, a viagem se tornou mais suave, apesar da velocidade.

Eu jamais farei nada além do que você quiser. Porém, não posso prometer que o deixarei em paz. Há coisas muito fortes que nos ligam.

As palavras do dragão-rei ainda ressoavam na mente do guardião de livros. Eram verdadeiras. Mas, Ben começava a pensar que, talvez, não fossem tão ruins. Se conseguissem o intento de destruir os shedins, Ben e Leviathan poderiam, talvez, ser amigos. Talvez, juntos, eles pudessem impor ordem sobre o mundo. Afinal, Ben era um *nasî*, treinado em Ganeden, o único da era moderna. E com Herevel...

Você precisa vencer esse impulso. Lembre-se da doce morte. Você pode vencer isso também. Você já venceu tantas batalhas. Lembre-se de Gever, lembre-se...

As palavras de Leannah voltaram à sua mente, causando uma sensação de desconforto. Por que ela sempre tinha que ter razão em tudo? Por que não poderia estar errada pelo menos dessa vez?

Porque ela completou o caminho da iluminação, foi uma resposta que veio de dentro de si mesmo, mas ele a minimizou. Completar o caminho da iluminação não era algo tão extraordinário assim. Como Enosh disse, à sua maneira, o próprio Ben também havia completado, porém, através de Ganeden.

Então, por que ela não quis me entregar o Olho apagado? Essa pedra não tem mais poder. Voltou a ser apenas Halom. Eu já a deixei suficientemente com ela, pensou Ben, lembrando-se do momento em que havia colocado aquela pedra nas mãos dela, diante do templo das águas, em Bethok Hamaim. No fundo sentia que aquilo havia sido a coisa mais correta que fizera em toda a sua vida.

Mas, em algum momento, ela teria que me devolver a pedra, justificou-se Ben.

Hoshek surgiu no horizonte quando eles se aproximaram do Hiddekel e ajudou a escurecer aquelas dúvidas de Ben. Por algum motivo, Leviathan havia se desviado da floresta de Ganeden, e alcançado a cortina de trevas pelo Oeste, sem sobrevoar a floresta dos irins.

Talvez, ele tema que ver a floresta possa me fazer mudar de ideia, pensou Ben. Mas estava tão convicto que aquela era a coisa certa a fazer, que mesmo se Gever aparecesse ali, não conseguiria dissuadi-lo.

Quando o dragão mergulhou nas sombras, Ben retesou os músculos e apertou mais firmemente a corrente. Estava na terra dos shedins. E, muitos deles moviam-se livres nas sombras, sem usar corpos que os restringiam ao solo.

Como as trevas haviam invadido muito o território de Olam, a viagem na escuridão se tornou bastante longa. Antes mesmo da escuridão subir, Irofel já ficava muito distante, no coração das trevas eternas, e agora, era mais do que o dobro da distância para o norte, até as Harim Keseph. Por isso, Ben tratou de se conformar em esperar bastante tempo até chegar ao seu destino.

Ele havia prendido o Olho de Olam em volta do pescoço, com a mesma corrente que Leannah usava antes, porém com uma argola a menos, exatamente a argola que havia se partido quando ele arrancou a pedra dela. Ela havia ficado tão surpresa com a atitude, que não lhe ofereceu nenhuma resistência. Ben segurou-a firmemente pelos braços e apertou fortemente a têmpora dela, até que os sentidos a abandonassem. Ela já estava muito fraca antes disso. Então, a deitou sobre o gelo, sabendo que ela despertaria em alguns minutos. Layelá olhou para Ben com desprezo quando pousou ao lado, após ser chamada por ele.

Cuide dela — havia ordenado. — *Leve-a para o acampamento. Eles cuidarão dela. E, se puder, diga-lhe que... diga-lhe que... eu sinto muito... E que... e que...*

Ben não havia conseguido completar a frase. Naquele momento, ele realmente não sabia qual palavra pretendia dizer. Por isso, abandonou o lugar e foi em busca de Leviathan. Porém, agora, enquanto voava na escuridão, Ben sabia exatamente qual era a palavra que gostaria de ter dito. *Diga-lhe que... eu também a amo.*

Sim. Essa era a palavra. Subitamente, Ben tomou consciência disso. Tomou consciência de que a amava desde o primeiro dia em que a viu no templo de Havilá. Por algum motivo complexo, talvez pela expectativa de algum dia se tornar um latash, ele havia lutado contra aquele sentimento, havia minimizado o efeito da presença dela sobre ele. Havia sido um tolo. Leviathan estava certo.

E, então, ele entendeu os reais motivos de Leannah não querer entregar a pedra para ele. Não era vontade de viver para sempre. Era medo de perdê-lo para sempre. Leannah sabia que eles não tinham condições de enfrentar o senhor da escuridão. Ela sabia que Ben não voltaria vivo de Hoshek.

No fundo, provavelmente, Ben também soubesse disso o tempo todo. Porém, era o que ele precisava fazer. Precisava ao menos tentar. De qualquer modo, jamais poderia viver ao lado de Leannah. Mesmo sem ainda ter consumado o casamento com Tzizah, Ben sabia que as leis de Olam eram irrevogáveis. Eles estavam casados, e a quebra do casamento seria uma desgraça para todos. Só a morte desfazia legalmente uma união em Olam.

Naquele momento, já não era mais o desejo de supremacia o que motivava o guardião de livros a voar para o mais profundo das trevas. Era a dolorosa consciência de que o destino cruel havia imposto sobre ele aquela tarefa. Os rions estavam certos. Os dakh estavam errados. Não era possível enganar o destino. Talvez aquele fosse, afinal, o preço a ser pago.

As altíssimas e depredadas torres de Irofel surgiram após várias horas de viagem. Fogo iluminava a cidade, fazendo-a parecer um grande vulcão escorrendo lava da torre central para as torres menores e para as ruas quase infinitas.

Leviathan começou a perder altitude ao ver a cidade. Ben percebia que ele estava ficando cada vez mais poderoso. O fogo tenebroso se movia dentro dele, e Herevel também concedia energia a ele. O maior dragão de Olam se sentia invencível e estava ansioso por despejar seu poder sobre o coração do império shedim.

Por esse motivo, em vez de fazer uma pausa para descansar, ou algo parecido, ao ver a cidade, ele acelerou ainda mais o voo. Quando estava suficientemente perto, ele mergulhou com voracidade e atacou a cidade. O fogo envolveu dezenas de torres sombrias. O fogo de Leviathan nunca havia sido um fogo comum. Havia algo de mágico nele, resquícios por certo do fogo tenebroso. Porém, agora que ele estava fortalecido com o poder de Herevel e com o próprio fogo tenebroso, as chamas que Leviathan lançava eram mais avermelhadas e mais intensamente destrutivas. Duas torres de Irofel se partiram e despencaram sob o poder de Leviathan, outra foi estraçalhada com as garras dele, ao servir de apoio para que ele se lançasse ao ar mais uma vez.

— Pensei que íamos tentar enganá-lo — disse Ben, segurando-se sobre o dorso do dragão, ao ver que ele se preparava para atacar novamente a cidade. — Mas como vamos enganá-lo se estamos sendo tão chamativos?

— Não seja tolo, guardião de livros. Estamos tentando enganá-lo. Nós precisamos atrair a atenção deles. Precisamos fazê-lo pensar que nossa intenção é destruir o que resta da cidade. Precisamos fazê-los sair do antigo palácio dos kedoshins. É o único modo de você descer às profundezas, e jogar a pedra branca no abismo.

— Pensei que *nós* íamos fazer isso! — Protestou Ben.

— Quando você conseguir fazer isso, eu darei um jeito de aparecer lá para tocar fogo nela. Pode confiar.

Ben ficou pensando em como aquele imenso dragão faria para chegar num lugar nas profundezas da cidade.

Porém, não deu tempo de fazer mais perguntas. O dragão mergulhou mais uma vez e incendiou outras torres, arrancando pedaços de construções com suas garras. Finalmente, passaram por cima do palácio central, e as chamas de Leviathan varreram as inúmeras cúpulas escurecidas, que já haviam sofrido com o fogo dos dragões milênios antes. Aquelas cúpulas de vidro haviam resistido parcialmente ao ataque dos duzentos dragões na queda de Irkodesh. Porém, estavam envelhecidas e não suportaram o fogo de Leviathan. O barulho de vidro se estilhaçando ficou para trás quando eles se elevaram.

— Eu não me lembrava do quanto isso tinha sido bom — riu o dragão ao se elevar outra vez. — A sensação de destruir algo grandioso é tão boa quanto a de construir.

Ben contemplava com atordoamento o poder da criatura, enquanto Leviathan estraçalhava torres e incendiava o mundo. Não podia deixar de pensar na absoluta supremacia que poderiam estabelecer em Olam, se realmente mantivessem aquele acordo.

Após fazer outro contorno e retornar a toda velocidade para atacar novamente, o dragão parecia ainda mais empolgado com seu próprio poder. Porém, quando se aproximaram do centro da cidade, o que restava das cúpulas do grande palácio subitamente explodiram. Então, a cena que Ben viu fez seu coração tremer. Um imenso chifre solitário subiu às alturas, e uma forma indistinta revestida de fogo e trevas cresceu de dentro do salão de vidro. A figura se elevou acima dos edifícios da cidade. Não era uma forma física ou compacta, mas uma mistura gigante de fogo, fumaça e energia.

Leviathan despejou seu fogo sobre a criatura, porém, o fogo foi inteiramente absorvido. Se resultou algum efeito, Ben diria que foi apenas mais crescimento para a criatura.

Mesmo assim, o dragão-rei passou rasante sobre o monstro de fogo e trevas e fez o retorno para atacá-lo outra vez. Todo o fogo do mundo saiu da boca do dragão quando ele se aproximou, e dessa vez, o poder do dragão pareceu atingir momentaneamente a criatura, pois a imagem gigante tremeu e se desestabilizou, mas isso durou muito pouco. Antes que o dragão pudesse passar por ele, foi a vez do monstro investir. Energia vermelha se condensou perto do que parecia a boca da criatura. Por um momento, aquilo pareceu sugar tudo o que estava à sua volta, inclusive monturos e pedaços de edifícios que haviam sido explodidos por Leviathan. Então, o fluxo se inverteu e tudo aquilo começou a jorrar para fora. Ben segurou-se na corrente, enquanto via o mundo se demolindo ao seu redor. Leviathan foi atingido por uma imensa cúpula de um prédio destruído, e ela se espatifou ao redor dele. O dragão caiu e se chocou sucessivamente contra os antigos edifícios de Irofel. Tudo o que o guardião de livros fez foi se segurar à corrente, enquanto seu corpo balançava e se sacudia no ar, torcendo para que nenhuma pedra ou fragmento grande o bastante o atingisse e o esmagasse.

Quando finalmente o dragão começou a diminuir a velocidade da aterrissagem forçada, Ben se soltou da corrente e se permitiu rolar pelo chão. Sentia dores em todo o corpo, e tinha a certeza de que alguma coisa estava quebrada em algum lugar, mas não havia tempo para investigar, nem mesmo para se permitir sentir dor. Antes que o dragão se levantasse para tentar atacar novamente, Ben correu sobre escombros e escalou monturos, tentando localizar a entrada do grande palácio de Irofel. Porém, estava a vários quarteirões do local.

— Cumpra sua parte no plano — disse Leviathan. — Ele está mais poderoso do que nunca, mas eu vou tentar distraí-lo.

Ben se conscientizou de que precisava tentar cumprir a parte que lhe cabia naquele plano louco, por mais impossível que parecesse agora. Após se certificar de que o Olho de Olam continuava preso em volta do seu pescoço, ele apertou Herevel como quem se agarra a uma corda sobre um precipício e correu para a entrada do grande palácio. Teve que percorrer quase cinco grandes quarteirões, até alcançar o lugar, dando-se conta de que tudo parecia absolutamente vazio. Se Leviathan realmente conseguisse distrair o senhor da escuridão por mais tempo, talvez Ben pudesse adentrar as profundezas da cidade, e alcançar o abismo de Irofel.

Na entrada, ele não viu shedins, mas havia algumas sentinelas. Ele riu ao perceber que eram só cavaleiros-cadáveres. Os olhos amarelos o enxergaram de dentro da escuridão dos elmos, e os dois soldados esqueléticos vieram ao seu encontro empunhando espadas. Com Herevel em punho e dois movimentos precisos, Ben passou por eles, e os deixou para trás. Não se virou para ver as duas caveiras se soltando dos corpos, pois já estava dentro do grande salão. Então, teve que enfrentar dezenas deles, e sentiu-se como quem ensaiava uma dança num grande salão, com passos precisos, e gestos até mesmo graciosos, que fizeram dezenas de caveiras rolarem pelo chão em questão de segundos. Lembrava-se da primeira vez que enfrentara aquelas criaturas, e da incrível dificuldade que havia encontrado, porém, após tudo o que havia enfrentado nas batalhas posteriores, enfrentar aqueles cavaleiros-cadáveres parecia brincadeira de criança. Porém, a situação ia ficar bastante diferente se encontrasse shedins no palácio. Evitando acessar a área onde ficavam as cúpulas de vidro, Ben seguiu por um corredor até encontrar uma escadaria que descia para as profundezas. Mesmo sem ter certeza se aquela escadaria o conduziria ao lugar onde precisava, ele se pôs a descer os degraus a toda velocidade.

Conseguia ouvir o barulho de terríveis explosões vindo do alto, como de construções se demolindo, e enormes clarões chegavam até as profundezas. Isso lhe dava a certeza de que o dragão-rei continuava desafiando o poder do senhor das trevas. Logo ele ouviu o barulho de solados batendo nos degraus acima, e entendeu que mais inimigos o perseguiam no submundo. Ele resolveu não os enfrentar, e continuou descendo a toda pressa para as profundezas, pois seu tempo era muito curto. Porém, em vários momentos teve que acessar novos corredores e escadarias, de modo que não tinha a mínima certeza do lugar para onde ia.

Não demorou até ver luzes à frente vindo em sua direção, então compreendeu que os perseguidores haviam tomado algum atalho, e o haviam encontrado. Ele se preparou para enfrentar outra vez os cavaleiros-cadáveres, porém, dessa vez, notou que haveria um desafio verdadeiro. Eram três shedins que vinham ao seu encontro. Todos os três usavam corpos desfigurados. Eram muito altos e cheios de pequenos chifres. A pele era vermelha e cheia de escoriações. Ben logo reconheceu um dos três. Era Rum, o novo tartan dos shedins. Ele usava uma alabarda muito parecida com a que Mashchit usava, talvez até fosse a mesma. E os outros dois shedins seguravam longas espadas. Todas as armas eram potencializadas com pedras escuras.

— O menino veio nos fazer uma visita — disse Rum com escárnio. — Veio se oferecer para o jantar.

Os três shedins o atacaram no estreito corredor. A alabarda passou perto no primeiro avanço, e foi detida por Herevel no segundo. Então, as espadas dos dois shedins tentaram atingi-lo, fazendo com que Ben tivesse que recuar. Ouviu mais barulho de solados atrás de si, e compreendeu que estava sendo cercado. Os olhos amarelados dos cavaleiros-cadáveres logo apareceram para confirmar as expectativas de Ben.

Uma forte explosão veio das alturas fazendo tremer o submundo. Porém, em seguida, tudo ficou subitamente silencioso. Aquilo causou ainda mais apreensão no guardião de livros. Teria Leviathan sido destruído? Ben cada vez mais se dava conta da loucura que havia sido aquela missão. Mas, de qualquer modo, era tarde demais para desistir. Só lhe restava tentar levá-la até o fim.

Quando, após alguns instantes, o submundo foi iluminado mais uma vez pelas chamas de Leviathan, e as explosões recomeçaram, Ben sentiu energia reacendendo suas veias também. Precisou só de um pequeno recuo para estraçalhar os cavaleiros-cadáveres atrás de si, então, voltou-se outra vez para os shedins.

Se já era difícil enfrentar um shedim, três ao mesmo tempo parecia impossível. Ben recuou e tentou encontrar um corredor mais estreito, que lhe possibilitasse enfrentá-los um de cada vez. De fato, ele achou uma escadaria e se pôs a descê-la de costas, enquanto os shedins se enfileiravam à sua frente. Só esperava que não tivesse que enfrentar algum pelas costas, então, teria se colocado numa armadilha impossível de fugir. Herevel tentou atravessar o primeiro deles, quando a espada do oponente desceu tentando atingi-lo, mas ambas se chocaram e se rebateram atingindo as paredes de pedra, arrancando faíscas.

Ben caiu de joelhos sobre os degraus sentindo a força do oponente. Se deu conta de que estava enfrentando um demônio. Três na verdade. Ben viu os olhos perversos e o ódio que emanava das criaturas demoníacas por ele estar ali, desafiando-os no coração das trevas.

Novamente a espada do oponente investiu e acertou de raspão a armadura dourada, abrindo um rasgo nela. Ben compreendeu que nem mesmo a armadura de Gever poderia defendê-lo de ataques tão poderosos. Defesa, portanto, não seria a melhor estratégia. Quando a espada do inimigo desceu mais uma vez, Ben contra-atacou, surpreendendo o oponente. Herevel decepou o braço que segurava a espada. Porém, o resultado foi de pouco efeito, pois o shedim simplesmente pegou a espada com a outra mão e continuou atacando-o com a mesma força e precisão, forçando-o a descer as escadas cada vez mais.

Ben percebeu que o final da escadaria atrás de si se aproximava numa abertura, então, teria que enfrentar os três shedins de uma única vez. Resoluto, ele parou no último degrau antes do novo corredor e se defendeu de todos os golpes que o shedim tentou de cima para baixo. As doze pedras de Herevel brilhavam. Ele podia ver que os três shedins temiam a espada, apesar de o atacarem tão ferozmente. Aquilo o encheu de coragem mais uma vez, e também de determinação para concluir a tarefa. Lançou-se mais uma vez num contra-ataque destemido, jogando seu corpo para baixo, enquanto a espada do shedim cortava na horizontal. Quando ouviu o som do metal na pedra poucos centímetros acima de sua cabeça, Ben golpeou, de baixo para cima, acertando uma das pernas do oponente. O shedim se desequilibrou e se abaixou, e aquilo foi a oportunidade para que Ben o perfurasse no abdômen. A espada saiu da criatura, fazendo escorrer sangue preto. Foi a vez do shedim cair de joelhos, e no mesmo instante, Herevel decepou a cabeça do oponente.

A forma sombria se soltou do corpo, e Ben temeu que tinha feito a coisa errada. O shedim se revelou em sua forma tenebrosa, e tentou atacá-lo com uma espada de fogo. Herevel o atravessou várias vezes, porém sem qualquer efeito. Ben já não conseguiu se manter na escadaria e acessou o corredor, com a sombra investindo contra ele golpeando-o severamente. De súbito, a sombra foi atraída para o teto e simplesmente sumiu, inexplicavelmente.

Rum riu ao ver a confusão nos olhos de Ben.

— De um jeito ou de outro, você vai perder — disse o tartan shedim. — Todos os shedins desencarnados estão se unindo ao senhor das trevas. Você o ajudou a ficar mais forte agora.

Ben realmente já não sabia se o melhor era destruí-los ou não.

Ele abandonou o combate e se pôs a correr. Precisava chegar ao abismo de Irofel. Escolhia os corredores e escadarias que desciam. Acreditou que, de um modo ou de outro, todos conduzissem para o abismo. Os passos dos perseguidores atrás de si lhe davam mais impulso para correr por aquele submundo.

Então, subitamente, Ben o encontrou. O salão subterrâneo se abriu largo e imponente, com seu domo de pedra altíssimo, e no centro, como havia em Nod, um fosso circular mergulhando nas profundezas.

Ben não conseguia acreditar que havia alcançado o lugar. Os corpos carbonizados dos lapidadores das trevas ainda estavam lá, em volta do parapeito do fosso, cada um diante da sua pedra escura. Ben ainda não sabia o que havia acontecido, porém, alguém, provavelmente Leannah, havia sido responsável por aquele feito, inutilizando a rede e destruindo os lapidadores. Graças a isso, as trevas haviam estacionado.

Ben olhou para dentro do fosso, e percebeu que seria bastante fácil jogar a pedra lá para dentro. Mas como Leviathan chegaria ali? Como incendiaria o submundo para que o Olho explodisse nas profundezas?

Naquele momento, Rum e o outro shedim adentraram o salão.

— Está desejando fazer uma visita ao Abadom? — Perguntou com sarcasmo o tartan dos shedins. — Por que não disse antes? Nós podemos ajudá-lo.

Ben olhou outra vez para dentro, tentando pensar rápido.

— Seu bichinho de estimação não vai conseguir ajudá-lo aqui embaixo. Ouça! — Rum levantou o dedo descarnado. — Não estou ouvindo mais barulho algum. Acho que o dragão já era.

Ben procurou ouvir, e realmente percebeu que não havia mais qualquer sinal de movimentação na superfície. E, se não estivesse enganado, já não ouvia barulho de explosões há vários minutos. Temeu que o shedim estivesse certo.

Os dois inimigos o espreitaram no salão. Ben percebeu que teria que enfrentá-los. Porém, o salão era amplo o bastante para que eles o atacassem simultaneamente. Ben sabia que seria o maior desafio de sua vida, porém precisava confiar no poder de Herevel.

O tartan investiu com a alabarda revestida de energia das pedras escuras. Ben repeliu o ataque interpondo Herevel com firmeza, e o brilho do choque das duas armas iluminou o submundo. No mesmo instante, Ben teve que enfrentar o avanço do outro shedim que tentou acertá-lo com a espada. Ben achou que havia conseguido se defender suficientemente dos dois golpes. Porém, em seguida, os dois shedins aceleraram os ataques. Os golpes deles se tornaram alucinantes, e Ben se viu rebatendo-os por puro instinto. Ou talvez, como noutras vezes, não fosse ele quem fizesse isso, mas Herevel que se movia como se tivesse vida própria. Ben se defendeu de uma sucessão alucinante de golpes de espada e alabarda, e então, aos poucos, começou a se sobrepor aos inimigos. O esforço que fazia era imenso, porém não tanto para atacar, e sim para não interferir em Herevel, a fim de deixá-la fazer o serviço. Aos poucos, Herevel começou a empurrar os inimigos para trás, atingindo-os ainda que de raspão.

Ben começou a visualizar o momento quando destruiria aqueles dois.

Porém, ele ainda não sabia como faria para explodir a pedra dentro do fosso. A ideia inicial era que Leviathan a explodisse, e que fugissem dali antes que tudo viesse ao chão. Mas tudo era silêncio nas alturas e Ben imaginava que Leviathan tivesse sido abatido pelo senhor das trevas.

Então, enquanto avançava contra os inimigos, lhe ocorreu o que ele poderia fazer. Se a pedra precisava ser explodida nas profundezas, havia um modo de Ben fazer isso. Pareceu-lhe o mais insano dos modos, mas podia jurar que funcionaria. Se era para haver uma grande explosão nas profundezas, então, Herevel poderia explodir o Olho de Olam. Porém, instantaneamente Ben compreendeu que só havia uma maneira. Ele teria que saltar para o abismo e explodir o Olho de Olam com Herevel. Aquele pensamento lhe trouxe uma compreensão adicional. Os juízes do Abadom disseram que um preço precisava ser pago. Aquele era o preço que ele devia pagar. O preço requerido pelos juízes. Ele havia se recusado a fazer algo parecido em Nod, porém, agora estava convicto de que o faria em Irofel. Nada mais poderia impedi-lo de fazer.

Quando Herevel destruiu o shedim que o atacava com a espada, duas coisas aconteceram. Rum se escondeu nas sombras ao ver que o companheiro abatido foi também sugado para o alto. Ao mesmo tempo, Ben ouviu nova movimentação nas alturas, e imaginou que o shedim destruído tivesse causado isso, alimentando o senhor da escuridão.

Sem hesitar, Ben correu até o parapeito. Seu plano era saltar e achar alguma maneira de golpear a pedra enquanto caísse no abismo. Por certo, com o poder da espada, não seria necessário um golpe muito forte para explodir a pedra. Sua única dúvida era justamente esta, pois destruiria não apenas o Olho, mas também a espada. Porém, talvez, estivesse mesmo na hora de pôr um fim em todos aqueles instrumentos. Se funcionasse, e as trevas fossem dissipadas, os homens não precisariam mais de instrumentos como aqueles. Poderiam construir um novo mundo.

Quando se preparou para saltar o parapeito, uma voz conhecida o chamou e fez o seu sangue gelar outra vez.

— Ben! Não! — Ele se voltou e viu Leannah no vestido branco, ofegante após ter descido todas as escadarias.

Então se deu conta de que ela o havia seguido com Layelá.

— Você não devia ter feito isso — ele falou para ela, em completo desespero e contrariedade. — Vá embora. Deixe-me seguir meu destino. Pagar minhas dívidas. Eu tenho que fazer isso. Você sabe.

— Eu não vou deixar você fazer isso sozinho!

Por um momento, pareciam estar outra vez no início de toda aquela jornada, no porto das pedras, no Yarden, quando ela havia dito palavras semelhantes.

Então, Rum saiu das sombras, aproveitando aquela situação. Ele se dirigiu para Leannah, tentando atingi-la com a alabarda.

A cantora de Havilá não tinha armas para se defender. Ben ainda olhou para dentro do fosso, mas ao ver que Leannah corria riscos, e que não conseguiria explodir a pedra sem destruí-la juntamente com a cidade, abandonou o plano a fim de defendê-la.

Ela correu para um dos cantos do salão, e Ben se colocou na frente dela, e encarou o shedim, impedindo-o de alcançá-la.

— Se os dois querem morrer, eu terei prazer em realizar isso — disse Rum, com escárnio.

— Eu vou detê-lo! — Disse Ben para Leannah. — Corra para o alto, chame Layelá, e vá embora desse lugar. Eu preciso dissipar as trevas. Só há uma maneira de fazer isso.

— Eu não vou deixar você sozinho. Nós começamos isso juntos e vamos terminar também. Não importa o preço que tenhamos que pagar.

Ben balançou a cabeça negativamente.

— Você precisa voltar. Seu conhecimento é necessário para o novo mundo. Você completou o caminho. Volte e ajude os homens a viverem em paz.

Aquilo realmente pareceu fazer Leannah ficar em dúvida. Por um momento, Ben acreditou que ela correria escadaria acima e abandonaria Irofel. Porém, num segundo, a mesma jovem teimosa do início da jornada do Yarden estava ali outra vez.

— Tudo o que é necessário que os homens conheçam, o criador já disponibilizou a todos. Meu lugar é aqui. Se o único modo de destruirmos as trevas é esse, eu não vou abrir mão da possibilidade de ajudar. Nós começamos isso juntos. Temos que terminar também. Eu não vou embora!

Ben percebeu que não adiantaria discutir com ela. Nada do que ele dissesse ou fizesse a faria ir embora daquele lugar. E quanto mais demorasse em realizar o plano, mais difícil seria.

Então, subitamente, uma forma escura começou a se materializar diante deles. Ben viu o chifre solitário surgir nas sombras e na fumaça escura e soube que havia perdido a única oportunidade de fazer o que precisava ser feito.

— Você não vai extirpar as trevas — disse a voz vinda da forma ainda indistinta. — Você vai torná-las a única realidade. Você nasceu para isso.

Então, Ben soube que Leviathan havia sido destruído pelo senhor das trevas.

Helel pareceu assumir uma forma humana em seguida, ele praticamente se materializou. Na verdade, Ben viu que Helel assumiu a antiga forma, a qual ele havia visto numa visão em Ellâh. Seus cabelos, barba e sobrancelhas se tornaram inteiramente brancos, porém não de velhice. O shedim assumiu a aparência de um kedoshim magro e muito alto, parecido com as estátuas que estiveram ao lado do portal de Olamir. As roupas também eram brancas e resplandecentes.

Quando se tornou inteiramente material, ele próprio olhou para si mesmo, para seus braços e roupas, e pareceu satisfeito com o resultado. De fato, era uma figura imponente, havia nele um brilho de sabedoria e glória. Ben teve uma súbita consciência de estar diante do ser mais sublime e poderoso que já havia contemplado.

— Até que enfim estou retomando a antiga forma — disse Helel. — Porém, ainda falta um, para eu poder desfrutar plenamente da aparência de outrora.

Helel olhou para Rum, e este recuou assombrado, e escondeu-se outra vez na escuridão.

Ben segurava Herevel e tentava continuar protegendo Leannah, porém, agora imaginava que nenhum deles sairia vivo daquele lugar.

— Eu quero agradecer por vocês terem trazido para cá o Olho de Olam — disse o senhor da escuridão. — Provavelmente, vocês não saibam, mas ele é o que eu preciso para outra vez poder andar na luz.

Ao ouvir aquilo, Ben disparou em direção ao fosso. Percebia que não havia outra opção. Porém, com um único gesto de Helel, Ben sentiu todo seu corpo se enrijecendo. Herevel caiu de sua mão. Ben lutou com todas as suas forças para se libertar daquele poder, contudo, o senhor das trevas o lançou dolorosamente contra a parede de pedra.

Ben sentiu a dor em todo o seu corpo. Então, Helel o soltou, talvez acreditando que já o tivesse inutilizado. Ben se viu subitamente livre da prisão das mãos poderosas. Mesmo sabendo que era loucura, ele se levantou e tentou mais uma vez correr até o parapeito. Porém, se viu outra vez no ar, e foi lançado contra a parede de pedra com ainda mais violência, resultado de um único gesto daquele ser terrível.

Dessa vez, Ben não conseguiu se levantar. Havia fraturas em suas costelas, em um braço, e provavelmente numa perna também. Ele gritou de dor.

Helel se aproximou dele ameaçadoramente.

— Então, é esse o tipo de adversário que eu tenho que enfrentar? Por que o dragão imaginou que você poderia fazer alguma coisa?

Ben se viu no ar, mais uma vez, e sentiu seus ossos se esmigalhando quando o homem apertou a mão direita no ar. Era apenas um gesto que ele fazia, porém, os efeitos foram imediatos em seu corpo.

— Eu vou esmagá-lo como se esmaga uma mosca — disse Helel. — Você é menos do que uma mosca.

Quando percebia que seu corpo ia ser trucidado, Herevel subitamente brotou do peito do adversário e desapareceu no mesmo instante. Imediatamente, a pressão em torno de si se afrouxou e Ben caiu sem forças no chão. Então, viu Leannah segurando Herevel. Ela havia pegado a espada caída e, em puro desespero, golpeado o senhor das trevas.

Helel se voltou para Leannah. Ela ainda segurava a espada com as duas mãos. Ben não viu qualquer efeito produzido pelo golpe na figura de Helel, exceto o fato de que ela havia conseguido chamar a atenção dele.

— Agora entendo porque Naphal se interessou tanto por você — disse Helel caminhando na direção de Leannah.

Mesmo apontando Herevel para ele, ela recuou, pois tinha consciência de que não conseguia feri-lo.

— Eu poderia matá-la, como matarei seu guardião de livros, porém, talvez, você me seja mais útil viva. Talvez, eu possa recomeçar o meu antigo plano, agora que terei o Olho de Olam. Sim, você será a escolhida para iniciar a nova raça.

Leannah investiu outra vez contra Helel, tentando golpeá-lo com Herevel. Porém, ele a deteve com um único gesto.

— Largue esta espada! — Ele ordenou.

Leannah deixou a espada cair no chão.

— E agora venha para mim!

Ben viu Leannah caminhando contra a vontade na direção do senhor das trevas. Ele sabia que precisava fazer alguma coisa, porém, ao tentar se colocar em pé, novo gesto de Helel o lançou terceira vez contra a parede. Helel nem olhou para ele, apenas fez o gesto, e pôs fim a toda resistência do guardião de livros.

Naquele momento, subitamente o teto tremeu. Pedras começaram a despencar do alto e um grande fosso se abriu. Fogo e vapor desceram das alturas seguidos por uma enorme mandíbula incandescente. Ben compreendeu que Leviathan ainda estava vivo. Ele havia conseguido abrir um caminho para as profundezas.

No mesmo instante, o dragão despejou fogo sobre Helel. Era uma quantidade grande e consistente de fogo. Porém, Helel usou apenas as mãos para deter todo aquele poder.

Leannah se viu livre e correu tentando se esconder atrás de uma coluna.

— Esse dragão nunca morre? — Perguntou Helel.

Leviathan despejou nova quantidade de fogo sobre o oponente. Desta vez, Helel não barrou o fogo, e se deixou envolver por ele. Então, assumiu uma forma incandescente por alguns instantes.

— Fogo é bom — disse Helel. — Vocês ainda não compreenderam que não podem me vencer? Porém, dessa vez, eu tenho uma surpresa para você, dragão. Um brinquedo que você conheceu há muito tempo atrás.

Então, Ben percebeu que ele tinha uma espécie de espada na mão direita. Foi como se a espada surgisse na mão dele, enquanto o fogo de Leviathan o envolvia.

Quando o fogo de Leviathan cessou, ele voltou à figura anterior, como de um kedoshim. A espada continuava lá. Era uma pesada e longa espada, maior do que uma alabarda. A espada parecia de pura luz. Ela se revolvia. Era como se fossem várias espadas ao mesmo tempo, pois não ficava estática, antes se movia em múltiplas direções.

— Lahat-herev! — Compreendeu Ben.

Aquela era a antiga espada de Gever, com a qual ele havia destruído centenas de dragões-reis no ataque a Irkodesh. Ela havia sido quebrada. Mas, de algum modo, Helel a havia recuperado.

— Sim, Lahat-herev — confirmou Helel. — Mas, se preferir, pode chamar de matadora de dragões.

— Jogue a pedra nas profundezas — disse Leviathan vendo que a espada revolvente havia sido restaurada. — Eu só tenho ainda fogo para isso.

Ben percebeu que o dragão estava profundamente ferido. As forças dele estavam se esgotando. E não havia mais fogo tenebroso para alimentá-lo.

Helel golpeou o dragão com Lahat-herev. A energia da espada o atingiu em cheio. Então, uma lateral inteira do salão se demoliu. Foi até possível ver as torres incendiadas de Irofel centenas de metros acima. O peso do dragão havia afundado toda aquela parte da cidade. Ben viu as asas feridas e compreendeu que ele não conseguia mais voar. Muito acima dele, planando no ar, ele viu Layelá. Então, soube que Leannah ainda poderia ser resgatada.

Ignorando os múltiplos ferimentos em seu corpo, Ben se levantou e arrancou a pedra do colar. Já estava marchando em direção ao fosso, quando viu nova intervenção de Rum. O shedim havia dominado Leannah pelas costas, obrigando-a a soltar Herevel.

Mesmo sabendo que só estava protelando a destruição inevitável, Ben se voltou e enfrentou outra vez o inimigo. Colheu Herevel do chão e ameaçou o tartan shedim. Rum, então, empurrou Leannah violentamente para um dos lados, e avançou contra Ben girando a alabarda e golpeando-o sucessivamente.

Ben tinha consciência de que a única intenção do shedim era atrasá-lo, impedi-lo de jogar a pedra nas profundezas. Mesmo sabendo que havia caído na armadilha do inimigo, Ben continuou enfrentando-o. Rechaçou os golpes, fazendo praticamente um único movimento com Herevel, porém, não conseguiu movê-la rápido o bastante para atingir o oponente, pois seu braço estava dolorosamente ferido. Rum recuou a fim de escapar do golpe, mas em seguida, avançou outra vez. Rum caiu sobre Ben com potente golpe de alabarda, o qual mesmo detido por Herevel, foi poderoso o bastante para empurrá-lo para o outro lado. Naquele momento, Leannah ficou desprotegida. Tudo aconteceu muito rápido. Leannah sempre se lembraria daquele momento com sentimentos que misturavam dor, desespero e impotência. A alabarda do shedim veio certeira em direção ao seu abdômen. Ele a perfurou no lado, fazendo a lâmina adentrar seu vestido, manchando-o imediatamente de sangue.

O desespero tomou conta do guardião de livros ao ver Leannah ferida. Ele saltou e golpeou o shedim tentando evitar que o inimigo afundasse ainda mais a alabarda em Leannah. O tartan caiu de costas puxando a alabarda para trás, e num instante estava em pé outra vez. Porém, Ben se moveu mais rápido do que ele podia prever. Ignorando toda a dor que o afligia, Ben golpeou o adversário com toda a sua fúria. A alabarda se quebrou com o golpe de Herevel, e com outro, a cabeça do shedim abandonou o corpo.

Ben viu o sangue manchando o vestido de Leannah e se desesperou. Pensou em ajudá-la, porém, pressentiu que Helel estava atrás dele.

— Cuidado! Ben! — O grito de Leannah confirmou isso.

Ben se virou e viu Helel parado, segurando Lahat-herev.

— Então, você gosta de lutar com espadas? — Perguntou o senhor da escuridão. — Acho que vai ser mais divertido fazer isso, então, com uma espada, do que simplesmente esmagar seus ossos com um gesto. Mas acredite, você durará menos deste modo.

Quando Helel o atacou, Ben percebeu que ele estava certo. Foi como se cem espadas o atacassem ao mesmo tempo. Ele não conseguiu prever ou se defender da espada revolvente. Mesmo usando Herevel para tentar se defender, percebeu que a espada o atingiu de raspão simultaneamente em várias partes de seu corpo. A armadura de Gever foi totalmente inútil para protegê-lo. Teve a total consciência de que só não estava ainda morto porque Helel não quis matá-lo. Ainda não.

— Sim — disse o senhor das trevas. — Você só não está morto ainda porque eu não quis. Eu quis que você entendesse isso. Que a sua vida não é nada. Não significa nada. E que agora eu quero você morto.

Ben sabia que não adiantava tentar se defender. Só lhe restou esperar e sentir as centenas de golpes mortais que sofreria em seguida.

Num último segundo porém, Leannah estava em pé, de costas para Helel, de frente para Ben, como para protegê-lo dos golpes da espada.

Helel percebeu que ia matá-la e conteve o golpe. Porém, subitamente, a ira tomou conta de seu rosto.

— Você não é a única mulher do mundo! Se quer morrer primeiro, então morra! — Disse Helel e golpeou.

Ben não soube onde encontrou forças e agilidade para fazer o que fez. Ele tirou Leannah do caminho de Lahat-herev e a empurrou para o lado, no exato instante em que centenas de espadas se afundaram no corpo do guardião de livros.

Leannah viu o último olhar que ele lhe lançou, antes de cair diante do senhor das trevas. Os lábios dele se moveram e uma voz fraca balbuciou:

— Eu te amo.

Leannah gritou de desespero quando o corpo do guardião de livros tombou inerte no chão, largando Herevel, e o Olho de Olam.

O que aconteceu em seguida, jamais poderia ser plenamente explicado. Leannah nunca entenderia exatamente o que aconteceu. Ao ver Ben morto, ela perdeu toda a noção do certo ou errado em relação à vida ou à morte. Ela avançou contra o senhor das trevas. Uma ira pura e justa a dominava e a sustentou. Então, todo o seu corpo subitamente se revestiu de luz, como se ela ainda carregasse o Olho de Olam ativo. Lágrimas corriam dos olhos dela e caíam como cristais espatifando-se no chão. Todo o submundo se iluminou por causa da forte luz que emanava dela.

Ao vê-la se aproximar brilhando cada vez mais intensamente, Helel a atacou com Lahat-herev. A espada revolvente caiu sobre ela como cem espadas golpeando severamente. O senhor da escuridão despejou toda a sua fúria contra Leannah. Então, mais uma vez, toda lógica sumiu do submundo. As duas mãos luminosas detiveram o golpe de Lahat-herev. Cem espadas luminosas se condensaram outra vez numa só lâmina que ficou domesticada entre as mãos da jovem de Havilá.

Por um momento Helel não entendeu o que havia acontecido. Os olhos sombrios dele eram pura confusão enquanto segurava a espada pelo cabo, mas não conseguia arrancá-la das mãos de Leannah.

Então, a luz das mãos que seguravam a espada passou para a lâmina e atingiu o cabo onde Helel segurava. No mesmo instante o corpo de Helel se desfez em milhares de fagulhas e fragmentos incadescentes que se espalharam pelo abismo de Irofel.

Leannah não sabia se aquilo havia destruído Helel, ou se apenas o limitado momentaneamente. Sua única preocupação era Ben. Ela o aninhou em seu colo, enquanto via o sangue dele jorrar dos múltiplos ferimentos e se misturar com o seu próprio. Não havia mais nada a fazer por ele. Os múltiplos ferimentos da espada haviam sido fatais.

— Ah! Meu amor! Meu amor! — Ela soluçou.

Apesar de tudo, os olhos dele estavam em paz. Ela os fechou misturando suas lágrimas com o sangue que estava em suas mãos.

Mesmo desejando ficar ali até seu próprio sangue se esvair por causa do ferimento do abdômen, Leannah soube que precisava terminar a tarefa que ele havia começado. Isso significava explodir o Olho de Olam nas profundezas de Irofel. Subitamente, segurando o Olho de Olam e Herevel, ela se revestiu da força e da determinação para fazer isso.

Havia entendido o plano de Ben e Leviathan. Não sabia se aquilo realmente funcionaria, pois, nenhum conhecimento que ela já tivesse acessado informava o modo de extirpar as trevas. Porém, Leviathan era uma das criaturas mais antigas do mundo, e talvez ele realmente tivesse o conhecimento correto a respeito daquilo.

Leannah observou que Leviathan estava imóvel na outra extremidade do salão. O imenso corpanzil estava parcialmente desaparecido no meio dos escombros. Leannah compreendeu que teria que realizar a tarefa do mesmo modo que Ben havia planejado, ou seja, explodindo a pedra nas profundezas com Herevel.

Quando ela viu a sombra maligna se desprender do corpo abatido de Rum e começar a girar incontáveis partículas no chão, ela soube que o senhor da escuridão estava ressurgindo. Então, lutando contra a dor e o desespero, ela se levantou e caminhou até o abismo de Irofel mais uma vez.

Já estava subindo o parapeito para se lançar para dentro das trevas, quando os escombros se moveram e a voz de Leviathan veio de algum lugar sob as pedras.

— Jogue a pedra para dentro do fosso! Eu ainda posso explodi-la.

A voz do dragão estava fraca, pois toda a energia já o havia abandonado. O dragão jamais conseguiria deixar o submundo de Irofel.

— Pegue sua re'im e vá embora antes que ele retorne das cinzas — ordenou Leviathan.

No mesmo instante, Layelá pousou sobre os escombros. Leannah olhou para a re'im e achou que seria injusto fugir dali depois do que havia acontecido com Ben.

— Vá logo! — Rugiu o dragão. — Leve-o com você. Faça um funeral digno para ele! Mas jogue agora a pedra, ou será tarde demais!

A forma do senhor das trevas já estava quase restabelecida, e Leannah percebeu que só tinha alguns segundos. Mesmo ferida, Leannah encontrou forças para carregar o corpo de Ben sobre Layelá. Em seguida, ela própria montou a re'im. No exato instante em que decolou, Leannah lançou a pedra dos kedoshins para dentro do fosso.

O dragão mergulhou atrás arrastando escombros para as profundezas e lançando todo o fogo que ainda possuía. Leannah já estava perto das nuvens que cobriam Irofel quando a luz a alcançou e ultrapassou. Em seguida, ela ouviu a explosão. Ela olhou para trás e, por um momento, pensou estar vendo Irkodesh resplandecente como cristal. A visão, entretanto, durou só alguns segundos. Então, todos os prédios começaram a desabar sugados para as profundezas.

Layelá bateu asas vigorosamente para se afastar do epicentro que estava atraindo tudo ao redor. A forte luz permaneceu por mais alguns segundos e parecia alcançar o mundo inteiro. Porém, após alguns instantes a luz desapareceu e a escuridão retomou seu lugar.

— Não funcionou? — Perguntou Leannah segurando o corpo de Ben diante de si. — Foi tudo em vão? Tudo o que fizemos?

Porém, então, ela olhou para cima e viu milhões de estrelas, e soube que aquilo era apenas a escuridão da noite. Hoshek não existia mais.

21. O Adeus ao Herói

Leannah nunca soube como conseguiu percorrer toda aquela distância, ela própria ferida, e Ben morto. Ela desmaiou de dor e de tristeza várias vezes durante o voo através de Irofel até Ganeden. Precisava dar todo crédito pela chegada ao acampamento em Ganeden ao equilíbrio de Layelá e suas asas longas que por certo os impediram de cair.

A partir do momento em que a luz extirpou as trevas, ela entrou numa espécie de estado de choque. Via coisas e ouvia sons, mas nada fazia sentido para ela. Mesmo quando Layelá pousou no campo onde ocorreu a batalha, e Kenan e Icarel correram ao seu encontro, ela não conseguia entender o que estava acontecendo. Eles retiraram o corpo de Ben, ao qual ela estava apegada, fazendo-a chorar por o tirarem dela. Mãos gentis e rostos caridosos também a retiraram de Layelá e a conduziram para algum lugar, apesar dos protestos dela.

Ela enxergou milhares de feridos sendo tratados, ouviu seus gritos de dor e desespero, mas nem mesmo aquilo fez qualquer sentido para ela.

Alguém apareceu diante dela com uma taça e insistiu para que bebesse. Ela se recusou. Ela não queria nada; só ficar sozinha; queria que apagassem a luz. Seus olhos ainda doíam muito.

Apaguem a luz, apaguem a luz, ela disse várias vezes, mas as pessoas não entendiam ao que ela se referia. Não tinha nenhuma luz na tenda.

Finalmente a obrigaram a beber da taça, ela se engasgou, porém engoliu. Então dormiu.

Quando acordou, chamou ansiosamente pelo nome dele. Ela queria se levantar, ir atrás dele.

— Onde ele está? — Perguntou para uma das mulheres que tratavam dela. — Por que Ben ainda não veio aqui?

Então, a obrigaram a tomar outra vez aquele líquido. Ela dormiu novamente.

Na segunda vez que acordou, ela estava calma. Ainda estava num estado de torpor, porém, tinha consciência plena de tudo o que havia acontecido. Não tinha forças para gritar, nem para chorar. Ben estava morto.

Duas mulheres cuidavam dela, e ela pediu para que a ajudassem a se levantar, pois queria participar do funeral. Ouviu elas dizerem que aquele era o terceiro e último dia.

As duas mulheres não acharam aquilo uma boa ideia, porém obedeceram por compaixão. Apoiada nelas, Leannah saiu da tenda e viu uma multidão. Sentiu uma forte vertigem ao ver a luz do dia, porém, não permitiu que as mulheres a levassem de volta para a tenda.

O funeral do guardião de livros aconteceu ao lado do acampamento em Ganeden. Os sobreviventes da batalha estavam ali. Entre eles, Thamam, Chozeh, Tzizah, Kenan, Icarel, Ooliabe e Oofeliah. Os rions e os dakh também estavam em grande número. Litili era, entre todos, o mais inconformado.

— Ele não pode estar morto — disse o rei dakh quando a viu. — Ele é o esperado do povo dakh. Ele nos mandou o fogo tenebroso. Ai, ai. Isso não pode ser verdade.

Leannah percebia que havia tristeza sincera em Tzizah e até mesmo em Kenan. Icarel e Thamam estavam claramente abalados com aquilo, mais do que todos.

Icarel veio e tomou o lugar de uma das mulheres que a ajudavam a ficar em pé. Leannah sentiu o braço firme do fazendeiro-profeta e viu o quanto ele estava triste.

— Você sabia que isso ia acontecer, não sabia? — Leannah perguntou para ele.

— Sinceramente, não. Eu pensei que todos nós estaríamos mortos agora. Porém, com a morte dele, todos nós estamos um pouco mortos também, não é?

Leannah assentiu.

Ela percebeu que, além de lamento, os olhares para o esquife transmitiam gratidão. Todos sabiam que, de algum modo, o guardião de livros havia sido o responsável pela vitória. Hoshek não existia mais. As trevas haviam sido varridas do mundo. Ninguém sabia dizer o que havia acontecido com Helel e os shedins, porém, era consenso de que eles não faziam mais parte daquele mundo como antes.

Apesar de Tzizah ser a viúva, todos percebiam que a verdadeira perda havia sido de Leannah, por isso, os olhares compadecidos a recepcionaram quando ela se aproximou do esquife, ainda apoiada em Icarel. De fato, a cantora de Havilá sentia-se solitária em todos os sentidos. As duas pessoas que fizeram parte de sua vida estavam mortas. Seu irmão e Ben. Ambos haviam se sacrificado.

Eles morreram por mim. Eu eu pensei que eu morreria por eles...

Ela só havia obedecido à ordem de Leviathan e trazido o corpo de Ben porque julgou que um funeral honroso era o mínimo que poderia fazer por ele. O mundo devia saber o que havia acontecido. A memória do guardião de livros deveria ser preservada para a posteridade, para que todos soubessem que as trevas sempre podiam ser vencidas, tanto fora, quanto dentro de cada um.

Eles o haviam embalsamado muito bem. Deitado sobre o esquife, ele parecia apenas dormindo. Leannah, por um momento, alimentou a fútil esperança de que ele se ergueria e sorriria para ela.

Herevel estava depositada sobre o corpo. Eles haviam prendido as duas mãos dele ao cabo da espada na altura do peito, deixando a lâmina para baixo. Então, ela compreendeu que havia trazido Herevel da terra das sombras. Decidiu que a espada iria com ele para a sepultura. Era justo.

Leannah foi passando por rostos comuns que expressavam pesar e tentavam trazer conforto para ela. Mas era difícil se permitir isso. Ben havia morrido para tentar salvá-la. Nunca conseguiria esquecer a cena toda. O corpo dele sendo perfurado por tantas lâminas ao mesmo tempo, antes que ele caísse morto aos pés dela. Dor. Era só o que ela poderia sentir agora.

As pessoas que estavam mais próximas abriram passagem para que ela se aproximasse dele. Ela tocou o rosto dele. Sentiu o frio da morte, apesar da expressão suave que ele tinha. Pensou também em seu irmão e lamentou não poder fazer isso com ele. Leannah afundou o rosto no braço do guardião de livros e chorou mais uma vez. Foi um choro contido, porém, ainda assim profundo. Um choro de despedida.

Naqueles três dias de funeral, o remanescente do mundo veio reverenciar o guardião de livros. Isso, naquelas circunstâncias, não significava muita gente, porém, ainda assim, Leannah viu pessoas de muitas cidades de Olam e também de Sinim se apresentarem para prestar seus sentimentos.

— Nós precisamos cuidar desse ferimento, menina — disse-lhe Thamam, aproximando-se e permanecendo ao lado dela. — Uma pedra curadora resolverá isso sem maiores transtornos, mas isso precisa ser feito logo. Eu já solicitei uma. Em breve estará aqui.

Leannah olhou para o rosto do velho e percebeu que, além de muito abatido, ele também estava severamente ferido. A batalha com o cashaph em Nod deixaria suas marcas no velho Melek para sempre. Porém, contra todas as probabilidades, ele ainda estava vivo. Isso mostrava que no jogo da vida e da morte, os vencedores podiam ser bem inusitados.

Só naquele momento, ela se lembrou do ferimento da alabarda que atingiu o lado direito do seu ventre. Algumas mulheres haviam providenciado um emplasto com ervas medicinais, mas sangue ainda transparecia ao emplasto. Leannah não conseguiu imaginar de onde o Melek havia solicitado uma pedra curadora.

No entanto, Leannah desejou do fundo do coração que alguma pedra pudesse fazer o mesmo pelo guardião de livros.

— Infelizmente, no caso dele, nem mesmo o Olho de Olam, quando ativado, poderia fazer alguma coisa — disse Thamam, entendendo os pensamentos dela. — Não há mais nenhum recurso no mundo dos homens capaz de trazer o guardião de livros de volta. Mas você ainda está viva. E precisa se tratar.

— Haverá tempo para cuidarmos disso — Leannah disse com desinteresse, falando do próprio ferimento.

Porém, Thamam parecia realmente preocupado com ela.

— Você é ainda muito jovem. Não pode correr o risco de comprometer ter filhos. Tem todo um futuro pela frente. Não pode imaginar as surpresas que o futuro ainda lhe reservará.

Então, Leannah entendeu. O ferimento no ventre poderia causar esterilidade. Porém, pensar naquilo só lhe causou mais amargura no coração.

— Onde vamos enterrá-lo? — Perguntou o Melek, olhando com visível sofrimento para o corpo de Ben.

— Na floresta — respondeu Leannah. — Ele sempre desejou voltar para ela.

Thamam assentiu, virando-se em seguida para contemplar as árvores. Um vento forte agitou as copas milenares enquanto o Melek as contemplou.

— É um lugar bem apropriado — disse Thamam.

O corpo do guardião de livros permaneceu mais aquele dia ali, com sua armadura dourada, perfurada por Lahat-herev, e a espada Herevel em cima dele. Todos tiveram a oportunidade de passar junto dele e prestar suas últimas homenagens.

O dia estava glorioso. Nenhuma nuvem ameaçava o azul do céu. A claridade era tão intensa que tornava a paisagem quase irreal, principalmente após todos aqueles dias de escuridão, com a ameaça crescente da cortina de trevas.

O tempo todo as pessoas olhavam para o sul, como para se certificar de que a imensa barreira de escuridão não estava mais lá. Alívio era o que os olhos expressavam, ao ver apenas luz.

— Vocês três — continuou Thamam, ao perceber o silêncio amargo de Leannah —, vocês foram o maior presente, o maior dom de *El* para Olam. Vocês salvaram nosso mundo. Vocês nos salvaram. *El* fez algo extraordinário. Escolheu três jovens para destruir as trevas. A seu tempo, tudo o que vocês fizeram, ainda trará muitas outras consequências benéficas para o nosso mundo. Encerrou-se uma era. Inicia-se agora outra. O mundo terá uma dívida eterna com vocês.

Leannah não entendeu plenamente o que Thamam queria dizer. Parecia que o sentido das palavras dele lhe escapava. Ou talvez, a imensa tristeza que consumia sua alma não permitisse ver o alcance delas.

Quando Thamam se afastou, foi a vez de Kenan se colocar ao lado dela. Por vários minutos, o giborim permaneceu silencioso, apenas contemplando o corpo de Ben. Leannah também ficou em silêncio, pois não sabia o que dizer para ele.

— Eu só quero agradecer — ele disse por fim. — Vocês consertaram todo o mal que eu fiz quando comecei essa guerra. Mas eu jamais quis que ele pagasse pelos meus erros.

Leannah ficou em silêncio.

Kenan moveu-se desconfortavelmente diante do silêncio dela e do corpo de Ben.

— Eu só quero que você saiba...

— Coisas muito maiores estiveram envolvidas nisso tudo desde o começo — Leannah se viu dizendo. — Não foi você que começou essa guerra. Ela já durava milênios. Mas agora acabou.

— Se houver algo que eu possa fazer por você, por favor me diga.

A gentileza na voz dele a desarmou.

— Eu ficarei bem — ela respondeu. — Dentro do possível...

— Eu sei... Houve um tempo, e nem é tanto tempo assim, que eu gostaria de dizer que seria ao meu lado.

Leannah arregalou os olhos para ele. Mas ele sorriu em resposta. Então, apontou o dedo para a primeira estrela brilhante que surgiu no céu que se escurecia.

— Porém, estrelas nós só podemos admirar, nunca tocar. Elas só parecem perto. Mas há uma distância infindável entre nós e elas... A gente acha que aquele brilho as aproxima de nós, mas na verdade, ele as afasta... Eu só quero que você saiba que sempre a admirarei. E que sempre estarei disponível, se você precisar, seja lá o que for.

Perto dali, Leannah viu olhos ansiosos fitos nela. Eram os olhos de Tzizah que observava aquela conversa. Então, ela compreendeu. Nem conseguiu sentir raiva da princesa. Evidentemente, todo o amor de Tzizah por Kenan havia aflorado mais uma vez, após o retorno do giborim. E, com a morte de Ben, ela estava livre para realizar seu grande sonho. Pelo jeito, finalmente, o giborim também estava disposto a cumprir sua parte nos sonhos da princesa de Olam.

— Parece que tudo deverá voltar a ser como era no início — disse o giborim, olhando para Tzizah. — Isso pode ser um modo de eu corrigir alguns dos erros que cometi.

— Você será um bom Melek para Olam — respondeu Leannah, com sinceridade. — Espero que sejam felizes.

Kenan olhou para Leannah com verdadeira surpresa. Então, ela percebeu que ele não tinha pensado nisso.

— Por isso mesmo, você será um bom Melek — concluiu Leannah.

— E quanto a você? O que fará?

— Também vou voltar ao início. Recomeçar. — Ela olhou para as estrelas quando disse aquilo.

Kenan assentiu, também parecendo satisfeito.

— Encontre os kedoshins — ele disse. — Eles certamente a receberão. Seu lugar não é aqui, é lá — ele apontou outra vez para as estrelas que já pontilhavam em maior número os céus de Olam.

— Minhas pretensões são mais modestas — contrariou Leannah. — Vou voltar para Havilá, reconstruir a cidade onde Ben viveu. Viver todos os meus dias lá, até que *El* me chame, e eu talvez possa reencontrá-lo.

Kenan olhou para ela com uma cara de absoluta incompreensão.

— Olamir deve ser reconstruída também — disse Leannah. — Você cuidará disso, eu tenho certeza. Não haverá mais um Olho de Olam, ou Herevel, mas a cidade ainda pode guiar os homens.

— Eu farei isso — disse Kenan. — Farei para honrar o guardião de livros, e principalmente, para honrar você.

— Cuide desse povo. Dessas pessoas simples que também estiveram dispostas a dar suas vidas pela causa da luz.

Kenan assentiu. Antes de se afastar, ele ainda disse:

— Sempre haverá lugar para você em Olamir. Lembre-se disso.

Leannah agradeceu, porém recusou. Ela voltou a olhar para o corpo de Ben. Nem percebeu quando Kenan se afastou.

Por um momento, teve a impressão de que as doze pedras em Herevel estavam acesas. E elas permaneceram assim mesmo quando os homens levantaram o esquife e o conduziram para o interior de Ganeden.

Sob o solo sagrado, o corpo do guardião de livros foi depositado, para que pudesse voltar ao único lugar que ele havia considerado seu lar.

Epílogo

O portal de pedra estava diante de mim. Eu o contemplei sem sensações. Aquele já era um lugar familiar para mim. Estivera ali tantas vezes em tantos sonhos que agora era estranho saber que estava ali *de fato*.

Eu segurava Herevel com ambas as mãos, praticamente na altura do peito. A ponta da espada estava para baixo, quase tocando o chão. Vi que as doze pedras estavam acesas. Olhei para a espada e, em seguida, a coloquei na bainha. Não entendia como a espada me acompanhava no além, mas julguei que não era importante entender.

Eu subitamente senti uma forte dor nas costas e no peito. A lembrança da lâmina me fez cair de joelhos em agonia. A dor era insuportável. Levei as mãos ao peito, e encontrei alguns ferimentos.

— Pelos céus! O que isso significa? Será que ainda não estou morto?

Tentei me levantar apoiando-me nas árvores. Senti a textura dos troncos velhos, e isso confirmou a suspeita de que de fato havia sensações na morte. Sim, a textura enrugada e envelhecida parecia real.

Então comecei a entender a função do portal. Lembrei-me dos sonhos. Sim, já havia estado várias vezes naquele portal. Foi como se eu sempre estivesse ali, desde que fracassei em Nod. Leannah havia me resgatado em Olamir, mas, de algum modo, eu estive trilhando aquele caminho o tempo todo, era meu destino, o preço que precisava ser pago. Ou talvez, aquele caminho houvesse começado ainda em Olamir, da primeira vez, quando Thamam me resgatou do veneno da saraph? Já estava pagando o preço durante todo aquele tempo? Mas agora havia chegado o momento definitivo de encarar os credores. O acerto de contas final não podia mais ser protelado.

Minha maior angústia era não saber o que havia acontecido com Leannah. Ela havia testemunhado meu último instante no mundo dos homens. No final, não tinha certeza se havia conseguido dizer que a amava, mesmo sabendo que jamais poderíamos ficar juntos. Não deixava de ser irônico o fato de que ela havia me seguido até Irofel para impedir que eu morresse, e, no final, por causa dela eu acabei sendo morto. Lamentei o fato de Leannah ter que conviver com isso. Se é que ela ainda estava viva... Caso não estivesse, certamente não poderia esperar encontrá-la ali. Ela teria caminhos mais luminosos para percorrer.

O portal atraiu outra vez meu olhar, como o Norte atrai a agulha. Era um amplo portal. Caminhei na direção dele. Porém, dessa vez foi uma caminhada suave. Não havia sons horripilantes, nem ventania, ou luzes vermelhas saindo das profundezas pelo portal. Não fosse pelo conhecimento de que se tratava da entrada para o Abadom, eu poderia até pensar que boas coisas me aguardavam do outro lado.

Me aproximei e adentrei o portal sem mais hesitação. Ninguém chamou meu nome, nem para incentivar-me a entrar, nem para que desistisse. Por isso, segui em frente.

Quando finalmente o atravessei, percebi que estava num lugar conhecido. A imponente escadaria se apresentou diante de mim como uma surpresa absoluta. Eu estava em Ganeden, no ponto exato em que havia adentrado a primeira vez. Aquela escadaria poderia conduzir-me até eles? Subi a toda pressa, imaginando se encontraria no alto o acampamento de Zamar, ou o alvo palácio de Gever. Meu coração batia descompassado pela esperança de que, finalmente, estaria em casa.

No alto, mesmo sem fôlego, percebi que não havia nem o acampamento nem o palácio. Então, soube que eles já haviam partido. Andei ao redor desconsolado, com a sensação de que estava atrasado.

— Seja bem-vindo, guardião de livros.

A voz atrás de mim me fez parar e fechar os olhos. Aquela voz era inconfundível. Era a mesma voz e a mesma saudação que eu havia recebido quando estivera ali pela primeira vez. Eu não precisava me virar para saber quem estava ali. Porém, não resisti ao desejo de vê-lo novamente, e virei.

Gever estava ali, solitário, como quando enfrentara os duzentos dragões-reis.

Eu me aproximei dele cautelosamente, apesar de ter a vontade de me lançar nos braços dele como um filho se lança nos braços de um pai. Porém, a formalidade de Gever me manteve afastado. As expressões do rosto do irin, entretanto, eram suaves, e isso fez com que eu me sentisse confortável também.

— Eu pensei que... Eu pensei que...

— Que devia pagar uma dívida? — Perguntou Gever.

— Sim. Achei que estaria agora no Abadom. Mas se a morte é isso, então, acho que está tudo bem.

— Na verdade, era mesmo para lá que você deveria ir — confirmou Gever.

— E por que estou aqui?

— A dívida foi paga.

Assimilei aquilo, porém não consegui entender plenamente.

— Os poderes que regem o universo esperavam por um grande ato de bravura, por uma demonstração de que ainda vale a pena investir na vida dos homens. Os peregrinos do caminho da iluminação se saíram muito bem nesse sentido. Todos eles.

Gever fez um gesto com a mão e subitamente eu vi imagens surgindo nas árvores ao redor. Vi Leannah enfrentando as trevas no campo de batalha, dispondo-se ao supremo sacrifício para salvar Olam. Vi Adin se sacrificando para destruir o cashaph em Nod e derrubar a rede. E vi minha própria imagem, do momento em que tentei salvar Leannah e fui atravessado por Lahat-herev.

— Só precisávamos de um ato de bravura e vocês nos ofereceram três — concluiu Gever. — Um novo tempo aos homens foi concedido.

— O que isso significa? Olam está livre? Os shedins foram destruídos?

— Não há mais trevas em Olam — explicou Gever. — Os homens têm uma nova oportunidade de reconstruírem seu mundo. Infelizmente, isso não significa que o mal acabou, nem que os shedins foram destruídos. O julgamento final ainda não aconteceu, portanto, os shedins talvez ainda encontrem alguma forma de agir, de enganarem os homens, e de continuarem seu plano de destruição. Mas, os homens estão livres, por ora, da tirania das trevas. Somente o tempo, entretanto, dirá se farão bom uso do grande presente que vocês três concederam a eles.

— O que aconteceu em Irofel? Leannah explodiu a pedra? Foi Leviathan?

— Na verdade, nenhum dos dois. Leannah lançou a pedra para as profundezas, e Leviathan de fato despejou seu fogo atrás, porém, isso não tinha o poder de extirpar as trevas. Leviathan estava errado.

— O que? — Perguntei atônito. — Então, como aconteceu?

— Os irins — explicou Ben. — Foi-lhes permitido agir uma última vez. Eles aprisionaram Helel no Abadom novamente. A união dele com os demais shedins foi desfeita. Nesse momento, todos estão no abismo.

— Então, Leannah?

— Está viva.

Ben assentiu, aliviado.

— E quanto a mim? O que me espera? Qual é o meu futuro?

— Você decidirá isso — revelou Gever.

— Eu? Como? — Perguntei sem entender.

— Eu tenho autoridade para lhe oferecer dois caminhos. Porém, imagino que eu já saiba o que você escolherá. A primeira opção é você me acompanhar, ir comigo preparar algumas daquelas estrelas. Porém, eu já convidei sua amiga para me acompanhar, e ela não quis. Imagino que você também não esteja interessado...

— E a segunda opção? Qual é?

Gever sorriu e apontou o caminho de volta pela escadaria.

— Eu posso mesmo? Eu posso voltar?

— Pode. Mas há um preço.

— Preço?! — Perguntei, sentindo o gosto amargo de repetir aquela palavra.

Gever apontou para Herevel. — É tempo de devolvê-la.

Então, compreendi. Retirei a espada da bainha e a entreguei para ele.

— Agora pode ir — ele apontou para a escadaria.

Senti as lágrimas descendo por meu rosto. Nunca poderia controlar aquele tipo de lágrima. Então, levei a mão ao meu corpo, e vi que não havia mais nenhum resquício dos ferimentos da espada revolvente. As lágrimas aumentaram.

Eu já estava retornando para a grande escadaria quando me lembrei de algo. Parei subitamente.

— Eu só preciso saber mais uma coisa...

Gever permaneceu sério.

— Pergunte.

Eu titubeei. Quase decidi não perguntar nada.

— Quem sou eu? — Finalmente criei coragem. — Qual é a minha origem? Foi dito que se eu chegasse a esse lugar, poderia saber a verdade. Então, quem sou eu? Eu sou filho de um...

Gever ficou em silêncio. Ele permaneceu um longo tempo sem dizer nada. Parecia avaliar qual a melhor resposta que poderia dar para mim.

— Eu estou lhe oferecendo uma nova vida — disse por fim. — Não importa mais quem você foi, ou de onde veio. Viva a nova vida que você recebeu. Seja um filho de *El*.

Foi a minha vez de ficar em silêncio. Por um momento, a decepção tomou conta do meu rosto.

— Se você realmente precisa saber, então eu lhe direi — capitulou Gever.

Então, arregalei os olhos, pela expectativa de finalmente saber.

— Você ainda precisa? — Perguntou Gever.

Pensei longamente.

— Na verdade, o que eu quero mesmo é saber outra coisa.

Gever me olhou com curiosidade, mas concordou que eu perguntasse.

— Ainda estou casado?

Gever sorriu.

— Você nunca ouviu que eles dizem "até que a morte os separe"?

Eu sorri. — Muito obrigado. Muito obrigado por tudo.

Gever apontou o caminho mais uma vez. Eu caminhei resoluto na direção apontada e acessei a grande escadaria.

— Vá, guardião de livros — disse Gever, quando eu acessei os degraus —, vá viver a nova vida que eu comprei para você.

Naquele último momento eu olhei para trás, e me pareceu ver marcas de ferimentos no corpo do irin. Eu já havia descido dois degraus, porém aquilo me fez parar. Eu queria entender o que havia acontecido, mas quando tornei a olhar para trás, Gever não estava mais lá.

Eu não sei exatamente quanto tempo eu levei para retornar ao mundo dos homens. Eu sabia que eu havia recebido uma concessão, um privilégio de reverter a ordem comum dos fatos, pois quando todos seguiam um caminho, eu estava andando na contramão. Porém, todas as demais coisas que eu vi ou experimentei naquele estado foram apagadas da minha mente.

A minha única lembrança após o encontro com Gever é de que eu estava diante de um portal. Porém, aquele era, na verdade, apenas um portão. Era o único na muralha baixa da vila destruída. Vi que os construtores já tinham feito um bom trabalho. O número de pessoas envolvidas era desproporcional. Parecia que um rei havia editado uma ordem para que um imenso contingente de construtores reconstruísse uma pequena e insignificante vila.

Eu atravessei o portão ainda destruído e caminhei para dentro da cidade como havia feito tantas vezes durante o tempo em que morei naquele lugar. Minha sensação era de estar voltando para casa. Era a primeira vez que eu sentia, de fato, aquilo em Havilá. E a causa disso certamente não era o lugar.

Percebi que boa parte das construções da cidade já estavam restauradas e se destacavam sob o sol avermelhado. Naquele momento pareciam douradas, como se revestidas de ouro. Mas assim que Shamesh partisse e Yareah reinasse em seu lugar como consorte, a cor das casas de Havilá ficaria azulada, brilhante, como se fosse revestida de incontáveis cristais.

O céu de Havilá não estava encoberto. Portanto, aquele era um dos raros dias de pura beleza, os quais eu esperava que se tornassem mais comuns a partir daquele momento. Eu sentia que o equilíbrio havia sido restaurado. Gelo e fogo estavam na exata proporção, assim como luz e sombras. Sorri ao perceber aquilo também.

Passei os dedos na parede de uma das pequenas casas de pedra só para sentir a textura, e para trazer outra vez as lembranças antigas, dos tempos passados, de todos os anos que vivi ali, e também de todas as aventuras após ter partido daquele lugar. Finalmente eu poderia reviver tudo aquilo sem dor, culpa ou ressentimentos.

Ainda de longe eu vi o casarão. O esqueleto já estava erguido, porém só o térreo estava revestido de tijolos. Lembrei-me de Enosh. Eu quase podia vê-lo assentado em sua mesa de lapidação, segurando a lupa e o estilete, e extraindo o poder das shoham. Senti um desejo enorme de encontrá-lo ali. Ele havia sido muito melhor do que um pai para mim. Finalmente eu entendia isso. E era tudo o que importava.

Mantive o capuz sobre o rosto, pois não queria ser reconhecido. Ainda não. Acessei a rua principal, e passei bem ao lado do casarão. Para minha surpresa, enxerguei dois meninos e uma menina entrando no velho casarão. Eles conversavam e riam, cheios de expectativas por fazerem descobertas. Deviam ser filhos dos construtores, procurando algum lugar para brincar. Lembrei-me de nós três, e pensei principalmente em Adin. Eu sabia agora tudo o que ele havia feito.

Segui para o ponto central, onde outrora existia o pequeno, porém belo templo de Havilá. Eu queria ir devagar para sentir todo aquele momento, vivê-lo intensamente, porém a expectativa me fez apressar o passo, e eu quase corri. A ansiedade fez meu coração disparar. Eu não podia esperar mais nem um segundo até reencontrá-la.

Então, eu a vi. Ela estava exatamente no mesmo lugar em que a encontrei pela primeira vez, bem diante do templo já quase reconstruído, olhando para a mesma porta de onde eu havia saído carregando desajeitadamente os livros de Enosh.

Ela estava deslumbrante apesar das roupas simples. Sua personalidade emanava luz como uma estrela solitária num céu escurecido. Os cabelos longos estavam soltos, porém, comportados. A luz dourada de Shamesh ao entardecer se confundia com eles.

Os homens se movimentavam ao redor dela, executando suas ordens, ansiosos por agradá-la. Evidentemente, todos sabiam quem ela era.

Observei enquanto ela falava com eles, paciente e bondosamente, explicando tudo o que eles queriam saber sobre a cidade e sobre a obra que ainda tinham que realizar. Era difícil não se admirar com a simplicidade dela, mesmo após ter realizado tantos feitos extraordinários. Eu poderia jurar que ela nunca havia posto o pé fora de Havilá...

Porém, mesmo de longe, eu vi a tristeza no olhar dela. Era uma tristeza que ela acreditava que jamais a abandonaria, mas eu sabia que se evaporaria dentro de alguns segundos. Só mais alguns.

Meu coração transbordava de gratidão porque *El* havia permitido aquele recomeço para nós. Desconfiava que Gever fosse o grande responsável por isso. Caminhei apressado em direção ao grupo que cercava Leannah, e ouvia as instruções dela. Parei bem perto, e esperei que os construtores se afastassem. Aproveitei para admirá-la mais um pouco.

Não há mulher mais bela no mundo ou no submundo. Lembrei-me de parte da música dos rions. Eu concordava completamente.

Leannah segurava alguns papéis e apontava para desenhos numa espécie de mapa. Os homens prestaram muita atenção ao que ela dizia, e, em seguida, partiram, cada um para fazer o que ela havia ordenado.

Finalmente, apenas eu estava diante dela. Permaneci parado, sentindo meu coração bater acelerado. Percebi que ela olhou para mim, mas não me reconheceu por causa do capuz. Mesmo assim ela olhou fixamente para mim, e, aos poucos foi sendo tomada de emoção. Todo o seu corpo tremeu, e eu acreditei que ela ia desmaiar.

Por um momento, o tempo parou para nós dois. Céus e terra também pareceram parar a fim de observar nosso reencontro.

Eu levantei o capuz e sorri, mas então chorei. Ela olhou para mim e chorou. Mas depois, sorriu. Eu nunca havia visto lágrimas tão felizes.

Então, corri ao encontro dela e a beijei.

Esta obra foi composta em Broadsheet 11, e impressa
na Promove Artes Gráficas sobre o papel Pólen Natural 70g/m2,
para Editora Fiel, em Maio de 2023

www.cronicasdeolam.com.br